Herbert W. Boettcher
Tana – frischer Wind aus der Galaxis

Herbert W. Boettcher

Tana –
frischer Wind aus der Galaxis

Ein Netzwerk der Intelligenz über die Erde

Band II

edition fischer

Die Handlung dieses Romans sowie die darin vorkommenden Personen sind frei erfunden; eventuelle Ähnlichkeiten mit realen Begebenheiten und tatsächlich lebenden oder bereits verstorbenen Personen wären rein zufällig.

Bibliografische Information Der Deutschen Bibliothek
Die Deutsche Bibliothek verzeichnet diese Publikation in der Deutschen Nationalbibliografie; detaillierte bibliografische Daten sind im Internet über http://dnb.ddb.de abrufbar

© 2008 by edition fischer GmbH
Orber Str. 30, D-60386 Frankfurt/Main
Alle Rechte vorbehalten
Schriftart: Palatino 11°
Herstellung: Satz*Atelier* Cavlar / NL
Printed in Germany
ISBN 978-3-89950-344-9

*Menschenrecht allein führt zum Chaos,
es muß die Menschenpflicht zur Erhaltung der
Lebensqualität der Erde dagegen stehen.*

Teil III

Von der Tana-Mondbasis war auf dem Stützpunkt »Lavia«, der im Indischen Ozean kreuzte, die Nachricht eingegangen, daß ein weiterer Raumtransport auf dem Weg sein müsse.

Von einem Aufenthalt in der nordafrikanischen Union zurück, informierte sich Ixman genauer. Der Funkspruch, der ihm als Schriftstück übermittelt wurde, war durch viele Ausfälle gekennzeichnet, aber er konnte entnehmen, daß man sich mehrere Monate nach dem Start der Wissenschaftler zu einem weiteren Transport von Fachakademikern entschlossen hatte. Besonders Biologen unter Leitung von Bacaba – den Namen kannte er nicht –, Geologen, Funkspezialisten sollten vertreten sein. Wahrscheinlich noch Mediziner und zwei andere Fachgebiete, die nicht zu entziffern waren. Angaben über den Abflug, der wahrscheinlich drei bis vier Monate im voraus geplant war, konnten nicht ermittelt werden.

Vielleicht war eine Angabe dazu verlorengegangen, denn auch die absendende Stelle fehlte. Auf jeden Fall könnten sie schon über drei Jahre unterwegs sein, und mit ihrem Eintreffen im Sonnensystem wäre bald zu rechnen. Ein Nachteil im All, daß Funk nicht schneller als Licht ist und nur wenig schneller als die Reisegeschwindigkeit – zudem vielen Störungen unterworfen.

Die beiden Stützpunktkapitäne wurden sofort informiert, wobei Ixman riet, wieder mit tausend Personen zu rechnen. Entsprechend benachrichtigt wurden Generalsekretär Dr. Usava und sein Tana-Stab in der UNO, damit sie rechtzeitig die Verteilung planen könnten.

Mit US-Präsident Carell sprach Ixman auch, denn die USA waren immer bereit, bei allen Problemen zu helfen. Er hoffte darauf, daß sich unter den Akademikern ein Fachmann zur »Haarp«-Anlage in Alaska bemühen könnte, um das Wetter partiell beeinflussen zu können. Mit ihren Anlagen auf Tana war dort nichts mehr zu bessern.

In den letzten Jahren klagte man in ganz Europa über Unbeständigkeit des Wetters mit ungeklärter Ursache. Wenn »Haarp« unter der Leitung der beiden US-Wissenschaftler noch in Betrieb wäre, könnte man die Ursache in der Unfähigkeit suchen, diese Anlage richtig zu steuern.

Inzwischen waren Meteorologen in der Atmosphäre und Hydrographen auf dem Meer forschend tätig, jedoch war noch kein abschließendes Urteil bekannt geworden. Inzwischen war die mittlere Jahrestemperatur um fast ein Grad gefallen – der Weg in eine neue Eiszeit?

War menschliches Fehlverhalten schuld? Aber die letzte Eiszeit gab es noch ohne menschlichen Einfluß.

* * *

Die beiden Tana-Dozenten Manita und Panama wohnten in Riad im Königspalast, wo König Halef großen Wert darauf legte, mit ihnen zu Abend zu speisen, sofern es möglich war. Er und sein Bruder Abdul bevorzugten abendländische Tischsitten, wenn sie keine arabischen Gäste geladen hatten.

An einem der ersten Abende erkundigte er sich bei Manita nach den Erfahrungen mit den arabischen Studenten.

»Wir haben ja vorerst noch kein festes Vorlesungsprogramm, und den Hörern wird empfohlen, interessierende Fragen zu stellen.«

»Die ersten Fragen haben sicher Tana betroffen?«

»Nach den Erfahrungen meiner Kollegen in anderen Ländern habe ich das auch erwartet, aber nein, es betraf das Kaaba-Unglück. Die Hörer wollten wissen, ob es unserer Technik möglich ist, einen Meteor so genau zu plazieren. Ich bin kein Weltraumphysiker, und so meinte ich, diese Frage hätten Journalisten schon an alle hochkarätigen Fachleute gestellt. Ja, das wären aber alles nur Menschen mit begrenztem Wissen gewesen. Mit einem Dank für dieses Tana-Kompliment wies ich auf die geologischen Untersuchungen des Meteoriten hin, die eine Herkunft aus dem Asteroidengürtel zwischen Mars und Jupiter ausschlossen.« Manita nahm erst einen Schluck Tafelwasser, bevor er weitersprach.

»Er mag ja aus dem Weltraum stammen, aber genau in die Kaaba zu fallen, während sich die Tana-Gegner darin aufhielten, das gäbe doch zu denken. Vielleicht wollte Tana damit den Heiligen Krieg verhindern, wie sie es in der UNO versprochen hatten? Das war ihre Argumentation.

Ihre Überlegungen sind durchaus logisch, war meine Antwort, aber ein abendländischer Dichter hat einmal gesagt, es gäbe Dinge zwischen Himmel und Erde, von denen sich die Schulweisheit des Menschen nichts träumen läßt – nur Allah ist allwissend. Bei mir blieb aber der Eindruck zurück, daß meine Worte höflich zur Kenntnis genommen wurden, aber nicht recht befriedigten.«

»Ich war selbst Zeitzeuge bei dem Aufbruch der Geistlichen zur Kaaba. Ihren Tod konnte nur Allah geplant haben – in Tana nennt man es vielleicht Schicksal.«

An einem der nächsten Abende kam die Sprache auf irdische Königshäuser, eine Staatsorganisation, die Tana völlig fremd war.

»Wie entsteht denn ein Königshaus?« war Panamas Frage.

»Es gibt viele Wege, aber meist sind kriegerische Ereignisse in früheren Jahrhunderten vorausgegangen. Der Sieger hatte ein Land erobert und ließ sich zum König ausrufen. Die Macht wurde dem Sohn und den Nachfahren vererbt – in mehreren Ländern bis heute. Im vorigen Jahrhundert hatte sich in der Mitte von Afrika ein Militärführer zum Kaiser ausrufen und krönen lassen – aber nicht für lange Zeit. In verschiedenen Ländern kann auch eine Frau Königin werden, wie in Großbritannien.«

In Arabien natürlich nicht«, mutmaßte Manita.

»In altislamischen Ländern haben die Frauen im staatlichen

Leben keinen Status, selbst wenn sie im Ausland studiert haben. Selbst Mustafa scheint damit zu zögern, wenn er auch in seinem kleinen Koran alle Demütigungen von Frauen wegließ.«
»Und in Arabien gibt es Frauen nur im Harem?«
»Das ist vielleicht als übertrieben zu bezeichnen, aber im öffentlichen und behördlichen Leben sind sie nicht zu finden. Selbst die im Mittelalter wegen der Kriegsausfälle an Männern verständliche Mehrfrauenehe aus Versorgungsgründen hat sich de facto bis heute erhalten, wenn es sich auch nur gutsituierte Araber leisten können.«
»Und ein Harem wird vererbt?«
»Ja, auch aus Versorgungsgründen. Man muß ihn nicht laufend ergänzen. Unser Großvater war viel unterwegs und hat eine Krankheit eingeschleppt. Unser Vater hat sich vollkommen enthalten, weil sich sein jüngerer Bruder, der bei einer Hinrichtungszeremonie vom Richtschwert getroffen wurde, infiziert hatte. Er wurde zum Hypochonder und begab sich in Budapest zur beratenden Behandlung bei einem empfohlenen jüdischen Arzt. Dort verliebte er sich in die Dolmetscherin, Tochter eines Professors. Sie war ein fast arabischer Typ, aber mit grauen Augen und konvertierte nicht zum Islam, beherrschte jedoch alle Regeln.
Schon als ich geboren wurde, soll unsere Mutter Herrin des Harems gewesen sein und dafür gesorgt haben, daß unser Vater Haremswächter einstellte, die nur sterilisiert waren, damit die vom Vater verschmähten Frauen nicht verkümmerten. Ja, das ist unser seltenes Königshaus, wie ich es einem Fremden noch nie geschildert habe.«
»Wir pflegen keine Verbindungen zur Neugier.«
»Darum konnte ich sprechen. Die hohen Geistlichen haben es gewußt und uns erpreßt, weil wir keine reinen Araber seien. Sie haben ihr Wissen mit ins Grab genommen – so war ihr Tod für uns eine Befreiung.«
Die beiden Dozenten konnten nun erst die rasanten Veränderungen in Arabien voll verstehen und bedankten sich für das

Vertrauen. Die Macht in Arabien war in den Händen dieser drei Königsbrüder sicher gut aufgehoben für eine Zusammenarbeit mit der modernen Welt.

Ein abendliches Thema war auch die Reaktion der Nachbarstaaten auf die Reformlinie der Saudis. Jordanien und Katar hatten zur gleichen Zeit Tana-Dozenten angefordert.

»Zu den Herrscherhäusern beider Staaten haben wir persönliche Beziehungen und konnten daher offen über unsere Gründe sprechen – und haben sie überzeugt.«

»Werden Sie noch weitere Erfolge haben können, Hoheit?« war die Frage von Manita. »Das islamische Kerngebiet ist ja umfangreich.«

»Im westlich orientierten Libanon und den südlichen Emiraten ist der geistliche Einfluß weniger stark und ein Umdenken eher möglich. Von Syrien und dem Irak mit seinen inneren Problemen bei drei fast feindlichen Gruppierungen versprechen wir uns vorerst wenig. Die Arabische Republik Jemen hat auch gewisse Religionsunterschiede mit Sunniten und Schiiten. Als die Türken das Gebiet nach dem Ersten Weltkrieg aufgeben mußten, war es eine Zeitlang Königreich unter einem Imam. Zwei Jahrzehnte nach dem Zweiten Weltkrieg wurde eine Republik auf der Basis islamischen Rechts gegründet mit einem Präsidenten, jedoch ohne Parteien, dafür haben religiöse Kreise Einfluß auf die Politik.«

»Dieser Staatsaufbau läßt latente Spannungen vermuten, die sich bei der Stellungnahme zu Ihrer Reform sicher polarisieren, aber einig sind bei der Verurteilung der Schließung der Pilgerstätte in Mekka.«

»Wir könnten ja den Besuch der Grabstätte begrenzt erlauben, aber ohne alle religiösen Zeremonien. Ich denke an eine Art Besucherbühne – sonst graben die Verblendeten mit den Händen nach Andenken.«

»Das würde die harte Entscheidung entschärfen – und den Wächtern ein Zubrot sichern durch Verkauf irgendwelcher Erdklumpen.«

Die beiden königlichen Brüder lachten herzlich: »Tana schätzt den Orient schon richtig ein!«

»Die Volksrepublik Jemen, der südliche Nachbar, hätte wohl keine religiösen Probleme?«

»Nein, gar keine, denn es herrscht Religionsfreiheit. Als die Briten nach dem Zweiten Weltkrieg mit ihrem Plan einer südarabischen Föderation aus ihren diversen Protektoraten gescheitert waren und schließlich abzogen, wurden Sultane gestürzt und sowjetische Militärberater ins Land geholt. So entstand eine kleine Sowjetrepublik mit all ihren Merkmalen. Wir denken, daß man vor Tana die darin verborgenen Schwächen nicht offenbaren wollte, als man auf Beratung verzichtete.«

»Gut möglich, aber wenig intelligent, denn die Ursache von Fehlern zu erkennen, schafft die Möglichkeit, sie zu beseitigen.«

»Es finden immer Beratungen zwischen ihrem Generalsekretär und dem Präsidenten des anderen Jemen statt, aber für die sich anbietende Fusion ist die Basis zu verschieden«, gab Abdul zu bedenken.

»Eine echte Aufgabe für unsere Psychologen – aber sie wollen uns ja nicht beauftragen.«

»Wir haben in beiden Ländern diplomatische Vertretungen – die könnten einmal die Sprache darauf bringen. An sich sollte das Sultanat Oman auch zu einer solchen Vereinigung gehören. Die Bevölkerung folgt verschiedenen muslimischen Richtungen, ist aber nicht fanatisch, so daß wir hoffen, mit unserem Weg Vorbild zu werden.«

»Dann bliebe in der Nähe nur noch der schiitische Brocken Iran.«

»Der ist seit vielen Jahren fest in der Hand der Ayatollahs. Wir haben uns manches Mal gefragt, wie die Geschichte gelaufen wäre, wenn Schah Reza – er war ja ausgebildeter Jagdpilot – das mit seinen Gegnern aus Paris kommende Flugzeug abgeschossen hätte.«

»Er war offenbar kein Machtmensch, sondern durch Geburt in seine Stellung gekommen.«

»Dafür hat der Machtmensch Khomeini das Ruder mit drakonischer Härte ergriffen, das seine Nachfolger bis heute nicht aus der Hand gaben.«

»Fürchten Sie nicht die militärische Macht des Iran nach Ihren Mekka-Maßnahmen, denn die Kaaba war auch den Schiiten eine heilige Stätte?«

»Ehrlich gestanden habe ich dabei nicht an eine Reaktion des Iran gedacht, mir war die Innenpolitik wichtiger. Aber Sie haben recht, denn es ist auch ein Ayatollah zu Tode gekommen. Nur das Unglück selbst war Allahs Wille. Sie haben das wohl auch so in Teheran gesehen. Meine Entschlüsse daraus hat sie für uns zu Feinden gemacht, ohne Zweifel. Ich sprach mit meinem Abwehrchef darüber. Er vertraut auf die Kriegsächtung und Tanas Garantie. Im übrigen haben wir die Radarüberwachung von den Amerikanern übernommen und bemerken jede Bewegung im iranischen Luftraum. Bei einem Überraschungsangriff haben wir gut eine Stunde Zeit, um unsere amerikanischen Jäger in die Luft zu schicken. Davon haben wir mehr als der Iran Bomber.«

»Nun, wir sind keine Militärstrategen und hoffen auf eine friedliche Zukunft für den Islam und Arabien. Leider sind Afghanistan und Pakistan noch Spannungsgebiete, Indonesien merkwürdigerweise nicht.«

»Vielleicht liegt es daran, daß es von einer Frau mit Tana-Berater regiert wird?« lächelte König Halef. »Aber es ist kein Kernland des Islam, und die Insulaner sind nur missioniert worden. Sie nehmen den Islam nicht so ernst und glauben vielleicht noch an einige ihrer alten Götter. Dazu kommt wohl auch noch ein weniger harter, kompromißloser Charakter. Sie lesen aus dem Koran das heraus, was ihrem Leben dient. Mustafas kleiner Koran wird dort gefragt sein.«

* * *

Die Scheibe war gerade auf der »Lavia« gelandet. Bevor Ixman noch die Messe erreichte, gab Traven ihm ein Blatt mit einer Notiz vom Funkoffizier.

»Sie möchten den Mr. Shahak möglichst noch heute anrufen.« Ixman blickte auf die Notiz, die nur aus Namen und Telefonnummer bestand. Die Vorwahlnummer war die von Israel, dazu paßte der Name. Er ging zu einem leeren Ecktisch und wählte. Eine weibliche Stimme nannte irgendeine Abteilungsbezeichnung.

»Ixman, Ihr Mr. Shahak bat um meinen Rückruf.« Er wurde sofort durchgestellt.

»Shahak, Stelle für Auslandsinformationen. Danke für den Anruf. Wir erhielten folgende Information: London hat einen älteren Flugzeugträger an eine südafrikanische Firma aus Durban zum Abwracken verkauft. Aus Kostengründen nichts Ungewöhnliches, aber die Firma hat einen Fachmann für die Demontage der Katapultanlage verlangt, da sie dieselbe komplett weiterverkaufen wolle. Auch noch verständlich. Ihr wurde der pensionierte Technische Offizier, der auf dem Schiff Dienst tat, empfohlen.

Dieser Umstand bewog uns aber, die weitere Entwicklung zu beobachten. So wurde, offenbar auf Rat dieses Offiziers, aus pensionierten Seeleuten eine Minibesatzung für die Überführung zusammengestellt. Ein Tankerkapitän, ein aus gesundheitlichen Gründen ausgeschiedener Korvettenkapitän S.M. übernahm die Schiffsführung.«

»Sind sie denn gut ums Cape of good hope gekommen?«

»Ja, sie haben auch in Durban angelegt – zum Nachtanken. Dann sind sie wieder in Richtung Nord in See gegangen – und deshalb habe ich Sie informieren wollen, denn offenbar war die Firma nur »Strohmann« und ein Staat plant mit dem Schiff etwas Besonderes.«

»Da kommen nicht viele in Frage, Pakistan, Iran und die Jemen-Republiken.«

»So ist es, und da Sie am Frieden interessiert sind, erhielten

Sie unsere Information, denn den Indischen Ozean können Sie besser überwachen als wir.«

»Richtig – wir werden Sie vom Endziel der Fahrt unterrichten. Wir danken Ihnen, Sie waren schon immer Weltklasse.«

Anschließend bat er Bruder Haman, die Fahrt des Kastens zu überwachen, die nach fünf Tagen und einer Nachtpassage der Straße von Hormuz im Persischen Golf im iranischen Hafen Bushehr endete.

»Vielen Dank, Bruder, aber nun muß ich dich bitten, so aus 30 km Höhe regelmäßig zu observieren, was mit dem Oldtimer geschieht, denn der Iran hat ihn sicher nicht für Museumszwecke gekauft. Über unseren Dozenten an der britischen Marineakademie werden wir den Briten raten, die an Militärschrott interessierten Firmen genauer zu überprüfen.«

Nach sechs Tagen sah Haman auf dem Busheh-Flughafen eine MIG 29 stehen, die offenbar dort gelandet sein mußte. Sein Diskus schwebte nun ständig über dem Gebiet. Schon am nächsten Tag wurde die zur Tarnung abgedeckte Maschine auf einem Spezialtransporter zum Anlegekai des Flugzeugträgers verbracht, von dem sie ein Verladekran auf das Flugdeck hob. Uniformierte bugsierten den Flieger zur Startbühne der Katapultanlage und tarnten ihn mit einer grauen Plane. Vier andere zogen auf einem niedrigen Wagen einen torpedoförmigen Körper und verschwanden mit ihm unter der Plane.

Aufgrund dieser Beobachtungen von Haman beschloß Ixman eine Observation der Kommandobrücke. Neumond und ein diesiger Himmel – eine tiefschwarze Nacht, als ihn Zetman geräuschlos am Heck auf dem Flugdeck absetzte. Das einseitig angeordnete Kommandozentrum war sein erstes Ziel. Ein Wachmann hockte auf einem Faß und döste vor sich hin. Wer sollte auch kommen? Das Fallreep war eingezogen, und die kleine Besatzung logierte im Vorschiff, wo eine Kombüse das Wärmen von Speisen erlaubte und die Ratten anlockte, die über die Halteleinen ins Schiff balancierten.

Neben einer Stahltür ging Ixman durch die Wand, denn wahrscheinlich ließ sie sich nicht ohne Geräusch öffnen, und er wollte sie auch nicht blockieren. Beim Notlicht fand er eine Treppe und stieg nach oben. Auf dem zweiten Treppenabsatz hörte er Stimmen und trat auf den Gang hinaus. In einem der Seitenräume fielen immer wieder ein paar Worte.

»Ist der Tee noch warm?« wurde auf englisch gefragt.

»Doch, aber es ist keine Sahne mehr in der kleinen Kanne.«

»Dann geben wir einen Rum und Kandis hinzu, sie wollen erst morgen abend fahren.«

»Ist Ihnen ganz wohl bei der Aktion?«

»Nicht ganz, aber es ist ein gutbezahlter Job und schießen brauchen wir ja nicht.«

»Aber auf meiner Katapultbahn startet das Flugzeug mit diesem Torpedo. Und Sie steuern das Schiff.«

»Nicht allein, da kommt noch ein Iraner mit auf die Brücke.«

Es war ein Geräusch beim Eingießen von Flüssigkeiten zu hören.

»Eigentlich läuft unser offizieller Vertrag nur bis Durban. Das Weitere wurde uns nach islamischem ›Ehrenwort‹ versprochen. Hoffen wir das Beste – cheers!«

Also morgen abend sollte eine Aktion gestartet werden. Die beiden in der Kapitänssuite wußten auch nichts Genaues. Er stieg die Treppe aufwärts bis zur Brücke. Überall brannte Notlicht, aber es war kein Generatorgeräusch zu hören. Man war wohl an die Hafenversorgung angeschlossen.

Die Kommandobrücke ragte auf beiden Seiten weit über und gestattete guten Überblick auf das Flugdeck. Bei einem Blick auf die Steuerungsmittel erkannte Ixman, daß dieser ältere Schiffstyp auf hohem Stand modernisiert worden war. Es gab zwar noch ein kleines Steuerrad, aber auch eine Reihe von Displays und ein gewölbtes Pult mit zahlreichen Tasten. Er suchte bei dem schwachen Licht nach den Fahrthebeln und nickte befriedigt, als er sie ausgemacht hatte.

Darauf folgte die Inspektion des Maschinensaales, den er nach endlosen Treppen abwärts schließlich erreichte. Interessant für ihn war nur die Steuerung der Turbinen. Eine erhöhte, verglaste Warte gewährte Überblick. Zwei Drehsessel vor einer Wand von Meßinstrumenten und Bildschirmen, aber wenig Bedienungstasten bestätigte seine Meinung über eine Neuausrüstung der Steuerungselemente. Zwischen den Sesseln gab es am Pult einen Hebel, der in der Mitte zwischen »Manual« und »Automatic« stand. Bei »Automatic« wurden die Steuerungsbefehle für die Turbinen offenbar von der Brücke auf die Servoelemente an den Maschinen übertragen. Vor hundert Jahren gab es noch Maschinentelegraf und Sprachrohr mit ölverschmiertem Bedienungspersonal an den Maschinen. Natürlich hat es auch hier Wartungspersonal gegeben. Davon zeugten benachbarte Waschräume mit Schränken, andere mit Tischen und Getränkeautomaten.

Nach vielen Treppenstufen – Ixman vermied bewußt den Aufzug – stand er wieder unter dem sternenklaren Nachthimmel und griff zum Handapparat, um sich mit der Scheibe zu verständigen.

»Bruder, du brauchst mich nicht abzuholen«, meinte er zu Zetman, »ich warte auf dem Schiff, denn morgen abend soll hier eine Aktion mit noch unbekanntem Ziel ablaufen. Ceman kann bei dir in der Scheibe bleiben, denn es ist wohl allein zu schaffen. Aber bleibt über dem Schiff – für den Notfall. Ich rufe wieder an.«

Nach dem »O.k.« von Zetman schlich er hinter dem Wachmann vorbei zum Katapult am Bug. Er verschwand unter der Tarnplane der MIG. Sie war nicht als Bombenträger konzipiert, aber wenn auf einen Teil des reichlichen Treibstoffes verzichtet wurde, konnte sie sicher mit Spezialausrüstung eine Bombenlast tragen.

Er tastete sich zu dem schlanken Bombenkörper und befühlte die Befestigungen, um sie zu verschweißen – aber es war eine feste Verschraubung! Also war eine Selbstopferaktion geplant. Er fühlte nach der Bombenspitze, die glatt ohne Zündereinsatz war, demnach elektrische Auslösung durch den Piloten. Vorerst verschweißte er kalt die offenbar extra für die MIG angeordneten Schubklauen mit den anliegenden Fahrgestellträgern, dann die Halteverschraubungen. Im Zweifel, ob die Klaenschweißung dem Schub der Triebwerke beim Abbremsen des Schlittens widerstehen würde, blockierte er den Schlitten mit der Schiene und den Treibzylinder.

Nun war die Zündauslösung noch zu klären, die über eine Steckverbindung erfolgen müßte. Er tastete noch einmal die Bombenoberseite ab und fand eine vorstehende, runde Hülse mit Schraubkappe, an deren Grund Löcher spürbar waren. Es bestand demnach noch keine Zündverbindung. Beim Abtasten des Rumpfes in diesem Bereich war eine Klammer fühlbar, die einen runden Metallkörper hielt. Nach Entfernung eines Verschlusses waren Metallstifte fühlbar. Man würde die Verbindung erst vor dem Start herstellen, anschließend wäre sie wieder von ihm zu lösen für den Fall, daß die Kaltschweißungen zwischen Schubklauen und Fahrgestell dem starken Schub der Triebwerke nicht standhalten. Vielleicht würde der Flieger ins Meer stürzen ohne Katapultschub – oder auch nicht.

Für den Rest der Nacht mit schlafender Besatzung machte er sich mit den Örtlichkeiten vertraut und suchte einen geeigneten Raum in der Nähe des Ausgangs zum Flugdeck, in der Hoffnung, Gespräche belauschen zu können.

Am späten Nachmittag kamen vier hohe Offiziere der Luftwaffe mit dem Piloten in ihrer Mitte. Der Teamchef ließ sich auf der Brücke von dem Katapultfachmann einweisen.

»Der Start der MIG ist nicht planmäßig. Wir müssen wie folgt verfahren: Die Triebwerke werden mit kleiner Kraft circa zehn Minuten warmlaufen. Wenn der Pilot beide Hände hebt – das können Sie mit dem Fernglas sehen –, als Zeichen, daß er bereit ist, legen Sie nach zwanzig Sekunden diesen roten Hebel auf ›Start‹ um. Darauf bediene ich unter Deck im Leitstand ein Ventil, und der Dampfdruck treibt den Schlitten mit der Maschine vorwärts. Während der zwanzig Sekunden, die Sie verhalten, muß der Pilot die Triebwerke hochfahren auf mindestens halben Schub, beim Katapultablauf dann auf volle Kraft.«

»Danke, Mister, wir werden so verfahren.« Darauf wandte er sich zum Kapitän: »Ein Kollege vom Admiralstab übernimmt die Schiffsleitung, Sir, aber ich will Sie vorab informieren. Wir fahren bei Nacht die Irankküste entlang bis etwa zur Nordspitze von Katar. Wir schwenken nach Westen auf die arabische Küste zu auf einer Linie, die in der Verlängerung auf Riad zielt. Etwa zwölf Seemeilen vor der Küste erfolgt der Start. Anschließend Kurswechsel circa 120 Grad Nord, Richtung Bushehr.«

»Zwölf Seemeilen für den Wendepunkt halte ich für zu knapp. Es ist ein langes Schiff mit großem Tiefgang. Auch an dieser Küste gibt es Untiefen. Man sollte daher einen Mindestabstand von zwanzig Seemeilen einhalten. Das ist mein Rat.«

»Na gut, das wird mein Marinekollege besser beurteilen können.«

In einem Schrank des Brückenmobiliars verborgen, war Ixman Zeuge des Gesprächs geworden und folgte nun dem Offizier auf dem Weg zu seinem Team, das sich vor dem Ausgang zum Flugdeck aufhielt. Hier empfing der Pilot die genaue Startorder, und einer der anderen fügte noch einen Rat hinzu.

»In höchstens zweihundert Meter Höhe stur geradeaus fliegen, bis das hohe Hotel ›Arab‹ in Sicht kommt, dann auf sechshundert Meter Höhe gehen – wie in Hiroshima – und über dem Palast auslösen.« Der Pilot nickte stumm. Nachdem er eine bessere Deckung aufgesucht hatte, verständigte Ixman die Scheibenbesatzung.

»Soll ich Luftwarnung an Riad geben?« fragte Zetman.

»Das beunruhigt die Einwohner, und sie können sich nicht richtig schützen. Laß dich mit dem Hauptquartier der Luftwaffe verbinden. Ihre Jäger sollen am Morgen in der Luft sein und jede MIG abschießen auf der Linie Katar – Riad. Ihre Flughöhe wäre sehr gering.«

»O.k. Und du schaffst es allein?«

»Ich denke schon. Auf der Rückfahrt werde ich den Kasten auf Grund setzen. Begleitet uns in geringer Höhe.«

In der Nähe des Eingangs hörte er dann kurze Begrüßungsworte, woraus er schloß, daß der Admiral eingetroffen war. Da er die Treppe zur Brücke benutzte, versäumte er die Übernahme des Schiffes durch den Iraner und eine Darstellung des Fahrtprogramms vom Kapitän. Er hörte nur noch, wie der neue Chef meinte: »Einen Mindestabstand von 25 Seemeilen halte ich wegen der Untiefen auf der Westseite des Golfes für angemessen – nur Minuten für ein Flugzeug.«

Darauf begaben sich beide Herren in die einen Treppenabsatz tiefer gelegene Kommandantensuite. Eine Stunde später ging die Sonne unter, und eine schnelle Dunkelheit senkte sich über den Hafen. Die Schiffsturbinen waren angelaufen und beim letzten Dämmerlicht lösten Hafenarbeiter die Leinen. Auf der langsamen Fahrt zum Hafenausgang wurde die Tarnplane vom Flugzeug entfernt.

Ixman schlich zur seitlich unordentlich abgelegten Plane, die gute Deckung für die Beobachtung der Aktivitäten um das Flugzeug bot. Das Schiff hatte im freien Wasser schon gute Fahrt Richtung Süden aufgenommen.

Um Mitternacht kamen mehrere Männer mit dem Piloten zur Maschine. Bevor sie ihm auf die Leiter zur Tragfläche halfen, verabschiedeten sie sich vom ihm mit dem allgemeinen Tenor: Freue dich aufs Paradies. Einer erinnerte ihn an die 600 Meter über dem Königspalast. Als er in sein Cockpit kletterte, sah Ixman, daß er auf seinem letzten Flug keinen Fallschirm trug. Er hatte auch zu allen Abschiedsworten geschwiegen und war nun für einige Stunden für sich allein. Ob er wohl nicht nur an das Paradies dachte, sondern auch an das Unglück, das er den unschuldigen Gläubigen brachte, die auch seinen Allah verehrten? Das alles nur, weil seine Ayatollahs einen König haßten?

Bei Sonnenaufgang war das Schiff schon auf den Kurs Katar – Riad festgelegt. Einige Gestalten erschienen auf dem Deck. Voraus war im ersten Morgenlicht eine flache Küste zu sehen.

Auf der Brücke stand der Fliegergeneral mit dem Fernglas. Bei Betrachtung der Küste waren in mittlerer Höhe drei Flugzeuge auszumachen. Sollten diese Engländer die Aktion verraten haben? Mit diesen Handapparaten war alles möglich.

So entschloß er sich, mit seinem eigenen Handapparat den Piloten im Cockpit zu warnen und ihm zur Täuschung einen Haken nach Norden zu befehlen; das Schiff würde zehn Strich in diese Richtung drehen. Sollte er trotzdem abgeschossen werden, sei die Bombe zu zünden. Der Rudergänger hatte mitgehört, und nach einem Nicken des Admirals ließ er das Steuerrad nach rechts laufen.

Die Männer an Deck wurden nun angewiesen, alles zum Start fertigzumachen, und Ixman konnte aus seiner Deckung beobachten, wie die Steckverbindung zur Bombe hergestellt wurde. Mit dem Anlauf der Triebwerke verschwanden die Männer wegen der heißen Abgase von Deck, denn ihnen stand die übliche Schutzkleidung nicht zur Verfügung.

Ixman sah auf die Uhr. Nach neun Minuten – der Kommandeur mußte jetzt den Piloten beobachten – huschte er im Sichtschutz der Flügel unter den Rumpf, trennte die Zündverbindung und drückte die Schutzhülse des Steckers zum Oval.

Da schwoll das Fauchen der Triebwerke zum unerträglichen Geheul an, so daß er sich unter Deck gleiten ließ.

Auf der Brücke wurde nach genau 20 Sekunden der Starthebel umgelegt, und keine zwei Sekunden später schoß zwischen den Abgasstrahlen der Triebwerke eine weiße Dampffontäne in den Himmel – aber die MIG bewegte sich nicht.

Einen gräßlichen Fluch auf den Lippen, stürzte der Kommandeur zum Aufzug. In Deckhöhe konnte er nicht aussteigen, denn die Triebwerke liefen noch. Erst nach Brüllen in den Handapparat stellte der Pilot sie ab. Der Dampfstrahl war schon vorher in sich zusammengefallen.

Auf der Brücke ordnete der Admiral inzwischen das Abdrehen Richtung Norden an.

Das Luftwaffenteam hatte sich inzwischen um den Flieger versammelt, aus dem nun auch der Pilot kletterte und vom Tragflügel sprang. Der Treibzylinder war undicht, befand der eine. Der Schlitten ist verklemmt, und ein Überdruckventil wurde ausgelöst. Dann entdeckte man die gelöste Zündverbindung mit dem ovalen Stecker: Hier wurde sabotiert! Das war die allgemeine Ansicht.

»Ich hatte diese Engländer gleich im Verdacht, als ich die Flugzeuge über der Küste ausmachte.«

Es wurde hin und her palavert, aber keiner sah die Scheibe am Morgenhimmel.

»Der Kerl in seiner Katapultstation ist daran beteiligt«, entschied ihr Chef und griff zum Pistolenhalfter, »ich werde kurzen Prozeß machen, das erwartet man von mir.« Mit entschlossenem Schritt, die Waffe in der Hand, wandte er sich dem Aufzug zu.

Ixman hatte sich noch die Reden der Offiziere angehört und war in einen langen, spärlich beleuchteten Gang gelangt. An der offenen Tür der Startstation sah er den Briten an Ventilen hantieren, kopfschüttelnd Meßskalen betrachten, offenbar immer noch nach dem Fehler für den Startausfall suchen. Gerade als er sich abwandte, kam der Kommandeur mit gezogener Pistole auf ihn zu.

»Sie haben den Start sabotiert, ich verhafte Sie!«

»Sie irren sich«, hörte er auf persisch, wobei die Hand des Fremden wie unabsichtlich seine Waffe streifte, »der Engländer, den Sie suchen, ist hier im Raum!« Mit ausgebreiteten Armen wurde in die Station gewiesen. Hatte er nicht soeben in zwei gelbe Augen gesehen?

Beim Zurückwenden fiel die Schiebetür schon zu.

Mit blockierter Pistole werden sie sich schon vertragen, bis sie herausgeschweißt werden, dachte Ixman, während er den Maschinensaal im Kopf hatte.

Da war die Warte – die beiden Maschinisten saßen auf ihren Plätzen. Er mußte an den Schalthebel zwischen ihnen herankommen. Beim Maschinenlärm schlich er von hinten zum Zwischenraum der Sessel.

»Hallo, Mister, ich der Pilot«, radebrechte er englisch, »Start verschoben, aber Kommandeur von mir in Raum eingeschlossen, Tür klemmt. Bitte, dicken Schraubenzieher und Hammer, auch Meißel.«

Während ihm die beiden belustigt zuhörten, hatte er sich scheinbar auf das Schaltpult abgestützt, und seine Rechte hatte den auf »Automatic« stehenden Hebel blockiert.

Der eine Maschinenmann erhob sich und holte aus einem Werkzeugschrank die drei Teile.

»Lassen Sie sich erst befördern, bevor der General frei ist«, rieten die Briten schmunzelnd.

»Der hatte aber helle Augen«, meinte der eine, als er ihm nachsah.

Die Werkzeuge wurden in einer Ecke abgelegt, und Ixman stieg zur Brücke hoch.

Nach geraumer Zeit kam einer der Fliegeroffiziere auf die Brücke und meldete dem Admiral, daß ihr Kommandant zur Startstation unter Deck gegangen sei und jetzt in der Station festsitze, weil sich die Tür nicht mehr öffnen ließe. Im übrigen hätten sie bemerkt, daß über dem Schiff ein runder Körper schwebe. Da die Meldung auf persisch erfolgt war, hatte der Kapitän nichts verstanden. Als er nun aufgefordert wurde, einen Mechaniker zu stellen, entschied er sich, den Schaden selbst zu prüfen. Der Admiral schloß sich ihm an, weil er von der Brücke nicht den ganzen Himmel überblicken konnte, aber das runde Objekt ihn beunruhigte.

Kaum waren die drei von der Brücke abgetreten, verließ Ixman sein Schrankversteck, verriegelte die Aufzugtür und den Zugang zum Treppenhaus sowie eine weitere Tür zu Nebenräumen.

Halb hinter dem Rudergänger stehend, bekannte er: »Hallo, mein Freund, ich bin Ixman von Tana!« Dieser fuhr herum, und seine aufgerissenen blauen Augen sahen in zwei freundliche gelbe.

»Tana übernimmt das Kommando über das Schiff. Aber steuern Sie ruhig weiter Ihren Kurs bis in die Höhe von Bushere.

Dort werde ich Sie in Ihrem eigenen Interesse fesseln und in die Kaffeeküche einsperren müssen, damit man Ihnen nicht Zusammenarbeit mit dem Feind vorwerfen kann.«

»Donnerwetter noch mal – das ist ja eine Ehre, mit Ihnen zusammenzuarbeiten. Ich entsinne mich auch, Sie im TV gesehen zu haben. Nun ist mir auch klar, warum der Flieger nicht vom Katapult kam.«

»Tja, es war so etwas wie eine Kriegserklärung geplant, da mußten wir eingreifen.«

Nach einer Weile rumorte es an der Aufzugstür, wenig später an der Treppe.

Er solle ruhig bleiben, meinte Ixman zum Mann am Ruder, die Türen seien versiegelt.

Während der Kapitän sich zum Maschinensaal begab, um die Fahrt zu stoppen, hatte der Admiral mit dem Glas die Scheibe beobachtet und meinte resigniert zu den Umstehenden, er sei sicher, daß es ein Fluggerät der Außerirdischen sei. Die wären auch schon auf dem Schiff, denn der Fehlstart und die verschlossenen Türen sprächen dafür.

Der Kapitän hatte inzwischen die Maschinenwarte aufgesucht, um die Fahrt stoppen zu lassen, aber alle Bemühungen der Bedienung, den Wahlhebel auf »Manual« zu stellen, waren vergeblich, und die Maschinen auf andere Weise zu stoppen wäre ihnen nicht bekannt.

Ihre Erzählung von dem Piloten im grauen Overall ließ den Kapitän kopfschüttelnd zum Hörer greifen, um die Brücke anzurufen.

Der Steuermann Mac Bouthen meldete sich. Auf die Forderung, das Schiff zu stoppen, sagte er, da müsse erst Mr. Ixman gefragt werden. Die Schiffsführung sei von Tana übernommen worden. Ixman, der mitgehört hatte, lachte über den ellenlangen Fluch, der als Antwort kam.

Er nahm den Hörer und beruhigte den Fluchenden: »Es war nicht anders zu machen. Wir bleiben auf Kurs nach Bushere. Unterhalten Sie inzwischen die Iraner.«

Dieser Rat war gar nicht so einfach zu befolgen. Der Admiral fand sich zwar bestätigt, aber der Fliegerkommandeur, der sich aus seiner mißlichen Lage durch eine Belüftungsluke hatte befreien können, wovon seine ramponierte Uniform zeugte, rief sofort sein Oberkommando an und schilderte den Vorfall.

Sein Chef fragte, welche Wünsche er habe, ob man das Schiff beschießen oder bombardieren solle. Beides sei riskant wegen der guterhaltenen Bombe. Der Anrufer fluchte erst nach Beendigung des Gesprächs.

Mit der Unterhaltung hatte es Ixman leichter. Er erfuhr viel Persönliches von Mac Bouthen. Er war auf dem Schiff schon als Obermaat am Steuer gefahren, und als es außer Dienst gestellt wurde, hatte man ihm, weil ohne Familie, die Entlassung angeboten mit der Aussicht auf ein Kommando beim Fährbetrieb zu den schottischen Malt-Whisky-Inseln in der Irischen See. Nun sei aber diese Schiffsüberführung dazwischengekommen.

Als ihn Ixman fragte, ob er in Hafennähe eine Sandbank wisse, auf der man das Schiff festsetzen könne, riet der Steuermann zu einem besonderen Coup: Der Hafen hätte am Leuchtfeuer eine mittelalterliche Mauer zur See hin. Da müßte der Meeresboden also ansteigen, so daß ein Schiff, daß mit voller Fahrt darauf zusteuert, wohl erst von der Mauer gebremst werden würde.

»Tolle Idee!« Er überlegte einen Moment. »Wie kommt man denn als Mensch auf das Verdeck dieser Kommandobrücke, die Türen sind alle versiegelt.«

»Kein Problem, der Vorraum zur Treppe hat eine Luke und da hängt auch eine Leiter. Die Scheinwerfer und Hörner über uns müssen ja gewartet werden.«

»Dann vorab eine Frage: Würden Sie als Steuermann auf einem Tana-Stützpunkt Dienst tun unter einem gemütlichen russischen Seebären?«

Mac Bouthen drehte sich um und strahlte über das ganze Gesicht: »Wenn er auch Englisch spricht, geht alles in Ordnung.«

»Sehr gut – Ihr Entschluß genauso wie das Englisch von Kapitän Petrow. Dann fahren Sie diesen Dampfer hier auf die Kaimauer, und anschießend steigen wir beide aufs Verdeck, wo uns unser Lufttaxi abholen wird.«

Über Handapparat unterrichtete er Zetman von der Lage: Den Steuermann habe ich für die »Lavia« geworben. Er setzt das Schiff hier auf die Kaimauer von Bushere, was ihr filmen müßt. Darauf Abholung von der Brücke.«

Eine knappe Stunde darauf stellt Mac Bouthen fest, daß nach den GPS-Daten schon die Höhe von Bushere erreicht sei – Zeit zum Kurswechsel nach Osten.

»Die Marine hat den Spezial-Plottertisch vor dem Verkauf demontieren lassen, aber da kommt östlich auch ein Frachter in Sicht, wohl aus dem Hafen.«

Nach dem Kurswechsel stand die Sonne so ungünstig, daß nur ein Blick auf den Radarschirm Sicherheit vor solchen Begegnungen bot. Das Ziel war schon klar auszumachen, da griff Ixman zum Telefon, um die Maschinenwarte zu verständigen.

»Hier spricht Tana. Meine Herren Maschinisten, die Fahrt ist in einigen Minuten zu Ende, weil wir das Schiff auf Grund laufen lassen werden. Begeben Sie sich umgehend auf das Deck, falls wir Wassereinbruch haben oder das Getriebe auseinanderfliegt. Raten Sie allen Leuten auf Deck, sich hinzusetzen, um einen Sturz zu vermeiden. Danke.«

Das Ufer mit dem Leuchtturm und der Mauer war schon verdammt nahe, und einige winkten aufgeregt zur Brücke herauf, da stürzten die beiden gestikulierend auf die Gruppe zu. Und voraus schwebte in 50 Meter Höhe die Scheibe.

Mac Bouthen stützte sich am Steuerrad ab mit dem Finger auf der Taste Maschinenstopp und betätigte sie kurz, nachdem durch Kontakt des Bugs mit dem Meeresboden die erste Verzögerung – technisch negative Beschleunigung – spürbar war. Die gewaltige Schiffsmasse schoß weiter vorwärts, der Bug hob sich merklich – und dann schlug er mit donnerndem Schlag eine

Bresche in die Hafenmauer. Das Kreischen zwischen Stahl und Stein verebbte erst, als der Rumpf 30 Meter über die Mauer ragend zum Stillstand kam.
Wer sich auf Deck nicht hingesetzt hatte, lag lang.
Minuten später stiegen die beiden »Macher« vom Brückenverdeck in die Scheibe über – für die Iraner einen Denkzettel, für Touristen ein Denkmal mit einem MIG-Vogel auf der Spitze hinterlassend.
»War ein unglaublicher Anblick, wie der Kasten auf den Strand zuschoß und dann über die Mauer kletterte. Die Aufnahmen sind schon an TTS übertragen worden. Morgen lacht die Welt«, teilte Ceman befriedigt mit und begrüßte den Steuermann: »Sie haben Idee und Nerven gehabt. Aber die ›Lavia‹ will vorsichtiger behandelt werden.«
Dort eingetroffen, stand er seinem neuen Kapitän gegenüber. Sie sahen sich in die Augen und wußten, daß sie gut miteinander arbeiten würden. Anspielend auf seinen Einstand bei Tana meinte Petrow: »Wir haben hier natürlich keinen Marinebrocken und laufen keinen Hafen an, um Sabotage und Karambolagen zu vermeiden.«
»Und wie übernehmen Sie Treibstoff?«
»Überall von der Sonne und etwa alle fünf Jahre 100 Kubikmeter destilliertes – besser perlmuttiertes Wasser.«
Mac Bouthens ungläubiges Gesicht veranlaßte Petrow zur Darstellung der genialen Nutzung von Solarenergie, denn schließlich mußte der neue Mitstreiter wissen, welche Kraft seinem Steuerrad folgte.

* * *

Für Tanax und Taniza in Glorias »Festung« bei Brasilia war der Besuch der beiden Mondurlauber als zeitweilige Hausgenossen, die ihren Vätern bis auf die rosa Haare so ähnlich sahen, eine willkommene Abwechslung. Die Tatsache, daß sie auf dem

Mond lebten, war der Grund für immer neue Fragen, welche die beiden oft nur durch Trickbeispiele beantworten konnten, da den Kindern noch das Wissen fehlte.

Aber da Tanax schon die vier Grundrechenarten kannte, machte sich Erman den Spaß, ihm Aufgaben mit einer unbekannten Größe zu stellen und sie mit ihm zu lösen – mit knapp vier Jahren schon bemerkenswert. Den nächsten Versuch machte er mit Potenzrechnen – nicht ohne Erfolg. Bruder Esman gab sich Mühe, das Englisch von Taniza zu verfeinern und sie das Schreiben zu lehren.

Für die Kinder war es fast unbegreiflich, daß die Männer noch nie zuvor einen grünen Baum gesehen hatten, da zu ihrer Jugendzeit auf Tana die Vegetation auch schon dahinsiechte. So streichelten sie manchmal fast andächtig das Blattgrün, das sie nur von Fotos kannten.

Gloria und Esther fanden in ihren Besuchern gute Unterhalter, denn diese waren nicht nur in wissenschaftlicher Literatur bewandert. Sie schätzten auch Unterhaltung über Geschichte und Kulturen der Erde und ihrer Leistungen. Einen besonderen Genuß boten die beiden Frauen auf Empfehlung von Ixman mit dem Besuch der Oper bei Aufführungen von »Madame Butterfly« von Puccini in klassischer Form und »Tannhäuser« von Wagner. Sie staunten immer wieder über die Stimmkraft der Sänger in dem großen Raum, da sie Opern nur von Tonträgern her kannten.

Da die beiden Urlauber täglich mit den Kindern im mineralfreien Zufluß des Corumba baden und ihnen dabei das Schwimmen beibringen konnten, waren die zwei Wochen im »Urwald« eine schöne Einleitung zum weiteren Erleben auf der Erde, mit vielen Erfolgserlebnissen bei den Tana-Sprößlingen ihrer Brüder. Zum folgenden Ablauf des Programms erhielten sie den Besuch von Mediziner Uman, der nachprüfte, ob ihnen die Erdatmosphäre zusagte.

Auf seine Zustimmung hin sandte Präsident Carell einen Militärjet, der die beiden nach Hawaii bringen sollte. Sie hatten sich noch das Rosa aus den Haaren bleichen und bei einem Optiker dunkle Haftschalen für die gelben Augen anpassen lassen, um nicht aufzufallen.

Der Abschied auf dem Flugplatz fiel allen nicht leicht, und Tanax gelobte: »Wenn ihr wieder auf dem Mond seid, winken wir immer bei Vollmond. Wenn ihr es auch nicht sehen könnt, so wißt ihr doch, daß wir an euch denken!«

Weil die Kinder den Wunsch hatten, den Circus Coroso zu besuchen, gingen sie alle sechs in die Vorstellung. Neben Tieren, Akrobatik und dem Musikclown mit den vier Trompeten fesselten Tanax besonders die Darbietungen eines starken Mannes, der zuletzt eine Eisenstange zum »U« bog und einen Mann aus dem Publikum aufforderte, ein Gleiches zu versuchen.

»Könntest du das?« wurde Esman von Tanax vorsichtig gefragt.

Dieser lächelte leicht, stand auf und ging in die Manege, griff zu der geraden Eisenstange, die ihm der Athlet entgegenhielt – und bog sie zu einem Knoten.

Der starke Mann stand mit offenem Mund da. Esman gab ihm den Knoten, klopfte ihm auf die Schulter und sagte laut für alle: »Ich bin kein Mensch – ich komme vom Mond!« Einige lachten, andere klatschten – ob sie wohl den Sinn begriffen hatten?

Für Tanax aber war Esman nun der Größte.

Auf Hawaii wurden sie von den Luftstreitkräften betreut, aber trotzdem nach Landessitte bei der Ankunft von hübschen Mädchen mit Blumenkränzen umhängt. Die Militärs zeigten ihnen alle Inseln mit den Stützpunkten und den tätigen Vulkanen.

Als Erman darauf meinte, hier könne man gut bestattet werden, erntete er Unglauben der Begleiter über diese Tana-Sitte. Als sie sich auch beim Wellenreiten versuchten, schluckten sie viel Wasser und mußten erkennen, daß viel Übung und Erfahrung zu diesem Sport gehört.

Die nächste Station war Japan mit Tokio, wo sie sich vom Verkehr beeindrucken ließen. Nach einem Besuch der Atombombenstadt Hiroshima pilgerten sie auf den Fujijama und genossen die weite Sicht über das Meer zu beiden Seiten.

Darauf holte sie ein chinesischer Militärflieger ab und zog einen weiten Bogen über das Reich der Mitte. Sie sahen die beiden Bauwerke, die auch vom Mond aus zu erkennen waren, die Mauer und den Jangtse-Stausee, aus nächster Nähe. Nach einem kurzen Besuch des Kaiserpalastes brachte sie das Flugzeug mit den beiden hübschen Stewardessen nach Hongkong, von wo ein Kreuzfahrtschiff sie in die ostasiatische Inselwelt entführen sollte.

Die »Cantia« war nicht allzu groß und hatte nur eine Luxusklasse für 150 Passagiere. Die beiden Urlauber hatten sich in Hongkong entsprechend eingekleidet und fanden bald Gesprächspartner, besonders unter den wenigen alleinreisenden Damen.

Ein beherrschendes, aktuelles Thema war ein Piratencoup bei der indonesischen Marine, der scheinbar von langer Hand vorbereitet worden war. Die Aktion soll schon vor vier Wochen abgelaufen sein, wurde aber von der Marine nicht offiziell bekannt gegeben, weil wohl auch ein Organisationsfehler mitgespielt hatte.

Die indonesische Marine als Grenztruppe beschäftigte als Seeleute eine Anzahl von Filipinos, die keine Muslime sind. So war ein kleiner Kreuzer, eher Kanonenboot, im Nordosten von Celebes zur Überwachung der Celebes-See, soweit diese zum großindonesischen Staatsgebiet gehört, stationiert.

Zu einer Ramadannacht hatte der Imam von Menado den Kommandanten des Schiffes mit seinem moslemischen Besatzungsteil eingeladen. Zurück blieb der erste Offizier, der von den philippinischen Sulu-Inseln stammte, mit zehn Mann der Besatzung anderen Glaubens.

Als der Kommandant gegen Morgen mit seinen Leuten in bester Stimmung zum Hafen kam, war sein Schiff nicht mehr dort.

Es soll wegen der Verständigung mit Manila zwei Tage

gedauert haben, bis ein Aufklärungsflugzeug über dem Gebiet seine Schleifen ziehen, aber das gesuchte Schiff nicht mehr entdecken konnte.

Nun war anzunehmen, daß die Abu-Sayyat-Kreise ein Kanonenboot für ihre Piraterien zur Verfügung haben würden.

Es war ein interessanter Gesprächsstoff, der immer von neuen Seiten beleuchtet wurde. Der Kapitän wurde so auch gefragt, ob man Schußwaffen haben könnte. Er fragte zurück, wie man gegen Kanonen anschießen wolle; im übrigen seien reine Passagierschiffe bisher nicht behelligt worden.

Die beiden Brüder hatten Kapitän Allo, der aus Cadiz stammte, schon am ersten Tag eröffnet, daß sie Tana-Urlauber von der Mondbasis seien. Er hatte sie darauf sofort in seinen spanisch möblierten Privatsalon zu einem vertraulichen Gespräch gebeten, bei dem sie ihn um Verständnis baten, daß sie nicht im Speisesaal erscheinen würden. Ihre Weltraumkonstitution sei mit menschlichen Speisen nicht zu erhalten. Sie würden es jedoch begrüßen, wenn in ihrer Kabine eine Karaffe mit frischem Sodawasser stände.

»Aber selbstverständlich wird der Stewart dafür sorgen, meine Herren. Übrigens kamen Sie mir schon bei der ersten Begegnung bekannt vor – wahrscheinlich aus dem TV.«

»Es waren mit einiger Sicherheit unsere Klonbrüder, die Kundschafter, die seit Jahren auf der Erde leben.«

»Richtig, der Name Mr. Ixman ist mir im Gedächtnis – er hat oft mit der UNO zu tun.«

Natürlich wurde noch einiges über die Verhältnisse auf dem Mond und auf Tana unter dem Siegel der Vertraulichkeit gesprochen, und wenn der Kapitän mal gefragt wurde, weshalb die Brüder nie den Speisesaal aufsuchten, so ließ er den interessierten Passagier wissen, daß sie eine Diät bevorzugen, die sie in ihrer Suite einzunehmen pflegten.

Das Piratenthema wurde rasch durch das Nahen eines Taifuns abgelöst. Den Ängstlichen versicherte der Kapitän, daß er versuchen würde, auszuweichen und in die Leeseite einer größeren Insel zu gelangen, um dort schwerem Seegang zu entgehen. Aber zur Vorsicht wurde das bewegliche Mobiliar festgezurrt und in den Gängen Halteleinen gespannt.

Man wich dann nach Norden aus, südlich Taiwans in Richtung auf die Batany- und Babuyan-Inseln im Norden Luzons. So gab es zwar schwere See, und einige blieben den Mahlzeiten fern. Die beiden Urlauber wurden vom Kapitän zum Besuch der Kommandobrücke eingeladen und bekamen so den richtigen Eindruck von der irdischen Seefahrt.

Kapitän Allo meinte, auf der Ostseite von Luzon würde der Seegang nachlassen, und seekranke Passagiere könnten sich erholen, da nach Programm für fast zwei Tage der Hafen von Manila angelaufen werde.

»Welche Sehenswürdigkeiten hat Manila zu bieten?« wollte Erman wissen.

»Es ist eine alte Kolonialstadt. 1512 landete der Weltumsegler Magellan auf der Insel Samar und entdeckte die Philippinen für Spanien. 50 Jahre später wurde Manila gegründet. Es gibt also eine spanische Ciudad intramuros von alten Palästen mit schönen Innenhöfen und Gärten. Hier gibt es auch eine Reihe barokker Kirchen, die in Kriegszeiten zum Teil beschädigt wurden.

Um 1900 hat es Aufstände gegeben gegen die spanisch-katholische Ordnung. Die USA übernahmen die Inseln als Protektorat. Seitdem existiert ein amerikanisches Viertel, in dem die Regierungsgebäude liegen.«

»Und was bietet die Insel Luzon? Bei zwei Tagen Aufenthalt könnte man einiges unternehmen.«

»Da ist Thaal zu nennen, der kleinste aktive Vulkan der Erde, inmitten eines Sees gelegen, oder die Fledermaushöhlen von Montalban und die Pagsanjan-Wasserfälle. Im Norden gibt es seit 2000 Jahren die berühmten Reisterrassen der Ifagao, bis zu achtzehn übereinander. Es werden Flüge dorthin angeboten, in deren Verlauf Mayin – angeblich schönster Vulkankegel der Erde – bewundert werden kann.«

»Liegt denn in der Nähe der Terrassen ein Flugplatz?«

»Nein, es ist natürlich bergiges Gelände. Daher sind zwei ältere amerikanische Militärhubschrauber im Einsatz, die von Einheimischen geflogen werden. Über ausreichende Wartung steht nichts im Angebot.«

»Also mit Risiko verbunden?«

»Als Europäer denkt man in anderen Sicherheitskategorien. Wir sind jedenfalls immer heilfroh, wenn unsere Passagiere nach Bus- und Flugtouren wieder unversehrt auf dem Schiff eingetroffen sind. Das kann aber für alle südostasiatischen Hafenstädte gelten.«

»Nun, wir werden uns auf Naheliegendes beschränken – wenn auf der Mondstation ein Mann länger ausfällt, trifft es die anderen.«

So begnügten sie sich mit kurzen Bustouren durch die Acht-Millionen-Stadt und ließen das bunte Hafenleben bis in die Nacht auf sich einwirken.

Als das Schiff dann ablegte, war die See wieder freundlicher. Bei einer Begegnung mit dem Kapitän erkundigten sich die beiden Brüder, ob alle Ausflügler wieder heil zurückgekehrt seien. Er bestätigte es, erzählte aber, daß drei Hafenfiguren versucht hätten, mit eintreffenden Passagieren an Bord zu gelangen. »Das war neu!« fügte er hinzu.

»Was haben sie denn als Grund angegeben?«

»Pearls for sale – das Weitere war unverständlich für uns, eine der 87 Sprachen der 700 Inseln.«

»Vermuten Sie denn mehr hinter dieser Aktion, weil es drei waren?«

»Man kann es nicht in Erfahrung bringen, diese Malaien sind undurchsichtig. Wir werden uns jedenfalls bei der Fahrt nach Java durch die Makassar-Straße schon ab der Südinsel Mindoro stark westlich halten, entlang der weitgestreckten Palawan-Insel mit deutlichem Abstand zu den Sulu-Inseln, die für Piraterien bekannt sind.«

»Das ganze Gebiet kann man nicht umfahren?«

»Das würde das ganze Programm sprengen. Die Sulu-Inselgruppe grenzt fast an Borneo – und durch diese Passage führt unser Kurs.«

Als sie in die Sulu-See eingefahren waren und steuerbord Palawan lag, kam auf dem Radarschirm voraus ein kleineres Schiff in Sicht, nicht ungewöhnlich, denn der Kurs war bekannt. Beim Näherkommen schien es den Aufbauten nach ein Schiff der Überwachungstruppe zu sein.

In einer Entfernung von einer guten halben Seemeile gab es plötzlich internationale Blinkzeichen, und der Funkgast las: Stoppen, kein Funkverkehr, sonst Beschuß!

Gleichzeitig sah Kapitän Allo durch das Glas, wie die Tarnung von einem Geschütz fiel, das auf sein Schiff gerichtet wurde. Er ließ die Maschinen stoppen, als es auch schon ballerte und ein Geschoß am Bug hoch über der Wasserlinie einschlug. Es war also keine leere Drohung.

Der Scheinwerfer blinkte weiter und kündigte ein Boot an. Zehn männliche Geiseln von den Passagieren sollten sich bereithalten! Kapitän Allo überlegte, ob er versuchen sollte, das Piratenboot zu rammen, aber das würde unübersehbare Probleme geben. Inzwischen waren die Tana-Urlauber zur Brücke hochgestiegen. Auf die Geiselforderung hin rief Erman mit seinem Handapparat sofort den Stützpunkt an. Er konnte Ixman die Situation schildern und erhielt die Empfehlung zur freiwilligen Meldung, denn die Scheibe würde bald über ihnen sein.

Kapitän Allo war hocherfreut über das Beispiel der Freiwilligkeit und warb im Speisesaal vor den versammelten Männern um weitere Freiwillige. Der Zweite Offizier hatte sich Zivil übergezogen und stellte sich zu den Brüdern. Da hielt es zwei blonde Wikingertypen, denen die Abenteuerlust aus den blauen Augen blitzte, nicht mehr zurück, und sie stellten sich dazu. Esman flüsterte dem Kapitän zu, daß er den Piraten folgen könne, da sie die Kanonen stillegen würden. Der Funker könnte dann auch SOS funken. Im übrigen sei Tana im Einsatz. Allo ging daraufhin zu einer Herrengruppe und sprach leise mit ihnen. Zuletzt nickten sie zustimmend.

Beim Anlegen des großen, motorisierten Schlauchbootes der Piraten an einem Fallreep backbord nahm der Erste Offizier die Lösegeldbedingungen in Empfang, je eine Million Dollar, Pfund und Euro, und ließ die zehn Männer übersteigen.

Die drei Piraten schienen über diesen reibungslosen Ablauf erstaunt zu sein und legten ohne weitere Worte ab.

Beim Übersteigen in das Piratenschiff musterte der Anführer sie kritisch. Die beiden Wikingertypen hätte er nicht genommen und die beiden Gleichgesichter mit dem grauen Overall unter den bunten Hawaiihemden schätzte er als gefährliche Typen ein. Er verfügte, daß sie gesondert verwahrt werden.

Darauf lief das Boot mit Kurs Süd zu den Sulu-Inseln volle Fahrt. Nach einer Stunde war der Passagierdampfer immer noch am Horizont. Am Ende der zweiten Stunde hatten sie das Gefühl, daß ihnen der Dampfer folgte.

»Macht das Heckgeschütz klar, damit wir ihm eins vor den Bug setzen können«, befahl der Anführer, der das Schiff selbst steuerte.

Nach einigen Minuten kamen seine Leute zurück: »Das Geschütz steht hoch backbord und läßt sich nicht bewegen!«

Mit einem Fluch über die Dummköpfe schickte er seinen zweiten Mann dorthin, dieser bestätigte aber auch diesen Zustand.

»Hast du ihnen schon Ringe und Uhren abgenommen?« fauchte er ihn ärgerlich an, ohne das Steuerrad loszulassen. Der holte einen Korb und begab sich zu dem Verwahrraum.

Kaum hatte er die Tür geöffnet, da fiel ihm das Kinn herab: Vor ihm standen lächelnd die beiden Gleichgesichter, die er an anderer Stelle eingeschlossen hatte! Er verschloß die Tür wieder, rannte zum anderen Gelaß – fest verschlossen, aber leer.

Zitternd stand er vor seinem Häuptling, als er gestand: »Ich bin katholisch und glaube nicht an Geister, aber die beiden Gleichen sind bei den anderen – und lachen!«

»Schlag ihnen ins Gesicht, damit sie wissen, wer hier die Herren sind!« Der zweite Mann schlich zurück und atmete tief, bevor er die Tür öffnete.

Jetzt hatten die beiden gelbe Augen, die sein Gehirn zu durchdringen schienen. Erman sah voraus, was er plante, und riet: »Nimm die linke Faust, wenn dir die rechte etwas Wert ist!«

Der sah irritiert auf seine linke Hand – und dann schlug er damit in das lächelnde Gesicht und fand keinen Widerstand ... aber seine Hand fehlte und aus dem Armstumpf floß das Blut.

Laut aufschreiend stürzte er zu seinem Häuptling, hielt ihm den Armstumpf vors Gesicht: »Geh selbst – es sind Geister!«

Mit einem Fluch machte der sich auf den Weg, konnte aber die Tür zum Vorschiff nicht mehr öffnen. Und überm Heck gab es immer noch den Dampfer.

Die Geiseln waren schon erstaunt gewesen, als die beiden Brüder durch die Wand zu ihnen traten, aber Kapitän Allo hatte ja gesagt, daß Tana im Einsatz wäre. Leicht entsetzt waren sie aber doch über den Verlust der Piratenfaust, weil sie die Wirkung der vierten Dimension nicht einschätzen konnten. Nur einer von ihnen erinnerte sich an die Sendung aus dem Gerichtssaal in Den Haag, wo Tana den Massenmörder vor den Augen der Richter aufgelöst hatte.

Auf jeden Fall fühlten sie sich in der Nähe solcher Potenz auch als Gefangene sicher.

Dann meldete sich der Handapparat von Erman. Das Gespräch in Tana verstanden sie nicht, aber es war sicher eine Verbindung zur Außenwelt, auf welche die Piraten keinen Einfluß hatten.

Ixman teilte mit, daß sie schon über den Philippinen wären und das Handgerät für einige Minuten auf Sendung bleiben sollte, damit die genaue MPS-Position ermittelt werden könne. Man solle die Piraten auch nicht weiter beunruhigen, damit sie ihren Schlupfwinkel auf kürzestem Weg ansteuern. Sie würden zur Nacht die Sulu-Gruppe erreichen und im Morgengrauen ihr Versteck aufsuchen. Man werde auch dem Kreuzfahrtschiff ausreichend Abstand empfehlen.

Erman unterrichtete die Mitgeiseln kurz über das Gespräch

und versicherte ihnen, daß die Tana-Flugscheibe in Kürze über ihnen schweben würde, denn die Männer diskutierten natürlich ihre Situation.

Der Oberpirat kannte die Inselgruppe sehr genau und hatte Katzenaugen. Ohne Positionslichter steuerte er das Schiff bei Nacht mit halber Kraft hindurch und war bei Morgengrauen schon in der Celebes-See. Der Dampfer hatte ihm in der Dunkelheit nicht folgen können, war aber auf anderem Kurs auch in diese See gelangt, denn Kapitän Allo war ein ausgezeichneter Seefahrer.

Ixman meldete sich wieder und berichtete, daß die Piraten offenbar südlich der Sulus eine Insel ansteuern, die einzeln liegt und in den Seekarten ohne Namen als unbewohnt verzeichnet wäre. Daraufhin begab sich Esman zum vorderen Geschütz und nahm einen Beobachtungsposten unter der Tarnplane ein. Mit bloßem Auge war noch keine Insel voraus zu erkennen, zumal es über dem Wasser dunstig war und im Westen noch einige Sterne schimmerten. Mit der Technik der Scheibe war da mehr zu sehen.

Als die Sonne sich anschickte, über den Horizont zu blicken, konnte Esman voraus einen dunkleren Punkt entdecken, der immer deutlichere Form annahm, eine Art Kegel, der mitten in der See stand.

Aus Esmans Sicht fiel der Fels steil ab, aber die Konturen an der Spitze ließen einen Bewuchs mit Palmengewächsen vermuten. In etwa drei Seemeilen Entfernung wurde das Ruder steuerbord eingeschlagen, und man schien vorbeifahren zu wollen, doch auf gleicher Höhe wurde scharf backbord direkt Kurs auf den Felskegel genommen, der keine Hafenbucht, aber überall Brandung erkennen ließ.

Keine halbe Seemeile entfernt zeigte sich ein schmaler, dunkler Spalt in dem Felsen, der, sich verengend bis zur Kegelkuppe, die etwa hundert Meter über dem Meer lag, hinaufzureichen schien.

Mit kleiner Fahrt steuerte das Boot darauf zu. Felsen lugten auf beiden Seiten aus dem brodelnden Wasser. Die bewachsenen Felswände kamen immer näher. Das Boot hatte nur noch Schrittgeschwindigkeit. Esman zog unwillkürlich den Kopf ein, als es wie durch ein Tor in eine gewaltig hohe Halle glitt. Es hätte wohl keine zwei Meter breiter sein dürfen.

An der Hallendecke war als Spalt der Himmel sichtbar, gesäumt von Baumgrün. Nachdem das Boot etwa zwanzig Meter eingefahren war, leuchtete Tageslicht auch backbord voraus durch einen Spalt, der ebenfalls bis zur Kuppe reichte. Es waren zwei Inseln oder eine, die ein Naturereignis geteilt hatte. Etwa vierzig Meter weiter machten die Piraten das Boot an einer Art Kai fest. Darüber waren im Fels Höhlen ausgearbeitet, zu denen Leitern hinaufführten. Ideale Verwahrräume.

Ixman hatte Kapitän Allo die MPS-Daten der Insel gefunkt, und der hatte versprochen, sich vorsichtig bis auf zwei Seemeilen zu nähern, um seine Passagiere wieder übernehmen zu können. Inzwischen hatten auch zwei Patrouillenboote der Philippinen mit hoher Fahrt Kurs auf den Kegel genommen.

Auf der Mitte der Kuppe über dem Spalt zwischen den Bäumen schwebte die Scheibe. Da der Dampfer schon in Sichtweite war, tönte von oben der Lautsprecher: »Hier spricht Tana! Piraten, ihr seid entdeckt, gebt auf! Laßt eure Geiseln mit dem Schlauchboot frei!«

Esman kam aus seiner Deckung und ging auf die Kommandobrücke zu. Da sah ihn der Anführer, griff voller Wut zum Gewehr und schoß aus nächster Nähe. Esman war mit drei Schritten bei ihm, griff blockierend das Gewehr, dann den Häuptling am Bund und warf ihn in hohem Bogen in das schwarze Wasser, das ringsum von steilem Fels begrenzt war.

Die Piraten hatten das beobachtet und sahen nun auch den zweiten Gleichgesichtigen an Deck, der sie anherrschte: »Los, macht das Schlauchboot klar!«

Zehn Minuten später saßen die Geiseln im Schlauchboot, das der Zweite Offizier zur Ausfahrt steuerte. Erst dann trauten sich die Piraten, ihren paddelnden Häuptling aus dem Wasser zu holen, der nur eine Stunde später mit ihnen zusammen im Ankerraum eines Patrouillenbootes saß.

Die Urlaubsstory ging um die Erde, und die beiden Brüder erhielten von der Regentin in Jakarta goldene Orden für die Schiffseroberung und wurden zu einer Fahrt im Luxuszug durch die Insel Java eingeladen.

* * *

Die acht in den USA tätigen Tana-Dozenten hatten es vermieden, in den Lehrbereich von Altprofessoren einzusteigen. Ihre Vorträge bezogen sich auf die amerikanische Geschichte und die Weltpolitik der USA, jedoch aus ihrer »kosmischen Sicht«, wie sie es nannten. Das war für viele US-Amerikaner neu und ungewöhnlich, so daß auch Journalisten darüber berichteten. Bald mußte jeweils der größte Hörsaal für diese Veranstaltungen belegt werden, und auf Bitten des Lehrpersonals wurden auch noch Vorträge nach allgemeinem Vorlesungsschluß gehalten.

Sooft es sich anbot, wurden die letzten acht Jahre der Amtszeit von Präsident Carell erwähnt, dessen Amtsende nahte. Dem Verstand im Weißen Hause war es zu verdanken, daß die stärkste Macht der Erde zuerst den Beginn einer neuen Zeit erkannt und gehandelt hatte. Aus China war die erste Zustimmung gekommen, was mitentscheidend bei der Übertragung des UN-Vetorechts im Sicherheitsrat auf den Generalsekretär war. Eine Blockade der Weltpolitik wurde damit beseitigt und der Gleichheit aller Nationen Ausdruck verliehen. Es gab Widerstände kurzsichtiger nationaler Kreise mit einem Mordplan an beiden Politikern, der durch Tana-Technik verhindert werden konnte.

Innenpolitisch wurden die Abwehr der Yellowstone-Gefahr sowie der Abbau von Parteigegensätzen durch ausgleichende Maßnahmen gewürdigt. Das alles mit einem gemischten Kabinett und eine durch einfaches Wählervotum bestätigte dritte

Amtszeit des Präsidenten Carell. Gemeinhin folgte darauf die rhetorische Frage, was man von neuen, mit gewaltigem Aufwand und prägnanter Hervorhebung von Unterschieden im Parteiprogramm schließlich ermittelten Kandidaten erwarte. Dabei hätten doch außenpolitisch alle US-Bürger ähnliche Vorstellungen von der Position der USA auf der Erde und innenpolitisch zwar unbequeme Gesetze, die aber dem allgemeinen Trend zur Erhaltung der Lebensqualität der Erde entsprechen würden. So wären das alles nur Scheingefechte zugunsten persönlichen Ehrgeizes und Stoffes für die Medien.

Diese gezielten Überlegungen der Tana-Dozenten blieben natürlich der Presse nicht verborgen. Es gab Kritik wegen des Versuchs der Einflußnahme auf das demokratische System, aber auch Befürwortung des Handelns nach Verstand und nicht nach der Ordnung einer vergangenen Zeit. Schließlich beschäftigten sich auch die Leitartikler der großen Blätter mit dem Thema, das nun auch in den Wandelgängen des Kapitols diskutiert wurde: eine weitere Amtszeit des Präsidenten.

So fühlte sich Mr. Collman, der Vorsitzende des Repräsentantenhauses, veranlaßt, den Sprecher der Dozenten, Mr. Hitata, zu bitten, vor einem Ausschuß über diese Frage zu sprechen. Dieser sagte zu, erklärte aber, man solle keine Zeit verlieren und wie vor vier Jahren sogleich das Problem vor beiden Häusern erörtern. Dafür bot sich ein Termin in zwei Wochen an.

Es war ein Tag, an dem beide Häuser Sitzungen hatten und sich die Gemeinsamkeit gegen Schluß vereinbaren ließ.

Hitata dankte für die Einladung und die Ehre, zu den Mitgliedern sprechen zu dürfen mit der Zusage, sich kurz zu fassen. Dann ließ er die lockere Bemerkung fallen, daß er nicht gern in Ausschüssen spreche, weil man den wenigen Herren dann unterstelle, daß sie seinem bösen Blick erlegen seien.

»Ladies and Gentlemen, Sie haben ja aus den Medien von unseren gemeinsamen Bemühungen erfahren, den USA einen aufwendigen Wahlkampf mit dem grundlosen Aufheizen von Gemütern, dem Bewegen großer Summen für unnötige Werbung und Festlichkeiten zu ersparen. Dafür gibt es sicher genug Gelegenheiten bei Sport und Kultur.

Wer von den Politikern nach dem Glamour des Präsidenten trachtet, müßte vielen nach dem Munde reden, um Geld bitten und Unerreichbares versprechen. Kein schöner Job für echte Männer.

Sie werden mir entgegenhalten, daß die Verfassung den maximal achtjährigen Präsidentenwechsel vorschreibt. Diese Verfassung haben Menschen verfaßt, so können sie auch Menschen ändern. Sie werden mir sagen, das beruht auf Tradition. Richtig, diese soll man hochhalten – in der Erinnerung, wenn sich Zeiten und Voraussetzungen ändern. Und beides hat sich geändert in den letzten zweihundert Jahren, denn ich stehe vor Ihnen als Vertreter eines anderen kosmischen Systems mit der Hiobsbotschaft, daß die Zukunft der Erde gefährdet ist – einer wissenschaftlichen Prognose, von der kein Politiker bewußt Kenntnis nehmen wollte, um nicht handeln zu müssen.

Man wird behaupten, eine Demokratie braucht Parteien, und seien es nur zwei in einem Land, damit eine Regierung nicht zur Diktatur wird. Dazu müßten die Wahlen fortfallen mit der Möglichkeit, den als Diktator fungierenden Politiker abzuwählen. Der andere Einwand wäre, daß Opposition und damit Kritik fehle. Das heutige US-Kabinett hat einen parteilosen Minister und drei von der Gegenpartei, fast eine große Koalition und ist damit Beweis für den vom Verstand geleiteten Ausgleichswillen des Präsidenten. Und Sie alle« – er machte eine ausholende Geste – »können damit Kritiker der Regierung sein. Eine gute Kritik verbindet sich auch immer mit einem verbessernden Vorschlag, sonst ist es Theaterkritik. Gestern habe ich Ihren Präsidenten besucht. Nach dem frühen Verlust seiner Familie fühlt er sich quasi als Vater der Nation. Er nickte zu einer vierten Amtszeit, wenn sie ihm angetragen wird, obgleich er sich wohl lieber mit dem Tana-Sohn seiner Schwester beschäftigen würde.

Ich denke, ich habe alles zur Sache gesagt. Nun liegen Diskussionen und Entscheidungen bei ihren hohen Häusern. Ich danke Ihnen.«

Zwei Wochen später erhielt Hitata einen Anruf vom Präsidenten. »Was müssen Sie den Abgeordneten im Kapitol nur erzählt haben? Man hat mir tatsächlich die vierte Amtszeit nach Abstimmung ohne Werbung angetragen und überlegt, wie die Verfassung zu ändern wäre. Als ich ihnen mitteilte, daß Ernest Dodge nicht mehr als Vize zur Verfügung stehen würde, hat Collman sofort – absolut sofort – gesagt, daß man Sie sich als Vizepräsidenten wünsche!«

Hitata verschlug das nun einen Augenblick die Sprache. »Einem Tana-Mann?« fragte er dann ungläubig. Auf die Bestätigung hin meinte er: »Na ja, mit 103 Jahren bin ich wohl noch nicht zu alt.«

* * *

Der Anruf auf der »Lavia« kam mit Vermittlung der UNO vom Sekretär eines Bankiers aus Beirut, der Mr. Ixman dringend sprechen wollte.

»Exzellenz Ixman, ich rufe auf briefliche Order meines Chefs Hassan Schamoun an. Es kam die Nachricht von seinem Begleiter aus Aden, daß er entführt wurde. In dem für einen solchen Fall für mich hinterlassenen Brief steht nun, daß Sie in der Lage wären, ihn ausfindig zu machen, weil er eine Spezialsonde am Körper habe.«

Ixman entsann sich sofort: Dieser Schamoun war der jüngere Bruder von Ahmed, der auf dem Flug zu dem Geheimtreffen in New York abgestürzt war. Sein Bruder hatte dann als Nachfolger an dem Vortrag über Lebensverlängerung teilgenommen, der ihm die Ohrsonde eintrug.

»Danke für den Anruf. Wurde ein Lösegeld gefordert, und wo könnte sich der Aufenthaltsort etwa befinden?«

»Sein Begleiter wurde mit dem Auftrag freigelassen, drei Millionen Dollar zu fordern, Übergabe nach Vereinbarung. Mein Chef hatte auf seiner Yacht, die in Aden lag, die Nachricht von einem Angebot in Sana, Hauptstadt der Arabischen Republik Jemen, erhalten. Er charterte mit einem Begleiter ein Flugzeug nach Sana, das nach einer halben Stunde notlanden mußte. Dort wurde er auf einem Grenzpunkt der Volksrepublik von einer bewaffneten Horde entführt. So etwas wäre in diesem wilden Grenzgebiet nicht unüblich. Ich gebe Ihnen den Anruf der Yacht, dann können Sie den Begleiter direkt befragen.«

Von ihm erfuhr Ixman, daß der Flieger etwa 100 km nördlich von Aden im Grenzgebiet notgelandet sei, weil angeblich der Motor zu heiß geworden war. Es sei eine Art Almwiese gewesen, an deren Rand eine Grenzstation mit einigen Uniformierten lag, die natürlich die Pässe sehen wollten. Nach einer guten Stunde, während der die Flieger an ihrer Maschine hantierten, sei ein Trupp Bewaffneter erschienen, die nach kurzem Wortwechsel mit den Grenzern Schamoun gefesselt und abgeführt hätten. Wegen der Lösegeldforderung wurde von ihm der Anruf der Yacht verlangt; sie würden sich nach einigen Tagen melden. Die Behörden in Aden hätten zu dem Ereignis erklärt, das Gebiet sei eben nicht sicher und die Aktion wäre bestimmt von Norden aus erfolgt. Nach kurzer Beratung mit Zetman nahm dieser ein Spezialsende- und -empfangsgerät an Bord; dann starteten die beiden Brüder zur arabischen Halbinsel. Sie flogen von Norden her in das Gebiet ein, da die Volksrepublik sicher Abwehrmaßnahmen einleiten würde.

Beim Abfliegen der Grenzregion entdeckten sie einen entsprechenden Ort, der aber deutlich östlich der Linie Aden – Sana lag, was eine absichtliche Notlandung wahrscheinlich machte.

Von dem Gelände verlief ein erkennbarer Weg in südlicher Richtung. Von Norden her, wo die Grenze verlaufen sollte, war ähnliches nicht zu erkennen. In einiger Entfernung vom Grenzpunkt gab es aber vom südlichen Weg eine schwer erkennbare Abzweigung nach Nordwest, die wohl irgendwo die Grenze überschritt. Der Verlauf ließ sich kaum sicher verfolgen, aber in etwa 30 km Entfernung von der vermuteten Grenze gab es einen bewohnten Flecken in einem Tal.

Die Behausungen bestanden aus Höhlungen in einer Kalksteinwand, vor denen es einen Brunnen gab. Auf einer Wiese weideten fünf Dromedare, die den Bewohnern wohl als Reittiere dienten.

»Von hier aus könnte die Aktion gestartet worden sein, denn zum Talausgang führt ein bewachsener Weg, der auch von einem Wagen benutzt werden könnte und sicher zu einem Fahrweg hinführt«, meinte Zetman.

»So sehe ich das auch, also müssen wir die Umgegend mit unserem Suchgerät abtasten«.

Die Scheibe flog nun in mäßiger Höhe mit dem an einer Leitung ausgefahrenen Gerät die in Frage kommenden Geländeabschnitte ab. Es waren mit niedrigem Strauchwerk und Baumgruppen bestandene Geröllfelder von Bergstürzen infolge Erosion.

In einem Seitental, nur einige Kilometer von den Höhlungen entfernt, meldete das Suchgerät Reflexe. Die Scheibe tastete sich vorsichtig an das Maximum des Reflexempfangs heran, aber aus ihrer Höhe war nichts Auffälliges auszumachen – oder gab es da einen gewundenen Fußweg im Geröll?

»Wir müssen vorsichtig sein. Wenn sie sich verfolgt fühlen, ermorden sie Schamoun schließlich«, gab Ixman zu bedenken. Im seitlichen Abflug entdeckte er an einer senkrechten Wand zwischen Bäumen und Buschwerk eine alte Hütte. »Das könnte das gesuchte Objekt sein. Wir müssen das bei Dunkelheit klären«, entschied er.

Die Scheibe schwebte wieder zu den Höhlungen und tarnte sich in ausreichender Höhe als leichte Wolke. Nach einiger Zeit wurde ein Mann beobachtet, der Wasser aus dem Brunnen hob und das Gefäß zur Tränke der Dromedare trug. Das wiederholte er mehrmals. Später trat ein scheinbar alter Mann mit Stock und einer Kiepe auf dem Rücken aus dem Buschwerk. Nach wenigen Metern verließ er den Weg und stieg in ein Geröllfeld ein, das in Richtung zu dem Seitental lag. Darauf wurde die Position der Scheibe so verlegt, daß auch die Hütte im Seitental im Blickwinkel lag. Nach einer Stunde war der Alte zu erkennen, wie er auf die Hütte zuging. Eine genaue Beobachtung war wegen des Blätterdachs der Bäume nicht möglich. Nach einer guten Viertelstunde verließ der Alte den Ort wieder.

»Der hat Schamoun verpflegt«, stellte Zetman fest, »bei beginnender Dunkelheit werde ich versuchen, in der Nähe der Hütte zu landen.«

Als das gegeben war, ging Ixman, mit Nachtsichtbrille, seinem Laserstab und leuchtendem Stirnband versehen, auf die Hütte zu. Sie stand fast einen Meter über dem Boden auf Böcken, und eine kurze Leiter führte zum Eingang, dessen Tür nur mit einem Holzpflock verschlossen war.

Der etwa drei Meter tiefe Raum war fast leer. Auf einer Seite lagen einige Strohsäcke, gegenüber standen zwei Kübel und ein Stoß alter Zeitungen, darüber ein Bord mit einer ganzen Reihe von irdenen Näpfen. Sie waren offenbar mit festem Fett gefüllt, denn in ihrer Mitte ragte ein Docht heraus. Über allem war das schräge Dach sichtbar.

Plötzlich vernahm Ixman ein Husten aus unbestimmter Entfernung – also ging es hier irgendwo weiter.

»Hallo, hier Tana – Hassan Schamoun?« rief er nach Schließen der Hüttentür.

»Ja, hier!« antwortete jetzt deutlich eine Stimme. »Der Eingang ist hinter der Hütte.«

»Verstanden – ich komme!«

Die Hüttenwände reichten bis an die Felswand. Es dauerte einige Minuten, bis er herausgefunden hatte, daß sich auf der linken Seite die drei unteren Planken der Seitenwand nach vorn zurückschieben ließen. Nachdem er den knappen Meter zwischen Rückwand und Fels überwunden hatte, stand er im Eingang zu einer Höhlung, in deren Hintergrund ein kleines Licht brannte und ihn eine Stimme willkommen hieß. Er legte an die zehn Meter zurück, bis er Schamoun begrüßen konnte.

»Hotelzimmer ohne Sterne«, meinte er trocken«, »Sie sind scheinbar angekettet?«

»Ja, am Fuß, sonst wäre ich schon geflüchtet.«

Ixman schaute sich in dem weiten Raum kurz um. »An den Seiten hängt auch noch je eine Kette. Die Wohngelegenheit war demnach unterbelegt.«

Inzwischen hatte er mit dem Laserstab den Schloßbügel durchtrennt, und Schamoun war frei. »Ehrlich gesagt, habe ich nicht ganz fest an diese Wirkung der Sonde geglaubt.«

»Mit unserer Technik können Sie fester rechnen als mit Allahs Paradies«, lachte Ixman. »Ich werde mal die drei Ketten von der Wand abtrennen, damit die Burschen auch ihre Freude haben.« Dabei sah er, daß sich die Höhle auf der rechten Seite fortsetzte. Dann half er Schamoun durch den kurzen Eingangstunnel und den Zwischenraum zur Hütte.

»Ich wußte nicht weiter, da hörte ich Sie husten«, bekannte er, als sie zur Scheibe gingen.

Nachdem Zetman den Kurzbericht von der Befeiung gehört hatte, richtete er den Laserstrahl auf die Hütte. Sie brach zusammen, ging in Flammen auf, und einige Bäume verloren ihre Tarnkronen.

Während die Scheibe in den Nachthimmel stieg, gestand Schamoun, daß er die Tage relativ gut überstanden hätte. Ein Taubstummer habe das Essen – einfach, aber schmackhaft – gebracht, ein Licht hätte viele Stunden gebrannt, bei dem er lesen konnte. Nur auf einem Strohsack hätte er noch nie geschlafen.

»Also das Leben von Millionen Armen gekostet«, folgerte Ixman und fragte dann: »Wo sollen wir Sie absetzen?«

»Am besten neben unserer Yacht in Aden.«

»Wir möchten dort nicht landen, das ist ein autoritärer sozialistischer Staat«, warf Zetman ein.

Schamoun überlegte einen Augenblick. »Wenn ich meinen Handapparat noch hätte, könnte ich veranlassen, daß die Yacht in See sticht. Dann könnten Sie auf dem Hubschrauberdeck landen.«

Ixman reichte ihm den seinen, und so kamen die beiden Brüder zu einer Dankeschön-Einladung auf der Luxusyacht. Die »Xena« hatte sicher eine Größe von 4000 Tonnen und war eine Schönheit in Weiß. Die Gäste versanken in den Polstern des Salons, wo ihnen livrierte Diener das gewünschte Tafelwasser – aus Karlsbad – servierten.

»Wir haben die GPS-Werte des Ortes und der Höhle festgehalten und werden sie über die UNO dem Innenminister zukommen lassen für Polizeimaßnahmen«, bemerkte Zetman, nachdem man die Ausstattung des Schiffes gebührend gewürdigt hatte.

»Es ist fraglich, ob sich die Polizei in diesem Gebiet frei bewegen kann, denn es gibt dort rebellische Stämme. So wurden immer wieder Besucher antiker Stätten entführt. Ich glaubte, dieser Gefahr durch die Flugreise zu entgehen, aber die Entführung bahnte sich wohl schon an mit der Bestellung des Taxis vom Schiff zum Flugplatz. Unser Erster Offizier begleitete uns in weißer Uniform zum Wagen, und da hat der Chauffeur vielleicht schon seine Beziehungen spielen lassen. Mit den Handapparaten ist heute alles möglich. Durch Einwanderer aus Pakistan wird hier im Umgang auch ein kaum verständliches Urdu gesprochen, so daß Gespräche nicht zu verfolgen sind – wie zum Beispiel vor der Gefangennahme durch den Räubertrupp. Diese haben sich dann untereinander in einem Stammesdialekt verständigt. Meinen Paß haben sie mir nicht abgenommen, dafür Kette ans Bein, täglich Essen, Wasser und Licht bis Geld eingetroffen ist. Lakonisch, aber klar.«

»Von der Sonde und von Tana konnten sie nichts wissen«, lächelte Ixman und wechselte das Thema. »Hat sich in Ihrem Leben durch die Ohrsonde etwas geändert?«

»Das ist schwer zu sagen, weil sich mit dem vorausgehenden Tod meines älteren Bruders viele Dinge verändert haben. Er war eine starke Persönlichkeit, bei der jeder Schritt auf Erhalt von Einfluß und Erweiterung von Macht ausgerichtet war. Verständlich, daß er mich als Werkzeug dazu betrachtete und benutzte, wie die U-Boot-Affäre bewies. Ich fühle mich nach wie vor schuldig am Tod der beiden Söhne von Mrs. Colbert.«

»Die Schuld wäre noch wesentlich größer gewesen ohne die Unkenntnis von Mr. Whitehold in nachrichtentechnischen Dingen und der Tana-Technik – es wäre ein Massenmord geworden.« Ixman fand, daß es gesagt werden mußte, fuhr aber ablenkend fort: »Sie waren demnach Ihrem Bruder hörig?«

»So kann man es nennen. Er hatte die Idee, konstruierte den Ablauf, und seine Angestellten und ich waren die Ausführenden.«

»Nun haben Sie also die Geschäftsideen.«

»Nicht mit den gleichen Zielen nach persönlicher Macht. Wir beraten im Team, und die beste Idee wird Grundlage der Arbeit.«

»Und das wirtschaftliche Ergebnis?«

»Es ist mindestens gleich gut. Wir haben weniger Gegner und einige Geschäftsfreunde gewonnen.«

»Darf ich fragen, ob dabei islamische Geistliche beratend mitwirken? Der Libanon war schon immer lockerer, und die Saudis gehen jetzt einen eigenen Weg.«

»Persönlich habe ich Verständnis für König Halefs Wendung. Wir selbst erfüllen die Vorschriften des Korans mit Almosengaben und hindern niemand an der Erfüllung der Rituale. Wir billigen offiziell auch den Ramadan, aber wer mit der westlichen Welt Geschäfte abwickelt, muß tolerant sein – auch bei den Riten. Ich habe viel über Glauben und Religion nachgedacht. Mein Bruder war Islamist, wo es ihm nutzte. Mrs. Colbert versicherte mir bei meinem Besuch, tief gläubig zu sein, aber die religiös festgelegte Lebensweise im Islambereich strikt abzulehnen – ein Grund, weshalb sie mein Werben um sie zurückweisen müßte. Ich war früher nicht so tolerant und habe Glauben und Religion rituell als Einheit betrachtet. Heute sehe ich das anders – mit der gebotenen Toleranz für die Mitmenschen. Vielleicht ein gewisser Einfluß Ihrer Sonde.«

»Das wäre schon möglich, denn ich habe mir sagen lassen, das

Gen, welches auf die Lebenserwartung Einfluß hat, wäre auch ein Hort für geistige Anlagen wie zum Beispiel die Bereitschaft zur Toleranz. Bei Ansprache werden diese Anlagen stärker ausgeprägt.«

»Senhor Ordano, der damals in New York dabei war, bestätigte mir, daß er seither seine Geschäfte ruhiger abwickele.«

»Besteht noch eine Verbindung der Nachfolger des Geheimkreises?«

»Das wohl schon, denn Ordano und ich wurden zu einem Meeting eingeladen. Er hat auch teilgenommen – schließlich ist es nicht weit von seinem Rom nach Bonifacio auf Korsika.«

»Das ist doch die Stadt, die einst über eine Treppe erobert wurde, die man in einer Nacht von der Seeseite her in die 40 Meter hohe Kalksteinwand geschlagen hatte.«

»Sie sind aber gut informiert.«

»Mein Wissen stammt aus einem Buch über Napoleon, der ja gebürtiger Korse war – aber ich habe Sie unterbrochen.«

»Also, Ordano hatte teilgenommen und berichtete mir kurz, daß die Geheimbündelei nicht mehr gepflegt werde. Tagungsort wäre ein kleines, komplett gemietetes Hotel. Aus den USA wäre niemand erschienen, aber aus Rußland hätte man Zugang gehabt. Von dieser Seite aus hätte man auch versucht, zum Widerstand gegen Tana zu werben, mit unklaren Andeutungen über wirksame Abwehrmittel. Die Resonanz soll gering gewesen sein, vielleicht aber für Sie trotzdem eine interessante Nachricht.«

»Sicher, wenn Sie wieder eine Einladung erhalten, wäre ich für die Information dankbar.«

»Die liegt schon vor mit einem Termin in drei Wochen. Ich will absagen.«

»Schade, ich hätte Sie gern als Ihr Sekretär begleitet. Bonifacio liegt doch günstig für Ihre Yacht.«

»Der Hafen ist zu klein. Es gibt nur die Anlegekais für die Fähren. Wir müßten vor dem Hafen ankern.«

Kein Problem, die Scheibe bringt uns an Land. Weshalb ich auf Ihre Mitwirkung Wert lege? Als Sekretär würde ich natürlich nicht an den internationalen Zusammenkünften teilnehmen, aber als Hörzeuge hinter der Wand kann ich keine Fragen stellen – aber Sie.«

Schamoun lächelte wissend und nickte. So verabredete man ein Treffen im Tyrrhenischen Meer.

* * *

Zum Termin setzte Zetman bei schwacher Morgendämmerung die beiden Männer mit leichtem Gepäck an der Auffahrt zum Friedhof ab, der auf dem früheren Festungsplateau liegt. Ixman hatte sich mit dunklen Haftschalen und kleinem Bart dekoriert. Nach einem Drink in einer noch offenen Hafenbar wanderten sie zum Hotel, das direkt auf der Westseite des Bootshafens lag. Die beiden frühen Gäste erhielten je ein Zimmer mit Hafensicht.

Nach einem ausgiebigen Déjeuner versammelten sich die vierzehn Teilnehmer in einem kleinen Nebensaal. Der Initiator Sir Limford begrüßte die Teilnehmer ohne Rituale und übermittelte Grüße vom Weltbankpräsidenten Goldenham, der seine Absage mit Zeitnot begründet hatte. Es folgte eine Schweigeminute zum Gedenken an die toten Stammitglieder in New York, die Ixman mit gemischten Gefühlen hinter einem Wandvorhang über sich ergehen ließ.

Das Erscheinen von Schamoun würdigte Sir Limford besonders. Darauf schilderte dieser sein Erlebnis im Jemen mit der sicheren Hilfe durch Tana aufgrund der Ohrsonde.

»Zuerst war ich über das mit Trick verpaßte Gerät alles andere als begeistert«, bemerkte dazu einer der Teilnehmer. »Aber ich habe keine schlechten Erfahrungen damit gemacht. Meine Entscheidungen kommen oft aus dem Gefühl heraus, werden aber heute vom Verstand beurteilt – vielleicht eine Folge der Sonde.«

»Bei geschäftlichen Verhandlungen«, warf ein anderer ein, »bleibe ich deutlich ruhiger als früher und zeige für die Argumente der Gegenpartei meist mehr Verständnis als nötig, wofür dann freundlich gedankt wird.«

»Zu meiner Beteiligung am Saharaprojekt«, bekannte Mr. Lemain, »einer Sache, die sicher zu meinen Lebzeiten keinen Gewinn abwirft, wäre ich früher nie bereit gewesen.«

Da keine strenge Konferenzordnung bestand, tauschten andere untereinander ähnliche Erfahrungen aus.

Anschließend kam die Sprache auf die Verstärkung der Tana-Dozenten durch weitere Wissenschaftler. Ein Umstand, den einige begrüßten, weil davon nur Positives zu erwarten sei, andere aber als aufgedrängte Einflußnahme betrachteten. In großen Staaten würde eine Verdopplung der Tana-Mannschaft weniger wirksam sein als in kleinen Ländern, wo sich die Regierung beraten lasse.

»In der Europäischen Union könnte der Einfluß beherrschend sein, wenn die Präsidentschaft wirklich an Tana fällt.«

»Dann wird weniger geredet, aber mehr gehandelt werden – zugunsten Europas.«

»Auch, aber das Tana-Netzwerk in allen Staaten verhindert durch die Solidarität dieser Leute eine ausgesprochene Benachteiligung anderer. Als Beispiel dafür kann die gezielte Austrocknung der Korruption gelten.«

»Sie alle sehen nur das Positive dieser Invasion«, meldete sich der russische Teilnehmer Nomski zu Wort, »aber die Erde ist ihnen durch ihre Technik ausgeliefert. In ihrer heutigen Minderheit versprechen sie den Menschen eine Zukunft – als Geistessklaven.

Die Sache mit dem U-Boot war gut eingefädelt, leider durch ein Bedienungsmanko gescheitert. Wenn sie gewarnt werden, sind mindestens ihre Kundschafter kaum zu überwinden. Zwei amerikanische Forscher haben es versucht, aber diese Wesen können Gedanken lesen und haben die Reaktionsschnelligkeit von Tieren. Wenn sie erst in genügender Anzahl auf der Erde sind, beherrschen sie uns. Die Demütigung des Islam in Mekka ist ein Fanal!«

»Alle wissenschaftlichen Untersuchungen haben ergeben, daß es nach menschlichen Begriffen keine irdischen Grundlagen dafür gibt«, Sir Limford blieb sachlich.

»Von Menschen sicherlich nicht, aber sie sagen selbst, daß sie keine Menschen wären. Meines Wissens gab es auch im früheren Geheimbund die Ansicht, sie deshalb zu eliminieren.«

»Schon möglich«, erwiderte Sir Limford, »aus Rußland kamen da mehrmals Pläne.«

»Welche Vorstellungen haben Sie denn nun?« schaltete sich Schamoun ein. »Sie sollten vielleicht wissen, daß mein Bruder und ich die U-Boot-Aktion eingeleitet hatten. Ich war nun bei der letzten Tagung verhindert, auf der Sie einige Andeutungen gemacht haben sollen.«

»Sie haben vorhin geschildert, wie Tana Sie aus einer mißlichen Lage befreite, was vermutlich zu einem Frontwechsel geführt hat.«

»Da ging es um mich, eine einzelne Person, aber hier geht es nach Ihrer Darstellung um die ganze Menschheit.«

Der Russe war trotzdem verunsichert, aber sein Kollege Sursow meinte: »Wir müssen den Aufenthalt dieser Wesen auf der Erde verunsichern. Wir haben einen genialen Konstrukteur gefunden, der Kunststoff in seinen Entwürfen verwendet, der sich nicht von den Kundschaftern mit einem Handgriff blockieren läßt. Für die persönliche Abwehr entwarf er eine Flammenwerferpistole, die auch gegen ein Wesen in der vierten Dimension wirkt. Da die Atomraketen für die Asteroidenabwehr seit der New Yorker Todestagung auch blockiert sind, konstruierte er einen Zündmechanismus aus Nichtmetall, so daß diese Raketen gegen die Mondstation wieder einsetzbar sind, denn von dort aus kann mit ihren Mitteln die ganze Erde beherrscht werden.«

»Und so etwas können Sie unbeobachtet mitten in Rußland entwickeln?«

»Weil es eine kleine Firma ist, die in einer früheren unterirdischen Munitionsfabrik arbeitet.«

»Solche Stätten sind ja heute schlecht zu erreichen. Ich kenne eine bei Karpinsk im mittleren Ural.«

»Unsere liegt südlicher in der Nähe von Solikamsk.«

Nomski schüttelte leicht den Kopf, und sein Zeigefinger berührte wie beiläufig die Stirn, während über Schamouns Züge ein kleines Lächeln huschte, unbemerkt von allen Unbedarften.

»Vorhin erwähnten Sie das Saharaprojekt, Mr. Lemain«, lenkte Sir Limford vom letzten Thema ab, »wie entwickelt sich das Unternehmen?«

»Unter Mitwirkung der Präsidenten Goldenham und Parcelli von der World Oil Company hat sich ein Finanzkonsortium gebildet, dem führende Ölproduzenten angehören. Jedem ist bewußt, daß wegen der langen Laufzeit der Kapitaleinsatz zinslos sein muß.

Die Planung sieht als ersten Schritt, der schon eingeleitet ist, die Sicherung des Saharatiefenwassers durch Ergänzung aus dem Kongo vor.«

»Da sind doch mindestens 1000 km Kanal erforderlich«, wurde eingeworfen.

»Tana hat mit dem Tiefenradar Ausläufer des unterirdischen Sahara-Wassers ermittelt, die südlich bis zum 13. Breitengrad reichen, also etwa bis zum Marra-Gebirge, wo die Zuflüsse zum Schari und Bahr el Arab versickern. Das Gebiet ist, da haben Sie recht, 1000 km von Lisala am Kongo entfernt. Die Planung sieht keinen Kanal, sondern eine drei Meter Rohrleitung im Erdreich quer durch die Zentralafrikanische Republik und den Oubangi vor. Am Marra-Gebirge wird das Wasser in einen künstlichen Talkessel geleitet, wo es bei gleichzeitiger Filterung zum Grundwasser versickert. Damit soll vorerst der Grundwasserspiegel – durch Libyens Entnahme abgesenkt – wieder angehoben werden, um später den industriellen Bedarf zu decken.«

»Das erfordert aber eine gewaltige Pumpleistung.«

»Zurzeit entsteht bei Lisala ein Kraftwerk und ein Stauwehr an einem Arm des dort partiell zweiarmigen Kongo.«

»Wer übernimmt denn die Erdarbeiten durch den Urwald?«

»Dazu hat sich Rußland bereit erklärt, das dringend Rüstungsarbeiter beschäftigen muß und Erfahrungen mit weiten Ölleitungen besitzt. Die gewaltigen Erdmaschinen werden anschließend für Bauten der Infrastruktur der Industrie benötigt.«

»Ist denn der chemische Prozeß gesichert?« Das war die Frage von Sir Limford.

»Der deutsche Erfinder und Patentinhaber hat in Rußland eine industrielle Erzeugung aufbauen können, die gute Erwartungen rechtfertigt, wenn er auch nicht auf elektrische Solarkräfte aufbauen konnte, die aber in der Sahara gegeben sind. Die Finanzierung der Herstellung und den Aufbau der Solarbatterien übernimmt der Regent von Brunei, Sir Ada Bolkiah, mit einem kreativen Ingenieur, der schon in Mali Messungen vornimmt.«

»Hat denn die Zentralafrikanische Republik keine Einwände gegen die Erdarbeiten quer durch ihr Land?«

»Ihr Tana-Berater hat Verträge ausgehandelt mit Vorteilen für das Land.«

Es herrschte Einigkeit darüber, daß noch Jahre vergehen würden, bis das erste Auto fahren, das erste Flugzeug mit Silizium-Treibstoff starten könnte. Zweifellos wäre es ein Gewinn für die Umwelt durch eine dadurch gegebene Begrenzung von Klimaveränderungen, die es wohl auch ohne Umweltsünden zu allen Erdzeiten gegeben hat.

»Positiv wird zu der Umweltschonung auch die Verringerung der Bevölkerung betragen. Diese Tana-Idee ist gut, aber es ist zurzeit nicht vorstellbar, wie es bei den heutigen ethischen Vorstellungen und moralischen Grundlagen wirkungsvoll durchgeführt werden kann.« Das war die Ansicht von Mr. Lemain.

»Beim Menschen fehlen eben die genetischen Weichenstellungen«, erklärte Mr. Tahal aus Lahore, »aber Tana hat nie Fristen genannt, sondern betont, daß man Zeit habe, was natürlich vom Menschen mißgedeutet werden kann. Man sollte aber damit rechnen, daß Tana seine Ziele erreicht, denn diese Wesen sind immer für Überraschungen gut.«

»Weniger Menschen bedeutet auch weniger Industrie und Verkehr«, faßte Sir Limford zusammen, »und wenn Tana voll integriert ist, werden sie uns auch ihre Schwerkrafttechnik lehren, welche die umweltschädlichen Raketenstarts erübrigt.«

»Unsere neugierigen Wissenschaftler können dann auch ihr kostspieliges Forschen im Sonnensystem einstellen, denn Tana war schon überall.«

Dieser Beitrag fand allgemeine Zustimmung.

Nun kam die Sprache auf die Überraschung für Europa – die Wissenschaft sprach von einem Paradoxon. Durch klimatische Erwärmung seines Auslaufgebietes verliert der Golfstrom durch Einlauf ins Eismeer an Mächtigkeit und schmälert dadurch die Erwärmung Europas, wobei die Ausbildung des unterseeischen Grundes eine entscheidende Rolle spielen würde.

»Der Meeresboden ist nicht zu verändern und das Klima vor Grönland genausowenig«, wurde festgestellt. Europa muß sich eben warm anziehen. Leider waren die Ergebnisse bei dem Fusionsreaktor noch nicht effizient, sonst könnte man auf lange Sicht an elektrische Wärme denken. Die heutigen AKWs seien sicher nicht ausreichend – und Deutschland mit den Windrädern und Solardächern werde ohnehin vereisen.«

»Tana beherrscht die Fusionstechnik und würde sicher helfen.«

»Im Weltraum schon, aber unter atmosphärischen Bedingungen? Der Vorgang hat eine starke Neutronenstrahlung zur Folge«, wurde überlegt.

»Dann sind die Umweltschützer ohnehin dagegen – auch mit kalten Füßen«, wurde geunkt.

Allgemein waren die Teilnehmer der Ansicht, daß Tana auch ohne Fusionsreaktoren, die ja die seltenen Wasserstoffverbindungen Deuterium und Tritium erforderten, einen Weg finden würde, Europa vor einer Eiszeit zu bewahren, und das mit besonderer Motivation, wenn ihr Mann in Brüssel Präsident wird.

Zur Teestunde und Diskussion in kleinen Kreisen luden die

Sitzecken des kleinen Saales ein. Zuvor aber schloß Sir Limford den offiziellen Teil mit einigen Sätzen.

»Sehr verehrte Teilnehmer, ich möchte heute die Tagung mit einer kurzen Erinnerung und einem Ausblick, wohin unser Weg wohl führen wird, abschließen.

Unsere Vorgänger träumten im geheimen Kreis von einer Weltbeherrschung und verfaßten vor über hundert Jahren ein Manifest, dem sie Treue schworen. Es entsprach nicht den heutigen Ethik- und Moralbegriffen, denn die damalige Zwei-Milliarden-Bevölkerung sollte durch Gewaltmittel wie Krankheit und Hunger reduziert werden.

Nach der Ankündigung der Tana-Invasion plante man eine Zusammenarbeit mit ihnen, weil sie auch von Reduzierung sprachen, aber nicht, um die Erde zu beherrschen, sondern um sie für lange Zeiten lebenswert zu erhalten. Schon der Reduzierungsplan war humaner mit der Beschränkung der Geburten – also nicht Leben vernichten, sondern vermeiden.

Die Ablehnung der Kooperation erzeugte vernichtungswilligen Haß und veranlaßte den Führer der Tana-Kundschafter zu der mißglückten Schockheilung. Uns Nachfolger hat er mit einem Trick zu einer Sonde verholfen, die außer verlängertem Leben – darauf besteht Hoffnung – durch die Bauart des Genoms auch andere positive Anlagen aktiviert, wie Sie selbst bestätigt haben. Ausgenommen sind nur unsere russischen Teilnehmer, in denen das Gedankengut der Vorgänger lebt. Ich empfehle Ihnen dringend, Ihre Planungen zu durchdenken, denn Sie werden Verlierer sein.

Schon unsere Diskussionen haben gezeigt, daß bei allen globalen Fragen Tana ein Faktor ist, dem man Vertrauen entgegenbringt. Die Menschen, soweit sie gut und anständig sind, wurden von dieser höheren Intelligenz stets gefördert, Verbrechen und ihre Planung allerdings ohne Rücksicht auf irdische Ethik verfolgt – was wohl die Frage zuläßt, ob diese nicht von wirklichkeitsfremden Geistern initiiert wurden, die ihre religiöse Machtstellung nutzten.

Die Konfrontation von Tana mit diesen Aktiv-Religionen besteht noch, aber es wurde mit dem Jugendbrief der UNO eine klare Grenze zwischen Wissen, Glauben und Religion gezogen, die ihre Wirkung erst in kommenden Generationen zeigen wird. Auch die offenen, toleranten Darstellungen der Tana-Dozenten an den Universitäten sind sehr gefragt.

Bei unserer nächsten Tagung in einem Jahr werden wir sicher weitere positive Ausblicke haben. Ich danke Ihnen.«

Allein mit Schamoun, bekannte Ixman, daß er von der Sachlichkeit der Teilnehmer beeindruckt war und mehr ideelle Träumereien erwartet hatte.

»Ihr Verhör der beiden Russen war gekonnt. Sursow hatte sicher keine Geheimdienstausbildung. Ich kann jetzt verstehen, daß sie Whitehold becirct haben, dem es zum Glück an technischem Know-how mangelte. Ich danke Ihnen, denn die unterirdische Stätte können wir sicher ermitteln.«

»Hoffentlich gibt es keine Toten, sonst fühle ich mich mitschuldig ... wie bei Whitehold.«

»Vielleicht können wir die Firma kaufen«, beruhigte ihn Ixman.

* * *

Da die »Lavia« in günstiger Position lag, konnte Haman noch in der gleichen Nacht das Gebiet mit dem Tiefenradar untersuchen. Für das gesuchte Objekt kam danach nur ein Standort in Frage, da zwei andere zu klein waren. Von der »Lavia« wurden die GPS-Daten an die Scheibe übermittelt, die sich noch auf der Yacht im Mittelmeerraum befand.

Zetman startete sofort. So waren sie am Nachmittag schon am Ort. Für die Scheibe gab es ausreichend Landeplatz zu zwei im rechten Winkel zueinander stehenden, einstöckigen Gebäuden. Eines davon schien ein Wohntrakt zu sein, das andere Büro und

Lager. An der dritten Seite stieg eine Bergwand auf mit einem offenen Tor.

Den Lautsprecher richtete Ixman auf das Bürogebäude und verkündete:

»Hier spricht Tana –, wir kommen von Nomski und Sursow und möchten mit Ihnen verhandeln –, wir bitten den Chef, unbewaffnet auf den Hof zu kommen!«

Durch die geschlossenen Fenster blickten Neugierige, aber es dauerte fast zehn Minuten, bevor sich eine Tür zögernd öffnete. Im Türrahmen erschien eine Frau mit kurzem Haarschnitt in strengem Herrenlook und machte einen vorsichtigen Schritt auf den Hof. Nun stieg Ixman ebenfalls aus und bemerkte, daß die Frau in der Rechten eine Pistole hielt.

»Legen Sie Ihre Flammenwerferpistole auf dem Boden ab, sonst fällt Ihre Hand vom Arm!« Gleichzeitig ließ er den Strahl seines Laserstabes dicht neben ihrem Arm aufblitzen. Erschrocken wich sie einen Schritt zurück, und zwei Sekunden später legte sie die Waffe ab.

Nun ging Ixman einige Schritte auf sie zu und winkte ihr freundlich zum Näherkommen. Nachdem sie der Aufforderung gefolgt war, fragte Ixman:

»Madam, Sie sind der Chef der Werkstätten?« Als sie nickte, fuhr er fort:

»Sie arbeiten im Auftrag von Nomski und Sursow?«

»Die beiden wollten meine Firma kaufen mit der Drohung, mich Bankrott zu machen, wenn ich mich weigere. Erst als ich mich bereit erklärte, einen von Ihnen empfohlenen Konstrukteur einzustellen und seine Entwürfe zu fabrizieren, lenkten sie ein. Wir hatten zuvor Haushaltsgeräte aus Kunststoff hergestellt, und er entwarf nun kostspielige Maschinenteile mit hohen Werkzeugkosten für Spritz- und Preßautomaten.«

»Konnten Sie denn diesen Ansprüchen nachkommen?«

»Vom Maschinenpark her war es zu machen, aber ich mußte noch zwei Werkzeugmacher einstellen.«

»Ein harter Job für eine Frau.«

»Ich habe Maschinenbau studiert, und mein Vater hat diese früher staatliche Werkstatt übernommen.«

»Und Sie produzieren nun Waffen gegen Tana.«

»Ja, diese kleinen Flammenwerfer. Wozu die anderen Teile dienen, die er konstruiert hat, habe ich bis heute nicht ergründen können – und er schweigt sich aus.«

»Wenn er zugegen ist, können Sie ihn hierher holen? Wir wollen ihm ein Angebot machen.«

Sie wandte sich wortlos ab und verschwand im Gebäude. Nach fast zehn Minuten erschien sie in Begleitung eines jüngeren Mannes mit schon stark erweiterten Schläfen und blauen, lebhaften Augen im schmalen Gesicht.

»Als er von Tana hörte, wollte er zuerst seine Pistole mitnehmen – deshalb dauerte es so lange«, entschuldigte sie sich. »Das ist Igor Klawitsch.«

Nach einem Handschlag meinte Ixman lächelnd: »Ein so netter Mensch baut Atombombenzünder aus Plastik, um Tana auf dem Mond auszulöschen.«

Seine Chefin fuhr zurück und sah ihn empört an. Seine Lippen zitterten so, daß er beide Hände zum Mund führte. Schließlich würgte er hervor: »Was wollen Sie nun von mir?«

»Ihre Kreativität für einen neuen Job, denn hier kann ich Sie nicht weiter wirken lassen.«

»Das ist ja – Nötigung«, stammelte er.

»Sicher, aber ich kann Sie auch vor Gericht stellen lassen.«

Seine gelben Augen drangen in die hellblauen seines Gegenübers und lasen darin, daß der Antrieb zu seiner Arbeit nicht Haß auf Tana, sondern die technische Herausforderung war.

»Aber was soll ich da nur dem Nomski sagen?« stotterte Igor.

»Gar nichts, denn der kommt zu spät, weil wir Sie gleich mitnehmen. Packen Sie Ihre Konstruktionsdisketten in einen Koffer, dazu die Zahnbürste und ein frisches Hemd, da Sie das Ihre gerade durchgeschwitzt haben.«

»Es ist das Beste für Sie – gehen Sie schon!« forderte die resolute Dame. Darauf wandte sie sich an Ixman:

»Fabriziert wurden bisher nur ein paar Pistolen, aber wir haben ein ganzes Regal voll mit Spritz- und Preßwerkzeugen. Was soll nun damit geschehen, wenn sie Nomski haben will?«

»Gut, daß Sie die Frage stellen. Also, Nomski darf nichts davon erhalten. Zeigen Sie mir bitte das Regal.«

Sie ging voraus zu den Werkstätten im Berg und zeigte auf ein etwa sechs Meter langes Stahlregal in einer seitlichen Nische, die spärlich beleuchtet war.

»Stört es Ihren Betrieb, wenn es hier für immer stehen bleibt?«

Für immer – sie sah ihn erstaunt an, verneinte dann seine Frage mit der Begründung, daß diese Nische nie benutzt worden sei.

Jetzt ging Ixman zum Regal und zu ihrem Erschrecken einmal längs hindurch.

»Die Werkzeuge und Vorrichtungen sind nun alle unbrauchbar und nicht mehr aus dem Regal zu entnehmen. Nomski kennt den Effekt und wird auf sie verzichten.«

Als sie wieder auf den Hof traten, wartete dort schon brav der Konstrukteur mit einem mittleren Koffer, und Ixman wollte wissen, ob das alles sei. An Disketten durchaus, war die Antwort, aber es lägen noch Ausdrucke herum.

»Ich werde noch Nachlese halten, auch in der Werkstatt«, versprach die Chefin und reichte Ixman ihre Geschäftskarte. Nach einem Blick darauf sagte er erstaunt: »Helen Darrieux – Sie sind Französin, Madame?«

»Mein Großvater kam aus Frankreich.«

»Wir waren heute morgen noch auf Napoleons Insel – aber zum Geschäft: Wenn wir zu unserem Saharaprojekt Teile aus Kunststoff benötigen, wissen wir eine gute Adresse«, dabei steckte er die Geschäftskarte lächelnd ein.

Minuten später stieg die Scheibe mit dem Traum des National-Idealisten Nomski in den Himmel. Er wird wohl Sursow verfluchen – und Schamoun, der die Fronten gewechselt hatte.

Hoch über Südrußland wandte sich Ixman an seinen Passagier Igor Klawitsch, der sich in seinem Liegesessel interessiert in der fremden Technik umschaute.

»Wir fliegen Sie jetzt direkt nach Afrika, nach Mali. Sie werden dort den Ingenieur aus Brunei, Tubbucal, treffen, um mit ihm zusammenzuarbeiten. Sein Auftraggeber ist der Regent von Brunei, Sir Ada Bokiah, der reichste Mann in Südasien.

Es werden in der Wüste riesige Solaranlagen gebaut mit komplizierten Steuerungseinrichtungen, die vielleicht noch verbesserungsfähig sind, wobei Ihre Kreativität zum Einsatz kommen soll. Den Koffer mit Ihrer Arbeit kaufen wir Ihnen ab.«

»Einverstanden, denn ich habe an persönlichen Dingen kaum etwas einpacken können.«

»Wie haben Sie Nomski kennengelernt?«

»Durch Sursow, der in der Hochschule in Moskau angestellt war.«

Ixman fragte nicht weiter nach dem Anlaß zur Zusammenarbeit, um ihn nicht zu ausweichenden Angaben zu veranlassen. In Mali setzten sie ihn vor der Aluminiumbaracke der technischen Abteilung von Ingenieur Tubbucal ab, und Ixman machte die beiden bekannt, ohne zu erwähnen, welche Aufgabe Klawitsch zuvor hatte, sie aber mit sehr kreativ bezeichnete.

***

Es war eine Weltsensation: Tana-Dozent zum EU-Präsidenten gewählt! Was hatte zu dieser Entwicklung geführt?

In Erinnerung war ein Interview der Berliner »Welt« mit einer hypothetischen Frage des Interviewers an den Schweizer Tana-Dozenten, der darauf sehr konkret antwortete, er würde eine solche Präsidentschaft übernehmen – und dann einmalige Bedingungen nannte.

Dieser Artikel interessierte den Ausschuß für Innovation des Europäischen Parlaments in Straßburg wegen der absoluten Neutralität des »Kandidaten« zu den 27 Mitgliedern der Gemeinschaft mit den gestellten Kommissaren und dem aus Prestigegründen regelmäßig geforderten Wechsel.

So hatte ja Mr. Delore als Ausschußvorsitzender eine informatorische Rücksprache zwischen Mr. Matala und den Parlamentariern seines Ausschusses herbeigeführt. Seine überraschende Sachkenntnis und Kreativität hatten auch den zuhörenden Parlamentspräsidenten beeindruckt. Daher wurde im internen Kreis beschlossen, bei Bedarf im Europarat der Ministerpräsidenten Mr. Matala ins Gespräch zu bringen.

Während noch über den Status eines Repräsentationspräsidenten Gedanken ausgetauscht wurden, fiel durch Krankheit der italienische Kommissionschef Ruffalo aus. Es vergingen kaum drei Tage, da waren von den Staaten schon neun Vorschläge für seine Nachfolge eingegangen. Präsident Hookmer überließ dem Europarat die nähere Sichtung anhand der Biographien. Als erster Kandidat schied der Franzose Mr. Biensieur aus; er war schon einmal Generaldirektor bei Mme Cresson gewesen, und das war keine gute Empfehlung. Auch der Deutsche Naumann hatte keine Chance, da er bei der letzten Regierungsbildung keinen Ministerposten erhalten hatte und nun offensichtlich auf Kosten der EU versorgt werden sollte. Der spanische Bewerber war schon einmal Kommissar gewesen und hatte eine Fischereifrage zu Spaniens Gunsten geregelt. Der Vorschlag aus Lissabon entfiel, da Portugal schon einmal den Kommissionspräsidenten gestellt hatte.

Die Medien verfolgten diese Auswahl mit wenig freundlichen Kommentaren für die Mitglieder des Europarates und sprachen von neidischer Kleinlichkeit, als auch der letzte der neun keine ausreichende Zustimmung erhielt. Die amerikanische Presse lachte hämisch über einen Erdteil, dem die Köpfe fehlten.

In dieser Situation schlug der schwedische Ministerpräsident Ljungqvist einen Finnen vor, Hark Smudheim. Er war führend im Generalstab gewesen, war nach einem Unfall pensioniert worden, hatte darauf Wirtschaftswissenschaft studiert und mit Promotion abgeschlossen. Dann wurde er für die Konservativen

Wirtschaftsminister. Sein jetziger Ruhestand begann, als seine Regierung abgelöst wurde. Der schwedische Regierungschef betonte, daß er aus eigener Initiative handele und weder der General noch die finnische Regierung informiert sei. Das waren starke Argumente, die für den Vorschlag sprachen. So beauftragte man ihn mit der Einleitung einer Zusammenkunft mit einer Abordnung des Rates. Da Smudheim auf den Ålandinseln lebte, erklärte sich Ljungqvist bereit, das Treffen in seinem Haus in Solna bei Stockholm stattfinden zu lassen, ganz vertraulich, ohne Medien. Der Rat war einverstanden und benannte die Regierungschefs der sechs EG-Gründernationen als Besuchsausschuß mit dem Parlamentspräsidenten Hookmer als politischem Vertreter der EU.

Am vereinbarten Termin entstiegen die sieben Herren mit zehn Body-guards der deutschen Militärmaschine auf dem Flughafen von Stockholm, wo kurz zuvor Smudheim mit seiner zweimotorigen Cessna gelandet war.

Ljungqvist machte die Herren in seiner großzügigen Wohnhalle miteinander bekannt, während sich die Schutzbegleiter dezent um die Villa verteilten.

Nach einem kleinen Imbiß mit frisch geräucherter lappländischer Lachsforelle und einem Glas Moselspätlese kamen die Herren zur Sache. Natürlich war Smudheim vorab informiert worden, und so brauchte der französische Präsident Mariot nur formell das Anliegen des Europarates darzulegen.

»Wir bitten um Ihre Entscheidung in einigen Tagen und setzen dabei das Einverständnis der finnischen Regierung voraus.«

Der General war den Ausführungen mit entspannten Gesichtszügen gefolgt, nun richteten sich alle Augen auf ihn.

»Ihr Antrag ehrt mich sehr, und ich bedanke mich für das tiefe Vertrauen, das darin liegt. Chef einer Auswahl von politischen und fachlichen Eliten eines ganzen Erdteils zu sein, ist sicher für viele machtbewußte Menschen erstrebenswert. Ich sehe darüber hinaus etwas anderes, nämlich ein vielfältiges, riesiges Aufgabenfeld, das für einen Menschen nicht souverän zu beherrschen ist, wie es fast 500 Millionen Menschen erwarten und Abertausende von kritischen Augen begutachten, denn wohl kein Angehöriger eines Volkes kann garantieren, daß seine Entscheidungen absolut – ich sage absolut – neutral sind.«

Auf den Gesichtern der Tischrunde zeigte sich Verständnis für dieses Verantwortungsbewußtsein, diese ehrliche Selbsteinschätzung, aber auch eine gewisse Enttäuschung. Darauf sah Mariot sich zu der Erkenntnis genötigt: »Sie würden also nicht annehmen wollen?«

»Ich würde trotz meiner Bedenken annehmen, wenn es keine Alternative gäbe. Ich habe gestern abend durch Vermittlung einer deutschen Zeitung mit jemandem gesprochen, der die Erfordernisse dieser Berufung zweifellos perfekter erfüllen kann als ich.«

Präsident Hookmer hatte schon spitze Ohren bekommen, als eine Zeitung genannt wurde: »Meinen Sie Mr. Matala?«

»Ja, genau, den Dozenten aus Tana. Er hat, wie vermutlich alle seine Kollegen, eine brillante Auffassungsgabe, blitzartige Reaktion und ein überragendes Gedächtnis – und ein sehr langes Leben, wie ich erfuhr. Im Verlauf eines Tischgespräches in New York, an das ich mich entsinne, hatte der UN-Generalsekretär sein Bedauern geäußert, daß er als Nachfolger keinen UN-Tanaer empfehlen könne.«

»Ich habe einem Gespräch von Mr. Matala mit unseren Abgeordneten zugehört«, ergänzte Hookmer noch, »er ist auch überzeugend kreativ.«

»Er äußerte mir gegenüber nur Bedenken, ob die Völker mit seiner Wahl einverstanden sein würden.«

»Da muß er sich keine Gedanken machen«, sagte daraufhin der italienische Präsident, »das Volk hat uns gewählt, und wir haben ihn gewählt!«

»Nun, ich hatte den Eindruck, daß er Demokratie anders betrachtet.«

So war das Treffen trotz der bescheidenen Zurückhaltung des finnischen Pensionärs nicht umsonst gewesen, denn diesen Alternativvorschlag hatten alle gut aufgenommen, weil er echte Neutralität versprach und korruptive Einflüsse weitgehend ausschloß.

Zum unerwarteten, aber guten Ende der Zusammenkunft ließ Ljungqvist noch als schwedische Spezialität einen Multbeeren-Likör servieren. Der herzliche Abschied mit ehrlichem Dank für die Initiative an den Gastgeber und für die Empfehlung an Mr. Smudheim beendete das denkwürdige Treffen.

Die absolut vertraulichen Beratungen ohne Protokoll und Dolmetscher verliefen nicht so friedlich. Die Mehrzahl der Regierungschefs konnte sich in der ersten Phase nicht mit dem Gedanken anfreunden, in Zukunft mit einem Außerirdischen zusammenzuarbeiten. Die Furcht vor einer überlegenen Intelligenz spielte dabei unterschwellig eine Rolle. Daß diese Intelligenz Europa zugute kommen würde, war nicht allen bewußt. Als dann die Mehrheit von den Vorteilen überzeugt schien, wurde noch die Möglichkeit ins Spiel gebracht, daß Mr. Matala auch die repräsentative Rolle übernehmen könnte. Dagegen votierten Großbritannien und Polen mit aller Schärfe. Von europäischem Stolz und Repräsentation in aller Welt war die Rede.

»Wir haben keine gemeinsame Außenpolitik – immer noch nicht –, und unsere Minister freuen sich, in der Welt überall die Uneinigkeit Europas repräsentieren zu können«, bemerkte Präsident Mariot dazu. Viele nickten grimmig und dachten an den nationalen Kostenfaktor, den dieser Luxus erforderte.

Bis zuletzt beharrten Großbritannien und Polen unbeirrt auf ihrem Standpunkt und der britische Premier behauptete, allein sein Land und Polen hätten einen Begriff von europäischer Verantwortung.

Der holländische Ministerpräsident hielt ihm entgegen, daß allein die sechs Kernländer Europa gegründet hätten und England und Polen nur nach Aushandeln von Sonderbedingungen beigetreten seien.

Als der Premier das als unwesentlich abwehrte, schwoll dem deutschen Bundeskanzler der Kamm: »England und Polen hatten von jeher ein gestörtes Verhältnis zu Gesamteuropa und haben schließlich in enger Kooperation den letzten Weltkrieg angezettelt.«

Der Brite sprang auf: »So etwas habe ich von einem Deutschen noch nie gehört!«

»Weil die Wahrheit fast hundert Jahre verschwiegen wurde. Schauen Sie in Ihre noch nachträglich verschlossenen Archive und in die Bücher Ihrer Historiker. Ihr Herr Churchill sprach selbst von einem Krieg, der erst nach 30 Jahren gewonnen wurde. Aber das ist Geschichte und sollte nicht mehr trennen«, sagte er ruhiger. »Lassen Sie uns zur Abstimmung über die Präsidentschaft von Mr. Matala kommen.«

Der polnische Regierungschef hatte bei dem Eklat empört den Raum verlassen, und man wußte nicht, ob die Vertraulichkeit gewahrt bleiben würde.

Zu den offenen Worten des Kanzlers hatten viele mit Rücksicht auf die Sonderrolle, die England immer forderte, zustimmend genickt – vielleicht ein Grund, weshalb der Premier sich zu keiner weiteren Erwiderung entschloß.

Bei der inoffiziellen Abstimmung gab es zwei Ablehnungen durch Großbritannien und Malta und die Enthaltung durch Polen. Damit war der Weg frei für konkrete Gespräche mit Dozent Matala, denn der Parlamentspräsident war sich der Zustimmung seiner Fraktionen sicher.

Da sich die Damen und Herren schon in der Region aufhielten, schlug Präsident Hookmer einen Besuch Luxemburgs mit dem Europäischen Gerichtshof und anderen Dienststellen der EU vor. Daran würde sich die geplante Teilnahme an einer Sitzung des Parlaments zu Straßburg anschließen. Hier könnte er in eigenen Räumlichkeiten den Kontakt zu Mr. Matala einleiten, dem sich ja noch eine vertrauliche, interne Beratung anschließen müßte.

Die Regierungschefs waren mit dem Reiseplan, der für viele

neue Eindrücke bringen würde, einverstanden. Zuerst mit dem Auto, dann per Luft erreichte die Reisegruppe von über hundert Personen ihre Ziele. Der Abendbummel durch Straßburg, dem Klein-Paris, blieb allen in schöner Erinnerung.

Nach ihrer Sitzung im Parlament mit Kontakten zu den Abgeordneten ihrer Länder und einem Imbiß in den Restaurationsräumen geleitete Präsident Hookmer die zwei Damen mit den Herren zum großzügigen Vorraum eines kleinen Vorlesungssaales, dessen erste drei Sitzreihen gerade 27 Plätze boten, mit bester Sicht auf den Vortragstisch.

Als die Gruppe eintrat, erhob sich von einer Sitzecke eine hohe Gestalt in schwarzem Anzug, die Uni-Krawatte mit einer ungewöhnlichen Anordnung von Brillanten verschiedener Größe besetzt, und kam mit lässigem Schritt auf die Eintretenden zu. Hookmer begrüßte Dozent Matala herzlich und widmete sich dann dem Ritual der Vorstellung, das er bei den Damen aus den nordischen Ländern einleitete. Matala verbeugt sich tief. Als Hookmer sich den Herren zuwandte, wechselten die Frauen einen Blick: Der Mann könnte auch Europa repräsentieren.

Die Staatenlenker wechselten mit ihm einen festen Händedruck. Ein freundliches Lächeln umspielte den festen Blick seiner forschenden sonnengelben Augen, wobei die Mehrzahl zu ihm aufschauen mußte. Die Platzauswahl im Hörsaal überließ Hookmer zuerst den Damen, die die Mitte der ersten Reihe wählten. Der französische Präsident und der Bundeskanzler konnten die Plätze hinter ihnen belegen. Als jeder seine Position hatte, führte Hookmer den Dozenten zum Vortragstisch und nahm neben ihm Platz.

Er erinnerte daran, daß man sich auf Englisch als Konferenzsprache geeinigt hätte, aber an jedem Platz sich Kopfhörer befänden zu Simultandolmetschern für fünf andere Sprachen. Es wurde auch noch erwähnt, daß alle Teilnehmer sowohl das Interview in der »Welt« als auch das Protokoll des Gesprächs zwischen Mr. Matala und den Europaabgeordneten vorab zur Kenntnis erhalten hätten.

Matala meinte, man könne ja dann in media res steigen und erkundigte sich, ob es nach dem Studium der beiden Schriften Fragen geben würde. Präsident Mariot wollte wissen, ob er noch bereit wäre, über die Kommission hinaus auch die Repräsentation zu übernehmen.

»Ich stehe zu jedem Wort«, bestätigte Matala, »nur ich habe Bedenken, daß in den Brüsseler und nationalen Behörden nicht jeder bereit ist, mit einem Mann vom anderen Stern zusammenzuarbeiten und dessen Leitlinien zu folgen.«

»Es sind alles Beamte oder vertraglich gebundene Mitarbeiter mit der Pflicht zur Loyalität. Natürlich gibt es in den Ländern die unmöglichsten Parteien, aber mit Mehrheit gewählt sind wir und haben damit das Recht, Entscheidungen zu treffen.«

»Sie sind alle Chefs von Demokratien, übersetzt mit Volksherrschaft. Das Volk wählt Sie und Ihre Partei alle vier, fünf Jahre, weil Sie ihm für die Zukunft etwas versprechen, offenbar mehr oder Wichtigeres als andere Parteien. Konnten Sie Ihren Wählern vor der letzten Wahl schon ankündigen, daß Sie für oder gegen einen intergalaktischen EU-Präsidenten stimmen werden?« Seine gelben Augen gingen mehr als zwei Sekunden prüfend über seine Gesprächspartner.

»Das kann für Menschen eine Grundsatzfrage sein wie das Glaubensbekenntnis. Ihre Wahl wäre vielleicht verloren, weil die Menschen Furcht vor etwas Unbekanntem haben. Ich erinnere an den Aufstieg der Grünen im vorigen Jahrhundert. Man konnte Atomstrahlung nicht sehen und nicht fühlen – man wählte die Partei für den Atomausstieg.

In Erkenntnis dieser Schieflage in der Demokratie habe ich die raren Konditionen genannt, nicht aus Zweifel an meiner Potenz. Ich würde aber die Position nicht annehmen, ohne eine jederzeit zu aktivierende Befragung aller Europäer, denn die Brüsseler EU-Behörde, zurzeit noch mehrheitlich im wirtschaftlichen Bereich, ist eine Diktatur, getragen von Demokratien. Daran ändert auch Ihre Einspruchsmöglichkeit nichts, denn Sie können ja, wie wir sahen, auch dabei nicht auf die Volkszustimmung bauen. Kommt es zum Mehrheitsbeschluß, entscheidet auch dort nur eine qualitative Minderheit. Es wird in Zukunft vielleicht Entscheidungen geben, die unabhängig von Parteien jeden einzelnen Bürger betreffen. Hier muß es in der Demokratie eine Möglichkeit geben, den Meinungstrend zu erkennen, um aufzuklären oder gegensteuern zu können. Wir brauchen Menschen, die nicht das Gefühl haben, gegängelt zu werden, sondern für ihr Europa mitentscheiden können, wenn es um ihr persönliches Wohl geht.«

»Alle Achtung, Mr. Matala, Sie wären ein gefährlicher Parteiredner«, meinte verschmitzt der spanische Ministerpräsident Restella. »Sie haben wohl sicher schon Vorstellungen, wie das bei fast 500 Millionen Bürgern zu realisieren wäre?«

»Es gibt Meinungsforschungsinstitute, aber die Basis ist auf Europa bezogen sehr gering. Es sind Geschäftsbetriebe und daher vielleicht dem Auftraggeber gegenüber nicht ganz unparteiisch bei der Auswahl ihrer Auskunftspersonen. Bei der zur Diskussion stehenden Abfrage wäre die Basis annähernd 100 %. Da zur Orientierung der EU aber auch der Landesregierungen nur der Trend zu ermitteln wäre, müßten Handhabung und Auszählung nicht den präzisen Richtlinien der Parteiwahlen entsprechen.

Jeder Bürger sollte einen Umschlag erhalten, auf dem die Verwendung der einliegenden zehn Karten erklärt ist. Es wären sechs rote Ja- und vier blaue Nein-Karten, fortlaufend groß numeriert. Wird über alle Medien eine Abfrage gestartet, bei der als Trend ein Ja erwartet wird, so stecken alle Jasager die aufgerufene rote Karte in den Postbriefkasten. Da die Karte nicht frankiert ist, sortiert der Stempelautomat sie aus. Die Landespost sammelt und zählt sie. Das Ergebnis erhält die Regierung zur Weitergabe nach Brüssel.«

Einige Zuhörer klopften anerkennend auf das Pult.

»Man muß aber damit rechnen, daß eine Anzahl Bürger ihr Kuvert einfach verbummelt oder es durch ein Ereignis in Verlust gerät«, kam ein Einwurf.

»Ich nannte daher auch eine Basis von annähernd 100 %. Dieser Ausfall, der zum Beispiel zu den Ja-Gegnern zu rechnen ist, kann bei dieser Größenordnung den Trend nicht verfälschen.«

»Was tut nun derjenige, der einen solchen Verlust beklagt?«

»Natürlich könnte man Anträge stellen, prüfen, nachliefern. Das würde zwar den einzelnen Bürger befriedigen, aber zusätzliche Bürokratie bedeuten und am Trendergebnis nichts ändern. Wer keine Karte hat, kann erst nach Ausgabe neuer Karten wieder an der Demokratie teilnehmen.«

Viele nickten zustimmend, einige lachten.

»Nun möchten Sie mit Recht von mir hören, wieso und was in der EU aus meiner Sicht zu reorganisieren ist. Bei den Gründernationen unter Leitung von General de Gaulle und Kanzler Adenauer war das Ziel nach dem Krieg Verständigung und Friedenssicherung in einer Gemeinschaft der Vaterländer. Beide Initiatoren machten anderen Machtmenschen Platz, Prof. Hallstein als EG-Leiter war gestorben. Deutschland begnügte sich mit seiner wirtschaftlichen Potenz und einer unkritischen Förderung europäischer Belange mit der Tendenz, den Krieg vergessen zu machen, während die französische EG-Leitung das Übergewicht Deutschlands durch Anwerbung weiterer Staaten zu schwächen trachtete. Während dieser Zeit wurde eine Riesenbürokratie in Brüssel aufgebaut, die sich aus Mangel an Aufgaben infolge fehlender Kompetenzen mit Nebensächlichkeiten beschäftigte.

Gleichzeitig wurden aber Verträge unter Mitwirkung deutscher Kräfte, die den französischen Eliten nicht gewachsen waren, ausgehandelt. Als diese von euphorischen deutschen Politikern unterschrieben waren, konnte die EU zur Währungsumstellung schreiten und die härteste Währung der Welt auflösen. Ein Vorgang, zu dem sich zum Beispiel der deutsche Bürger nicht demokratisch äußern durfte, weil es sein demokratisches Grundgesetz nicht vorsah.

Bis hierher habe ich mir nur erlaubt, Ihnen aufgrund von

Literaturstudium einen Überblick zu geben ohne alle Einzelheiten.«

Der französische Präsident war schon bei den letzten Sätzen unruhig geworden und meinte: »Sie sind schon ins Einzelne gegangen – bei deutschen Belangen.«

Matala richtete seinen Tigerblick fest auf Mariot, als er wie beiläufig meinte: »Nun, ich will nicht einseitig erscheinen. Bekannt ist ja die vielzitierte Freundschaft zu Frankreich, also könnte es eine Glosse sein, daß Delors den Franzosen riet, für den Euro zu stimmen, weil er zehn Jahre daran gearbeitet hätte, den Deutschen die einzige Macht zu nehmen, die sie noch besäßen, die D-Mark.«

Einige schienen sich zu amüsieren, und so fügte Matala hinzu: »Bei Einzelheiten ist es trügerisch, sich auf Literaten zu verlassen.«

Mariot machte eine kleine, abwertende Handbewegung, und Matala fuhr fort: »Das 21. Jahrhundert brachte eine wesentliche Erweiterung der EU aufgrund von Bewerbungen, natürlich mit dem Wunsch nach Mitsprache bei den Entscheidungen. Dabei ignorierten sie großzügig die Anrechte der Nettozahler, ohne welche die EU nicht existieren kann. Der Vertrag von Nizza beschränkte lediglich die Vetorechte, gestand aber kleineren Empfänger-Nationen und Neuzugängen wesentliches Gewicht bei Entscheidungen zu.«

Beim letzten Satz hatte Matala die Vertreter von Polen und Spanien im Blick, die diesem selbstbewußt begegneten.

»Die Klärung, was die Nettozahler zur Billigung des Vertrages veranlaßt hatte, bleibt den Historikern überlassen«, fügte er noch hinzu.

Der derzeitige griechische Ratspräsident Istaki bemerkte dazu: »Es gab schon vorher Vertragsprobleme, zu denen Sie Stellung nahmen, wie mir berichtet wurde. Es handelt sich um den Stabilitätspakt mit der Verschuldungsgrenze von 3 % des Bruttosozialproduktes.«

»Richtig. Bei Versagen der Finanzpolitik wird eine Strafe fällig. Weil die Politiker versagt haben, muß das Volk zahlen, da es die Politiker gewählt hat. Der Verstand fordert nicht Geld von einem schon überschuldeten Volk, sondern eine Neuwahlmöglichkeit!« Matala hob wie entschuldigend leicht die Schultern und setzte hinzu: »Sie erwarten doch von einem Tana-Dozenten intelligente Lösungen.«

»Gegenüber dem Parlamentsausschuß hatte ich die Idee geäußert, Kommissionen zusammenzulegen mit erweitertem Bereich, um die Verwaltung schlanker zu gestalten, da sie durch die damaligen Neuzugänge erweitert wurde bei gleichen finanziellen Zugängen. Die Unterstützung schwacher Gebiete wurde so geschmälert. Konkrete Vorschläge hierzu sind nur nach genauer Kenntnis der Bereiche möglich. Es ist auch psychologisch nur richtig, nach persönlicher Fühlungnahme mit den betreffenden Kommissaren zu steuern, da die zwei ihre Aufgabe gemeinsam lösen müssen.«

»Nun, es besteht nach Einführung des Prinzips ein Sachzwang. Wer meint, es nicht nötig zu haben, darf natürlich gehen. Ich würde dann auf den betreffenden Herrn von Ihnen zukommen, mit der Bitte um einen Bewerber nach meiner Wahl, nicht von einer Partei empfohlen, sondern allein durch fachliche Kompetenz und menschlichen Wert.«

»Wie wollen Sie diesen Wert erkennen, Mr. Matala?« wurde gefragt.

»Wir haben ja in jedem Lande Kollegen, die mich beraten könnten anhand der Biographie – und sicher ist es schon bekannt, daß viele von uns Gedanken lesen können. Hinzu kommt ein psychologisches Studium, das zur Klärung beiträgt.

Es sollte in der Behörde auch nicht derjenige befördert werden, der möglichst viele Mitarbeiter beschäftigt, sondern der, der mit wenigen, aber gut organisierten Kräften seine Aufgaben löst. Es sollte auch nur Angestellte, keine Beamten auf Lebenszeit geben.«

Zustimmung von allen Seiten.

»Die EG/EU hat im Laufe von Jahrzehnten Zehntausende

von Verordnungen herausgegeben, die selbst die eigenen Beamten nicht mehr überblicken, geschweige denn die Bürokratien in den Ländern. Um der Flut Herr zu werden, müßte für jeden neuen Schriftsatz erst ein alter von etwa doppelter, später von einfacher Länge, welchen die Zeit überholt hat, gelöscht werden.«

»Das sollte man überall mit den Gesetzen und Verordnungen tun, sonst werden es immer mehr!« forderte ein Regierungschef.

»Tun Sie es doch, in den Ländern haben Sie diese Kompetenzen. Die Länder, die an Beamtennachwuchs für Brüssel denken, sollten berücksichtigen, daß im Parlament die Tendenz besteht, weniger Aufwand bei der Verwaltung zu treiben. In den nächsten Jahren werden also sicher keine natürlichen Abgänge ersetzt. Wer nach Brüssel will, muß perfekt Englisch beherrschen, denn ich wäre dafür, grundsätzlich alle Schriftstücke darin auszufertigen. Es wäre auch nur recht und billig, Deutsch, das fast hundert Millionen als Heimatsprache beherrschen, als weitere Amtssprache einzuführen.«

»Französisch ist aber eingeführt!« kam der Hinweis vom belgischen Ministerpräsidenten.

»Muß es auch bleiben, schon für den Fall, daß auch noch afrikanische Staaten in die EU aufgenommen werden sollen«, lächelte Matala. »Oder die Schweiz.« Das Auditorium hielt beide Möglichkeiten für Satire.

Mit dem Hinweis, daß durch Beratungsfirmen regelmäßig für die Kommission hohe Kosten auflaufen, brachte der deutsche Kanzler die Diskussion wieder auf das sachliche Gleis.

»Wenn ich einen Vorgang aus der Vergangenheit nicht kenne, würde ich mich auch beraten lassen«, gestand Matala.

»Das ist verständlich, aber die Kommissare lassen sich zu ihren Aufgaben und Entscheidungen beraten.«

»Beratungsfirmen sind private Geschäftsbetriebe, die vielleicht von zwei Seiten bezahlt werden. Diese Aufträge wären zu minimieren. Dafür würde ich dem Kommissar ein Gespräch anbieten, das vielleicht mehr bringt – kostenlos!

Ich will nicht vergessen, ein Wort für die Nettozahler einzulegen, von denen die ganze EU lebt. Bei der Praxis der EU-weiten Ausschreibung von öffentlichen Aufträgen kann es nicht sein, daß ein Billiglohnland, das schon Förderung über die EU vom Nettozahler erhält, mit Billiglöhnen dort noch öffentliche Gelder abschöpft und damit die Sozialausgaben für Arbeitslose beim Nettozahler erhöht.« Diese Darstellung wirkte natürlich bei dieser Regierungsgesellschaft polarisierend, aber niemand ließ das erkennen.

»Eine offene Wunde«, flüsterte ihm Hookmer auf deutsch zu. Der Dozent nickte ironisch lächelnd und kam zum letzten Punkt.

»Die Frage der Repräsentation ist aus meiner Sicht erst dann gegeben, wenn sich alle Staaten zu einer gemeinsamen Außenpolitik mit einem kompetenten Außenkommissar bekennen und wenn es gemeinsame Botschaften und Konsulate gibt. Heute unterhalten doch Ihre Regierungen zu allen Ländern der Erde Kontakt. Sie selbst oder Ihre Regierungsmitglieder machen Staatsbesuche, empfangen fremde Regierungschefs oder auch Monarchen. Ein Statusbewußtsein, das mit gewaltigen Kosten verbunden ist, aber einen EU-Präsidenten entlastet.

Natürlich wären Staatenlenker aus allen Erdteilen, die Europa besuchen, zu begrüßen, und ein geeigneter Kommissar würde sich ihnen im weiteren mit einem Kurzprogramm widmen. Bei sachlichen Problemen, die Gesamteuropa und die großen Nationen der Erde betreffen, sind selbstverständlich Gespräche angezeigt, zu denen Rats- und Parlamentspräsident hinzugezogen werden müssen.«

»Würde das zeitlich nicht auf Kosten der Kommissionsaufgabe gehen?«

Matala erwiderte bescheiden: »Es ist alles eine Frage der Organisation der 18 Stunden, die täglich zur Verfügung stehen, und ich würde Wohnräume im Dienstbereich mit Flugdeck auf dem Dach für den Tana-Flugservice vorziehen.«

»Sie wollen viel unterwegs sein?« kam sofort die Frage.

»Zuerst würde ich, wie üblich, Antrittsbesuche in Ihren Ländern machen, darüber hinaus gäbe es keinen Bedarf, aber für den Notfall müßte unser Arzt des Tana-Stützpunktes irgendwo auf den Ozeanen erreichbar sein, da ihm aus medizinischen Gründen ausschließlich die Behandlung zusteht.«

»Sie könnten aber häufig eingeladen werden.«

»Ich würde höflich mit der Begründung ablehnen, ich wäre nicht Politiker, sondern Angestellter der EU.«

Einige dachten immer noch an den 18-Stunden-Tag, und einer fragte besorgt, wie lange er das aushalten wolle.

»Mit 82 Jahren kann man noch für mehrere Jahrzehnte disponieren – aber wenn Sie Schwierigkeiten sehen, beende ich meine Tätigkeit sofort ohne jeden Anspruch.«

Präsident Hookmer sagte in die allgemeine Verwunderung hinein: »Nicht ohne Grund haben wir vom Parlament her Mr. Matala ins Gespräch gebracht. Wir müssen erkennen, daß die Herren aus Tana aufgrund wissenschaftlicher Forschung uns Menschen offenbar auch körperlich klar überlegen sind.« Er hatte sich zum Sprechen erhoben und wandte sich zum Händedruck zu Matala: »Wir danken Ihnen für die Darstellung der Europa-Präsidenten-Aufgabe aus Ihrer Sicht, mit Ihrem Angebot, sie in diesem Sinne zu erfüllen. Wir werden Sie vom Beratungsergebnis benachrichtigen und dann – auf Wiedersehen!«

Matala hob lächelnd die Hand zum Gruß an das Auditorium und verbeugte sich in Richtung der Damen, bevor ihn Hookmer in den Vorraum geleitete.

Bei der Rückkehr Hookmers hatte Istaki als amtierender Ratspräsident am Vortragstisch Platz genommen und bemühte sich, die Diskussion in den Griff zu bekommen, die zwischen den Sitzreihen schon im Gange war.

Hookmer hatte da mehr Routine, und seine sonore Stimme war nicht zu überhören: »Meine Damen und Herren, aus Ihren lebhaften Gesprächen schließe ich, daß Mr. Matala nicht ohne Eindruck auf Sie geblieben ist. Das Parlament hatte ja das Vorschlagsrecht und zur Entscheidung das halbe Stimmrecht. Wenn nur einige von Ihnen mit qualitativ hohem Wert für ihn stimmen, besitzt er die Zwei-Drittel-Mehrheit für den Chefposten der Kommission.«

»Meine Stimme hat er schon«, entschied der deutsche Kanzler, und drei Nettozahler schlossen sich an.

Hookmer überschlug kurz die Werte und nickte: »Schon entschieden, denn das Parlament hat sich wegen der gegebenen Vollneutralität, die auch weitgehend die Korruption ausschließen würde, für ihn entschieden. Seine eigene Beratung der Kommissare ist überzeugend. Nun bleibt Ihnen noch die Entscheidung über die zusätzliche Repräsentationsaufgabe.«

Die beiden Damen aus Dänemark und Finnland meinten sofort, keiner der Herren könne es mit seiner Erscheinung aufnehmen und in seiner Sprache verzichte er auf alle in der Politik üblichen Floskeln; er äußere seine kreativen Gedanken sehr verständlich.

»Sein Brillantenmuster auf der Krawatte ist auf unsere Damenwelt nicht ohne Wirkung geblieben«, ulkte Istaki, »aber ich fand sie fehl am Platze.«

»Es sind künstlich erzeugte«, erklärte dazu Hookmer, der in New York das Gloria-Interview im TV gesehen hatte, »und es ist das Sternbild der Südlichen Fische, seiner Heimat.«

»Das konnte ich nicht wissen«, bekannte der Grieche und versuchte etwas gutzumachen: »Obgleich mehrere Monarchien zur EU gehören, hat er das offizielle Präsidentenamt und dessen Bedeutung fast als Nebenberuf betrachtet.«

»Nur Händeschütteln und Tischreden sind eben nicht seine Sache«, ergänzte Restella, »wenn ein Mann aber darüber hinaus die stärkste Wirtschaft der Erde lenkt, imponiert das international.«

Jetzt meldete sich der britische Premier zu Wort: »Sie wissen von unserer Tagung in Brüssel, daß ich gegen die Übertragung dieses Repräsentationsamtes an einen Außerirdischen votiert hatte. Nachdem ich ihn hier erlebt habe, muß ich ehrlich bekennen, daß er eine beeindruckende Erscheinung ist und daß die Großen der Erde unter Menschen wohl kaum einen kreativeren Gesprächspartner finden können.

Daher folgender Vorschlag: Wir verzögern die Entscheidung um einige Wochen, bis wir die Organisationsmittel für seine Trendbefragung geschaffen und verteilt haben. Kleinere Nationen unterstützen wir dabei. Dann können wir alle Europäer nach seinem demokratischen Prinzip abstimmen lassen, ob sie mit einem ›Herrn vom anderen Stern‹ als Präsident einverstanden sind.«

Einen Augenblick war es ganz still, aber dann wurde auf vielen Pulten Beifall geklopft.

Auch Hookmer nickte freudig über diese britische Sinnesänderung. Ihm war aber auch klar, daß für die »Wahlwerbung« eine gerechte Lösung gefunden werden mußte. »Wir werden gegenüber den Medien nicht vermeiden können, diese Trendabfrage als Erfindung von Mr. Matala darzustellen.«

»Wenn es den Medien – abhängig von der Stellung der Redaktionen zu den Problemen – gelingt, das breitzutreten, hat Mr. Matala schon fast die Mehrheit auf seiner Seite«, stellte Mariot mit gebremstem Wohlwollen fest.

» Mich stört nur, daß alle Tanaer nicht von Gott, sondern von der Allmacht sprechen«, warf der irische Ministerpräsident ein.

»Das ist doch nur eine Frage der Vorstellung. Noch niemand hat Gott oder die Allmacht gesehen«, beschied ihm seine dänische Kollegin.

»Man sollte ihm in jedem Land im TV-Interview mit einigen bekannten Persönlichkeiten die Gelegenheit geben, sich bekannt zu machen«, forderte Hookmer.

»Das dauert ja allein vier Wochen.«

»Die Organisationsmittel beanspruchen mindestens die gleiche Zeit.«

»Wir sind uns also einig, und ich danke dem britischen Premier für den Vorschlag, der den britischen Vorstellungen von Demokratie sicher entgegenkommt. Ich werde Ihre Europaabgeordneten motivieren, Sie bei den organisatorischen Vorbereitungen zu unterstützen.«

Nach Ausfertigung des umfangreichen Protokolls über die Entscheidungen benachrichtigte Hookmer den noch in Straßburg weilenden Matala von dem Entschluß über den Kommissionschef. Beim Vorschlag und Beschluß über die »Volksabstimmung« lachte Matala herzlich: »Denselben Gedanken hatte ich auch, aber vor diesem Kreis hätte er zu Mißdeutungen führen können. So kann ich mich unbeschwert auf den Besuch der Länder freuen.«

»Wieviel Tage würden Sie dafür vorsehen?«

»Wenn an dem Interviewort von Ordnungskräften ein Landeplatz freigehalten wird, wären sicher zwei Veranstaltungsorte pro Tag zu besuchen. Wir würden dann mit einer Tana-Scheibe reisen.«

»Wohl schon in drei bis vier Tagen könnte ich Sie zum Start auffordern. Wo wollen Sie beginnen?«

»Der Vorschlag kam aus England, also in London, dann Paris und Berlin.«

Hookmer bedankte sich für den schnellen Entschluß und berief noch am Abend eine Medienkonferenz ein. So hatte die Presse am nächsten Tag ihre Überschriften.

»Eine reale Antwort auf unsere hypothetische Frage«, schrieb die »Welt«. Die »Times« wußte »Demokratischer Vorschlag aus England«.

In Paris sprach man von einem »Hauch Demokratie« in der EU. Nur »Aftonbladet« war offen: »Hilfe aus der Galaxis für Europa«.

Die »Times« fragte frech: »Kommt unser nächster Präsident auch aus Tana?«

* * *

Die drei Tana-Männer Ixman, Ceman und Zetman hatten sich sofort als erfahrenes Transportteam zur Verfügung gestellt. In London fand die Veranstaltung im großen Saal des Funkhauses von BBC in Gegenwart von Premier Smith statt, weil es dort einen Landeplatz auf dem Dach gab, der Absperrungen erübrigte.

Nach freundlicher Begrüßung und seinem Dank an Smith für die Einführung der Trendwahl wurde Matala vom Intendanten des Senders der Presse als zukünftiger Chef der EU-Kommission vorgestellt. Zuerst wandte er sich an die Gäste.

»Ladies and Gentlemen, die Gelegenheit zu diesem Interview verdenken wir im Grunde Ihrem Premierminister, der eine Idee sofort in einen Vorschlag umgesetzt hat, der im Europäischen Rat Zustimmung fand. Nachdem ich mich auf Befragen zuerst in Deutschland, dann in Straßburg zur Lage und Organisation der EU geäußert hatte, verdichtete sich bei maßgeblichen Politikern der Wunsch nach einer unter allen Umständen neutralen Leitung der EU-Behörde. Vielleicht wäre eine Wahl aus einem anderen Erdteil auch neutral gewesen – aber da sprach wohl der Stolz des weißen Europa dagegen, oder man hat unterschwellig unsere galaktische Korruptionsresistenz mitbewertet. Erst in zweiter Linie mögen genannte Konditionen den Entschluß gefördert haben.

Die EU selbst hat einen gewissen diktatorischen Charakter trotz der Kontrolle durch den Europarat. Bei ihrer Größe trägt dieser Umstand zu vorteilhaften kurzfristigen Entscheidungen bei, entspricht aber nicht dem demokratischen Aufbau der Mitgliedsstaaten. Entscheidungen könnten nun den Rat passieren, aber trotzdem nicht die Billigung der Volksmehrheit finden. Um das zu ermitteln, soll auf einfachste, fast primitive Weise ein Abfragesystem installiert werden, das die Medien im einzelnen darstellen werden. Nur so kann die Kommission sicher zu volksnahen Beschlüssen gesteuert werden.

Wir werden auch eine Stelle einrichten mit je einem Mitarbeiter aus jedem Land, an die Vorschläge gerichtet werden können. Wegen der Vielzahl kann man die nicht beantworten, aber wenn sie verwendet werden, erhält der Einsender ein Ehrenzeichen, denn wir wollen ein Europa der Herzen, nicht des Geldes sein.

In einigen Wochen wird man Sie befragen, ob ich als Außerirdischer auch Ihr repräsentativer Präsident werden soll. Diskutieren Sie darüber und seien Sie ehrlich; auch bei Ablehnung werde ich als Kommissionsleiter mein Möglichstes für Europa tun.«

Mit einer Handbewegung erklärte er seine Bereitschaft zu Fragen, und die überschlugen sich fast. Die amerikanische Interview-»Kultur« hatte auch in Großbritannien an Boden gewonnen. Es wurde nach allem gefragt: Nach seinen finanziellen Forderungen, vor allem seinem Alter, seinen gelben Augen und rosa-silbernem Haaren, seinem Verhältnis zum Fußball, zu Frauen, zu Weltreisen und zu Plumpudding.

Er antwortete schnell, treffend, oft humorvoll, und als er ums Ende bat, da er noch nach Paris zum Interview müßte, dankte ihm langer Beifall.

In Frankreich fand die Veranstaltung vor den Toren von Paris, in Versailles, statt, schon wegen eines guten Landeplatzes und einfacheren Absperrungen, denn es waren außer den Medien auch hohe Gäste geladen, was vor allem die Fragenqualität der Presseleute seriöser gestaltete. Die Vorstellung von Mr. Matala in dem historischen Spiegelsaal übernahm der Präsident selbst. Matalas Darstellung und Antworten fanden freundlichen Beifall, und man bemerkte, daß er ein eleganteres Französisch sprach als ihr Präsident, was sich aus seiner Lehrtätigkeit in der Schweiz erklären ließ.

Anschließend war er mit seinen beiden Begleitern, die volle Aufmerksamkeit erregten, weil sie jeder von Situationen im TV kannte, zum Abendessen mit den hohen Gästen geladen, was für die beiden Begleiter nur ein Glas Wasser bedeutete, aber interessante Unterhaltung bot, da sie ja auch mit Hilfe ihrer »Festplatte« perfekt Französisch sprachen.

Berlin erwartete Mr. Matala im internationalen Kongreßzentrum. Die Scheibe landete im Sommergarten am Funkturm, wo das Team vom Regierenden Bürgermeister empfangen wurde. Minuten später betraten sie das Kongreßzentrum, wo sie der Kanzler begrüßte und es sich nicht nehmen ließ, einige einleitende Worte zu sprechen. Das Publikum neben der Presse war auch handverlesen und dankte der Darstellung einer EU mit demokratischen Zügen durch beachtlichen Beifall.

Zu Beginn des Interviews erinnerte Matala noch einmal humorvoll an die ungewöhnliche Frage der »Welt«-Redakteure, die diesen Wirbel eingeleitet hatten, der nun ganz Europa erfassen würde.

Es war schon in Amsterdam aufgefallen, daß alles in niederländischer Sprache ablief, und in Kopenhagen war man auch in Regierungskreisen gespannt, ob die paar Worte an die Ministerpräsidentin in Straßburg nur ein eingeübtes Kompliment gewesen waren. Alle Zweifler wurden von einem gepflegten Dänisch überrascht, das auch beide Begleiter beherrschten.

Die Presse hatte in Stockholm schon spitze Ohren, als die ersten Worte bei der Begrüßung gesprochen wurden: perfekt Schwedisch.

In Helsinki gab es schon nach den ersten zwei Sätzen Matalas lebhaften Beifall, denn man war es einfach nicht gewohnt, daß ein »Auswärtiger« fließend die Landessprache beherrsche. Die Ministerpräsidentin war selbst anwesend und hatte nach Kopenhagen schon ähnliches erwartet. Nach der Presse führte sie mit ihm auf dem Podium ein freundschaftliches Gespräch, bei dem sie ihren Finnen auch die Bedeutung der Brillanten auf der Krawatte erklärte. Ein begeisterter Beifall begleitete seinen Abschied. Dieser Auftritt in Helsinki wurde auch von der Presse derjenigen Länder kommentiert, denen der Besucher noch bevorstand, und schob so eine Bugwelle von Aufmerksamkeit vor dem Eintreffen her.

Besonders in Ungarn, Polen und Tschechien waren die Verwunderung und Anerkennung über die Sprachfertigkeit, aber auch die Reformen in der EU, die von den Medien erläutert und positiv bewertet wurden, sehr lebhaft.

Als schließlich nach dem Baltikum, den Balkan und den Mittelmeerstaaten als letztes Land Belgien besucht wurde, sprach man in den Medien schon vom ersten wahren Europäer, der seine Bürger in den 22 Sprachen ihrer Heimat angesprochen hatte. Daß er der EU auch noch eine demokratische Variante eingeimpft hatte, die in Kürze zu erproben sein würde, war ein nicht mehr von der Politik erwarteter Vorgang. Diese hielt bisher »Demokratie« nur als Schutzschild vor ihre Machenschaften, wie es ein oppositioneller TV-Sender in England darstellte.

Aber es gab auch Anti-Tana-Kreise, besonders im Bereich religiöser Sekten. Es ging dabei nicht um den Präsidenten, das war nur Anlaß, sondern um Tana als Macht, die den Glauben, nein, die Religionen, ablehnt. Das führte verbal zu üblen Auswüchsen, da es an sachlichen Argumenten fehlte. Dies griff auf Amerika über, da hier die Sektenlandschaft vielgestaltig war, und gipfelte in Behauptungen, daß Tana die Erdbevölkerung reduzieren wolle, um die Erde beherrschen zu können – eine Verschwörungsidee von Geheimgesellschaften, die Tana offengelegt hatte. Selbst den Islam suchte man mit Hilfe des Kaaba-Unglücks zu mobilisieren. Auch das Tana-Wort, es gäbe genug gute Menschen, Verbrecher brauchten wir nicht, fordere auf zum Eingriff in Gottes Bereich. Man vergaß die eigene Geschichte.

Die seriösen Blätter und auch die Boulevardpresse ließen sich von diesen Haßströmungen nicht beeinflussen. Und so blieben solche Publikationen auf enge Kreise beschränkt.

Bei den letzten Veranstaltungen seiner Europatournee wurde Matala gefragt, wie er das Lernen von über 20 europäischen Sprachen bewältigt habe, zumal seine Begleitung sie auch beherrschte.

»Als unsere Kundschafter, die beliebige Sprachen auf technisch-biologischem Weg durch Einsetzen einer ›Festplatte‹ sprechen, das erste Lehrmaterial mit CDs nach Tana lieferten, habe ich mich mit Philologie beschäftigt, was auf Tana wegen seiner einzigen Sprache nur einspurig sein konnte. Mich interessierten zuerst das unserer Sprache fast verwandte Latein und die heutigen europäischen Sprachen, die ich in drei Jahrzehnten lernte. Mit unserem genetisch vervollkommneten Gedächtnis ist das möglich. Es war auch noch Kapazität frei für Russisch, Chinesisch und Arabisch«, sagte er bescheiden lächelnd.

Ein deutsches Boulevardblatt griff das auf: »Tanaer sind uns mehrfach überlegen. Wodurch? Genetische Manipulation bis zur Perfektion. Und wer ist bei uns dagegen? Die ethisch verstiegenen Tanten aller Parteien.« Es gab Proteste, und die Redaktion mußte sich entschuldigen: Es seien nicht Tanten, sondern Weiber (traditionell für weibliche Personen).

In der Zwischenzeit hatte die Papier- und Druckindustrie Europas in enger Zusammenarbeit die knappen Termine gehalten, und während die Kartenbriefe ausgeliefert und verteilt wurden, begannen in Brüssel schon die Sondierungen für erste Reformen. Die Kommissare hatten einen Chef, der einfach nichts vergaß und 18 Stunden am Tag ansprechbar war, was natürlich nur im Fall auswärtiger Verhandlungen genutzt wurde. Was er plante, lief kurzfristig an. Interne Beratungen wurden grundsätzlich in die ungestörten Abendstunden gelegt.

* * *

Als die Woche der Abstimmung kam, hatte Matala schon mit seinen weiblichen und männlichen Kommissaren Kontakt gehabt und mit vielen ein persönliches Wort in ihrer Heimatsprache gewechselt.

In den Postanstalten Europas warfen nun die Stempelautomaten eine Flut von roten Karten aus. Es mußte nur noch die falsch- oder unfrankierte Post herausgesucht werden. Die roten Karten wurden zu je 1000 abgewogen und in Plastiksäckchen gestapelt. Die zentral gesammelten Zahlen näherten sich zum Wochenende immer mehr der Gesamtzahl der ausgegebenen Briefe. Am Montag der folgenden Woche wurde ein Trendergebnis von 89 % bekannt gegeben.

Das übertraf die kühnsten Erwartungen – aber auch die Befürchtungen der Spitzenpolitiker. Europa hatte jetzt einen Volkspräsidenten, gegen dessen Argumente nichts mehr lief. Und er würde wohl sicher auch die Kompetenzen der Außenkommissarin erweitern ... und sie inspirieren. Ob Premier Smith sich das bei seinem Vorschlag so gedacht hatte? Gegenüber der Presse sagte er nur: Die Europäer haben erstmalig gemeinsam abgestimmt. Das für Mr. Matala glänzende Ergebnis ist mit allen Konsequenzen zu akzeptieren.

Die europäische Presse, die am Ergebnis einen guten Anteil hatte, war unisono der Meinung: Endlich stimmt die Richtung!

Die Weltpresse und internationale Medien begrüßten das Ergebnis allgemein: Europa demokratisch einig! Und folgerten weiter: ein Präsident für alle.

In Leitartikeln würdigte man die enorme geistige Leistung des Sprachgelehrten und erwartete durch ihn wesentliche Impulse für die Weltpolitik. Der dreifache Doktor Usava meinte zu Journalisten, er wäre glücklich, wenn er die geistige Kapazität der Tanaer hätte.

Drei Wochen später erlebte Brüssel die Einführung des designierten Präsidenten in sein Amt. Es trafen nicht nur aus jedem Land der Erde Gratulationen ein. Persönlich kamen Dr. Usava, die Präsidenten Carell, Ussow von Rußland und Mustafa von der NAU, die Außenminister von China und Indien. Auch eine Abordnung der Mondbasis und der Tana-Stützpunkte traf ein. Zum Glück war kurz zuvor in Brüssel eine große Allzweckhalle eröffnet worden, die leicht die tausend Mitarbeiter der EU und die Regierungsspitzen aller Europaländer aufnehmen konnte.

Der belgische Ministerpräsident war zum Empfang ständig auf dem Flugplatz, sein Außenminister auf dem Bahnhof. Der Privatverkehr in der Stadt war durch Absperrungen und Geleitfahrten praktisch zum Erliegen gekommen. Die Vertreter von fünf europäischen Königshäusern flogen mit dem Hubschrauber ein. Die beiden »Welt«-Redakteure waren als Initiatoren Ehrengäste.

Zu Beginn des Festaktes sprachen der Präsident des Europäischen Parlaments und der Präsident des Europarates. Sie hoben nicht nur die Einmaligkeit der Auswahl, sondern auch der Bestätigung durch den ganzen Erdteil auf demokratischer Basis hervor, deren Prinzip vom Präsidenten selbst erdacht und vom britischen Premier für diese Trendwahl empfohlen wurde. Das Ergebnis sei überwältigend, denn durch Nachzügler hätte es sich noch auf über 90 % erhöht. Der riesigen Arbeitsflut und der enormen Verantwortung möge er jederzeit gewachsen sein. Ihm sei dafür auch das Glück der richtigen Entscheidungen zu wünschen.

Zur Vereidigung stieg Präsident Matala auf ein Podest und reckte den rechten Arm senkrecht mit ausgestreckter Hand in die Höhe.

»Die Allmacht möge mir die Kraft geben, jederzeit das Beste für Europa zu tun.« Er hatte es in der Tana-Sprache gesagt und wiederholte es in allen europäischen Sprachen. Nachdem er geendet hatte, brach eine echter Jubel der Europäer aus: ein wahrer Präsident!

Dr. Usava war in Begleitung von Ixman und Ceman gekommen, die Matala herzlich gratulierten. Er ging als nächster zum Rednerpult: »Herr Präsident, verehrte Gäste aus Europa und aller Welt! Schon mehrere Jahre habe ich mit Männern aus Tana gearbeitet. Sie haben ihr enormes technisch-biologisches Wissen zum Ausbau ihrer geistigen Fähigkeiten genutzt, wie es Präsident Matala beim Schwur darbot. Aber nicht nur ihr Gedächtnis ist bewundernswert, sondern auch ihre überlegene Stellung zu allen Situationen des Lebens. Ihr höchstes Ziel ist reibungsloses

Zusammenwirken aller Kräfte auf der Erde. Der klare Verstand entschärft jede Streitfrage und zwingt zum Mitdenken.

Ihr Leitgedanke ist, daß beim Menschen nicht nur schlechte Beispiele Schule machen, sondern auch gute, wenn sie vorgelebt werden.

Meine Stellung als Generalsekretär der UNO muß international absolut neutral sein. Glauben Sie mir, das ist schwer, wenn ich Afrika betrachte. Ein Mensch ist immer geneigt, seiner Heimat Konzessionen zu machen. Die natürlich gegebene Neutralität war der wesentliche Grund, daß Mr. Matala als Präsident vorgeschlagen wurde.

So werden Sie verstehen, daß ich meine Stellung gern für einen Herrn aus Tana aufgeben würde, damit die Weltorganisation von einem Mann ohne jede menschliche Schwäche geleitet werden könnte.

Heute bleibt es mir nur, Europa zu beglückwünschen und zu hoffen, daß die Allmacht dem Präsidenten die Kraft und Weisheit verleiht, um dieses schwierige Amt zu führen.«

Nach Premier Smith, der als Urheber dieser Präsidentenwahl angesehen wurde, sprachen die anderen Regierungschefs die Glückwünsche ihrer Bürger aus, und die hohen Gäste aus anderen Erdteilen überbrachten die Gratulationswünsche ihrer Regierungen.

Dieser Festakt mit der Konzentration hoher Besucher ließ auch Aktivitäten der Terrorszene befürchten. Die Luftsperrzone beschränkte sich wegen der Mittellage in Europa auf hundert Kilometer um Brüssel herum. Das Nato-Luftkommando in Ramstein würde eine halbe Stunde vor Beginn und während der Veranstaltung drei Jagdstaffeln in der Luft halten. Diese Beschlüsse wurden rechtzeitig gefaßt, und es war damit zu rechnen, daß sie auch den Terrorkreisen hinterbracht wurden.

Tana hatte daher zusätzlich eigene Vorkehrungen getroffen, um einer Bedrohung aus der Luft begegnen zu können. So schwebte ein Diskurs schon während der Ankunftszeiten der Gäste in niedriger Höhe bewegungslos über der Versammlungsstätte, begleitet von einer kreisenden Scheibe, die zusammen den Verkehrsfluß beobachteten. Knatternde Polizeihubschrauber erübrigten sich daher. Haman mit seinem Diskus schwebte in Orbithöhe und beobachtete den Luftverkehr über Europa. Er hielt Funkverbindung zu Ramstein, um über militärische Flüge informiert zu sein.

Gut drei Stunden vor Beginn der Veranstaltung wurde aus dieser Höhe eine sehr schnelle Flugbewegung im Süden Rußlands in Richtung Norden wahrgenommen. Sie bewegte sich in den Weiten westlich des Urals und schien dem Eismeer zuzustreben. Die hohe Geschwindigkeit ließ eine große Flughöhe um 15 km vermuten. Haman versuchte, sich mit der russischen Luftüberwachung zu verständigen, denn es konnte ja eine MIG der Luftwaffe sein, aber er bekam aus seiner Höhe keine Verbindung.

Nach Erreichen des Nordmeeres schwenkte das Flugobjekt nach Westen und erreichte südlich Spitzbergens den atlantischen Bereich. Ein weiterer Schwenk nach Süden in Richtung Nordsee veranlaßte Haman zur Kontaktaufnahme mit Bruder Zetman, der gerade Dr. Usava und seine beiden Tana-Begleiter an der Festhalle abgesetzt hatte.

»Geh mal auf 12 km Höhe Richtung Norden – ich weise dich ein.«

Nach einer halben Stunde flog er hinter, dann unter dem Objekt, das keinerlei Kennzeichen trug und von ihm als MIG erkannt wurde.

»Unter dem Rumpf hat er einen schlanken, torpedoartigen Körper, vielleicht ist es ein Tank. Auf meinen Anruf antwortet er nicht. Er fliegt 1,7 Mach.«

Ixman hatte in einer ruhigen Hallenecke mitgehört und schaltete sich ein:

»Hier Ixman, Bruder, das ist eine gefährliche Geschwindigkeit, in drei Minuten hat er den Sperrgürtel überwunden. Zu kurz für ein Aufhalten nach Nato-Reglement. Nimm drei Kilometer Abstand und lasere ihn. Dann kann er immer noch aussteigen – und du kannst ihn fischen.«

»O.k. Bruder« – Zetman wich seitlich aus, versuchte nochmals einen vergeblichen Funkruf – und schaltete den Laser ein.

Ein sonnenheller Blitz, darauf ein Druckstoß, der die Scheibe schräg nach oben schleuderte.

Das war atomare Gewalt, dachte Zetman, mich hat nur die hohe Geschwindigkeit gerettet! Er mußte einige Male tief durchatmen, bevor er Ixman und Haman rief. Von ihm kam sofort die Frage: »Das Objekt ist explodiert – warst du das?«

»Vermutlich der Laser.«

Damit berichtete er ihnen, daß die Explosion in Höhe der Faröer-Inseln ausgelöst wurde als atomare Ladung in 15 Kilometer Höhe – Europa wird den Fall-out registrieren.

»Hast du was abbekommen?«

»Wahrscheinlich eine blasse Gesichtsfarbe.«

Die Inseln hatten schon nach Oslo, Kopenhagen und London von Blitz, Donner und atomarem Rauchpilz in großer Höhe berichtet, aber man hielt gemeinsam die Meldung »unter der Decke«, um die Feierlichkeiten in Brüssel nicht zu stören.

Jedoch am nächsten Tag, nachdem mehrere Ölbohrinseln das Auftreffen sicher strahlender, angeschmolzener Reste von Flugzeugmetall beklagten und die Evakuierung der Besatzungen einleiteten, begann das vage Vermuten, wer einen Massenmord geplant hatte, der offenbar Brüssel gelten sollte. In seiner Größenordnung wäre er mindestens dem 11. September von New York gleichgekommen. Doch es gab keine Spuren oder Beweise hinsichtlich der Urheber. In der Nordsee wurde der Fischfang vorerst eingestellt.

Die Dankschreiben, die von vielen Seiten bei den Sicherheitsbehörden in Brüssel eingingen, waren diesen peinlich, da sie nicht wußten, wie sie einen Terroranschlag verhindert haben sollten. Tana hatte seine Informationen zurückgehalten, um die Medien nicht aufzuheizen. Es galt bei ihnen jedoch als sicher, daß der Anschlag Tana und Europa, also Ungläubigen, zugedacht war und daher aus islamistischen Kreisen kommen mußte.

Bei einem Gespräch auf dem Stützpunkt »Lavia«, wo die Informationen der Kundschafter bekannt waren, folgerte Prof. Neuberg: »Das Flugobjekt, das der Diskus in Südrußland sichtete, kam aus islamischem Gebiet. Solche Hochleistungsflugzeuge russischer Herkunft besitzen dort nur Saudi-Arabien und der Iran. König Halef ist integer, bleiben nur noch die Ayatollahs.«

»Das Volk steht nicht geschlossen hinter diesen geistlichen Führern und wir wollen diese Überlegung nicht publizieren, weil es einer Verurteilung aller Iraner gleichgekommen wäre. Noch kann Tana ihre Anschläge vereiteln«, war Ixmans Erwiderung.

Keine Stunde später traf von TTS-Kellmann die Nachricht ein, daß schon vor mehr als zehn Tagen die Bombe von der MIG auf dem gestrandeten Flugzeugträger verschwunden sei. Ein Krankenwagenfahrer, der einen Verletzten aus dem Sperrgebiet holen mußte, will das festgestellt haben. Seinen Bericht hätte ein TTS-Informant gehört. Es wurde noch nichts veröffentlicht.

»Das ist auch gut so«, meinte dazu Ixman, »denn als ich die Bombe an dem Rumpf blockierte, habe ich meinen Arm mehrmals durch den Bombenkörper geführt, was erfahrungsgemäß zur Blockade des Zündapparates reicht.«

»Sie wollen damit sagen, daß es nicht die gleiche Bombe sein kann, aber könnte der Laser nicht die Treibladung gezündet haben?« fragte Neuberg.

»In blockiertem Zustand birst eher der Bombenkörper, als daß eine Vereinigung der atomaren Ladungen zur kritischen Masse erfolgt.«

»Vielleicht hat der Klawitsch dem Nomski schon einen Satz Musterteile seiner Konstruktion zukommen lassen«, überlegte Zetman.

»Bruder, du holst den Teufel aus dem Sack!« fluchte Ixman, griff zum Handapparat und rief Mali an. »Hallo, Mister Tubbucal, ich hätte gern Igor Klawitsch gesprochen.«

»Er ist im Gelände, ich gebe Ihnen seine Anrufnummer.«

»Wie ist denn die Zusammenarbeit mit ihm?«
»Ein guter Ingenieur, packt jede Aufgabe richtig an!«
Dann hatte er Klawitsch am Apparat und wollte wissen, ob Nomski schon vorab Teile aus Kunststoff erhalten hätte.
»Von dem großen Zündmechanismus noch nicht.«
»Wovon dann?«
»Ich habe das System zuerst für eine Bombe entworfen. Davon hat Nomski zwei Ausfallmuster erhalten, die er in einem stillgelegten Bergwerk testen wollte.«
»Lagerten die Werkzeuge dazu auch in dem großen Regal?«
Klawitsch bejahte es, und Ixman beschloß mit einem Dank und guten Wünschen für die Arbeit in Afrika das Gespräch.
Seine Zuhörer schauten ihn erwartungsvoll an.
»Ich bin wahrscheinlich auf das System von Klawitsch hereingefallen, das spricht für ihn als Ingenieur. Gut, daß wir ihn aus diesem ›Verkehr‹ gezogen haben. Nun will ich aber wissen, ob die Bombe an der MIG wirklich fehlt«, sagte Ixman und stand auf. Zetman erhob sich ebenfalls, um die Scheibe zu starten.
Da die »Lavia« eine Position im nördlichen Ozean hatte, waren sie schnell am Ziel. Nicht schnell genug, denn die Wachen alarmierten zwei Patrouillenjäger. Zetman warnte sie auf internationaler Welle vor einem Angriff. Der eine jedoch konnte es nicht erwarten, flog von schräg unten an. Als er seine Raketen startete, zündete sie der Laser wegen geringer Entfernung sofort. So flog die Maschine in die Detonationen hinein. Darauf drehte der zweite Jäger ab. Nun konnte Ixman mit Foto dokumentieren, daß die Bombe unter der MIG fehlte.
Noch auf dem Flug rief er Kellmann an, und sie verabredeten weiteres Stillschweigen, um den Verdacht auf die Täterschaft des Iran nicht weiter ohne letzten Beweis zu erhärten.
Da machten die Saubermänner und Entgifter auf den Ölplattformen bei ihrer Arbeit einen Fund, der nicht geheim blieb. Ein Amulett aus Platin, auf dessen Foto Asche war, zeigte auf der Innenseite eine gravierte Widmung mit fremden Buchstaben.

Der Fund wurde sofort in das kriminaltechnische Institut in Oslo geflogen, von wo die Universität angesprochen wurde wegen der Deutung der Gravur.

»Zum Tod meiner Mutter – Tabris – und ein Datum nach islamischem Kalender«, hatte der Lehrstuhl für orientalische Sprachen ermittelt. Tabris war eine Stadt in Mitteliran.

Damit hatten die Medien ihre Sensation und ein Ziel für ihre Verurteilung. Nun konnte auch TTS verraten, wer die Katastrophe verhindert hatte.

Der Professor für Chemie in Teheran schüttelte nur den Kopf über die Nachricht, die sich bei dem heutigen Kommunikationsstand nicht mehr verheimlichen ließ. Dazu die lahmen Dementis und verlogenen Erklärungen der geistlichen Führungsschicht der Ayatollahs, zu deren Vertrauten sein eigener Halbbruder gehörte. Er selbst war langsam und sicher durch Nachdenken und Vergleichen zum Atheisten geworden. Da er keine Familie hatte, konnte er mit keinem darüber sprechen. Als echtem Ungläubigen würde man ihm am liebsten den Hals durchschneiden, wie es der berüchtigte Osama bin Laden einmal ausdrückte.

Weil er für Syrien einmal die Analyse eines Nervengases erstellt hatte, war er von seinem Bruder als Sachverständiger zu einer geheimen Sitzung der geistlichen Elite eingeladen worden und sollte morgen gehört werden. Würden sie solch Zeug herstellen wollen – vielleicht im großen? Wozu wohl? Natürlich zum Töten Ungläubiger. Und die würden Iran den Krieg erklären. Er dachte an den Terror, der im Irak damals folgte. Unzählige Tote. Und keiner der Täter war ins Paradies eingegangen – eine verfluchte Erfindung der Intelligenz, um Dumme für sich sterben zu lassen. Die Tana-Leute haben schon recht, wenn sie keine Religion akzeptieren – sie sind zu intelligent, um an Ideen anderer zu glauben.

Dann hatte er eine Idee, wie er seinem Volk dienen könnte – und sie nahm immer festere Form an. Sollte er vielleicht noch mit 75 Jahren den Tod Tausender vorbereiten? Der Entschluß kam schnell. Er schloß sich in seine privaten Laborräume ein.

Sein Bruder holte ihn mittags in einer Staatslimousine ab, aber es entwickelte sich kein Gespräch zwischen beiden. Der Wagen hielt vor einem Nebengebäude der Hauptmoschee der Stadt und Bedienstete öffneten die Wagentüren. Beide gingen in ihren langen Gewändern nebeneinander zum Eingang, wo sich der Wächter tief verneigte. Der Bruder geleitete Abu Tilliakh zu einem abgelegenen Raum im Erdgeschoß. Dieser war nicht groß, quadratisch mit nur drei kleinen Fenstern. Um einen niedrigen, runden Tisch saß auf Polstern eine Versammlung von etwa zwölf geistlichen Würdenträgern mit geschlungenen weißen Kopfbedeckungen. Einige hielten eine Hand an ihrem Kinnbart, fast alle trugen eine Brille.

Der Bruder begrüßte die hohe Geistlichkeit und wies auf den Professor, der die Runde mit mehreren Ayatollahs musterte: »Euer hoher Kreis wünschte Abu Tilliakh zu sprechen.« Dann setzte er sich zu den anderen.

Der ihm gegenübersitzende Ayatollah fragte den am Tisch stehenden Professor: »Ihr habt vor einiger Zeit als Spezialist die Probe eines Nervengases aus Syrien analysiert, dem der Präsident zum Opfer gefallen war.« Tilliakh nickte bestätigend, um eine Anrede zu vermeiden.

»Läßt sich das Gas aus unseren heimischen Rohstoffen in größerer Menge herstellen?«

Tilliakh nickte wieder bestätigend.

»Läßt es sich als Flüssigkeit gut und sicher transportieren?«

Tilliakh nickte zum dritten Mal.

»Und das Gas wirkt schnell?«

»Sehr schnell – prüft selbst!« Damit zog er eine große Glasphiole aus dem Gewand, hielt sie hoch und schleuderte sie in die Mitte des Tisches, wo das unter Druck stehende Gefäß zersprang und die aufschäumende Flüssigkeit in die Runde spritzte.

Tilliakh sah noch die entsetzten Gesichter – dann warf er sich quer vor die Tür ... und als die ersten über ihn fielen, lächelte er zufrieden und dämmerte hinüber in den ewigen Schlaf.

Zwei Bedienstete und ein Feuerwehrmann fielen dem Gas leider noch zum Opfer, bevor mit geeigneten Mitteln der Raum entgiftet werden konnte.

Auf dem Schreibtisch von Abu Tilliakh wurde ein Blatt gefunden, mit englischem Text, adressiert an Tana:

»Der Anschlag auf Brüssel sollte Tana treffen. Tana hat ihn nicht vergolten aus Rücksicht auf die islamische Welt. Nur ein Iraner durfte das Land und die Erde von dieser religiös-verblendeten Mordgesellschaft befreien.«

Befreit von der geistlichen Diktatorenclique hatte man Mut, den Schriftsatz zu veröffentlichen. Dr. Usava rief Ixman an und sagte erleichtert: »Tana hätte es wohl irgendwann tun müssen. Aber der Professor war ein weitsichtiger Iraner, er hätte für sein Opfer den Friedensnobelpreis verdient.«

»Sagen Sie das nur nicht öffentlich, sonst sterben Sie bei einem Selbstmordattentat.«

In den iranischen Städten kam es zu Demonstrationen, bei denen die Frauen unverhüllt erschienen. Auftretende Sittenwächter wurden verprügelt, Frauen schnitten ihnen die Bärte ab, und bei heftiger Gegenwehr ging auch die Haut mit.

Der Ministerpräsident trat zurück und machte der Opposition Platz. Für Ordnung sorgten die Streitkräfte. Deren drei Befehlshaber beschlossen die Wahl eines Präsidenten, wozu sie sich neben einem Politiker selbst aufstellen ließen.

König Halef lud den neuen Regierungschef nach Riad ein und schlug ihm enge Zusammenarbeit am Persischen Golf vor. Dabei empfahl er einen Tana-Berater, der für besten Kontakt zu anderen Nationen sorgen würde.

Das Grab von Prof. Abu Tilliakh aber war ständig von Blumen überschüttet.

Erst mehr als ein Jahr später gestand der ehemalige Geheimdienstchef vor einer schweren Operation, die er dann nur um wenige Tage überlebte, daß er in Zusammenarbeit und auf Anregung von drei Ayatollahs den Anschlag auf die Elitenversammlung der Ungläubigen geplant und über gekaufte turkmenische Militärs gestartet hatte.

* * *

Weniger die Tatsache eines Anrufs von Dr. Usava als vielmehr der Inhalt überraschte Ixman: »Sie hatten doch seinerzeit die Idee mit den doppelten Weltmarktpreisen dargestellt. Einen Verkaufspreis für die Großerzeuger und einen Ankaufspreis für die Verbraucher. Die Differenz sollte den Kleinerzeugern helfen, mit dieser Subvention ihre Erzeugung profitabel zu gestalten. Habe ich es richtig verstanden?«

»Im Prinzip schon, aber es gibt dabei viele Haken und Ösen – wie man so sagt.«

»Präsident Parcelli von der World Oil Company, der damals bei Ihrer Versammlung für langes Leben anwesend war, ist seitdem nicht mehr zu bremsen. Seine Firma ist ja führend bei dem Saharaprojekt. Nun hat er auch noch die Präsidentschaft bei der Welthandelsorganisation übernommen und hat Tilasi schon wegen eines Tana-Wissenschaftlers als Sekretär angesprochen.«

»Eine gute Nachricht – er weiß offenbar das, was von Tana kommt, zu schätzen.«

»Welcher Mensch mit Verstand tut das nicht … Ich denke, Sie sollten mit ihm einmal die Sache mit den Welthandelspreisen durchsprechen.«

Ixman stimmte sofort zu, und so traf man sich wenig später in der UNO, und da es um den Transfer von viel Geld ging, war auch noch Weltbankpräsident Goldenham zugegen.

»Das Prinzip ist klar«, sagte Parcelli gleich einleitend, »die kleinen Erzeuger, meist in Entwicklungsländern, können nicht zum Weltmarktpreis erzeugen und anbieten. Tun sie es aus der Not heraus, werden sie insolvent – oft nicht nur die Erzeuger, sondern auch ihr Land. Wenn die großen Verbraucher zwei Prozent auf die Gesamtmenge mehr zahlen, verteuert sich die Ware für den Endverbraucher geringfügig, aber die Warenmengen der kleinen Erzeuger können damit subventioniert werden. Das liegt vielleicht nicht auf der Linie von Globalfanatikern, aber es belohnt die Arbeit der Kleinen.«

»Arbeit, die genug zum Leben einbringt, macht auch mehr Freude als das Betteln um Nahrung zum täglichen Leben der Familie«, ergänzte Ixman, und Goldenham fügte hinzu: »Die Großverbraucher sind in der Regel auch die Geberländer für die Spenden und Unterstützungen, die im Jahr viele Milliarden betragen. Wenn die Erzeuger verdienen, erhält der Staat auch Steuern. Selbst in den Verbraucherländern profitiert der Staat von den etwas höheren Preisen.«

»So war es gedacht: Genau gezielte Subventionen der Erzeugung anstelle von Spenden und oft verlorenen Krediten«, faßte Ixman zusammen.

»Frühere Überlegungen in ähnlicher Richtung scheiterten schon bei der Frage der Durchführung, denn wenn man den Regierungsleuten in den kleinen Staaten Bargeld in die Hand gibt, verschwindet es, und Bankkonten haben die kleinen Erzeuger meist nicht. Jetzt allerdings haben wir einen Faktor, der Unterschlagung und Begünstigung vielleicht nicht ganz ausschließt, aber wesentlich erschwert und als unrechtmäßig verurteilt. Das sind die Tana-Berater in jeder Regierung, die nun wieder durch weitere Mitarbeiter ergänzt werden. Wenn wir das Projekt in Angriff nehmen, werde ich das UN-Team auch um weitere Herren bitten, denn da sie die Verteilung der Gelder steuern müssen, dürfen es nur Tana-Männer sein – wenn ich ruhig schlafen will.« Parcelli war ehrlich.

Ixman lachte und meinte, in den Verbraucherländern wären sie auch nötig, sonst würde abgeschöpftes Geld gar nicht erst zur Verteilung kommen.

»Diese Länder haben meist Importstatistiken, die man nur zu überprüfen braucht«, wußte Parcelli, »aber da kommt mir eine Idee, die sicher zur Beschleunigung beiträgt. In zehn Tagen startet die G8-Tagung auf einem Kreuzfahrtschiff im Mittelmeer. Da werde ich uns beide, Mr. Ixman, einladen. Sie sind ja als Ideengeber nach dem künstlichen Vulkan von Yellowstone weltbekannt – und das Saharaprojekt hat schließlich auch bei Ihnen seine Wurzeln.«

Der winkte ab: »Kleine Fische, wenn ich an die Überbevölkerung denke.«

Auf der G8-Tagung erkannten die Regierungschefs klar die Vorteile eines solchen Ausgleichs und stimmten unter der Voraussetzung zu, daß die WTO die Vorschriften ausarbeiten und überwachen würde. Zuerst sollten zehn Warengruppen wie Weizen, Baumwolle, Kaffee, Kakao, Reis, Kautschuk, Rohrzucker, Ananas diesem Ausgleich unterliegen. Die Erfahrungen damit müßten dann ausgewertet werden.

Goldenham, der ebenfalls anwesend war, warnte aber vor zu großer Erwartung hinsichtlich Minderung der Finanzhilfen, da sich manche Länder daran gewöhnt hätten, ihren Haushalt fremdfinanzieren zu lassen mit späterem Schuldenerlaß. Erst bei längerem Einwirken der Berater sei mit einem Umdenken zu rechnen.

* * *

»Heute habe ich keine erfreuliche Nachricht für Euch, Ixman, kennt Ihr Bolivien?« wollte Tilasi per Anruf wissen.

»Nicht gründlich – vor 200 Jahren war es mal unter Bolivar einige Jahre mit Peru fusioniert und war am Salpeterkrieg beteiligt, aber Peru und Chile haben sich die Pazifikküste aufgeteilt, so daß für Bolivien kein Hafen übrigblieb, dabei ist es einer der größten Zinnproduzenten der Erde und auf Export angewiesen. Im letzten Jahrhundert haben immer wieder Militärtypen mitgemischt, bis dann Anfang unseres Jahrhunderts der Indianerpräsident Evo die Kokaproduktion in die Hand nahm.«

»Ihr seid ja gut informiert«, staunte Tilasi, »jetzt ist Evo junior, der Sohn von einer Europäerin, Präsident und hat ernste Schwierigkeiten mit den Militärs. Zwischen Vater Evo und Sohn hievten sie den willfährigen Mestizenkumpel Gomez ins Präsidentenamt. Dieser tolerierte wieder die Aufnahme der Rauschgiftproduktion aus der Kokaernte – eine Geldquelle der Militärs beim Schmuggel ins Ausland, meist USA. Diese hat ihre Finanzhilfe daraufhin wieder eingestellt.

Mit Unterstützung unserer Berater hat der Junior die Annäherung an Peru im Programm, da es ja Gemeinsamkeiten wie Verkehrsverbindungen und den Titicacasee gibt, aber die Peruaner wollten nicht mit der Kokainproduktion belastet werden. Daher erklärten sich unsere beiden Berater bereit, zusammen mit dem Innen- und dem Landwirtschaftsminister das Kokaanbaugebiet im Südosten aufzusuchen. Dabei hat das Militär sie festgesetzt, und ein General Dolmezi hat die Forderung nach Legalisierung der Erzeugung gestellt und mit Erschießen der Inhaftierten gedroht, wenn das Gesetz nicht bis Monatsende erlassen wird.«

»Militärs sind immer schnell beim Erschießen – so rasch bekommt doch keine Regierung ein Gesetz zustande.«

»Bolivien ist eine Präsidialrepublik, da ist das schon möglich. Der Junior wäre auch geneigt mit Rücksicht auf unsere Berater nachzugeben. Das hat er mit uns besprochen, aber wir haben zur Ablehnung geraten – im Vertrauen auf unsere Kundschafter.«

»Da habt Ihr den richtigen Rat gegeben, solche Erpressungen dürfen uns nicht geboten werden. Haben die Berater die Resonanzsonde am Körper? Man wird sie ja versteckt halten.«

»Ja, die haben wir alle im …!«

»Halt, nicht sagen, an welcher Stelle. Auf der Erde wird alles abgehört – und wir haben jetzt englisch gesprochen. Wenn ich noch Einzelheiten benötige, rufe ich den Junior an. Danke für die Information.«

Beim Studium der Karte von Bolivien zusammen mit Zetman wurde als Kokazone der Osten des Landes nordöstlich von Santa Cruz mit den Orten Conception und San Ignacio im Grenzgebiet zu Brasilien ausgemacht.

»Da sind wir auch schon gewesen, als wir von Manaus am Amazonas zum Pazifik flogen«, stellte Zetman fest.

»War alles sehr schön grün, hilft uns aber nicht, unsere vier Zielpersonen zu finden. Wir werden den Präsidenten Evo junior aufsuchen müssen, um zu erfahren, wo sich die Militärs massiv aufhalten, um in dieser Umgebung nach dem Aufenthaltsort zu fahnden.«

Drei Tage später suchte Ixman den Junior im Palacio Quemado in der Altstadt von La Paz auf. Ein freundlicher, dunkler Typ mittleren Alters mit auffallend hellbraunen Augen bedankte sich sehr für den Besuch. Die schweren, dunklen Möbel betonten den spanisch-aristokratischen Stil der kleinen Empfangshalle.

»Herr Präsident, ich bin gekommen, um mich über die aktuelle Lage in Ihrem Land zu informieren. Unser Ziel ist die Befreiung der vier Geiseln, wenn man es so nennen will.«

»Wir beherrschen leider nicht unser ganzes Land von La Paz aus. Ich habe zwar einen Wehrminister ernannt, aber die Offiziere im Anbaugebiet für Koka ignorieren seine Anordnungen, und die anderen weigern sich, gegen diese militärisch vorzugehen. Wahrscheinlich wird ihr Sold auch mit Kokaingewinnen aufgebessert. Eine mißliche Lage für eine Regierung.«

»Sie suchen eine Kooperationsbasis mit Peru?«

»Nun ja, wir haben die gleichen völkischen Verhältnisse, die gleichen Volkssprachen neben Spanisch, wir teilen uns den höchstgelegenen See der Erde und haben eine Reihe von Verkehrsverbindungen.«

»Aber die Peruaner haben einige Bedenken wegen der Kokainerzeugung?«

»Wir auch. Mein Vater hat zwar den Kokaanbau legalisiert, aber für allgemeine medizinische Zwecke. Unter seiner Herrschaft waren auch die Offiziere ruhig, denn er hatte sehr breite Zustimmung im Volk mit seiner ›Bewegung zur Sozialisierung‹. Als er starb, studierte ich in Europa, was die Offiziere genutzt haben, um ihren Mann – meinen Vorgänger – ins Amt zu heben. Seitdem haben sie Oberwasser mit dem Kokain. Aber Peru wirft uns auch mit Recht vor, daß wir nur ein Drittel ihrer Bevölkerung haben, aber zehnmal so viele Morde. Das kann auch nicht am Glauben liegen, denn beide Länder sind zu 95 % katholisch.«

»Nein, der Glaube schützt vor Verbrechen nicht, es wurde auch schon im Vatikan gemordet: Man geht zur Beichte und erhält Absolution.«

»Das hat mir auch schon immer zu denken gegeben. In Europa gibt es viele Protestanten, die das ablehnen. Ein Martin Luther hat im Mittelalter den Glauben reformiert.«

»Tja, wir aus Tana staunen immer, wie langsam sich Verstand auf der Erde durchsetzt. Nun, wir wollen Ihnen dazu mit unserem Verstand helfen, Ihre Welt wieder in Ordnung zu bringen.«

»Ihre beiden Kollegen waren schon auf dem besten Wege. Mit Peru planten sie am Titicacasee ein Weltkurzentrum für Leistungssportler und haben auch einen Freihafen bei Tacna aushandeln können.«

»Jetzt müssen wir unsere Kollegen und Ihre Minister erst einmal finden – wo könnte man sie denn gefangenhalten?«

Dafür kommt eine ganze Reihe von kleinen Stützpunkten der Soldaten im Grenzgebiet östlich von Conception in Frage. Der Bürgermeister von Santa Cruz könnte vielleicht Genaueres wissen. Sie waren ja mit einem großen Geländewagen unterwegs, den sicher viele gesehen haben.«

»Ist denn das Militär in dem Gebiet noch erforderlich? Weder Brasilien noch Paraguay planen Krieg, den wir ohnehin geächtet haben. Verlegen Sie doch die Soldaten ins Landesinnere.«

»Das hat ja der Wehrminister versucht ...«

»Was ist er denn von Beruf?«

»Er war Lehrer.«

»Völlig falsch – in Ihrem Fall muß das ein General sein, ein harter Kerl. Peru hat doch mehr Militär – vielleicht haben sie einen übrig. Das ist doch eine Art Kooperation, mindestens ein Vertrauensbeweis.«

»Ich könnte meinen Kollegen in Peru fragen.«

»Das tun Sie mal. Ihr Herr Vater hat ein Leben lang gekämpft, er war hart genug für das Präsidentenamt in diesem Land – Sie haben nur studiert. Gewiß, man kann das Amt auch mit weniger Härte, aber mehr Verstand führen, aber solche Kotzbrocken wie Ihre Militärs muß man hart anfassen.«

Der Junior-Präsident nickte nur, bedankte sich für die Ratschläge und meinte, er sei mit allem einverstanden, was die Tana-Männer für notwendig hielten.

Nach der Rückkehr zur Scheibe schilderte er Zetman und Ceman, die die Aktion mitflogen, seinen Eindruck von den Zuständen im Land und vom Präsidenten. Er sei ein Intellektueller, der vom Image seines Vaters profitiert habe, aber nicht die Zügel dieser schlingernden Staatskutsche zu führen wisse. Man müsse wohl auch den Beratern härtere Bandagen empfehlen in diesem Land mit rauhem Volk. Dann nannte er Santa Cruz als nächstes Ziel.

Auf dem Weg zum Stadthaus sah Ixman ein knallgelbes Plakat, das eine Militärgerichtsverhandlung gegen vier Dissidenten für Samstagvormittag ankündigte. Unterzeichnet war der Anschlag von Dolmezi, General.

Samstag – das war ein Tag nach Ultimo.

Bürgermeister Amorales bestätigte ihm dann, daß es sich um die vier Regierungsmitglieder handele, deren Prozeß hier vor dem Stadthaus verhandelt werden solle. Das sei zwar nicht üblich, aber der General bestünde darauf – und gegen den könne er nichts ausrichten. Auf die Frage, wo die Gefangenen verwahrt werden, konnte er auch nur die Umgebung von Conception nennen. Er drückte dann noch sein Bedauern aus, daß er für die vier Regierungsleute nichts tun könne.

Ixman verließ ihn mit einem geringschätzigen Lächeln: »Der Präsident hat Sie überschätzt – vielleicht kann ich einmal etwas für Sie tun.«

In tausend Meter Flughöhe erreichten sie den Ort Conception. Unter ihnen lagen endlose Plantagen, in denen hier und da Menschen arbeiteten. Um den Ortskern der Kleinstadt mit Kirche und einigen massiven Gebäuden schlossen sich Straßen an, die sich mit Landhausgrundstücken im Gelände verloren. Am östlichen Rand schien eine Kaserne zu liegen, auf deren geräumigem Hof verschiedene Fahrzeuge in Reihe standen. Natürlich konnte das Fahrzeug der Regierungsleute dabei sein, aber man hatte vergessen, nach der Kennzeichnung zu fragen, sofern es überhaupt eine sichtbare hatte.

Zetman flog ein paar Kilometer nach Osten, denn Ceman, der den Richtsender bediente, hatten keine Resonanzsignale erhalten. Voraus kam ein kleines Bauwerk in Sicht, daß sich dann als eine Art Hütte mit Wellblechdach erwies.

Da Ceman den Kopf schüttelte, dirigierte Zetman die Scheibe in nördliche Richtung, wo eine ähnliche Hütte in Sicht kam, die mit der ersten durch einen Fahrweg verbunden war, der durch überhängendes Grünzeug aus dieser Höhe nur schwer auszumachen war.

»Das ist wieder ein Blechdach«, bemängelte Ceman den Bau, »ein Regenabfluß aus Metall hin zum Boden ist schon eine Erdung. Wir kommen dann mit unserem Funk nicht ausreichend stark durch.«

Und so war es. Zetman senkte die Scheibe ab, ohne daß Ceman ein Resonanzsignal empfangen konnte.

»Wir müssen noch viel tiefer gehen, um über die Seitenwände mit dem Funkstrahl sicher in die Hütte zu kommen.«

Zetman ging jedoch wieder auf die alte Höhe mit dem Hinweis, daß sich Besuch einfinden wird. Da fragte auch schon über die internationale Frequenz eine Stimme in mühsamem Englisch nach der Nationalität.

Das Gespräch wurde von Ixman übernommen: »Tana-Flugscheibe im Dienst der UNO mit Auftrag von Präsident Evo in La Paz.«

»Nicht verstanden, wiederholen.« Ixman wiederholte es langsam.

»Verlassen Sie sofort den bolivianischen Luftraum!«

Da die Scheibe fast stillstand, flog die alte russische MIG einen weiten Kreis um sie. Ixman hatte nur den Kopf geschüttelt, ohne zu antworten. Dann war die Stimme wieder da.

»Verlassen Sie sofort den bolivianischen Luftraum, bei Weigerung Abschuß.«

Jetzt wiederholte Ixman in Spanisch seine Antwort und setzte noch hinzu:

»Wir haben einen Auftrag von der Regierung Boliviens.«

Nun kam es auch auf spanisch: »Ich muß Sie abschießen, wenn Sie nicht sofort das Kokagebiet verlassen.«

»Wenn Sie einen Fallschirm am Hinterteil haben, so können Sie es tun.«

»Schade um Sie, aber ich habe Befehl.«

Der automatische Zielsucher des Lasers hatte ihn schon lange anvisiert. Als sich die MIG zum Abschuß ausrichtete, war sie ziemlich nahe, so daß die Rakete schon nach Verlassen der Halterung explodierte. Die Maschine bäumte sich auf und schmierte nach links ab – und dann hing der Pilot auch schon am Fallschirm.

»Nun haben sie nur ein paar Flugzeuge und riskieren sie noch im Einsatz gegen uns«, meinte Zetman mit einem gewissen Bedauern. »Wir werden bei Dunkelheit sehr tief fliegen, damit Bruder Ceman zum Erfolg kommt, denn wir sind hier sicher richtig, sonst hätte man nicht den Flieger geschickt.«

So war schon die erste Hütte das richtige Ziel gewesen, als sie in nur zehn Meter Höhe heranschwebten. Davor wendete gerade ein Wagen, der wohl Richtung Santa Cruz fahren wollte. In seinem Scheinwerferlicht konnte ein Landeplatz ausgemacht werden.

An der verschlossenen Tür der Hütte fragte Ixman auf Tana: »Seid ihr hier, Milawi und Holomi?«

Auf das freudige »Ja« trat er neben der Tür in den Raum, wo sich dann auch die Minister Romez und Morales bemerkbar machten.

»Wir sind hier an eiserne Bettgestelle gekettet und haben gerade Brot und Wasser bekommen.«

»Euch vier könnten wir zwar befreien, aber nicht abtransportieren. Man will euch übermorgen in Santa Cruz vor ein Militärgericht stellen, wo wir den Militärs eine Lektion erteilen wollen. Selbst wenn sie euch zum Tode verurteilen, bleibt ruhig – wir sind auch dort. Bis übermorgen – und schlaft ohne Sorge.«

Die Gefangenen wollten noch Fragen stellen, aber Ixman wehrte ab: »Wir haben schon ein Flugzeug abstürzen lassen und wollen die Militärs nicht weiter verunsichern, sonst ändern sie ihren Plan.« Dann glitt er wieder hinaus, und die Scheibe stieg geräuschlos in den Nachthimmel.

Der nächste Tag sah Ixman und Ceman in unscheinbarer Kleidung zu Fuß in Santa Cruz. Das Stadthaus hatte einen Hof mit seitlicher Zufahrt, und der Platz davor maß wohl allseits fünfzig Meter. In den Patrizierhäusern spanischen Stils befanden sich einige Läden. Rechts und links hatte sich je eine Gastwirtschaft etabliert. Drei ziemlich enge Straßen mündeten auf den Platz, in dessen einer Ecke ein Springbrunnen mit einer allegorischen Figur plätscherte. Viele Fenster und Balkone waren mit Blumen geschmückt, und an den Hauswänden rankten Glyzinien in die Höhe. Ein freundliches Bild für ein Gerichtsverfahren, das überall in der Stadt angekündigt wurde.

Das Treiben auf dem Platz war lebhaft, aber nicht laut – man wollte wohl die Schreiber im Stadthaus nicht stören.

In einem der Gasthäuser saßen die beiden bei einer Flasche Sodawasser und lauschten den Gesprächen der Gäste, die wenig von der Gerichtsveranstaltung am nächsten Tag handelten, aber doch kritische Bemerkungen zum Verhalten der Regierung enthielten.

Bevor sie sich einen ruhigen Raum bis zum Morgen suchten, erhielt Kellmann noch einen Anruf mit der Bitte, sein Team in La Paz für Samstag vormittag nach Santa Cruz zu beordern und anschließend das bolivianische TV zu beliefern.

Schon früh am Morgen waren fleißige Hände dabei, die Gerichtsstätte herzurichten. Ein schwerer, langer Tisch mit vier Stühlen und einem Sessel für den Vorsitzenden sowie zwei Hocker an beiden Stirnseiten für die Schreiber. Vor diesem Kernstück eine lange Bank – wohl für die Angeklagten. Daneben ein Stehpult – sicher für den Verteidiger. Davor, in kleinem Abstand, drei Sitzreihen mit Bänken für Zuschauer und Gäste? Rechts daneben an einer freien Mauer wurden zwei Meter lange Holzbohlen dicht an dicht aufgestellt. Als Kugelfang beim Exekutieren? Die Militärs schienen wirklich eine Horrorvorstellung geplant zu haben zur Einschüchterung der ganzen Region.

Aus ihrer Position im Gebäude konnten die beiden Tana-Männer den Hof und einen Teil des Platzes übersehen, wo sich schon erste Zuschauer einfanden. Als erstes Fahrzeug fuhr ein Mannschaftstransporter in den Hof ein. Etwa zwanzig Uniformierte sprangen heraus, ohne Waffen, und ein Leutnant ließ sie antreten, um sie zur Einweisung auf den Platz zu führen. Darauf traf ein Kastenwagen ein, aus dessen langem Führerhaus vier Soldaten entstiegen, die sich auch zum Platz begaben, um zu sehen, wo sie ihre Gefangenen plazieren mußten. Einem Privatwagen entstieg ein Mediziner in weißem Kittel und ging mit einem Koffer in das Gebäude. Er war bei Exekutionen obligatorisch.

Vier Offiziere in einem Kübelwagen und der General in einem Cabriolet waren die nächsten Ankömmlinge. Der General, offenbar Dolmezi, begrüßte die Herren mit Handschlag, sprach einige Worte mit ihnen, um dann zusammen mit ihnen ins Haus zu gehen. Wahrscheinlich wollte er schauwirksam aus dem Eingang des Gebäudes mit der dreistufigen Treppe als Gericht heraustreten.

Schließlich kamen die vier Soldaten wieder zurück und holten die gefesselten Gefangenen aus dem Kastenwagen. Sie trugen ihre Zivilkleider und machten keinen niedergeschlagenen Eindruck. Von den Soldaten in Reihe geführt, gingen sie zum Platz hinaus, der sich mit Zuschauern merklich gefüllt hatte. Auch die Fenster der Häuser waren mit Neugierigen besetzt.

Nachdem eine Weile alles ruhig geblieben und die Verhandlung begonnen hatte, schritten Ixman und Ceman zur Tat. In den Führerhäusern des Transporters und des Gefangenenwagens vermuteten sie noch die Fahrer und waren besonders vorsichtig, als sie die in den Transporthalterungen befindlichen Gewehre berührten, um sie zu blockieren.

Anschließend suchten die beiden Positionen auf, von denen aus sie die Szene überblicken konnten. Ixman stand gedeckt neben der Eingangstür hinter dem Vorsitzenden, Ceman links hinter der Balkenwand, vor der Soldaten zur Dekoration des militärischen Schauspiels standen.

Es schien ein Schnellverfahren zu sein, ohne Verteidiger, denn an dessen Stehpult lehnte der Bürgermeister. Die Zuschauerbänke waren zu mehr als zwei Dritteln mit bäuerlichen Typen, nach der Kleidung zu urteilen, besetzt. Die restlichen Plätze wurden offenbar von Stadtangestellten eingenommen. Die Angeklagten machten einen fast unbeteiligten Eindruck und hatten wohl auch wenig zu sagen.

Der rechts sitzende Offizier hatte die Anklage verlesen, denn er klappte seinen Ordner zu. Der Vorsitzende und die drei anderen Beisitzer erhoben sich und traten zur Beratung in den Gebäudeflur.

In seiner Position konnte Ixman hören, wie der General meinte, da das Ultimatum gestern unbeantwortet abgelaufen sei, käme auch ohne Berücksichtigung der Anklage nur die Exekution in Frage. »Wir müssen diesem Bengel in La Paz zeigen, daß mit uns nicht zu spaßen ist, selbst wenn er die Gelbaugen aus dem Himmel zu Hilfe holt.« Damit gab er das Zeichen zur Rückkehr an den Richtertisch.

Aus seiner Position konnte Ceman zwei Aufnahmeteams ausmachen, von denen eines sicher für TTS arbeitete.

Es war trotz der vielen Menschen sehr ruhig auf dem Platz, als sich General Dolmezi zur Urteilsverkündigung erhob. Er wiederholte Punkte der Anklage wie verbotenes Befahren des Grenzgebietes, Aufhetzung der Bevölkerung, Nichtachtung des Bauernstandes, subversive Tätigkeit gegen das Militär. Man dürfe gegenüber solchen Umtrieben kein Verständnis und keine Milde walten lassen, sondern müsse solche Tätigkeiten schon im Keime ersticken. Das außerordentliche Militärgericht sei deshalb zum Todesurteil durch Erschießen mit sofortiger Vollstreckung für alle vier Angeklagten gekommen. Die beiden Tana-Männer lächelten dazu freundlich.

Hatten sie nicht verstanden? Diese Frage stellten sich alle, welche ihre Gesichter sehen konnten.

Barsch befahl der General dem Leutnant, das Peloton zur Exekution zu stellen – so verschwand er mit acht Soldaten im Hof. Darauf erfolgte die Anweisung, die Verurteilten zur Holzwand zu führen.

Da stürzte der Leutnant mit seinem Gewehr aus dem Hof zum General:

»Exzellenz, unsere Gewehre lassen sich nicht laden – hier, sehen Sie!« Der Angesprochene erhob sich und griff nach dem Gewehr; es war fest.

Dolmezi schielte nach rechts, nach links – alle, die es gehört hatten, starrten ihn an.

»Lassen Sie die Delinquenten mit dem Gesicht zur Wand Aufstellung nehmen«, dann hob er seine schwere Armeepistole aus dem Halfter, »ich gebe Ihnen meine Pistole, und Sie liquidieren die vier mit Genickschuß!«

Dem Leutnant klapperten die Zähne, als er »Jawohl, Exzellenz« hauchte.

Im Begriff, dem Leutnant die Waffe zu reichen, riß ihn ein knallharter Befehl in seinem Rücken herum: »Halt, General!«

Drei Schritte hinter ihm stand eine Gestalt in silbergrauem Overall mit zornigen gelben Augen.

»Nur ein Teufel kann einem Menschen vier Morde befehlen!« Das breite Gesicht des »Teufels« verzerrte sich, Haß schoß in seine dunklen Augen, die Spitzen des Schnurrbarts zitterten.

»Sie sind überhaupt nicht befugt, im Frieden Gericht gegen Zivilisten zu führen! Ihre Anklage war ein Witz«, erklärte der Graue.

Seinem Gegenüber war das Blut zu Kopf gestiegen, rote Flecken auf seinen Wangen. Er atmete tief auf, rang nach Fassung.

»Ihr Urteil ist ein Skandal!« sagte der Graue noch, da brüllte Domezi auf: »A Diable mit dir, du gelbäugige Kröte!« Die Pistole flog hoch, der Schuß krachte – und der hinter Ixman sitzende Offizier hielt sich beide Hände vor das Gesicht, den Ankläger traf das Geschoß voll am Kopf und warf ihn vom Stuhl. Als Dolmezi sah, was er angerichtet hatte, zielte er auf den Kopf und drückte nochmals ab. Ixman fiel nicht um, er sprang auf den Schützen zu. Der schoß ein drittes Mal, aber da leuchtete der Laserstab schon auf, touchierte seinen Hals.

Der Kopf mit der goldgekordelten Mütze fiel auf das Pflaster, rollte beiseite. Einige Frauen unter den Schaulustigen schrieen auf – aber es floß kein Blut, nur der Geruch verbrannten Fleisches hing in der Luft. Die Uniform mit Inhalt war auch zu Boden gesunken.

Die nahen Zuschauer auf den Bänken waren im Schock, aufgerissene Augen und offene Münder, die einige mit den Händen verdeckten. Auch die anderen Neugierigen waren wie gelähmt, eine solche Szene hatten sie nicht erwartet.

Die beiden verängstigten Offiziere zu seiner Linken herrschte Ixman an: »Räumen Sie die Reste von Dolmezi weg!« Der Leutnant half und griff nach dem Kopf, dem er wieder die Mütze aufsetzte und ihn dann in den Hof trug, wohin seine beiden

Kollegen auch die Uniform hingeschleift hatten. Inzwischen war der Mediziner tätig geworden und hatte das Gesicht mit der fehlenden Nase verbunden. Dem Ankläger mit dem Kopfschuß konnte er nicht mehr helfen.

Auf Anweisung waren den vier Verurteilten die Fesseln abgenommen worden, und Ceman, der aus der Bohlenwand herausgetreten war, geleitete sie zu den Stühlen am Richtertisch. Den beiden Offizieren wurde Platz auf der Anklagebank zugewiesen.

Die Zuschauer auf den Bänken hatten sich auch wieder etwas gefaßt, und einige tuschelten miteinander. Dem Bürgermeister waren die Knie weich geworden, so daß er sich einen Schreiberhocker vom Tisch geholte hatte.

Mit Ceman in der Mitte des Tisches stehend begann Ixman: »Bürger von Santa Cruz, Bauern der Plantagen, Soldaten!«

Es erstarb ringsum jeder Laut – auch kein Hund wagte zu bellen.

»Bolivien ist ein hartes Land mit zwanzigmal soviel Morden wie beim Nachbarn Peru mit gleichem Volk und gleicher Sprache. Wir Gelbaugen sind sanfte Wesen aus einer anderen Welt – aber wir können uns anpassen, wie ihr gesehen habt. Dieser Teufelsgeneral konnte mich nicht töten, aber ich habe seinen Mordwillen vergolten.

Ihr habt einen Präsidenten gewählt, der für dieses rauhe Land zu schade ist, aber wir werden ihm helfen«, er wies auf die beiden Berater, »die Lebensverhältnisse für den einfachen Menschen, der sein Brot mit seiner Hände Arbeit verdienen muß, zu verbessern. Wir warnen jeden, das zu hintertreiben wie die Soldateska hier im Gebiet, das nun militärfrei wird. Wir raten niemandem, sich den Anordnungen aus La Paz zu widersetzen, denn sie sind wohldurchdacht. Die Bauern werden Koka anbauen und an die Pharmafirmen zu einem ausgehandelten Preis verkaufen, aber kein Kokain herstellen. Wer das trotzdem tut, verliert sein Land. Dieses Gesetz wird erlassen werden. Dieser Verzicht geschieht nicht auf Betreiben der Amerikaner, sondern weil Bolivien mit Peru auf breiter Basis kooperieren will mit einem Tor zur Welt, einem Hafen zum Pazifik.

Und nun, lieber Senhor Amorales, können Sie wieder Bürgermeister sein«, wandte er sich an den Hockersitzer, »und nicht nur spielen – ich konnte also doch etwas für Sie tun. Aber jeder sollte bei allen Entscheidungen bedenken: Wir sind in kürzester Zeit am Ort, wie leben auf den Weltmeeren außerhalb irdischer Gesetze und handeln nur nach unserem Gefühl für Gerechtigkeit.«

Er hob zum Abschied und Gruß den rechten Arm und wandte sich zurück. Sekundenstille, dann klatschte einer, dann zehn, dann der ganze Platz!

Nach dem Eklat war nur noch ein TV-Team am Ort geblieben, und die winkten begeistert, denn TTS wird heute wieder tolle Einschaltquoten haben.

Nachdem Präsident Evo den Bericht gesehen hatte, wußte er, wie man es machen kann – nur wäre er beim ersten Schuß schon ein toter Mann gewesen.

* * *

Die Ankunft des zweiten Raumschiffes mit tausend Wissenschaftlern war nun keine Sensation mehr, und die Verteilung auf die Staaten hatte das Tana-UNO-Team im Verein mit den Dozenten und Beratern der Länder ohne Medienwirbel vorbereitet und durchgeführt. Von fast allen Regierungen waren sie auf Empfängen mit den Kontaktpersonen bekannt gemacht und an ihre Aufgaben herangeführt worden.

Wieder waren namhafte Firmen in Amerika, Europa und Asien bemüht um Einkleidung und Einrichtung von Wohnungen. Da Ixman mit dem Elektrotechniker Nelato schon an verschiedenen Orten der Erde unterwegs war, wandte sich der Sprecher der Angekommenen, Mister Bacaba, führender Genwissenschaftler von Tana, mit einem Vorschlag an die Tana-Leute der UNO.

Zuerst wünschte er eine Konferenz mit den Spitzen der irdischen Religionsorganisationen. Sie mußten ihm erklären, daß es eine solche Versammlung noch nie gegeben habe und auch nicht geben würde wegen der Zersplitterung und uralter Gegensätze. Es seien Versuche zur Verständigung gemacht worden, aber oft durch Einzelheiten verschiedener Riten gescheitert. Er müsse sich damit abfinden, Besprechungen mit den einzelnen Oberhäuptern zu führen. Die Termine würde man gern vereinbaren, und die zur Verfügung stehenden Flugscheiben würden ihn schnell und sicher an alle Konferenzorte bringen.

»Auf Konsens nach einem gemeinsamen Gespräch habe ich gerechnet«, bekannte Bacaba leicht enttäuscht. »Wie viele Besuche wären denn fällig?«

Er winkte ab, als seine Gesprächspartner von mindestens fünfzehn sprachen. »So viele verschiedene Glaubensrichtungen? Wer hat die nur alle erfunden. Und ich wollte nur den Unterschied zwischen Wissen und Glauben darstellen und erklären, daß Tana genetisch gesehen natürlich Verständnis für das Glaubensbedürfnis des Menschen haben müsse.«

Das Tana-Team lachte und versicherte ihm, daß das Ihr Dr. Usava mit Ixman zusammen durch einen Kinderbrief mit Hoffnung auf Erfolg versucht hätte, trotz Ablehnung und Gegenwind. Damit überreichten sie ihm den Text des Briefes.

Nach dem Studium lehnte er sich zurück und gestand: »Genau das wollte ich den geistlichen Herren nahelegen. Dr. Usava könnte aus Tana stammen. Auch Menschen ohne drei Doktortitel werden hoffentlich ihren Verstand zu gebrauchen wissen. Ich werde ihm meinen zweiten Wunsch offerieren hinsichtlich einer gemeinsamen Tagung von Regierungschefs und führenden Reprogenetikern. Nur gemeinsam können sie eine vorteilhafte Entwicklung auf der Erde einleiten. Den entscheidenden Vortrag würde ich dann halten, wobei mir bewußt ist, daß die Regierenden auch von den verschiedenen Religionen und damit zum Teil von deren Vertretern abhängig sind.« Dann bat er, ihn mit Dr. Usava bekannt zu machen. Dieser begrüßte ihn mit »Ta Talama« und hieß ihn auf Tana willkommen.

»Ich habe Privatunterricht genommen, denn es braucht nicht jeder zu verstehen, was ich mit meinem Tana-Team bespreche.«

Für den Vortrag Bacabas mit der Warnung vor genetischen Fehlentwicklungen hatte er volles Verständnis und versprach, die beiden Gruppen in absehbarer Zeit zu koordinieren. Dann empfahl er eine Beratung mit Ixman, der in Streitgesprächen mit Religionsvertretern Erfahrung hatte und ihn auf Gegenargumente vorbereiten könne.

Diese Begegnung fand dann auf der »Luvisio« statt, wo Bacaba als irdischen Standort eine Suite bezogen hatte. Ixman erklärte, daß er von dem Eintreffen des Genetikers auf der Erde erfahren hatte, als schon verschiedene Termine festgelegt waren.

Die wichtigste Mitteilung, die ihm auf Wunsch des irdischen Rates auf Tana zuerst zur Kenntnis gebracht werden sollte, war die Änderung des Übersiedlungsplanes. So plante man, 300 Tana-Tage nach dem Start des Raumschiffes ein inzwischen fertiggestelltes Muster eines Großraumschiffes auf den Weg zur Erde zu bringen, besetzt mit nur 20 000 Übersiedlern, die sich für diesen ersten Flug freiwillig gemeldet hatten. Es sollten auch in der Folge jeweils Schiffe nach Fertigstellung mit Umsiedlern gestartet werden.

»Das erste Schiff, das hier schon in sechs Monaten eintreffen könnte«, ergänzte Bacaba, »wird vom Leiter der Raumfahrtschule Lacona unter Assistenz des Chefkonstrukteurs gesteuert. Man will aus den Erfahrungen beim Flug des Riesenschiffes noch konstruktive Veränderungen treffen. Vor allem soll die Funktion der Auftauanlage getestet werden.«

»Wenn sie nicht funktioniert, müssen wir mit den gefrorenen Insassen einen leistungsfähigen Vulkan ansteuern«, folgerte Ixman, sarkastisch auf die Tana-Bestattungsweise anspielend.

Bacaba verzog das Gesicht und wechselte zum irdischen Religionsthema über, bei dem ihm Ixman seine Erkenntnisse aus zahlreichen Diskussionen vermitteln konnte. Auf jeden Fall sei die Vorstellung von einer nicht personifizierten Allmacht nur wenigen kühlen Denkern überzeugend zu vermitteln – genetische Ausnahmen, wo sich der Verstand nicht durch jugendliche Beeinflussung einengen ließ. Bacaba nickte zur zustimmend.

Schon vier Wochen später ergab sich durch Überschneidung von Beginn und Ende zweier Tagungen seine erwünschte Kombination, wobei nun die Wissenschaftler im Parkett und die Regierungschefs ihren Platz auf den Rängen hatten. Vor diesem Auditorium hielt Bacaba seine Grundsatzrede.

»Ladies and Gentlemen! Ich möchte Ihnen Grüße von der Ratsebene zu Tana übermitteln, die mich autorisiert hat, Ihnen einen Überblick hinsichtlich der Erfordernisse zu geben, die nach eigenen Tana-Erfahrungen auch für eine gute Zukunft der Erde zu verfolgen wären.

Das Zusammentreffen einer UN-Vollversammlung und eines internationalen Kongresses der Reprogenetiker zu New York hat mich zu dieser Einladung veranlaßt, da sich bei rationellstem Aufwand die beiden verschiedenen Ebenen, nämlich die Verantwortlichen für die Exekutive in den Staaten und die biologische Zukunftsforschung, zusammenführen ließen.«

Bacaba sprach völlig frei und bat seine Zuhörer, ihn bei seinen Ausführungen mit Wortmeldungen zu unterbrechen, wenn Bedarf zur Klärung der Darstellung bestehe.

»Ich möchte kurz zurückblicken auf die Entwicklung des Lebens auf den Planeten Erde und Tana, die sich zweifellos in der ersten Phase der Zellentwicklung bis zu niederen Lebensformen in den Ozeanen glichen. Die Eroberung der Landgebiete durch pflanzliches Leben und Kriechtiere folgte auf beiden Planeten. Die nächste Stufe war sicher das Auftreten kleiner Säugetiere. Aber diese Entwicklungen verliefen zeitlich nicht parallel. Verschiedene Erdzeitalter brachten eine intensive Ausbreitung der Flora, was nach deren Vergehen heute eine Ausbeutung von Kohle erlaubt als Geschenk der Natur an den Menschen.

Die Tierwelt auf dem Lande entwickelte sich bis zum

Gigantismus der Saurier, und das Leben in den Ozeanen war überaus reichhaltig. Jedoch gab es in mehreren Erdzeitaltern ein Massenaussterben ganzer Gattungen. Die Gründe könnten extraterristischer Natur gewesen sein oder auch geologische Veränderungen mit bedeutendem Klimawandel. Diese globalen biologischen Ereignisse bescherten dem heutigen Menschen das Erdöl, und man könnte meinen, daß eine Allmacht Vorsorge traf für das Auftreten von Intelligenzen.

Auf der Erde läßt sich für den Evolutionsforscher die weitere Entwicklung aus Fossilien und Knochenfunden rekonstruieren bis zu dem Zeitpunkt, da sich das erste Säugetier aufrecht stellte und mit den vorderen Greifklauen Nahrung suchte. Es war noch ein weiter Weg bis zum sogenannten Neandertaler und dann zum Cromagnon-Typ.

Auf Tana konnte die Entwicklung der Säuger nur bis zur Schafsgröße verfolgt werden, dann gab es unvermittelt aufrecht gehende Kreaturen mit Händen zum Greifen von Werkzeugen. Diese Umstände haben uns zu der Überzeugung gebracht, daß diese Kreatur von fremden Intelligenzen eingeführt worden war – aus welchen Gründen auch immer. Nach unserem ersten Besuch der Erde erkannten wir, daß unser Ursprung dort liegen mußte, was genetische Prüfungen noch bestätigten.

Unsere Vorfahren müssen wohl genetisch manipuliert worden sein, denn ihre Entwicklung ging mit ungewöhnlich großen Schritten voran, was auf eine unfangreiche Genmanipulation durch die Entführer schließen läßt. Als vor gut achttausend Jahren das Raumschiff vom sonnenähnlichen System HD 44594 – wie Sie es nennen – bei uns havariert landete, befand sich die Bevölkerung von Tana schon etwa auf dem heutigen Entwicklungsstand der Erde mit einer Population von etwa drei Millionen.«

Da kam die erste Wortmeldung: »Nach Ihrer Aussage haben wir mit Ihnen wahrscheinlich den gleichen Ursprung. Warum behaupten aber dann Ihre Kundschafter, daß sie keine Menschen wären?«

Bacaba lächelte leicht: »Aus ihrer Sicht haben die Kundschafter wohl recht, denn sie sind biologische Schöpfungen nach dem Muster der damaligen schiffsbrüchigen Raumfahrer des circa 80 Lichtjahre entfernten Systems. Ich komme noch darauf zurück.

Diese Wesen waren auch für den Weltraum geschaffen worden, waren uns ähnlich, aber sehr langlebig, jedoch nicht zeugungsfähig mit uns. Sie rechneten daher mit ihrem Aussterben. So waren sie geneigt, uns ihr Wissen zu übertragen, aber sie mißtrauten unserem geistig-moralischen Zustand, weil sie wohl fürchteten, daß sich mit ihrem Wissen einige die Vorherrschaft zu eigen machen würden. Sie nötigten uns daher, für ein halbes Jahrhundert unsere Vermehrungswünsche nur über künstliche Befruchtung nach vorheriger genetischer Manipulation wahrzunehmen.

Ihre Fachleute unterwiesen unsere Biologen über das genetische Ziel – besonders Ausschluß von Machtgier, egoistischem Ehrgeiz und Gewalt sowie seine Realisierung. Ihr Wissen gaben sie dann nur an die so gezeugten Wesen weiter, denen auch ein längeres Leben zugeeignet worden war. Zugleich warnten uns unsere Lehrer, mögliche weitere genetische Beeinflussungen nur einem Teil der Bevölkerung zugänglich zu machen, da dann mehrere Gesellschaftsschichten entstehen würden mit Differenzen zueinander, die es bei einer offenen, ebenbürtigen genetischen Ausstattung nicht geben würde. Gewisse Unterschiede wären allein schon durch Kreativität in diversen Richtungen zu erwarten.

»War das Wissen der Fremden so entscheidend«, wollte ein Genetiker wissen, »daß für so lange Zeit bei der ganzen Bevölkerung der genetische Umbau mit der künstlichen Befruchtung in Kauf genommen wurde?«

»Die zu dieser Zeit herrschende Administration hat es wohl für erstrebenswert erachtet, denn diese Raumfahrer beherrschten die Genetik, die Schwerkraft und das Phänomen der vierten Dimension. Natürlich wird man Parallelen zu der heutigen Lage der Menschen gegenüber unserem Wissen sehen, aber das Größenverhältnis beeinflußt den Vergleich. Der Zeitfaktor, der auf Tana eine Rolle gespielt hatte, kann hier vernachlässigt werden, da wir ja nicht fürchten müssen auszusterben – mutige irdische Frauen haben bewiesen, daß eine Zeugung mit einem geklonten Kundschafter möglich ist. Das natürliche menschliche Genom hat sich bei der Ausbildung der Organe als dominant erwiesen. Das ist besonders beachtenswert, da unsere Männer hoch manipuliert sind und durch Gene bestimmter Fische eigenen Strom für ihren Akku erzeugen und sich nur mit Energietabletten ernähren. Sie verstehen nun vielleicht, daß sie trotz eines vermuteten gleichen Ursprungs behaupten, keine Menschen zu sein.

Wir sprachen von gewissen Parallelen. Natürlich haben auch wir Bedenken, unser gesamtes Wissen zu offenbaren. So entfällt zwar das übliche Kriegführen, aber man täuscht sich, wenn die Menschheit als befriedet betrachtet wird. Abgesehen von den genetischen Schwachstellen des Einzelmenschen gibt es ethnische und religiöse Spannungen an vielen Punkten der Erde und viele einzelne mit einem Hang zur Machtausübung, die ihre Befriedigung im Erhalt dieser Spannungen suchen als Führer von Gruppen bis hin zum Terrorismus.«

Bacaba machte eine Handbewegung, die sein Unverständnis dafür andeuten sollte, und fuhr fort: »Sie wissen, daß der Planet Tana nach dem unerforschlichen Ablauf des Alls für lebende Wesen nicht mehr zu retten ist. Auch die Erde befindet sich auf dem Weg abwärts zur Unbewohnbarkeit für menschenwürdiges Leben, aber nicht durch Mächte des Alls, sondern durch die in exponentiellen Ausmaßen steigende Bevölkerung. Unser Botschafter Ixman hat schon bei seinem ersten Auftreten in der UNO die Lage dargestellt.

Die Erde steht mit uns also vor zwei lebenswichtigen Aufgaben: die Verminderung der Geburten bei gleichzeitiger Anhebung ihres Lebenswertes. Das erste ist eine Aufgabe der Staaten mit Hilfe von Aufklärung, Anreiz, Werbung und pharmazeutischem Einsatz, das zweite eine Aufgabenstellung in hoher Qualität und ungewöhnlicher Quantität für die Genetik.

Zusammen mit mir sind 39 Biologen zur Erde gekommen. Sie werden in allen Universitäten mit dem Lehrstuhl Genetik Vorlesungen halten und in praktischen Arbeitskreisen die rationellste Arbeitsweise darstellen, um den Anforderungen entsprechen zu können. Die Arbeitsweise kann so ausgelegt werden, daß auch geeignete Hilfskräfte einsetzbar sind, denn in möglichst absehbarer Zeit sollte dem Wunsch jeden Paares nach gesundem, ausgeglichenem Nachwuchs entsprochen werden können. Es handelt sich bei den geplanten genetischen Eingriffen nicht um eine Erhöhung der natürlich vorhandenen Intelligenz und um Ansiedlung besonderer Fähigkeiten, sondern allein um die Erhöhung der Immunität gegen Krankheiten, die in der Regel das Leben verkürzen oder zum Sozialfall machen. Aber nicht nur das würde in staatlichem Interesse liegen, sondern auch die Ausschaltung der Schwachpunkte wie Suchtanfälligkeit, Neid- und Haßgefühle, Gewaltbereitschaft und ehrgeizige Gier nach Macht, Geld oder Position. Das bedeutet für den Staat eine wesentliche Minderung der Kriminalität für die Zukunft.

Diese Lebensaufwertung der Nachwachsenden ist damit einwandfrei eine Pflicht der Staaten. Unabhängig von Stand und Einkommen muß sie jedem Elternpaar zustehen mit einer lösbaren Fruchtbarkeitsblockade nach der zweiten Geburt. Die gesamten Ausführungsrichtlinien sollten für alle Menschen die gleichen sein. Wir werden daher in der UNO einen Text einbringen, der dann in nationale Gesetze zu übernehmen ist.«

Bacaba wandte sich sichtbar mit einer ausholenden Handbewegung an die auf den Rängen sitzende Politik: »Verehrte Exzellenzen, bitte haben Sie Verständnis für meine Diktion. Diese Aufgabe muß dringend und umfassend in Angriff genommen werden. Wenn Sie glauben, Ihr demokratisches Gefüge nicht überzeugen zu können, so werden wir selbst mit Ihren Gremien sprechen.«

Einige Delegationen zollten Beifall, und die Genetiker amüsierten sich.

»Aus unserem Kundenkreis heraus wird immer wieder die Frage nach einer Lebensverlängerung gestellt. Ist damit zu rechnen?«

»Auf diese Frage habe ich gewartet. Kurze Antwort – erst in 200 Jahren bei zwei Milliarden Menschen. In der jetzigen Lage wäre es kontraproduktiv und würde nicht zu einer Verringerung der Bevölkerung führen. Es wäre auch unsozial: Einer stirbt nach seiner Arbeitsperiode mit 60. Wessen Eltern aber bei Ihnen ›eingekauft‹ haben, bezieht auf Kosten der Arbeitenden vielleicht 100 Jahre Rente! Ich selbst bin 123 Jahre und noch tätig, weil wir alle alt werden und somit andere Vorschriften haben. Eine solche Entscheidung muß dann allgemein sein, unabhängig von Stand und Geld.«

Diesmal gab es Zustimmung von der politischen Bühne, während einige Genetiker die Köpfe wiegten, manche auch schüttelten.

»Tja, Ladies and Gentlemen von der Reprogenetik, Sie haben sich in einem Fachgebiet festgelegt, das schon von Religionsorganisationen heftig aus ethischen Gründen kritisiert worden ist und nun zum Politikum wird. Um die Kontrolle über Ihre Arbeit zu behalten, wird Ihr Staat Sie als Beamte verpflichten müssen – denn so wie es uns gelungen ist, das Leben zu verlängern, so werden Sie eines Tages die gleiche Kenntnis erlangen. Die Forschung war Ehrgeiz, aber dann soll es sich gelohnt haben, nicht wahr? Sie müssen sich ein unpolitisches Forschungsziel suchen, z.B. die Glatze des irdischen Mannes. Dann wird man auch einem Beamten einen Nebenverdienst zugestehen.«

Diesmal amüsierte sich die politische Kaste, denn hier saßen Betroffene. Aus dem Getuschel und den Handbewegungen in den ersten Reihen der Genetiker erkannte Bacaba eine Tendenz und setzte sofort nach.

»Wenn nun jemand von Ihnen daran denkt, sein Institut in ein nicht der UNO angehöriges Land zu verlegen oder ein Schiff zu chartern, so will ich ihm schon heute versichern, daß wir immer einen Blick auf seine Aktivitäten haben werden. Durch uns gefördert, kann die Genetik bei Ehrgeiz mit falschem Ziel schlimme Folgen haben.«

Hier bat der chinesische Delegationschef ums Wort und meinte: »Alle Restriktionen werden vom demokratischen Lager verurteilt. Wir kennen das als Vorwurf der Menschenrechtsverletzung. Aber niemand der politisch kurzlebigen Vorstände hat jemals den Mut gehabt, diesen Rechten die Menschenpflicht zur Erhaltung der Lebenswürdigkeit der Erde gegenüberzustellen – das tat allein Tana. Wir werden deren Leitgedanken, auch wenn sie Einschränkungen erfordern, in jeder Phase voll unterstützen. Den Genetikern empfehlen wir als Ziel, die Zeugungsfreudigkeit des Menschen auf einen Teil des Jahres zu reduzieren – vielleicht durch eine Gen-Anleihe beim Rotwild.«

Trotz des ernsten Hintergrundes gab es Heiterkeit im Saal.

Nun fühlte sich US-Präsident Carell zur Stellungnahme veranlaßt: »Der Darstellung von Mister Mao Li hinsichtlich der Menschenpflicht zur Erhaltung des Lebenswertes der Erde stimme ich voll zu. Die Erfordernisse zur genetischen Aufrüstung der kommenden Generationen werden wir mit allen Konsequenzen mittragen, und ich bin überzeugt, sie auch gesetzlich verankern zu können. Wir fühlen uns in unserer Haltung bestärkt, weil auch das volkreichste Land der Erde die Tana-Planung voll akzeptiert.«

Der indische Ministerpräsident Milhani erkannte zwar Schwierigkeiten in seinem Land beim Aufbau der Organisation, sah aber sein Kabinett voll hinter dem Projekt. Daraufhin signalisierte auch die japanische Delegation grundsätzliche Zustimmung, die allerdings noch der Bestätigung durch Tokio bedürfte.

Der neue Tana-Präsident der EU, Matala, gab seiner Freude darüber Ausdruck, daß die Planung seines Kollegen so gewichtigen Zuspruch erhalten hatte und kündigte an, daß er im Europarat überzeugter Fürsprecher sein werde.

Es hatte keine Abstimmung gegeben, aber die volkreichsten Länder hatten offenbart, die allgemeine Richtung vorgeben zu wollen.

»Ich danke Ihnen sehr für Ihre Stellungnahmen vorab. Es erleichtert den anderen Nationen die Orientierung. Bei den internen Besprechungen vor Ort wird sicher schon die Vorplanung zur Sprache kommen. Hier können Sie sich auf unsere Berater und Dozenten stützen, die voll informiert sind und wohl alle Fragen beantworten können, da Ihnen die Probleme ihres Landes schon bekannt sind.« Dann wandte sich Bacaba speziell an die Reprogenetiker: »Auf Sie kommt eine Lern- und Lehrtätigkeit zu. Vielleicht werden Sie bei Zusammenarbeit mit den Tana-Biologen zu weiteren Erkenntnissen kommen als bei eigener Tätigkeit. In unserer Empfehlung an die Staaten zur Übernahme der Verantwortung für die Ergebnisse Ihrer wissenschaftlichen Arbeit wird Ihr bisheriges Einkommen die Basis sein. Nach der Einweisung ausreichender Hilfskräfte wird auch Ihre Forschungsarbeit wieder breiten Raum einnehmen können, aber bedenken Sie bei allen Entscheidungen und Anwendungen der Ergebnisse, daß nicht leuchtende Spitzen das Ziel sein dürfen, sondern die Anhebung des Niveaus. Eine Bevölkerung darf nicht genetisch auseinanderdividiert werden.

Tana hat auch die Sonderklasse der Raumfahrer schaffen müssen. Solch ein Weg der Forschung verläuft nicht ohne mißliche Fehlschläge, und wir haben sie um ihrer selbst willen beseitigen müssen, was Sie sich unter den traditionellen irdischen Gesetzen nicht leisten können. Das nur zu bedenken. Das Gedächtnis zu verbessern und sich dabei rosa Haare einzuhandeln, bringt weniger Probleme.« Allgemein vergnügte Mienen.

»Für alle Rückfragen erreichen Sie mich in der UNO. Ich danke Ihnen.«

Er wollte sich abwenden, als sich noch jemand zu Wort meldete:

»Gestatten Sie noch eine Frage zu Ihrer Schilderung über die Entwicklung von Erde und Tana. Hier hatten Sie doch offenbar weder Kohle noch Erdöl. Wie entwickelte sich bei Ihnen die Energieerzeugung?«

»Wohl zuerst durch Verbrennen von Holz oder Tierfett wie auf der Erde. Dann war man bald genötigt, die Strahlungswärme unserer ›Sonne‹ zu nutzen – auch industriell, da es nur wenig Wasserkraft zur Stromerzeugung gibt. Später wurde mit Silizium die Solarenergie entdeckt, und da auf Tana die Atomforschung zu Uranerzen greifen konnte, die durch geologische Ereignisse in einem ganzen Gebiet fast an der Oberfläche lagen, war die Energiefrage endgültig gelöst, aber nicht für Raumfahrzeuge. Hier wiesen uns die Schiffbrüchigen den Weg zur Fusionsenergie, die wegen der hohen Temperaturen und starken Strahlung viele Opfer gefordert hat; sie ist daher für Energieerzeugung am Boden weniger geeignet. War es das?«

»Vielleicht wäre es noch interessant zu hören, wie Sie Ihre Fahrzeuge bewegen?«

»Sie haben recht, diesen für die Erde wichtigen Faktor habe ich nicht erwähnt. Da wir sehr verdichtet leben, spielt er keine große Rolle mehr und wird mit Elektrofahrzeugen abgewickelt.

Für schwere Überlandfahrzeuge und Boote werden Minireaktoren verwendet. Aber es gab auch einmal eine Phase über mehrere Jahrhunderte, in denen mobile Motoren mit einer flüssigen Verbindung von Silizium und Wasserstoff betrieben wurden. Es ist im Prinzip das gleiche Verfahren eines deutschen Chemikers, das unser Botschafter Ixman in seinem ersten Vortrag genannt hatte und das in der Sahara verwirklicht werden soll.«

»Vielen Dank für die Ergänzung, die nun das Bild abgerundet hat.«

Bacaba nickte und verließ mit freundlichem Wink den Saal, in dem soeben dargelegt wurde, wie die zukünftige Menschheit auf eine solidere Stufe zu heben ist.

**

Seit der Landung des zweiten Raumschiffes mit Dozenten standen dem Tana-Luftverkehr zusätzlich zwei Diskusflieger mit atmosphärischer Kabine und drei Scheiben zur Verfügung. So konnte Chefgenetiker Bacaba leicht die Dozenten in Europa und den USA aufsuchen für informative Gespräche, an deren Ende er Dr. Usava um eine Unterredung bat zum Thema der steigenden Jugendkriminalität, besonders in den Ländern mit weißer Bevölkerung.

Der Generalsekretär lud sofort Ixman dazu und bat ihn, Prof. Neuberg als Fachmann für europäische Verhältnisse mitzubringen. Auch Ceman mit gutem Blick für amerikanische Verhältnisse wurde auf Ixmans Empfehlung dazugeladen. Natürlich saß auch Tilasi von der UN-Tana-Crew mit am Besprechungstisch.

Bacaba berichtete dann, daß fast überall über die aktive, oft brutale Kriminalität der Jugendlichen schon ab einem Alter von zehn Jahren geklagt wurde. Als Ursache wurden weniger die familiären Verhältnisse als vielmehr das ständige Sehen von Kriminalfilmen mit Brutalszenen angeführt oder zumindest vermutet. Ob es wohl möglich wäre, dagegen etwas zu unternehmen, war Bacabas Frage.

»Natürlich wäre Eingreifen von seiten der Eltern angemessen«, meinte Prof. Neuberg, als die anderen schwiegen, »aber heute ist eine konsequente Erziehung nicht mehr gefragt. In vielen Ländern dürfen auch die Lehrkräfte an den Schulen nicht mehr hart durchgreifen. Das kann ohnehin für sie gefährlich werden.«

»Genau«, bestätigte Ceman, »in den USA kommen Schüler auch mit Waffen in die Schule. Es sind schon regelrechte Massaker verübt worden – nicht nur an Lehrern.«

»Wir können die vorhandenen Massen an Menschen nicht mehr genetisch umformen. Man sollte nur darauf achten, daß sie schon in der Jugend vor schädlichen Einflüssen bewahrt werden«, überlegte Bacaba, »und gerade das scheint vom TV konterkariert zu werden.«

»Diese Meinung habe ich auch schon aus anderen Erdteilen gehört«, bestätigte Dr. Usava. »Das Fernsehen unterstützt zwar auch wissensmäßig den Unterricht, gibt aber mit dem Unterhaltungsprogramm labilen Naturen auch Stoff und Anregung für zweifelhafte Aktionen bis hin zu Bluttaten. Ein Zwölfjähriger nannte einmal als Motiv, daß er mal einen Menschen sterben sehen wollte.«

»Ein fast unglaublicher Einzelfall, aber wurde in der Breite nichts gegen solche Vorstellungen unternommen?« fragte Bacaba.

»Die Demokratien haben alle einen Wust von Gesetzen mit dem Hintergrund der Menschenrechte, und da finden sich immer liberale ›Weicheier‹, die Erziehung als Zwang sehen und über eine lebensferne Justiz ohne politische Zielsetzung Leiturteile gegen eine harte Anwendung von Gesetzen erstreiten«, meinte Prof. Neuberg sarkastisch, an seine Heimat denkend.

»Das gibt es in allen demokratischen Institutionen, wo Entscheidungen anstehen. Bedenkenträger verwässern solange eine Idee, bis sie versäuft – aus Neid, weil sie selbst nicht kreativ sind«, war Dr. Usavas Trost.

»Nun weiß ich, warum Tana überlegen ist«, stellte darauf Bacaba fest. »Läßt sich in unserem Fall nun eine Tagung von TV-Managern zusammenrufen – wie bei den Reprogenetikern?«

»Das kann schon gelingen, sicher sind es dreimal soviel. Aber wollen Sie denen das gleiche erzählen, was sie von ihren eigenen Justizbehörden und Schulministern hören, ohne zu reagieren? Wir könnten von der UNICEF aus die Patenschaft übernehmen – aber das ist für diese harten Geschäftsleute nur ein Lacher.«

»Ich dachte, wenn Sie den Krieg ächten konnten ...«

»Das ist allein Mr. Ixman und seinen Brüdern zu verdanken«, sagte Dr. Usava sofort.

Bacaba schaute daraufhin Ixman fast bewundernd an. »Meinen Sie denn, daß diese TV-Leute schwieriger zu behandeln sind als Politiker?«

»Politiker haben einen Rest Verantwortung gegenüber ihren

Völkern, schließlich wollen sie in aller Regel gewählt werden. Diese Bosse sind allein ihrer Gesellschaft, also dem Kapital verantwortlich. Darüber hinaus tun sie nur, was sie müssen – oder wozu sie gezwungen werden.«

»Kann man sie zwingen?«

»Gesetzlich nicht, da sind sie in ihren Staaten abgesichert – wenn nötig, durch mittelbare Korruption der gesetzgebenden Gewalt sowie durch langjährige Staatsverträge.«

»Gütige Allmacht – und darin muß Tana später leben! Was würdet Ihr denn für diesen Fall empfehlen, Ixman?« wollte Bacaba dann wissen.

»Nötigung und Erpressung, das sind sie untereinander im Geschäftsbereich gewohnt.«

»Also, Ihr habt Euch in der Erdatmosphäre offenbar schon genetisch verändert«, merkte der Chefgenetiker an, »hoffentlich gibt es bei den Übersiedlern nicht entsprechende Rückfälle. Ich habe übrigens eine große Menge Übersetzungsgeräte von ›Tana in zehn Sprachen‹ im Gepäck gehabt. Von ihnen geht eine genetisch begrenzte Wirkung aus – nach einer Stunde im Ohr für vielleicht ein halbes Jahr. Mindestens könnte damit ein Tumult während einer Tagung gedämpft werden.«

»Ja, ja, ähnliches haben wir schon gehabt. Generator im Ohr – einer hat den Geheimdienst quittiert, ein anderer hat die Warnung vor der Operation nicht ernst genommen und starb, einen dritten konnten wir finden und aus der Geiselhaft befreien. Wenn einer von der ersten Behandlung nun dabei ist, wird er protestieren.«

»Das war ja die Luxusausführung mit langem Leben! Hier bleibt nichts zurück außer einer Dämpfung negativer Einflüsse.«

»Also gut. Tilasi, Ihr könnt mit Eurer Crew die Teilnehmer ermitteln, auch einige Großverleiher, aber ohne selbst namhaft zu werden – es ist eine Sache für bekannte Schlachtrösser aus der ersten Tana-Szene.«

* * *

Weil die Übertragungsanlage im UN-Saal umgebaut wurde, war für die TV-Tagung ein kurzer Termin möglich geworden. Ceman bezog sich auch bei der Begrüßung der TV-Bosse – nur wenige ließen sich vertreten – darauf und kreierte damit die eigene Übersetzungsmöglichkeit, die als Ohrhörer auf jedem Platz liegen würde. Das Besondere sei, daß nur Tana in zehn Sprachen übersetzt werde, der Vortragende also nur Tana spreche, Zwischenfragen aber in Englisch gestellt werden könnten. Dieses Übersetzungsgerät aber sei nicht mit dem zu vergleichen, das einmal vor Jahresfrist für Aufregung gesorgt hatte, weil es im Ohr eine Sonde hinterließ. »Diese Herrschaften wollten auch alle älter als normal werden – und das wollen sie ja nicht«, fügte er mit kleinem Lächeln hinzu.

Nach einer kurzen Gebrauchsanweisung für das Gerät kündigte er Botschafter Ixman als Vortragenden an. Unbemerkt von den Teilnehmern hatten Dr. Usava, Bacaba und Tilasi in einer Nische Platz gefunden.

Ixman ging bei höflichem Beifall, denn jeder kannte ihn, auf das Pult zu und hob leicht die Hand: »Vorsicht mit Beifall, Fras at Meas, es wird heute eine harte Sitzung.«

Dann teilte er mit, daß der Chefgenetiker von Tana schon übergesiedelt sei und sich auf einer Rundreise mit den Lebensgewohnheiten auf der Erde bekannt gemacht habe. Ihm sei klar, daß die Masse der erwachsenen Menschen kaum noch in ihrer Lebensmentalität zu beeinflussen sei. Genetische Therapien könnten nur Einzelfälle betreffen, doch wäre es bedenklich, daß allgemein bei den Aufwachsenden eine Zunahme des kriminellen und vor allem brutalen Denkens beklagt worden war.

Alle kompetenten Stellen wären sich einig gewesen, daß nicht nur die Quantität des TV-Genusses, sondern vor allem die Qualität von wesentlichem Einfluß sei.

»Und damit sind wir schon bei Ihnen als Veranstalter. Sie hören die Kritik seit Jahrzehnten von denen für Ihren Sendebereich zuständigen Justiz-, Polizei- und Schulbehörden. Dagegen behaupten Sie mit Recht, daß Sie meist allein von der

Werbung leben müßten. Diese wendet sich zu den Sendern mit hohen Einschaltquoten, die Sie für die Massen mit Ballsport und Krimis zu den gängigen Sendezeiten erreichen.

Beim ›Stundenkrimi‹ ist für intelligente Überlegungen keine Zeit; außerdem unterbricht banale Werbung jedes Mitdenken. Also muß der Krimi ›knallen‹: Mord, Totschlag, Vergewaltigung, Messer, Blut und MP.

Zugegeben, das ist leider das wirkliche Leben auf der Erde, es wird über alles in der Zeitung berichtet – auch mal ein Foto. Aber beim TV ist der Zuschauer direkt dabei, wendet sich mit Grausen ab oder hat selbst im Geist Messer und Pistole in der Hand – und dieses Versenken in die Täterphantasie findet sich vornehmlich bei Kindern, die noch von der Umgebung gebremst werden, und bei Jugendlichen, die sich schon eine geeignete Umgebung, einen als Opfer Geeigneten suchen können.

Sicher werden Sie bezweifeln, daß die Ursache für eine jugendliche Bluttat in TV-Darstellungen zu suchen sei, aber psychologische Untersuchungen bei Tätern haben ergeben, daß es wohl ein Vorbild, einen Anreiz durch Gewaltszenen gegeben hatte.

Sie wissen selbst, daß wir von Tana schon bei unserem Auftreten, das die irdische Bevölkerung ja nicht verhindern kann, bemüht waren, die Erde sicherer zu machen. Dazu gehört unsere Garantie zur Ächtung des Krieges. Das ist eine gewisse Blockade der bisher üblichen irdischen Politik, eine Nötigung der Politiker zu Frieden – einem Zustand, den jeder normale Mensch als erstrebenswert empfindet. Wir haben also das offizielle Schlachten zum Wohl der Menschen unterbunden. Sie werden verstehen, daß wir nun auch die Bluttaten zwischen den einzelnen Menschen mindestens begrenzen wollen durch Ausschalten von billigem Anlaß durch visuelle Anregung. Es gilt also, die kriminelle, brutale Phantasie bei jungen Menschen nicht anzuregen, sondern trockenzulegen.

Dazu brauchen wir nicht nur Ihr Verständnis sondern auch Ihre Hilfe, in der vielleicht richtigen Annahme, daß Sie meinem

Gedankengang positiv folgten. Unsere Empfehlung geht dahin, in der Produktion, im Verleih und in der Darbietung die unmittelbare Darstellung aller kriminellen Blut- und Gewalttaten aus Ihren Filmen und Programmen zu entfernen. Es wird einen Einschnitt geben, aber schließlich wird der normale Mensch nichts vermissen.«

»Nun ja, aber doch, wir werden das schöne Geschäft vermissen, dann das geht ganz kaputt«, jammerte ein kleiner Herr mit Vollbart und Kappe auf dem kahlen Kopf, den Ixman von TTS her kannte.

»Aber lieber Mr. Goldmann, überlegen Sie doch einmal, was für die Erde wichtiger ist, eine kleine Schwächung Ihres schönen Geschäftes mit Mord und Totschlag oder eine Minderung der Jugendkriminalität.«

»Nun, Sie haben so eine Fragestellung, daß man die eigene Wahrheit gar nicht sagen will«, winkte Goldmann ab. Darauf meinte ein anderer, daß man die Sendezeiten schon zur Schulzeit und gegen Mitternacht gelegt habe.

»Aber es gibt doch programmierbare Aufzeichnungsgeräte, und nachdem die demokratische Politik die Erziehung verwässert hat, sind die Eltern hilfsbereit, um Ruhe zu haben – oder nicht bedroht zu werden.«

»Sie halten aber nicht viel von den Eltern«, wurde ihm zugerufen.

»Eltern und Lehrer in diesen Demokratien tun mir leid, weil sie von einer philosophisch-psychologisch verkrampften Politik ohne Schirm in den Regen gestellt werden.« Einige entschlossen sich zum Beifall.

»Wenn wir vom Robbenschlachten in Kanada Berichte bringen, so soll ja gerade das Publikum erschüttert und zu Emotionen veranlaßt werden«, gab ein Teilnehmer als Grenzfall an.

»Wenn der Regisseur ein Könner ist, bringt er ein Porträt vom Robbenbaby, ein Zucken vom Schlag, das vor Schmerz aufgerissene Schnäuzchen, Blut aus der Nase und wohl Tränen aus den brechenden Augen – dann haben Sie Emotion pur, leider ohne nachhaltige Wirkung auf diese Reduzierung angeblich zu Gunsten des Jungfischbestandes. Der Pelz trägt die Kosten für die Aktion – so soll man glauben.«

»Wir können nun natürlich nicht erwarten, daß Sie aus humanitären Gründen eine Empfehlung akzeptieren, die sie in verschiedener Form schon mehrmals negiert haben. Wir diskutieren auch nicht demokratisch monatelang, um dann zu vertagen.

Also schlagen wir vor, daß die Sender bis Ultimo des übernächsten Monats ihr Programm auf die Entschärfung einrichten.«

»Vorschlagen können Sie alles – aber ohne uns!« Die Stimme kam aus der Mitte. Ceman hatte auch schon lange eine Masse Mensch in der zweiten Reihe entdeckt, die sich vom Nachbarn flüsternd unterrichten ließ, weil sie wohl alle zehn Sprachen nicht beherrschte. Der riesige Kerl schien jetzt lebhaft zu werden.

»Natürlich können wir hier keine feste Zustimmung erwarten, denn es sind ja in der Regel Gesellschaften, in denen dann Ihre Position in Gefahr wäre. Deshalb unser weitergehender Vorschlag mit Zusicherung: Wenn eine Filmszene brutal wird, warten tausend kleine Störsender darauf, den Rest des Films zu karieren.«

»Das ist ja unglaublich, dagegen werden wir klagen«, hieß es von verschiedenen Seiten in mehreren Sprachen.

Und da stieg der Riese über die erste Reihe hinweg, in der Rechten eine Pistole. Einer wollte ihn zurückhalten und erhielt einen Schlag ins Gesicht. Da war Ceman auch schon von links heran, streifte den abwehrenden Arm des Riesen, der abgetrennt zu Boden fiel. Dann fiel auch der rechte Unterarm mit der Pistole vom Körper, und aus den Ärmeln tropfte Blut. Brüllend streckte er die Armstümpfe hoch – da waren auch schon die Bereitschaftssanitäter zur Stelle, drückten die Adern ab und geleiteten ihn hinaus. Ein Saalbediensteter trug die Unterarme mit den Händen hinterher, die Pistole legte er auf das Pult. Ein zweiter wischte mit einem Handtuch das Blut vom Boden.

Bei dem ganzen Vorgang zeigte Ixman im Gegensatz zu den Teilnehmern keine Unruhe und meinte nur, der Zwischenfall wäre nicht geplant gewesen, und die Arme ließen sich wieder ansetzen, wären aber nicht mehr für Gewaltakte geeignet. Ceman wischte sich einige Blutflecke vom Overall.

»Wir waren bis zum Karieren der Brutalszenen gekommen. Zur Abklärung der Situation in den Chefetagen werden wir das zwei Monate praktizieren. Anschließend wird es ernst. Wir können den Sender auf Schwarzweiß begrenzen oder bleibend außer Betrieb setzen.«

»Da schreitet sofort die Polizei ein!«

»Viel zu spät – auch für Gerichte wegen Schadensersatz sind wir auf den Weltmeeren nicht erreichbar, aber Sie immer für uns! Das sollte in den Chefetagen nie vergessen werden.« Er griff zur Pistole und löste sie aus. Eine zwei Meter lange Stichflamme schoß zum allgemeinen »Ah« und »Oh« heraus. »Eine russische Fabrikation«, bemerkte er kurz und übergab die Waffe Ceman.

Dann trat er durch das Pult hindurch auf den Saalboden, verschränkte die Arme und sagte laut auf englisch: »Vergessen Sie bei Ihren Entscheidungen nie, daß wir Ihnen tausend Jahre voraus sind!«

Noch während er sprach, hob sein Körper vom Boden ab und verschwand zügig in der Saaldecke.

Die Teilnehmer saßen noch eine halbe Minute beklommen in ihren Sesseln, während sich Ceman zu Dr. Usava und seinen Begleitern begab.

Bacaba war tief beeindruckt vom Verlauf der Tagung: »Ich hätte nie gedacht, daß er die Prägnanz des Problems so steigern und zu einem fulminanten Abschluß bringen könnte.«

»Bruder Ixman ist eine Klasse für sich«, bestätigte Ceman, »er weiß immer, welche anregenden Mittel er einsetzen muß.«

Tilasi nickte: »Man kann daraus wirklich nur lernen, mit den Menschen zu sprechen.«

»Nicht alle sind so hartgesotten«, schränkte Ceman ein. Dann wies er auf die Pistole in seiner Hand: »Komplett aus Kunststoff, nicht zu blockieren. Es muß ein Ausfallmuster aus der ersten Serie sein, das Geheimbund-Nomski erhalten hat. Die Fabrikation im Ural hat Ixman stillgelegt und den Konstrukteur an das Saharaprojekt vermittelt. Diese Dinger sind für uns gefährlich, und wir wissen nicht, wer noch welche besitzt.«

* * *

Bereits vor Eintreffen des Raumschiffes hatte Ixman seine Brüder auf der Mondbasis gebeten, unter den Eintreffenden nach einem Ingenieur für Funktechnik zu fragen, der vielleicht noch bei der Wetterbeeinflussung auf Tana tätig gewesen war. Man möge ihn mit der ersten Fährgruppe zur »Luvisio« reisen lassen, wo er ihn dann sprechen wolle.

Nun wurde er benachrichtigt, daß mit Ingenieur Nelato ein früherer Mitarbeiter an dem Wetterprojekt eingetroffen sei. In drei Tagen könne er ihn auf der »Luvisio« sprechen, was sich aber wesentlich verzögerte. Im Gespräch ergab sich dann, daß Nelato fast zwanzig Jahre lang mit dem Leiter Nantico zusammengearbeitet hatte. »Nantico kenne ich von einigen Vorträgen an der Raumfahrtschule. Lebt er noch?« fragte Ixman.

»Nein, er war ja nicht mehr der Jüngste. Als das Wetterprogramm eingestellt wurde, hat er sich verabschiedet. Gibt es denn auf der Erde ein ähnliches Programm?«

»Ja, man hat es ›Haarp‹ getauft, High Frequency Active Auroral Research Project, offiziell zur Erforschung der Ionosphäre. Im vorigen Jahrhundert gab es zwei Forscher, die sich damit intensiv beschäftigt haben. Als es hier auf der Erde nach einem großen Krieg Gegensätze zwischen Ost und West gab, interessierte sich der Staat USA für diese Forschungen und übernahm die Patente. Man sah militärischen Nutzen in der Weiterentwicklung, die nun unter militärischer Führung stand und über große finanzielle Mittel verfügen konnte.

Dabei stand die Idee im Vordergrund, mit Hilfe von modulierten ELF-Wellen, extreme low frequency, den Gegner beeinflussen zu können, wenn die Strahlung in der Ionosphäre gespiegelt und auf einen beliebigen Teil der Erde gelenkt werden kann.

Man hat dazu in Alaska eine riesige Sendeanlage mit bis zu 100 Gigawatt Leistung gebaut und vor einigen Jahrzehnten mit Versuchen begonnen, die nicht geheim blieben. Europa hat dagegen protestiert, worauf man von Wetterbeeinflussung sprach.«

»Das haben wir ja praktiziert. Uns war bekannt, daß es unter den ELF-Wellen physiologisch wirksame Frequenzen gibt, die auch bei den Wahrheitsfindern mittelbar genutzt werden. Mit den ELF-Wellen können die Funkstrahlen natürlich moduliert werden. Das Problem ist, diese an die richtige Stelle mit Hilfe der Ionosphärenschichten zu spiegeln, denn diese schwanken etwas in der Höhe und haben leichte Krümmung. Es gehört viel Erfahrung dazu, das kontinuierlich zu steuern. Wir hatten auf Tana vier Ionosphärenschichten mit drei spiegelnden Grenzflächen. Hier mag das anders sein.«

»Die Anlage nahe Gakona bei Fairbanks hat 720 Kreuzdipoden, mit denen die Funkstrahlen gebündelt und gesteuert werden. Daran versuchten sich zwei Wissenschaftler der Universität zu Fairbanks, getrieben von den Militärs, die damit möglichst Überschwemmungen in feindlichem Gebiet verursachen und gegnerische Raketen abschießen wollten – denn mit diesen Argumenten waren die riesigen Finanzmittel bewilligt worden.«

»Ist denn die Anlage in Betrieb?«

»Vor knapp zwei Jahren wurden die Versuche eingestellt. Wegen der Gefährlichkeit nicht genau zu begrenzender Versuchstätigkeit – ein Grund für den Europa-Protest –, der Ächtung des Krieges und der moralischen Schwäche der beiden Professoren gegenüber den Militärs haben wir die Steuerung mehrmals blockiert. Wir hatten zuvor telefonisch mit den Leitern Fühlung aufgenommen, und sie haben uns schließlich in ihr Büro eingeladen zur Darstellung der Versuche.«

»Konnte denn etwas erreicht werden?«

»Wie man es nimmt, sie baten uns an einen schweren Tisch in ihrem Büro, auf dem neben Kleinigkeiten vier Wassergläser und vier Siphons standen, verteilt an die Sitzplätze. Nach ein paar Sätzen steckten sie sich beide eine Zigarette an. Beim Blasen des ersten Zuges in die Luft sah ich in den Augen meines Gegenübers die Mordabsicht – mein Bruder Ceman offenbar auch. Natürlich mußten sie mit unserem Zustand der vierten Dimension rechnen. Da griffen sie nach einem Blick beide gleichzeitig zum Siphon und hielten die Zigarette an das Mundstück.

Zugleich mit der Stichflamme kippten wir den Tisch um, und sie stürzten rückwärts. Die Ballons zerbrachen, und die Flüssigkeit lief brennend über den Boden. Wir griffen die beiden Mörder im Schockzustand, und da wir kein internationales Aufsehen wollten, übergaben wir sie der vierten Dimension. Das Büro mit ihren Versuchsprotokollen brannte aus. Es war wohl nach Feierabend, denn sie wollten uns sicher auch ohne Zeugen beseitigen, so kam die Feuerwehr zu spät.«

»Es geht ja ziemlich wild zu auf der Erde«, fand Nelato.

»Es gibt hier schon Situationen, von denen sich ein Tanaer nichts träumen läßt«, meinte Ixman mit einem Dichterwort, »es liegt daran, daß viele Menschen die Schwachpunkte ihres Genoms nicht sicher beherrschen. Aber es gibt auch von Grund auf gute Menschen – leider zu wenig. Ja, das Haarp-Problem – vorerst werden wir eine eng begrenzte Wetterbeeinflussung benötigen, deren Erfolg noch fraglich ist. Die UNO werde ich bitten, euch zuerst an die Universität von Fairbanks in Alaska zu vermitteln. Dort weiß man am meisten über die Ionosphärenprobleme und die bereits gelaufenen Versuche. Anschließend hätte ich euch gern auf unseren Stützpunkt eingeladen, denn von dort aus habt ihr die schnellste Verbindung zu allen Punkten der Erde und auch zur Mondbasis, unserem Wissenszentrum.«

»Einverstanden. Übrigens ist die Anlage in Alaska eine ungünstige Basis für andere Erdbereiche.«

»Auch zu dicht am magnetischen Nordpol gelegen, nur 2 000 km entfernt, das stört sicher auch.«

»Vor allem, wenn der Magnetismus in der Feldstärke nicht konstant ist.«

In den vier Wochen Fairbanks wurden Nelato nicht nur das irdische Wissen über die Ionosphäre vermittelt – hier unterschied man fünf Schichten – sowie die allgemeinen Erfahrungen mit der Sendeanlage, die auf militärische Intervention hin so stark geplant wurde, sondern auch die Vermutungen über den Brand des Forschungsbüros mit dem Verschwinden der beiden Forscher. Es sähe nach europäischem oder russischem Geheimdienst aus, denn beide Staatengruppen hatten vergeblich gegen die Versuche votiert.

Ihm wurde auch die gewaltige Sendeanlage mit ihren elektronischen Steuerungsständen gezeigt. Die elektrische Leistung liefere Wasserkraft, wurde behauptet. Nelato hielt das alles für gigantisch überzogen, ohne es auszusprechen. Er konnte die Kundschafter verstehen, die diese auf kriegerische Entwicklungen zugeschnittene Einrichtung blockiert hatten in der berechtigten Ansicht, daß sie in den Händen ungebremster Wissenschaftler vielen Menschen gefährlich werden könnte.

Bei der Abholung aus Alaska bestätigte er Ixman, daß die Militärs letzten Endes damit wohl den Gegner physisch »weichzuklopfen« gedachten.

»Da kenne ich ganz andere Probleme, nämlich die Beschränkung der Geburtenzahl. Man müßte physisch zeitweise die Freude an der Wollust beschränken können«, warf Ixman ein.

Nelato lachte: »Da sind Verhütungsmittel sicherer.«

»Aber die werden in vielen Teilen der Erde nicht benutzt, teils zu teuer oder abgelehnt aus religiösen Gründen, auch wegen Gefühlsbeeinträchtigung bei Verwendung von Präservativen. Wenn die Freude daran fehlt, würde das besonders in niederen Kreisen manche Geburt verhindern. Es ist eben das billigste Vergnügen in diesem Milieu.«

»Die Idee hat etwas für sich, denn es würden dann wohl nur Wunschkinder gezeugt. Ob es biologisch-medizinisch möglich ist, bleibt offen. Technisch gesehen würden wohl aus dem ELF-Wellenbereich die Theta-Wellen zwischen vier und sieben Hertz in Frage kommen, die dann auf den Längswellen-Funkstrahl moduliert werden. Da sind übrigens fünf Mediziner aus Tana mitgekommen. Einer soll Gehirnspezialist sein, wegen der zahlreichen Implantate bei Euch Kundschaftern.«

»Gute Nachricht, im Bedarfsfall werden wir uns beraten lassen.«

»Seinerzeit habt Ihr nur von einer eng begrenzten Wetterbeeinflussung gesprochen«, erinnerte Nelato.

Ixman bestätigte, daß dies die dringlichste Aufgabe wäre, und fuhr fort: »Es ist ein Klimaproblem für den Erdteil Europa, dem Ausgangsbereich für die Zivilisation auf der Erde. Seit Jahrtausenden wird er von einer Meeresströmung beheizt, die von Mittelamerika Richtung Nord-Ost verläuft, Golfstrom genannt, weil er sein Ausgangsgebiet im Golf von Mexiko hat.

Nach der Schilderung von Ozeanographen ist es eine Art vertikaler Kreislauf. Aufgeheiztes Oberflächenwasser fließt von Mittelamerika an Europa vorbei zum Eismeer. In nördlicher Breite kühlt es sich soweit ab, daß es zum Grund sinkt und in Stufen bis zum Atlantikgrund in 5 000 m Tiefe abfließt. Wahrscheinlich noch relativ warm für diese Tiefe, steigt es vor Mittelamerika zur Oberfläche auf, wird solar aufgeheizt und fließt wieder gen Norden als warmer Golfstrom, das zum Prinzip.

Nach Darstellung der Wissenschaftler wird durch Klimawandel auf der nördlichen Erdhälfte – die Gletscher auf Grönland schmelzen ab – das Warmwasser des Golfstroms zum Teil nicht mehr soweit abgekühlt, daß es zum Meeresgrund hin absinkt, sondern über eine Meeresbodenschwelle zum Eismeer abfließt und die Mächtigkeit des Golfstroms schwächt.

Wenn nun dieser Abkühlungsbereich von jeder Solareinwirkung befreit wird wie im Winterhalbjahr durch die Polarnacht, könnte diese periodische, ständige Schwächung des Stromes eingeschränkt werden. Nun die Aufgabe für die Wetterbeeinflussung: Während des Sommerhalbjahres müßte eine ständige Wolkendecke über dem Gebiet liegen.«

»Das wäre wohl zu erreichen, aber eine Zumutung für die Menschen, die dort leben.«

»Dort leben nur wenige, aber wenn Europa einfriert, sind viele Millionen betroffen. Wenn diese Maßnahme Erfolg hat und auf Dauer erhalten bleibt, muß man den wenigen eine Alternative bieten.«

Nelato nickte, nach kurzer Überlegung meinte er dann: »Wenn in weitem Bereich genug Feuchtigkeit in der Atmosphäre ist, wäre es wohl machbar, aber von Alaska aus wird es wegen der magnetischen Beeinflussung durch den Pol Probleme geben. Das hat man bei dem Versuch, Europa mit dem Funkstrahl zu erreichen, einsehen müssen. Es ist auch viel effektiver, Sender in dem vorgesehenen Gebiet selbst zu betreiben. Senkrecht nach oben abgestrahlte Energie wird dann durch Rückspiegelung berechenbar verteilt – bei wesentlich geringerem Energieaufwand.«

»Das würde bedeuten, daß Schiffe die Funkbasis sein müßten. Solche großen Einheiten haben nach der Kriegsächtung nur die USA außer Dienst gestellt. Sprechen wir sie an.«

Drei Wochen später saßen sich bei Präsident Carell im Weißen Haus drei Militärs des Pentagon, zwei vom Marinestab, der Verteidigungsminister, Nelato und Ixman gegenüber. Über das Problem und die Wünsche an die Marine waren alle vorab informiert worden.

Carell eröffnete das Gespräch mit dem Bekenntnis, daß für globale Probleme die ganze Erde zuständig sei, und wer helfen könne, sollte sich verpflichtet fühlen.

»Gentlemen, wir haben uns vor Jahren ein Potential aufgebaut, das wir heute nicht mehr benötigen. Die Situation auf der Erde hat sich grundlegend verändert. Es geht nicht nur um die Trägerschiffe, sondern Mr. Nelato hat einen Plan erarbeitet, zweimal 24 Kreuzdipode in Alaska abzubauen und damit die

Schiffe zu bestücken. Die beiden atomar betriebenen Schiffseinheiten müssen mit starken Generatoren ausgerüstet und mit geeigneten Ankern für diese Meerestiefe versehen werden. Ein Versorgungsschiff wäre zusätzlich bereitzustellen. Die Kosten für die Besatzung übernimmt Europa.«

Verteidigungsminister Seaman strich sich über das Kinn und meinte darauf: »Ihr Wort über globale Verantwortung in Ehren, Mr. Präsident, aber wir bieten schon die beiden Flugzeugträger an, Europa bezahlt allein die Besatzung, und wer kommt für den Umbau und den Einbau der Funkanlage auf?«

Das machte Pentagonchef General Renow mutig: »Die Funkanlagen aus Alaska haben auch viele Millionen gekostet und sind jetzt wertlos, wenn sie teildemontiert werden.«

Carell wollte antworten, aber Ixman blinkte ihm zu und antwortete an seiner Stelle: »Was planten Sie denn mit der Anlage?«

»Es war vielfältig«, wich der General aus.

»Und gefährlich, Europa und Rußland haben protestiert.«

»Wir waren mehr auf den asiatischen Raum orientiert.«

»Im Kriegsfall hätte sie China atomar ausgeschaltet. Aber der Krieg ist ja geächtet. Wozu also eine nicht sicher zu beherrschende Strahlenwaffe?«

»Unsere beiden Wissenschaftler waren schon auf gutem Wege.«

Ixman lächelte maliziös: »Ich sage es hier in streng vertraulichem Kreis: Sie waren weder Ihren Problemen noch uns gewachsen, als sie mich und meinen Bruder umbringen wollten.«

Die Militärs rissen die Augen auf, und Carell saß wie erstarrt. Seaman sagte nur: »Das ist uns neu – erklärt aber einiges.«

Carell wollte wohl Stellung nehmen, aber Ixman winkte leicht ab: »Ich habe es hier zum ersten Mal vor Unbeteiligten geschildert«, er sah die Pentagonmänner der Reihe nach an, »als Warnung.« Und an seinen Nachbarn gerichtet, erklärte er: »Die Kosten für die Ausrüstung muß Europa bezahlen. Da bin ich Ihrer Meinung, Mr. Seaman. Können Sie denn den Betrag abschätzen?«

Der Minister sah hilfesuchend die beiden Admiräle an, die darauf ihre Häupter wiegten.

Carell half ihnen: »Mein Vorzimmer steht Ihnen zur Verfügung – lassen Sie sich Zeit.«

»Wir müßten uns mit General Electric verständigen.« Darauf verschwanden die vier im Vorzimmer.

Carell ließ ein Getränk kommen und wandte sich an Nelato: »Sie haben vor kurzem die All-Reise hinter sich gebracht – im Kältetiefschlaf, heißt es. Wie sieht denn das für Sie als Einzelperson aus?«

»Nun, das Übelste kommt zuerst. Mit einer schlimm schmekkenden Salzlösung wird der Verdauungstrakt ausgeräumt. Darauf wird ein Plastikanzug mit einer glasklaren Kopfkugel angepaßt, der ein Austrocknen verhindern soll. Nach einer intravenösen Injektion schläft man ein.«

»Also vergleichbar einer Operationsnarkose.«

»Da ja anschließend durch ›Einfrieren‹ die Körperfunktionen fast auf Null gebracht werden, ist das Aufwachen schwieriger als nach einer Operation. In der Mondbasis gibt es dafür eine Spezialstation. Hier wird der Körper in aufrechter Stellung in 24 Stunden aufgetaut. Durch warme Medikamenteninfusionen werden die Körperfunktionen wieder aktiviert. Flüssige, darauf breiige Nahrung versetzt das Verdauungssystem in Aktion. Nach etwa 48 Stunden beherrscht man wieder sein Muskelsystem, und man kann den Anzug verlassen.«

»Phänomenale medizinische Leistung! Wie ist es mit den geistigen Funktionen?«

»Das Sehvermögen stellt sich schon in der letzten Auftauphase ein, das Denkvermögen folgt nach.«

»Haben Sie während des Schlafes Träume gehabt, an die Sie sich erinnern?«

»Nein, das ist auch unwahrscheinlich, weil ja das ganze Nervensystem ruhte.«

Carell nutzte die Verhandlungspause als einmalige Gelegenheit, Aktuelles vom heutigen Leben auf Tana zu erfahren. Nach fast anderthalb Stunden kamen die vier »Auswärtigen« zurück und Seaman ergriff das Wort: »Auch die Herrn von General Electric konnten nur Schätzwerte nennen, da Zeit und sachliche Angaben fehlten. Europa muß aber mit Kosten um 500 Millionen Dollar rechnen.«

Die drei militärischen Gegenüber warteten gespannt auf die Reaktion von Ixman. Der griff zu seinem Handapparat, wählte eine lange Nummer und bekam sofort Anschuß: »Hier Ixman von Tana, bitte verbinden Sie mich mit Präsident Matala.«

»Ta Talama, Präsident Ixman.« Und dann folgte fünf Minuten lang eine Unterhaltung in Tana, die von den Anwesenden lächelnd quittiert wurde. Ein Militär flüsterte dem Nachbarn zu, daß sich bei solchem Betrag die Europäer die Fingernägel abkauen.

Dann verabschiedete sich Ixman mit »Sala« und sagte zu Seaman: »Die EU zahlt bei Eintreffen eines spezifizierten Angebots mit Festtermin 200 Millionen vorab und nach Fertigstellung und Abnahme den Rest. Zufrieden?«

»Mit dieser schnellen Zusage habe ich nicht gerechnet«, gestand Seaman. Carell hob die Tischrunde auf: »Sie können nun bei der Firma alles veranlassen.« Dabei nickte er schmunzelnd Ixman zu und dachte: Tana-Leute unter sich.

Inzwischen hatte sich der Gehirnspezialist Dr. Benani auf der »Luvisio« in seiner Station eingerichtet und war bereit, Besuch zu empfangen. Von Ixman wurde er über die Lage der Erde mit viel zu hoher Geburtenzahl und den pharmazeutischen Aktivitäten in verschiedenen Staaten unterrichtet. Nelato berichtete über die Möglichkeiten von »Haarp«.

»Die Anwendung der pharmazeutischen Mittel verlangt eine Verwaltung zur Überwachung, die zum Beispiel in Afrika nur in kleinem Bereich gegeben ist. Wir meinen, daß eine physische oder auch psychische Beeinflussung eher zum Erfolg führen würde.«

Der Doktor lachte: »Weil die Verhütungsmittel verschiedener

Art nicht überall anwendbar sind, wollt Ihr den Menschen die Freude am Sex nehmen.«

»Das erzeugt ja keinen Schmerz.«

»Auf eine Anzahl Menschen wirkt es psychisch. Es ist nicht so einfach. Die Fortpflanzungsfunktionen werden von Hormonen gesteuert, die als Östrogene und Androgene im Körper erzeugt werden. Das wiederum wird vom Hypothalamus-Hypophysen-System im Gehirn gelenkt. Eine Einwirkung darauf könnte ein Ausschütten der Sexualhormone verhindern. Ihr denkt aber an eine Beschränkung der sexuellen, auf Befriedigung ausgerichteten Libido, also an sexuelle Interesselosigkeit. Das wird normal als Krankheitszustand mit verschiedenen Ursachen therapiert. Wir hatten vor Zeiten in Tana das Problem, als wir beschlossen, die Bevölkerung zu reduzieren wegen der Klimalage und späterer Umsiedlung.

Gelöst hat man es schließlich mit Hilfe von Pharmazeutika, wie man sie auf der Erde vermutlich bei Sexualstraftätern anwendet, um ihren Trieb zu beschränken. Dauerhafte Erfolge sind sicher selten. Bei uns nahm man die Medikamente natürlich bewußt bei Bedarf. Parallel sind meines Wissens aber auch Versuche mit Strahlenbeeinflussung gemacht worden. Darüber gibt es sicher Angaben in dem Archiv der Mondbasis.«

»Wir würden Euch natürlich mit unseren Scheiben zur Basis fliegen, aber Ihr seid leider nicht weltraumfest – so kommt nur die Diskusfähre in Frage.«

»Ich lasse mich vormerken.«

Zwei Wochen später rief der Doktor an: »Es sind ziemlich umfangreiche Versuche gemacht worden, auch mit bleibenden Schädigungen der Genitalzentren im Rückenmark. Die Wirkung, die Ihr wünscht, wurde bei der extrem niedrigen Wellenfrequenz zwischen 4,9 und 5,2 Hertz erzielt – ohne bekanntgewordene Nebenwirkungen bei verhältnismäßig schwachem Energieaufwand; verständlich, da offenbar mit kleinen Entfernungen laboriert wurde. Diese Werte liegen im unteren Bereich

der Theta-Wellen von 4 bis 7 Hertz für Traumschlaf und Hypnose.
Wenn solche Anwendung spruchreif werden sollte, stehe ich mit Rat und Argumenten zur Verfügung.«

Ixman bedankte sich und beschloß, zuerst die Chinesen daraufhin anzusprechen, obgleich er das wesentlichste Wirkungsfeld in Afrika mit seinen vielen Staaten und wenig intensiver Verwaltung sah. Auch der Mangel an Einsicht schon bei der Vorsorge gegen Aidsübertragung bewies die Herrschaft des Triebes über den Verstand. Eine Tatsache, die Dr. Usava tief bekümmerte, weil er auch als Weltbürger im Herzen Afrikaner geblieben war.

* * *

Die beiden Dozenten in China, von denen sich die Regierung auch beraten ließ, waren von Ixman vorab informiert worden, bevor er das Projekt mit der Funkbeeinflussung dem Innenminister Li-Hang vorstellte. Dessen erste Reaktion waren abfällige Bemerkungen über das Funksystem der Amerikaner, worauf Ixman bemerkte, daß es ja dauerhaft stillgelegt sei.

»Wir haben ja auch Erfolge mit Ihren pharmazeutischen Mitteln, aber die Verwaltung ist bei der Überwachung überfordert, das führt zur Nichtbeachtung der Vorschriften. Insofern spricht vieles für die Wellenbeeinflussung. Ich sehe noch die Nebenwirkung, daß der Mann bei der Arbeit in Betrieben mit weiblicher Beteiligung nicht von sexuellen Wünschen und Phantasien gequält wird, was erwiesenermaßen der Arbeitsqualität nicht zuträglich ist.«

Ixman mußte sich eingestehen, daß er soweit noch nicht gedacht hatte.

Im Anschluß wurden nach Hinzuziehen von Fachleuten noch organisatorische und technische Maßnahmen besprochen. Für die Übernahme eines Senderteiles in Alaska sollte in chinesischem Auftrag Nelato handeln, da er dort schon bekannt sei. Ihm sollte auch die Installation bis zur Inbetriebnahme in China unterstellt werden. Als Aufstellungsort für den Antennenteil wurde eine Bergkuppe nordöstlich der Jangtse-Kraftwerke vorgesehen, von wo über die Reflexion in der Ionosphäre die Strahlung fast das ganze Staatsgebiet erreichen würde.

Anläßlich einer internationalen Tagung in Jakarta kam es zu einer Begegnung zwischen den Innenministern von Indien, Dr. Sahil, und Chinas, Li-Hang, zwei Ministern mit fast gleichen Problemen.

Als Dr. Sahil über die Organisationsprobleme bei der Geburtenüberwachung unter Einsatz von Tana-Mitteln berichtete, kam es zum offenen Gedankenaustausch hinsichtlich der Geburtenbeschränkung. So berichtete denn Li-Hang über die von Tana vorgeschlagene Dämpfung des Sexualtriebes durch Strahlungsbeeinflussung und der Vereinbarung mit dem Tana-Fachmann über die Aufstellung von amerikanischen Sendeanlagen.

Dr. Sahil war beeindruckt von dieser Möglichkeit und berichtete im Kabinett. Die Meinung darüber war geteilt, denn ein ganzes Parlament mußte – im Gegensatz zu China – dafür gewonnen werden. Der Entscheidungsprozeß dauerte mehre Monate, bevor man sich entschließen konnte, Ixman zu bitten, vor einem Ausschuß Rede und Antwort zu stehen.

Natürlich mußte er zugeben, daß die Tana-Versuche beschränkt gewesen und auf der Erde nicht jedes Risiko auszuschließen sei, anderseits aber auch die Überbevölkerung ein Überlebensrisiko beinhalte.

Er schlug vor, die schwierige Entscheidung der über 600 Politiker von den chinesischen Erfahrungen abhängig zu machen und sich dann nicht von der eigenen Betroffenheit im Sexualverkehr beeinflussen zu lassen, sondern an die Zukunft Indiens zu denken, denn die Zeugung von Wunschkindern wäre durchaus möglich, nur das Triebverlangen unter Ausschluß des Verstandes entfalle.

Abschießend meinte er, daß ein in Bau befindliches Kraftwerk in Mittelindien vorteilhaft für eine erhöhte Leistung auszulegen wäre, damit es nachher nicht an Betriebsstrom für die Sendeanlage fehle. Schließlich bedeute jede verlorene Zeit mehr Menschen.

Die Ausschußmitglieder ahnten zahlreiche Schwierigkeiten bei der Publizierung ihrer Argumente voraus. Der Vorsitzende dankte ihm mit wenigen Worten, aber mit der Versicherung, in seinem Sinne zu wirken.

Während dieser Zeit war Nelato in China voll tätig. Nach seinen Angaben waren in kürzester Zeit Baupläne erstellt worden. Dann führten ein Dutzend Firmen danach die Arbeiten aus einschließlich einer 110 km langen Überlandleitung mit dem Umspannwerk. Um Verpackung und mehrmaliges Umladen zu vermeiden, wurden die Senderteile per Luftschiff von Alaska direkt zum Aufstellort befördert. Dort war intensivster Arbeitseinsatz angesagt, so daß Nelato nach einem guten halben Jahr die Bereitschaft zum Senden melden konnte.

Der Innenminister hatte einen seiner Obersekretäre, Haipin, zur Zusammenarbeit mit Nelato beauftragt. Als dieser das Problem überblickte, erging an die Staatspolizei der Auftrag, fünf Bordelle in zentralen Provinzen unauffällig zu beobachten und täglich die Zahl der Besucher festzustellen.

Bei der Fertigmeldung der Sendeanlagen wurde nun die Festlegung der Sendefrequenz akut.

»Wir haben bei früheren Versuchen auf Tana zwischen 4,9 und 5,2 Hertz gearbeitet. Wir könnten mit dem unteren oder oberen Wert beginnen, aber wie stellen wir die Wirkung fest? Man müßte einen normalen Durchschnittswert haben ohne Strahleneinwirkung«, überlegte Nelato.

Haipin lächelte verschmitzt: »Das habe ich mir auch gedacht, als ich zur Zusammenarbeit mit Ihnen bestimmt wurde. Da man ja nicht ständig tausend Paare nach ihrer sexuellen Aktivität befragen kann und die persönlichen Erfahrungen in dieser

Hinsicht nicht allgemeingültig sein müssen, habe ich die Überwachung von fünf Bordellen nach zahlenmäßiger Inanspruchnahme angeordnet.«

»Was sind Bordelle – ich kenne den Ausdruck nicht.«

»Man sagt auch Freudenhäuser dazu. Hier können Männer gegen Bezahlung sexuellen Verkehr mit Frauen haben – vielleicht, weil sie alleinstehend sind oder Abwechslung von der eigenen Frau suchen. Reiche Leute haben sich früher Konkubinen gehalten.«

»Also so etwas wie einen Harem ... das kennen wir auf Tana nicht – da findet man sich zusammen ohne Entgelt.«

»Nun, in unserem Falle ist es gut, daß wir diese Häuser haben. Die Zahlen von mehreren Monaten liegen mir jetzt vor. Fallen sie nach Sendebeginn, so wirken Ihre Strahlen.«

»Das war eine großartige Idee von Ihnen! Dann beginnen wir mit zwei Wochen 4,9 Hertz und probieren es dann mit 5,2 Hertz. Anschließend versuchen wir es mit Mittelwerten, bis das Maximum an Wirkung – also das Minimum an Bordellbesuchern – ermittelt ist.«

Darauf unterwies Nelato zwei Physiker in der Bedienung der Anlage, ohne sie über das Ziel der Sendetätigkeit aufzuklären, denn das Problem sollte der Regierung überlassen bleiben. Natürlich waren diese umfangreichen Arbeiten im Lande den Medien nicht verborgen geblieben. Der Innenminister war genötigt, den Redaktionen gegenüber eine Erklärung abzugeben. Seine Darstellung schien den Journalisten durchaus konkret, denn er bezog sich auf den Einfluß von Tana auf die amerikanische Militärstrategie. Ein Sendeprojekt für Wetterbeeinflussung in feindlichen Staaten sei aufgrund der Kriegsächtung abgebrochen und die Forschungen, die durch magnetische Einflüsse des Nordpols ohnehin in Alaska problematisch gewesen wären, seien nicht weitergeführt worden, zumal zwei führende Wissenschaftler starben. Für ein Klimaproblem in Europa waren Teile davon geliefert worden, und auf Tanas Fürsprache sollte auch China ein Teil der riesigen Anlage überlassen werden unter der

Leitung eines Tana-Technikers, der schon auf seinem Planeten damit gearbeitet hatte.

Nachdem die Anlage auf der maximal wirksamen Sendefrequenz einige Wochen gelaufen war, wurde in kleinen Kreisen über das bemerkenswerte sexuelle Desinteresse gesprochen. Wenig später wurde auch in den Medizinfakultäten über diese ungewöhnliche Dämpfung der sexuellen Aktivität diskutiert, die bei beiden Geschlechtern zu diagnostizieren war und sich auf das ganze chinesische Gebiet erstreckte.

Die Nutzung wissenschaftlicher Verbindungen zu Vietnam, zur Mandschurei und Japan ergab, daß in diesen Ländern keine ähnlichen Erscheinungen bekannt waren.

Inzwischen verordneten die chinesischen Ärzte auf die Klagen ihrer Patienten hin alle möglichen Naturmedizinen, Viagra und Hexenmittel zur Aktivierung des Triebes ohne wesentlichen Erfolg – es freuten sich nur die Hersteller und Verkäufer.

Nun ist ja China kein Land, wo die Medien auftrumpfen können, aber sie stellten nach einem guten halben Jahr doch die Frage, welche Forschungen mit der von Alaska übernommenen Sendeanlage durchgeführt werden und mit welchem Ziel dort gearbeitet wird, denn militärisch verfolge China damit offenbar keine Pläne, die eine Geheimhaltung rechtfertigen würden. Das chinesische Phänomen wurde auch in medizinischen Kreisen anderer Länder diskutiert, wobei abenteuerliche Vermutungen bis hin zu terroristischen Einwirkungen verlautbart wurden.

Erst gut zehn Monate nach Arbeitsbeginn des Senders nahm der chinesische Ministerpräsident Stellung zu dem »chinaspezifischen Zustand«. Tao Lings Ausführungen vor den Vertretern der Provinzen, wobei die Medienvertreter zugelassen waren, bezogen sich zuerst auf allgemein Bekanntes wie die schon fast historischen Bemühungen Chinas um Geburtsbeschränkungen, die vom Ausland als Menschenrechtsverletzung verurteilt worden waren. Erst das Erscheinen der Tana-Gesandten vor der UNO mit den auf reinem Verstand begründeten Forderungen nach Ächtung des Krieges und Reduzierung der Bevölkerung auf lange Sicht hätten zu einem Umdenken geführt. Eine ständig zunehmende Bevölkerung erfordere mehr künstliche Düngung der Getreidefelder, um die Ernährung sicherzustellen und habe damit eine Vergiftung des Grundwassers mit Chemikalien zur Folge. Das bedeute wiederum eine Verknappung genießbaren Wassers.

Mehr Menschen, mehr Industrie mit dem Ausstoß von Treibhausgasen führe zu Klimaveränderungen mit Wetteranomalitäten. Wenn die Polkappen abschmölzen, zöge das die Überschwemmung weiter Landesteile nach sich. Darüber hinaus würde auch der Lebensstandard ständig sinken, weil mit mehr Menschen auch die Arbeit immer billiger wird.

China hätte damals die Forderungen von Tana sofort unterstützt.

»Unser Staatssystem beruht auf dem Verstand der Verantwortlichen, die sich durch Bedenkenträger nicht beeinflussen lassen. Wir haben daher auch als erste das Angebot von Tana hinsichtlich zeugungsverhindernder Pharmazeutika angenommen, deren sinnvolle Anwendung umfangreiche organisatorische Einrichtungen voraussetzt, die in China bis jetzt nur teilweise gegeben sind. So konnten wir zwar Vorbild für viele andere Länder sein, haben aber effektiv nur mäßigen Erfolg verzeichnen können.

Auf Hinweis von Tana, die auf ihrem Planeten auch das Problem der Reduzierung meistern mußten, kamen wir zu der Überzeugung, daß eine flächendeckende Dämpfung des Sexualtriebes durch niederfrequente Radiowellen einen Versuch wert ist. In der Folge bot sich durch Tana-Vermittlung die Teilübernahme einer demontierten strategischen Sendeanlage in Alaska an, die bei uns unter Leitung eines Tana-Ingenieurs steht. Meine heutige Darstellung hatte ich erst mehr als zehn Monate nach Inbetriebnahme der Sendeanlage geplant, um sie mit ersten Ergebnissen bekanntmachen zu können.

Die Geburtenzahlen des letzten Monats haben auf Grund der

erstmaligen Beeinflussung durch die Sendertätigkeit eine Senkung um 65 % erfahren, wobei nach medizinischem Urteil keine gesundheitlichen Nachteile anderer Art zu verzeichnen waren.

Die Regierung bittet alle Chinesen in eigenem Interesse um Verständnis für ihre Entscheidung, die dem einzelnen Menschen vielleicht einen Teil seiner Lebensfreude nimmt, aber für Volk und Land nur Vorteile bringt, zumal die Zeugung von Wunschkindern nicht beeinträchtigt, aber der Zufall durch Triebschwächung begrenzt wird. Chinesen, euer Verstand sollte Herr sein, nicht die Lust, damit Ihr das Volk seid, daß progressiv voran geht bei der Rettung dieser Erde.«

Es wurde verhalten applaudiert, und mancher dachte, daß die Dämpfung der Stimulation bei der Betrachtung weiblicher Reize das Leben für viele Männer doch ärmer mache. Man hatte schließlich schon zehn Monate Erfahrung. China ist im Griff der Regierenden – in andern Ländern würde es Sturmwellen geben. Sicher aber fördert es die Auswanderung von »Aktivisten«.

Die zwar nur in China veröffentlichte Rede Taos war schnell Weltsensation. Wie üblich wurde sofort Kritik laut von denen, die nichts Besseres wußten, aber die genannten Gründe anerkennen mußten. Von Verletzung der Menschenrechte war nicht die Rede, denn diese technisch-psychologische Dämpfung von Lustvorstellungen war ein Novum – im Katalog der Menschenrechte noch nicht genannt. Oder sollte man die Wirkung als Hilfe auf dem Weg zu den Menschenpflichten rechnen? Einige sprachen von China als Vorbild, dem andere Länder folgen sollten. Die Rolle von Tana war der Kritik fast vollständig entzogen, denn schließlich mußte man ihnen zugute halten, daß sie weitere amerikanische Versuche mit diesem Teufelssender verhindert hatten. Allgemein gelobt wurde – nolens volens – die Duldsamkeit des chinesischen Volkes.

Zum ersten Mal wurde von den Medien auch die Frage nach den Menschenpflichten, die Erde lebenswert zu erhalten, in aller Breite diskutiert und Zahlen aus den Ländern genannt, in denen die Regierungen tatenlos geblieben waren. Afrikanische Staaten standen im Vordergrund, aber diese Regierungen erklärten sich für ein Einschreiten nicht kompetent. Gegenüber der Überlegung, dann die Auslandshilfe einzustellen, fehlte es aber nicht an Kompetenz zum Protest. So wurden auch Stimmen laut, daß erst einmal Indien als Bevölkerungsmilliardär dem Beispiel Chinas folgen sollte.

Hier war das Parlament ausführlich über die Rede Taos mit seinen Argumenten unterrichtet worden, aber es zeichnete sich trotzdem keine Mehrheit für eine Sendeanlage ab. So beauftragte das Kabinett Dr. Sahil, erneut Ixman zum Besuch Neu-Delhis einzuladen mit einem Auftritt vor dem gesamten Parlament. Das Kabinett vertraute seinem Charisma.

Auf Ixmans Frage, ob er Hindi sprechen solle, winkte Dr. Sahil ab, denn da gäbe es 15 Varianten und außerdem noch 24 andere Sprachen. Die Politiker würden alle Englisch verstehen, ein Erbe der britischen Herrschaft.

Im Gegensatz zu normalen Sitzungen war es in dem großen Saal ganz still, als sich Ixman auf Ankündigung des Präsidenten erhob und zum Rednerpult schritt. Es war schon etwas Besonderes, daß hier der Gesandte eines anderen Planeten auftrat.

»Ladies and Gentlemen! Ich danke für die Einladung, hier zu Ihnen sprechen zu dürfen.

Sie sind über die Möglichkeit einer Dämpfung der Zeugungsbereitschaft durch physiologische Funkstrahlenbeeinflussung, die ich schon Ihrem Ausschuß offerierte, voll unterrichtet. China hat uns die Möglichkeit zum Beweis der Wirksamkeit gegeben, und Sie haben wohl sicher auch die Argumente des chinesischen Ministerpräsidenten dafür akzeptiert. Nun hat China eine autoritäre Leitung, und die Republik Indien ist eine Demokratie mit Parlament. Dort bemüht sich ein kleines Gremium um das Wohl des Volkes, hier eine große Versammlung von gewählten Volksvertretern. Das Ziel ist das gleiche, nur der Weg dorthin ist viel schwieriger, denn es muß Ihre Mehrheit von der Richtigkeit einer Unternehmung überzeugt werden. Wir haben die Führung der USA überzeugen können, daß eine militärische Strategie heute nicht mehr aktuell ist und die Einrichtungen dazu auch zum Wohl der Erde und ihrer Menschen nutzbar gemacht werden können, bevor der Zahn der Zeit sie unbrauchbar macht. So wurde nicht nur China mit ihnen ausgestattet, sondern auch Europa erhielt einen Teil, um einem Klimaproblem begegnen zu können. Für die Republik Indien wären die USA auch bereit, einen Teil der Anlagen zur Verfügung zu stellen. Ich würde begrüßen, wenn dazu auch aus Ihrem Kreis ein Beitrag käme.«

Nach einer kurzen Pause meldete sich ein Abgeordneter: »Wir hörten, daß Europa ein Klimaproblem hat und dafür Teile der Anlage erhielt. Unser Klima ist auch wegen der Monsunwinde korrekturbedürftig. Wenn wir beschließen, dafür eine solche Anlage aufzubauen, dann hätten wir immerhin noch die Option auf spätere Versuche mit der physiologischen Beeinflussung der Zeugungsaktivitäten.«

Über diesen Vorschlag zum Beschluß über die Hintertür mußte Ixman lächeln. Es war die Praxis der Parlamentarier, eine Mehrheit für ein Teilziel zu erreichen.

»Nun, immerhin ein Weg, um die Hardware zu erlangen, denn die USA vertrauen uns, daß die Geräte zum Wohl der Erde eingesetzt werden, und die Klimaanomalien in Indien sind beachtlich. Von 200 mm Niederschlag in der Wüste Tharr bis zur Weltspitze von 10 000 mm am Ort Cherrapunji, soweit mir bekannt. Inwieweit ein Ausgleich möglich ist, kann nur ein Fachmann dieser Technik beurteilen, der sich mit Ihren Monsunverhältnissen auskennt. Es wäre auch zu beurteilen, ob dafür ein Gerätestandort in Mittelindiens Hochland optimal wäre, denn der geplante Folgeeinsatz verlangt eine zentrale Lage, sonst gibt es Proteste – vielleicht auch ein Dankeschön – von Nachbarstaaten.

Daß Sie alle einem Klimaausgleich genauso zustimmen wie einer Geburtenminderung, sehe ich als gegeben an. Für den zweiten Fall haben wir jetzt zwei Wege. Der erste wird – mit unzureichender Organisation besonders außerhalb der Großstädte – mit unseren Pharmazeutika schon beschritten und ist allein auf die Frauen ausgerichtet. Es fällt einem Teil von Ihnen vielleicht schwer, auf Grund Ihrer Traditionen darin eine Ungerechtigkeit zu erblicken auf dem Weg zu einem gemeinsamen Ziel.«

Die verschwindend geringe Anzahl von Frauen im Plenum applaudierte.

»Der zweite Weg ist ein Weg der Gemeinsamkeit. Er verlangt nicht einmal Willen, sondern nur Verständnis für gedämpfte sexuelle Stimulation, dem Grundsatz folgend: Wunschkinder ja, Zufall nein. Jeder sollte dem zustimmen können, denn es geht um die Zukunft Indiens, dessen harte Jahrzehnte Sie persönlich nicht mehr erleben werden – aber Ihre Kinder.

Wenn ich auf einer Dorfversammlung sprechen würde, könnte ich im Land der weltgerühmten Liebeskunst für eine Ablehnung des Projektes Verständnis haben – aber ich habe hier zu der Intelligenz dieses Volkes gesprochen.«

Als sich Ixman verneigte, dankte ihm allgemeiner Beifall, aber da meldete sich noch ein Fraktionsführer zu Wort: »Kein Wort gegen Ihre Argumente, aber Sie kommen von einem anderen Planeten mit anderem Lebensgefühl, so daß man von Ihnen nicht erwarten kann, daß Sie unsere Gefühlswelt begreifen.«

»Die hier Versammelten haben außer Gefühlen auch den Verstand, wie die Mehrzahl der Inder, Parallelen zu erkennen«, antwortete Ixman. »Der Rest unserer Population kann aus kosmischen Gründen auf Tana nicht überleben. Wenn Ihre Bevölkerung weiter steigt durch ungehemmte Nutzung des Triebes, kann Ihr Volk in Indien nicht überleben. Wir haben uns ohne Rücksicht auf auch vorhandene Gefühle reduziert, um übersiedeln zu können. Sie müssen sich reduzieren, um in Indien überleben zu können. Ich persönlich wurde für die Übersiedlung biologisch zum Raumfahrer umfunktioniert; ich kann nichts essen außer Tabletten und nur Wasser trinken, keinen Wein. Gefühle? Ich habe einen Erdensohn gezeugt. Es war Risiko für beide Seiten, ein genetischer Versuch. Man muß bereit sein zu einem Opfer auch nichtmaterieller Art, wenn man einem Volk helfen kann – und will.«

Wenn er gedacht hatte, daß nach seiner Philippika eisiges Schweigen herrschen würde, so sah er sich getäuscht. Viele Abgeordnete zollten ihm sogar stehend Beifall.

Mit erhobener Hand trat er ab, der Präsident dankte und geleitete ihn zum Ausgang der hohen Halle. Hier empfing ihn schon Dr. Sahil mit einem herzlichen Händedruck und gratulierte zu dem Erfolg.

»Ihre letzte, temperamentvolle Erwiderung war genau das, was in diesem Forum hoch geschätzt wird. Der Präsident wird daraufhin sicher die Abstimmung folgen lassen, denn Worte sind genug gewechselt worden in der letzten Woche.«

»Die Klimafrage, die hier aufgeworfen wurde, verlangt ohne Zweifel einen weiteren Sender, vermutlich mit einem anderen Standort hin zu den Monsuneinfallgebieten. Das muß unser Fachmann Nelato im Kontakt zu Ihren meteorologischen Diensten entscheiden.«

»Wir benötigen nur die Zustimmung des Parlaments zum Senden mit niederfrequenten Wellen und die Bewilligung der Kosten dafür. Alles Weitere können die Ministerien entscheiden.«

»Vereinfachte Demokratie«, lachte Ixman, »wo liegen denn Ihre Bevölkerungsschwerpunkte außerhalb der Großstädte wie Bombay, Kalkutta, Madras, Bangalore, Hyderabat und Ahmadabad?«

»An den fruchtbaren Flußniederungen von Ganges, Brahmaputra und Indus.«

»Mit Rücksicht auf die Ostküste ohne Sri Lanka und Pakistan wird der physiologische Sendeort auf dem Hochland in der Mitte liegen müssen, denn eine Richtstrahlung bringt immer gewisse Unsicherheiten.«

»Werden uns die USA überhaupt zwei Sendereinheiten zugestehen?«

»In der Planung sind noch zwei Stationen in Afrika, aber

unser Nelato meint, daß ausreichend Geräte vorhanden sind, sofern man nicht Richtstrahlen um Teile der Erde senden will.«
Noch vor Erreichen des Stützpunktes traf von Dr. Sahil die Nachricht ein, daß das Sendeprojekt mit reichlicher Mehrheit genehmigt worden sei. So konnte Nelato den Schwerpunkt seiner Arbeit nach Indien verlegen.

* * *

Hamans Bemerkung nach einem Flug über Afrika, daß er keine Elefanten, aber gewaltige Maschinen gesehen habe, veranlaßte Ixman, einen Informationsbesuch am Kongo vorzusehen, da er ohnehin plante, mit Dr. Usava über das Haarp-Projekt im Herzen Afrikas zu sprechen.

Bei Lisala am dort doppelarmigen Kongo, dessen nördlicher Arm von einer Stauwehr gequert wurde, war ein Industriegebiet entstanden, denn internationale Firmen hatten hier ein Großprojekt gestartet. Die Gebäude des Kraftwerkes standen, am Umspannwerk waren Monteure beschäftigt. Ein Zementwerk arbeitete voll, um die Betonplatten-Produktion für die Abdeckung des Rohrkanals zu sichern. Diese war als Straße geplant worden. Sie erstreckte sich schon von dem am Stauwerk gelegenen Gebäude für die Radialpumpensätze bis zum Horizont im Norden über das bereits im Kanak verlegte Rohr.

Ständig waren Lastluftschiffe von der Hafenstadt Douala unterwegs, um Rohrteile, Kabelrollen, in Rohrenden eingearbeitete Axialpumpen und Transformatoren dafür an die Arbeitsstellen zu bringen.

Die Tana-Männer sahen, daß Abdeckplatten mit Spezialwagen auf dem fertigen Straßenkörper vor Ort transportiert wurden. Per Luftschiff gingen die Wagen zum Betonwerk zurück.

Dann flog Zetman zur ersten Arbeitsstelle. Hier waren Hamans gewaltige Maschinen bei der Arbeit zu sehen.

Ein Schaufellader legte eine mindestens zwölf Meter breite

Bahn frei durch Entfernung des lockeren Deckbodens. Darauf grub ein Bagger einen gut drei Meter breiten und fünf Meter tiefen Graben mit gerundeter Sohle zur Auflage des Rohrkörpers. Die Landvermesser hatten in Zusammenarbeit mit den Geologen einen Streckenverlauf festgelegt, der bis zur Tiefe von sechs Metern keine Sprengung erforderte.

Die zehn Meter langen Rohrteile waren aus Transportgründen aus Hartaluminium, plattiert mit rostfreiem Edelstahl, hergestellt. Sie hatten einen angeflanschten Rand auf der einen, einen eingezogenen Durchmesser auf der anderen Seite, so daß sie mit Hilfe einer Zentriervorrichtung gesteckt werden konnten. Ein anaerober flüssiger Kunststoff, der bei Luftabschluß aushärtet, fixiert und dichtet dabei die Rohre. Wo aus Geländegründen oder zum Ausgleich von Reibungsverlusten erforderlich, wurde eine Axialpumpe mit Transformator zum Anschluß an die Hochspannungsleitung eingefügt.

Die beiden Besucher bewunderten die zügige Arbeit unter der prallen Sonne und hörten von dem russischen Leiter, daß mindestens mit den Erdmaschinen auch nachts gearbeitet werde, da es immer wieder unerwartete Bodenverhältnisse gebe. Beim Flug zum nächsten Arbeitsplatz bemerkten sie eine Arbeitsgruppe, die den nur wenig Wasser führenden Oubangi umleitete, um ihn mit dem Rohrkanal queren zu können.

Der nächste Arbeitstrupp hatte an der Straße Bambari-Bangasuo begonnen und befand sich noch im Regenwald, wo ein Vortrupp die starken Stämme fällte. Die letzte Arbeitsstelle lag schon im Steppengebiet in Höhe des Gebel Ngaya südlich Birao. Im Süden des Marra-Gebirges, wo die Senke von den leeren Flußbetten des Schari und Bahr-el-Arab durchzogen wird, war ein Trupp Männer mit Vermessungsarbeiten beschäftigt. Hier sollte offenbar die Rohrleitung enden und die riesige »Sickergrube« zum tiefen Wasser der Sahara entstehen.

Unter dem Eindruck dieser Besichtigung, die auch den beachtlichen Einsatz Rußlands bei Gestellung der Maschinen mit

Bedienung und bei der Lieferung der Rohrsegmente hatte erkennen lassen, sprachen die beiden Dr. Usava im UNO-Gebäude an. Natürlich bedauerte er die Zerstörung der Natur, sah aber die Endlösung des Solar-Sand-Treibstoff-Projektes als Vorteil für Afrika, das damit zu einem wesentlichen Faktor der Weltwirtschaft avancieren würde.

»Wir planen, an das Kraftwerk in Lisala eine Haarp-Station anzugliedern«, lenkte Ixman die Erörterung in die vorgesehene Richtung.

»In China und Indien war es ja einfach, da standen Sie jeweils einer Institution gegenüber, in Afrika sind es fünfzig Staaten. Wegen einer Klimaverbesserung der Sahel-Zone wäre wohl keine Konsultation der Staaten erforderlich – aber die physiologische Beeinflussung ...«

Bekümmert nickte Ixman: »Und gerade hier würde es manchem Staat helfen, die Armut zu überwinden.«

»Es sollte vielleicht eine längere Erfahrung in China und Indien abgewartet werden«, schlug Zetman vor, »dann könnte mit positiven Ergebnissen beim Kongreß afrikanischer Staaten eine Mehrzahl dafür gewonnen werden.«

»Die Religion mit ihrem Einfluß auf Regierende spielt auch eine Rolle«, warf Dr. Usava noch ein.

»Der Norden Afrikas steht unter dem Einfluß des neuen Islam unter Mustafa. Im Westen und der Mitte hat das Christentum starken Zulauf. Nun hat im Vatikan unser Bruder Weman mit dem Tana-Dozenten schon mit dem Pontifex über das Thema gesprochen. Der Heilige Vater sieht klar das Für und Wider. Es würde weniger Sexualverbrechen und Vergewaltigungen geben, wohl sicher auch weniger Verführungen Jugendlicher durch Priester. So würde auch die Empfehlung, nur zu lieben, wenn Kinder gezeugt werden sollen, wieder an Aktualität gewinnen. Gewiß gibt es auch weniger katholische Geburten, aber – genauso wie bei den anderen Religionen – zum Wohl der Erde und ihrer Menschen. Eine Stellungnahme reinen Verstandes.«

»Als sogenannter Ungläubiger kann ich das nur bewundern«, gestand der Generalsekretär.

»Das war ein Grund, warum wir bei den Bauherren bewirkt haben, das mit Schweröl aus Nigeria zu betreibende Kraftwerk überzudimensionieren. So haben wir genügend Energie für eine Haarp-Sendeanlage mit dem vorerst offiziellen Ziel einer Klimaverbesserung der Sahelzone. Über Weiteres soll dann der Kongreß entscheiden.«

Zu dieser Terminologie nickte Dr. Usava befriedigt, aber zweifelnd, ob seine Afrikaner das Wohl des Erdteils und der übrigen Welt über eine Dämpfung ihrer Triebe stellen würden. Aber diese Tana-Männer hatten bisher alles erreicht. Hinter ihren gelben Augen schien sich hypnotische Kraft zu verbergen, der Menschen nicht widerstehen können und die zum gleichen Denkmodell zwingen.

***

Kurz darauf wollte der Generalsekretär mit seinem Tana-Team über diese Haarp-Pläne für Afrika sprechen, die Ixman ihm dargestellt hatte.

Mit der üblichen Frage: »Was gibt es Neues im Tana-Bereich?« begrüßte er beim Eintreten Tilasi.

»Es scheint sich in Vorderasien beim Kurdenproblem eine Lösung anzubahnen.«

»Das ist ja ungewöhnlich, denn die wußten doch nie, was sie wollten – außer einem eigenen Staat.«

»Nachdem der Irak zu einer Art Demokratie geworden ist, in der Wahlen stattfinden, hat sich ein Politiker profiliert, der den Nordirak fast zu einem autonomen Gebiet gemacht hat, weil sich Sunniten und Schiiten ständig stritten bis hin zu Mordanschlägen. Dieser Tiliakil mit seinen 30 % war immer neutral geblieben und hat ja im Gegensatz zu Bagdad einen Tana-Berater erhalten. Da sich die Türkei Richtung Europa orientiert hat, ist dieser sich mit den drei türkischen Dozenten einig, daß auch die Türkei ruhiger leben könnte ohne die ständige Opposition ihrer Kurden in Ostanatolien.«

»Aber die Türkei hat in dem Gebiet wirtschaftliche Interessen. Es gibt dort wohl Wasserkräfte vom hochgelegenen Vansee; auch Euphrat und Tigris haben ihre Quellen in diesem Bereich.«

»Es wohnen nur etwa eine Million Kurden in diesem Grenzgebiet, aber die Bergregion ist schwach besiedelt und umfaßt daher ein größeres Gebiet. Mit einem Staat lassen sich aber solche Belange vertraglich regeln. Nun leben auch in Syrien und im Iran Kurden. Der Bruder als Nachfolger des umgekommenen Präsidenten hat uns nach dem Umdenken in Arabien nach den Bedingungen zur Übernahme eines Beraters gefragt – und das ist ein gutes Zeichen.«

»Er wird dem Charme – oder Zwang – der gelben Augen nicht widerstehen können.«

»Ich habe auch den Eindruck, daß wir damit eine hypnotische Wirkung erzielen«, gestand Tilasi, »aber das wirkt sich nie negativ aus. Schwieriger als Syrien erscheint mir Iran bei dieser Planung. Die Bergregion nördlich Mossul hat zwar wenig Bedeutung für Teheran, aber auch nach dem erzwungenen Präsidentenwechsel wird sich die neue Regierung nicht stark genug fühlen, eine Abgabe von Staatsgebiet zu verantworten.«

»Sicher nicht, da müssen wohl erst Tana-Dozenten mit den zwingenden Augen Einzug halten«, scherzte Dr. Usava. »Wenn Tiliakil so charismatisch ist, wird Ihre Planung sicher zu einem späteren Zeitpunkt Erfolg haben. Eine wirtschaftliche Grundlage ist ja für den Kurdenstaat mit dem Erdöl um Mossul vorhanden, denn ohne ›Rauch aus dem eigenen Schornstein‹ geht eine Neugründung zu Lasten anderer Staaten.«

»Vorsicht mit ›Rauch aus dem Schornstein‹, das läuft dem Umweltschutz zuwider«, erinnerte lächelnd Tilasi.

Dr. Usava winkte ab: »Alte Wortprägungen haben die Grünen nicht abschaffen können. Ich wollte übrigens mit Ihnen über Maßnahmen zur Geburtenbeschränkung in Afrika sprechen, da schon der Kongreß ›Freies Afrika‹ auf der Terminliste steht. Mr. Ixman hat mir vor einiger Zeit über die Arbeiten an dem Kraftstoffprojekt in der Sahara berichtet. Das für die Wasserversorgung notwendige Kraftwerk am Kongo sei überdimensioniert worden für den Betrieb einer Haarp-Sendestation, die das Wetter in der Sahelzone verändern könnte.«

»Aber auch eine Art Brunftzeit für Menschen nach chinesischem Vorbild regeln könnte«, ergänzte Tilasi.

»Richtig, hier haben wir aber nicht einen, sondern an die 50 Staaten, die nicht unter einen Hut zu bringen sind. Man wird darauf hinweisen, daß es schon so viele Aids-Tote gäbe. Wie sehen Sie die Lage?«

»Das Aids-Desaster hat – nicht nur in Afrika – Gründe, die zusammengewirkt haben. Ein geringer Bildungsstand erschwert die Aufklärung, vor allem, wenn die Religion dagegen arbeitet und lange Zeit nicht akzeptieren wollte, daß Verhütung von Befruchtung durch Kondom auch Aidsübertragung verhütet, denn ein starker Trieb hält sich nicht an eine religiöse Beschränkung auf die Ehe. In bezug auf die Christen hat das unser Ixman dem Vatikan mit Erfolg klargemacht – ob die örtlichen Vertreter der Lehre der gegensätzlichen Weisung folgen, bleibt offen und ist wieder vom Bildungsstand der Geistlichen abhängig, die ihren Gläubigen die Gründe verständlich machen müssen. Ein Befehl aus Rom allein tut es nicht.«

»Alles richtig, aber was empfiehlt nun Tana in dieser Lage?«

»Der Kongreß müßte mit mindestens 50 % Mehrheit einem etwa dreijährigen Versuch zustimmen, damit eine Wirkung zu erkennen ist, besonders die Vermeidung der Zeugung durch HIV-positive Eltern. Schon allein dieser Umstand sollte die Teilnehmer, welche ja die Intelligenzspitze ihres Landes darstellen, zur Zustimmung bewegen.«

»Sie zählen auf den Verstand der Regierungsleute, aber die haben auch alle einen Bauch – und der ist unberechenbar.«

»Dann müssen unsere Berater die Bäuche vorbehandeln«, lachte Tilasi, »spricht denn Ixman auf der Tagung?«

»Ich werde ihn darum bitten. Er hat Erfahrung, und die Kundschafter sind gegen alle negativen Reaktionen unempfindlich.«

»Dann lassen Sie doch im Saal des Centers in Kapstadt eine große Videofläche installieren, auf der das Gesicht des Redners farbig erscheint. Ixmans gelbe Augen in Metergröße wirken vielleicht beschwörend?«

»Das wäre einen Versuch wert«, gab Dr. Usava zu und lächelte vergnügt, »einen so kreativen Generalsekretär müßte die UNO haben.«

* * *

Der Kongreß in Kapstadt rief wieder alle Mitglieder des »Freien Afrika« zur Teilnahme auf, denn von einem »einigen« Afrika konnte wohl noch längst keine Rede sein. Präsident Zimbala hatte die Regierungschefs und auf besonderen Wunsch der Welthandelsorganisation WTO auch die Tana-Berater der Regierungen eingeladen.

Der erste Tag war internen Fragen und Plänen gewidmet. Man sprach von einer Brücke über den Nordbogen des Kongo bei Lisala, da der nördliche Flußarm schon von dem Damm zur Ableitung des Wassers in die Sahara gequert wurde. Der Weltbankpräsident Goldenham hatte die Finanzierung der wichtigen Nord-Süd-Verbindung zugesagt. Nigeria plante eine Rohölleitung zum Kraftwerk bei Lisala, hatte aber noch Schwierigkeiten mit der Leitung durch Kamerun, da sie ursprünglich oberirdisch geführt werden sollte. Da inzwischen die Erdmaschinen von der Saharawasserleitung frei geworden waren, einigte man sich auf offene Verlegung im Graben mit regelmäßigen Übergängen.

Dann berichtete Mustafa von der Fusion zwischen der bisherigen nordafrikanischen Union und Algerien, die Schritt für Schritt erfolgt war. Er erhielt für seine Darstellung kräftigen Beifall, den er mit erhobenen Händen abwehrte: »Beifall ist billig – folgt uns nach!« forderte er den Kongreß auf.

Zuletzt wandte sich der Beauftragte der WTO speziell an die Tana-Berater mit der Aufforderung, eine Liste der Erzeugnisse zu erstellen, die ihre Länder exportieren mit Nennung des dabei erzielten Preises und des Empfängerlandes. Dazu eine ehrliche Aufrechnung der Kosten, welche die Erzeugung verursacht hat. Dazu seien auch die Erzeugnisse zu nennen, die wegen zu hoher Kosten gegenüber dem Weltmarktpreis keinen Abnehmer gefunden hätten.

»Das ist reine Bürokratie! Wir müssen regieren und nicht Listen schreiben!«

»Daß Sie vor lauter Regieren keine Zeit für Wichtiges haben, ist mir klar, deshalb habe ich auch den Verstand und die Ehrlichkeit Ihrer Berater angesprochen«, konterte der WTO-Mann, ein Brite, hart. »Wir brauchen Unterlagen für die Planung von Subventionen, die Sie benötigen.«

Er sprach zum allgemeinen Unwillen noch davon, armen Staaten nicht mit Geldern zu helfen, die oft wirkungslos verschwinden würden, sondern mit gezielter Unterstützung des Exports. Unter allgemeinem Murren trat er ab.

Der zweite Tag war den UN und den Großprojekten vorbehalten worden. Beim Eintreten bemerkten die Teilnehmer sofort eine sehr große Videowand hinter dem Rednerpult, die fast ein Drittel der Fahnendekoration der Staaten verdeckte. Ein TTS-Team hatte sie während der Nacht aufgestellt und in der ersten Sitzreihe ein Aufnahmegerät mit Zoom-Optik installiert, das kaum auffiel. So dachten fast alle, daß die Vorträge durch Bilddarstellungen ergänzt werden würden.

Erst bei der Eröffnung der Tagung durch Präsident Zimbala war die Funktion der Videowand klar, denn er erschien darauf in Überlebensgröße, und man konnte seine Mundstellung verfolgen, was das Verstehen für viele erleichterte, denn nicht jeder hatte einen Kopfhörer für die vielleicht notwendige Übersetzung der englischen Sprache der Gastredner.

Als ersten Redner nannte der Präsident Dr. Usava, der den

Versammelten die Grüße der UNO übermittelte. Im Folgenden beschränkte er sich auf die Versicherung, daß unter seinem Einfluß die Belange Afrikas zwar nicht im Vordergrund stehen könnten, aber immer wesentliche Berücksichtigung gefunden hätten. Wenn er nun in Kürze das Generalsekretariat abgebe, so könne er zwar eine Empfehlung für die Nachfolge geben, sie aber nicht bestimmen. Er selbst habe sich in der letzten Zeit oft auf die Hilfe seines Tana-Teams verlassen, das bei der Verfolgung von Zielen effizienter als er gewesen sei. Unter den in Frage kommenden Politikern der kleinen Staaten, die wegen ihrer Mehrheit bei der Abstimmung zur Wahl entscheidend wären, könne er mit gutem Gewissen keinen nennen, der den Männern des Tana-Teams gewachsen sei, die mit ihrer eigenen Kommunikation sofort Verbindung in alle Teile der Erde hätten und ohne die Schwächen der Menschen die Probleme anpacke würden.

»Dann versuchen Sie doch, einen Tanaer vorzuschlagen«, kam eine Stimme aus der Mitte.

»Das würde ich gern tun, aber wer stimmt für ihn?« Er machte eine vage Handbewegung. »Zuviel Mittelmäßigkeit brennt darauf, diese Stellung einzunehmen, mit deren Vetorecht sie auch die Großen bremsen können.«

Da ergriff Präsident Zimbala wieder das Wort: »Folgender Vorschlag, den ich schon früher angedeutet habe: Ich übergebe Ihnen den Vorsitz von unserem Bund, und wir stimmen für den von Ihnen vorgeschlagenen Nachfolger in der UNO!« Dafür gab es allgemeinen kräftigen Beifall.

»Vielen Dank für das Vertrauen. Den Vorsitz vom ›Freien Afrika‹ würde ich nach meinem Ausscheiden bei den UN annehmen, doch was in New York beschlossen wird, bleibt völlig offen, aber vielleicht stimmt auch Europa mit seinem Tana-Präsidenten dafür. Nun will ich das Wort an meinen Team-Sprecher Mr. Tilasi übergeben, damit Sie wissen, für wen Sie in New York stimmen wollen.« Er ging auf Tilasi zu und führte ihn nach einem Handschlag zum Pult.

Die hohe schlanke Gestalt im dunklen Anzug mit leicht brünettem Haar und lässigen Bewegungen konnte jeder auf dem Bildschirm gut erkennen, zumal TTS das Bild etwas vergrößert hatte.

»Ich bedanke mich für die Ehre, hier sprechen zu dürfen, und möchte Ihnen die Grüße des Tana-Teams der UNO überbringen mit den besten Wünschen für den Erfolg Ihres Kongresses.« Kleiner Dankapplaus.

»Auf vielen Tagungen und Kongressen wird von der Armut und armen Staaten geredet und Hilfe versprochen. Meist wurde mit Geldsummen geholfen, von denen das meiste verschwand, bevor es die Bedürftigen erreichte; Afrika ist Weltmeister der Korruption gewesen. Es gab Hunger infolge schlechter Ernten, Privatleute spendeten für die hungernden Kinder – die kamen auf Pressefotos, notfalls aus dem Archiv.

Ist das an Naturschätzen reiche Afrika wirklich so arm, daß andere helfen müssen?

Während der Kolonialzeit gab es keinen Hunger, obgleich die Kolonialmächte Afrika ausbeuteten. Was war der Grund?

Das Talent der Kolonialfarmer, in großen, sicheren Gebieten Plantagen und Landwirtschaft rationell zu betreiben und damit ihre Erzeugnisse zu einem niedrigen Preis weltweit verkaufen zu können.

Nach dem großen Krieg kam die Selbständigkeit, und jeder Stammesfürst strebte nach einem eigenen Staat – und bekam ihn oft.

Zwei ideologisch verschiedene Mächte schürten den Streit zwischen den neuen Staaten und buhlten um Einfluß. Der eine half mit Nahrung, der andere mit Waffen. So wurde die alte Farmerkultur langsam und sicher vernichtet und damit auch der Export von landwirtschaftlichen Erzeugnissen. Über die Erdschätze schlossen die Mächtigen in den Staaten Verträge ab, die sie persönlich begünstigten, aber nicht das Land. Ihr Volk wurde zu Arbeitssklaven von internationalen Gesellschaften, deren Kapitalgeber das große Geld am Eigentum des Volkes verdienten. Dazu führten die Stämme untereinander Kriege, mit Hunderttausenden von Toten.

Das war das Bild zum Ende des letzten Jahrhunderts, das die Freiheit gebracht hatte und das wir aus vielen Schriften und Büchern gewonnen haben.

Und heute? Das Schießen haben wir geächtet, aber das Schlachtfeld zerstörter Farmen, Plantagen und Existenzen heilt nur langsam. Es fehlt an Wissen, Können und Toleranz. Es fehlt der Landwirtschaft an Maschinen – aber woher soll das Geld dafür kommen, wenn nichts verkauft werden kann? Mit Maschinen allein und ihrer Bedienung ist es nicht getan – sie müssen gepflegt und gewartet werden, sonst sind sie schnell Schrotthaufen.

Vielleicht war es falsch, die Farmer zu verjagen, anstatt sie als Steuerzahler zu erhalten? Man sollte vor jedem Handeln den Verstand sprechen lassen – dafür ist er den Menschen gegeben.

Wir haben es in Gemeinschaft getan, um zu erkennen, wie Afrika zu helfen ist. Nicht mit Almosen wie im Islam, sondern mit eigener Kraft und gemeinsam mit Nachbarn des Dorfes, denn man kann nicht nur einen Topf Hirse zum Verkauf anbieten. Diese Arbeit in der Dorfgemeinschaft ist Voraussetzung zur Hilfe, für die wir ein Konzept ausgearbeitet haben. Für die Großerzeuger gilt der Weltmarktpreis für den Verkauf, aber auch für den Einkauf eines Großverbrauchers. Hier will die WTO auf unseren Vorschlag hin eine Spanne einfügen, mit der die Ware der Kleinerzeuger subventioniert wird, damit auch sie mit kleinem Verdienst zum Weltpreis anbieten können. Die WTO-Forderungen von vorhin geben die Basis dafür.«

»Diese Hilfsidee ist aber durchaus nicht neu«, warf der Ministerpräsident von Kamerun ein.

»Natürlich nicht, denn Nehmen und Geben ist ein fester Bestandteil von Politik, also Steuern und Sozialleistungen zum Beispiel. Nur geschieht das in dem regierten eigenen Land. Hier aber sollen global viele Wirtschaften Geber und noch viel mehr Empfänger sein. Das zu koordinieren, in ein System zu formen, das sich handhaben läßt und alle schrägen Gedanken an persönliche oder nicht geplante Bereicherung vergessen läßt, war bisher nicht zu realisieren. Es fehlten die gleiche Denkrichtung auf Geber- und Nehmerseite sowie das Vertrauen der Geber in die ehrliche Verwendung der Gelder.«

Da sich Protest anzubahnen schien, hob Tilasi dämpfend beide Hände.

»Viele trifft es nicht, aber nur ein schlechtes Beispiel verdirbt die ganze Stimmungslage. Nur durch unser Kommunikationsnetz über alle Länder der Erde können wir negativen Einflüssen, auch bei anderen Problemen, mit Wahrheiten entgegenwirken – und die Wahrheit wird unseren Leuten überall aus Erfahrung gern abgenommen.

Das geschilderte Projekt läuft zuerst für Baumwolle und Kaffee an. Es wird WTO und UNO noch viele Sorgen bereiten, aber es ist nicht die einzige Hilfe für Afrika, denn im Anschluß an meine Darstellung wird Ihnen ein Riesenobjekt vorgestellt werden. Ich danke Ihnen.«

Mit ausgestreckter Hand ging Zimbala auf ihn zu. Während Dr. Usava, der südafrikanische Präsident Hilawi und Mustafa stehend Beifall zollten, ging eine Welle der Zustimmung für diesen unbequemen, aber ehrlichen Redner durch den Saal.

Anschließend kündigte Präsident Zimbala den Vortrag des Regenten Sir Ada Bolkiah aus dem Sultansgeschlecht von Brunei an. Er wäre wohl der reichste Sozialist Asiens, lebe bescheiden im Riesenpalast der Väter, und seine Bürger hätten Schule und Arzt frei, dazu eine Altersrente. Nun sei er dabei, Geld in Afrika zu investieren.

So erhielt er Beifall, ohne schon ein Wort gesprochen zu haben.

»Verehrte Regierungschefs, Minister und Tana-Berater! Schon beim ersten Auftreten von Mr. Ixman in der UNO, das ich miterlebte, sprach er von der Erfindung eines deutschen Chemikers, aus Sand und Sonnenlicht Kraftstoff zu erzeugen, was mich so faszinierte, daß ich mit dem deutschen Doktor in Rußland

Verbindung aufnahm, wo er das Prinzip für industrielle Fertigung gebrauchsfähig machte. Ein Ingenieur bei uns erfand ein System, die erforderlichen Solarplatten in Millionenstückzahl jeweils nach der Sonne auszurichten.

Da wir selbst Ölproduzenten sind, interessierte ich den Präsidenten Parcelli von der World Oil Company und den Weltbankpräsidenten dafür. Zuerst ergab sich die Notwendigkeit, das früher von Libyen verbrauchte Grundwasser der Sahara zu ergänzen. Diese Anlage einschließlich Kraftwerk ist fertiggestellt und geht in Betrieb – so Allah es will.

Es entstanden auch schon Fertigungsstätten für die Solarplatten aus Saharasand in Mali. Halterungen für sie sowie die Verkabelung werden folgen. Danach liefert Rußland die erste Ausstattung an Chemieanlagen, und wenn Allah will, wird dann das erste Faß Saharatreibstoff in die Tanks umgebauter Motoren fließen können. Eine gewaltige Umstellung der Fahrzeugindustrie wird die Folge sein.

Die Restbestände des Erdöls werden dann für viele Jahrhunderte wichtigen chemischen Prozessen zur Verfügung stehen, aber dabei gleichzeitig den CO_2- Ausstoß des Verkehrs stark beschränken.«

»Sie sind doch Moslem, wie können Sie da so viel mit Ungläubigen verhandeln?« wurde aus der Versammlung heraus gefragt, worauf viele Berater das Gesicht verzogen – so auch Sir Ada, dem der Zuruf gar nicht zu passen schien.

»Der Einwurf kam sicher aus dem Nordsudan. Man sollte ihn eigentlich überhört haben, aber in Afrika scheint die Religion immer noch ein Faktor zu sein. Also, ich bin als Moslem nicht zum Moslem erzogen worden. So zitiere ich manchmal Allah, ich kann auch Gott oder Schicksal sagen. In London studierte ich mit Christen, Juden, Hindus und Buddhisten. Dabei erkannte ich, daß alle Religionen von Menschen erfunden und gepflegt wurden, um Einfluß auf andere Menschen zu haben. Alle Gegensätze werden künstlich aufrechterhalten, um sich abgrenzen zu können. In Brunei ist der Islam sogenannte Staatsreligion, aber wir leben mit Buddhisten, Daoisten und Konfuzianern gut zusammen. Allgemein werden Gegensätze nur von denen gepflegt, deren Beruf die Religion ist und die davon leben – und nun keine weitere Diskussion darüber, ich bin kein Priester, davor bewahre mich die Allmacht. Danke.«

Unter eisigem Schweigen der Versammlung trat er ab, nur Zimbala dankte ihm mit Handschlag, und die Berater nickten zustimmend. Auch Mustafa als hoher Geistlicher ging auf ihn zu, legte die Hand auf seine Schulter und sagte einige versöhnliche Worte, denen sich Dr. Usava anschloß.

Nun führte der Präsident Ixman zum Rednerpult, und plötzlich füllte dessen Antlitz fast die ganze Fläche der Bildwand. Das Bernsteingelb seiner Augen strahlte sonnenhell.

»Ladies and Gentlemen«, begann er mit fast leiser Stimme, »meine Vorredner haben Ihnen große Projekte für den Erdteil angekündigt, aber die Nachhaltigkeit dieser Bemühungen hängt noch von einem anderen Faktor ab, den ich schon in meinem ersten UN-Vortrag als provokante Forderung nannte, nämlich die Reduzierung der Bevölkerung durch Beschränkung der Geburten.«

Er führte dann aus, daß für den Erhalt einer Bevölkerung 2,1 bis 2,3 Geburten je Frau ausreichen würden, aber in Afrika mit 6 Geburten im Mittel zu rechnen sei. In vielen Ländern Afrikas sei die Bevölkerung trotz der Aids-Verluste in den letzten 35 Jahren auf das Doppelte und mehr gestiegen. Das überschreite nicht nur die Ernährungskapazität der meist einfach betriebenen Landwirtschaft bei den wechselnden Wetterverhältnissen, sondern auch die Versorgungsmöglichkeiten mit Schulen und Krankenstationen. Ixman bemerkte, daß bei seinen Worten die meisten Teilnehmer sein Porträt auf dem Bildschirm betrachteten.

»Empfängnisverhütung müßte nach dem zweiten Kind einer Frau angewendet werden. Es ist illusorisch, auf Enthaltung zu zählen, wie es der Vatikan früher empfahl. Er toleriert jetzt unter dem Druck der Verhältnisse, wozu auch Aids beitrug, andere

Anwendungen, die freiwillig und kostenlos sein müßten. Selbst für eine Übersicht bezüglich der Befolgung dieser Empfehlung fehlt praktisch in allen Staaten Afrikas die administrative Organisation. Afrika ist also hilflos dem sexuellen Trieb seiner temperamentvollen Einwohner ausgeliefert, ohne Aussicht auf eine bleibende Besserung seiner Verhältnisse. Der Erfolg der angekündigten Projekte wird im Strudel steigender Geburten untergehen.«

Eine vage, nach unten gerichtete Handbewegung unterstrich die Worte von einer aussichtslosen Zukunft durch eigenes sorgloses Triebleben.

»Auch andere Völker haben das Problem, aber sie leben in kompakten Staaten. So griff China sofort zu unserem Angebot, durch Radiowellen eine physiologische Beeinflussung der sexuellen Aktivität herbeizuführen. Auch in der Tierwelt gibt es Zeiten der Nichtkopulation, nur Menschen – auch Ratten – sind ständig aktiv.

In China gab es nach ersten Protesten schließlich Erfolg und Zustimmung, da ja eine beabsichtigte Zeugung nicht verhindert wird.«

»Wir sind freie Afrikaner, keine Chinesen!« hieß es daraufhin.

»Nun, auch die freien Inder haben in ihrem Parlament einen Versuch beschlossen.«

»Dort soll aber gleichzeitig mit dem Radio das Wetter verändert werden«, wußte jemand zu vermelden.

»Das steht auch hier im Programm für die Sahelzone«, konterte Ixman und mußte feststellen, daß ein echter Entrüstungssturm ausblieb. Die Berater hatten wohl schon auf UNO-Empfehlung für den Einsatz des Verstandes gesorgt.

»Wirkt das auch auf unsere Tiere?« wurde gefragt.

»Möglicherweise auf Gorillas, Schimpansen und Elefanten – darüber liegen aus China keine Erfahrungen vor, aber auf die Haus- und Farmtiere hat es nicht gewirkt – nicht einmal auf Pandabären! Bei Chinesen dagegen sank die Zahl der Geburten um gut die Hälfte.«

Ein kurzer Blick auf den Bildschirm zeigte ihm, daß sein Kopf die ganze Bildfläche füllte – mit sicher tellergroßen Augen.

»Die UN schlägt Ihnen nun einen Versuch über drei Jahre vor, den Sie jetzt durch Abgabe Ihres Stimmzettels 4 beschließen können. Bei einer Zustimmung von mehr als 50 % würden wir die Sendeanlage installieren. Und jetzt darf ich Sie noch einmal an Ihre Verantwortung als Regierung zur Erhaltung der Lebensfähigkeit Ihres Erdteils Afrika erinnern.«

Seine beschwörenden Worte hallten nach, und seine Augen in der Projektion schienen kleine Funken zu sprühen – vielleicht ein Effekt des Bildschirms.

Es wurden dann 28 abgegebene Stimmzettel gezählt, mehr als die Hälfte – Dr. Usava lächelte zufrieden und drückte Ixman fest die Hand.

* * *

Die Inspektion von Ixman vor Wochen hatte sich speziell auf die Verlegung des Rohrwasserkanals bezogen; aber auch am nördlichen Flußarm des Kongobogens bei Lisala war viel geschehen. Eine holländische Schleusenbaufirma hatte als Generalunternehmer den Zuschlag erhalten. Als erste Maßnahme ließ sie hinter dem Schutz von Spundwänden den Damm aufschütten, der den Flußarm auf ein Viertel seiner Breite einschränkte. Diese Durchfahrt für Lastkähne und niedrige Schiffe wurde durch eine abgestützte Brücke überspannt. Anschließend war das Nordufer vom Damm stromaufwärts mit Spundwänden gesichert worden, die zum Ufer hin durch Aufschüttung hinterfüttert wurden.

Gleichzeitig wurde am Winkel zwischen Damm und Ufer auf dem Uferland das Fundament des Gebäudes für die vier Zentrifugalpumpen gegründet, mit vier getrennten Zuflüssen zum Sammelkessel für den Rohrkanal.

Diese naturverändernden Arbeiten lagen von Beginn an im

Interesse des Regimes in Kinshasa unter der Präsidentschaft von General Kambusu, weil man sich eine Belebung des wenig besiedelten Nordteils des großen Landes versprach. Auch die Zementfabrik und das Kraftwerk wurden aus dieser Sicht positiv beurteilt, denn der Strom aus den reichen Wasserkräften des Südens von Zaire war nur durch kostspielige Überlandleitungen in den Norden überzuleiten.

Diese positive Haltung der Machthaber in Zaire belohnten die interessierten Mächte durch den schwierigen Straßenbau zwischen der dichtbesiedelten Industrielandschaft im Westen und den Agrargebieten im östlichen Hochland, wodurch sich Lebensmitteleinfuhren für den Westen erübrigten. Außerdem hatte die Weltbank die Überbrückung des Kongo-Südarmes bei Lisala als Verbindung zu dem zukünftigen Saharaindustriegebiet zugesagt.

Noch vor Fertigstellung der Pumpanlage war zwischen dem Ende der Uferbefestigung am Nordufer und dem Dammende in der Strommitte, also am Kopf der niedrigen Brücke, eine Nirosta-Trosse als Leitlinie für das Abweisgitter gespannt worden. Diese soll schwimmendes Material wie Baumstämme und Strauchzeug einschließlich größerer Fische zum Durchlaß leiten, denn der Kongo – jetzt Zaire genannt – läuft in weiten Strecken durch Nachbargebiet zum Regenwald, und zwei Regenzeiten schwemmen viel Material in den Fluß.

Entlang dieser Troßlinie senkten Luftschiffe, beginnend am Nordufer, die sich verbindenden Abweisgitter mit Grundankern und Fanghaken für das Stahlseil neben den Arbeitsplattformen in den Fluß. Wenig dahinter sorgten feinmaschige Kunststoffnetze mit partieller Reinigungsmöglichkeit durch Austausch für das Zurückhalten von schwebendem Material und kleinen Fischen. Ein großer Reinigungsprahm war in dem dreieckigen Flußareal mit Pumpen und Sieben eingesetzt worden, um es so gut wie möglich von den zuvor darin befindlichen Abfallstoffen zu reinigen. Auf der 1000 km langen Rohrkanalstrecke sollte sich so wenig wie möglich am glatteloxierten Innenrohr absetzen können, um den Durchfluß nicht zu behindern. Auch die Sandfläche des Auffangbeckens sollte möglichst frei bleiben von Sinkstoffen, um das Sickern zum Grundwasser nicht aufzuhalten.

Um die Reinigungswirkung dieser Maßnahmen noch zu optimieren, hatte Tana aus der Mondbasis ein Dutzend Schwerkraftelemente geliefert, die auf Schwebstoffe im Wasser wie Magnete wirken und mit auswechselbaren Siebgehäusen ummantelt waren. Sie wurden eng gestaffelt vor dem Einlaß zur Pumpenbasis montiert und würden sofort wirksam werden, wenn die Spundwand vor den nochmals durch Siebe vor dem Einlaß zu den Pumpengehäusen fällt. Hier würden sich die im Areal beheimateten Flußkrebse sammeln, die allen Reinigungsbemühungen widerstanden haben.

Als die Pumpen das erste Mal anliefen, wurde noch viel Flußsand eingesogen, fiel aber im tiefen Boden des Sammelkessels aus, von dem das Kanalrohr gespeist wurde. Es dauerte fast vierzig Stunden, bis die Saharastation den ersten Ausfluß meldete, da zahlreiche Senkstrecken erst verfüllt werden mußten. Die Wasserentnahme machte sich am Strom kaum bemerkbar, da er zur Regenzeit viel Wasser führte. Bei voll verfülltem Kanal und zwei Drittel Pumpleistung wurde eine Fließgeschwindigkeit von acht Metern pro Sekunde gemessen.

Bei der Beobachtung am Auffangbecken wurde in den ersten Stunden natürlich schnelles Versickern festgestellt, aber auch das Absetzen grüner Sinkstoffe, offenbar feinster Algen.

Ingenieur Tubucal von Sir Ada Bolkiah war auf Wunsch Ixmans bei dem Ereignis zur Berichterstattung anwesend.

»Wie es nach den ersten Stunden ausschaut«, ließ er Ixman wissen, »wird ein zweites, vielleicht auch drittes Becken erforderlich werden zur periodischen Reinigung. Schon jetzt haben Vögel die neue Wasserfläche entdeckt und sind geneigt, sich darauf niederzulassen. Mit Vogelkot gedeiht das Grünzeug dann explosiv, und eingeschleppter Laich hat Fische, Schnecken und Krebse zur Folge. Die Vögel sollten auf jeden Fall ferngehalten werden. Zuerst genügt vielleicht das Knallen mit dem sogenannten Vogelschreck, aber wenn dann nichts weiter geschieht, gewöhnen sich die Tiere daran. Zwei Jäger wären wohl ständig erforderlich mit Hunden, welche die toten Körper vom Wasser holen. Das ist mein Ratschlag«, fügte er hinzu.

Der Mann hat recht, gestand sich Ixman ein. Vögel gibt es auf Planungstischen nicht. So rief er die Mondbasis an. Das Gespräch dauerte lange, denn seine Brüder waren auch keine Zoologen und mußten erst in ihrem Almanach forschen. Schließlich kamen sie zu dem Ergebnis, daß unregelmäßige Laserblitze verschiedener Stärke am besten wirken würden und sagten zu, zwei Geräte baldmöglichst zu liefern.

Im Gespräch mit den Leitern des Projektes wurde eine Umzäunung des Gebietes vereinbart, die nur mit Schutzbrillen betreten werden darf.

Bei Ixmans nächstem Informationsflug in das Gebiet von Kongo und Sahara im Bereich des Wasserbaus waren die Blitzgeräte schon auf Schwimminseln montiert und schienen erfolgreich zu sein. Denn nur am Wasserrand des fast aufgefüllten Beckens waren einige Vögel auszumachen. Das Urteil von Ingenieur Tubucal war offenbar bei den verantwortlichen Leitern angekommen, denn westlich waren schon große Erdmaschinen im Einsatz beim Ausheben eines zweiten Beckens.

Es schien Ixman auch so, als wäre der Zufluß gedrosselt worden, weil die Versickerungsgeschwindigkeit falsch eingeschätzt worden war. Das könnte an den in der ersten Phase reichlicher vorhandenen Sinkstoffen gelegen haben, unterstützt von den Vogelrückständen der ersten Wochen.

Das Füllen des zweiten Beckens könnte natürlich durch Überlauf geschehen, würde dann aber nicht das Grundreinigen des ersten erlauben. Ein unlenkbarer Zulauf wird also erforderlich werden, mit dem auch ein weiteres Becken beschickt werden könnte.

Mit diesen Erkenntnissen belastet, bat Ixman Bruder Zetman, den Standort von Tubucals Arbeitsgruppe in Mali anzusteuern.

Tubucal war gerade im Gelände, aber Igor Klawitsch begrüßte ihn und Ixman nahm die Gelegenheit wahr, sich über die Flammenwerferpistole zu informieren.

»Ich bin letzthin mit Ihrer Pistole angegriffen worden, und mein Bruder Ceman hat das Schlimmste verhindert. Wie viele von diesen Dingern haben Sie denn damals hergestellt, Mr. Klawitsch?«

»Das waren 50 Stück. Davon haben wir allein 45 für die Füll- und Zündversuche verbraucht, denn die Pistole ist nach einer Auslösung nicht mehr benutzbar.«

»Na, das ist ja tröstlich. Sie sprachen vom Füllen – gab es da Probleme?«

»Die Pistole besteht ja aus einem faserverstärkten Kunststofftank und einem Zylinder mit brennbarer Flüssigkeit. In dem Tank wird mit Karbid und Wasser Azetylengas erzeugt. Es darf nicht zuviel sein, dann platzt der Tank, der nach Füllung zugeschmolzen wird, aber es darf auch nicht zuwenig sein, sonst wird der Kolben mit Flüssigkeit nicht leergedrückt. Wenn Sie auslösen, wird der Tank angestochen, ein feiner Gasstrahl streicht über eine kurzgeschlossene Knopfbatterie und zündet. Das Restgas drückt die Brandflüssigkeit über einen Kolben aus dem Zylinder, die vom brennenden Gas gezündet wird. Das auszupendeln hat eine Zeit gedauert.«

»Hat aber funktioniert, anderthalb Meter Stichflamme. Wo sind nun die restlichen fünf Stücke geblieben?«

»Drei hat Nomski erhalten, ein Stück wollte die Chefin haben – und eine Pistole war in dem Koffer mit den Unterlagen.«

»Geöffnet haben wir ihn, aber nicht geleert. Das steht nun an.«

Dann war auch schon der durch Anruf unterrichtete Ingenieur Tubucal eingetroffen, und man sah ihm seine Freude über den unerwarteten Besuch an.

Ixman erhielt schon nach einigen Sätzen die Bestätigung, daß eine Rohrweiche für das Kongowasser in Vorbereitung sei, über die auch ein drittes Becken beschickt werden könne.

Auf die Frage, wieweit sein Sonnenenergieauffangsystem

gediehen sei, wiegte Tubucal etwas zweifelnd den Kopf. »Man kann schließlich nur die Sonnenstrahlen nutzbar machen, die auf die Erde treffen, also die gesamte Bodenfläche belegen. Bei schrägem Einfall müßten lauter kleine Prismen die Strahlen umlenken – und wenn es einen Sandsturm gibt, ist das Vergnügen beendet.«

Bei der »Lavia« mit ihrer linsenartigen Oberfläche war natürlich kein Sandsturm zu fürchten, dachte Ixman und meinte, daß die Reaktionsebene vielleicht einen Meter über Grund gelegt werden müsse.

»Wir dachten ja ursprünglich an Masten mit aufgehängten Tafeln – Vorbild Bäume –, aber damit läßt sich auch nicht mehr Energie einfangen, und das bei bedeutend höheren Kosten. Aus dem gleichen Grund können wir auch nicht an eine Prismenoberfläche denken. Wir haben jetzt ein Versuchsfeld mit hochgelagerten Auffangflächen von dreimal einem halben Meter, in der Längsrichtung Ost-West schwenkbar gelagert. Die Schwenkung wird von einer Normalmittelstellung aus vom maximalen Stromanfall gesteuert. Diese Elemente sind mit geringem Abstand angeordnet, so daß bei Sandsturm der Sand abrieseln kann. Die Elektromechanik daran ist billig und das Ergebnis befriedigend.«

»Das Teuerste daran sind sicher die Aufhängegestelle?«

»Sie könnten hier sowie für weitere andere Bereiche aus Kunststoff gefertigt werden, aber in der Steinwüste werden wohl Stahlspitzen erforderlich werden.«

»Und wie steht es mit der Verkabelung?«

»Auch ein Problem bei dem riesigen Gebiet. Jede Bahn bringt nur zwei Volt Spannung, aber bis zu zehn Ampère Stromstärke. Um Verluste zu vermeiden, brauchen wir für die Hintereinanderschaltung sehr viel dicken Kupferdraht. Zaire wäre als Lieferant ideal, aber die verhütten wohl ihre Kupfererze nur.«

»Das ist allein eine Frage von Kapital. Das Regime in Kinshasa greift bestimmt zu, wenn die Weltbank hilft. Man kann sicher Siemens interessieren, im Industriegebiet eine Kabelfabrik zu

errichten, die dann ganz Afrika beliefert – denn da fehlt noch viel Beleuchtung im Regenwald«, lachte Ixman.
»Und Kühlschränke in den Kralhütten«, fügte Klawitsch noch hinzu.
Auf die Frage, ob beim Stand des Tiefenwassers schon ein Erfolg zu verzeichnen sei, meinte Tubucal: »Gestern bei einem Gespräch mit einem Wassertechniker in Libyen war von einem Millimeter Anstieg die Rede – es könnte auch ein umgebungsbedingter Meßfehler sein. Sie sehen dort das Projekt als Gigantomanie an. Die eigentlichen Chemiewerke müßten in den Gebieten losen Sandes, also in den Sanddünen, errichtet werden, mit Leitungen zu den Häfen. Unser Strom müßte wechselgerichtet, transformiert und als Hochspannung dorthin geleitet werden.«
»Alles richtig, aber lassen Sie sich nicht davon beeindrucken. Die Projektoren haben alles berücksichtigt. Es ist ein Jahrhundertwerk und letztlich verschwindet auch die Wüstenromantik mit Beduinen und Kamelen. Nach Anstieg des Tiefenwassers werden sich die Oasen ausdehnen und zu Erholungsstätten für die dort tätigen Menschen ausgebaut werden. All das ist ein Zwang, wenn nach dem Erdöl der Ruf nach Energie für Fahrzeuge und Luftverkehr laut wird. Das letzte Erdöl ist für Heizung oder Verkehr zu kostbar – es war ein einmaliges Geschenk der Natur an den Menschen, auf Tana fehlte es.«
Mit dem Versprechen, Kinshasa und die Weltbank für das Fertigen von Leitungsdraht und auch der Gestelle zu interessieren, verabschiedete sich Ixman. In der Scheibe meinte er zu seinem Bruder, hier seien die richtigen Männer am Werk.

* * *

Nachdem sich der US-Kongreß einig war und auch der Supreme Court nur auf der Notwendigkeit einer Verfassungsänderung bestanden hatte, war es keine Sensation mehr, daß nach einer Abstimmung mit 66 % positiver Stimmen Präsident Carell seine vierte Amtsperiode antreten konnte. Für die Weltpresse war die Tatsache interessanter, daß ein Tana-Dozent sein Vertreter werden konnte, denn bei Ausfall von Carell war Hitata schließlich Präsident der USA. Diese Überlegung war auch für die amerikanische Presse schwer verdaulich.

Nach Eingang zahlreicher Interviewwünsche riet ihm Carell zu einer kleinen Pressekonferenz im Weißen Haus mit TV durch TTS, die ja ihre Aufnahmen kostenlos an alle Agenturen verteilten.

So ließ Hitata im Konferenzzelt ein in der Mitte offenes Tischquadrat für zwanzig Teilnehmer aufstellen und lud außer den führenden US-Blättern auch einige internationale Korrespondenten ein.

Nach seiner Begrüßung der Gäste, bei der er vorab schon betonte, daß seine Wahl auf Wunsch des Kongresses erfolgte, wurde sofort die Frage gestellt, ob er als Nichtamerikaner in das Präsidentenamt nachfolgen würde.

»Sicher hat sich das der Senat überlegt, denn der Supreme Court als oberstes Gericht hat ja eine Verfassungsänderung gefordert, und dieses Amendment könnte ja auch einen Präsidenten ausschließen, der in einem anderen Land der Erde geboren ist«, meinte Hitata lächelnd und fuhr fort: »Es ist aber nicht damit zu rechnen, daß Präsident Carell ausfällt, denn ihm stehen die Tana-Pharmazie zur Verfügung und unsere schußfeste Unterkleidung.«

»Dann hat also unser Präsident einen hohen Stellenwert für Tana.«

»Gewiß, er hat als Regierender der stärksten Erdmacht als erster volles Verständnis für unsere Immigration gehabt, aber auch für unseren Wunsch nach Verbesserung der Lebensbedingungen auf lange Sicht – dafür sind wir ihm dankbar.«

»Nach Ihren Worten sehen Sie es als erforderlich an, schußfeste Unterkleidung zu tragen – ist die Erde so unsicher?«

»Die Erde ist im Vergleich zu Tana eine wildes Gebiet, und wir sind für Milliarden Menschen Feinde, schon für den gesamten

Islam, weil wir dessen, aber auch alle anderen Religionen ablehnen.«

»Das ist auch für die USA ein Manko – mindestens für einen Politiker.«

»Ich will gar kein Politiker, sondern nur für die US-Bürger tätig sein, gleichgültig, welche Hautfarbe und welchen Glauben sie haben und welcher Partei sie angehören.«

»Als Vizepräsident haben Sie aber nur den Vorsitz im Senat und befinden sich in Warteposition auf den Ausfall des Präsidenten.«

»Nun, ich habe mit Mr. Carell schon Weiteres vorab vereinbart. Die Schwiegertochter der Justizministerin ist verunglückt und nun muß sich die Großmutter um vier kleine Enkel kümmern. Da will ich ihr nicht das Amt, aber die Bürde der Aufgaben abnehmen, denn auf dem Gebiet sehe ich persönlich in den Staaten einigen Reformbedarf.«

»Das wird nicht allen Juristen recht sein.«

»Verständlich, aber ich werde mich zuerst mit dem Chief Justice verständigen, und wer dann noch etwas öffentlich gegen mich vorzubringen hat, den fordere ich zum TV-Dialog im TTS auf.«

»Was bemängeln Sie denn auf juristischem Gebiet?«

»Nur als Beispiel das Geschworenengericht für Straftäter. Wer sich einen Rechtsanwalt leisten kann, der psychologisch besser ist als der Ankläger, hat einen Vorteil, wenn keine festen Beweise auf dem Tisch liegen, und Zeugenaussagen, auch beeidet, sind keine sicheren Beweise – sie können nur helfen, diese zu finden. Selbst ein Geständnis muß kein fester Beweis sein. Wissenschaftliche Hilfsmittel müssen viel intensiver eingesetzt werden. Die Isolation der Geschworenen ist ja auch in den extremen Fällen – und die gibt es immer, solange es Querdenker geben wird – eine menschliche Zumutung. Eine solche Geschworenentscheidung, die nur den Richter entlastet, muß allein mit dem Verstand erarbeitet werden, und den besitzt nicht jeder. Eine Entscheidung aus dem Bauch heraus ist bequemer. Man sollte sich an europäischen Gerichten orientieren, die unter Zuhilfenahme von Laienrichtern arbeiten und den Angeklagten nicht der Entscheidung einer Tischrunde überlassen. Es gibt ja genug Fehlentscheidungen auch mit Todesfolge.«

»Sie lehnen die Todesstrafe ab?«

»Der Tod ist nicht unbedingt eine Strafe, denn jeder muß sterben. Ein Leben in der Zelle ist viel härter. Die Todesstrafe ist eine ethische Frage, die in den USA regional verschieden beantwortet wird. Persönlich befürworte ich sie unter der Voraussetzung, daß die Täterschaft einwandfrei bewiesen ist – ohne Zeugenaussagen oder andere Indizien. Dann erübrigt sich ein Geschworenenkreis und dessen Verantwortung. Liegt dieser Beweis nicht vor, muß das Urteil auf Gefängnis lauten mit der Möglichkeit auch einer viel späteren Revision. Lautet das Urteil aber auf Tod, darf dann nur das Gnadengesuch möglich sein, und die Hinrichtung – human mit Schlaftablette – muß sofort folgen.«

»Sie haben ja sehr konkrete Vorstellungen von der Justizreform.«

»Ich spreche nur das aus, was für jeden Tanaer auf Grund seiner genetischen Ausrichtung logisch ist und dem Gerechtigkeitsgefühl entspricht.«

»Aber trotzdem sind Sie für die Todesstrafe.«

»Es gibt so viele gute Menschen, warum sollen sie die bösen ein Leben lang erhalten? Es dient keinem, auch nicht dem Verurteilten, wie ich darstellte.«

»Das ist zwar schlüssig«, sagte dazu der Redakteur der »New York Times« überlegend, »aber es widerspricht wohl der Ethik aller unserer Religionen.«

»Das ist mir bewußt, aber diese klare Abwägung sollte in der Gesellschaft diskutiert werden. Im Laufe ihrer tausendjährigen Geschichte haben die Religionen unzählige Menschen gefoltert und getötet – nicht etwa Verbrecher, sondern Menschen, die sich ihren Glauben nicht vorschreiben lassen wollten. Das sollten die heutigen Ethiker auf religiöser Basis nicht vergessen, denn sie schwören immer noch auf das gleiche heilige Buch – nur es wird ausgelegt, wie es die geistige Strömung gerade verlangt. Der geistige Horizont der Erde hat sich verändert, denn Tana ist nicht zu leugnen – warum soll sich das religiöse Denken der Menschen unter Anleitung der Priester nicht auch wieder einmal verändern können?«

»Als Redakteur möchte ich dazu nicht Stellung nehmen, dafür sind die religiösen Spitzenvertreter zuständig. Persönlich muß ich aber zugestehen, daß Ihre Argumente für neutrale Denker Gewicht haben. Man sollte annehmen, daß sie die aktuelle Philosophie anregen.«

»Die Philosophie formuliert ihre Aussagen meist so, daß der normale Bürger damit wenig anfangen kann. Es gibt dann ›Zwischenhändler‹, zum Beispiel Theologen, die den Gehalt nach eigenem Gusto auslegen.«

»Ein weites Gebiet zur Diskussion, Mr. Hitata, unsere geistigen Spitzen werden es zu schätzen wissen, auch in der Politik einen Partner zu haben, der neue Denkanstöße bietet. Sicher haben Sie auf juristischem Gebiet noch weitere Anregungen.«

»Nun ja«, lächelte Hitata, »halten wir uns in diesem Kreis an Fakten. Es ist Tatsache, daß im Ausland Rechtsanwälte versuchen, sofern es möglich erscheint, Privatklagen mit Schadensersatzforderungen in die USA zu verlagern, da hier die Gerichte auch extrem hohe Forderungen bestätigen. Das gilt natürlich auch für interne Klagen dieser Art. Welche finanziellen Vorteile der Vertreter der Kläger dabei hat, bleibt unerwähnt, wobei ein Prozentsatz an der Entschädigung durchaus möglich erscheint. Dabei sind die Begründungen für die Forderungen oft grotesk, besonders, wenn eine große Firma schadensersatzpflichtig wird. Es ist durchaus denkbar, daß eine Autofirma verklagt wird, weil der Wagen zu schnell war, also die Reaktion des Fahrers überfordert hatte. Ob in solchen Fällen auch versucht wird, einen Richter zu beeinflussen, bleibe dahingestellt. Um solche Fälle schon im Ansatz auszuschließen, sollte es als Richtlinie für den Richter einen Katalog geben mit Richtwerten, die bei besonders zu begründenden Fällen überschritten werden können. Mindestens wäre es eine Bremse für bewußte Verlagerungen von Prozessen in die USA.«

»Damit haben Sie aber eine geschlossene Front von Rechtsvertretern gegen sich, vielleicht auch der Behörden, denn der Streitwert eines Prozesses hat einen Einfluß auf die Gerichtsgebühren.«

»Der Supreme Court hat sich schon bei begründeten Belangen gegen die gesamte Regierung einschließlich der Behörden durchgesetzt.«

»Sie beginnen ein Spiel jeweils an der Spitze der Hierarchie.«

»Sicher, denn wenn auf den unteren Rängen jemand ›Nein‹ gesagt hat, braucht man ihn oben nur zu bestätigen, ohne ausführlich Stellung nehmen zu müssen.«

»Ein gutes Prinzip für den Erfolg bei hierarchischen Institutionen, nur wenige haben den Mut, zuerst beim Oberstübchen anzuklopfen.«

»Bei unserer genetischen Formierung in Tana sind auch Angst und Furcht eliminiert worden. Menschen werden von diesen genetischen Schwächen oft gebremst – in manchen Fällen zu ihrem Vorteil. Bei mir muß man jedoch damit rechnen, daß ich alle Dinge beim Namen nenne, auch wenn sie dabei an Glanz verlieren. Hier im Staat ist ja nicht nur die Justiz reformbedürftig, auch die Krankenversorgung hat Lücken. Man ist führend in der medizinischen Forschung, aber wieviel von diesem Potential kommt bei den arbeitslosen Farbigen an? In England ist die ärztliche Behandlung frei, in Deutschland wird auch jeder Immigrant versorgt. Natürlich ist das ein gewaltiger Kostenfaktor im Haushalt, aber durch die Kriegsächtung sparen auch die USA Rüstungskosten ein. So könnte eine Minimalversorgung für jeden – etwa vier Arztbesuche im Jahr – ermöglicht werden, vorzugsweise in städtischen Kliniken. Das ließe sich ohne riesigen Verwaltungsaufwand mit einer Behandlungskarte realisieren, die sich gegen Fingerabdruck jeder holen kann. Man erhält damit auch ein Einwohnerregister von Menschen, die illegal hier leben. Das ist natürlich nicht vollständig, weil

Leute, die etwas zu verbergen haben, lieber den Arzt bezahlen, wenn sie ihn benötigen. Damit wird auch die Frage eines geordneten Meldewesens aufgeworfen, wie es europäische Staaten besitzen.«

»Kein Amerikaner läßt sich gern festbinden.«

»Mindestens früher wurden die Immigranten sorgfältig gesiebt, heute auch die einreisenden Besucher – aber wer im Land ist, kann für die Behörden verschwinden, was viele dunkle Existenzen nutzen.«

»Damit werden Sie sicher keinen Erfolg haben«, meinte der Redakteur der »Times« sofort, »als der Terror ins Land kam, hätte man ein solches System gern gehabt, aber es erfordert eine umfangreiche Bürokratie und beschneidet die Freiheit, die der Bürger schätzt.«

»Diese Freiheit ist mir bekannt, denn der Bürger schätzt ja auch Schußwaffen, mit denen Kinder in der Schule von geistig Minderbemittelten umgebracht werden. Heute etwas daran zu ändern, bleibt ohne Wirkung, denn die Waffen sind vorhanden und begründen unsere schußfeste Unterkleidung.«

Die Presserunde lachte. »Es liegt nicht nur in den USA einiges schief, die Krankenversorgung der Armen ist auf der ganzen Erde ein Problem, weil es zu viele davon gibt. Eine kluge Erkenntnis, die Tana schon hatte, als die Zahl von sieben Milliarden Einwohnern bei uns bekannt wurde. Quantität verhindert Qualität – salopp ausgedrückt. Um die Lebensqualität für die Zukunft zu heben, wurde die viel kritisierte Forderung nach einer langfristigen gezielten Minderung der Bevölkerung erhoben – die aber auch von Politikern mit Verstand aufgegriffen wurde. Bei Völkern mit niedrigem Bildungsgrad wird es als Zwang abgelehnt, weil sie die Situation der Erde nicht begreifen. Die Natur hätte es früher regeln können durch den Einschlag eines Asteroiden, heute würde Tana-Technik das Weltraumgeschoß vorbeisteuern. Unsere Kundschafter haben auch den Ausbruch der Yellowstone-Caldera entschärft, der wahrscheinlich ähnliche Wirkung gehabt hätte.«

»Tana sorgt sich um die Erde in eigenem Interesse.«

»Das könnte man behaupten, weil es nichts Vergleich – und Erreichbares im Weltraum für uns gibt. Bei ausbrechender Caldera hätten wir die Entvölkerung der Erde vom Mond aus überwachen können. Aber wir wollen uns in die Menschheit integrieren und ihr einen Wissenssprung vermitteln, den auch wir durch ein fremdes Raumschiff erhalten hatten.«

»Also edel, hilfreich und gut!« Diese Bemerkung konnte sich ein Redakteur nicht verkneifen.

»Tja, und ohne die genetischen Schwachstellen der Menschen«, ergänzte Hitati lächelnd, »denn diese haben – mindestens – zwei Seiten, wie ihre Münzen, und nach jedem Wirbel kann die andere Seite oben liegen. Sicher wird noch viel Zeit vergehen, bis eine Generation sagen kann, Waffen brauchen wir zur Verständigung nicht – wir haben ja unseren Verstand. Ich denke nun, Sie können sich ein Bild von mir machen, das Sie bitte kühl und sachlich Ihren Lesern übermitteln.«

»Wir danken Ihnen für das Interview, es war mehr, als wir erwarten konnten, aber es war auch noch kein Geisteswissenschaftler einer fremden Zivilisation Vizepräsident der USA. Ich glaube, wir wünschen Ihnen alle besten Erfolg bei Ihrem Bemühen um Reformen.« Das waren die Dankesworte des Redakteurs der »New York Times«.

* * *

Prof. Neuberg und Ixman saßen in der Messe der »Lavia« bei einer Tasse grünem Tee, die Mediziner Uman seinem Bruder zugestanden hatte. Der Funkoffizier wartete, bis er die China-Tasse absetzte und überraschte ihn dann mit der Nachricht, daß die Mondstation schon Funkverbindung mit dem Großschiff aus Tana gehabt habe und er möchte seine Mondbrüder bitte anrufen.

»Nun endlich – wir kennen zwar nicht den genauen Starttermin, aber es hat sicher eine längere Reisezeit als üblich gehabt«, bemerkte er zum Professor.

»Es ist ja auch eine neue, wesentlich größere Konstruktion«, meinte dieser zur Erklärung.

»Dafür soll auch der Experte Lacona an Bord sein«, erwiderte Ixman, während er schon den Handapparat mit der Mondbasis verbinden ließ. Die nächsten Minuten wurde nur Tana gesprochen.

Dann lehnte sich Ixman zurück: »Lacona hat mitteilen lassen, daß sie bei einer auf ein Zehntel reduzierten Geschwindigkeit noch etwa zehn Milliarden Kilometer entfernt sind, das wären etwa drei Erdentage. Da sie weiter reduzieren müssen, können wir in 40 Tagen mit ihnen rechnen. Sie sind drei Sekunden zu früh von der Tana-Bahn abgekommen, haben dann zu spät bemerkt, daß einer der vier Fusionsreaktoren eine Minderleistung hatte. Dadurch kamen sie vom Kurs ab. Nach Korrektur durch Steuerdüsen, deren Reaktionsgas begrenzt ist, wurde der gegenüberliegende Reaktor gedrosselt. Offenbar durch den Umweg wurde scheinbar eine Materiewolke gestreift, die zur Erwärmung selbst des Steuerstandes führte. Weitere Schäden könnten entstanden sein. Ein Raumfahrer wurde durch einen einschlagenden Meteoriten getötet. Lakona plant, beim Annähern die Bahnebenen der Planeten zu meiden – wohl wegen der Asteroiden – und erst in dem Bahnraum zwischen Erde und Venus in das System einzutauchen. Im ganzen ein Flug mit Hindernissen.«

»Die Technik hat ihre Schwächen, und der Weltraum ist voller Überraschungen«, bestätigte Prof. Neuberg, »aber weshalb weicht er bis zur Venus aus – der Asteroidengürtel befindet sich doch zwischen Mars und Jupiter?«

»Da seine Steuermöglichkeiten scheinbar beschränkt sind, wird er dem Kleinplaneten Eros, dessen Bahn zwischen Erde und Jupiter verläuft und die Marsbahn kreuzt, mit Sicherheit ausweichen wollen. Nach der Landung werden wir Genaueres erfahren.« Dann benachrichtigte er das Tana-Team bei der UNO, das die Information an ihre Leute weitergab.

Auch TTS erhielt Stoff für eine kurze Meldung über die wahrscheinliche Ankunft des Schiffes mit 20 000 Übersiedlern. Die USA boten daraufhin Area 51 als Landeplatz an.

Der Funkoffizier hatte Ixman um Besuch in seinem Reich gebeten, da es ihm gelungen war, mit dem Großschiff in Verbindung zu treten.

»Es dauert fast zwölf Sekunden, bis Antwort kommt«, bereitete er Ixman darauf vor.

»Ixman. Ta Talamo. Ihr seid auf der Erdumlaufbahn?« Nach elf Sekunden kam die Antwort aus Tana. Anschließend ging es über eine Viertelstunde hin und her mit Elf-Sekunden-Pausen.

Darauf sagte er zum geduldig wartenden Offizier: »Sie eilen der Erde auf ihrer Bahn hinterher. Sie wollen sich dann von der Erdostseite her annähern. Ich habe ihm gesagt, daß jede Eile falsch wäre. Er solle anrufen, bevor er in die Atmosphäre einzutauchen gedenkt. Ich habe ihm dann den Landepunkt genannt im Südwesten Nordamerikas zwischen 115/120° Länge und 35/40° Breite. Haman mit dem Diskus wird vorausfliegen. Die Flugüberwachung der Amerikaner von Area 51 hat zugesagt, den Landeplatz, der nicht auf der Nord-Süd-Rollbahn liegen darf, mit einem riesigen Kreidekreuz zu versehen.«

»Hat denn das Schiff auch das Problem der Überhitzung beim Eintritt in die Atmosphäre?«

»Nicht in dem Maße wie die Erdsatelliten mit ihren 28 000 km/h. Die Erde selbst bewegt sich auf ihrer Bahn mit circa 115 000 km/h; das Schiff gleicht sich dem an. Bei diesen Geschwindigkeiten im Sonnensystem – nur 1/8 000 der Maximalleistung – werden anstelle der Fusionsreaktoren die Ionentriebwerke zum Manövrieren benutzt, in der letzten Phase auch die Gastriebwerke. Wenn sich das Schiff parallel zur Erde mit gleicher Geschwindigkeit bewegt, kann es in die Atmosphäre eintauchen.

Bei diffiziler Steuerung der Schwerkraft wird es von der Erde angezogen und trifft nur auf den atmosphärischen Widerstand der sich mit der Erde drehenden Lufthülle.«

»Das sind aber auch etwa 1,5 Mach.«
»Die müssen dann mit den Gastriebwerken überwunden werden, die auch zum Ansteuern des Landepunktes dienen.«
»Und wie lang ist das Schiff?«
»Ich glaube, etwas über 500 Meter – wegen der gefährlichen Neutronenstrahlung der Fusionsreaktoren.«
»Nun, da hilft es wohl nur, das Schicksal zu beschwören, daß alles gut geht«, meinte der »fromme« Atheist.

Die Nachricht von der baldigen Landung des Großschiffes ging an die Leitung von Area 51, das UNO-Tana-Team und an Haman, der sich zur Zeit an Bord der »Luvisio« befand.

Die Scheibe schwebte schon in Wartestellung über Neu-Mexiko, und der Discus mit Haman befand sich im Raum zwischen Mondbahn und Erde, als die Mitteilung von Lacona eintraf. Bei der Steuerung der Schwerkraft hatte er in Erdnähe bemerkt, daß zwei der Aggregate nicht mit voller Leistung arbeiteten. Bei weiterer Annäherung und der Landung würde der Schiffskörper »hecklastig« sein. In der Endphase der Landung würde daher die geplante Sinkgeschwindigkeit von einem Meter je Sekunde nicht zu erreichen sein. Er würde sich daher als Landepunkt nicht festes Land, sondern eine Seefläche wünschen. Das Schiff sei schwimmfähig und könne sich mit eigener Schubkraft zu einem möglichst flachen Ufer bewegen.

Diese Landungswünsche teilte Ixman sofort der Leitung von Area 51 mit in der Hoffnung, von dort schnell Rat und Hilfe zu erlangen. Eine sehr energische Sekretärin hörte sich den Situationsbericht an und erklärte: »Das muß der Commander entscheiden – bleiben Sie am Apparat!«

Nach einer Minute meldete sich schon der Angesprochene: »Hill. Hallo Mister Ixman, wir hatten schon Kontakt, als Tana die Airbus-Affäre bis zur letzten Konsequenz in Den Haag klärte. Ich höre nun, daß Ihr Raumschiff technische Probleme hat und der Kapitän einen feuchten Landeplatz unserem Flugfeld hier vorzieht. Ich kann etwas Geeignetes am Golf von Mexiko anbieten, etwa 170 km nördlich Corpus Christi. Die Matagorda Bay ist vom Golf durch eine lange Nehrung getrennt und hat ruhiges Wasser. Wir hatten auf dem Festland dahinter ein Manövergelände für Landeübungen der Marineinfanterie. Der dazugehörende Flachstrand hat eine Länge von fünf Kilometern. Im hinteren Gelände stehen leere Gebäude und Baracken zu Ihrer Nutzung. Das Gelände gehört jetzt zu einem Luftstützpunkt in der Nähe. Ich werde veranlassen, daß von dort aus der Strandabschnitt durch zwei rote Leuchtfeuer markiert wird, die qualmen, also auch am Tage gut zu sehen sind.«

»Das ist ja exzellent, Commander.«

»Ich kenne die Navigationsmöglichkeiten Ihres Schiffes nicht, aber wenn es 28° nördlicher Breite ansteuern kann, wird es bei 96° westlicher Länge die Leuchtfeuer sehen können – klares Wetter vorausgesetzt. An der Landestelle werden für alle Fälle Feuerwehr und Sanitätspersonal vorhanden sein, außerdem Fahrzeuge für die sicher nach und nach aufgetauten Passagiere, die wir zum Luftstützpunkt und von dort hierher befördern werden. Hier lagern schon Kleidung und andere Ausrüstung.«

»Tolle Organisation aus dem Handgelenk. Wir danken im voraus, Commander.«

Das fanden auch Lacona und Haman, die sofort benachrichtigt wurden. Haman meinte noch, daß er nach Auffinden des Landeplatzes versuchen wolle, das Heck des Großraumschiffes zu unterstützen, da er zwei dieser Aggregate im Diskus habe, denn in der Landephase brauche Lacona keinen »Leithund« mehr, und Effman werde für den Greifer schon einen Ansatzpunkt finden; schließlich habe er schon einmal ein U-Boot angehoben.

Auch Uman sagte sofort zu, mit einer weiteren Scheibe zwei Tana-Ärzte mitzubringen, und ließ sich die GPS-Daten des Landeortes geben. Ebenso erhielt Kellmann mit seinem Team schon in Nevada die Order, als exklusiver Berichterstatter an den Golf zu kommen.

Zu der von Lacona genannten vorgesehenen Zeit der Landung schwebte Zetmans Scheibe östlich vom südlichen Grenzfeuer über der Bay. Beim Anflug hatte Ixman in der Mitte des Geländes, nur dreihundert Meter vom Strand entfernt, eine Reihe geparkter Wagen entdeckt, die am Weg zu den Gebäuden standen. Drei Feuerlöschfahrzeuge mit zwei Mannschaftswagen, deren Insassen in Gruppen herumstanden, fielen besonders ins Auge. Unter den anderen Wagen befanden sich mehrere Krankentransporter. Daneben war Uman mit seiner Scheibe gelandet.

Direkt zum Strand hatten sich jetzt einige Männer mit einem Geländefahrzeug begeben, auf dem Aufnahmegeräte installiert waren. Sicher handelte es sich um Kellmann mit seinem Team.

Bei klarem Wetter spähte Ixman in den wolkenlosen tiefblauen Himmel. Die Rauchfahne des Leuchtfeuers zerfaserte im Blau und trübte leicht die Sicht.

»Bruder, fliege etwas weiter zur Bay-Mitte, er wird ohnehin nicht am Strand wassern.« Nach einer Weile: »Jetzt kann ich am östlichen Himmel einen Strich erkennen – noch sehr hoch!«

Zetman schaute in die gewiesene Richtung und nickte zustimmend.

Plötzlich war Hamans Stimme im Empfänger: »Hallo, Brüder, wir haben die Leuchtfeuer entdeckt und sind im Anflug. Effman wird sich am Heck mit dem Diskusgreifer festklammern, habt ihr verstanden?«

»Wir sind über der Bay am südlichen Leuchtfeuer«, bestätigte Zetman die Mitteilung.

Nun war der Strich schon deutlich zu sehen und hatte Konturen. Nach einigen Minuten Beobachtung meinte Ixman: »Lacona kommt ziemlich schnell herunter – hoffentlich kann er sicher verzögern.«

»Bleib ruhig, Bruder, er ist ja Leiter der Raumfahrtschule«, erinnerte Zetman, fand aber auch, daß die grausilberne Zigarre recht schnell größer wurde. Jetzt war schon der Diskus am Heck zu erkennen, der wie ein Leitwerk wirkte.

»Lacona ahnte wohl schon im Ansatz, daß ihn Mutter Erde kräftig zur Brust nehmen würde und wünschte sich daher einen nachgiebigen Landeplatz.«

Inzwischen war das Raumschiff auf tausend Meter abgesunken und imponierte mit seiner einmaligen Größe am Erdenhimmel. Es schien seinen Abstieg nun stark zu verzögern, um etwa zwei Kilometer vom Ufer die Wasserfläche zu erreichen.

»Die Sinkgeschwindigkeit ist sicher höher als berechnet«, sagte Ixman noch – dann kamen die letzten Meter, und mit Donnergetöse erfolgte der Aufschlag. Beidseitig stieg fast auf der ganzen Länge eine Wasserwand von mehreren Metern hoch, und Wellen, die wohl die Bay noch nicht erlebt hatte, breiteten sich nach beiden Seiten aus.

Aber das Schiff schwamm, und als die Schubtriebwerke donnernd zu arbeiten begannen, bewegte es sich mit Bugwelle dem Ufer zu.

Den Landevorgang hatte Ixman für TTS aufgenommen und mußte jetzt lachen, als er sah, wie der Aufnahmewagen vor dem drohend heranschäumenden Bug zur Seite flüchten mußte. Und dann schob sich das Schiff mit Hilfe seiner Schwerkraftaggregate über zweihundert Meter auf das Festland. Als Ixman das sah, fürchtete er schon, daß der Bug die Fahrzeuge erreichen würde. Die Menschen, die dem grandiosen Ereignis fasziniert zugeschaut hatten, stürzten flüchtend zu Seite.

Zetman hatte sofort Kurs aufs Festland genommen und landete neben der Bugspitze, wo er den Ausstieg vermutete. Über aufgeworfene Erde ging Ixman auf den Rumpf zu. Auch Uman mit den Tana-Ärzten war herangekommen. Eine Klappe hob sich, eine Leiter wurde ausgefahren.

Mit ernstem Gesicht, das gar nicht zu der geglückten Landung passen wollte, stieg Lacona die Leiter herab und ergriff die ihm freudig gereichten Hände. Er wischte sich mit einem Tuch über die Augen und sagte in die erwartungsvolle Stille: »Es war keine gute Fahrt. Viele haben sie nicht überlebt. Das Schicksal hat im Weltraum Tribut gefordert.«

Der Commander der Einsatzkräfte war herangekommen und hatte die Worte Laconas zwar gehört, aber nicht verstanden, da er Tana gesprochen hatte. Als er hörte, worum es sich handelte, bat er die Herren in eines der Gebäude, um alle Hilfsmaßnahmen zu besprechen.

Dort schilderte Lacona, daß sich durch Reibung an einer Materiewolke das Schiff erwärmt habe und die in den Außenzellen gelagerten Tanaer nach Auftauen erwachten, dann aber aus Mangel an Atemluft erstickten.

»Doch auch mit Atmung wären sie nicht zu retten gewesen. Der Erfrierungstod hätte sie bei erneuter Abkühlung getroffen, denn wir waren ja im Weltraum«, fügte er zum Verständnis hinzu.

»Mit wie vielen Toten müssen wir denn rechnen?« fragte der Commander.

»Es werden wohl fast zweitausend sein. Es waren alles Freiwillige, die sich für diesen ersten Flug gemeldet hatten. Und wir können nur hoffen, daß unser schiffsinternes Auftauprinzip für die anderen 1 800 einwandfrei funktioniert – wir konnten es auf Tana nicht erproben.«

Seinen Worten folgte ein langes Schweigen, bis Ixman das Wort ergriff: »Ihr habt recht, Lacona, das Schicksal hat es gefordert – und erhalten. Ich schlage vor, unsere Toten auf Hawaii im Mauna Loa zu bestatten.«

»Um Himmels willen, das ist ja ein tätiger Vulkan«, fuhr der Commander entsetzt hoch.

»Gewiß – das ist bei uns üblich. Auf der Erde werden die Toten auch vielfach verbrannt – zum Teil im Gasofen – und dann beerdigt. Das ist nichts anderes. Weiter leben die Toten allein in der Erinnerung. Bei dieser Anzahl würde ich an zwei Luftschiffe für die Bestattung denken.«

Der Commander war etwas blaß, als er antwortete: »Ich werde sie natürlich ordern zum Zeitpunkt, den Sie bestimmen. Die Schwierigkeit wird sein, zwei Kapitäne zu finden, die keine überzeugten Christen sind.«

»Sagen Sie Ihnen, andere Kapitäne müssen ihre Toten im Meer bestatten. Das ist weder hygienisch noch ökologisch einwandfrei, wurde aber in den menschlichen Seekriegen beim Versenken tausendfach auch von Christen bedenkenlos ohne religiöse Handlungen praktiziert.«

Am Schluß der Runde lag alles klar. Lacona mußte seine Auftauanlage in Betrieb setzen, und die Erwachten würden nach Area 51 überführt werden. Das Uman-Team blieb zur Hilfe beim Raumschiff.

* * *

Den Tag darauf startete im Morgengrauen auf Jamaika eine vierstrahlige Boeing von einer vorderasiatischen Gesellschaft, die zum Auftanken ohne Passagiere gelandet war und wegen Unpäßlichkeit des Piloten, wie man verlauten ließ, einen Aufenthalt einlegte.

Vier Stunden später bemerkte Effman im Diskus aus einer Höhe von fast fünf Kilometern einen großen Flieger, der aus Süden von Corpus Christi her der Strandlinie des Golfs folgte. Seine Geschwindigkeit für eine vierstrahlige Maschine war auffällig gering, wie offenbar auch seine Flughöhe.

»Hallo, Bruder«, rief er Zetman an, »da kommt etwas Auffälliges in unsere Nähe längs der Strandlinie zum Golf, SEA steht auf den Tragflächen, vierstrahlig. Jetzt ist er gleich in unserer Höhe – starte mal schon und sieh dir den Vogel an. Er fliegt sehr niedrig, ich kann keinen Schatten ausmachen.«

»Ich bin mit Ixman schon über der Bay – ja, tatsächlich, der fliegt extrem niedrig und langsam, als ob er etwas sucht. Wir werden uns hinter ihn setzen.«

Nach einigen Minuten gewann der Flieger an Geschwindigkeit und Höhe, um eine Rechtskurve einzuleiten. Zu Zetmans Erstaunen vollführte er eine komplette Kehre über dem Golf und verfolgte seinen Kurs rückwärts, aber diesmal auf der

Strandlinie der Bay am Festland – und da war Zetman auch schon hinter ihm und flog dicht auf.

»Bruder, der hat unser Raumschiff im Visier. Gleichgültig, was er plant, versuche, ihn weiter ins Festland zu ziehen.«

»Ich docke schon an. Ziemlich große Kiste – hoffentlich reicht unsere Kraft.«

Da kam die »Raumzigarre« schon in Sicht.

»Ein Bomber ist es nicht, er wird sie rammen wollen, zieh ihn hoch«, empfahl Ixman.

»Schon dabei.« Und da strichen sie auch schon fünfzig Meter über das Raumschiff hinweg.

»Seine Triebwerke beginnen, infolge mangelnder Treibstoffzufuhr auszusetzen. Ich werde versuchen, ihn bis zum Flugfeld zu lotsen.«

»Hoffentlich reicht es, sonst steht er in dem Gelände Kopf. In seiner Kanzel werden sie fluchen, daß sie noch nicht im Paradies sind.«

»Meinst Du, daß es Muslime sind?«

»Sicher, es sind verblendete Gläubige. Früher machten auch Japaner solch Harakiri, aber diese sind heute kühle Geschäftsleute, die sich nur an der Börse schlachten.«

Die Landung auf dem Flugfeld war etwas unsanft, aber dafür in der Nähe der Verwaltung, aus der schon bei der Annäherung Uniformierte herausgelaufen waren. Zetman löste die Scheibe ab und landete daneben. Ein Spezialjeep mit Leiter kam heran und dockte sie bei der Kabinentür an.

Es dauerte eine ganze Weile, bis sich diese öffnete. Dafür kamen die drei Männer auch mit Handgepäck heraus, weil sie wohl schon damit rechneten, daß ihre Reise hier zu Ende sein würde. Sie waren in Dunkelblau gekleidet, ohne Rangabzeichen, zwei Jüngere und ein älterer Pilot.

Auf Ixmans Bitte geleiteten sie die Soldaten ins Gebäude. Er selbst rief General Hill an und bat um die Erlaubnis, die Männer verhören zu dürfen.

Nachdem Hill die ganze Situation übersah, meinte er: »Wir

werden die drei als Ihre Gefangenen betrachten. Tana war das Ziel und hat zugegriffen. Unsere Militärjustiz kann alles nur aufbauschen. Wenn die Medien später davon erfahren, werden wir erklären, daß Tana die Täter zur Klärung auf seine Stützpunkte verbracht hat.« Dann unterrichtete Hill noch die Stützpunktbesatzung von seiner Entscheidung, die Ixman einen Raum zum Verhör zur Verfügung stellte.

Ixman bat zuerst den Älteren, der sich mit Solmani vorstellte, zu sich herein. Er hatte das Auftreten eines welterfahrenen Mannes und lächelte verbindlich, als ihm ein Stuhl angeboten wurde.

Auf Befragen erfuhr Ixman, daß er in Teheran geboren, aber in England aufgewachsen war. Nach dem Militärdienst bei den Fliegern wäre er zur Pan Am gegangen und zehn Jahre lang auf den nordatlantischen Strecken geflogen. Nach dem Terroranschlag in New York hätte man die nichtamerikanischen Moslems als Sicherheitsrisiko betrachtet und sich von ihnen getrennt. Daraufhin wäre er bei der staatlichen Iran Air bis vor zwei Jahren asiatische Stecken auf Boeings geflogen. Bei einer Routineuntersuchung auf neue Art durch Tomographie wäre ein Tumor im Gehirn festgestellt worden, der eine Weiterbeschäftigung als Pilot nicht erlauben würde. Zum gleichen Zeitpunkt habe sein Sohn mit seiner Frau einen Autounfall gehabt, der für beide tödlich verlaufen sei.

»In dieser Situation sprach mich eine islamistische Organisation an, die sich Al Kifah nannte, ob ich für sie fliegen würde, denn ich hätte durch meinen Tumor ohnehin keine lange Lebenserwartung mehr. Ich sagte schließlich zu, wenn durch meinen Einsatz keine Menschen sterben müßten. Etwas später erhielt ich eine Aufforderung zum Einsatz mit einem MIG-Kampfflugzeug, die ich mangels Ausbildung ablehnen konnte.«

»Und diese Tour nach Texas konnten Sie nicht ausschlagen?«

»Schlecht, denn ich sollte nur von Damaskus bis zur Karibik fliegen, weil der Co-Pilot keine Langstreckenerfahrung habe. Auf Jamaika erklärte er mir, er könne mich nicht laufen lassen, weil dann der Plan gefährdet sei – dabei kannte ich den Plan gar nicht.«

Ein Blick in seine hellbraunen Augen überzeugte Ixman, daß er die Wahrheit sprach. Man hatte sich seiner bedient, als Mittel zum Zweck.

»Kannten Sie Ihre beiden Kollegen schon vor dem Flug?«

»Nein, ich habe Abdullah und den kleinen Ali – so nannten sie sich – erst in Damaskus getroffen.«

»Und in Jamaika waren Sie nicht ›an Land‹ gewesen?«

»Nein, die beiden hatten die Schlüssel – und eine Waffe.«

»Was hat Abdullah denn heute morgen veranlaßt zu starten?«

»Er bekam gestern abend auf seinem Handapparat einen Anruf. Er sagte nur immer ›Yes, Sir‹ ohne Rückfrage. Wahrscheinlich mußte er deshalb umkehren, denn weil er niedrig flog, hatte er wohl sein Ziel übersehen, das er dann nicht mehr ansteuern konnte, weil das Höhensteuer versagte.«

»Tja, man muß wissen, mit wem man es zu tun hat«, lächelte Ixman und rief dann Uman an: »Zetman hat dich sicher über unser Match unterrichtet. Ich habe nun einen Piloten der Kamikazemaschine hier, der mit ins Paradies sollte. Er mußte seine Stellung bei der Iran Air aufgeben wegen eines Tumors im Gehirn. Bruder, Du kennst doch die Leitung der Mayo-Klinik, flieg doch mit ihm mal rüber und lasse klären, ob die Geschwulst operabel ist. Du kannst Mr. Solmani hier bei mir in dem Verwaltungsgebäude abholen. Bis gleich dann.«

Inzwischen wollte Ixman noch wissen, wie er mit der Terrororganisation in Verbindung gestanden habe.

»Nur über Handtelefon. Ich bekam durch die Post ein Gerät zugesandt, das ich ständig in Betrieb halten mußte. Etwa alle drei Tage rief jemand an und erkundigte sich nach meinem Befinden.«

»Echte Fürsorge am Delinquenten«, lachte Ixman. »Die Mayo-Klinik ist übrigens die bekannteste medizinische Institution der USA – zu einer Operation können Sie immer noch ›Nein‹ sagen.«

»Ich empfinde Ihre Vermittlung als unverdient«, entgegnete Solmani.
Es waren kurze Worte vor der Tür zu hören, dann trat Uman schon ein und nahm seinen Passagier in Empfang. Als Ixman mit den beiden vor die Tür trat, sah er Abdullah und Ali in Handschellen.
»Sie wollten über die Toilette türmen«, erklärte dazu ein Sergeant und überreichte die Schlüssel.
»Nehmen Sie ihnen auch bitte die Waffen, die Handapparate und die Flugzeugschlüssel ab.«
Der Sergeant zog die Augenbrauen erstaunt hoch, tastete sie dann ab und förderte das Genannte zutage, begleitet von den haßerfüllten Blicken der beiden.
Ohne eine Antwort zu erwarten, fragte Ixman Abdullah, von wem er gestern abend den Anruf zum Start aus Jamaika erhalten habe, doch der streckte ihm nur die Zunge heraus. So bat er den Sergeanten, die beiden zur Scheibe bringen zu lassen, begleitet mit der Bemerkung: »Wir sprechen uns später.«
Die »Lavia« lag im Mittelatlantik und war in drei Stunden zu erreichen.
Die beiden Terroristen überstanden den Flug fixiert im Liegesessel. Beim Umsteigen auf den Stützpunkt mußte Abdullah hart angefaßt werden, bis Professor Neuberg und Traven ihn unter der Haube zur Ruhe bringen konnten. Ali hingegen gab sich friedlich.
Das Verhör führte Ixman in Arabisch, und Professor Neuberg notierte die übersetzten Antworten in Englisch. Abdullah war im Süden des Irak geboren, 38 Jahre alt, in Somalia zum Piloten ausgebildet und als Co-Pilot auf ostafrikanischen Strecken eingesetzt worden. Er ging wieder in den Irak, bekam mit seiner Ausbildung aber keine Stellung, sondern das Angebot für Terrorflüge, das er annahm. Als Bezugsperson wurde ihm Osama ben Omar, ein Friseur in Al Faw, zugeteilt, der einen Salon am Fischmarkt des kleinen Ortes am Golf betrieb, nahe der Grenze

zum Iran. Auf die Frage, an wen er glaube, nannte er Allah, Mohammed, den Koran und das Paradies.

Prof. Neuberg zog die Augenbrauen hoch: »Er hat ja nun keinen Glauben mehr.«

»Wir kommen auch ohne aus«, war die harte Antwort.

Traven führte den etwas Benommenen in einen Gästeraum und schloß ihn ein.

Die Prozedur mit Ali war kurz. Er war arbeitslos in Al Faw gewesen, und Osama hatte ihn angeworben, als er vom Militär entlassen worden war. Er glaube an das Paradies, und da wäre ihm der Tod schon recht gewesen. Woran er außer Allah noch glaube, war Ixmans weitere Frage. An den Koran und Mohammed, war die Antwort. Das war schon das Ende. Traven brachte ihn in ein anderes Gästezimmer.

»Na, dem Burschen haben Sie wenigstens den Allah gelassen«, meinte Neuberg.

»Er war nur ein billiger, von seiner Religion verführter Helfer und nicht renitent.«

»Wir haben nun über Haman erfahren, was in Texas abgelaufen ist. Nicht auszudenken, wenn das gelungen wäre.«

»Ich werde Abdullah das morgen früh klarmachen, wenn er wieder denken kann und sich über seine Gedächtnislücken beschwert.«

Der Handapparat von Ixman meldete sich. »Hallo Bruder – du hast schon ein Ergebnis?«

»Ein gutes«, erwiderte Uman, »er hat ein Meningeom im Keilbeinflügel, nußgroß, wenn überhaupt noch, dann langsam wachsend und operabel. Weißt du, Bruder, Solmani ist ein patenter Mensch, ohne Familie, spricht sechs Sprachen. Ich möchte ihn auf die ›Luvisio‹ mitnehmen und habe mir die Tomographieaufnahmen mitgeben lassen. Wir haben selbst solch ein Gerät und können überwachen, ob der Tumor wächst.«

»Zu deiner Neuerwerbung gratuliere ich.«

»Es gibt noch mehr Neues. Du hast zum Glück der Verwaltung die Flugzeugschlüssel belassen. Da Solmani meinte, allein mit dem Flugtreibstoff wäre es kein verheerender Schlag gewesen, so haben wir den großen Gepäckraum geöffnet – und da lagerten mindestens 300 Kilogramm Sprengstoff mit einem Druckzünder oder etwas ähnlichem.«

»Nicht zu glauben – bitte General Hill um Sicherstellung samt Flugzeug.«

Morgens wollte er Abdullah noch einmal zur Rede stellen, aber da hing dieser tot am Verschluß des Bullauges. In einer Schublade hatte er wohl eine elektrische Verlängerungsschnur gefunden.

»Nach der Hölle habe ich ihn nicht gefragt – dahin hat er den Weg selbst gefunden«, sagte Ixman mit einem Schulterzucken und dem Gedanken an den geplanten Massenmord.

Das Auftauen und Wiedererwecken der Überführten verlief wie geplant. Täglich konnten bis zu fünfhundert »mobilisiert« werden. In den engen Zellen eingebaute Elektrik stimulierte Muskeln und Gelenke, so daß sich die Erwachten nach ihrer Befreiung aus der Zelle auf den eigenen Beinen ohne Hilfe bewegen konnten. Durch Infusionen und Spezialnahrung waren sie nach einem Tag schon fähig, die Fahrt zum Flugplatz anzutreten, um nach Nevada geflogen zu werden.

Das Uman-Team beschäftigte sich schon mit den Toten in den Außenzellen. Ihr Kleinbesitz und die Personalpapiere lagerten in den Zellen außerhalb der Klarsichthülle, durch welche die wie vereist wirkenden offenen Augen erkennbar waren. Die Gesichter wirkten nicht verkrampft gegen Ersticken; vermutlich waren die Muskeln nicht bewegungsfähig gewesen, und der Tiefschlaf ist unmerklich in den Tod übergegangen. Anhand der Personalien und der Überführungsliste erkannte Uman, daß es unter ihnen zahlreiche Paare gab. Der Besitz war also nicht an Partner zu übergeben, sondern nur für Angehörige zu bewahren.

Nachdem sich das Wiedererwecken eingespielt hatte, übergab Lacona die Leitung an den Konstrukteur und flog mit einem

Transport nach Nevada. Der Besuch war den Militärs angekündigt worden, und sie hatten ein Dutzend Medien verständigt, damit sie mit je einem Vertreter erscheinen konnten. Zur schon dringend erwarteten Pressekonferenz kamen nur die Chefredakteure, zu denen sich Kellmann und der Leiter des UNO-Tana-Teams gesellten. Außer drei hohen Offizieren der Gastgeber stand noch ein Aufnahmeteam von TTS dezent im Hintergrund.

General Hill begrüßte die Gäste und meinte einleitend, noch nie wäre eine echte Weltraumfahrt gegenüber Medien von einem Experten dieser »Verkehrsgattung« geschildert worden. Dann bat er Lacona ans Pult.

Zuerst wies dieser darauf hin, daß es sich bei der Raumfahrt von Tana nicht um die Befriedigung der Neugier von Wissenschaftlern handle, sondern um eine Möglichkeit zu überleben, wie es den Menschen in einer endlichen Zeit auch bevorstehen könnte, ohne Ausweichmöglichkeit im eigenen Sonnensystem – und Tana als wohl erdnächster Planet fällt morgen schon aus.

Die Weltraumfahrt sei ein Zusammenwirken von physikalischer Technik und biologischer Medizin – Wissen, das Tana von einer dort gestrandeten Hochzivilisation geerbt hätte, so wie die Menschen es von Tana erben werden, nicht weil diese sterben, sondern bei ihnen leben wollen.

»Die Unternehmung, von der ich sprechen werde, war eine Versuchsfahrt mit einem Riesenschiff für maximal 50 000 Passagiere, die sich im Kältetiefschlaf in einer Klarsichthülle mit Gasatmosphäre in Einzelzellen befinden. Für das Aufwecken ist zentral steuerbare Heizung und Belüftung vorhanden.

Zu dieser ersten Fahrt mit solchem Schiff, das nur für eine Fahrt konstruktiv geplant war, wollten wir kein volles Risiko eingehen und hatten um 20 000 Freiwillige für die Übersiedlung gebeten. Hinzu kamen zehn Absolventen der Raumfahrtschule und der Chefkonstrukteur, der für die Folgefabrikation notwendige Änderungen erkennen sollte. Nachdem die Passagiere einer vorbereitenden medizinischen Behandlung unterzogen und dann in Kältetiefschlaf versetzt worden waren, starteten wir.«

Dem Fehlgriff eines etwas zu früh erfolgten Startes beim tangentialen Abschwung aus der Umlaufbahn von Tana maß er weniger Gewicht in der Schilderung der Startphase bei, als dem zu späten Erkennen des Fehlkurses nach Einsetzen der Beschleunigung. Er sah den Grund dafür in der abgespeckten Instrumentausstattung für das Einmal-Schiff. Aufgrund des Startfehlers war von der Automatik Altair anstelle der viel kleineren Sonne als Zielpunkt angesprochen worden. Bei der notwendigen Kurskorrektur durch vorsichtige Drosselung einer der vier Fusionsreaktoren ließ sich dieser ein Halbjahr nach der Leistungsminderung nicht wieder hochfahren, so daß der gegenüberliegende auch gedrosselt werden mußte.

Vermutlich infolge des Umweges geriet das Schiff in Berührung mit einer Wolke interstellaren Staubes, denn es sei im Leitraum ein leises Singen in hohem Ton hörbar geworden, das von einer zunehmenden Temperatur im Raum begleitet gewesen sei, die schließlich eine für Lebewesen fast unerträgliche Höhe erreicht hätte.

In dieser Phase habe es den Einschlag eines kleinen Steinmeteoriten – verirrt im Weltraum – von sicher nur Fingerkuppengröße gegeben, der aber, durch den Aufschlag zerstäubt, einem der Männer von der Lehrgruppe den halben Brustkorb weggerissen hätte. Nachdem das Singen nach wohl drei Stunden wieder verstummt sei, habe einer der Männer festgestellt, daß die Außenhaut über Kochtemperatur erhitzt worden war. Bei einer kurzen Inspektion zweier Außenzellen sei bemerkt worden, daß die Passagiere mit offenen Augen in den Klarsichthüllen lagen. Die Gedanken an das ganze Ausmaß des Desasters hätten alle für den weiteren Verlauf der Fahrt belastet, denn es wäre klar gewesen, daß alle Außenzellen – fast zweitausend – davon betroffen worden waren.

Bei Annäherung an das Sonnensystem wäre man darauf bedacht gewesen, Saturn und Jupiter wegen ihrer Masse und eigener begrenzter Schwerkraftentlastung nicht zu nahe zu kommen. Nicht nur dem Asteroidengürtel, sondern auch der

Erosbahn wäre weiträumig ausgewichen worden, da man der schnellen Steuerbarkeit des Riesenschiffes nach der Startkorrektur nicht mehr voll vertraut habe.

»Bei Annäherung an die Erde zeigte sich dann eine Schwäche in der Schwerkraftentlastung. Da uns die Erdmasse bekannt war, müssen wir einen Berechnungsfehler ausschließen. Vermutlich war ein Schaden der Aggregate durch die nicht planmäßige Erhitzung oder das Eindringen interstellaren Staubes die Ursache.

Die schnelle Umdisposition des Landeplatzes durch die Leitung von Area 51 war dann eine großartige Hilfe, vielleicht die Rettung vor weiteren Verlusten an Passagieren. Auch die Richtungshilfe beim Anfliegen und die Entlastung des Hecks durch den Diskus waren sehr hilfreich.

Nach all diesen Erfahrungen mit dieser Gigantomanie im Schiffbau werden wir wohl zum Entschluß kommen, daß kleinere Schiffe das Risiko minimieren. Wir denken auch an einen Ausbau der Mondbasis, damit die Schiffe dort landen, aber infolge geringer Mondmasse auch starten können und so wiederverwendbar werden, denn auch die Masse von Tana ist durch anderen inneren Aufbau wesentlich geringer als die der Erde.

Ich hoffe, Ihnen einen Einblick in unsere ›Verkehrstechnik‹ gegeben zu haben, und werde gern zweifellos verbleibende Fragen zu beantworten versuchen. Ich danke Ihnen für das Zuhören.«

Nach einem kräftigen Beifall kam schon die erste Frage: »Das Raumschiff hatte ja wohl fast Lichtgeschwindigkeit, als der Meteor einschlug. Wie haben Sie das Leck abgedichtet?«

»Die Außenhaut hat an den wichtigen Abschnitten eine elastische Innenschicht, die sich nach dem Durchschlag sofort schließt. Denken Sie an die Treibstofftanks Ihrer Kriegsflugzeuge.«

»Müssen Sie nicht ständig mit Staubwolken im Weltraum rechnen?«

»Sicher, Staub und Gasmoleküle gibt es überall im Raum. Nun

befinden wir uns nicht im Sagittarius-Arm unserer Galaxis – dazu gehört das Stück, das wir als Milchstraße sehen – sondern in der lokalen Blase, ein Begriff in Ihrer Spezialliteratur, die mit Sternen verhältnismäßig schwach besetzt ist und sich im Bereich eines Seitenarmes befindet. Sie durchmißt etwa 300 Lichtjahre, und ihre Ränder sind von Gas- und Staubwolken gesäumt. Fast mittig gibt es eine kleine Sterneninsel mit Wega, Alpha Centauri, Formalhaut, Altair, Arktur sowie Sonne und unseren Tana-Strahlstern. In diesem Jahrhundert, so hat man festgestellt, zieht eine Gaswolke, als lokale Flocke bezeichnet, daran vorbei. Bei unseren bisherigen Flügen haben wir nur Gas angetroffen, das wir ja für unsere Fusionsreaktoren, also zum Antrieb, benötigen. Durch unseren Umweg mußten wir akzeptieren, daß es in der Wolke auch dichtere Bereiche oder interstellaren Staub gibt. Unser Konstrukteur plant eine noch schlankere Form und den Wegfall der außen liegenden Zellen für Passagiere.«

»Eine Frage, die vielleicht nicht direkt zum Thema gehört – aber wodurch ist diese lokale Blase denn entstanden?«

»Tja, ein Problem für die Astronomie ist der Beweis – wenn er sich nicht fotografieren läßt, denn im Labor ist nur wenig darstellbar. So bleibt für die schwach bestirnte Blase nur die Vermutung, daß die Explosion einer Supernova den Raum durch Druckwellen geleert hat. Nun dürfen Sie aber nicht fragen, warum das geschehen ist – da muß die Astronomie passen. Über Urknall oder schwarzes Loch haben Männer wie Einstein und Hawkins nachgedacht, aber offenbar haben die von einer Allmacht – auch eine Annahme als Gegenpart zum Chaos – geschaffenen Gehirne der Lebewesen Grenzen für die Erkenntnis.«

»Zu dem Meteorunfall: Hatten Sie einen Arzt an Bord?«

»Nein, jeder ist im Helfen ausgebildet. Da wir für den Weltraum biologisch konstruiert und geklont wurden, kommen Körperfehlfunktionen praktisch nicht vor. Bei dem Unfall war der Mann sofort tot. Seine Leibesteile hafteten an den Wänden – ein schlimmes Erleben für uns alle.«

»Für Fusionsreaktoren benötigt man nach irdischen Erfahrungen Deuterium und Tritium. Wie erhalten Sie diese auf langen Fahrten?«

»Dazu noch Lithium, um den überschweren Wasserstoff herzustellen. Die beiden Wasserstoffvarianten bilden sich auch unter Einwirkung von Strahlung, die es im Weltraum überall gibt. Da die Varianten nur fein verteilt vorhanden sind, hat man mehr Angebot, je schneller man sich bewegt – ein Grund für die langsame Beschleunigung der Schiffe. Wie unsere Ingenieure das erreicht haben, werden Ihre Leute sicher erkennen, wenn sie das gelandete Schiff inspizieren. Es ist Spezialwissen, nicht geheim – und wir können Ihre Asylbereitschaft doch nur mit Wissen vergelten.«

Herzlicher Beifall von allen Teilnehmern – das gab es bisher selten.

»Wie ist man denn in Tana zur Akzeptanz dieser Grenzen gekommen. Aus Sicht der Wissenschaft wäre das ein Stillstand, Tolerierung eines Status quo.«

»In frühen Zeiten, als wir noch 50 Millionen Seelen zählten, gab es auch Wissenschaft als Selbstzweck – und das ist die Astronomie heute. Neue, vage Erkenntnisse in Fachzeitschriften genügen nur dem Ehrgeiz und dem Ansehen – ein praktischer Wert fehlt, wenn man nicht die Befriedigung von Neugier dazu zählt. Welchen Wert hat die Theorie vom Urknall? Ein Aufschneider macht vielleicht aus einer Mücke einen Elefanten, aber die Astrophysiker wollen aus einem Sandkorn ein Weltsystem entwickeln – es fehlt ihnen dazu nur noch die Weltformel, von der sie träumen.

Träumen konnten wir uns auf Tana nicht erlauben, wir mußten die Raumfahrt entwickeln, um uns von unserem Planeten retten zu können. Dazu brauchen wir kein Hubble-Teleskop im Orbit, denn unsere begrenzte Wirtschaftskraft mußte auf Reales ausgerichtet werden – aber ich habe trotzdem mit Interesse und Bewunderung die farbenprächtigen Fotos von Galaxien am Rande des Weltraumes betrachtet – wie Bilder von Picasso.

Einen Afrikaner in der Sahel-Zone würden diese nicht einmal so interessieren wie eine Schüssel Hirse. Sie kostet nur einen Cent, die Weltraumforschung unzählige Millionen. Entschuldigung, daß ich hier soziale Bereiche berührt habe, aber nur bei Polarisierung erkennt man Kontraste, und der Verstand kann dann Brücken schlagen zum Ausgleich.«

Man applaudierte höflich, als er sich nach diesen Worten auf den Stuhl zu seiner Seite setzte und damit das Ende andeutete. Lacona hatte auch irdische Probleme angesprochen, deren Kenntnis man von ihm nicht erwartet hatte. Zugegeben – ein klarer Verstand, der Akzente setzte.

General Hill hatte sich zum Schlußwort erhoben: »Unseren Dank, Mr. Lacona, für Ihre Bereitschaft, eine Pressekonferenz zu geben, die über das vorgesehene Thema hinausgegangen ist und einen Einblick gegeben hat in die Gedankenwelt leitender Kreise von Tana. Als Soldat schätze ich pragmatisches Denken besonders, da es dem klaren Verstand folgt. Mit jeder weiteren Zuwanderung aus Tana sehe ich eine Renaissance Kant'scher Philosophie auf uns zukommen.«

»Wäre das nicht ein Rückschritt?« kam eine Stimme aus dem Teilnehmerkreis.

»Dagegen steht die Frage, was ist Fortschritt? Etwa der Weg ins vorgezeichnete Chaos, der negiert wird, weil er nicht in unser politisches und ökonomisches Klima paßt und unser kurzes Leben belasten würde?«

»General, Sie haben Tana-Thesen schon inhaliert«, schaltete sich ein New Yorker Redakteur ein, »aber weite Kreise, auch in unserem Land, verurteilen das Rezept, das Tana mit der Geburtenbeschränkung geboten hat; es wäre ethisch nicht zu vertreten.«

»Ethik ist volksspezifisch, aber kein Volk trat in einen ethisch motivierten Streik gegen Krieg. Es scheint also noch höhere Werte als Ethik zu geben. Als einen solchen sehe ich die verstandesmäßige Abkehr vom Weg ins Chaos an. China als älteste Hochkultur der Erde ist heute willens, dem zu folgen.«

»Ihre Aussage entspricht aber nicht der politischen Linie aller Demokratien hinsichtlich der Wahrung von Menschenrechten in China«, gab ein Redakteur aus Washington zu bedenken.

»Sicher haben Sie recht, aber Politik hat für mich nur selten etwas mit Verstand zu tun, und Demokratie gibt es beim Militär ohnehin nicht. Vielleicht ist das der Grund meines Verständnisses für die Chinesen.«

Ein Redakteur aus Chikago meinte, daß dieser Dialog wohl nicht mehr zum Interview gehört habe, ob man aber trotzdem im Leitartikel darüber berichten könne.

»Selbstverständlich, wenn Sie sachlich bleiben. Unserem zum vierten Mal gewählten Präsidenten entsprechen meine Gedanken bestimmt, denn er hat Tana geholfen, den Krieg zu ächten.«

Lacona hatte dem Disput lächelnd zugehört und verabschiedete sich vom Gastgeber besonders herzlich. Beim Aufbruch kam Tilasi, der Sprecher des UNO-Teams, auf ihn zu.

* * *

»Ta Talamo, Mr. Lacona, es ist gut, daß wir uns hier schon treffen, mein Name ist Tilasi, Sprecher der UN. Wir waren tief betroffen von dem Schicksal der fast zweitausend zum Tode Erwachten. Ihr wollt sie auf Hawaii bestatten?«

»Mauna Loa und Kea sind die höchsten Berge der Erde, vom Meeresgrund gerechnet – eine würdige Stätte des Gedenkens. Für die lebend Eingetroffenen habt Ihr schon die Verteilung programmiert?« sorgte sich Lacona.

»Die Mehrzahl bleibt in Nordamerika und wird mit den irdischen Verhältnissen vertraut gemacht und auch angelernt in Berufen, die besonderes Vertrauen erfordern wie Bankwesen, Kriminalpolizei und Schulwesen. Dann wollen wir unseren Beratern in allen Kleinstaaten mindestens zwei Kollegen zur Seite stellen, da besonders in Afrika die Korruption alltäglich ist und nur durch ständige Präsenz in den gutsituierten Kreisen einzudämmen sein wird. Alleinstehende Männer sind dafür besonders geeignet. Sie werden von ihrem Berater mit der Sprache und allen Eigenheiten des Landes bekanntgemacht. Ihr Lohn ist jeweils dem Standard des Landes angepaßt.«

»Wie ist es mit einem Wechsel der Beschäftigung oder einer Freizeitgestaltung?«

»Nach dem Einleben sind alle freier als auf Tana – ich möchte sagen, wie ein Fisch im Wasser. Man wird sicher Vereine gründen, wir werden Reisen veranstalten, um die Erde kennenzulernen, es wird viel Sport getrieben werden. Unsere schnelle Reaktion ist da sehr gefragt, und mancher wird sein Geld vielleicht als Torhüter beim Fußball verdienen. Und nicht wenige werden irdische Frauen heiraten, wie es zwei unserer Kundschafter vorgemacht haben, die Vater geworden sind. Es braucht also niemand Furcht vor dem Aussterben zu haben.«

»Wie steht es mit der Sicherheit? Auf der Erde gibt es doch noch Totschlag, Mord und Terrorismus.«

»Ja, leider. Wenn sich Aktionen allein gegen Tana richten, greifen unsere Kundschafter ein, die keinem Staat unterstehen und gegen die die Menschen machtlos sind. Sie haben schon vor der Öffentlichkeit und den Schranken des internationalen Gerichts für Verbrechen gegen die Menschheit einen Massenmörder in die vierte Dimension versetzt.«

»Es ist beruhigend, daß Ihr mir die Situation so eingehend geschildert habt. Nach Rückkehr zu Tana werden wir sicher danach gefragt werden.«

»Wegen des Umbaus der Mondbasis und der Neukonstruktion der Schiffe werden wohl Jahre vergehen bis zur nächsten Übersiedlung?«

»Bestimmt. Wir haben ja bis zum Abschluß der Überführung noch zweihundert Jahre Zeit – und die Erde auch, um ihre Attraktivität auf eine sichere Basis zu stellen.« Nach dieser Feststellung trennten sie sich.

**

Da es Ixman eilte, die Hintermänner und wenn möglich die Terrorzentrale aufzudecken, um weitere Aktivitäten zu unterbinden, wurde ein anderer Diskus in Begleitung einer weiteren Scheibe zur Sicherung des Entladeplatzes nach Texas geordert. Diese Entladung würde auch nach Einspielen aller Funktionen mindestens vier Wochen in Anspruch nehmen.

Die »Lavia« hatte inzwischen Kurs auf Marokko genommen, um einen weiten Anflug nach Arabien zu sparen.

Nachdem er gehört hatte, daß sein Kollege Selbstmord verübt hatte, fragte Ali, ob er nicht auf der »Lavia« als Mann für jede Arbeit bleiben könne. Kapitän Petrow musterte ihn kritisch und fragte, ob er bereit sei, richtig Englisch zu lernen. Ali nickte eifrig – und dann nickte auch Petrow.

So schwebte die Scheibe kurz darauf über Al Faw am Persischen Golf.

»Kleines Fischerstädtchen, da müßte sich der Barbier am Fischmarkt finden lassen«, stellte Ixman fest. »Zur iranischen Grenze hin verläuft ein Fahrweg. Bei sinkender Sonne kannst du mich dort absetzen.«

Und so geschah es. Mit arabischem Umhang, weißer Kappe und dunkler Brille lief Ixman auf die ersten Häuser zu. Nach zehn Minuten stand er auf einem Platz, der intensiv nach Fisch roch. Es war kaum jemand in den Gassen, und so betrat er einen Laden, vor dem billige Kleidung zum Verkauf hing. Eine alte Frau wies ihn hundert Schritt weiter zu Osamas Barbierstube. Es dunkelte schon, aber eine Leuchtröhre ließ hinter einer großen Scheibe eine saubere Einrichtung erkennen. Da der Raum leer war, trat er ein, wobei ein Glockenzeichen im hinteren Raum zu hören war. Es dauerte einige Augenblicke, bis der Barbier im weißen Kittel erschien, ihn begrüßte und auf dem Stuhl vor dem Spiegel Platz anbot.

Ixman blieb jedoch vor dem Weißkittel stehen, der um dreißig Jahre sein mochte, einen Kinnbart trug und dessen Augen ihn abschätzend prüften.

»Solmani und Ali lassen grüßen«, begann Ixman.

»Ich kenne keinen Solmani«, sagte er vorsichtig.

»Aber Ali ...«

»So heißen viele«, wich er aus.

»Er ist der, welcher mit Abdullah von Damaskus in die Karibik fliegen sollte.«

Das Gesicht des Barbiers war Abwehr. »Darf ich fragen, von wo Sie kommen?«

»Von weit her – von Tana«, erwiderte Ixman und nahm die Brille ab. Als sein Gegenüber in die gelben Augen sah, wich er zurück.

»Warum haben Sie Angst?« wollte Ixman wissen.

»Nicht vor Ihnen, aber daß man Sie bei mir sieht.« Er schloß die Tür ab und löschte das Licht. Dann bat er seinen Besucher in den hinteren Raum.

»Ich habe von meinem fanatischen Vater einen Job geerbt, den ich nicht wollte«, erklärte er dann dem erstaunten Ixman, »ich bin zum Endglied in einer Terrororganisation geworden. Ihr hat mein Vater schon gedient, als die Köpfe noch in Afghanistan saßen. Weil sie fürchteten, daß ich zuviel durch meinen Vater wußte, haben sie mich zur Mitarbeit genötigt.«

»Und nun fürchten Sie, daß eine Verbindung zu uns bekannt wird und die Terroristen dann mit Ihnen kurzen Prozeß machen.«

»Exactly – und hier wohnen nur Schiiten, deren Imam sauer ist, weil ich nicht in die Moschee komme.«

»Welchen Glauben haben Sie denn?«

»Ich habe ein englisches Buch über die Religionen gelesen – nun glaube ich gar nichts mehr. Irgendwas wird schon alles geschaffen haben, aber nicht die Götter der Religionen.«

»Woher haben Sie Ihre Englischkenntnisse?«

»Hier lebte ein alter Seemann, der hat mir den Grund beigebracht.«

»Und warum wandern Sie nicht aus? Friseure sind überall gefragt.«

»Man droht mir mit dem Tod, wenn ich die Position hier aufgebe.«

»Wo ist denn die Zentrale jetzt?«

»Sie scheint im Süden von Saudi-Arabien an der Grenze zum Jemen zu liegen. Im Ganzen ein unsicheres Gebiet, das keiner richtig beherrscht.«

»Und wie halten Sie Verbindung mit denen?«

»Die halten sie mit mir. Zu verschiedenen Zeiten, auf verschiedenen Kurzwellenfrequenzen muß ich meinen Apparat einschalten – dann senden sie oft nur eine Pro-forma-Frage nach dem Wetter oder eben die Nachricht, daß für Abdullah und Ali in Damaskus ein Flugzeug bereitsteht und noch ein Pilot hinzukommt.«

»Für die nächsten vier bis fünf Tage würden mich die Sendedaten interessieren«, meinte Ixman mit der Aussicht, dann nicht nachts danach herumsuchen zu müssen.

Osama hatte schon Papier und Stift zur Hand. Er schlug in einem abgegriffenen Heft gezielt eine Seite auf und übertrug die Daten.

»Hoffentlich können Sie das Volk ausschalten«, damit übergab er die Notizen.

»Der Abdullah hat sich übrigens aufgehängt, nachdem wir Ihre Adresse von ihm erfahren hatten. Die beiden anderen bleiben auf unseren Stützpunkten.«

»Können Sie dort nicht auch einen Friseur einstellen?« fragte Osama lächelnd.

»Das kann gut sein, aber zuerst wollen wir die Jemen-Bande abwickeln«, verabschiedete sich Ixman und wurde über die Hintertür herausgelassen.

»Bruder, ich war auf vieles gefaßt, aber nicht darauf, einen Freund unserer Sache zu finden«, waren die ersten Worte zu Zetman, als er zugestiegen war.

Nach kurzem Studium der Karte setzte er sich mit Haman in Verbindung, um das Fixieren des Terroristensenders abzusprechen, und bat, das Gespräch an Effman zu übergeben, da er ja den Standort ermitteln müßte.

»Hallo, Bruder, wir müssen einen KW-Sender ausfindig

machen, der vermutlich im Süden der arabischen Halbinsel im Gebirge liegt. Wir werden ihn also von zwei Positionen aus anpeilen müssen. Ich schlage vor, daß Haman über Massawa schwebt. Das findest du bei 16,5° nördlicher Breite und etwa 39° östlicher Länge. Wir werden als Standort die Hafenstadt Aden wählen. Wir geben dir dann unsere Empfangsrichtung durch, und du ermittelst dazu den GPS-Wert, den wir ansteuern müssen.«

»Auf welcher Frequenz senden sie denn – und durchgehend?«

»Ich funke dir einen Notizzettel zu, auf dem alle Sendedaten und Frequenzen ersichtlich sind, wenigstens für die nächsten fünf Tage.«

»Wie seid ihr denn dazu gekommen?« staunte Effman.

»Auch ein Terrornetz hat auf die Dauer Löcher wie eine getragene Socke, besonders, wenn Menschen genötigt werden. Wir werden ab morgen abend am Ort sein.« Dann gab er das Funkfax durch.

Haman meldete seinen Standort am Nachmittag zuvor schon als eingenommen. Um 10 p.m. sollte es schon die erste Sendung geben. So war es auch, aber die Sendezeit war für eine genaue Peilung zu kurz.

Am nächsten Tag sollte sich der Sender um 9 p.m. melden. Da die große Richtung schon bekannt war, ließ sich trotz kurzer Sendezeit die Richtung von Westen und Süden ausreichend genau festlegen. Nachdem Effman die errechnete GPS-Position durchgegeben hatte, schlug Ixman das Logbuch auf, blätterte etwas und meinte zum Bruder, daß sie schon dicht dabei gewesen wären.

»Als wir den Beiruter Bankier aus dem Loch holten. Scheint eine richtige Verbrechergegend zu sein.«

Inzwischen teilte Haman mit, daß sie auch über dem jemenitischen Bergland blieben, falls Hilfe notwendig wäre.

Bei Erreichen der GPS-Position am nächsten Tag lag unter ihnen ein weites Tal. So kamen alle Berge rundum als Sendeort in Betracht. Die Berge fielen zum Teil steil ab, waren aber auf den Süd- und Westflanken vielfach bis zur vollen Höhe bewachsen.

»Die werden ja mindestens einen kleinen Sendemast haben«, überlegte Zetman bei Betrachtung der Bergkuppen.

»Den sie einziehen können und nur bei Dunkelheit ausfahren«, ergänzte Ixman.

Zetman flog die Talrunde in einiger Höhe ab, und Ixman suchte mit dem Glas die Kuppen ab, was aber schon bei leichtem Bewuchs aussichtslos war. So flog er denn die talabgewandten Flanken der Berge ab. Sie entdeckten verschiedene Fußwege, aber auch einen schmalen Fahrweg, der dicht an einer Bergflanke vorbeiführte, wo er sich auf fast doppelte Breite erweiterte. Dieser Bereich zeigte zahlreiche Fahrspuren vom Rangieren. Die Bergseite war dicht bewachsen und nicht einzusehen.

Der gegenüberliegende Berg war nah und steil. Um nicht entdeckt zu werden, hielten sie sich über Kuppenhöhe, suchten aber mit dem Glas sorgfältig die Bergflanke ab – nicht ohne Erfolg. An drei Stellen schien Glas durch das Grün zu blitzen. An einer fast kahlen Stelle in Kuppennähe war über gut einen Meter ein Schlauch oder Rohr auszumachen.

»Das muß das Sendekabel sein«, war die Ansicht der Männer. Was tun?

»Fliege zur Kuppe hinüber, ich steige aus. Wenn die im Berg sitzen, sehen sie uns nicht«, war die Entscheidung Ixmans.

Nach Erreichen dieser Position ließ er sich am Seil drei Meter nach unten gleiten, stapfte hierhin und dorthin, dann hatte er entdeckt, was er suchte: die hochisolierte und abgeschirmte Sendeleitung und den Teleskopmast, keinen halben Meter aus dem Boden ragend.

Wieder an der Scheibe, überlegte er mit Zetman, wie diese Bergfestung zu erobern sei.

»Die haben nicht nur mindestens drei Fenster, sondern sicher mehr als einen Ausgang.«

»Was willst du mit den Verbrechern anfangen? Du weiß nicht, wieviel es sind«, gab Zetman zu bedenken. »In Afghanistan hatten die Amerikaner auch das Problem, sie aus dem Berg zu bekommen.«

»Gefangene können wir nicht machen, in den Berg traut sich die hiesige Polizei nicht rein, und wie sollen wir die hierher zum Einsatz bringen? Wir müßten sie ausräuchern und dann verfolgen.«

»Na, du hast ja schon einmal eine Gesellschaft mit etwas zu hoher Spannung bedient. Im Schwerkraftaggregat haben wir 30 000 Volt. Wenn wir die auf die Sendeanlage geben, fliegt sie auseinander.«

»Mann, Bruder, das ist die Lösung. Wenn die senden, brauchen sie ein mit Treibstoff betriebenes Stromaggregat, das dann auch die volle Spannung erhält. Wenn wir Glück – und die Pech – haben, entzündet sich der Treibstoff. Aber kommen wir denn an die Spannung heran?«

»Am Boden der Scheibe gibt es einen Steckkontakt, und im Werkzeugbereich muß eine zwanzig Meter lange Leitung liegen.«

»Großartig, wann senden sie denn heute?« Zetman schaute auf die Daten.

»17.30°°, paßt gut, da ist es noch richtig hell. So können wir sehen, wohin sie flüchten – wenn es so läuft, wie wir denken.«

»Heute ist hier wohl Feiertag, darum senden sie früher«, überlegte Ixman und machte sich daran, das Kabel zu suchen. Dann waren das wichtige Utensil und auch eine Klammer für den Mast gefunden. Das Endstück ließ sich gut mit dem Knebelgriff der Klammer kontaktieren.

Zwischendurch warf Zetman die Frage auf, ob die Terrorgruppe den Berg wohl selbst ausgebaut hätte.

»Sicher nicht, in vielen Kalksteinformationen gibt es Höhlen, oft mit Tropfsteinformen. Schon die ersten richtigen Menschen wohnten darin und haben mehrfach Malereien hinterlassen. Berühmt sind die in den Pyrenäen. Diese Wohnhöhle hier ist bestimmt von anderen übernommen und ausgebaut worden mit moderner Technik – wie dem Funkmast.«

»Und der Fahrweg?«

»Ist sicher erweitert worden, denn früher war es wohl nur ein Weg am Hang entlang für Esel und andere Tragtiere. Auf der Talseite fällt der Berg steil zu einem Bachbett ab«, entgegnete Ixman, der die Situation übersehen konnte.

Schon eine halbe Stunde vor der Zeit war ein leises Motorengeräusch zu vernehmen. Langsam schob sich der Sendemast zwei Meter aus dem Boden heraus. Man hatte die Scheibe also offenbar nicht beim Anflug bemerkt. Das Kabel war reichlich lang, und die Klammer ließ sich leicht befestigen.

Zetman schaltete den Empfänger ein. »Die werden ja heute nicht die Frequenz wechseln, auch wenn sie vorerst zu einer anderen Stelle sprechen.« Da brüllte aus dem Lautsprecher auch schon Unverständliches.

»Vorsicht, ich schalte ein!« warnte Zetman. Es klickte, und der Empfang wechselte vom Brüllen zum Knattern.

Durch Lücken im grünen Bewuchs erkannte Ixman auf dem verbreiterten Fahrstreifen eine Figur, die am Abhang stand und am Berg hinaufspähte. Ein zweiter kam hinzu. Offenbar aus einer Entlüftung stieg etwas Qualm auf. Nun standen schon fünf auf dem Vorplatz. Plötzlich eine dumpfes »Plupp«, zugleich segelte eine Fensterscheibe, vermutlich Plexiglas, aus der qualmenden Öffnung.

»Schalte mal die Spannung ab«, forderte Ixman, »im Berg hat es bereits eine Verpuffung gegeben. Fünf Leute stehen schon draußen.« Er nahm das Kabel zusammen und stieg ein.

Zetman startete und war kaum frei von der Bergkuppe, da sah einer der jetzt acht Terroristen die Scheibe, wies nach oben, schien etwas zu brüllen und zeigte in Richtung Berg – darauf liefen alle in diese Richtung und verschwanden unter Blattgrün.

»Die haben da einen Unterstand«, vermutete Zetman.

»Nein, einen Parkplatz«, sagte Ixman, als nach gut zehn Sekunden ein mit Stoffverdeck versehener Wagen auf den

Fahrweg einkurvte und mit Beschleunigung nach Norden fuhr. Wegen besserer Übersicht gewann die Scheibe an Höhe.

»Warum die wohl auf dem schlechten Weg so schnell fahren«, wunderte sich Zetman, »ob sie vielleicht eine enge Schlucht oder einen Tunnel erreichen wollen, wo wir nicht folgen können?«

Da ging der Geländewagen mit einer Staubwolke in eine enge Kurve zum Berg – und kurz dahinter kippte er ab in die mehr als hundert Meter tiefe Schlucht.

»Dem muß ein Reifen geplatzt sein«, vermutete Zetman, der die Scheibe über der Unfallstelle schweben ließ. Nachdem sich der Staub verzogen hatte, war ein Steinschlag als Grund für den Absturz zu erkennen, vor dem der Wagen beim Bremsen geschleudert war. Die Scheibe ging in dem engen Tal so weit wie möglich herunter. An Hilfe konnten die beiden nicht denken.

Deren Allah hatte die Steine vom Berg fallen lassen. Es kam schon Qualm aus dem Wagen, kurz darauf stand er in hellen Flammen.

»Einer ist herausgeschleudert worden. Er liegt mit zertrümmertem Schädel über einem Stein«, sagte Ixman nach Betrachtung der Unfallstelle mit dem Glas. »Verbrenne ihn auch mit dem Laser, sonst fressen ihn Tiere.«

Anschließend dankten sie Haman für die Bereitschaft zur Hilfe. Im Berg habe man elektrisch Feuer gemacht, und den Flüchtenden habe ihr Allah einige Steine in den Weg gelegt – den Weg in die Hölle.

Vorsichtshalber rief Ixman Kapitän Petrow an, ob die Stützpunkte einen irakischen Friseur verkraften könnten.

»Wir sind ja bald eine Arche Noah«, meinte er belustigt. »Aber er wird öfter als ein Arzt gebraucht, und wenn Sie ihn empfehlen, dann hat er besondere Qualitäten.«

»Ich habe mich schon gewundert, daß kein Funkruf von der Bande kam«, freute sich Osama, und als er nun entscheiden konnte zwischen Al Faw und Stützpunkt, sagte er nur: »Tana!«

So fraß ein Loch die ganze Socke.

Drei Tage danach landete die Scheibe auf dem Parkplatz der Bergfestung, der nur ganz knapp ausreichte. Ixman und Ceman rümpften die Nasen bei dem Brandgeruch, der ihnen beim Betreten entgegenschlug. Ausgebaute Fliesentreppen führten zu drei Stockwerken mit vierzehn Räumen, die zum Teil wohnlich ausgestattet waren. Im obersten Stockwerk hatte es gebrannt, und brennender Treibstoff war die Treppe heruntergeflossen. Entgegen ihren Erwartungen fand sich kein Toter durch Stromschlag, obgleich die Funkeinrichtung Totalschaden hatte. Dem Generator im gleichen Raum war offenbar das brennende Öl entwichen, das die Möbel angebrannt hatte.

Die Terroristen mußten wohl trotz der Überraschung ihre Handbücher mitgenommen haben, denn es fand sich nur eine dicke, ledergebundene Kladde mit arabischen Eintragungen, die man dem israelischen Geheimdienst zuspielen wollte, der ja die vorderasiatische Szene am besten kannte.

Beim Weggehen sahen sie einen Küchenraum mit Waschtrog und Herd auf Flaschengasbetrieb, darauf ein voller Kochtopf. An der Seite fand sich ein kleines Stromaggregat, das sicher eine Wasserpumpe im Talgrund betrieb.

Für die persönlichen Bedürfnisse entdeckten sie im Erdgeschoß ein abgrundtiefes Plumpsklo, das bestimmt hundert Jahre zur Füllung brauchte. Für Wohnnachfolger gab es also einen gewissen Fundus.

***

Während dieser Zeit war die Verteilung der Tana-Übersiedler in den USA angelaufen. Nach erster irdischer Einkleidung durch US-Organisationen sowie einigen Tagen Erholung und Akklimatisierung unter ärztlicher Aufsicht und Betreuung war das UN-Team mit Tilasi schon mit der Einweisung beschäftigt.

Es lagen allein 4000 Anforderungen aus Europa vor. So wurden besonders für Banken und Kriminalpolizei, aber auch von

Überwachungsdiensten geeignete Personen gesucht. Man sicherte allgemein gründliches Anlernen einschließlich Sprachunterricht zu. Auch Fußballvereine und Tennisschulen fahndeten nach interessierten und körperlich geeigneten Übersiedlern, denn die enorm schnelle Reaktion der Tanaer war in Sportkreisen bekannt geworden. Die Fans sprachen schon davon, daß mit Tana-Torhütern alle Spiele mit 0 : 0 ausgehen würden und verlangten andere Regelungen. Auch im Tennis wurde von speziellen Tana-Turnieren gesprochen, um bei den irdischen Spielern die Freude am Sport zu erhalten. Einige Großfirmen suchten Berater auf technischem Gebiet, weil sie hofften, schon jetzt von der fortgeschrittenen Tana-Technik profitieren zu können.

Eine Reihe von Hotels wünschten sich Empfangsherren mit ausgesprochener Sprachbegabung.

Auch Präsident Matala hatte seine guten Beziehungen zum Tana-Team genutzt, um für seine Kommissionen Leute zu erhalten, die eine wirklich neutrale Verteilung von Aufträgen sichern könnten. Er würde sie selbst in die schwierigen Beziehungen einweisen.

Die Regierungsberater in Afrika hatten mindestens drei Mitarbeiter angefordert, weil die staatliche Organisation allgemein noch zu unübersichtlich sei. Die Korruption habe hundert Kanäle mit offenen Händen. Eine Erziehung zur Ehrlichkeit wäre bei den Erwachsenen nur durch ständige Überwachung möglich, wobei natürlich Ausnahmen nur die Regel bestätigten. Solange Armut vorherrschend sei, werde jede Möglichkeit zum Verdienst genutzt – leider auch von den Bessergestellten. Selbst die Herrschenden nutzten Möglichkeiten, Gelder im Ausland persönlich anzulegen, für den Fall des Verlustes ihrer Stellung bei der nächsten Wahl.

Indonesien hatte allein zehn Helfer für seine Inselwelt beantragt, um deren Verwaltung sich der Berater Kalani wegen seiner zentralen Aufgaben nicht ausreichend kümmern konnte.

In Mittel- und Südamerika warteten die Berater auch auf

wesentliche Verstärkung. Natürlich waren bei weitem nicht alle Tanaer durch ihre berufliche Ausbildung in Tana für diese Tätigkeiten geeignet, aber bei ihrem Intelligenzgrad rechnete man mit schneller Einarbeitung, vor allen Dingen bei der elektronischen Kommunikation. Ihre loyale Haltung zur herrschenden Regierungsform ohne Verzerrung durch Politikrichtungen, dabei religiös indifferent, aber ehrlich, wurde hier besonders geschätzt.

Da in den nächsten zehn Jahren keine weiteren Tana-Leute zu erwarten waren, übernahmen auch Japan und Indien Kontingente, so daß nur 3000 in den USA verblieben.

Da wieder jeder einen Handapparat für Direktverbindung mit dem UN-Team erhalten hatte, mußte eine Erweiterung des Mitarbeiterstabes vorgesehen werden. Schon vor der Verteilung war Bacaba mit dem dringenden Wunsch an das Team herangetreten, ihm die Übersiedler namhaft zu machen, die auf Tana zu irgendeiner Zeit eine Ausbildung in genetischer Manipulation oder Erfahrung darin gesammelt hätten. Man möge diese Tanaer auf europäische Länder und solche mit guter staatlicher Organisation und mehr als fünf Millionen Einwohnern verteilen. Er könne sie noch nicht einsetzen, weil die Reprogenetik nicht allgemein verstaatlicht worden sei.

Die Eingeteilten wurden vor ihrem Abgang in die Gastländer nochmals auf die Einhaltung der Richtlinien für das Leben auf der Erde hingewiesen.

Diese Ratschläge waren von Wissenschaftlern aufgrund der jahrzehntelangen Erfahrungen und Erkenntnisse der Kundschafter mit den Verhältnissen und den Menschen auf der Erde unter Berücksichtigung einschlägiger Literatur erarbeitet worden.

Höchster Grundsatz sei, keinen Menschen in der Tana-Sprache zu unterweisen und diese nur zu sprechen, wenn es geboten erschiene, wie zum Beispiel per Funk mit dem UN-Team. Die Erde wimmele von Geheimdiensten und neugierigen Medien, die aus jeder Nachricht eine Verdächtigung oder eine Sensation machen. Im täglichen Verkehr mit den Menschen oder auch untereinander sollte man sich der ortsüblichen Sprache oder des Englischen bedienen.

Im Verkehr mit den Menschen sei auch zu berücksichtigen, daß diese nicht genetisch formiert und daher durchaus zu Gefühlen wie Haß und Neid, persönlich vorteilhaftem Ehrgeiz und Süchten fähig seien. Das treffe auf Menschen jeder Hautfarbe mehr oder weniger zu. Bei farbigen Menschenrassen läge die Grenze zu emotionalen Handlungen ohne Gebrauch des Verstandes sowie zum Zufügen von Schmerzen an Menschen und besonders an Tieren niedriger als bei hellhäutigen Menschen. Die Intelligenz wäre stark abhängig von den gebotenen Möglichkeiten zu ihrer Ausbildung. Hieraus entsteht oft das Gefühl, unterprivilegiert, minderwertig zu sein, aber auch als Reaktion übertriebener Stolz, auch Furcht, »das Gesicht zu verlieren«.

Um einen Menschen beurteilen zu können, müsse man seine Reaktionen in verschiedenen Situationen erleben. Erst dann könne man beurteilen, ob sich ein Mensch als Mitstreiter, Arbeitskollege, Geschäftspartner, Freund oder gar als Lebenspartner eigne.

Bei politisch tätigen Personen sei besondere Vorsicht geboten, da durch diese Tätigkeit der Charakter leide. Die Sucht – oder der Zwang – zu gefallen, um gewählt zu werden – mindestens in der Demokratie – verleite zu leeren Versprechungen, also Lügen, die schließlich nicht mehr als solche empfunden, sondern als Handwerkszeug betrachtet würden.

Hinzu kam die Warnung, nicht über Religion zu sprechen, da es besondere Empfindlichkeiten gebe.

Die Medien, besonders aber die Presse, berichteten täglich über Mord, Totschlag, Raub, Diebstahl und Betrug. Da sich diese Taten auf sehr viele Menschen besonders in den Großstädten mit breiten Schichten niedriger Bildung verteilen, müsse man schon vom Pech verfolgt sein, wenn man damit in Berührung kommt. Mit Verstand sei fast jede gefährliche Situation zu vermeiden.

Mit diesem geistigen Rüstzeug bezüglich der menschlichen Gesellschaft wurde jeder Übersiedler versehen in der Erwartung, daß ihm dann trotz seiner Intelligenz, aber unbelastetem Gemüt negative Erfahrungen mit Menschen nicht unvorbereitet treffen, besonders, wenn er einmal in die Schattenseiten der Erde gerät.

Zuletzt erhielt er noch den Rat, daß ein freundliches Gesicht manche Situation entschärfen könne – ein Rat, den auch jeder Mensch beherzigen sollte.

* * *

Als Ixman die beiden Wissenschaftler miteinander bekannt machte, waren sie sich auf den ersten Blick sympathisch gewesen.

So war es verständlich, daß Bacaba auf Prof. Neuberg zuging, den er in einer ruhigen Sitzecke der Lavia-Messe entdeckte.

»Hallo, Mr. Neuberg, haben Sie Neigung zu einem Gespräch in Deutsch?«

Der Professor machte eine einladende Handbewegung: »Ein seltenes Angebot.«

»In Deutsch kann man Begriffe noch genauer differenzieren als in Tana«, gestand Bacaba, »es ist nicht die schwierigste Sprache der Erde, aber die reichste.«

Neuberg bestätigte es: »Das beklagen deutsche Schriftsteller, wenn sie die Übersetzungen ihrer Werke lesen.«

»Unser Ixman nannte Sie vorhin einen Mentor für Tana bei der UN. Wie kamen Sie dazu?«

»Vor vielen Jahren habe ich den jährlich vergebenen Nobelpreis erhalten und der öffnet auf der Erde viele Türen bei wissenschaftlichen Kongressen. Eine solche Tür habe ich bei der UN für Mr. Ixman geöffnet, und er hat sie erfolgreich genutzt.«

»Darf ich fragen, für welche wissenschaftliche Leistung Sie den Preis erhielten?«

»Nun, es war damals aktuell, in einem schwerelosen Raumlabor schwebend Versuche zu machen. Dabei gelang mir die Darstellung von Nanostrukturen auf verschiedenen Oberflächen mit geringsten Reibungskoeffizienten, aber sie waren auf der Erde nicht zu erzeugen, weil wir die Schwerkraft nicht beherrschten. Da sind Sie uns weit voraus. Diese Entwicklung wäre mehrere Nobelpreise wert.«

»Ehrlich gesagt, wir sind damit von einer höheren Zivilisation beschenkt worden. Sie wissen ja sicher von dem havarierten Raumschiff vom System HD 44594, dessen Besatzung uns erst kurz vor ihrem Aussterben das Wissen – auch für die vierte Dimension – vermittelt hat. Unsere Technik beherrscht seither das ›Handwerk‹, aber unsere Physiker noch immer nicht die Theorie, die wohl mit Bestandteilen des Atomkerns rechnet, die wir seit Tausenden von Jahren noch nicht entdeckt haben.«

»Diese Wahrheit darf auf der Erde nicht bekannt werden, daraus wird sofort Negatives für Tana konstruiert.«

»Ich wußte, wem ich es sage. Aber wenn unsere Physiker einmal auf irdischen Universitäten lehren, werden sie ihr Nichtwissen bekennen müssen. Auch in meiner Genetik – die sie uns auch lehrten – gibt es dunkle Zonen, die sich nur mit Vermutungen deuten lassen.«

»Da hätte ich eine darauf zielende Frage. Ihre Kundschafter bezeichnen sich alle als Klonbrüder. Nach den Forschungen auf der Erde gelten geklonte Wesen als gleich in ihren Anlagen. Mr. Ixman nimmt aber wohl durch besonders ausgebildete Fähigkeiten eine Sonderstellung ein.«

»Tja, das ist schon ein Fall, wo uns nur Vermutungen helfen. Ich habe seine Daten geprüft. Es kann natürlich eine Mutation der Natur sein, aber auch der Einfluß bei seiner ›Erzeugung‹. Während seine Brüder mit gleichem Genom im Labor entstanden, wurde er von einer Frau, der Leiterin einer Klinik, ausgetragen und ein Jahr gestillt für ein Experiment zum Austausch der Blutflüssigkeit, das sich allerdings so problematisch gestaltete, daß eine Wiederholung ausgeschlossen wurde.«

»Aber die Wirkung auf den Klonbruder war offenbar erfolgreich.«

»Das hat sich erst nach drei Jahrzehnten herausgestellt – aber was ist die wirkliche Ursache? Eine natürliche Mutation, die Aufzucht mit dem Blut der Frau, das Stillen mit Muttermilch oder ein nicht zu klärender psychologischer Einfluß der Frau im ersten Lebensjahr. Die Fähigkeit, Gedanken zu lesen, ist bei Ixman sehr stark ausgeprägt, und sein Einfluß auf Menschen, auch in größerer Anzahl, beruht offenbar schon nicht mehr auf Suggestion, sondern auf Hypnose. Das allein kann seinen Erfolg auf Politiker erklären, die in seiner Gegenwart Entscheidungen getroffen haben wie die Änderung des Vetorechts der UN.«

»Soviel ich weiß, hat dabei Ihre Technik der Schwerkraftbeherrschung den Boden bereitet. Bei seinen Fähigkeiten kann man froh sein, daß er kein menschliches Genom besitzt«, meinte Neuberg befriedigt.

»Die christliche Religion spricht auch von einem Mann als Sohn ihres Gottes, der ›Wunder‹ vollbracht haben soll, was auf ähnliche Fähigkeiten schließen läßt.«

»Mohammed hat ihn als normalen Menschen mit Charisma geschildert.«

»Er hat ihn auch selbst nicht erlebt. Bei diesen religiösen Gestalten wird die Phantasie der Menschen besonders angeregt, und der Verstand bleibt ungefordert.«

»Eine Massenerscheinung aufgrund des genetisch verankerten Glaubensbedürfnisses fast aller Menschen – ein Problem, vor dem Sie als Genetiker stehen, wenn Sie an eine Korrektur denken. Ich habe Ihren Vortrag vor den Reprogenetikern gehört. Eine Änderung kann somit nur sehr langsam auf dem Weg über künstliche Befruchtung für kommende Generationen Gestalt annehmen. Nun betrachtet man Tana mit seiner Sachlichkeit und moralischem Verhalten, abgesehen von der Technik, als höhere Zivilisation. Wenn nun Menschen mit ausreichender Bildung schon jetzt beschließen würden, bei allen Entscheidungen nur den klaren Verstand sprechen zu lassen und mit starkem

Willen, den leider nicht jeder benutzt, die negativen Faktoren seines Genoms einschließlich des Glaubensbedürfnisses zu unterdrücken, so könnte schon ein Teil der Menschen Ihrer höheren Zivilisation im Verhalten annähernd gleichen, abgesehen vom enormen Gedächtnis und der schnellen Reaktion, was sicher auf die genetische Formierung zurückzuführen ist.«

»Die Idee ist gut«, überlegte Bacaba, »aber die Religionen werden wie beim Kinderbrief der UNO dagegen arbeiten, weil ihnen partiell einiges nicht zusagt. Sie predigen zwar auch Moral, aber aus ihrer Sicht, und den Verstand möchten sie sicher auf dem Gebiet des Glaubens ausgeschaltet wissen.«

»Sie haben sicher recht«, pflichtete Neuberg bei, »einem religiös erzogenen Menschen ist die Anwendung reinen Verstandes auf diesem Gebiet nicht zuzumuten, denn dies würde das Verneinen einer Existenz nach dem Tode verlangen; gerade diese Vorstellung aber, mit Himmel und Hölle, Belohnung und Bestrafung, benötigen die Religionen für die Formierung ihrer Gläubigen. Die Anwendung des Verstandes wäre also nur für Probleme des täglichen Lebens zu empfehlen, wobei die Partnerwahl einschließlich der Liebe auch Nachsicht verlangt.«

»Aber selbst mit dieser Einschränkung des Kant'schen Verstandes kämen wir ein gutes Stück voran, wenn die negativen Faktoren des Genoms beherrscht werden könnten. Unsere Frauen und Männer leben ja vor, daß es auch ohne Haß, Neid, Sucht und Ehrgeiz geht, der anderen Nachteile bringt. Es wird für jeden Plunder Reklame gemacht – man sollte für Ihre Idee eine großangelegte und nachhaltige Werbung starten. Es wäre die richtige Ergänzung zum Kinderbrief der UN«, meinte Bacaba.

»Startchancen gäbe es nur in Europa, den USA und vielleicht in China. Hier ist das Regime zwar autoritär durch eine einzige Partei, aber man denkt fortschrittlich«, schränkte Neuberg ein.

»Meinem Kollegen Matala von der EU werde ich das Problem darstellen, er wird ja zu uns eingeflogen werden«, versprach Bacaba.

Dann kam Neuberg auf die niederfrequenten Wellen zu sprechen, die den sogenannten Golfstrom und damit das Klima für Europa sichern sollen. »Mr. Ixman hat den US-Militärs ihre Haarp-Anlage mit dem Standort neben dem magnetischen Nordpol als so widersinnig dargestellt, daß sie dem Abbau zustimmten, weil Teile an anderen Punkten der Erde benötigt würden. Jetzt sind zwei US-Flugzeugträger mit Teilen der Anlage zwischen Grönland und Spitzbergen verankert, um Hochnebel zu erzeugen, der direkte Sonneneinstrahlung verhindern und zur Abkühlung des Golfstroms beitragen soll. Ein Erfolg steht noch aus. Der Einsatz von Haarp-Teilen in China und Indien bei der Dämpfung sexueller Aktivitäten ist da erfolgreicher.«

»Mit dem langfristigen Ziel der Bevölkerungsverminderung, wie es bei uns in Tana schon praktiziert wurde?«

»Ja, bei Ihrer Übersiedlung kam auch ein Fachingenieur auf diesem Gebiet mit, und Mr. Ixman sah seine Chance.«

»Aber daß er die Regierungen, die ja mitbetroffen werden, von dem Einsatz überzeugen konnte?« wunderte sich Bacaba.

»Sie sprachen doch vorhin selbst von Hypnose. Er weiß seine Fähigkeiten zu nutzen.«

»Sein Fall zeigt die Grenzen unserer Gentechnik auf. Seine Klonbrüder haben auch im Ansatz diese Fähigkeiten, die bei ihm in der Vollendung ausgeprägt sind; das wäre für uns nicht perfekt zu klonen. Mit Spannung erwarte ich die Entwicklung seines Sohnes.«

»Der vielleicht die Theorie der Schwerkraft lösen kann«, lachte Neuberg. »Aber ich kann Ihnen zum Trost bei diesem Problem noch sagen, daß sich unsere Physiker unter Verbrauch von sehr viel Geld für riesige Zyklotrone um den Aufbau des Atomkerns bemüht haben. Wenn dann Ihre Wissenschaftler hinzustoßen, werden sie sich gegenseitig fördern – hoffentlich ohne persönlichen Ehrgeiz im Sinne einer Gemeinschaftsleistung.«

»Selbst bei der Auswahl eines Mentors hat Ixman den richtigen Blick gehabt«, sagte Bacaba mit anerkennendem Lächeln,

»er sagte mir, er hätte Bücher von Ihnen gelesen, nicht Sachbücher, sondern mit politisch- kritischem Inhalt.«

»Nach zwei nicht gewollten und verlorenen Kriegen im vorigen Jahrhundert haben willfährige Politiker um die Gunst ihrer Gegner gebuhlt und ohne Not die geistige Einheit des Volkes zerstören lassen und es dann zu unmöglichen Bedingungen an die Europäische Gemeinschaft gebunden. Diese unfähige Politik mußte kritisiert werden.«

»Nun ist mein Kollege Matala Präsident dieser EU.«

»Er hat die mißliche Lage Deutschlands schon im ersten Interview klar dargestellt – und er ist der erste absolut neutrale Präsident mit offenbar ähnlichen Fähigkeiten wie Mr. Ixman.«

»Und als Philologe besonders geschickt mit der Sprache. Er soll ja die Regierungschefs mit seiner Abstimmung überspielt haben.«

»Er konnte zu ihren Völkern eben noch besser sprechen als sie selbst. Zugestimmt zu diesem Verfahren wurde gewiß nur, weil niemand ahnte, daß er in der eigenen Sprache ihrer Völker in deren Parlament Wahlreden halten würde. Nun ist er quasi von allen Europäern direkt gewählt – ein gewaltiger Vorteil für ihn und eine praktizierte echte Demokratie unter Verzicht auf Parteien.«

»Noch eine Frage: Wie beurteilen Sie die Lage in Afrika, politisch und bevölkerungsmäßig?«

»Politisch ist es ein Flickenteppich von 50 Staaten nach Aufgabe der Kolonien. Einige sind demokratisch, der Rest unter der Herrschaft von Einzelpersonen, teils mit lebenslanger Regierungszeit. Korruption herrscht überall, ist aber durch Tana-Berater im Abnehmen. Herausragende Afrikaner sind Dr. mult. Usava und Präsident Mustafa von der NA-Union. In vielen Staaten herrschen Armut und Hunger, dazu Aids, weil die Gefahr nicht begriffen wird. Überall gibt es trotz der Krankheiten Bevölkerungszunahme. Für eine gezielte Anwendung der Tana-Pharmazeutika fehlt eine geeignete Administration. Es wurde auf einem Kongreß ein Versuch mit den niederfrequenten Wellen beschlossen, aber die Wirkung bei diesen Stämmen mit starker Sexualität bleibt offen.«

»Ich danke Ihnen für alle Informationen, die mir ein Bild aus Ihrer Sicht vermittelt haben. Wenn ich darf, so möchte ich mir vorbehalten, Sie wieder aufzusuchen, denn ich hatte fast das Gefühl, mit einem Kollegen aus Tana zu sprechen. Wir sehen uns nachher zur Unterhaltung mit Lacona. Bis dann.« Ein herzlicher Händedruck beendete das Gespräch.

***

Die Scheibe nahm Präsident Matala auf dem Dach der EU-Zentralverwaltung für den kurzen Flug zur Doggerbank, wo die »Lavia« kreuzte, an Bord. Von hier aus war vor Jahren Ixman mit dem Entschluß, die Öffentlichkeit mit Tana bekannt zu machen, zu Prof. Neuberg geflogen. Hier war aber auch in zehn Kilometer Höhe der große Terroranschlag auf die »ungläubigen« Vertreter der westlichen Nationen gescheitert, der Matalas Berufung und Amtseinführung galt.

Dr. Usava, Prof. Neuberg und die Herren Bacaba, Lacona, Tilasi und Ixman begrüßten den letzten der Runde und begaben sich zu dem runden Tisch mit den Polstersesseln in einer ruhigen Ecke der Messe.

Matala schlug die deutsche Sprache zur Verständigung vor, da sie am variabelsten sei.

»Weil sie in Brüssel nicht benutzt wird«, meinte Prof. Neuberg verständnisvoll.

»Ich benutze sie oft mit bestem Erfolg«, lächelte Matala, »denn den nördlichen und östlichen Vertretern ist sie geläufig.«

Nachdem sich Lacona die Festplatte für Deutsch hinter das Ohr gesetzt hatte, ergriff er einleitend das Wort: »Verehrte Teilnehmer, auf meinen Wunsch hin haben wir uns heute zusammengefunden, weil ich mir von der Situation und der weiteren Entwicklung hier auf der Erde ein Bild machen möchte. Nach meiner Ankunft in Tana will der Rat für Übersiedlung hundert Dinge von mir wissen, deren Kenntnis ich allein über Ihre Kompetenz erlangen kann. Haben Sie deshalb schon im voraus Verständnis für manche zusätzliche Frage, die aus der Unkenntnis irdischer Verhältnisse resultiert. Da ich erfahren habe, daß Prof. Neuberg Tana die Tür zum Erdforum UN geöffnet hat, möchte ich ihn bitten, die Unterhaltung aus dem Schatz seiner Erfahrungen heraus zu beginnen.«

Prof. Neuberg lachte: »Aus dem Schatz meiner Erfahrungen heraus ist sogar ein Buch entstanden, das ich Ihnen gern als Reiselektüre Richtung Tana mitgebe.

Der stärkste Eindruck war beim ersten Auftritt das Verschwinden von Mr. Ixman im Zustand der vierten Dimension im Saalboden. Ich konnte daraufhin darstellen, daß es kein Geheimnis mehr auf der Erde gibt. Die Atomraketen der Großmächte wären alle entschärft – für Militärs eine schockierende Nachricht. Spätere Aktionen bewiesen die Schußfestigkeit der Kundschafter – es gab also keine Abwehr. Diese Tatsachen haben Tana den Respekt der Mächtigen eingebracht, der notwendig ist, um mit ihnen zu verhandeln. Das konnten die Kundschafter sehr gut, aber darüber kann Dr. Usava einiges sagen.«

»Ich habe das Geschilderte miterlebt und genau wie der US-Präsident sofort verstanden, welche Potenz sich dahinter verbirgt, daß Tana imstande ist, seine Forderungen – Kriegsächtung und Bevölkerungsreduzierung – durchzusetzen.

Darüber hinaus wurde die UN durch die Übertragung des Vetorechts auf den Generalsekretär entscheidend reformiert. Ein Vorgang, dessen Billigung durch den US-Präsidenten eigentlich nur durch Hypnose zu erklären ist oder mit Gefühlen der Machtlosigkeit gegenüber einer höheren Intelligenz.

Bei ersten Schritten zur Bevölkerungsverminderung wurde klar, daß das genetisch bedingte Glaubensbedürfnis der Menschen das Entstehen mächtiger Religionsorganisationen begünstigt hat, deren entwickelte Glaubensgrundsätze, die von den

Eltern schon den Kindern eingeprägt werden, einer Begrenzung der Zeugung, entgegen allem Verstand, feindlich gegenüberstehen. Das hat uns auf den Gedanken eines Kinderbriefes in allen Sprachen gebracht, der den jungen Menschen die Augen für das reale Wissen öffnet, dem Glauben Raum läßt und die Religionen als wählbar, aber nicht als einzig und beherrschend erscheinen läßt.

Das hat uns viele Gegner beschert, und Mr. Ixman hat im Kirchenstaat einen Kampf gegen jahrtausendalte Vorurteile und Dogmen nicht ohne Erfolg durchgefochten, der Hoffnung auf weitere Reformen aufkommen läßt. Wegen Mordgedanken im engsten Kreis steht seither der Pontifex für 450 Millionen Christen unter dem Schutz von Tana für ein langes Leben.«

»Wie lange übt der Pontifex sein Amt aus?« wollte Lacona wissen.

»Bis an das Ende seines Lebens oder seiner geistigen Fähigkeiten. Unser Kinderbrief hat in vielen islamischen Ländern zur Ablehnung von Dozenten oder Beratern der ersten Wissenschaftlerübersiedlung geführt. Allein ein Geistlicher und Präsident, der einen reformierten Koran herausgebracht hat, durchbrach diese Abwehrfront.«

»Ein Koran ist das gleiche wie die Bibel für die Christen?« war Laconas Frage.

»Es ist mehr, sozusagen das Lebensgesetz für den Moslem. Er hat im Laufe der Jahrhunderte nicht an Bedeutung eingebüßt. Einem im Islam aufgewachsenen Menschen sind nur schwer die Augen für die reale Welt zu öffnen, ein Grund für die Rückständigkeit in diesen Ländern. Der Islam ist wohl ›moderner‹ als das Christentum, aber er versucht, den Gläubigen ganz zu erfassen, auch mit uralten Übungen, die dem Verstand widersprechen.«

»Ich hörte vorhin, daß Ihre Amtszeit ausläuft.«

»So ist es – deshalb begleitet mich meine rechte Hand, Mr. Tilasi, den ich auch als Nachfolger empfehlen werde.«

»Ein Tana-Mann für dieses hohe Amt auf der Erde? Sie haben drei Doktortitel, da kann er nicht mithalten.«

»Mit seinem Verstand und seinem Gedächtnis hätte er es auf der Erde leicht. Er weiß mit den Organen, UN-Organisationen und den über zwanzig Ausschüssen umzugehen, kennt ihre Aufgaben, Berichte und Kompetenzen und dazu die Namen der meisten Mitglieder – solchen Generalsekretär hat es noch nie gegeben. Dazu hat er ein Tana-Netzwerk über die ganze Erde zur Verfügung. Bei den kleinen Staaten spricht für ihn die Neutralität bei Entscheidungen, die großen werden in allen Fragen auf großzügiges Denken rechnen können.«

Tilasi lächelte still zu dieser »Laudatio« und wies dann darauf hin, daß ihm eine Dame und acht Kollegen zur Seite ständen, deren Können dem seinen nicht nachstände. Unter Bezugnahme auf die erwähnten Schwierigkeiten mit den Religionen halte er es für amüsant, aus dem islamischen Indonesien Folgendes zu berichten: »Nach dem Unfalltod ihres Mannes hatte Frau Liah mit Einverständnis der mächtigen Familie die Regentschaft übernommen. Nach angemessener Zeit warb Sir Ada von Brunei um ihre Hand, denn sie ist eine sehr attraktive Dame. Da übernahm sie unseren Dozenten Kalani, quartierte ihn im Palast ein, beschäftigte ihn drei Monate als Sekretär und übergab ihm dann ihre Regierungsgeschäfte zur vollen Zufriedenheit der Minister, die sehr schätzten, daß eine Entscheidung nun länger als eine Woche Bestand hatte. Der zuständige Geistliche vermutete darüber hinaus ein eheähnliches Verhältnis und monierte das gemeinsame Wohnen im Palast. Daraufhin vermittelte sie ein Gespräch zwischen dem Imam und Kalani, das fast drei Stunden währte. Anschließend gab der Imam seine geistliche Stellung auf und wurde Kalanis Privatsekretär.

»Das Meisterstück eines Hypnotiseurs«, urteilte Dr. Usava sofort, »in Vorderasien wäre Kalani nicht mehr seines Lebens sicher.«

»Dabei hat er nur negative religiöse Mission betrieben, indem er den Imam von offenbarten Vorstellungen Mohammeds befreite, mit denen dieser aufgrund des ungestillten Glaubensbedürfnisses ganze Völker in seinen Bann zwang«, bemerkte

Prof. Neuberg dazu und fügte etwas mühsam lächelnd hinzu: »Zum Glück für die Menschheit steht heute diese unheimliche Fähigkeit genetisch geordneten Köpfen zur Verfügung.«

»Professor, Sie wären für diese Stellungnahme im Vorderen Orient auch gefährdet«, wurde aus dem Kreis geurteilt, was Neuberg mit einer Handbewegung abtat.

»Welche Aufgabe werden Sie übernehmen, wenn Mr. Tilasi zum Generalsekretär der UN gewählt wird?« wurde Dr. Usava gefragt.

»Mein Herz schlägt trotz aller globalen Aufgaben immer noch für Afrika, zumal jetzt Projekte in Afrika reifen, die Fürsprecher mit afrikanischer Seele und Mentalität verlangen, um sie den Völkern nahezubringen. Das riesige Sahara-Treibstoff-Unternehmen hilft zwar den reichen Völkern, den Kraftfahrzeug- und Luftverkehr aufrechtzuerhalten, bringt dabei den Afrikanern Verdienst, zerstört aber auch einen Teil der Natur.

Ein anderes Projekt verfolgt das Generalziel der Bevölkerungsverminderung und greift in das Intimleben des Menschen ein. Trotz Aids-Verlusten, aber mit sechs Geburten je Frau ist die Zukunft schwarz wie die Haut der Afrikaner. Über diese Planung kann Mr. Ixman kompetenter berichten.«

Dieser nickte und sah sich genötigt, die Vorgeschichte zu umreißen:

»Ein in den USA entwickeltes, großzügig ausgebautes niederfrequentes Sendesystem wurde auch schon in Tana für physiologische Beeinflussung angewendet. Ein Tana-Spezialist ist auch hier am Werk. Da die US-Militärs damit Klima und Psyche des Gegners beeinflussen wollten und unter Protest anderer Länder damit an erdmagnetisch ungeeignetem Standort herumlaborierten, haben wir die Arbeit in dem Sender blockiert, weil wir ja die Kriegsächtung planten.

Da gerade in den bevölkerungsstärksten Gebieten der Erde die erforderlichen administrativen Grundlagen für den Einsatz unserer pharmazeutischen Mittel fehlten, reifte die Idee einer physiologischen Beeinflussung des Intimlebens durch niederfrequente Strahlung. Als wir am Standort in Alaska ein Treffen mit den beiden führenden Wissenschaftlern vereinbart hatten, verübten diese einen Anschlag auf uns. Dieser endete für die beiden in der vierten Dimension und dem Brand der Forschungsstätte, da sie Flammenwerfer eingesetzt hatten.«

»Wie konnten sie denn auf diese Idee kommen?« unterbrach Lacona die Schilderung.

»Auf der Erde rechnet man mit Gegnern und deren Abwehr. Da sie offenbar wußten, daß Geschosse die vierte Dimension passieren, hielten sie vom Verbrennen eines gelösten molekularen Aufbaues mehr. Russische Mitglieder einer Geheimgesellschaft hatten gleiche Ideen und ließen Flammenpistolen herstellen. Beim Erkennen solcher Waffen setzen wir auf konventionelle Abwehr, aber Sie können unseren Wunsch nach Klärung von Flammenwirkung auf die vierte Dimension mit zu den Physikern nach Tana nehmen.«

Nach Laconas sofortiger Zusage führ Ixman in seiner Darstellung fort: »Nach Eintreffen des erwähnten Tana-Technikers trat für Europa ein Klimaproblem mit dem Golfstrom in den Vordergrund, so daß wir die US-Regierung baten, uns einen Teil der riesigen, brachliegenden Sendeanlage dafür zu überlassen. Danach konnten wir die Überlassung eines weiteren Teils erreichen, um in China, dessen Regierung uns weit entgegenkam, einen Sender für die intim-physiologische Beeinflussung einzurichten. Die Ergebnisse nach einem Jahr waren überzeugend, denn die Anzahl der Geburten sank um etwa 40 %. Die Minderung der sexuellen Aktivitäten wurde nicht als hart empfunden, da sie beide Geschlechter betraf und gezielte Zeugung möglich blieb.

Das Ergebnis hat uns bewogen, in Indien die Einrichtung einer solchen Sendestation zur Diskussion zu stellen. Ein schwieriges Unterfangen, weil Indien auf der Erde als das Land klassischer Liebespraktiken gilt und ein großes Parlament von den Vorteilen dieser Beeinflussung zu überzeugen war. Dem Beispiel China wurde entgegengehalten, daß Inder keine

Chinesen wären. Nun läuft das Programm zusammen mit einem Projekt zur Klimaverbesserung, und wir hoffen, daß der Erfolg trotz gewisser Beeinträchtigung des Intimlebens überzeugt. Die Regierung steht geschlossen hinter dem Projekt.

In Afrika als drittem Schwerpunkt ist alles anders. 50 Staaten verschiedenster Religionen und Lebensweisen waren auf einem Kongreß zu überzeugen, mit einer Mehrheit für einen Probelauf in Verbindung mit einer Klimaverbesserung für die Sahelzone zu stimmen. Dr. Usava hat sich voll dafür eingesetzt und zugesagt, Präsident für ein einiges Afrika zu werden.«

Wohl bedenklich wiegte Dr. Usava sein Haupt und erklärte dann: »Als es noch Ost-West-Spannungen gab, die sich auch in Afrika lange auswirkten, habe ich als Vorsitzender schon einmal ›das Handtuch geworfen‹, wie man so sagt. Nun können wir heute Tana anrufen, wenn es militante Entwicklungen gibt, und die fürchterliche Wirkung des Eingreifens ist sicher in jedem Kral bekanntgeworden.

Es gibt im Deutschen den Spruch, es sei schwierig, einen Sack Flöhe zu hüten. Wenn ich mich trotzdem zu diesem Wagnis entschließe, so sehe ich im Norden und Süden mit den Präsidenten Mustafa und Hilawi Vorbilder für eine Einigung, die aber in den großen Staaten Ägypten, Sudan und Nigeria schon intern durch Religionsgegensätze gefährdet erscheint. Obgleich ich immer für Staatenfusion plädiert habe, wäre es besser, wenn dieser unbegreiflich geschürte Haß durch Grenzen getrennt wird.

Die zahlreichen Staaten des mittleren Afrika mit den verschiedenen Regierungsformen präsidialer Republik hoffe ich jedoch, bei wesentlich verstärktem Einsatz von Tana-Beratern mit den Vorteilen einer gemeinsamen Haltung in vielen Fragen – die Geburtenminderung eingeschlossen – bekanntmachen zu können.«

Dieser Aussage schien Matala viel Verständnis entgegenzubringen. Er äußerte sich dann auch ähnlich kritisch: »In Zentraleuropa gibt es zwar weniger Menschen und Staaten als in Afrika, aber Hunderte von Parteien mit Tausenden von Politikern, die als Gewählte meinen, daß sie zu jedem Problem gehört werden müssen. Hunderte von Medien verbreiten begierig deren Meinungen mit eigenen Kommentaren. Das ist das Bild der Demokratie, der sogenannten Volksherrschaft. Da Geld bekanntlich keinen unangenehmen Geruch hat und vielfältig benötigt wird, nehmen es die Parteien gern von Lobbyisten an, denen dafür eine demokratisch beschlossene Steuerminderung zukommt. Auch Abgeordnete können aufgrund eigener Entscheidung Belohnungen für Stellungnahmen im Sinne der Lobby ungestraft entgegennehmen, weshalb die Demokratie die ideale Regierungsform für das Kapital ist. Bei Ihnen in Afrika, Dr. Usava, sind die Geldgeschenke als Korruption bekannt.

Die Europäische Union in Brüssel als vorgesetzte Behörde für diese Staatenvereinigung war früher auch von der damit verbundenen Vorteilnahme zugunsten des eigenen Landes betroffen, hat sich aber aufgrund eigener Gerichtsbarkeit positiv verändert. Was bleibt, sind die verschiedensten Interessen, deren Berücksichtigung dem einen Vorteile, einem anderen Nachteile zu bringen scheinen. Nicht ohne Grund wurde ich der Neutralität wegen zum Kommissionschef gewählt.«

»Ich darf noch einmal zurückfragen«, bat Lacona, »Ihr habt den Begriff ›Lobbyist‹ in wenig freundlichem Zusammenhang benutzt – welche Aufgabe hat denn solch Hallenarbeiter?«

Matala lachte: »Lobby wird die Wandelhalle im britischen Parlament genannt. Dort versuchten Vertreter von Interessengruppen und Firmen den entscheidungsbefugten Abgeordneten die Wünsche und Ziele ihrer Auftraggeber darzustellen und sie bei Abstimmungen über Gesetze dafür zu gewinnen. Um dem nachzuhelfen, hat man dann zu geldwerten Geschenken gegriffen, und diese Praxis ist dann als Korruption in der Politik weltweit zum Begriff geworden, hat aber in seiner Urform als Opfergabe an einen Gott mit der Bitte um Gegenleistung schon immer bestanden.«

»Ja, ja«, bestätigte Lacona, »Kinder bekommen auch Süßigkeiten, damit sie Ruhe geben – auch in Tana, trotz Genformierung. Aber noch etwas, kann diese Behörde für alle gültige Gesetze beschließen?«

»Zu der Behörde gehört der Rat der Fachminister der Staaten, der nach Bedarf einberufen wird. Er entscheidet mit qualifizierter Mehrheit über die Vorlagen der Kommissionen. Wird eine Vorlage angenommen, so muß sie nach angemessener Zeit in den Staaten als nationales Recht, also mit Hilfe von Gesetzen, wirksam werden.

Es gibt zwar Einspruchsmöglichkeiten über den Europäischen Rat der Regierungschefs oder das Parlament, aber ob ein Gesetz oder eine Entscheidung wirklich der Mehrheit der Europäer entspricht, bleibt offen. Ich habe deshalb einen Abstimmungsmodus vorgeschlagen – und erprobt –, an dem sich in lebenswichtigen Fragen jeder einzelne beteiligen kann. An einer solchen Entscheidung wagt dann kein Politiker – aus welchen Gründen auch immer – zu rütteln. Da in einer Gemeinschaft wie der EU jeder vor dem Gesetz gleich sein sollte, aber aus früheren Zeiten andere Beurteilungen von Strafdelikten bestehen, arbeiten wir an einer Strafrechtsreform.«

»Was plant Ihr da speziell an Reformen?«

»Straftaten mit politischen Motiven, auch Spionage, müssen anders klassifiziert werden. Für junge Wiederholungstäter ab 10 Jahre sollte es schon Erziehungsmaßnahmen geben. Auch die ›lebenslängliche‹ Haft mit Abbruch nach 15 Jahren für brutalen Mord ist zu überdenken, denn oft bleibt ein Gen-Geschädigter eine Bedrohung für die Mitbürger. Die frühere Todesstrafe bei Ausschluß von Indizienbeweis wäre zwar eine saubere Lösung und hätte wohl sicher die Zustimmung der Mehrheit, würde aber die Volksgemeinschaften bleibend spalten. Eine Art Verbannung aus dem Leben der anderen Menschen bis zum Ableben wäre eine Lösung.«

»Auf Tana wäre man sich da einig«, meinte Lacona, »aber da gibt es keinen Mord, nicht einmal Diebstahl.«

»Bei Mord an einem Tana-Angehörigen zögern wir auch nicht mit der Vergeltung. Bei einem Massenmörder haben wir es vor dem Richterspruch praktiziert. Da gilt nur unser Gefühl für Gerechtigkeit – ohne irdische Ressentiments«, warf Ixman zum Thema ein.

»Das hilft dem Ermordeten leider auch nicht mehr«, resignierte Lacona.

»Sicher nicht, aber es warnt vor Nachahmung, denn wir veröffentlichen es über TTS in jedem Winkel der Erde – und jeder weiß, daß ihm nicht das Paradies mit schönen Mädchen winkt, sondern seine Moleküworkdone zwischen Abgasen schweben wird.«

»Ihr scheint Euch genetisch verändert zu haben, Ixman«, lachte Bacaba und bezog es auf den irdischen Einfluß eines Gewaltpotentials in der Atemluft. Er bot ihm eine genetische Nachbehandlung an.

»Erst nach meiner Außerdienststellung«, wehrte Ixman ab.

Alle lachten und wußten, daß der Zeitpunkt noch weit voraus lag.

»Ihr habt vorhin die Parteien als wesentlichen Faktor in einer Demokratie erwähnt«, wandte sich Lacona noch zu Matala hin, »wie entstehen sie und wie werden sie betrieben? Mir ist der Begriff nur allgemein als geistige Einstellung zu Problemen geläufig.«

»Wenn eine Gruppe von Menschen die gleiche geistige Einstellung zu einem Problem hat, kann man sie schon eine Partei nennen. Beim Glauben, also Islam oder Christentum, spricht man von Religion als Organisation – quasi einer Glaubenspartei.

Wenn sich eine geeignete Persönlichkeit zum Sprecher einer Gruppe mit sozialen, nationalen, wirtschaftlichen oder umweltpolitischen Zielen macht, Versammlungen veranstaltet, Reden hält und zahlende Mitglieder für diese Vereinigung wirbt, so kann er sich als Vorsitzender dieser Gruppe wählen lassen und die Eintragung als Partei mit Anrecht zur öffentlichen Wahl beantragen.

Nun gibt es über hundert Jahre alte Parteien und solche, die kommen und gehen – wie Eintagsfliegen. Öffentliche Gelder erhalten gemeinhin erst Parteien mit fünf Prozent der Wählerstimmen. Was erhält nun die kleinen Parteien? Zuerst der Glaube an die Richtigkeit ihres Programms und die Hoffnung auf eine charismatische Persönlichkeit, die sie zu parlamentarischer Größe führen wird. Wenn auch die Mitgliedsbeiträge kaum für die Werbung zum Wahlkampf reichen, so gibt es doch die Titel von Landes- und Bundesvorsitzenden sowie Schatzmeister für die schmale Kasse mit gesellschaftlichem Ansehen im städtischen Kreis. Man kann sie mit Kegelvereinen in einem Zuge nennen.

Anders die im Parlament etablierten. Sie haben eine ausgeprägte Hierarchie mit Stellvertretern und Generalsekretär, stellen Minister, unterhalten umfangreiche Büros in eigenen Häusern. Wer viel und schnell anderen nach dem Munde reden kann, hat beste Aussicht auf einträgliche Posten.

Dieses Umfeld hält viele echte Könner davon ab, in den Parteien mitzuwirken – sie gehen lieber in die Privatwirtschaft, wo weniger geredet und mehr entschieden wird – etwa so wie auf Tana, nur fehlt hier natürlich unsere genetisch bedingte Fairneß.«

»Au weh, wenn ich das so schildere, wird die Erde in Tana-Augen zum Kampfplaneten«, stöhnte Lacona.

»Die Menschen sind Kampfnaturen, aber die beißen sich nur miteinander«, beruhigte ihn Matala, »wenn sie in unsere gelben Augen schauen, sind sie in der Regel friedlich.«

»Friedlich – das ist ein Stichwort. Habt Ihr meinen Vortrag bei den Reprogenetikern gehört?«

»Aber sicher«, bestätigte Matala, »danach dauert es noch Generationen, bis Eure Gentechnik genügend friedliche Menschen geschaffen hat, um ein sicheres Leben zu gewährleisten. Wir haben in der Kommission schon Rahmenrichtlinien für eine Verordnung zur Verstaatlichung der Reprogenetik und ihrer Betreiber in Vorbereitung.«

»Gut zu hören, aber das hat alles lange Beine und betrifft nicht mehr die heutige Generation.« Dann stellte er dem Kreis die Idee von Prof. Neuberg vor, die sich speziell für die europäischen Länder und die USA empfehle.

»Die Grundidee als solche ist gut«, bestätigte Matala, »und wir können sie mit der langen Sicht auf einen genetischen Erfolg begründen. Die Taktik der Kampagne zur Werbung für diese Idee muß länderspezifisch gestaltet werden. Unsere Kommission wird also Werbeagenturen in den einzelnen Ländern ansprechen und sich Vorschläge machen lassen. Mindestens ein Teilerfolg ist sicher, und die Medien haben ein Dauerthema, auf das bei allen Gelegenheiten hingewiesen werden kann. Gelder dafür stehen immer zur Verfügung.«

»Schon ein halber Sieg«, meinte Dr. Usava zu Prof. Neuberg gewandt, »leider kann man so etwas nicht in Afrika publik machen.«

»Wenn, wie ja geplant, bei der Aktion das Glaubensbedürfnis unerwähnt bleibt«, schaltete sich Ixman ein, »so kann auch der Vatikan dafür gewonnen werden, denn im Prinzip wird ja die Lebensqualität der Menschen verbessert.«

»Nur den Politikern wird man oft vorhalten, daß sie mit mehr Verstand arbeiten sollten«, sah Lacona lachend voraus.

»In hundert Jahren wird die Erde sicher ruhiger leben«, prophezeite Bacaba, worauf Prof. Neuberg meinte, solange reichen seine Erhaltungspillen nicht. Dann käme ein Ohrclip in Frage, tröstete mit spitzbübischem Lächeln Bacaba.

»Mir ist noch nicht klar, weshalb die Reprogenetiker verstaatlicht werden sollen. Ich befand mich zu Eurem Vortrag nicht in der Gegend des Saturns«, bat Lacona um Nachsicht für seine Frage.

»Als selbständige Unternehmer streben sie nach Gewinn. Wenn ich ihnen unsere genetischen Praktiken darstelle, gelingt es ihnen nicht nur, das Leben zu verlängern, sondern auch Talente zu fördern. Ich sehe schon ihre Werbeprospekte an wohlhabende Eltern mit den verschiedensten Versprechungen, die später vielleicht gar nicht eintreffen, aber bezahlt worden sind. Dabei sind sie sicher bemüht, ihr Wissen und ihre Erfahrungen nicht weiterzugeben. Bei der riesigen Zahl der Menschen entsteht so eine langlebige Oberklasse und eine schließlich gewalttätige untere Basis.«

»Das werdet Ihr bis in ferne Zukunft nicht verhindern können, wenn Ihr Euer Wissen preisgebt.«

»Vielleicht nicht, aber ich will es mildern und nicht fördern. Auch ein kleines Land muß mindestens ein Labor für die Genmanipulation haben, damit die Menschen von ihren negativen genetischen Anlagen wie Sucht, Neid, egoistischem Ehrgeiz und vor allem von der Neigung zu vielen Krankheiten befreit werden können.

Das muß der Staat den willigen Eltern zukommen lassen mit der Begrenzung auf zwei Geburten je Frau, was unsere pharmazeutischen Mittel ja bewirken können.«

»Es werden von religiöser Seite keine sachlichen Gegenargumente gebracht werden können, aber es wird ein Kampf um die Seelen der Eltern entbrennen, die sich ja für künstliche Befruchtung entscheiden müssen«, gab Dr. Usava zu bedenken.

»Gutartige Kinder, welche die Gebote wie selbstverständlich einhalten und gesund bleiben, sind Eltern nur von total verbogenen Ethikern auszureden, die schließlich Strafgesetze an ihrer verderblichen Einflußnahme hindern müßten. Schamanen, Medizinmänner und rückständige Religionen dürfen die Gesundung der Erde nicht verhindern können.«

»Wir werden noch viele Tana-Missionare für dieses Ziel benötigen.«

Das war Dr. Usavas Stoßseufzer, und Prof. Neuberg nickte zustimmend.

»Es gibt aufgrund der riesigen Bevölkerungszahl noch andere Probleme für die Menschheit, die von der gleichen Seite negiert werden, weil das kurze Leben ihre Verfechter vor den katastrophalen Folgen ihrer chaotischen Geistesleistung bewahrt.

Die irdische Medizin pflegt unheilbare Krankheiten, die früher der Tod ausschloß. Wenn jemand in diesem Zustand seinem Leben ein Ende setzen will, nennt es das Gesetz Selbstmord und bestraft die Beihilfe in jeder Form. Bei der heutigen Vergreisung der Menschheit müssen sich die Gesetzgeber zu einer Reform entschließen, denn das Leben gehört allein dem einzelnen Menschen und nicht dem Staat, moralisch vergewaltigt von religiösen Ethikern, die sich aus der Traumwelt ihres Denkens auf eine Schöpfung berufen.«

»Da muß ich Euch beipflichten«, warf Matala sofort ein. »Jeder Mensch kann sein Leben zum Beispiel beim Bergsteigen beliebig und ungestraft aufs Spiel setzen und seinen toten Körper vorab an ein Institut vergeben – nur den Zeitpunkt seines Ablebens muß er dem Zufall überlassen oder gegen Gesetze verstoßen. Ich denke dabei auch an die möglichen Kosten einer erniedrigenden Pflege zu Lasten der Angehörigen, der Erben oder der Allgemeinheit. Es wird wohl eine weitere Frage an jeden Europäer sein, denn Politiker haben mit Rücksicht auf die nächste Wahl nicht den Mut zu einer Entscheidung des Verstandes.«

Prof. Neuberg und Dr. Usava klopften zum Zeichen ihre Zustimmung auf den Tisch.

»Europa kann sich glücklich schätzen, Euch als Präsidenten zu haben. Euer Prinzip der Volksabstimmung müßte es in allen Demokratien geben, denn die Wähler der Abgeordneten wissen ja nicht, wie sich der Abgeordnete auch unter Fraktionszwang bei Fragen, die während der Jahre auftreten, entscheiden wird. Die Schweiz, wo Ihr tätig wart, scheint mir die einzige echte Demokratie zu sein.«

»Wir haben da drei verschiedensprachige Volksgruppen und so kommt auch nur selten eine allseits befriedigende Regelung zustande«, schränkte Matala die Vorstellung Bacabas ein.

»Aus den Schilderungen konnte ich entnehmen, daß in den wenigen vergangenen Jahren viel getan wurde – wir rechnen ja in größeren Zeiträumen – und wesentliche Ziele angesteuert werden. Zu denken gab mir nach Kollege Tilasis amüsanter Anekdote, daß Kalani in Vorderasien nun gefährdet sei. Das ist offenbar ein besonderes Gebiet?« vermutete Lacona.

Natürlich wäre es nun Ixmans Sache gewesen, die Schwierigkeiten in dieser Region zum Verständnis für Lacona darzustellen, aber er hätte ihm aufgrund der Vereinbarung unter den Brüdern Tatsachen verschweigen müssen. So übernahm mit stillschweigendem Einverständnis Prof. Neuberg die Antwort.

Es sei der Gründungsbereich der islamischen Religion unter Mohammed, führte er aus, vor anderthalb Jahrtausenden. Dieser Islam erstrecke sich heute auf mehr als 20 Staaten und habe in der Regel Einfluß auf die Regierung. In Nordafrika wurde durch besondere Förderung ein Verstandesmensch, ein Ingenieur, geistliches Oberhaupt; er verfaßte eine Kurzform des Korans und sei schließlich Staatspräsident geworden. In dieser Doppelfunktion habe er die mittelalterliche Lebensform reformiert. Das sei für TTS Grund für ein umfangreiches Interview mit weiter Verbreitung gewesen zu einem Zeitpunkt, als Islamgeistliche wegen des Kinderbriefes mit einem Heiligen Krieg gegen Tana gedroht hatten.

»Als er dazu befragt wurde, verkündete er fast hellseherisch einen Donnerschlag Allahs als Strafe für eine Kriegserklärung. Diese erfolgte auf einer Tagung aller Islamgrößen mit den Regierungschefs in Mekka. Die Islamisten stürzten schließlich hinaus, um sich in der Kaaba, dem Heiligtum aus alter Zeit, zum Kriege zu verschwören. Keine halbe Stunde später, als diese sich in der Kaaba befanden, zerstörte ein Meteorstein das Heiligtum für eine Milliarde Menschen und begrub die Verschwörer darin.

Ein Aufschrei ging durch die islamische Welt, und sofort wurde Tana der Tat bezichtigt, obgleich irdische Experten es für unmöglich hielten, einen Meteorstein so genau zu steuern, schon gar nicht zeitgenau zum kurz zuvor beschlossenen Aufenthalt der Geistlichen in dem Steinbau. Da trotz allem die zeitlich unmögliche Mordabsicht behauptet wurde, nahm die Tana-Bruderschaft keine Stellung mehr zu dem Ereignis, aber dem nordafrikanischen Präsidenten konnte eine Sehergabe nicht abgesprochen werden.«

»Wurde denn der Meteorstein untersucht?« kam prompt die Frage von Lacona.

»Eine Bergung und Störung der Totenruhe hatte der arabische König untersagt bei gleichzeitiger Schließung der Pilgerstätte. Die Untersuchung einiger Brocken wies auf magnetische Eigenschaften hin, wie man sie aus dem Trümmergürtel zwischen Mars und Jupiter nicht kennt, so daß schon die Beschaffung des Brockens rätselhaft bleiben mußte.«

»Hm, magnetisches Material – das kann natürlich von einer Explosion eines Körpers aus dem Weltraum stammen. Da kann ich auch nichts Konkretes sagen.« Dabei schien Lacona Ixman zuzublinzeln und machte dann eine abschließende Handbewegung, die Prof. Neuberg mit stillem Lächeln quittierte. Ixman äußerte sich nur allgemein mit der Bemerkung, man hätte sich gegenüber den UN verpflichtet, die Ächtung des Krieges zu garantieren – und ihr Allah hätte offenbar dabei mitgeholfen.«

Um die Unklarheiten des Themas zu überspielen, gab Bacaba die Mitteilung an den Rat zu Tana auf, daß ein Aussterben der Tanaer auf der Erde nicht zu befürchten sei. Zwei mutige irdische Frauen hätten Kinder mit unseren Kundschaftern gezeugt, die zu besten Hoffnungen berechtigen. Auch unsere Wissenschaftlerin Frau Hanika wäre mit einem irdischen Mediziner zum Erfolg gekommen.

»Auf jeden Fall ist es eine gute Nachricht und geeignet, die Trauer um die zu früh Erwachten zu mildern. Wir sind entschlossen, dieses Risiko zu minimieren durch den Bau kleinerer Schiffe, mit denen wir mehrmals fliegen können.«

»Es heißt, die Mondbasis solle ausgebaut werden.«

»So ist es, denn zum Landen und Starten ist der Mond wegen geringerer Masse besser geeignet. Wir werden die schlafenden Passagiere nur in Diskusfliegern ohne atmosphärische Kabine umladen und auf der Erde auftauen, denn hier haben wir Luft und Wärme zur Verfügung, die auf dem Mond fehlen. Wir werden dazu mehr raumfahrtfähiges Personal benötigen, doch es bleibt genügend Zeit dazu, denn die Schiffe müssen im Aufbau neu konstruiert werden. Die Begegnung mit einer molekular dichteren Wolke kann man nie ausschließen.«

»Die Schwerkraft der Erde hat Sie beim Ansteuern offenbar überrascht?« vermutete Prof. Neuberg.

»Uns fehlten absolut genaue Meßwerte. Im Vergleich zu ihrer Größe hat die Erde durch ihren massiven Eisenkern eine große Masse. Ich habe jetzt von Ihren geologischen Fakultäten konkrete Werte erhalten. Aber unsere Schwerkraftaggregate haben wohl auch unter der Reibungswärme gelitten. US-Ingenieure werden das sicher ermitteln.«

»Sie fürchten keine Spionage?«

»Aber nein, wir wollen den Menschen ja Fortschritt bringen.«

Beim Verabschieden erhielt Lacona von Kapitän Petrow die Aufnahme des Gesprächs und das Buch vom Leben mit Tana von Prof. Neuberg, dazu alle guten Wünsche für die Bewohner von Tana, ausgesprochen mit der Hoffnung auf ein Wiedersehen in etwa zehn Jahren mit neuem Schiff.

In der Zwischenzeit hatten zwei Luftschiffe die toten Tanaer im Krater auf Hawaii bestattet, und von einer hawaiianischen Fliegergruppe waren Blumenkränze in die brodelnde Tiefe nachgeworfen worden. TTS dokumentierte es für die Angehörigen.

* * *

Der erste Teil des Rückfluges nach Tana für die Raumschiffbesatzung war mit einem Diskus zum Mond geplant mit Start von der »Luvisio«.

Als Lacona von Zetman dort abgesetzt wurde, traf er auf die Mondbasisurlauber Erman und Esman, die sich bei ihm für seine Verspätung mit dem Raumschiff bedankten, die ihnen einen mehr als halbjährigen Erdurlaub beschert hätte.

»Was des einen Eule, ist des anderen Nachtigall – sagt man

wohl in Europa«, lachte Lacona und fügte hinzu: »Die Erde hat mich auch tief beeindruckt mit ihren Farben und ihrer Abwechselung. Von der Natur her machen wir wohl einen guten Tausch.«

Dann begrüßte er die Männer seines Schulteams, die auch alle einen erholten Eindruck machten. Nur der Chefkonstrukteur schien ein wenig zergrübelt.

Während des Fluges zum Mond berichteten alle von ihren Erlebnissen auf der Erde. Eine militärische Abordnung mit einem Jet hatte dem Team die Sehenswürdigkeiten der USA gezeigt.

Sie waren in New York unterwegs gewesen, und die Begleiter hatten ihnen kleine Andenken gekauft. Sie sahen die Niagarafälle und den künstlichen Vulkan im Yellowstone-Park, den ihre Kundschafter initiiert hatten und der immer noch Lava ausstieß. Sie standen vor den vier Präsidentenköpfen in den Rocky Mountains und stiegen hinab in den Grand Canyon. Dann geleiteten sie ihre toten Passagiere im Luftschiff zu den Vulkanen von Hawaii zur Bestattung.

»Sie haben in unserer neuen Heimat eine einmalige Grabstätte erhalten«, sinnierte Lacona, »denn diese Vulkane sind die höchsten Erhebungen über der Erdkruste – hier der Meeresboden – von über 9000 Metern.«

»Der Luftschiffkapitän hatte auf dem Flug zur ›Luvisio‹ im südlichen Indischen Ozean einige Umwege gemacht«, berichtete einer begeistert, »wir sahen den Isthmus zum südlichen Amerika, in dessen weitem Urwald es unzählige Flüsse gibt und kleine Ansammlungen primitiver Hütten der Ureinwohner, aber auch große Häfen am Meer mit weiten Badeständen. Wir erleben es hoffentlich noch einmal, dort schwimmen zu können.«

»Auch der andere Erdteil Afrika war interessant mit dieser riesigen Wüste, in der einmal ein Energiepark entstehen soll, aber heute noch Menschen mit hochbeinigen Tieren, die Lasten tragen, unterwegs sind«, fiel ein anderer ein und berichtete dann von sehr großen Tieren mit Rüsseln und großen Ohren, während andere ganz lange Hälse gehabt hätten, um an das Laub der Bäume zu gelangen.

»Der Kapitän ist manchmal sehr niedrig geflogen, besonders an den vereisten Südkontinent, wo wir riesige Kolonien sehr großer Vögel beobachten konnten, die nicht fliegen, aber sehr gut schwimmen können. Die Erde scheint gar nicht so dicht bevölkert zu sein, wie bei uns immer behauptet wird.«

Die beiden Mondurlauber lachten: »Ihr habt alles mit genügend Abstand aus der Luft gesehen, und euer Kapitän wollte euch die Freude an der Erde nicht verderben. Wir waren auch mit Fahrzeugen und Schiffen auf der Erde unterwegs und haben die Menge Menschen hautnah in Japan, China, Indien und Südafrika erlebt. Viele davon sind bitterarm und hausen in Hütten aus Verpackungsresten, suchen ihre Nahrung in Abfallbergen, aber sie haben viele Kinder. Es gibt dort auch sehr reiche Leute, die sich von der Armut nicht beeindrucken lassen. Diese Länder haben Atomkraftwerke und viele Soldaten mit Kriegszeug, das sie nicht mehr benötigen, weil auf unsere Initiative der Krieg geächtet wurde. Aber es bleibt ein schönes Spielzeug für die Mächtigen.«

»In China gibt es zweirädrige Karren für Menschentransport«, ergänzte Erman, »die ein Chinese zwischen zwei Holmen zieht, und Leute, die sich auf einem Rahmen mit zwei großen Rädern fortbewegen, die sie mit den Beinen betätigen. Auf dem Weg zum Markt hatten sie am Gepäckkasten lebendes Federvieh an Schnüren hängen.«

»Tja, in China findet man alles, wenn man Zeit zum Schauen hat. Wir waren zweimal dort. Sie haben eine viele tausend Jahre alte Kultur mit einem Kaiserreich bis in die Neuzeit, aber jetzt Atomwirtschaft bis zur Bombe, Satelliten, riesige Kraftwerke und schwebende Schnellbahnen. Die westliche Welt wirft China vor, daß es dort Menschenpflichten, aber keine Menschenrechte gibt. Vielleicht ist dabei etwas Neid, weil keiner allein mit Menschenrechten gut vorwärtskommt. Wir haben ja Dozenten auf den Universitäten und Berater bei allen Regierungen, die analysieren das. Da sie Einfluß haben, kann man das langsam ausgleichen. Bruder Ixman wird da schon nachhelfen, er hat die richtigen Argumente gegenüber Menschen.«

»Euer Superbruder könnte die Erde auf dem Weg zur ›Tana-Neokratie‹ schon einen Schritt weitergebracht haben, wenn wir mit einem neuen Schiff bei euch an der Mondbasis landen.«

»Davon haben wir noch nichts gehört.«

»Verständlich, wenn Ihr auf Urlaub seid.«

»Trotzdem immer etwas im Dienst«, Esman angelte aus der Brusttasche eine Goldmedaille mit Band heraus, »wir haben in Indonesien für die Wiederauffindung eines entführten Kanonenbootes einen Orden erhalten.« Lacona wog das schwere Stück anerkennend in der Hand.

»Noch zur Landung an eurer Basis. Ihr werdet viel Arbeit haben mit der Erweiterung der Einfahrt, denn wir wollen die Passagiere mit dem Diskus schlafend zur Erde bringen. Bei euch mangelt es an Temperatur und Luftsauerstoff für das Aufwekken. Unser Konstrukteur wird Euch die neuen Maße angeben. Das größere Tor wird angeliefert. Ihr habt doch einen magnetischen Ansteuerungspunkt?«

Esman schaute fast hilfesuchend Erman an, bevor er gestand: »Den haben wir versetzt. Bei Annäherung eines Schiffes schalten wir Laser ein zur Orientierung.«

Lacona lächelte leicht, aber verständnisvoll; die Bruderschaft hielt dicht.

»Euer Rückkehrschiff liegt schon fast ein Jahr bei uns im Einflugbereich. Wir wollten es gegenüber irdischen Sonden tarnen, und da störte der Orientierungspunkt«, ergänzte Erman noch.

Nach zwei Vorbereitungstagen löste sich das Schiff vom Mond und entschwand Richtung »Südliche Fische«.

Teil IV

Der Zeitpunkt, den sich Dr. mult. Usava für die Übernahme der Organisation »Einiges Afrika« gesetzt hatte, kam stetig näher. Er wollte das »Eisen schmieden«, solange es vom letzten Kongreß noch warm war. Afrika glich in seinen Augen einem Haus voller Halbwüchsiger, deren Eltern in der Mehrzahl der antiautoritären Erziehung gefrönt hatten. Wie lange konnte man sich auf den Entschluß der Staatschefs verlassen, in der UN für Tilasi, den Sprecher des UN-Tana-Teams, als seinen Nachfolger für das Amt des Generalsekretärs zu stimmen?

Er hatte bei seinem Auftritt beim Kongreß in Kapstadt niemandem nach dem Munde geredet – im Gegenteil, er hatte ihnen einen Spiegel vorgehalten, was selten jemand beglückt. Zudem hatte Indien durchblicken lassen, daß es einen Dr. Mehrani als Kandidaten vorschlagen würde. Da der Einfluß von Indern in vielen Staaten Afrikas nicht zu unterschätzen ist, könnte eine Reihe von Politikern unsicher werden.

Da Ixman einige Zeit in der Mondbasis tätig war, um Vorbereitungen für die umfangreichen Änderungen im Eingangsbereich des Großraumschiffs zu schaffen und per Funk die Maße für die erforderlichen neuen Türteile nach Tana zu übermitteln, hatte Zetman Freiraum für andere Transportwünsche. So fragte Tilasi an, ob er Zeit hätte, Dr. Usava auf seinen Abschiedsrunden durch Asien und Südamerika zu fliegen. Als dieser zusagte, rief er ihn noch selbst an, um sich zu bedanken.

»Mister Zetman, es ist natürlich eine Zumutung«, fügte er noch an, »aber würden Sie als meinen Begleiter noch Ihren Kollegen Tilasi mitnehmen? Ich möchte ihn in einigen Ländern, wo er mit den Regierungschefs noch keinen Kontakt hatte, bekannt machen – oder besser als meinen Nachfolgekandidaten vorstellen. Ein kurzes Gespräch überzeugt mehr als eine Empfehlung.«

»Selbstverständlich gern. Wenn man ihn zu Ihrem Nachfolger

wählt, wird man ihm sicher eine Scheibe zur ständigen Verfügung stellen – schon aus Sicherheitsgründen wie in Brüssel beim EU-Präsidenten.«

Die Protokollchefs der Besuchsländer staunten nicht schlecht, daß Dr. Usava nicht Besuchsdaten für den Empfang auf dem Flugplatz machte, sondern für den Platz vor dem Regierungspalast und dafür die MPS-Daten erfragte. So gelang es ihm mehrmals, zwei Besuchstermine für einen Tag auszuhandeln, da auch Zu- und Abfahrten entfielen einschließlich der Begleitkommandos. Es war Staatsbesuch neuer Art, bei der es nicht um aufwendige Demonstration, sondern um die Sache ging. Innerstädtisch hatte sich ja schon aufgrund des Terrorismus der Einsatz von Hubschraubern empfohlen.

In Peking und Tokio wurde der Landeplatz der Scheibe durch Militär in Paradeuniform gesichert, und die Regierungschefs erwarteten den Generalsekretär mit seinem Begleiter in diesem Bereich.

In China meldete Dr. Usava als Afrikaner Bedenken gegen die rigorose Wirtschaftspolitik der Chinesen an, die speziell auf Rohstoffbeschaffung ausgerichtet wäre und dagegen billige Massenware biete. Als zukünftiger Präsident der afrikanischen Massenorganisation wäre er zwar für wirtschaftliche Belebung, aber nicht für Massenausbeutung von Rohstoffen wie in der Kolonialzeit, sondern sehe diese lieber in Afrika verarbeitet und veredelt, um Arbeit und Devisen zu schaffen. Tilasi nickte dazu nur, und er beschloß, seine Berater in Afrika auf diesen Umstand besonders aufmerksam zu machen. Die Chinesen wiegelten Dr. Usavas Darstellung natürlich ab, sagten aber die Wahl Tilasis zu.

In Tokio kam neben der Empfangsdelegation ein kaiserlicher Bote zum Landeplatz mit der Frage, ob der Pilot während der Regierungsgespräche zwei Stunden Zeit hätte. Seine kaiserliche Hoheit hätte mit dem außerirdischen Fluggerät gern einen Rundflug über die Insel getätigt. Dazu überreichte er die MPS-Daten vom Landeplatz im kaiserlichen Palastgelände.

Zetman nahm den Boten gleich mit zum Palast. Seine kaiserliche Hoheit erwartete er dann mit Verbeugung vor seiner Scheibe und wurde ganz unkonventionell mit Handschlag begrüßt. Sein Fluggast genoß dann den fast geräuschlosen Flug über Hondo. Zetman zog dann noch eine Schleife über das japanische Heiligtum, den Fujiyama, verhielt die Scheibe hoch über dem Krater und ließ den Tenno über den Bildschirm bei hundertfacher Vergrößerung eine Pilgergruppe betrachten, die zum Kraterrand hinaufstieg. Besonders eindrucksvoll war für den hohen Gast dann das senkrechte Absinken auf seinen Palast fast bis zur Dachhöhe, bevor die Scheibe ihren Landeplatz aufsuchte. Zetman half seinem Gast beim Aussteigen, der ihm mit herzlichem Dank ein Etui überreichte.

»Ein heiliger Stein, er soll Sie in allen gefährlichen Situationen beschützen.« Er liegt seither im Cockpit der Scheibe.

In japanischen Regierungskreisen wies man die beiden UN-Herren auf die Unsicherheit der Region durch das stetige Schwanken der Politik Nordkoreas hin, das allein dem Staatsführer zuzuschreiben sei und zur Gefahr werde, weil er glaube, sich auf China verlassen zu können.

»Im Ernstfall«, versicherte Tilasi, »können Sie sich auf die Ixman-Truppe verlassen, daß sie jeden Kriegsplaner aus dem Verkehr zieht.«

Das nächste Besuchsziel war Taiwan, das große Problem der Volksrepublik China seit der Besetzung durch die Kuomintang.

Auf dem Flug dorthin ließ der Generalsekretär durchblicken daß man auf Fragen nach dem Grund des Besuches gefaßt sein müsse, zumal man vorher in China gewesen sei.

»Ich war auch erstaunt über das Reiseziel Taipeh«, entgegnete Tilasi, »denn es hat doch keinen Sitz in der UNO.«

»Nicht mehr«, meinte Dr. Usava und informierte ihn dann kurz über die Vergangenheit Taiwans, das ursprünglich von Malaien und Polynesiern bewohnt war, deren Reste in dem Gebirge zurückgezogen lebten. Aber schon vor über tausend

Jahren wären Chinesen auf die Insel emigriert. Auch die Europäer hätten versucht, Niederlassungen zu gründen, aber weder Holländer, Spanier und Portugiesen, welche die Insel Formosa – »die Schöne« – nannten, hätten bleibend Fuß fassen können. Erst Ende des siebzehnten Jahrhunderts wäre sie von den Mandschuh für China erobert worden. Nach dem verlorenen Krieg gegen Japan mußte sie 1895 abgetreten werden. Die Japaner bereiteten die Insel für eine wirtschaftliche Entwicklung vor, die 1945 nach Rückgabe an China einsetzte.

Das kaiserliche China mit der Kuomintangpartei und dem Feldherrn Tschiang Kaischek wurde von der Roten Armee Mao Tsetungs besiegt und floh mit 2 Millionen Anhängern nach Taiwan, wo sie sofort als einzig rechtmäßige Regierung Chinas die Macht übernahmen.

»In China übernahm Mao mit den Roten die Macht, aber keiner erkannte sie als Regierung Chinas an«, folgerte Tilasi. »Warum hat Mao Taiwan nicht in der Folgezeit erobert?«

»Tschiang Kaischek wurde von den USA massiv – auch militärisch – unterstützt. Aber Taiwan ist militärisch auch ein schwieriges Gebiet. Fast nur Gebirge mit 60 Gipfeln und Vulkanen um 3000 Meter Höhe mit flachen Randgebieten, die aufgrund der japanischen Bemühungen so gut genützt wurden, daß man ernährungsmäßig autark war und trotz starker Bevölkerungszunahme nicht ausgehungert werden konnte.«

»Damals hatte Taiwan noch einen Sitz in der UNO, wie ich in einem alten Bericht las.«

»Richtig, aber 1971 beantragte auf einer Vollversammlung das kleine, mit dem kommunistischen China liierte Albanien, über die Aufnahme der Volksrepublik China in die UNO abzustimmen. Der Coup gelang mit 76 Stimmen bei 128 Staaten – und Taiwan verlor seinen Sitz mit allen Vertretungsrechten in der UNO.«

»Hm, bei dieser Situation müssen wir uns – trotz des subtropischen Klimas – warm anzieh'n bei der Diskussion«, bestätigte Tilasi. »Man nimmt sicher an, daß wir auf besonderen Wunsch Chinas kommen.«

In Taipeh landeten sie auf einem Platz, der sicher auch für Versammlungen geeignet war, vor einem langgestreckten Gebäude mit einer Freitreppe. Bei Annäherung der Scheibe kam eine Delegation Uniformierter aus dem Eingang und nahm vor der Treppe Aufstellung.

Als die beiden Besucher aus dem Schatten der Scheibe traten, kam ein dekorierter Offizier auf sie zu, stellte sich vor und hieß sie willkommen in Nationalchina. In seiner Begleitung gelangten sie in das Bauwerk, wo sie in einem kleinen Saal von drei Herren in einfachen Uniformjacken mit tiefen Verbeugungen begrüßt wurden. Der Offizier übernahm die Vorstellung von General Ling, General Tschuh, General Manchu und den beiden Besuchern Dr. Usava und Mister Tilasi von Tana. An einem runden Tisch nahm man Platz, und der Offizier fungierte als Dolmetscher.

Die Mienen der Gastgeber waren reserviert, aber nicht unfreundlich, als sie sich höflich nach dem Verlauf der Reise erkundigten. Dr. Usava bedankte sich für die Nachfrage und bemerkte, daß man mit Überschallgeschwindigkeit stets schnell am Ziel sei, zumal man nur aus Tokio käme.

»Wir waren zuvor in Peking, weil ich mein Amt aufgeben will, aber wir sprachen nicht davon, daß wir Taipeh aufsuchen würden. Auch die UNO ist nicht informiert. Das Gespräch mit Ihnen liegt im Interesse von Tana. Diese außerirdische Macht hat ja unter anderem die Forderung nach Ächtung des Krieges gestellt und durchgesetzt, die auch für Taiwan nicht unerheblich zur Sicherheit beiträgt.« Die drei Generäle nickten zustimmend.

»Für Tana ist es nun auch wünschenswert«, fuhr Dr. Usava fort, »daß auch Spannungen zwischen Staaten abgebaut werden, was in Afrika und Mittelamerika schon zu Unionen geführt hat. Sie vertreten nun seit 80 Jahren von dieser Insel aus ganz China, obgleich Sie keinen Einfluß auf das Festland haben.«

»General Tschiang Kaischek als letzter Kommandeur der kaiserlichen Armee hat dazu Berechtigung gehabt, und die Staaten der Erde haben das anerkannt«, antwortete General Ling.

»Solange Bürgerkrieg und Unruhen das Land erschütterten, war das sicher berechtigt. In der Folgezeit danach profitierte diese Haltung vom ›Kalten Krieg‹ zwischen Ost und West, so daß die USA auch militärische Unterstützung gab. Inzwischen etablierte sich Mao Tsetung aber mit stabilen Verhältnissen, die die Welt anerkannte. Als 1971 der kleine Vasall der Volksrepublik China, Albanien, auf der 26. UNO-Vollversammlung den Antrag zur Aufnahme der Republik China in die UNO stellte, stimmten von 128 Staaten 76 dafür – und Taiwan verlor seinen Sitz.«

General Ling hatte diese Darstellung erwartet und erwiderte sofort: »Wir hatten nicht die Einflußmöglichkeiten auf die sozialistischen Länder und nicht den Markt wie Rotchina. Und der US-Präsident war nur Monate später zu Besuch bei Mao, um das große Geschäft für die US-Wirtschaft einzuleiten.«

»Präsident Nixons Methoden waren nicht immer sauber«, bestätigte Tilasi, »er mußte auch sein Amt unehrenhaft aufgeben. Aber ich möchte noch zu unseren Forderungen an die Erde sagen, daß der chinesische Ministerpräsident nach dem Auftritt unseres Botschafters als erster mit dem US-Präsidenten Kontakt hatte mit der Erklärung, die Forderungen zu akzeptieren – also nicht mehr an eine kriegerische Lösung des Taiwan-Problems dachte. Die revolutionäre Volksrepublik hat mittlerweile einen Normalstatus erreicht, der sich auch von einigen Demokratien erfolgreich abhebt, denn hier werden neben den ständigen Reklamationen der Menschenrechte die Menschenpflichten zur Erhaltung der Erde betont.« Während er sprach – in einem Hochchinesisch – hingen die Blicke der vier Taiwanesen an seinen Sonnenaugen.

»Nun, General Tschiang war düpiert von der Entwicklung und dachte nicht daran, seinen Status hinsichtlich Gesamtchina aufzugeben. Als sein Sohn Tsching-kuo die Regierung übernahm, hielt er daran fest, obgleich es immer weniger Staaten wurden, die mit uns diplomatischen Kontakt pflegten. Wir sind ernährungsmäßig autark und haben Handelspartner.« Ling verständigte sich durch einen Blick mit seinen Partnern. »Wir erhielten aus Peking interessante Angebote zur Vereinigung mit Autonomie und Regierungsbeteiligung in Peking, aber wir beschlossen, an der Tradition festzuhalten.«

»Ich kann natürlich General Tschiang, auch seinen Sohn verstehen, aber Ihr Triumvirat«, Tilasi wies auf die drei, »sollte eine Tradition, die nur aus Erinnerung besteht und von der Geschichte anders gestaltet wurde, nicht zur Maxime für zukünftiges Regieren machen. Dabei muß ich akzeptieren, daß in Asien niemand das ›Gesicht verlieren‹ will, aber wenn Sie sich bei der Aufnahme von Gesprächen mit Peking auf Tana beziehen, so haben Sie gute Karten. Dort weiß man unser Prinzip zu schätzen, nämlich den eigenen Verstand zu gebrauchen – und der rät hier zweifellos zur Aufgabe der fiktiven Regierung Gesamtchinas und zur Union mit dem Festland.«

Alle drei nickten bedächtig und schwiegen. Da fragte der Dolmetscher, ob man nicht ein kleines Essen einnehmen wolle, bei dem man sich noch unterhalten könne. Die Gäste sagten gern zu, betonten aber, daß sie zum Abend in Jakarta erwartet werden. Man dachte auch an den Piloten, aber Zetman ließ sich nur Eiswasser bringen.

Auf dem Flug nach Java meinte Dr. Usava: »Sie sind der richtige UNO-Häuptling – Ihre Argumente waren perfekt, genauso wie Ihr Chinesisch, das ich zum Glück auch mal gelernt hatte.«

»Wir werden ja sehen, ob ich das Triumvirat überzeugt habe. Nach dem Gespräch während des Essens zu urteilen, scheint Hoffnung berechtigt zu sein.«

In Jakarta wurden sie von Madame Liah, einer Südseeschönheit in mittleren Jahren, empfangen. Hinter ihr stand lächelnd Kalani, dem Tilasi vertraulich zuzwinkerte, denn sie hatten zusammen studiert.

Die Regentin sagte schon bei der Begrüßung, daß die Erde von Tana regiert werden sollte, dann hätte man Frieden und für alle Probleme intelligente Lösungen. So war die Abstimmung über die Nachfolge Dr. Usavas kein Thema mehr, und man verbrachte einen angeregten Abend auf einer Palmenterrasse des Palastes. Dabei gab Zetman einiges von seinem Töchterchen zum besten, die den älteren Tanax schon versucht habe, »um den Finger zu wickeln«.

»Was ein Häkchen werden will, krümmt sich beizeiten«, kommentierte sie die Schilderung Dr. Usavas mit einem alten deutschen Spruch.

In Brunei auf Borneo war der Regent Sir Ada Bolkiah hocherfreut über den seltenen Besuch und lud die Gäste zu einer Motorbootfahrt zu seinen Ölfördertürmen ein.

»Es wird hier bald Schluß sein mit der Förderung«, erläuterte er, »und unser Gebiet ist zu begrenzt, um nach weiteren Vorkommen bohren zu können.«

»Es werden doch seit Jahrzehnten Forschungen betrieben, um vereistes Methan vom Meeresboden nutzbar zu machen. Ist das hier kein Weg für die Zukunft?«

»Im Bereich der Ostküste von Borneo soll sich eine Erschließung lohnen, die Japaner und Koreaner arbeiten schon seit Jahrzehnten an einer praktikablen Technologie zur Gewinnung und Verwendung als Erdgas, das ja im wesentlichen aus Methan besteht. Die Vorkommen liegen in mehr als 400 Meter Tiefe in kühlen Meeresbereichen als feste Schicht, aber auch als lose Brocken, wahrscheinlich aufgrund von Bodenbewegungen. Ihre Herkunft ist fossilen Ursprungs, also Pflanzen oder Tiere wie Erdöl und Kohle.«

»Wieso spricht man von Methaneis? Am Meeresboden herrschen doch allgemein durch die spezifische Schwere des Wassers 4° Celsius.«

»In der Reihe der gasförmigen Kohlenwasserstoffverbindungen, der Alkane, an deren Spitze Methan steht, werden schon unter geringem Druck flüssig. Ich erinnere an das Flaschengas Propan. Methan wird bei niedriger Temperatur und Druck über 40 bar auch fest. Man kann es auch bei diesem Druck, aber höherer Temperatur ›auftauen‹ und dann schließlich als Gas fördern – aber das muß in mehr als 400 Meter Wassertiefe in beträchtlichen Ausmaßen erfolgen. Skeptiker warnen schon davor, daß durch Abbau die Schelfabhänge, wo Methaneis vorzugsweise ausgemacht wird, abrutschen könnten wie an der gesamten amerikanischen Westküste, was zu gewaltigen Tsunamis führen würde ... da beteilige ich mich lieber am Saharaprojekt Benzin aus Sand.«

»Die Energiefrage genauso wie die Ernährungsfrage und die Trinkwasserknappheit werden erst lösbar sein, wenn die Bevölkerungsflut gestoppt wird«, zog Tilasi den globalen Schluß.

»Ich war letztens in Delhi, und man ließ durchblicken, daß man mindestens partiell, abhängig von der Verwaltungsdichte, einen Erfolg der Haarp-Beeinflussung zu erkennen glaube. Persönlich wäre man von der psychologischen Wirkung nicht so begeistert, aber sie wäre erträglich.«

Tilasi lachte: »Wer es sich leisten kann, fährt mit seiner Frau zum Sexurlaub ins umliegende Ausland.«

»Haben sie früher auch schon getan«, wußte Sir Ada, »allerdings ohne Frauen.«

Dr. Usava kam dann auf seinen Nachfolger zu sprechen und daß Indien einen Dr. Mehrani namhaft machen wolle, obgleich sein Nachfolgewunsch bekannt sei.

»Dr. Mehrani hat bei einem Interview der ›Delhi Post‹ durchblicken lassen, daß er einem Wunsch der Regierungspartei nachgegeben habe. Man sollte nicht glauben, daß das stärkste Volk der Erde keinen geeigneten Mann für das Amt hätte. Die kleinen Nationen wären ohnehin bei einer Abstimmung im Vorteil, da nicht qualitativ abgestimmt werde. Mit anderen Worten, sie müßten die Runde durch ganz Polynesien zu den Ministaaten machen. Nun, bei mir haben Sie ja schon angefangen«, lachte Sir Ada.

»Wir wollen morgen Malaysia besuchen, sind aber nicht angemeldet. Haben Sie Beziehungen zu deren engstem Kreis?«

»Den Weg können Sie sich sparen. Die Chinesen halten Tana ohnehin für die einzigen Spezies auf Erden – abgesehen von

Ihnen natürlich –, mit denen man über alle Probleme vernünftig sprechen könne.«

Tilasi lachte hell auf: »Das ist verständlich, weil wir sie noch nie zur Einhaltung von Menschenrechten aufgefordert haben, wie zum Beispiel absolute Medienfreiheit.«

»So gut kann kein Staatsmann regieren«, fügte Dr.Usava hinzu, »daß die Presse keinen dunklen Punkt auf der weißen Weste entdecken könnte.« Am Abend beschlossen die beiden, Samoa und Fidschi aufzusuchen.

Der Empfang sowohl in Nassau, wo sich zufällig der Außenminister von Papua-Neuguinea aufhielt, als auch auf Viti Levu in Fidschi glich kleinen Volksfesten, denn so hoher Besuch war einmalig. Schon das Tana-Fluggerät war eine Sensation.

Man versicherte Dr. Usava, daß man seine positive Haltung zu den kleinen Staaten besonders geschätzt habe und es daher bedauerlich sei, daß er sein Amt aufgeben wolle. Der Vorschlag für seinen Nachfolger, den er gleich vorstellte, sei sicher von ihm wohlerwogen und daher zu akzeptieren, besonders weil Mister Tilasi keinem Staat angehöre und daher zu allen Aufgaben eine neutrale Haltung haben werde. Man sei auch den eigenen Tana-Beratern dankbar, daß sie stetigen Kontakt zur übrigen Welt halten, was in ganz Polynesien geschätzt werde.

Auch bei der australischen Regierung in Canberra war man in Erinnerung an das faire Auftreten der Tana-Wissenschaftler als Sportler durchaus geneigt, Mister Tilasi zum Generalsekretär zu wählen.

In Süd- und Mittelamerika hatten die dort tätigen Tana-Dozenten und Berater einen politischen Kongreß besonderer Art ins Leben gerufen. Um Zeit und Aufwand zu sparen, wurden die Außenminister veranlaßt, etwa jährlich einen Bericht über Probleme herauszugeben, die mehr als zwei Staaten betrafen.

Der Tana-Dozent an der Universität in Rio nahm sie zur Kenntnis, stellte sie in konzentrierter Form sachgerecht zusammen oder auch gegenüber mit eigenen Kommentaren und

Empfehlungen. Dieser »Problembericht« ging dann an die Außenminister zurück. Zwei Wochen später wurde eine Konferenzschaltung mit Fernsehbild anberaumt, bei der jeder Minister – bis auf Brasilien sprechen alle spanisch – kurz Stellung nehmen konnte. Die Dokumentation darüber erhält jeder zugestellt und kann dann gezielt selbst über weitere Kontakte und Verhandlungen entscheiden mit dem Vorteil, daß seine Regierung neue Möglichkeiten erkennen, aber auch Kompromisse im eigenen Haus besprechen kann. Sie wird somit nicht von Argumenten des Gegners überrascht; und das alles bei Minimierung von Zeitaufwand und Reisekosten.

Mister Mamoto hatte dabei die Möglichkeit wahrgenommen, die Frage der Nachfolge Dr. Usavas aufzuwerfen. So hielten alle Staatsmänner die absolute Neutralität ohne nationale Beeinflussung bei einem solchen Amt für das Wichtigste. Da sie selbst gute Erfahrungen mit Tana-Leuten hatten, würden sie für Tilasi stimmen.

Als sie diese Nachricht aus Rio zur Kenntnis nehmen konnten, sahen sich der Generalsekretär und sein Nachfolger in spe ihrem Ziel sehr nahe, selbst wenn einige Stimmen von Afrikanern ausfallen sollten. Ihre Rechnung ging auf: Auf der Vollversammlung wurde der Außerirdische Tilasi mit 133 Stimmen zum UNO-Generalsekretär mit Vetorecht gewählt.

Man hatte schon damit gerechnet, aber trotzdem wertete die Weltpresse die Entscheidung als Sensation: die größte politische Organisation in der Obhut eines Außerirdischen!

Dr. mult. Usava erhielt von allen Seiten Lob für seine umsichtige, kreative und entschlußfreudige Leitung und den gezielten, vorbildhaften Aufbau eines potenten Nachfolgers.

Und damit begann schon in fast jedem Leitartikel die Kritik an der Kaste der Politiker. Wenn ein Doktor in drei Wissensgebieten und jahrzehntelang Inhaber höchster Ämter mit der Kenntnis fast aller Staatsregierungen nicht einen Erdenbürger unter den Politikern findet, dem er sein Amt übergeben möchte, so kommt das einem vernichtenden Urteil, vor allem auf moralischer Basis, gleich. Aus der Überzeugung heraus, daß Mister Tilasi allen Anforderungen gerecht werden kann und seine Hochintelligenz voll dem Amt zugute kommen lassen wird, hat er sich mit ganzer Kraft für ihn eingesetzt. Die Medien der Mehrzahl islamischer Staaten höhnten, daß man sich aus dem All bedienen müsse, weil Allah die Ungläubigen mit Gehirnerweichung geschlagen hätte, wobei sie verschwiegen, daß auch die Staaten der Nordafrika-Union und Indonesien für Tilasi gestimmt hatten.

Die »Times« sah schon in die Zukunft: »Wir werden uns in absehbarer Zeit auch entscheiden müssen. Unser Vizepräsident Mister Hitati ist mit seiner Arbeitsintensität einmalig, obgleich er nur dem Senat vorsitzen müßte. Alle Institutionen, mit denen er in Verbindung trat – auch der Supreme Court – arbeiten gern mit ihm zusammen. Er hat nur einen Fehler: Er ist in keiner unserer Parteien! ›Parteien spalten ein Volk, einen Staat‹, sagt er, ›Demokraten und Republikaner wollen das Beste für die USA, auf zwei parallelen Wegen. Warum nicht einen republikanischen Demokratie-Mittelweg?‹

Stalin, Hitler, Mao und Castro hatten auch mit einer Partei ihre Erfolge, aber sie waren Diktatoren, weil sie keine Meinungsvielfalt duldeten. Auch die Europäische Union ist eine von Demokraten erfundene Diktatur in diversen Beziehungen. Dann haben sie aus ›Nationalneid‹ einen Tana-Dozenten zum Präsidenten gewählt, der sein Handeln gegebenenfalls 450 Millionen Bürgern bestätigen läßt. Was sagt ihr dazu, Amerikaner? Wenn Präsident Carell abtritt, müßt ihr eine Antwort wissen.«

Wenige Zeilen darunter die Meldung, daß FBI und CIA als Verbindungsleute zur Presse je einen Tana-Übersiedler eingestellt hätten. Kommentar: Wenigstens der Sprecher muß intelligent sein.

* * *

Die EU-Kommission hatte vor Jahrzehnten selbstherrlich über eine Reihe von Beitrittsverhandlungen entschieden, die immer als Einleitung zum Beitritt gewertet wurden, die EU aber immer stärker belastete, da es unterstützungsbedürftige Staaten waren. So auch die Zusagen an die Türkei, der eine Reihe von Bedingungen gestellt worden waren, die dem vorderasiatischen Land innenpolitisch Probleme bereiteten. Obgleich in der Verfassung laizistisch, versuchten sowohl islamische Elemente, als auch nationalistische Kreise, die sich nicht einem fremden Diktat unterwerfen wollten, ihren Einfluß geltend zu machen. So zog sich eine Entscheidung über den Beitritt Jahrzehnte hin, so daß Präsident Matala diese Luftnummer bei Dienstantritt übernehmen mußte. Man sah sofort das Kurdenproblem und die Möglichkeiten, die sich aus dem letzten Irak-Krieg mit dem Ende der Diktatur und dem Auftreten eines charismatischen Kurdenführers im Westen Iraks ergeben hatten.

So veranlaßte Matala den Europarat zur Entscheidung, ab sofort über die Neuaufnahme eines Mitgliedstaates die gesamte Bevölkerung der EU nach seinem Abfragesystem entscheiden zu lassen. Das wurde von der Türkei natürlich als Affront betrachtet, und die Befürworter einer Aufnahme der Türkei – wie die USA – waren auch nicht glücklich. Präsident Matala verteidigte aber die demokratische Entscheidung über die Aufnahme eines so mächtigen Mitgliedes mit einer europafremden Kultur.

Die Diplomatie hatte schon beim Kurdenführer Tiliakil die Lage sondiert. Auf die Lage der Kurden angesprochen, gab er der Berliner Zeitung »Die Welt« ein vielbeachtetes Interview – und Tana bot ihm daraufhin schußfeste Unterkleidung an.

»Fast ein Drittel der Bevölkerung des Irak sind Kurden, entsprechend sind sie im Parlament vertreten, aber nicht an der Regierung beteiligt«, begann »Die Welt« das Gespräch.

»Die Regierung stellen die Iran-Schiiten ganz knapp allein.«

»Werden denn die kurdischen Belange ausreichend berücksichtigt?«

»Dafür sorgen wir schon, denn bei uns sind alle staatlichen Institutionen mit Kurden besetzt.«
»Sie sind also fast autonom.«
»So könnte man es nennen, denn für alle wichtigen Sparten haben wir eigene Dienststellen eingerichtet.«
»Wie halten Sie es dann mit den Finanzen?«
»Wir ziehen die Steuern selbst ein. Fünfzehn Prozent erhält die Zentralregierung.«
»Und die gibt sich damit zufrieden, trotz der zentralen Aufwendungen?«
»Wir beanspruchen sie ja nicht. Neue Gesetze ergänzen wir durch Ausführungsbestimmungen, die wir für richtig halten.«
»Ihr Gebiet ist quasi ein Staat für sich. Warum haben Sie sich nicht selbständig gemacht nach dem Krieg?«
»Dann wären die arabischen Sunniten in dem Durcheinander nach dem Krieg von der schiitischen Übermacht eliminiert worden, denn die USA wären nicht fähig gewesen, das zu verhindern, denn sie mußten selbst um ihren Bestand fürchten. Inzwischen normalisierten sich die Verhältnisse, da wäre die Selbständigkeit schon möglich.«
»Und wenn die Türkei nun auf die von Kurden bewohnten Gebiete verzichten würde? Vielleicht läßt auch Syrien mit sich reden.«
»In dem Fall würden wir uns sofort zur Selbständigkeit entschließen; dann würde der Traum vom kurdischen Volksstaat Wirklichkeit werden. Mit Syrien wäre eine Einigung mindestens am Jebel el Akrad möglich, denn sonst müßte Damaskus fürchten, daß wir von Mossul über eigenes Gebiet eine Ölleitung zu einem türkischen Mittelmeerhafen legen lassen.«
»Die türkische Seite hat natürlich wirtschaftliche Interessen in dem abzutretenden Gebiet.«
»Gewiß, die Wasserkräfte zur Stromerzeugung, aber wir haben mit unserem Erdöl auch etwas zu bieten. Wir könnten uns mit der Türkei über jeden Punkt verständigen, denn der Grund

für die Konfrontation, das anatolische Militär, würde ja entfallen. Eine solche Lösung würde zweifelsfrei für die große Mehrzahl der vor der Gewalt geflüchteten Kurden auch Anlaß zur Rückkehr in die Heimat sein.«

»Sind Sie denn der Meinung, daß sich diese mit Ihrer Staatsführung einverstanden erklären würden? Früher hat man über die Kurden gesagt, sie könnten sich nicht einigen, weil jeder Präsident sein will.«

Tiliakil lachte verschmitzt: »Ich glaube, man ist inzwischen klüger geworden, und es ist wohl auch entscheidend, wie man sie anspricht.«

»Wir danken Ihnen sehr für das Interview, es wird die Leitung der EU sehr interessieren.«

Der Chefredakteur der »Welt« informierte Präsident Matala vor Erscheinen des Interviews über den Inhalt, weil er dessen Interesse daran kannte. Dann wurde Ixman über die Situation genau in Kenntnis gesetzt mit der Bitte, Tiliakil aufzusuchen, um alle Einzelheiten für die Vereinbarung mit der Türkei von seiner Seite her durchzusprechen, da er nicht mit Interviewaussagen als Argument verhandeln könne.

»Ich weiß auch keinen verschwiegenen Dolmetscher für Arabisch«, fügte er hinzu.

»Wir übernehmen das gern«, versicherte ihm Ixman, »denn ich freue mich, daß dieser schon früher geäußerte Gedanke nun in sicheren Händen Wirklichkeit werden könnte. Aber bitten Sie Tiliakil für übermorgen zum Stadthaus von Mossul. Bagdad ist zu unübersichtlich und noch zu unsicher, es gibt dort immer noch Verblendete mit einem Sprenggürtel unter den Lumpen und dem Traum im Kopf, in Allahs Paradies zu gelangen.«

Mit Tiliakil kam er dann schnell zu sachlichen Zusagen an die türkische Adresse. Eine exterritoriale türkische Verwaltung der Wasserkraft am Van-See wurde vereinbart, wofür Ixman die Einleitung von Verhandlungen über das kurdische Gebiet in Damaskus zusagte. Schwierigkeiten durch eine Autonomieerklärung sah Tiliakil von seiten der iranorientierten Schiiten nicht, eher spätere Beitrittsgesuche der irakischen Sunniten, wobei es aber Probleme wegen vermischter Gebiete geben würde.

In Damaskus war man überrascht über den unerwarteten Besuch von einer Seite, zu der man im Gegensatz stand, aber da es ein autoritäres Regime war, hielt sich niemand bei langen Bedenken auf. So empfingen sie Ixman im höchsten Kreis. Man war erstaunt, daß sich Tana für die Politik zwischen islamischen Staaten verwandte. Für den Wunsch eines zukünftigen Kurdistans, möglichst alle Teile seines Volkes zu vereinen, hatte man durchaus Verständnis und sprach die Empfehlung aus, daß Tiliakil nach Einigung mit der Türkei in Damaskus vorsprechen möge. Das war zu erreichen – mehr nicht. Sicher wollte man Tana nicht einen effektiven Erfolg zukommen lassen.

Als Matala dann Ankara ansprach, hörte er, daß gegen solche Überlegungen schon lange die nationalen Militärs ihren Widerstand angekündigt hätten. Matala schlug daraufhin einen persönlichen Besuch in Ankara vor bei einem großen Kreis, dem auch die Generalität angehören sollte. Der Vorschlag fand Zustimmung, und ein Termin wurde vereinbart.

Die Scheibe landete wie vereinbart vor dem Parlamentsgebäude in Ankara, und in 500 Meter Höhe schwebte Haman mit dem Diskus darüber. Matala wurde in Begleitung von Ixman und Ceman vom Ministerpräsidenten Domoran vor der Freitreppe empfangen. Die Kundschafter sicherten lächelnd die Umgebung ab, wo einige Presseleute das Ereignis dokumentierten, mißtrauisch beobachtet von der Polizei in schicker Uniform.

Im großen Konferenzsaal, der zusätzliche Sitzreihen erhalten hatte, stellte Domoran sein gesamtes Kabinett, die Fraktionsvorsitzenden und die Parteiführer sowie die Generalität und trotz Laizismus einen Imam für religiöse Aspekte dem EU-Präsidenten vor.

»Sie haben ein großes Entscheidungsgremium, das zu überzeugen ist.« Matala sprach perfekt Türkisch. Seine Begleitung hatte sich entsprechend instrumentiert.

»Sie haben einen Vorschlag avisiert, der uns in den Grundzügen nicht neu ist, aber besonders aktuell erscheint nach dem inneren Zerfall des Irak nach dem letzten Krieg und der Unfähigkeit der internationalen Truppen, eine Demokratie nach westlichen Maßstäben zu sichern. Was nach ihrem Abzug zurückblieb, war eine ungewünschte Fehlentwicklung, nicht mit gemeinsamen Parteien, sondern mit religiös und völkisch verschiedenen Interessengruppen, die nun auseinanderstreben – und wir sollen das nun noch fördern.«

»Es geht hier um Frieden auf einer unruhigen Erde«, ergriff Matala das Wort, »den Tana der UNO zugesichert hat, mit allen – auch diplomatischen Mitteln zu halten.«

Da sprang die Bildungsministerin Irah Erdogan auf, ihre Stimme vibrierte vor Erregung: »Ha, Tana-Friedensdiplomatie! Erst zerstören sie die Kaaba, dann blockieren sie die Beitrittsverhandlungen zur EU, dabei waren wir auf dem besten Weg, über die EU dem Sieg des Islam in Mitteleuropa zum Durchbruch zu verhelfen.« Der Imam nickte begeistert, in der Regierungsmannschaft gab es betretene Gesichter – man hatte den Frauen zuviel Selbständigkeit zugesprochen.

Matala lächelte fast mitleidig: »Man sollte Politik nicht mit Religion paaren, aber ich will darauf antworten. Allah hat ja das All und die Erde für die Moslems geschaffen – nun rief er Tana aus den Sternen, um diese vor der Unvernunft der Menschen zu bewahren. Als Imame den Heiligen Krieg gegen Tana beschlossen, ließ er sie zum heiligen Schwur in die Kaaba stürzen. Dann ließ er einen Meteorstein darauf lenken, daß die Kaaba zum Grabmal wurde. Es geschieht auf der Erde nichts ohne Allahs Willen. Das ist doch folgerichtig gedacht – oder wollen Sie Allah in Frage stellen?«

Die Ministerin stand auf und verließ den Saal, der Imam biß sich vor Wut die Lippen blutig – nur bei den Militärs lächelte man stillvergnügt.

»Ich bedauere die Reaktion Ihrer Ministerin, aber die Erörterung religiöser Fragen führt oft zur Polarisierung. Nun darf ich zum sachlichen Teil zurückkehren.

Die Frage eines Kurdenstaates ist heute aktueller als früher, aber natürlich stehen von Ihrer Seite nationale Interessen dagegen. Die sich anbietende Lösung betrifft mit zweifellos sehr unterschiedlicher Wirkung drei Parteien, von denen die Kurden zweifellos die einzigen Gewinner sind, während die beiden anderen die Vor- und Nachteile bewerten müssen.

Für die Türkei ist es ein Gebietsverlust, aber auch ein wesentlicher Gewinn an innerer Ruhe. Für die Wasserkraftregion am Van-See soll eine exterritoriale Lösung gelten. Kurdistan bietet die Übernahme von Flüchtlingen und verurteilten Revolutionären an, was für Sie und die EU eine Entlastung bedeutet.«

»Unter den Inhaftierten befinden sich Gewalttäter, die wir nicht vorzeitig entlassen würden«, wandte Domoran ein.

»Besonders die Bundesrepublik wird entsprechend argumentieren, aber es ist ja keine Bedingung seitens der Kurden. Dort hat man übrigens die Überlegung, von Mossul eine parallele Ölleitung zu einem Ihrer Häfen legen zu lassen einschließlich Raffinerie. Sie hätten dann im Osten eine Grenze zu einem Volk, das Ihnen die Verwirklichung eines alten Traumes verdankt. Das könnte sich in einer Entlastung des Militäretats zugunsten von Sozialleistungen auswirken.« Dabei machte Matala eine entschuldigende Handbewegung zu den Generalen. »Und die Türkei wird europäischer – ein wesentliches Argument für die Bürgerabstimmung zur Aufnahme in die EU.«

»Ich kann gar nicht begreifen, was die Europäer gegen die Aufnahme der Türkei haben sollten. Schließlich haben unsere Auswanderer zum Beispiel Deutschland nach dem Kriege wiederaufgebaut.«

»Herr Ministerpräsident, haben Sie diese Lüge der islamistischen Kampforganisationen wirklich geglaubt? Deutschland war wiederaufgebaut und mitten im Wirtschaftswunder, als die ersten türkischen Arbeitskräfte von der Industrie zur Steigerung des Gewinns geholt wurden. Das Kapital korrumpierte die Politiker, den Nachzug der Großfamilien zu erlauben, die fast vom Kindergeld leben konnten. Das Grundgesetz erlaubte auch Imamen Zuzug, die Moscheen gründeten, in manchen Stadtbezirken in jeder Straße. Die Kinder lernten bei den Koranlehrern nicht Deutsch, sondern arabisch. Junge Frauen versicherten Deutschen: Wir gebären euch tot. Und ich darf an die Geisteshaltung Ihrer Bildungsministerin erinnern – nun können Sie ermessen, wie Europa über Ihren Beitritt denkt.«

»So hat noch niemand zu uns gesprochen.«

»In den Demokratien Europas gehört das Verschweigen der Wahrheit zum Beruf, denn man will von gleichen ›Weicheiern‹, wie sie genannt werden, nicht ausgegrenzt und zur nächsten Wiederwahl nominiert werden.«

»Sie haben aber keine gute Meinung von Ihren Demokraten, die uns Einhaltung der Menschenrechte und demokratischer Regeln predigen.«

Matala lachte verhalten: »Scheinheiligkeit ist der Bruder des Verschweigens. Ehrlich betrachtet sind die irdischen Demokratien Parteidiktaturen – bis auf die Schweiz. Auch die EU war diktatorisch, sonst hätte man wohl mit Ihrem Land keine Beitrittsverhandlungen aufgenommen.«

»Wie können Sie sich dann die Freiheit zu solchen Wahrheiten nehmen?«

»Meine Wahl wurde von etwa 350 Millionen Europäern bestätigt, und da habe ich mir das Recht genommen, eine ziemlich echte Demokratie einzuführen, die nun für Ihr Land negativ wirkt.«

Die Versammelten hatten dem Disput bis auf manches Kopfschütteln schweigend zugehört. Dann meldete sich ein General zu Wort: »Ich bin natürlich gegen die Abtretung von Gebiet an die Kurden. Sie sind für mich ein unsicheres Volk. Ich bin aber auch gegen eine Unterwerfung unter die Bürokraten der EU.«

»Eine ehrliche Meinung, die nicht alle teilen«, schwächte

Domoran ab, »aber von uns wurde bereits der Verzicht auf freie Zuwanderung nach Europa für zwanzig Jahre gefordert.«

»Die freie Zuwanderung hält sich zwischen den europäischen Staaten in engen Grenzen. In Ihrem Land warten dagegen Millionen Menschen mit Großfamilien, ungelernt und mit niedrigem Bildungsstandard, auf Ausreise in Länder mit hohem Sozialstandard, die keine Arbeit für Unausgebildete haben und Ihre Zuwanderer ernähren müßten. Die zwanzig Jahre haben die Euro-Politiker festgelegt, weil sie dann nicht mehr im Amt sind, wenn die Flut für ihre Sünden kommt – vielleicht haben Sie auch selbst einen Aufschwung. Aber vergessen Sie nicht die Geburtenbeschränkung! Während der zwanzig Jahre wird es vielleicht Arbeitsagenturen möglich sein, Zeitarbeitsplätze ohne Vertrag und Sozialleistungen zu vermitteln, denn Ihr Land beansprucht dann ohnehin schon Unterstützung von der Union.«

»Dank für die ehrliche Darstellung. Noch etwas: Wenn wir die Gebietsabtretung als Vorleistung bringen, wer garantiert dann die EU-Aufnahme?«

»Kein Geschäft ohne Risiko, heißt es«, lächelte Matala beruhigend. »Der Gebietsverzicht würde als echtes Bekenntnis zu Europa gewertet werden. Wenn es Ihnen dann noch gelingt, den Missionseifer Ihrer islamischen Organisationen und ihre starken Sprüche zu dämpfen, ist wohl eine Mehrheit von 51 % bei der Abstimmung sicher.«

Jetzt meldete sich der Imam zum Wort: »Unsere Mission mit dem Ziel einer Islamisierung Europas ist ein Gebot Allahs – dagegen kann die Regierung nicht einschreiten.«

Matala lachte leicht: »Eine Aufnahme in die EU würde Sie Ihrem Ziel eher näherbringen.« Dann hob er warnend den rechten Zeigefinger: »Seien Sie vorsichtig mit dem Bezug auf Allah, den die ungläubigen Christen schon als ihren Gott verehrten, bevor ihn Mohammed für den Islam annektierte.

Der Imam lief rot an, als er die Militärs grinsen sah.

»Wir sind laizistisch, und die Religion sollte keinen Einfluß auf die Regierungsarbeit haben, aber das gilt umgekehrt ebenso«, entschied Domoran. »Wir werden in verschiedenen Ausschüssen beraten und eine Entscheidung treffen. Das Ergebnis ist offen. Auf jeden Fall danken wir Ihnen für Ihr Erscheinen und die offenen Darstellungen, die so gar nicht der üblichen politisch verdeckten Diktion entsprochen haben.«

Ein fester Händedruck, dann geleitete er Präsident Matala und seine Begleitung bis zum Fluggerät vor dem Gebäude.

»Eure Argumente haben erstaunlicherweise der Generalität besonders gefallen«, bemerkte Ixman, als die Scheibe abgehoben hatte, »wenn der Einfluß des Militärs wegfallen würde, wäre es wohl wieder ein Koranstaat. Ich habe in den Gesichtern der Zuhörer bei Euren religiösen Erwiderungen wenig Zustimmung gelesen.«

»Die Ideen Kemal Atatürks sind unverwässert nur noch im Offizierskorps lebendig. Denen kommt die Aussicht auf inneren Frieden sicher nicht gelegen, aber ich denke, sie werden nicht gegen den Kurdenstaat stimmen, eher gegen die EU. Auf jeden Fall können sie sich früher pensionieren lassen«, meinte Matala dazu.

»Mit unseren beiden Dozenten verstehen sie sich auch gut. Die werden zum Manöver eingeladen, damit sie einen Begriff vom Krieg haben«, fügte Ceman noch hinzu.

* * *

Osama bin Laden gab es nicht mehr, aber seine Familie und ein erdweites Netz von Stützpunkten. Dort wurden immer wieder Menschen angeworben, die als Moslems mit den Verhältnissen in den Staaten der »Ungläubigen« nicht mehr zurechtkamen oder dorthin beordert wurden, um zum Heile Allahs Terrorschrecken zu verbreiten.

Ein Nachfolger bin Ladens, der in seinen Kreisen Alibata genannt wurde, verzichtete auf jede TV-Demonstration, verfolgte den Kurs von Al Khaida, ohne sich jemals damit zu identifizieren. Er hatte keine Familie und war ständig unterwegs, um

Geld und Ideen zur Erzeugung von Angst und Schrecken zu verteilen. Tana war ihm mehrmals dicht auf den Fersen, und die Kundschafter hätten ihn wohl eliminieren können, aber Ixman wollte ihn unter die Wahrheitshaube bringen, um die Schaltstellen und Knoten des Netzwerks zu ermitteln.

Gerade wieder hatte ein Vertrauensmann aus Karachi melden können, daß er von der Ankunft Alibatas gehört habe. Nach seinen Ermittlungen sei er in einer Gegend, die er gut kenne, abgestiegen, nämlich beim Rechtsanwalt Himalis, der ein einzeln gelegenes Haus an einem Gewässer besitze. Dann nannte er noch die Positionsnummer.

Ixman ließ sich sofort mit dem Innenminister in Islamabad verbinden und bat um die Einflugerlaubnis. Da er Grund und Adresse nennen mußte, bat er, von seiten der Behörden nichts zu unternehmen, was ihm in diesem islamischen Land unwahrscheinlich erschien. Zetman fand in unmittelbarer Nähe einen Landeplatz. Ixman war in einer guten Minute am Haus und läutete. Den öffnenden Bedienten bat er in Urdu, ihn dem Hausherrn zu melden.

Der sei leider vor mehreren Stunden weggefahren. Ob er dessen Besuch sprechen könnte, wollte Ixman wissen. Der sei leider mitgefahren.

Er dankte für die Auskunft und bestieg wieder die Scheibe.

»Bruder, geh in tausend Meter Höhe in Wartestellung. Der Vogel ist weitergeflogen, weil das hier Islamfilz ist. Wir müssen den Hausherrn zum Besuch der ›Lavia‹ einladen, etwas wird er sicher wissen.«

Als die Dunkelheit einbrach, ohne daß Himalis zurückkehrte, landete Zetman die Scheibe wieder, und Ixman postierte sich am Eingang. Als endlich der Wagen kam, wartete er, bis sich die automatische Garagentür geöffnet hatte und der Wagen in der Garage stand. Als nun Himalis heraustrat, sprach er ihn im Licht der Garage an.

»Hallo, Mister Himalis, mein Name ist Ixman. Darf ich Sie zu einem Flug in Richtung Tana-Stützpunkt einladen?«

»Warum nicht?« stotterte der Rechtsanwalt und sah sich nach einem Fluchtweg um.

Ein leichter Schlag unter das Kinn machte ihn transportabel. Als er sicher in der Scheibe lag und zu sich kam, entschuldigte sich Ixman mit einer falschen Reaktion des Innenministeriums, sonst würde Alibata zum Stützpunkt fliegen.

Wie erwartet stellte sich Himalis unwissend. »Um Sie von Ihrem Schweigegebot zu entlasten, fliegen wir Sie zu unserer Wahrheitsstation, denn die Suche nach Alibata ist eine dringliche Angelegenheit aller nichtislamischen Staaten der Erde.«

»Ist das mit Folter verbunden?« fragte er gefaßt.

»Wir foltern keine Menschen, aber Sie werden in bezug auf Alibata eine kleine Gedächtnislücke haben.«

»Ich habe von der Zuverlässigkeit Ihrer Wahrheitsfindung schon gehört, was wollen Sie denn wissen?« Ixman war erstaunt über das Angebot des Advokaten, der offenbar nur ein Stützpunkt im Netz war.

»Wie hat er von unserem Kommen erfahren, und wohin will er sich jetzt begeben?«

»Das Innenministerium hat mich angerufen und meinen Besuch verlangt. Er sprach davon, daß man ihn lebend haben will, um seine Kenntnisse zu erpressen. Um dem zu entkommen, gehe er zum ›Tal des Schweigens‹, das meines Erachtens in Tibet liegt – schon auf chinesischem Gebiet.«

»Bruder, mache kehrt in Richtung Karachi. Wir sprechen mit China. Vielen Dank und nochmals Verzeihung, Mister Himalis.«

Im chinesischen Innenministerium war kein Tal dieses Namens bekannt, aber vor Jahrzehnten wäre viel umbenannt worden. Leider wäre der Professor für Tibet-Geschichte einige Tage abwesend.

Acht Tage später war er wieder im Amt. Er könnte bestätigen, daß man das Gebirgstal mit dem Lamakloster seinerzeit in »Tal der Gebete« umbenannt hatte. Es wäre jetzt ein Wallfahrtsort mit einem bemerkenswerten Besuch von Pilgern. Der Professor gab dann das Gespräch an Innenminister Li Hang weiter, der nach Kenntnis der Situation sofort bereit war, alle Abgänge vom Kloster zu identifizieren. Nach Vereinbarung mit den Geistlichen könne das aber nur visuell geschehen durch Fotos. Auch könne Tana nicht eine Inspektion des Klosters zugesagt werden. Im übrigen wäre das enge Tal auch nicht für eine Landung geeignet; dabei nannte er aber die Positionsdaten.

»Alibata hat genau gewußt, warum er sich dort versteckt«, mutmaßte Zetman, »wir haben nicht einmal ein neues Foto zum Vergleich, und sein fehlender rechter Mittelfinger ist darauf ohnehin nicht zu sehen.«

»Wir werden uns das Tal ansehen«, versprach Ixman.

Als dann die Scheibe bergwärts vom Kloster über dem Tal schwebte, meinte Zetman, es sähe aus, als ob ein Höhenzug längs des Kammes gerissen sei. Es gäbe in diesem breiten Einschnitt in Nord-Süd-Richtung zwar einzelne grüne Flächen, auf denen auch Tiere weideten, aber keinen Wasserfall und keinen rauschenden Bach.

»Vielleicht ein Grund für die ursprüngliche Bezeichnung ›Tal des Schweigens‹«, schloß er seine Betrachtung.

»Du kannst recht haben, Bruder, und nun versuche mal unweit des Klosters einen Landepunkt zu finden. Ich will ja den Lamamönchen einen Besuch machen«, forderte ihn Ixman auf.

Entgegen Li Hangs Angabe fand sich oberhalb des kleinen Klosters mit dem verwinkelten Dach doch ein Landeplatz, von dem einige großhornige Bergschafe flüchteten und zu dem kein Weg führte. So mußte Ixman leichtfüßig über Stock und Stein einen Weg zu dem Gebäude suchen.

An der Pforte traf er auf einen Mönch in einer Art Kutte, der ihn in seinem schwarzen Umhang ohne Gepäck kritisch musterte. Ixman bat in Chinesisch um Einlaß und während der Mönch in dessen helle Augen starrte, wies er ihn zu einer urigen Treppe. Sie endete in einem winkligen Gang, der in einen hohen Raum führte. Hier sprach ihn wieder ein Mönch an und erkundigte sich, ob er bleiben wolle.

Als er nickte, führte er ihn zu einer Art Zelle, die mit einem

Vorhang verschlossen war, einen kleinen Tisch enthielt, auf dem eine Öllampe entzündet wurde, sowie eine Liegestatt mit dikken Wolldecken. Anschließend wurde er zum Eßraum und in die Gebetshalle eingewiesen.

Natürlich interessierte ihn nur der Eßsaal, wo sich alle versammeln würden, wenn drei Gongschläge rufen.

Schon beim ersten Schlag begab sich Ixman zum Bereich des Eßsaales, entledigte sich in einer Nische seines Umhanges. Dann trat er von der Rückseite der Wand hinter der Speiseausgabe soweit durch, daß er den Saal überblicken konnte. Die Wand lag weitgehend im Dunkel, nur der Ausgabetisch wurde zusätzlich durch Öllampen erhellt. Die etwa zwanzig Mönche waren gleich gekleidet, einige hatten ihre Gebetsmühlen bei sich. Das Volk der Pilger – drei Frauen und ein Kind waren darunter – bot dagegen ein buntes Bild.

Jeder erhielt einen Napf mit Suppe und ein Stück, das aussah wie Fladenbrot. Seitwärts stand eine Kanne mit Wasser, an der sich jeder mit seinem Becher bedienen konnte. Ixman achtete genau auf die Suppenschüssel, die beim Austeilen fast alle mit der rechten Hand hielten, in der linken den Becher.

Und da sah er die Hand mit dem fehlenden Mittelfinger! Seine Augen suchten das Gesicht des Suppenempfängers – da blickte der hoch, und die beiden Augenpaare trafen sich. Ixman konnte nicht ahnen, daß sich eine der Öllampen in seinen hellen Augen spiegelte – gut sichtbar an der dunklen Wand.

Der »Pilger« zuckte zurück und bemühte sich, so schnell wie möglich im Gewühl der Essenden unterzutauchen.

Befriedigt vom Ergebnis seiner Aktion, griff sich Ixman seinen Umhang und suchte den Weg zum Ausgang. Der Pförtner fragte ihn erstaunt, ob er schon wieder das Kloster verlasse.

»Ja, leider hat mir die Suppe nicht geschmeckt.« Beim Heraustreten auf den Fahrweg sah er nun einen Chinesen mit amtlicher Mütze, der an einer Ledertasche nestelte, die ihm vor der Brust hing. Bevor er den Fotoapparat freibekommen hatte, war er bei ihm.

»Sie haben sicher den Auftrag alle Abreisenden zu fotografieren.« Der Angesprochene nickte. »Ich habe Innenminister Li Hang darum gebeten, weil wir einen Mann suchen«, fuhr Ixman fort, »der noch im Kloster ist. Ihm fehlt der rechte Mittelfinger.«

»Soll ich ihn festnehmen?«

»Das werden Sie allein nicht schaffen, aber rufen Sie mit Ihrem Handapparat diese Nummer an. Wir warten mit einem Fluggerät oben im Tal und können die Person bei sofortiger Meldung unten im Tal festnehmen.«

Der Posten war von der Sicherheit Ixmans sehr beeindruckt und sagte alles zu, weil es nicht seiner dienstlichen Order widersprach.

»Also, Bruder, er ist noch im Kloster! Und wahrscheinlich hat er die Verfolgung erkannt, denn er weiß ja über die Möglichkeiten seiner Jäger Bescheid.« Dann schilderte er die Einzelheiten, auch die Vereinbarung mit dem Fotoposten.

»Ich würde dir raten, beim ersten Morgenlicht selbst an der Pforte zu sein. Ich schwebe darüber und bin sofort zur Stelle, falls Du ihn greifst.«

Der Posten war erstaunt, als er aufzog, Ixman schon vorzufinden. Gestern wären nur ein Mann »mit Mittelfinger« und eine Frau mit Kind und Esel abgereist. Dabei nahm er seinen Apparat heraus, schaltete ihn auf Wiedergabe und reichte ihn Ixman. Der sah es als überflüssig an, wollte ihn aber nicht enttäuschen und blickte auf die Projektion: Frau mit Kind auf Esel. Das Kind schien ihm reichlich hoch auf dem Esel zu sitzen.

»Sie sagte, sie hätte darunter noch Decken, weil sie bei Übernachtungen oft auf dem Boden schlafen müßten.«

Nach Einschalten der Ausschnittvergrößerung wurde seine böse Vermutung zur Gewißheit – am unteren Rand der Decke, die unter dem Kind lag, waren Fingerspitzen zu sehen: einmal drei und zweimal eine! Der Mittelfinger dazwischen fehlte.

Während Zetman auf Wink landete, erklärte er dem Posten die Sachlage.

»Die können nur bis zu einem kleinen Marktflecken im

Verlauf des Talausgangs gelangt sein«, war dessen Meinung, »die Frau sagte, sie wäre aus Accat, das ist ein Dorf, ein Tagesmarsch südlich davon.«

Mit großen Augen sah der Chinese die Scheibe lautlos zu Boden sinken, in die sein Gesprächspartner einstieg und die sich mit leisem Summen erhob.

Als er Zetman von dem Foto und dem verdächtigen Eselsgepäck berichtet hatte, stellte er lakonisch fest, daß Alibata wieder einmal entkommen war.

»Ist wohl meine Schuld, aber ich war nicht sicher, ob er die Verfolgung erkannt hatte und wie schnell er reagieren würde, denn er konnte von Li Hangs Aktionsverbot im Kloster wohl nichts wissen. Aber ich hätte zusammen mit dem Posten vor der Pforte warten sollen.«

»Gewiß, du hättest sicher die Decke unter dem Kind angehoben. Was machen wir nun?«

»In dem Gewusel eines Marktfleckens jemand zu suchen ist illusorisch, aber wir könnten noch die Frau mit dem Esel auf dem südlichen Weg zu ihrem Dorf abpassen und befragen, wo er sie verlassen hat und dann Li Hang mobilisieren.«

»Der wird uns als Intelligenzgiganten auslachen.«

Sie konnten dann die Frau anhalten und trotz Verständigungsschwierigkeiten durch Dialekt erfuhren sie, daß sie ihr »Eselsgepäck« in die Apotheke gehen sah. Er hätte ihr Geld gegeben. In der Apotheke erfuhr Ixman, daß er eine Salbe gegen Bluterguß verlangt habe und sich nach dem kürzesten Weg nach China, eventuell einem Flugplatz erkundigt habe. Man habe ihm geraten, am westlichen Ortsausgang ein Fahrzeug anzuhalten oder mit einer Karawane mitzuziehen, bis sich eine Flugmöglichkeit ergebe.

Als Ixman gegenüber Li Hang die Panne beichtete, griente der fröhlich: »Ich hätte nie gedacht, daß Tana auch mal Fehler macht! In China einen geschickten Agenten zu finden, gleicht der berüchtigten Stecknadel im Heuhaufen. Wir werden – ein erprobter, sicherer Weg – unsere Presse ansprechen und die

Suche – also den Steckbrief – in eine kleine Geschichte mit dem Esel kleiden, das bleibt eher im Gedächtnis. Da Fremde kaum unsere Zeitungen lesen, wird Ihr Alibata die Suche hoffentlich nicht mitbekommen, aber es wird etwas Zeit vergehen. Nun zur Tröstung eine gute Nachricht: Der Liebestöter per Funk wirkt gut. Die Demokraten im Land der Liebeskünste halten sich ja bei dem Thema zurück, weil sie den Ruf des Kamasutras nicht gefährden wollen. Meine beiden Töchter trösten ihre Ehemänner mit Delikatessen leiblicher Art, was gut ›anschlägt‹. Übrigens werde ich bei dem Steckbrief die Telefonnummer meines Sekretärs nennen lassen, um Zeitverlust zu vermeiden.«

Nach drei Wochen hatte die Aktion mit einem ersten Anruf Erfolg. Es meldete sich ein Prothesenmacher aus Hongkong. Bei ihm hatte sich ein arabisch aussehender Herr eine Prothese für den rechten Mittelfinger machen lassen. Es war sehr eilig gewesen, da er eine Seereise antreten wollte. Sein Sohn hätte ihm erst hinterher von der Zeitungsmeldung berichtet.

Das war die Vollendung der Tana-Niederlage! Wenigstens nannte es Zetman so. Also warten auf die nächste Gelegenheit, die sich ohne fehlenden Finger entschieden schwieriger gestalten würde. Eigentlich unklar, weshalb Alibata nicht schon früher eine allerdings unübliche Prothese getragen hatte?

Knapp vier Wochen danach rief der Kapitän des Kreuzfahrtschiffes »Jangtsekiang« in Peking an. Er wäre auf der Fahrt nach Hawaii. Bei schwerer See wäre ein Passagier gestürzt und ohnmächtig geworden. Der Arzt hätte ihn darauf aufmerksam gemacht, daß der Verunglückte eine Prothese am rechten Mittelfinger trage, also der Person entspräche, nach der vor einiger Zeit gesucht worden wäre. Man hätte ihn schon wegen einer Kopfwunde für die Versicherung fotografiert, es wäre unsicher, ob es sich um die gesuchte Person handeln würde. Eine Festsetzung entspräche nicht den Kompetenzen.

»Der richtige Mann wird von der Tana-Mannschaft gesucht«, ließ ihn der Sekretär wissen, »wenn er wieder fit ist, so achten Sie auf seine Schritte. Ist es ein arabischer Typ?«

»Ja, er besitzt einen syrischen Paß, geboren in Aleppo.«

»Tana wird mit Ihnen Verbindung aufnehmen und mit einem ihrer Fluggeräte folgen. Danke für Ihre Information.«

»Ein Sturm auf See ist auch etwas wert«, meinte befriedigt Zetman, als sie die Nachricht aus Peking erhielten und er die Scheibe auf die Position des Schiffes einsteuerte.

Das Kreuzfahrtschiff war nicht allzugroß, wahrscheinlich für 500 Passagiere berechnet, aber ohne Platz für eine Landung, wie Zetman beim niedrigen Überfliegen feststellte. Ixman hatte inzwischen Verbindung mit dem Kapitän aufgenommen und erkundigte sich über die Anlegestellen auf den Inseln.

»Das Schiff fährt zuerst nach Oahu und legt in Waikiki an, nachdem die berüchtigte Pearl-Harbour-Bucht gekreuzt wurde. Mit Bussen wird dann Honolulu besucht, dem sich eine Fahrt durch die Inseln anschließt.«

»Auch weiß ich nicht, ob Ihr Prothesenträger wirklich der Gesuchte ist. Wir müssen es aus seinem Verhalten erkennen. Wir werden mit unserer Scheibe weiter über Ihrem Schiff schweben, damit er weiß, daß er verfolgt wird, vielleicht können Sie einen Posten stellen, daß er nicht nachts über Bord geht. Er weiß, daß wir ihn lebend brauchen. Wenn er die Ausflüge nach Honolulu nicht mitmacht, ist es mit einiger Sicherheit der Richtige.«

»Wie wollen Sie ihn dann greifen?«

»Sie werden sicher noch nach Hawaii weiterfahren und in Hilo anlegen, um mit Bussen den Mauna Kea besuchen. Dort ist weniger Betrieb, und ich würde dann an Bord kommen und ihn mir holen.«

»Ja, aber ...«, stotterte der Kapitän.

»Man weiß in Peking, daß Tana außerhalb aller Gesetze zum Wohl der Menschen handelt«, tröstete er den Kapitän, der hörbar seufzte. »Wir bleiben in stetiger Verbindung«, fügte Ixman noch hinzu und nannte ihm den Anruf von seinem Handapparat.

So konnte der Kapitän ihm mitteilen, daß der Prothesenträger wegen Unwohlsein die Ausfahrt abgelehnt habe. Vier Tage darauf in Hilo konnte er ihm mitteilen, daß der Verfolgte ein separates Taxi bestellt habe.

»Das ist unsere Gelegenheit, Bruder«, freute sich Ixman.

»Die du hoffentlich nicht verschenkst«, erwiderte Zetman mit Gedanken an das »Tal des Schweigens«.

Aus 500 Meter Höhe beobachteten sie die Abfahrt der Busse. Einige Zeit darauf kam ein Taxi mit offenem Verdeck. Ein Mann ohne jedes Handgepäck rannte fast die Gangway hinunter, sprang in den Wagen und verhandelte mit dem Taxifahrer. Darauf zog er seine Börse aus der Hose und reichte dem Fahrer einen Geldschein. Nun erst nahm er die Hand an die Stirn und schaute über sich in den Himmel. Die Börse steckte er nicht ein, sondern legte sie neben sich auf die Sitzbank.

Das Taxi wendete und schlug vor der Stadt eine südliche Richtung ein, die ins Land hineinführte. Im Norden erhob sich der Mauna Kea in seiner majestätischen Größe.

»Da sind unsere toten Übersiedler bestattet worden«, erinnerte Zetman.

»Unser Schlot im Nationalpark war knapp vier Kilometer tief, dieser hier geht weit mehr als zehn Kilometer in die Tiefe. Eigentlich bemerkenswert, daß die Lava flüssig bleibt, denn es gibt ja Ruhepausen.«

»Es genügt ja, wenn der innere Kern flüssig bleibt. Im Vergleich zu unserem beträgt der Durchmesser ein Vielfaches. Kannst Du schon erkennen, wo das Taxi hinfährt?« Ixman trug nur seinen grauen Dreß, um beweglich zu sein.

»Die Straße führt erkennbar an die Westseite der Insel. Sie scheint dort eine Steilküste zu haben. Alibata beobachtet uns schon dauernd.«

Nun lagen einige Häuser an der Straße, die hier offenbar erneuert worden war, denn das Taxi wirbelte jetzt keinen Staub auf. Einige bestellte Felder lagen zu beiden Seiten. Zetman senkte die Scheibe ab und überlegte, ob er das Taxi blockieren könnte, damit sein Bruder zugreifen könnte. Aber da bog die Straße schon nach Norden zur Küste ein und wurde schmal.

Dann kam ein Parkplatz in Sicht, der über den Felsabbruch hinaus ausgebaut war, um Touristen den Blick auf den Vulkan zu ermöglichen.

Als Zetman das Taxi links ausschwenken sah, senkte er die Scheibe sofort ab und alarmierte Ixman. Der hatte die Luke schon geöffnet und war fertig zum Ausstieg.

Das Taxi hielt, Alibata sprang hinaus, rannte zur Brüstung, die ihm beim Erklimmen einige Mühe machte. Da war die Scheibe schon dicht über ihm. Während er über die breite Brüstung rutschte, wobei ihm sein Gewand hinderlich war, sah er nach oben und streckte Ixman in der Luke die Zunge heraus. Dann kippte er über den Rand in die Tiefe. Im gleichen Augenblick ließ sich Ixman kopfüber fallen. auch die Scheibe fiel im Bogen zum Meer hin abwärts.

Die erste Sekunde stürzte Alibata fünf Meter abwärts, dann begann sein Gewand wegen der Beschleunigung zu flattern, nach der zweiten Sekunde war ihm Ixman im glatten Dreß schon zum Greifen nahe – und da griff er auch schon Alibatas Kopf. mit den Gedanken schaltete er die Schwerkraft aus, stoppte die Beschleunigung bis ins Negative und ruderte mit den Beinen, um in den Bereich der bereits unter ihnen schwebenden Scheibe zu kommen. So landeten die beiden mit nur drei Metern pro Sekunde auf der Oberseite der Scheibe, wo sich Ixman mit dem strampelnden Alibata andockte. Ein leichter Schlag »auf den Punkt« beruhigte ihn.

Auf dem Parkplatz war der Fahrer aus dem Taxi gesprungen, hing über die Brüstung und sah mit großen Augen, was sich bis zu hundert Meter unter ihm abspielte – ein sagenhafter Bericht für die Lokalzeitung.

Die Scheibe landete sacht auf dem Parkplatz, wo Ixman mit seinem »Geretteten« im Arm von der Oberseite herunterglitt und ihn durch die Luke ins Innere bugsierte, wo er ihn am Liegesitz fesselte. Zetman nahm Kurs auf die »Lavia«, die im Indischen Ozean kreuzte, wohin ein Anruf auch Bruder Uman rief als Zeuge einer längeren Wahrheitsfindung.

Inzwischen war Alibata wieder zu sich gekommen, reagierte aber auf Anrede nicht. Kurz darauf röchelte er. Ixman sah hinüber – und sprang sofort auf. Er sah auf einen Blick, daß der Gefesselte versuchte, seine Zunge in den Rachen zu würgen – eine Selbsttötungsmethode asiatischer Agenten.

Er sperrte ihm den Rachen weit auf und versuchte mit dem Zeigefinger seitwärts hinter die Zunge zu kommen, um sie nach vorn zu ziehen. Es gelang, und er sah, daß kein Zungenbändchen mehr vorhanden war, eine Bedingung für diese Art, das Leben zu verlassen. Zetman hatte die Situation erfaßt, auf Automatik geschaltet und im Werkzeugbereich eine Kontaktklammer gefunden, mit der sie die Zunge an die Unterlippe klammerten.

»Es ist sehr unbequem und tut mir Leid, Mister, aber wir brauchen einen lebenden Alibata«, entschuldigte sich Ixman für die Tortur. Blanker Haß sprach aus den Augen Alibatas. Nach einigem Herumsuchen in Beständen fand Ixman eine rauhe Baumwollsocke, rollte sie zusammen, schob sie ihm als Knebel in den Rachen und nahm die Klammer ab.

Als sie die »Lavia« erreichten, war Uman schon eingetroffen. Ixman hatte seinen Abfrageplan erarbeitet und übergab eine Kopie an Prof. Neuberg und Traven, welche die Registrierung übernahmen. Uman schilderte er die Selbsttötungsversuche und bat ihn, auf ungewöhnliche körperliche Reaktionen zu achten. Dann begann die Prozedur mit dem gefesselten und geknebelten Agenten. Ixman wählte für die Fragen seine Heimatsprache und erhielt die gedankliche Antwort auch auf arabisch.

Die Befragung dauerte über drei Stunden, weil sich oft aus den Antworten neue Fragen ergaben. In 31 Ländern gab es Anlaufpunkte, für 28 davon konnte er die genauen Adressen nennen. In 17 Hauptstätten gab es Kaderbüros, die Kontakt hielten zu Studenten aus islamischen Ländern. Für zwölf Weltflughäfen nannte er die Namen dort tätiger Angestellter, die zur Begünstigung von Terroristen geneigt waren. Seine bevorzugten Terrorziele seien U-Bahnen, Hochhäuser und Tunnel. Auf die Frage, was in Vorbereitung sei, nannte er den Tunnel Dover – Calais durch einen Container mit doppelten Wänden. Keine Atomkraftwerke? Nein, die seien zu gut gesichert und das Personal allgemein unbestechlich, man müßte mit Verrat der Aktion rechnen. Das Geld für die Terroraktionen käme von reichen Moslems aus den Emiraten, auch aus dem Iran. Seine Konten seien bekannt, und man fülle sie immer auf. Es gab drei Banken, die Kontonummern brachte er durcheinander.

Zum Schluß wollte Ixman wissen, warum er sich erst in Hongkong eine Fingerprothese machen ließ. Sie störe besonders beim Essen, weil sie nicht gut beweglich sei; erst als er direkt verfolgt wurde, habe er sich dazu entschlossen. Auf die Frage, warum er nicht schon auf dem Schiff seine Zunge verschluckt habe, antwortete er, es sei ein unsicheres letztes Mittel, weil man es nicht üben könne – Springen wäre erprobt.

Darauf brach Ixman die Befragung ab und nahm ihm den Knebel aus dem Mund. Als Alibata wieder richtig bei sich war, ermahnte er ihn, keinen neuen Versuch mit der Zunge zu machen. Man würde ihn nicht an ein Land ausliefern, weil er doch keine Auskunft mehr geben könne. Freilassen wäre auch nicht möglich, da seine Kreativität gefährlich wäre. »Tana wird Sie unter ärztlicher Aufsicht auf einem Stützpunkt leben lassen.«

Alibata sagte daraufhin nichts. Entfesselt nahm ihn Uman in Empfang. Prof. Neuberg informierte die Geheim- und Sicherheitsdienste der Erde.

Bei der Ausschöpfung von Alibatas Wissen war keine religiöse Frage gestellt worden, so daß ihm sein Glaube und der Traum vom Paradies blieben.

* * *

In der Vorhalle des Sitzungssaales des Europarates in Brüssel hatten sich der dänische Ministerpräsident Holanda und die Kanzlerin Stöltzle aus Wien zusammengefunden.

»Unsere beiden Kommissare haben ja nun das Ressort Kultur und Bildung, dabei hausten in unserem Land noch die Wikinger, während es bei Ihnen schon Königshöfe gab«, meinte Holanda bescheiden.

»Dann werden Sie für die Kultur einen gesunden Mittelweg finden, wie es Matala geplant hat«, mutmaßte die Kanzlerin und rührte geringschätzig in ihrer Tasse, in der sich alles andere als der bestellte »verlängerte Braune« befand.

»Bei seiner Wahl war ich noch nicht im Amt, aber ich habe seine Wahl begrüßt. Er ist ein Genie, seine Rede zur Wahl hat er in Wien in unserem Dialekt gehalten. Vor allem entfällt das Mißtrauen, daß zugunsten einer Nation gehandelt wird.«

»Das ist für uns Nettozahler besonders wertvoll, genauso wie sein Einfluß auf die Handhabung der Finanzen. Zur norwegischen Ministerpräsidentin hat er gesagt, ein Beitritt brächte keine Vorteile, nur Kosten. Er hat ja auch den Kommissar zur Erweiterung der EU gestrichen – das würde er bei Bedarf machen, wer wollte ihm widersprechen? Er handelt wie ein Souverän – mit dem Volk hinter sich – gegen alle Schwächen der Politik.«

»Er faßt sich kurz«, ergänzte Frau Stöltzle, »und gegen diesen Verstand gibt es keine sachliche Opposition. Ohne ihn würde die EU ausufern, bürokratisch, personell, geographisch.«

Die Glocke rief zur Sitzung, und die österreichische Feinschmeckerin ließ das Gebräu in ihrer Tasse stehen.

Es dauerte seine Zeit, bis die 30 Regierungschefs mit ihren Sekretären und Beisitzern ihren Platz eingenommen hatten. Vorsitzender war der polnische Ministerpräsident Golewsky, der die Tagung mit kurzen Worten eröffnete und die Anwesenden begrüßte. Zum ersten Teil, in dem Präsident Matala Stellung nehmen würde, hätte jeder Staat vor sechs Wochen eine komplette Darstellung über geplante Reformen zur Durcharbeit mit den Parlamenten erhalten, so daß am Schluß der Tagung darüber Entschlüsse gefaßt werden können. Im übrigen seien seit der letzten Tagung gut 12000 Verordnungen als nicht mehr aktuell aufgehoben worden. Beifall für die Kommission. Dann erteilte Golewsky dem EU-Präsidenten das Wort.

Im eleganten schwarzen Anzug stellte sich Matala vor das Rednerpult und sprach in einem flüssigen Englisch: »Ladies and Gentlemen! Sie haben den genauen Wortlaut der geplanten Reformen erhalten, zu denen ich Stellung nehmen will. Durch die Justizreform, die auf das Leben einer Reihe von Bürgern entscheidenden Einfluß hat, soll eine – ich sage annähernd – gleiche Analyse der Straftat in allen Staaten der EU erreicht werden mit entsprechendem Strafmaß. Richter sind zwar frei in der Beurteilung einer Straftat, müssen aber in der Regel Rahmen für das Strafmaß berücksichtigen. Beides kann eine Revision anfechten.

Durch Zuwanderung aus Völkern, die hier eine hohe Kriminalitätsrate aufweisen und bei denen das Prinzip der Rache voll aktuell ist, können sich Richter um ihre Sicherheit sorgen, wenn ihr Strafmaß das Mindestmaß überschreitet. Deshalb hat die Kommission die Mindeststrafmaße besonders bei schwerer Kriminalität wesentlich angehoben.

In diesen Völkergruppen tritt die Reife früher ein mit bemerkenswerter Kinderkriminalität. Es wurde daher die Straffähigkeit ab zehn Jahre festgelegt, mit der Verpflichtung der Staaten, geschlossene Jugendhöfe zu schaffen, getrennt nach Geschlecht und mit entsprechendem Erziehungs- und Lehrpersonal.«

»Ein großer Aufwand«, befand man aus Belgien.

»Es gibt Kinder mit 50facher Täterschaft. Wenn diese zu Berufsverbrechern werden, ist der Aufwand vielfach. Jugendstrafe wird jetzt allgemein bis zum 18. Lebensjahr verhängt.

Eine noch ungelöste Frage ist der Schutz der Gesellschaft vor Mördern und Wiederholungstätern mit erwiesener Bereitschaft zu weiteren kriminellen Aktionen. Die Bürger würden heute bei Mord, der in der Regel durch Geständnis oder Wissenschaft eindeutig bewiesen werden kann, für den Tod des Mörders stimmen, aber jede Partei fürchtet Stimmverluste, wenn sie dafür eintritt. Gut, Tod für Mord kann von Ethikern als Rache bezeichnet werden. Wesentlich ist, solche Menschen mit entarteten

Gehirnen von der Gesellschaft fernzuhalten mit erträglichem Aufwand bei relativer Freiheit nach Verbüßung der obligatorischen 15 Jahre. Ich denke an eine Insel mit Selbstverwaltung, Werkstätten und Versorgung mit dem Notwendigen.« Beifall von vielen Teilnehmern.

»Eine weitere offene Frage ist für mich die Verfassung. Was seinerzeit erarbeitet wurde, hat zwar auch Verfassungselemente, die jedoch in einem Vertragswerk für gewiefte Politiker untergehen. Es sollte das Zusammenwirken von fast 30 Staaten juristisch einwandfrei regeln.

Eine Verfassung sollte aber jedem Bürger – ich betone, jedem Bürger – verständlich machen, in welcher Gemeinschaft, unter welchen Grundrechten er lebt. Wenn er das begreifen kann, wird er es auch durch seine Unterschrift anerkennen. Ich darf wohl bezweifeln, daß jeder Abgeordnete, der in den Staaten, die damals unterschrieben haben, den Text voll zur Kenntnis genommen und trotzdem dafür gestimmt hat. So etwas ist für mich keine Verfassung.« Leise Worte von Sitz zu Sitz – nennen wir es hörbares Schweigen.

»Die Kommission bereitet etwas Überschaubares vor«, fuhr Matala lächelnd fort, »und ich werde jeden Bürger bitten, dies zur Kenntnis zu nehmen und bei Einverständnis zuzustimmen. Das verstehe ich unter Demokratie. Das erste Werk wird als Ergänzung überarbeitet und Ihnen in Form eines Vertrages für das Zusammenwirken der Staaten zur Unterschrift offeriert werden.« Nur einige nickten befriedigt.

»Im Ressort Justiz möchte ich noch etwas nachreichen. In vielen Staaten ist der Freitod aufgrund religiöser Einflußnahme Strafdelikt. Die Beihilfe dazu wird streng bestraft. Nun hat wohl jeder Mensch das Recht, über sein Leben selbst zu entscheiden. Wenn er, aus welchen Gründen auch immer, jemand bittet, ihm beim Sterben zu helfen, kann es nicht die Aufforderung zu einer Straftat sein. Unsere Kommission hat den Mißbrauch nach niederländischem Vorbild sorgfältig abgesichert, wie Sie aus unserem Konzept ersehen konnten.

Als Vorschau möchte ich Ihnen noch über Verhandlungen mit dem Europäischen Parlament berichten, das infolge Überbesetzung kaum noch arbeitsfähig ist. Es soll durch einen neuen Wahlmodus reduziert werden. Mancher erinnert sich vielleicht noch, daß von Beginn an durch die Erweiterungen der Gemeinschaft um eine gerechte Beteiligung aller Staaten gerungen wurde und erst in den neunziger Jahren ein Kompromiß akzeptiert wurde, der aber eine weitere Vergrößerung aus Toleranzgründen nicht verhinderte. Das war mein Programm für diese Tagung.«

Allgemeiner Beifall begleitete seinen Abgang.

Der Vorsitzende läutete auf allgemeinen Wunsch eine Pause ein zur Verständigung untereinander. Es bildeten sich schnell Grüppchen, in denen das Hauptthema die Verfassung war. Der deutsche Bundeskanzler mußte viele Fragen zum Grundgesetz beantworten, das ja auch nur als Verfassung gehandelt worden war seit Entstehung. Er mußte dem französischen Premier Recht geben, daß die Deutschen tolerant wie eine Schafherde seien. In Frankreich würden dann gleich Hunderte von Autos brennen. Das sei ein Mangel an Verstand, oder die Industrie stecke dahinter, konterte der Kanzler.

Der britische Premier erklärte in seinem Kreis, Großbritannien habe ein Königshaus und brauche keine Verfassung. Ob man Matala anstelle der Verfassung zum König ausrufen solle, war die Frage. Der ist viel mehr, war die lakonische Antwort.

Am Schluß der Tagung wurden alle Vorlagen mit guter Mehrheit genehmigt und die Kabinette der Kommission konnten die Verordnungen herausgeben.

* * *

Der Zusammenbau der Solarelemente für das Saharaprojekt war aus Malis Hauptstadt Bamako nach Borem am Niger verlegt worden, weil es näher am Operationsgebiet lag. Ixman besuchte Ingenieur Tubacal am neuen Ort und sah schon als erstes ein Feld mit Solarständern.

»Es werden nun feste Fahrwege in die Wüste gebaut, damit wir mit dem Material und den Arbeitskräften sicher und schnell zum Montageplatz kommen.«

»Sind die Elemente schon verkabelt?«

»Damit wurde jetzt begonnen, aber wir müssen noch geeignete Kräfte anlernen. Es eilt auch nicht, da die Transformatorstationen aus Rußland noch nicht eingetroffen sind. Die chemische Seite hat auch erst mit den Vorarbeiten begonnen. Was Sie hier sehen, ist ein Probefeld, denn das bewirtschaftete Land am Niger soll natürlich frei bleiben. Wir werden die Montage der Elemente weiter in die Wüste verlegen und mit verwehungssicheren Straßen verbinden, aber auf Räumfahrzeuge wird man nicht verzichten können. Die russischen Geräte aus Tschad könnte man dafür umbauen.«

»Wie läuft es denn im Tschad mit dem Versickern des Kongowassers? Ich wollte dort einen Besuch machen – kommen Sie mit?«

In der Scheibe stellte er dann die Situation dar, die er mal überrechnet hatte. Man wartete seinerzeit auf Meßergebnisse aus Libyen, aber das wäre illusorisch gewesen. Um in einem Gebiet von tausend Quadratkilometern – die Ausdehnung des Tiefwassers ist, nach den bekannten Quellen zu urteilen, größer – den Wasserspiegel um einen Zentimeter anzuheben, wären zehn Milliarden Kubikmeter erforderlich. Die Pumpanlage am Kongo mit der Leitung schaffe am Tag gut 300 000 Kubikmeter. Es würde also Jahre dauern, bis man mit den groben Pegelmessern ein sicheres Ergebnis sehen würde. Außerdem würde ein Teil verdunsten, denn die Sahelzone sprach von mehr Regen.

Über dem Ziel fiel sofort auf, daß drei weitere Seebecken ausgebaggert worden waren. Nach der Landung hatten sie kaum ein paar Worte mit dem Verwalter über die Vogelabwehr durch Blitzlicht gesprochen, als Tubacal in den Himmel zeigte. In sicher 10 000 Meter Höhe zog ein kleiner, aber relativ schneller Flieger seine Bahn in Richtung Süden.

»Scheint eine alte MIG zu sein aus Sudan oder Ägypten«, schätzte der Ingenieur, »hier nimmt man die Grenzen nicht so genau.«

Der Verwalter holte noch ein Fernglas, aber die Maschine war schon zu weit entfernt. Ixman glaubte noch erkennen zu können, daß die Maschine kein Hoheitsabzeichen trug.

»Hauptsache, sie fliegt«, grinste der Verwalter, ein Einheimischer.

»Die Richtung gefällt mir nicht, wir wollen mal sehen, wohin er fliegt«, entschied Ixman, und die beiden setzten sich zur Scheibe in Bewegung, die etwas abseits stand. Als sie dann oben waren, trennte sie schon eine beträchtliche Entfernung vom Beobachtungsobjekt, das nun plötzlich stark an Höhe verlor.

»Er fliegt Lisala an, die haben neuerdings ein Flugfeld«, bemerkte Zetman.

»Nein, Bruder, das ist zu weit östlich, der hat als Ziel das Kraftwerk oder die Sendestation!« Tubucal hatte keine Sichtscheibe an seinem Sitz und hörte gespannt mit.

»Verdammt dicht am Sendemast, da, der Flügel schwingt hoch, er steuert dagegen – Mann, der stürzt aufs Kraftwerk! Nein, dicht drüber weg – in den Kongo!«

Zetman flog nördlich um das Kraftwerk herum, um freie Sicht zu haben. Der Fluß war hier nicht allzu tief und das Leitwerk des Fliegers ragte aus den Fluten. Am Ufer standen schon Neugierige, einige machten einen Kahn flott.

Und da tauchte der Kopf des Piloten seitwärts des Leitwerks aus dem Kongo auf.

Sofort nahm Zetman Kurs dorthin, weil der sich mit der schweren Montur nicht lange halten konnte. Ixman griff dann durch die offene Luke zu und ließ den nassen Kerl außen baumeln, bis das Ufer erreicht war.

Als der Pilot, sicher ein Araber, zu sich gekommen war, fragte

er ihn, ob er das Kraftwerk angreifen wollte. Nach längerem Schweigen sagte er: »Ich hatte Befehl ...«
»Mit Bomben ...?«
»Ja, auch mit Flugzeug, Bombe hängt darunter. Ich bin in ein Seil vom Mast geraten.«
»Na, ein Glück, sonst wäre wohl das Kraftwerk zerstört. Ihr seid Moslem?« Der Pilot nickte. »War das ein Selbstmordanschlag?« Der Mann nickte auch.
»Dann war es kein Befehl, sondern eigener Wille mit Einkehr ins Paradies.«
Man sah, daß er um die Antwort rang. Schließlich sagte er: »Es war beides; mit dem Kraftwerk tötet Tana die Liebe. Unser Scheich Burda hat in Kapstadt umsonst dagegen gestimmt. Nun wollte er etwas tun, und ich wollte ihm helfen.«
»Wo wurde das alte russische Flugzeug gestartet?«
»Das schwerbeladene Flugzeug brauchte eine lange Rollbahn, deshalb startete ich im Flughafen von Khartum.«
»Schwer beladen – ist Sprengstoff im Rumpf und die Bombe als Zünder?« Der Araber nickte nur.
Inzwischen war aus Lisala eine Polizeipatrouille im Jeep eingetroffen. Mit einer kurzen Erklärung übergab er ihnen den Flieger, warnte sie aber, sich mit dem Flugzeug im Kongo zu befassen. Anschließend rief er Haman zu Hilfe, der auf der »Lavia« südlich von Arabien in Indischen Ozean schwamm.
Auf dem Flug, der kaum drei Stunden beanspruchte, unterrichtete er den Bruder über das Ereignis und stellte ihm seine Pläne vor.
Es war für die Beschäftigten im Kraftwerk und »Haarp«-Sender eine Show ersten Ranges, und wer sich freimachen konnte, stand am Kongoufer. Der Diskus mit den schimmernden Flächen senkte sich langsam auf den Kongo herab. Dann sah man, wie sich eine große Klammer in das Leitwerk des abgestürzten Flugzeuges grub.
Nun folgte der spannende Augenblick, ob der Zugriff halten würde. Der Diskus hob sich sacht, und die alte MIG hing

schließlich wie ein nasser Waschlappen unter der runden Scheibe. Fröhliches Klatschen belohnte die Aktion.

Während Haman den Diskus langsam hochzog, kamen immer noch in der Sonne leuchtende Güsse aus Rumpf und Flügel des Wracks.

Im Tower des Flughafens in Khartum staunte man nicht schlecht, als das merkwürdige Objekt vom Bildschirm, das sich als Tana-Transport ohne Registernummer gemeldet hatte, nun am Himmel sichtbar wurde. Mit dem Fernglas war die hängende »Pflaume« als die MIG auszumachen, die sie vor acht Stunden als Sonderflug abgefertigt hatten. Nun stand der »Transport« auch noch still in etwa 1000 Meter Höhe, genau über der Rollbahn, auf der gerade ein Airbus startete.

Und da – sah man richtig – flog die »Pflaume« vom Baum!! Mitten auf die

Rollbahn? Wie gemein – und dann gingen Scheiben zu Bruch von einer gewaltigen Detonation! Im Restaurant flogen die Tassen vom Tisch, und die Kellner gingen zu Boden. Asphaltbrocken von der Rollbahn prasselten gegen die Gebäude, zerschlugen Fensterscheiben.

Die Flughafenfeuerwehr war gleich zur Stelle, aber es blieben ihr nur Aufräumarbeiten, denn die Brocken der Rollbahndecke waren mit dem Metallschrott der MIG gut vermischt. Drei Arbeiter ließen sich Splitterwunden verbinden.

Durch den aufgewirbelten Staub kaum auszumachen, war der Diskus plötzlich in niedriger Höhe, und eine Stimme dröhnte in Arabisch: »Tana hat den Anschlag nur zurückgeliefert! Wenn ihr Staatsführer noch einmal unsere Kreise stört, werden wir ihn in die Umlaufbahn zu den Satelliten befördern!«

Im Abflug schnitt Efman mit dem Laser fünf geparkten Maschinen der staatlichen Fluggesellschaft die Leitwerke ab – zum Gedenken.

Bilder und Text der Botschaft erhielt die Weltpresse – und auch der Grund für den Anschlag blieb zum allgemeinen Vergnügen nicht verborgen.

Ein Boulevardblatt meinte, ein Staatsscheich hätte befürchtet, daß seine Haremsdamen verhärten.

Durch solche Meinungen wurden die Gegensätze zum Islam nicht gerade eingeebnet, aber genausowenig mit Terroranschlägen.

* * *

Das Büro lag im obersten Stockwerk des Brüsseler Hochhauses, gleich unter dem Flugdeck. Die großen Picture windows gaben freie Sicht von Osten über Süden zum Westen.

Präsident Matala hatte seinen Schreibtisch zur Ostseite stellen lassen, wo für ihn das Herz Europas schlägt, wohin fast immer die Wolken ziehen. Seine Gedanken wanderten über die weiten grünen Ebenen von Tana mit dem fast ständig bedeckten, rötlich erscheinenden warmen Himmel, während hier häufig – wie heute – weiße Wolkenflocken am strahlend blauen Himmel entlang zogen. Wenige Augenblicke tiefen Sinnens – da brachte der Sekretär schon die geladenen Besucher.

Lächelnd ging er den Gästen entgegen und begrüßte zuerst den deutschen Bundeskanzler und Chef der Christlich-Demokratischen Union Heise, der ihm seine leitenden Kollegen in der Großen Koalition, Banner von der Sozialdemokratischen Partei und Betmann von der Christlich-Sozialen Union vorstellte. Sie bewunderten natürlich die Lage seines Büros hoch über Brüssel und nahmen dann an einem kleineren runden Tisch Platz, der zu einem vertraulichen Gespräch geeignet schien.

»Ich habe Sie außerhalb jeder Programmplanung eingeladen«, eröffnete Matala die Unterhaltung, »weil wir der Türkei eine Beitrittsaussicht eröffnet haben, die Deutschland nicht unberührt lassen wird.« Dann berichtete er von den Gesprächen in Ankara.

»Wir waren immer skeptisch gegenüber dem Beitritt der Türkei zur EU und haben es begrüßt, daß Sie die Volksabstimmung darüber durchgesetzt haben«, bemerkte Kanzler Heise dazu, »da wir schon durch Geburten einen ständig wachsenden Anteil von Muslimen haben.«

»Das war zuerst Ihrer Industrie zu verdanken, die nicht genug verdienen konnte, anschließend den sozialen Strömungen in allen Ihren Parteien in Verbindung mit Multikultiideen. Niemand traute sich angesichts des Schlagwortes ›Ausländerfeindlichkeit‹ zu warnen.

Deutschland ist der Kern Europas, er darf nicht krank sein. Deshalb kamen wir hier zusammen. Sie können jetzt mit der Macht Ihrer großen Koalition vieles geraderichten, wenn Sie sich einig sind, für Deutschland das Beste zu tun – und nicht nur danach trachten, gegenüber Ihrem Ko-Partner einen Vorteil bei der nächsten Wahl zu erringen.«

»Darauf arbeiten unsere Parteigenossen aber schlechterdings hin«, wandte Banner unter Kopfnicken seiner Kollegen ein.

»Sie sollten Ihren Genossen glasklar darstellen, daß es für ein Volk noch höhere Ziele gibt als eine Partei. Wenn sachlich Einigkeit über bestimmte Ziele herrscht, wäre es doch gleichgültig, welche Partei mehr Stimmen auf sich vereinigt. Nach Absprache zur Großen Koalition könnte sogar ein aufwendiger Wahlkampf entfallen.«

Die drei lachten und meinten, das wäre dann keine Demokratie mehr.

»Was Sie leiten, ist auch alles andere als eine Volksherrschaft, es ist eine reine Parteidiktatur. Die Parteien haben sich das Volk zur Beute gemacht und leben davon, sie geben Gelder aus, die sie nie verdient haben.«

Die böse Wahrheit, leichthin ausgesprochen, nahm der Runde das Lachen. »Echte Demokratie haben wir schon, wenn eine Regierung ein Gesetz ausarbeitet und das Volk fragt, ob es erlassen werden soll, ähnlich der Schweiz. Was Deutschland daraus entwickelt hat, ist die aufwendigste Konstruktion der Erde. Bismarck hatte die Kleinstaaten zu einem Kaiserreich vereinigt. Hitler verschweißte es zum Block, der unter den Bomben der

Alliierten zerbrach. Unter den Waffen der Sieger und schräger Philosophie von Emigranten schufen dann Routiniers früherer Jahre die Überdemokratie mit 17 Parlamenten, unzähligen Geschäftsgängen und über 2000 Abgeordneten, die zu verschiedensten Daten zu wählen sind. So sehe ich die politische Landschaft in Deutschland.«

Das waren Tatsachen aus der Sicht von Matala. Es wäre billig gewesen, davon etwas polemisch abwiegeln zu wollen. Nur Heise entschloß sich zu der Bestätigung: »Das ist leider so und mit den eingefleischten Politikern kaum zu ändern. Eher wählen sie den ab, der das beabsichtigt.«

»Sie müssen zur gleichen Zeit in Ihren drei Parteien damit antreten und vorher einen kleinen Kreis Verbündeter sammeln, für eine deutsche Sache werden sich doch noch Freunde finden lassen.« Der Zuspruch tat ihnen gut nach den herben Darstellungen. »Was werden Sie nun als erstes in Angriff nehmen?«

»Wir wollen uns weiter um einen ständigen Sitz im UN-Sicherheitsrat bemühen.«

»Fordern Sie zuerst die Löschung der Feindstaatenklauseln aus den fünfziger Jahren.«

»Wir wollten keine alten Ressentiments beleben.«

»Das ist doch Aktenschrott. Kollege Tilasi klebt sicher nicht daran. Die 2+4-Verträge von der deutschen Wiedervereinigung existieren wohl auch noch?« Die Politiker nickten. »Die sollten Sie auch kündigen. Wenn England oder Frankreich Schwierigkeiten machen, sagen Sie es mir.«

»Da blieben noch die USA und Rußland.«

»Sie würden wohl keinen Einspruch gegen die Aufkündigung erheben. Der Vorgang ist schon Geschichte. Aber ich sehe Sie im Zugzwang in bezug auf Ihr Grundgesetz, wenn Sie Herr im Haus bleiben wollen. Die alten Herren, die es zusammenstellten, standen unter Aufsicht der Besatzung und wurden auch behindert. Darüber hinaus konnten sie nicht ahnen, wie sich das Leben im zerstörten Deutschland entwickeln wird. Es wurde keine echte Verfassung, weil das Land geteilt war und eine Volksabstimmung fehlgehen konnte. Es wurden aber Änderungsmöglichkeiten mit zwei Drittel Parlamentsmehrheit vorgesehen, die auch in rund 50 Fällen genutzt wurden, nur leider nicht in entscheidenden Artikeln, denn die Parteien waren sich nur in formellen oder unwesentlichen Korrekturen einig. Eine Reorganisation des ganzen Gebildes, auch eine echte Verfassung, wurde bei der Wiedervereinigung verpaßt, wäre aber sicher auch an den Machtinteressen der ›Landesfürsten‹ gescheitert, weil der Wille zum einigen Land gefehlt hatte. Nun haben Ihre Parteien die Zwei-Drittel-Mehrheit, um das Grundgesetz so umzugestalten, daß die Richter vom Bundesverfassungsgericht dem Willen des Gesetzgebers folgen können, ohne sich veranlaßt zu sehen, Erweiterungsklagen stattzugeben.«

»An welche Artikel denken Sie da speziell?«

»Die deutschen Großstädte sind oft verstopft durch Demonstrationen, auch von Emigranten gegen ihre Regierung oder anderen Ausländern für ihre Belange. Das wird von Gerichten genehmigt, weil im Art. 8, Abs. 2 die Beschränkung auf »Deutsche« fehlt.

Ob im Artikel 4 mit freier Religionsausübung auch der massenhafte Bau von Gotteshäusern gemeint war, mag offenbleiben, aber Koranschulen, in denen von Ausländern in fremder Sprache unterrichtet wird, könnten in Frage gestellt werden. Mindestens sollte in Deutsch unterrichtet werden, damit der Stoff überprüft werden kann. Die Zeit ist fortgeschritten, und es gehört Mut und Entschlossenheit dazu, hier tätig zu werden, aber es muß vom Gesetzgeber kommen, sonst finden Gerichte Auswege, besonders bei der Abschiebung illegal Zugewanderter. Das muß glasklar geregelt sein. Die Entscheidungsinstanzen sind Jobs für harte Männer – ich sage das, weil Sie in der Justiz gern Frauen einsetzen.«

»Sie regeln vieles gefühlsmäßig richtig«, warf Betmann ein.

Das Lächeln von Matala war skeptisch: »Sehr schön – und aus

welcher Sicht? Frauen streben naturgemäß auch oft soziale Funktionen an wie Familienpflege zur Förderung von Geburten. Leider mit zu geringer Wirkung bei Deutschen. Aber schon in der ersten Zeit türkischer Gastarbeiter soll es den Witz gegeben haben, daß eine Gehwegbrücke brach, weil einer mit seinem Kindergeld darüber ging. Die Politik schlief. Heute gibt es noch Vater- und Mutterschaftsgeld. Ein Moslem braucht kaum Arbeit zum Leben, nur Bet- und Bettübungen.«

Die Deutschen mußten lächeln, und Betmann fragte, welche gangbare, beschränkende Lösung sich bei dem hohen sozialen Standard anbieten würde.

Ein fast mitleidiges Lächeln zog um Matalas Lippen, als er leichthin die Antwort gab: »Zahlen Sie Kindergeld nur bis zum dritten Kind, in deutschen Familien übernimmt Ihr Bundespräsident für jedes weitere Kind die Patenschaft, die im Bedarfsfall mit einer Unterstützung verbunden ist.«

Als die drei bedenklich ihre Häupter wiegten, fügte er hinzu: »Sie müssen wissen, der Islam ist eine Kampfreligion. Allah hat die Erde für Moslems geschaffen, die Ungläubigen sind überflüssig – man kann sich in diese Welt nicht hineindenken, aber sie fordert uns. Seinerzeit wurde der Tierschutz in das Grundgesetz aufgenommen – mit drei Worten. Prompt erstritten Moslemschlächter das Recht zum Schächten, denn Juden wurde es früher stillschweigend genehmigt. Was sollte das Gericht tun, wenn die Politiker schon bei den Juden umgefallen waren?«

»Dieses Schächten wurde sicher schon, ohne die Deutschen zu fragen, von alliierten Emigrantenoffizieren genehmigt und eine spätere Aufhebung als unfreundlicher Akt angesehen«, meinte der Kanzler.

»Gut möglich, aber warum haben Sie dann den Tierschutz in das Grundgesetz aufgenommen, wenn Sie ihn nicht durchsetzen wollen oder können? Für viele Deutsche war es eine typische politische Luftnummer. Als nächstes wollen die Imame fünfmal am Tag über Lautsprecher zum Gebet rufen, weil die

Christen Glocken läuten. Was erwarten Sie von Ihren Gerichten, zuletzt vom Verfassungsgericht?«

»Eine Reihe von Gemeinden hat sich das asiatische Geheul schon verboten«, sagte Betmann zur Sache.

»Wirkungslos, wenn Ihr höchstes Gericht das als Teil der ungehinderten Religionsausübung ansieht. Sie müßten dann GG Art. 4/2 einschränken, aber dann auch gleich festschreiben, daß in öffentlichen Gebäuden von Frauen kein Kopftuch getragen werden darf – wie in der Türkei. Als nächste Forderung kommt die Akzeptanz des Ramadans. Wenn Sie nicht Grenzen setzen, geht es auf Grund der Toleranz all Ihrer Institutionen Schritt für Schritt weiter bis zu einem islamischen Zentrum in Europa – und das will ich vermeiden, um Ihre abendländische Kultur nicht untergehen zu lassen.«

»Ist es dann nicht eine Risikoaktion, die Türkei in die EU zu holen?«

»Europas Regierungen waren schon vor meiner Zeit gewillt, die Türkei in die Union aufzunehmen entsprechend den strategischen Wünschen der USA – aber ohne ihr etwas Konkretes abzuverlangen. Nun braucht Europa einen starken Partner auf der Landbrücke zu Afrika und Asien. Das ist nicht militärisch gedacht, sondern auf dem Sektor Volk und Staat. Und sie hat einen intakten Generalstab zur Terroristenabwehr. Deutschland hat den besonderen Vorteil, daß die geflüchteten Kurden in ihre Heimat zurückkehren werden – falls sie nicht von Ihren Ausländerbehörden daran gehindert werden. Mit der Lösung der Kurdenfrage beruhigt sich die Türkei im Inneren und wird europäischer. Ich habe das sichere Gefühl, daß die Armee das begrüßt. Das ließen mich auch die Tana-Dozenten wissen, die auf der Militärakademie Vorträge halten.« Matala lehnte sich zurück und sprach einige Worte Tana in seinen Handapparat.

»Wir haben uns gefreut, Herr Präsident, Ihre Einladung zu diesem Gespräch in kleinem Kreis erhalten zu haben. Es hat uns einen tiefen Einblick in Ihr Denken erlaubt«, der Bundeskanzler verhielt kurz, »dabei hat es uns besonders bewegt, wie eingehend Sie sich mit unseren Entwicklungen und Situationen befaßt haben, obgleich ganz Europa Ihre Aufgabe ist. Zu unserem Bedauern liegt bei uns manches im argen oder ist verschleppt worden – zum Teil wohl auch eine Folge der von Ihnen geschilderten Überdemokratie, zu deren Reorganisation wir auch in einer Großen Koalition nicht die Kraft haben, um unsere Parteigenossen in den verschiedenen Flügeln zu formieren. Die Aussage, daß Sie unser Land als Kernstück Europas betrachten, wird uns aber Ansporn sein, das Mögliche zu tun. Wenn es auch für uns manche bittere, wahre Pille zu schlucken gab, so danken wir Ihnen sehr.« Die Kollegen nickten bestätigend zu seinen Worten.

»Ich akzeptiere Ihren guten Willen. Wenn Sie sich das Grundgesetz vornehmen, so schauen Sie mal, ob sich bei Artikel 3/3 etwas kürzen läßt. Danach darf kein Erdenbürger angetastet werden; zusammen mit dem Antidiskriminierungsgesetz ist es zuviel des Guten – ah, da kommt der Kaffee! Darf ich Sie mit Frau Lopana bekannt machen, meiner guten Fee vom Morgen bis zum Abend.« Die hohe, elegante Tana-Schönheit begrüßte sie mit freundlichen Worten in fließendem Deutsch und servierte der Runde den Kaffee, nicht ohne vorsichtshalber auf genveränderte Bestandteile im Gebäck hinzuweisen. »Deutsche sind sehr vorsichtig«, meinte sie mit einem Augenblinzeln. Dann überreichte der Sekretär den Herren noch je eine Gesprächsdokumentation für die »lieben« Parteigenossen in Berlin.

* * *

Erstaunt stellte Ixman beim Betreten der »Lavia«-Messe fest, daß Prof. Neuberg wieder an Bord war und sich in Gesellschaft von Chefgenetiker Bacaba befand.

»Wir haben zusammen eine Europatour unternommen, da ich ohnehin nach Zürich zum Verlag mußte.«

»Läuft denn Ihr Tana-Buch erfolgreich? In Russisch, Englisch und Japanisch war es ja schon ›Home made‹ übersetzt worden.«

»Der Verlag gibt es mittlerweile in 18 Sprachen heraus. Die Auflagen erreichen schon eine Millionenstückzahl.«
»Dann gratuliere ich zum Millionär – aber nur in der Stückzahl, denn Sie haben ja auf ein Honorar verzichtet.«
»Nun ja, denn schließlich bringt nicht meine Schreibe den Erfolg, sondern das Thema ›Gast bei Tana‹. Der Verlag kann daher jedes dritte Exemplar an eine Schule verschenken und die Schülerpost, die ich in allen Sprachen aus fünf Erdteilen bekomme, ist beträchtlich. Besonders oft fragen Jungen nach der Technik und Physik der vierten Dimension.«

Ixman machte sofort ein schwieriges Gesicht, als sich schon Bacaba einschaltete: »Wenn Sie dazu etwas antworten wollen, lieber Professor, werden Sie wohl etwas spinnen müssen – unsere Physiker sehen da auch nicht klar. Die Schiffbrüchigen vom HD 44 594 waren weiterentwickelt als wir. Sie haben uns zwar die Technik vor ihrem Aussterben verraten, aber wir konnten die Zusammenhänge nicht begreifen, denn uns fehlten für elementare Teilchenforschung die Mittel. Die Menschen haben dafür riesige, vakuierte Röhren mit Magnetbeschleuniger, die fast zum absoluten Nullpunkt von $-273°$ Celsius unterkühlt sind. Das garantiert aber noch nicht, daß sie die an diesen Anlagen gewonnen Erkenntnisse verwerten können.

Wenn Sie Ihren Fragern etwas Vorstellbares darstellen wollen, dann könnten Sie von der gezielten Zerlegung des Körpers in Higgs-Teilchen sprechen, nach denen auf der Erde geforscht wird. Wenn man diese gezielt in Schwingungen versetzt – wie Radiowellen –, können sie Wände durchdringen, ohne sie zu beschädigen. Für diesen Vorgang wird Hochspannung benötigt, welche die Kundschafter durch Genmanipulation von einem Fisch selbst erzeugen können. So etwa wäre es darzustellen.«

»Sie haben schon einmal davon gesprochen im Zusammenhang mit den zahlreichen Implantationen der Kundschafter, die mit Recht sagen, daß sie keine Menschen wären.«

»Mein kleiner Sohn gerät manchmal auch in Hochspannung«, lachte Ixman.

Bacaba war sofort interessiert: »Wie hat er sich denn ›im Urwald‹ entwickelt?«

»Man könnte sagen, mittelprächtig. Er versucht die Tochter von Bruder Zetman in seine Dienste zu nehmen. Gloria hat für die beiden einen Tana-Lehrer engagiert, der meinte, Tanax könnte mit 14 Jahren sicher ein Studium beginnen. An ihr Atrium ließ Gloria einen Wohntrakt und Schwimmbad mit nichtmineralischem Wasser anbauen, damit mein Bruder und ich nicht ›angelöst‹ werden mit unserer metallisierten Haut. Prof. Beckert will mit Fra Hanika und der kleinen Tochter auch in den Urwald ziehen, damit die drei Halbgalaktiker zusammen aufwachsen können. Wie hat es Ihnen denn in Europa gefallen?«

»Wir waren in Paris, London und Berlin. Aber durch den Tunnel im Ärmelkanal sind wir nicht gefahren, da hätten sie am liebsten eine Magen- und Darmspiegelung verordnet.«

»Daran war unser Fang von Alibata schuld, denn in seinem Gedächtnis hatte er den Plan für einen Anschlag, allerdings mit Sprengstoff in doppelter Containerwandung. Aber eine nervöse Polizei wird leicht ulkig – das sind die Nerven.«

»Wir sind dann auch lieber Taxi als U-Bahn gefahren, wenn es auch länger dauerte. Die Menschen waren überall sehr nett zu uns, obgleich ich nur blaue Augen habe. Wir haben einige Museen und Galerien mit berühmten Kunstwerken besucht und mußten einige Male anstehen – so intensiv ist der Bildungsdrang – oder die Neugier.«

»Und abends«, berichtete Bacaba, »habe ich mich auf klassisches Theater gefreut, wovon ich in Tana schon vieles gelesen hatte, aber ich wurde in der Regel enttäuscht, weil die Regie zuviel am Text verändert hatte und die Darstellung oft sexistisch und vulgär geworden war, was oft auch dem Publikum nicht gefallen hat, in dem sicher viele die alten Versionen kannten. Selbst berühmte Opern wurden in der Darstellung fast in die Nähe von Pornographie verlagert – aber da kann man ja die Augen schließen. Musik und Gesang bleiben unbeschädigt. Ich kann mir den Zwang und Drang zur Veränderung des Alten,

Ursprünglichen nur aus einem Minderwertigkeitskomplex heraus erklären, einem Mangel an einfühlsamer Kreativität, einer Angst vor Bedeutungslosigkeit.«

»Die Augen habe ich in der Oper auch oft geschlossen«, gestand Ixman, »um in den phantastischen Koloraturen zu schwelgen, Tonfolgen, die bei uns niemand hervorbringen kann. Ich nehme an, daß unser hoher Heliumgehalt in der Atemluft das verhindert. Man sollte unseren übergesiedelten Frauen einmal Gesangsunterricht geben.«

»Sie hoffen wohl, daß die Damen Engelsstimmen haben, weil sie aus den Sternen kommen«, scherzte Bacaba, »aber wir haben in Tana genetisch nichts unternommen, weil wir gar nicht ahnten, wie phantastisch Menschen singen können. Es ist schon möglich, daß sowohl Frauen als auch Männer hier bei der weniger trockenen Luftzusammensetzung daran Anschluß bekommen.«

»Etwas für die Zukunft«, war der Kommentar Ixmans, »es gibt genug Gesang auf der Erde. Wichtiger ist genetische Verbesserung der Menschen, wie sie von Ihnen auf der UN-Tagung vorgestellt wurde. Ist das in einzelnen Staaten schon angelaufen?«

»Man sollte zufrieden sein. In Europa sorgt die EU schon für Verordnungen, in den USA hat Vizepräsident Hitati die Vorarbeit im Kongreß übernommen, denn hier spielen religiöse Faktoren eine wesentliche Rolle. In China laufen in einigen Bereichen schon sehr konkrete Vorbereitungen, und in Japan wird in einer staatlichen Klinik schon unter Anleitung eines Tana-Experten praktiziert.

Bevor unsere Leute in der Lehre tätig werden, muß es ja Gesetze geben, die private Manipulationen unter Strafe stellen, denn Wissen läßt sich auch unter der Hand und über Grenzen hinweg weitergeben – weil eben Menschen ein genetisch einwandfreier Charakter fehlt.«

»Das ist der Schwachpunkt bei allen Tana-Überlegungen«, meinte Neuberg, »und man kann nicht jedem in die Seele schauen. Es gibt tananahe Charaktere, nur steht es ihnen nicht auf der Stirn geschrieben.«

»So wird diese Unternehmung für lange Zeiten ihre kriminelle Seite haben«, ahnte Bacaba, »obgleich ich meinen Fachleuten eingeschärft habe, nur das notwendige Wissen zu offenbaren. Aber natürlich gibt es auch hier Experten, die weiter kombinieren. Bei der Werbung für das Verfahren müssen wir auch auf die Psyche der Menschen Rücksicht nehmen. Für sehr viele ist der Zeugungsakt etwas Heiliges, ein Beweis der Liebe, also etwas Romantisches. Nun soll dieser Akt auseinandergenommen werden, in klinischen Handlungen enden. So soll die Entnahme des Spermas von männlichem, die der Eizelle mit späterer Eingabe von weiblichem Personal durchgeführt werden. Die eigentliche Manipulation ist dann Sache der Genetiker.«

»Die Zeugung von Tanax war da unkomplizierter«, lachte Ixman, »trotzdem hoffe ich, daß er eine gute Portion Tana-Charakter mitbekommen hat.«

»Und von Gloria die menschliche Gefühlswelt«, darauf hob Neuberg sein Glas und trank einen Schluck, »das würde einen Idealmenschen geben.«

Bacaba zog sofort zustimmend nach und meinte, die Natur würde schon mal eine glückliche Hand haben.

»Sie waren doch letzthin in Afrika«, wandte sich Neuberg an Ixman, »wie sieht es denn dort mit der ›Haarp‹-Wirkung aus?«

»Das ist schwer zu beurteilen, da es keine ordentliche Bürokratie gibt, die Buch führt. Der Sudan-Scheich hat vor einiger Zeit einen Bomber gesandt, um das Kraftwerk, das ›die Liebe tötet‹ zu zerstören. Demnach hat es im Harem Aufstand gegeben. Die Regierungen, die dafür gestimmt haben, werden die Wirkung in eigenem Interesse stillschweigend zur Kenntnis nehmen, denn ihre Gegner hätten ein gutes Argument zum Aufputschen in der Hand. Wahrscheinlich halten auch die Berater den Daumen darauf, sofern sie überhaupt ein konkretes Ergebnis übersehen können. Aber zweifellos ist eine Wirkung auch im Kongreßgebiet vorhanden, denn wer es sich leisten konnte, verbrachte den Urlaub mit Familie oder Freundin in Europa.«

»Wie sieht es mit der parallel geplanten Klimaverbesserung für die Sahelzone aus?«

»Da fehlt die Übersicht, weil zweifellos unser Kongowassertransfer mit hineinspielt. Tatsächlich hat die Zone etwas mehr Niederschlag als in den Vorjahren. Wir nehmen die dahin wirkende Verdunstung aus den Filterseen billigend in Kauf, da eine überschlägige Rechnung über den Wiederanstieg des Saharatiefwassers nur Millimeter in Jahrzehnten ergab.«

»Nun ist jedenfalls das Absinken gestoppt und die Verdunstung zeigt auch ihre positiven Seiten. Da nach Inbetriebnahme der Industrieanlagen wieder mehr Wasser verbraucht wird – das auch der Verdunstung zugute kommt – wird es beim Wasserstand bestenfalls einen Statusquo geben«, folgerte Neuberg.

»Wie hat sich Dr. Usava in sein neues Amt eingeführt?« wollte Bacaba noch wissen. »Er wußte ja, was auf ihn zukommen wird.«

»Er residiert in Kapstadt, hat einen Tana-Sekretär engagiert und sich eine Scheibe mit Piloten erbeten. Mit den beiden besucht er ganz Afrika und überwacht besonders seine unsicheren Kandidaten, mit denen er besser Fraktur reden kann als die Berater, die ihn manchmal zu Hilfe rufen.«

»Was dann folgt, kann ich mir vorstellen!« Bacaba lachte herzlich.

* * *

Eine interne Runde von langjährigen Senatoren war der Einladung von Präsident Carell ins Weiße Haus gefolgt. Im Halbrund hatten sich die Herren um den Kamin zusammengefunden, in dem ein kleines Feuer gemütlich vor sich hin prasselte. In funkelnden Kristallgläsern hatte der Butler einen Bourbon serviert. Die Senatoren bedienten sich mit Eisbrocken, nur Carell nahm Eiswasser aus der Karaffe, bevor er sein Glas hob und auf das Wohl der alten Gefährten trank.

»Meine einmalige vierte Amtszeit neigt sich dem Ende zu«, begann er dann. »Natürlich brauchte ich mir keine Gedanken über die Nachfolge zu machen, denn es gibt ja unsere beiden Parteien. Nur da gibt es ebenfalls einen einmaligen Fall, meinen Vize, Dozent Hitata, der vom Kongreß gefordert wurde. Er hat in eigener Regie auf dem Justizsektor ein beeindruckendes Programm abgewickelt und hat praktisch nebenbei noch einen wesentlichen Teil meiner Aufgaben übernommen. Der Kongreß hat sogar die Verfassung variiert, damit im Fall meines Todes die USA nicht ohne Präsidenten dastehen. Er hat sich aber standhaft geweigert, einer der beiden Parteien beizutreten, die das Volk in zwei Teile spalten, und sich damit nicht diesem Parteiprinzip unterworfen – das könne er mit seinem freien Geist nicht vereinbaren. So, old fellows, was sagt ihr dazu?«

»Er hat keine menschlichen Schwächen, und er will sich auch keinen beugen«, folgerte Corten sofort.

»Mit den Parteien hat er natürlich recht, die Republikaner wollen einen starken Staat, die Demokraten die Schwachen unterstützen – extrem betrachtet«, nahm Pitcher Stellung, »im Grunde sind beide Ziele richtig, aber sie spalten in gut situiert und arm – eine gegebene Ausgangslage für Parteiredner.«

»Besonders für Scharfmacher, die sich profilieren wollen«, setzte Hatmaker hinzu, »ohne diese wird der Wahlkampf langweilig.«

»Ja, ist denn Wahlkampf notwendig? Bei meinen Wiederwahlen ist es doch auch ohne großes Tamtam gegangen.«

»Da warst du ja auch nur zu bestätigen«, lächelte Dale, »aber wenn zwei genannt sind, will jeder das Rennen machen und seiner Partei zum Sieg verhelfen.«

»Dann hat er eine Menge Verantwortung und die Gelegenheit, abgeschossen zu werden.«

»So siehst du es nach 16 Amtsjahren. Dich hat die Ehre nie gekitzelt, nur die Verantwortung gedrückt. Du bist fast ein Tana-

Wesen, deshalb hast du die Galaktiker auch sofort begriffen und mehr für den Frieden erreicht als jeder andere Präsident.« Die Runde klopfte Zustimmung auf die Tischplatte.

»Die beiden Parteien haben das Problem mit Hitata auch schon erkannt. Man will auf seinen Esprit und seine Kreativität nicht verzichten, aber man traut sich nicht, ihm zuzumuten, unter einem ihrer Kandidaten weiter Vize zu bleiben – weil die auch unter Minderwertigkeitskomplexen leiden würden. Er ist genauso ein Genie wie Matala in Europa, der aus einem demokratischen Nudeltopf gezielt eine echte Demokratie mit der Schlagkraft einer Diktatur gemacht hat, was die EU im Grunde auch ist.«

»Auf lange Sicht kommen wir auch wirtschaftlich ins Hintertreffen«, meinte Dale, »denn hinter Europa steht das Energie- und Rohstoffpotential Rußlands.«

»Es könnten also wenig erfreuliche Zeiten für uns anbrechen und ein schwacher Präsident wäre mehr als nachteilig«, überlegte Porter.

Nach einem kräftigen Schluck brachte es Carell auf den Punkt: »Freunde, warum traut sich keiner, es auszusprechen? Hitata muß mein Nachfolger werden! Wir waren immer ein Einwanderungsland, und er wanderte aus der Galaxis ein. Es darf keine Rolle spielen, wo er geboren wurde, denn er hat bewiesen, daß er sich für unser Land voll einsetzt, und das will mehr heißen, als wenn das einer von uns beschließt zu tun – das könnt ihr mir glauben. Nun bitte ich euch im Interesse der USA zu überlegen, welcher Weg einzuschlagen ist. Zum Supreme Court werde ich selbst gehen, denn das ist sicher die schwerste Hürde.«

Die Runde trommelte kräftig auf den Tisch. »Dick, das ist ein klares Wort von dir – wir machen mit!« erklärte Dale für alle.

Es war klar, daß die Verfassung bleibend zu verändern war und man im Repräsentantenhaus tätig werden mußte. Beide Parteien mußten sich gemeinsam auf Hitata einigen. Es würde also keinen Wahlkampf um das Präsidentenamt geben. Die

Medien würden schon die Werbetrommel schlagen und nicht ohne Erfolg, denn schon seit der Yellowstone-Aktion hatte Tana einen guten Klang und kaum Kritik in den USA.

In der Runde war man überzeugt, daß Hitata das Beste aus den Programmen beider Parteien sich zum Ziel setzen würde. Der Senat könnte ihm auch einen Tana-Kollegen als Vize genehmigen. Welcher Politiker wollte schon mit Zuarbeiten beschäftigt sein. Es wird keine leichte Aufgabe sein, Minister für ein Amt zu interessieren, wenn Hitata auch sehr gewinnend und liebenswürdig war. Die Frage einer First Lady blieb offen.

In ihrem Senat war es für die alten Routiniers nicht allzu schwer, für den Vorschlag des Präsidenten eine reichliche Mehrheit ihrer Kollegen zu überzeugen.

Im Repräsentantenhaus sah es anders aus. Sie waren in der Regel nicht so langjährig im Amt. Die Jahrgänge sind auch jünger, unter ihnen auch mehr Farbige, die erfahrungsgemäß vor der Leistung in der Regierung Tätiger wenig Respekt haben, denn sie haben sich ihre Position meist in harten Rededuellen erfochten. Hitata war ihnen kein Unbekannter und hatte auch etwas für die Justiz getan, aber warum sollte er gleich Präsident werden?

Dann gab es eine Reihe Konservativer, die dem »vom Himmel Gefallenen« das Amt auch nicht gönnten, obgleich sie keinen Besseren nennen konnten.

So regten sich unterschwellig alle genetischen Negativeigenschaften, denen man sonst in der Politik freien Lauf lassen konnte, bevor die Parteidisziplin den Einsatz des Verstandes forderte.

Die Fraktionsvorsitzenden waren relativ leicht von gemeinsamer Nennung eines parteilosen Kandidaten zu überzeugen, aber es gab zwei, drei Ehrgeizige, die sich Hoffnung auf das Amt machten und schon für den Wahlkampf nach Spenden Ausschau gehalten hatten. Andere freuten sich schon, endlich wieder einen richtigen Wahlkampfrummel abziehen zu können.

Unbeeindruckt von Meinungen und Stimmungen in ihren Fraktionen trafen sich die Vorsitzenden Manhardt für die

Republikaner und Batton für die Demokraten mit Hitata und Senator Dale zum informativen Gespräch.

Manhardt erklärte schon nach der Begrüßung rundheraus, daß er persönlich mit dem Vorschlag Carrells einverstanden sei und er den Wegfall des Wahlzirkus besonders begrüße. Darauf meinte Hitata, für das Amüsement gäbe es den Jahrmarkt und ähnliche Veranstaltungen, für ihn wäre Politik eine sehr ernste Angelegenheit.

»Wenn ich mich entschließe zu einer Präsidentenwahl, dann möchte ich für alle Bürger wählbar sein, nicht nur für eine Partei, denn ich arbeite auch für alle.«

Batton fragte daraufhin, ob er die Wahlmännerberufung ablehne. Er wolle eine einfache Wahl, wie sie bei der Wiederwahl von Präsident Carell praktiziert worden war.

»Das vereinfacht zwar die Abwicklung, erschwert aber die Auszählung.«

»Es entscheidet doch die Mehrheit der Wahlberechtigten, und da wird es auf einige Stimmen nicht ankommen. Wenn es knapp werden sollte, nehme ich die Wahl ohnehin nicht an.«

»Aber ein weiterer parteiloser Kandidat kann sich aufstellen lassen.«

»Dann müßte er mit dem vorgesehenen Wahlmodus einverstanden sein«, überlegte Hitata, »wenn er ihn anficht, trete ich voll zurück, und Sie können ganz traditionell einen Präsidenten wählen.«

Manhardt protestierte sofort: »Nach den zwei einfachen Wahlgängen für Carell haben wir ohnehin schon überlegt, wie wir alles einfacher machen können. Matala hat einen grandiosen Weg gefunden, für einige hundert Millionen Bürger abstimmen zu lassen. Uns sollte etwas ähnliches für die Zukunft einfallen. Tradition ist wertvoll, aber sie kann auch in der Erinnerung gepflegt werden.«

»Das ist ein wahres Wort«, befand Senator Dale, »mit dem Erscheinen von Tana hat es quasi einen Zeitsprung gegeben, den nur Gestrige leugnen wollen.«

Den beiden Vorsitzenden nannte Hitata dann noch eine Reihe von Programmpunkten aus seinem vorgesehenen Arbeitsplan, die zur Genugtuung beider durchaus ihren Parteilinien entsprachen.

»Ich werde keine Wahlreise durch die 50 Staaten machen, aber eine überall zu empfangende Rede halten. Wenn die Wahl mich als Präsidenten bestätigt, werde ich die Hauptstädte aller Staaten besuchen«, versicherte Hitata noch, als sie sich trennten.

Der Vorsitzende des Repräsentantenhauses, Mr. Collmann, konnte leider dem Treffen nicht beiwohnen, ließ sich aber eingehend von Manhardt und Batton unterrichten. Darauf beratschlagten sie einen Plan, wie sie die verschiedenen Gruppen ihrer Fraktionen unterrichten und auch für die moderne Wahl beeinflussen könnten. Wer gegen einen Fremden wie Hitata eingenommen sei und meine, ihn seinen Wählern nicht vermitteln zu können, sollte nicht zu einer anderen Sicht gedrängt werden. Das müßte der TV-Rede Hitatas überlassen bleiben.

Als Manhardt bei seinen internen Gesprächen zwischen diversen Ablehnungen der gemeinsamen Wahl beider Parteien auch die Bemerkung hörte,»den sollte man vorher killen, da kommt man noch ran«, beschloß er, die Sicherheitsorgane zu verständigen, denn Hitata war durch die geplante Ausnahmewahl von ultrakonservativer Seite heute schon in Gefahr. Das Pentagon mit den durch die Kriegsächtung kaltgestellten Militärs war eine solche Brutstätte des Widerstandes. Auch die Geheimdienste, autarke Gruppen in den Staaten, hatten ihre Schwachstellen.

Schon als Kellmann von seinen TTS-Reportern hörte, daß die Absicht geäußert wurde, Hitata auch in das Präsidentenamt zu wählen, war ihm die Gefahr bewußt, die diesem damit drohte. Admiral Bischoff gab es zwar nicht mehr, aber seine Gedankenwelt war nach wie vor in Kreisen des Pentagon lebendig, und sein Pool geistig Abhängiger, quasi Zombies, würde wohl noch bestehen. Möglicherweise hatte sie der CIA übernommen. Nur für Auslandseinsätze?

Nun erreichte Kellmann die Nachricht, daß man von Kongreßseite konkret mit Hitata gesprochen hatte und damit zweifellos auch das Pentagon informiert war. Da gab es die ultrakonservativen Kreise, die seit dem Erscheinen von Tana deren Gegner waren. Selbst Whiteholdt hatte geglaubt, mit seinem U-Boot-Angriff diesem Marineklüngel zu dienen.

So rief er Hitata an und erfuhr, daß ihn Carell schon zu Beginn der Überlegungen vorgewarnt hatte, da auf ihn auch schon ein Anschlag wegen seiner Zusammenarbeit mit Tana geplant worden war. Er werde es vorläufig vermeiden, Einladungen anzunehmen oder bei Menschenansammlungen aufzutreten.

»Man weiß nicht«, meinte daraufhin Kellmann«, wie man Sie zu ›behandeln‹ gedenkt. Diese Kreise haben Beziehungen zu Geheimdienstmethoden. So sollte man offene Getränke oder Speisen vermeiden, wenn sie angeboten werden, auch wenn der Anbietende sich aus der gleichen Flasche bedient – es könnte ein Selbstmordattentäter sein, die Gifte geschmacklos, aber radioaktiv auf der Basis von Elementen jenseits Urans. Auch die Nähe von jungen Männern im leichten Mantel ist verdächtig. Zwei Kundschafter wären fast einem solchen Sprenggürtelmann zum Opfer gefallen.«

Hitata dankte sehr für die Ratschläge und sagte zu, alles für seine Sicherheit zu tun; er trage auch schon ständig schußfeste Unterkleidung, nur einen Stahlhelm könne er schlecht tragen.

Als Kellmann etwas später von der Bemerkung im Repräsentantenkreis erfuhr, hätte er Hitata am liebsten doch einen Stahlhelm empfohlen, denn der Ausspruch kam sicher von jemand, der an ein Pistolenattentat gedacht hatte.

Anschließend sprachen auch Carell und Ixman über die Befürchtungen. »Die Presse wird ja ellenlange Situationsberichte aus dem Kongreß bringen und Hitata zu allen möglichen Veranstaltungen einladen, die er gar nicht alle ablehnen kann«, vermutete Carell.

»Ich werde Kellmann bitten, eine Runde durch die großen Redaktionen zu machen und um Zurückhaltung bitten lassen, wenn sie einen Superpräsidenten und keine Beerdigung haben wollen.«

»Die Gefahr kann eigentlich nur von den Konservativen im Pentagon kommen. Der Bürger schätzt Tana schon seit dem künstlichen Vulkanschlund.«

»Da hat das Pentagon doch erfolgreich mitgewirkt, und das ist auch anerkannt worden.«

»Aber nicht die Marine«, meinte darauf Carell, »die hat nur den U-Boot-Eklat schlucken müssen. Ein Luftwaffenoffizier hat mir vor Jahresfrist erzählt, daß sich ein Marinekreis eine ›Festung‹ ausgebaut habe, wo man sich beraten kann. Es wäre ein riesiger Panzertresor, der im Tiefgeschoß nur mit Aufzug zu erreichen sei. Er wäre irrtümlich im letzten Augenblick in diesen Aufzug gestiegen und da unten gelandet zum Erstaunen hoher Mariner. Der Pförtner, den er nachher fragte, hätte nur vage Andeutungen gemacht.«

»Diese Klause sollte ich mir mal ansehen«, überlegte Ixman, »scheinbar werden dort nicht nur Erinnerungen aufbewahrt. Nur das Pentagon ist groß, da kann man sich verlaufen – wie Ihr Flieger.«

»Tja, ich weiß nur, daß die Marine im südlichen Fünftel residiert, aber ein Stiefbruder meiner verunglückten Frau ist im Pentagon seit Jahrzehnten in der Planung und steht mangels Aufgaben durch die Kriegsächtung vor der Pensionierung. Wir sehen uns vielleicht einmal im Jahr, und ich weiß daher, daß er sehr positiv zu Tana steht. Es ist General Eric Charlon, ich werde ihn heute abend privat anrufen, dann können Sie sich morgen schon melden lassen.«

Als er in der Anmeldung seinen Namen nannte, kam sofort ein Sergeant auf Ihn zu: »Sie sind angemeldet, Sir, Sie wollen General Charlon besuchen. Bitte folgen Sie mir.«

Ein Aufzug brachte sie in den zweiten Stock, dann folgten breite Gänge mit wenigen Menschen, bis der Sergeant an eine Tür klopfte. Sie öffnete sich automatisch und gab den Blick in ein Zimmer frei, in welchem außer dem Schreibtisch nur ein großer Kartentisch und halbhohe Regale standen. Vom Sessel einer großzügigen Polstergarnitur erhob sich ein schlanker Endfünfziger mit vollem grauem Haar und freundlichen blauen Augen, der mit ausgestreckter Hand auf Ixman zukam. »Willkommen in der militärischen Planung, ich hätte nie gedacht, daß mich der Botschafter von Tana persönlich besuchen würde.«

»Ich freue mich, Sie kennen zu lernen, Sir, leider ist es kein erfreulicher Anlaß.« Der Sergeant war abgetreten, und die Herren setzten sich.

»John hat mich unterrichtet, und ich verstehe, daß Tana alles unternimmt, um die Sicherheit ihres Kandidaten sicherzustellen. Bei dem fraglichen Objekt kann es sich nur um einen der atombombensicheren Bunker handeln, die praktisch leer stehen.« Er erhob sich und lud Ixman ein, ihn zu begleiten.

Auf dem Gang erklärte er ihm dann, daß die Lage der Bunker geheim sei, aber nach Tanas Eingreifen wohl kein Atomangriff mehr zu fürchten sei.

Es war ein langer Weg zum Südsektor, zwischendurch fuhren sie ins Erdgeschoß, wo mehr Serviceleute die Gänge belebten. An einem der Fenster zu den Höfen blieb Charlon stehen und zeigte auf die gegenüberliegende Gebäudefront zu ebener Erde und erklärte dann halblaut: »Dieser Trakt gehört zum Marinesektor. Seit einigen Jahren haben sie eine zusätzliche Kontrolle eingeführt mit der Frage nach dem Grund des Besuchs, und Sie legen ja keinen besonderen Wert darauf, das zu beantworten.« Dabei lächelte Charlon verständnisvoll. »So will ich Sie von außen einweisen, denn Sie gehen ja wohl durch die Mauer. Also, im Gang hinter dem Fenster über dem Luftschacht befinden sich zwei Aufzugstüren. Die linke, breitere führt nur abwärts zum Bunker. Die Kabinen haben zwei Türen, von denen die hintere über einen kurzen Gang zur Bunkertür führt.«

»Das reicht schon fast zur Einweisung – und wo stehen wir hier?«

»Das ist hier der Gang A 16, gegenüber der Tür a 258«, während er sprach, zog er einen Briefumschlag aus seiner Uniformjacke, »ich habe Ihnen hier einen kleinen Grundriß vom Gebäude besorgt, denn Sie können ja schlecht jemanden nach dem Weg fragen, und nachts laufen hier nur Wachen herum.«

Das bedeutete für Ixman eine wesentliche Hilfe, für die er sich sehr bedankte. Charlon wählte den einfachsten Weg zum Ausgang, wobei sie über die Wahlaussichten von Hitata sprachen.

Beim Studium des Grundrisses stellte er fest, daß die Bunker außerhalb des Gebäudes liegen mußten, verständlich, da sie später angelegt worden waren.

In der Geisterstunde nach Mitternacht wählte er dann doch den Weg über den Luftschacht, da das Gebäude von außen sicher neben Posten mit allerlei Elektronik abgesichert war. Mit den Wachen auf den Gängen spielte er Katze und Maus.

Die Aufzugstür mußte er umgehen, um sie nicht zu blockieren. Dann war er im kurzen Gang und stand vor der atomsicheren Tür. Sie war sicher mit Elastikmaterial gedichtet, aber die Scharniere konnten blockieren. So ging er nach Betätigung des Lichtschalters auch hier durch den Beton.

Er kam durch einen Vorratsschrank in den Raum, der mindestens achtzig Quadratmeter maß und den mittig in der Länge drei Säulen stützten. Vier Reihen von Leuchtröhren gaben fast Tageslicht. Ein zweiter Satz Leuchtröhren schien als Notbeleuchtung für Niedervoltbetrieb ausgelegt zu sein. An den Seitenwänden waren dreifach übereinander hochgeklappte Liegen montiert. Unter ihnen befanden sich wohl abgeschirmte Akkumulatoren und Gerätekästen. Zwischen den Leuchtröhren verliefen Lüftungsrohre zu Filterkästen und zahlreiche Kabel, die zu den verschiedensten Kommunikationsgeräten zwischen den Säulen führten, vor denen Sitzgelegenheiten standen.

An der Rückwand des Raumes, verdeckt durch die Säulen, bemerkte Ixman einen Ausgang mit einer einfachen, verschlossenen Eisentür ohne Abdichtung. Da sich daneben ein Lichtschalter befand, war es also offensichtlich kein Ausgang. Um die Tür nicht zu blockieren, nahm er den Weg durch einen Schrank und trat durch ein Regal in eine kleine Küche, der gegenüber sich ein Toilettentrakt befand. Der folgende Raum schien fast so groß wie der erste, war aber nur in der Mitte unterstützt. Davor stand ein Tisch mit sechs Polsterstühlen, die sicher nicht zur Standardausrüstung gehörten, denn die Wände waren wieder mit Liegen ausgestattet, und einige Stapel mit zusammengeklappten Liegestühlen standen davor.

Der Tana-Kundschafter schüttelte den Kopf – welch ungeheurer Aufwand war sicher an vielen Stellen der Erde getrieben worden aus atomarer Kriegsfurcht heraus. Das alles nur, weil eine Reihe von Politikern ihre ehrgeizigen Pläne verfolgten – angeblich zum Wohle ihrer Völker.

Bei einer Runde durch den Raum entdeckte er eine weitere Tür, gut abgedichtet – also offenbar der Notausgang. Wegen der Dichtung blockierte er nur die Verriegelung.

Da alles fürs Überleben Wichtige vorhanden war, beschloß er zu bleiben, bis sich jemand einfinden würde. Nach etwa acht Stunden hörte er Schließgeräusche an der ersten Tür, darauf dann Bemerkungen über das vergessene Ausschalten der Beleuchtung. Nun suchte er Deckung hinter einem Stapel der Liegestühle. Als sich dann die zweite Tür öffnete, gab es erneut Erstaunen über den Lichterglanz.

»Das kann nur Dick gewesen sein, der hatte vorgestern seine Brille vergessen. Er muß ja noch mit Clifford kommen.«

Kaum daß die beiden eingetroffen waren, wurden sie mit der Frage nach der Beleuchtung überfallen, aber Dick meinte nun: »Nicht das ich wüßte, aber möglich ist alles.«

Nun schlug einer eine Mappe auf und gab einen kurzen Bericht von dem Ablauf der Hitata-Besprechung im Repräsentantenhaus, die vom Vorsitzenden geleitet worden war.

»Ein Smith aus Houston hat mich angerufen und gefragt, wann wir den Kerl umlegen. Er hatte wahrscheinlich von seinem Abgeordneten von der Planung erfahren.«

»Die Texaner können leicht den Mund aufreißen, sie stehen ja nicht an der Front in Washington. Natürlich wäre es jetzt noch leichter möglich und würde nicht soviel Staub aufwirbeln, als wenn es ihn als Präsidenten ereilt.«

»Dann wollen wir mal überlegen, was in der jetzigen Situation in Frage käme, denn passieren muß es ja, da sind wir einig, sonst könnte ja auch ein Schwarzer Präsident werden.«

»Ba! Da wären einmal Sprenggürtel mit ihren Zombies, Clifford; dann Scharfschützen wie bei Kennedy. Dazu hast du Beziehungen, Dick. Als russisches Mittel käme noch Gift zur Diskussion – am sichersten von einem strahlenden Metall jenseits von Uran. Das läßt sich aus dem Körper nicht entfernen, wirkt zwar langsam, und daher läßt sich der Ursprung schlecht ermitteln.«

»Das wäre schon gut, aber woher nehmen und wie verabreichen? Der Hitata wird ja gewarnt werden und nichts Unsicheres mehr essen oder trinken.«

Das Gespräch ging zwischen den fünf Männern reihum und Ixman konnte die Stimmen aus seiner Deckung heraus nicht sicher lokalisieren.

Nun schien Clifford an der Reihe zu sein, denn er baute vor: »Ich habe noch die Verfügung über zwei potentielle Attentäter von Bischoffs Pool, aber ich habe Zweifel, daß sie geistig in der Lage wären, bei einem so hochkarätig intelligenten Opfer die geeignete Situation, die ja ständig wechselt, effektiv zu erfassen.«

»Freunde, wir müssen uns schnell einig werden, sonst ist die günstige Phase verstrichen. Es ist ja auch noch der übliche Tagesablauf Hitatas zu ermitteln und möglichst sein schon vorliegendes Programm.«

»Ich schlage vor, wir treffen uns übermorgen wieder um 8 Uhr hier.«

Plötzlich stand der Tana-Mann bei ihnen am Tisch. »Ich fürchte, das wird nicht möglich sein, da man sie behindern wird.« Zwei wollten aufspringen, aber Ixman drückte sie zurück auf die Sessel. »Sie haben hier einen Mord besprochen. Das ist nach Ihren Gesetzen noch keine Tat, aber es handelt sich um einen Tana-Angehörigen, und bei uns beseitigt man Entartungen –

und Sie sind entartet. Denken Sie an Den Haag – von Ihnen würde man nichts mehr finden.«

Die noch von der Überraschung gezeichneten Gesichter zeigten sichtlich Blässe. Clifford lehnte sich zurück, sein schmales Gesicht war beherrscht, als er erklärte: »Wir sind konservative Patrioten und wollen unser Land von fremden Einflüssen freihalten.«

»Ihr Land? Es gehört doch den Indianern und Mexikanern – die fremden Einflüsse sind Sie selbst!«

»Unsere Vorfahren haben es aber rechtmäßig erobert!«

»Von Recht konnte keine Rede sein – und Eroberung ist immer Raub.«

»Das ist die Ansicht von Pazifisten wie Tana, die uns mit der Kriegsächtung den Beruf genommen haben.«

»Sie sehen also Töten von Menschen, die Sie nicht kennen, als Ihren Beruf an; als ich jedoch vorhin von Ihrem eigenen Tod sprach, sind Sie blaß geworden.«

»Wir erfüllen ja nur unsere Pflicht zur Verteidigung unseres Landes«, warf Dick ein.

»Wurde Ihr Land denn im letzten Weltkrieg von Europa angegriffen, oder dann von Korea, Vietnam, Afghanistan oder dem Irak? Ihre Soldaten haben auf Befehl getötet – und auf wessen Befehl wollen Sie nun Hitata töten?« Die Runde schwieg auf diese Frage. »Sie wollen verhindern, daß die US-Amerikaner ihn zum Präsidenten wählen. Warum greifen Sie die Wahl nicht öffentlich mit Argumenten an, sondern planen einen Mord?

Sie leben in einer Präsidialdemokratie, wo die Mehrheit entscheidet. Wenn Ihnen das nicht paßt, müssen Sie auswandern. Nun, ich habe mich so lange mit Ihnen unterhalten, um Ihren Verstand zum Nachdenken anzuregen. Wo ist übrigens Ihr sechster Mann?« Er zeigte auf den leeren Sitz.

Nach kurzem, unsicheren Schweigen erklärte Clifford: »Es gibt keinen sechsten Mann, der Sessel ist für Besucher – wie Sie.«

Ixman lächelte belustigt: »Ich bin nicht glaubensbedürftig – also, ich blockiere jetzt die Tür. FBI wird Sie durch Aufschneiden befreien und Ihre Personalien feststellen. Ihre Mordplanung habe ich hier auf Band. Sollte keine Anklage erhoben werden, so warne ich Sie: Wird in der Folgezeit irgendein Anschlag auf Hitata verübt, hole ich Sie einzeln unter das Wahrheitsgerät, und wir werden nicht nur Ihren sechsten Mann, sondern den ganzen Sympathisantenkreis kennenlernen. Wer den Anschlag verübt, wird als Entarteter nach Tana-Recht behandelt. Leben Sie wohl.«

Ixman wandte sich um und verschwand durch die geschlossene Tür. Im FBI-Büro hörte sich der Hauptinspektor, der Ixman schon lange persönlich kannte, das Miniband über seinen Verstärker an.

»O Himmel, in welcher Mordgesellschaft haben Sie sich denn da aufgehalten. Hitata ist doch unser Vizepräsident.«

»Ich wollte Sie bitten, diese Gesellschaft erkennungsdienstlich zu behandeln. Sie sitzt im Atombunker der Marinesektion im Pentagon. Sie müssen einen Schlosser mitnehmen, der die Mitteltür zwischen den beiden Räumen autogen aufschneidet. Die Verriegelung vom Notausgang habe ich auch blockiert.«

»Tana ist immer perfekt – wenn ich richtig gehört habe, sind es fünf Personen?«

»Ja – eine sechste könnte noch fehlen. Wenn Hitata etwas passiert, müssen wir mit Hilfe unseres Wahrheitsgerätes die fünf noch einmal einzeln vornehmen.«

»Bevor wir dort tätig werden, muß ich noch das Büro des Verteidigungsministers verständigen, denn da will sicher ein Beamter dabei sein. Ich habe übrigens beim Durchlauf das Band für uns auf Standardgröße kopieren lassen. Die beiden erwähnten Zombies sind nach Bischoffs Tod meines Wissens als Pfleger im Marinehospital beschäftigt. Deshalb hat der Clifford abgewinkt. Übrigens hat es im Pentagon schon mehrmals solche konservativen Klüngel gegeben.«

Die fünf hohen Marineoffiziere wurden vom Dienst suspendiert und erhielten vorerst Hausarrest. Nachrichten über diesen Fall waren zurückgehalten worden. Die Medien waren auch voll beschäftigt mit den Berichten über die Wahlabsprachen zwischen den Parteien und Notizen über die Wählermeinungen in den verschiedenen Staaten. Dabei war Kalifornien mit seinem hohen Anteil an Menschen mexikanischer Herkunft verhältnismäßig negativ zu Hitata eingestellt, da man von ihm strengere Zuwanderungsbestimmungen und Geburtenüberwachung erwartete.

Im Repräsentantenhaus hatte sich inzwischen eine solide Mehrheit für die gemeinsamen Präsidentschaftskandidaten ergeben, man kann auch sagen, sie sei gegen die Überzeugung vieler herbeigeredet worden.

Für Hitata hatte Uman eine Perücke auf der Basis des schußfesten Unterkleidungsstoffes anfertigen lassen, die Kopf und Hals bis auf das Gesicht schützte. Natürlich würde ein Geschoß eine schwere, aber keine tödliche Verwundung ergeben. Die Perücke stand Hitata gut und schon in kurzer Entfernung war der Vollschutz schon fast unsichtbar. Dem kam entgegen, daß er sein Haar schon immer länger getragen hatte.

Mitten in diese US-Wahlsituation hinein kam die Nachricht, daß ein weiteres Tana-Raumschiff das Sonnensystem erreicht habe und tausend Akademiker als Übersiedler mitführe sowie Baumaterial für die Mondbasis an Bord habe. Selbst Generalsekretär Tilasi war unsicher, woher man schon vom Umbau wissen konnte, obgleich Lacona und der Konstrukteur erst jetzt eingetroffen sein konnten.

Aber in Tana war früher schon einmal in kleinem Kreis die Möglichkeit erörtert worden, mit kleineren Schiffen auf dem Mond zu landen. Als es beim Start des Riesenschiffes die Richtungspanne gab und dann die folgenschwere Begegnung mit der Materienwolke über Funk bekannt wurde, entschloß man sich, schnell umzudisponieren und brachte ein Schiff mit Standard-Baumaterial und Übersiedlern zum Start, das nun schon eintreffen sollte.

***

Bei den Medien machte man sich nun Gedanken, ob diese Nachricht vom Eintreffen neuer Übersiedler Einfluß auf die Wahlentscheidung für Hitata haben könnte. Gerade jetzt begann der Milliardär Shinok eine Werbung für sich selbst zu starten, um Tana-Gegnern eine Wahlalternative zu bieten. Da Shinok nur durch Skandale in der Wirtschaft bekannt war, konnte man seine Aktion nur als Störmanöver betrachten, aber für die Medien war auch das ein Thema.

So bat die »New York Times« bei Präsident Carell um ein Interview zu dieser Frage. Er stimmte zu, wenn Kellmann mit seinem TTS-Team dabeisein würde. So traf man sich im Kaminzimmer des Weißen Hauses in kleinem Kreis.

Chefredakteur Matthes meinte einleitend, daß er die Interviewunterlagen an die anderen Blätter weitergeben würde, da allgemeines Interesse zu Einwirkungen auf die Wahl bestünde. Carell lächelte nur geduldig.

»Herr Präsident, halten Sie einen Einfluß auf das Wahlverhalten unserer Bürger durch das Eintreffen weiterer Übersiedler gerade jetzt für möglich?«

»Für Grundsatzgegner von Tana ist es Wasser auf ihr Mühlrad, aber das läuft leer, denn die Staaten der Erde warten auf diese Intelligenz ohne die menschlichen Schwächen.«

»Ich entsinne mich, man hat damals die 18 000 Tana-Leute bei der Polizei, bei Banken und Wachgesellschaften eingesetzt, auch im Sport wegen ihres schnellen Reaktionsvermögens. Einer von ihnen hat den Boxweltmeister K.O. geschlagen.«

»Die Zeit ist längst vorbei. Diese Leute haben heute leitende Posten, weil sie nicht nur unbestechlich sind, sondern auch schneller und präziser denken können.«

»Nun, das mag schon wahr sein«, gab Matthes zu, »in Europa ist sogar einer von ihnen Präsident geworden.«

»Und warum? Weil er alle 27 Regierungschefs mit seinen Argumenten und seiner Intelligenz überzeugt hat. Er schlug selbst eine Wahl vor, weil er wissen wollte, ob die vielen Völker Europas mit einem Tana-Präsidenten einverstanden wären. Dazu sprach er sie in ihren Ländern in ihren verschiedenen Sprachen an – und sie wählten ihn zu über 80 %! Und in seiner Riesenbehörde in Brüssel haben alle Kommissare und Hohen Direktoren Tana-Sekretäre, damit sie schneller entscheiden können. Unsere Wirtschaft merkt das schon jetzt – und er ist erst wenige Jahre im Amt.«

»Wann ist denn seine Amtszeit zu Ende?«

»Wer wird denn einen solchen Mann gehen lassen? Die sind da drüben zufrieden, daß sie seinen Ideen nur noch zuzustimmen brauchen. In den einzelnen Staaten erhielt er jeweils mehr Zustimmung als die jeweilige Regierung – ein demokratischer Kaiser von Europa.«

»Aber das betrifft alles die Innenpolitik – und die USA haben zahlreiche außenpolitische Verpflichtungen.«

»Das bilden wir uns ein. Nachdem der Krieg geächtet ist und Tana den Frieden garantiert, gibt es nur noch Verständigungen, und da haben die USA wenig Erfolg, es sei denn mit wirtschaftlichem Druck, der uns Sympathien kostet. Diesen Druck lehnt Kandidat Hitata genauso ab wie ich.«

»Und Sie sind trotzdem mehrmals gewählt worden.«

»Aber nicht von der Industrie, sondern von den Bürgern. Deshalb will er auch nicht von einer durch die Industrie gesponserten Partei abhängig sein, sondern von allen Bürgern wählbar sein. Sie erkennen sicher eine Parallele zu Europa. Er will vor allen Dingen unabhängig sein von Kreisen und Gruppen, die Parteien sponsern und dann gefördert werden wollen. Er will unabhängig sein, auch von Beratern, da er selbst kreativ genug ist. Und vergessen Sie eines nicht: In allen Ländern der Erde gibt es Tana-Berater, die ihre Kollegen ohne jedes Neidgefühl unterstützen. Es ist ein Netz von Intelligenz und Zusammenarbeit, das heute schon die Erde umspannt – so wie wir Menschen es nicht fertigbringen.«

Nun meldete sich noch Kellmann zu Wort: »Wir wollen auch nicht vergessen, daß nur durch Tana-Initiative und Idee Amerika und die Erde von der Furcht vor einem Ausbruch der Yellowstone-Caldera befreit wurde.«

»Gentlemen, Sie haben, wie zu erwarten war, ein gewichtiges Wort für Tana und Kandidat Hitata gesprochen. Ich danke Ihnen.«

Bei der Verabschiedung von Carell meinte Matthes noch: »Mister President, während Ihrer langen Amtszeit hat sich in unseren beiden Parteien niemand so profiliert, daß er gegen UN-Generalsekretär Tilasi oder EU-Präsident Matala bestehen könnte. Wir brauchen Mister Hitata, um uns auf der Erde behaupten zu können. Auch wir wollen einen Tana-Akademiker als Berater in der Redaktion einstellen, der diese Herren dann auf gleicher Ebene interviewen kann.«

In den Parteien hatte man sich inzwischen die Köpfe zerbrochen, wie man in Erinnerung an frühere Zeiten die Wahl zu einem Ereignis machen könnte. Natürlich mehrere Kapellen und bekannte Hollywoodgrößen im Rahmenprogramm um die Wahlrede von Kandidat Hitata. Drei, vier Parteigrößen sollten auch zu Wort kommen. Dazu brauchte man ein Stadion mit mindestens 50 000 Plätzen. Eine Delegiertenabordnung hatte sich bei FBI-Chef Shater angemeldet, um zu klären, welches der in Frage kommenden Stadien von Polizeikräften am besten zu sichern sei, da es Kreise gäbe, die grundsätzlich gegen Tana eingestellt seien.

»Ich könnte vielleicht auch dazu gehören«, meinte Shater gelassen, »und sähe lieber einen geborenen Amerikaner auf dem Präsidentenstuhl – aber er war als Vize schon außerordentlich rührig, besonders auf dem Justizsektor. Ich möchte fast sagen, auf du und du mit dem Supreme Court. Dieser Mann braucht also den ganzen Klamauk um seine Person nicht.« Shater war immer sehr direkt. »Und nun zur Sicherheit. Gerade Militärkreise, die meinen Sie doch, haben Zugriff auf Kunstschützen, die auf hundert Yards mit der Pistole ein Auge treffen. Es ist schon schwer, 500 Flugpassagiere zu untersuchen, und nun 50 000 Besucher! Der Täter kann seine Waffe auch schon am Vortag ohne Kontrolle versteckt haben. Vielleicht wird ein Anschlag schon bei der Anfahrt geplant.«

»Wir wollten ihn ins Stadion einfliegen lassen.«

»Haben Sie mit ihm schon über die Theatervorstellung gesprochen?«

»Nein, es soll ja eine Überraschung sein.«

Shater lachte laut heraus: »Eine schlimmere Überraschung können Sie ihm wohl kaum bieten. Ich habe ihn persönlich gesprochen, sachlich und sehr ruhig. Da Ihnen bei solcher Veranstaltung niemand 100prozentige Sicherheit garantieren kann, rate ich Ihnen zum Verzicht auf die Vorstellung. Was nützt Ihnen ein Präsident, den Tana im Vulkan bestatten muß?«

Wenig begeistert verließ die Abordnung das FBI-Hauptquartier. Shater war sehr drastisch, aber ehrlich. Vielleicht konnte man den Wahlsieg feiern – notfalls ohne ihn –, oder man konnte sich das Papamobil vom Vatikan ausleihen.

So entschied man sich bei den Parteien aus Sicherheitsgründen nur für eine Rede im TTS-Studio mit Ankündigung und Ausklang durch jeweils einen Vertreter der Parteien. Die Sendung würden alle TV- und Radiostationen der Staaten übernehmen.

Senator Dale von den Republikanern kündigte mit launigen Worten Hitata als einen für die USA vom Himmel gefallenen Präsidentschaftskandidaten an, der seine erste Bewährungsrunde schon mit Erfolg absolviert habe. Er brauche keine Wahllügen aufzutischen, da er keinen Konkurrenten habe, sondern von beiden Parteien getragen werde.

Darüber lächelte Hitata vergnügt, als er begann: »Bürgerinnen und Bürger der Vereinigten Staaten! Ich selbst wäre nie auf den Gedanken gekommen, Ihr Präsident werden zu wollen. Aber die Beschäftigung mit der Wahl zur vierten Amtszeit von Präsident Carell hat mich motiviert, das politische System von meinem Standpunkt aus kritisch zu sehen. So habe ich die Vizepräsidentschaft angenommen, als sie mir angetragen wurde, eine Miniaufgabe, die ich erweitern konnte und die mir die Möglichkeit gab, spezifische innenpolitische Zusammenhänge Ihrer Staaten kennenzulernen, mit allen Stärken, aber auch Schwächen, deren Behebung ich allein Ihnen nicht zusichern kann, da nicht nur meine Sicht entscheidet, sondern in einer Demokratie die Institutionen der Parteien wie der Kongreß zustimmen müssen, damit Änderungen Rechtskraft erlangen. Da aber stets der Verstand die Korrekturen begründen wird, sollte wohl zugestimmt werden können, es sei denn, Traditionen stehen dagegen. Traditionen sollten in der Erinnerung gepflegt werden, aber nicht die Entwicklung behindern – sage ich immer.

Außenpolitisch sehe ich wenig Probleme, da wir in allen Staaten auf Berater treffen, mit denen wir vorab eine vernehmliche Lösung aushandeln können. Eine Ausnahme ist vorerst das islamische Vorderasien. Hier ist die EU in Verhandlungen mit dem Pufferstaat Türkei, und in der Levante bahnen sich Verhandlungen der Anrainerstaaten an, die hoffentlich mit unserer Fürsprache Erfolg haben werden. Der islamische Einfluß basiert im ganzen Vorderen Orient auf mittelalterlichen Vorstellungen bei den Religionshütern.

Innenpolitisch ist dagegen einiges zu tun. Die Ausbildung in den ersten sechs Schuljahren muß effektiver werden, was auch von der Erziehung im Elternhaus abhängt. Jeder Kranke muß Zugriff auf Basismedikamente haben und eine Ärztestation aufsuchen können, für beides muß gesorgt werden. Gelder dafür stehen durch den Verzicht auf schwere Rüstung auf Grund der Kriegsächtung bereit. Die Bevölkerung der USA nimmt auch ständig in Millionengröße zu, nicht nur durch Zuwanderung, sondern durch Geburtenüberschuß. Tana forderte grundsätzlich eine Verminderung der Bevölkerung, um ein Chaos auf der Erde zu vermeiden. China, Indien und Afrika sowie eine Reihe anderer Staaten haben verschiedenes unternommen, um eine Verminderung der Geburten zu erreichen. Ich werde also vorschlagen, jeder Frau zwischen 16 und 36 Jahren nach zwei Geburten eine Grundrente ab dem sechzigsten Lebensjahr zu zahlen, wenn sie sich entschließt, die Beschränkung durch Tana-Pharmazeutika anzunehmen. Ein Land mit einer zu hohen Bevölkerung hat Arbeitslose, die versorgt werden müssen, zugleich wird die Arbeit billiger, und damit sinkt der Lebensstandard. Beides sollte vermieden werden.

Präsident Carell hat auf Grund der Kriegsächtung den Wehrdienst nicht abgeschafft, aber die Auslese verfeinert. Die Soldaten sollten jeweils auch in einem handwerklichen Beruf unterwiesen werden, damit sie im Fall einer Katastrophe, die es immer wieder durch Naturereignisse gibt, zur Hilfe eingesetzt werden können.

Die Forschung im Sonnensystem mit Raketen werden wir beschränken und Tana um Unterstützung bitten, auch im Interesse der Umwelt. Hierzu gehört auch die Beschränkung der Industrieabgase mit Kohlendioxyd und des auch von Rindern erzeugten Methans, die Klimaveränderungen bewirken sollen, was ich eher der Sonne anlaste.

Dieses Programm ist erst einmal zu bearbeiten, bevor weiter geplant wird. Wenn Sie damit einverstanden sind, werde ich gern Ihr Präsident sein.«

Hitata winkte Senator Porter von den Demokraten, das Schlußwort zu sprechen und seine Rede noch in zwei indianischen und der spanischen Sprache anzukündigen. Porter tat das kurz, bündig und mit Vergnügen, da das in seinem Staat Kalifornien besonders gut ankommen würde.

In der spanisch gebrachten Rede fügte er noch einige Sätze an: »Die USA haben von Mexiko Texas und Kalifornien erobert. Sie als Mexikaner versuchen nun, durch Einwanderung – legal oder nicht – das Land wieder in Besitz zu nehmen, aber es wird nicht wieder zu Mexiko gehören, nur mexikanisch sein. Nun schauen Sie dorthin, wo Sie herkamen: übervölkert, Arbeitslosigkeit, niedriger Lebensstandard – so wird es dann auch hier sein, wenn Sie weiter versuchen, durch viele Geburten das Land zu erobern. Folgen Sie meinem Plan im ersten Teil der Rede, dann wird Ihre Arbeit den Wert behalten, und Sie können Ihr Leben gestalten, wie Sie es sich erträumten.«

Porter schüttelte Hitata herzlich die Hand für diese Worte.

* * *

An Bord der »Lavia« wurde überlegt, wie man die Wahl Hitatas unterstützen und die Sicherheit seiner Person erhöhen könnte, als der Anruf vom Generalsekretär Tilasi eintraf, daß der Berater in Äquatorialguinea, Haliba, ermordet worden sei.

»Ausgerechnet in einem der kleinsten Staaten Afrikas, wo ein militärischer Führer Präsident geworden war. Ich möchte wissen, wer den Grund zum Mord gehabt hat«, sagte Neuberg zu der Nachricht.

»Tilasi meinte noch, es könne damit zusammenhängen, daß Haliba für einen Zusammenschluß mit Kamerun eingetreten sei«, erwiderte Ixman, der sich schon mit Zetman erhoben hatte, um sich reisefertig zu machen. Eine halbe Stunde später startete die Scheibe zur Südwestküste Afrikas. Unterwegs erfuhren sie vom UN-Team, daß der Präsident Mbasago in der Hauptstadt Malabo auf der Insel Bioko residiert.

»Ihr könnt auf dem Vorplatz der Kathedrale landen, sein Hauptquartier liegt gegenüber, ein rotes Backsteingebäude.«

Ceman war auch noch mitgeflogen und stieg jetzt auch aus, um die Scheibe gegen Neugierige zu sichern, da man überraschend gekommen war. So war man entsprechend betroffen, als Ixman im Auftrage der UN Mbasago zu sprechen wünschte. Der uniformierte Pförtner griff erst zum Telefon und sprach offenbar mit seinem Chef. Dann geleitete er Ixman höchstpersönlich in den ersten Stock und klopfte an eine mit einem Wappen verzierte Tür, bevor er sie für Ixman öffnete.

Hinter einem großen Schreibtisch erhob sich ein ebenfalls Uniformierter und kam mit einem verkniffenen Lächeln auf den Besucher zu.

»Sie kommen sicher wegen Ihres Beraters«, eröffnete er das Gespräch, »ich habe schon eine Meldung über den tragischen Fall nach New York ausfertigen lassen. Es tut uns sehr leid, aber einer unserer Milizsoldaten ist in der tropischen Schwüle des Festlandes ausgeflippt und hat um sich geschossen. Zwei weitere Menschen hat er verletzt.«

Er trug eine dunkle Brille im wohlgenährten Gesicht. Das

kurze schwarze Haar war wenig Kontrast zum tiefen Braun seiner Haut. Die spiegelnden Gläser der Brille verhinderten den forschenden Blick von Ixman in seine Augen.

»Tana hat Vergeltung angedroht, wenn den Beratern ›ein Haar gekrümmt‹ wird. Sie haben den Täter dingfest gemacht?« war die Frage.

»Äh – ja, ja natürlich. Er wird noch heute exekutiert.«

»Ich möchte der Aktion beiwohnen – teilen Sie das Ihren Herren auf dem Festland mit – wo läuft sie ab, und wen muß ich ansprechen?«

»Hauptmann Nguebo im Kasernenbereich südlich von Bata.«

»Wenn Sie uns anmelden, erinnern Sie daran, daß laut Vertrag nur Tana-Ärzte an dem Leichnam tätig werden dürfen. Lassen sie ihn nur abdecken gegen Insekten. Die Ärzte sind in Stunden am Ort. Ich danke Ihnen.«

Kaum war Ixman gegangen, hatte Mbasago ein hastiges Gespräch mit dem Hauptmann, wobei die Order Ixmans nur am Rande erwähnt wurde.

Die Scheibe landete keine zehn Minuten später vor dem Hauptgebäude auf dem Kasernengelände. Ixman und Ceman gingen gemeinsam hinein. Innen kam ihnen schon ein Einheimischer in Uniform entgegen und stellte sich als Hauptmann Nguebo vor. Er begleitete sie zu einem Platz an der Umzäunungsmauer – und da kamen auch schon drei Soldaten mit einem gefesselten vierten, dem der Mund verklebt war und eine Binde seine Augen verdeckte. Die drei stellten ihre Gewehre zusammen, die Ixman unauffällig blockierend berührte, denn die Mundverklebung war ihm verdächtig. Während der Delinquent an einem Mauerhaken befestigt wurde, forderte er den Hauptmann auf, die Mundverklebung zu entfernen.

»Darf ich nicht, die muß bleiben, Befehl vom Chef.«

Ein Blick zu Ceman, und der stellte sich halb hinter den Hauptmann und berührte dessen Pistole. Dann ging Ixman zu dem Gefesselten und riß ihm das Klebeband vom Mund. Der spuckte erst einmal kräftig, bevor er auf die Frage, ob er den

Tana-Mann erschossen habe, antwortete: »Ja, aber der Hauptmann hat es mir gesagt.«

Da zog der Hauptmann seine Pistole, ging vier Schritte auf ihn zu, zielte kurz und schoß – nur da kam nichts. Ixman ging auf ihn zu und fragte scharf: »Wer hat Ihnen den Befehl gegeben, Haliba ermorden zu lassen?« Als Antwort forderte er die drei Soldaten auf, die beiden Besucher zu erschießen.

Die Antwort darauf war ein Schlag auf den Punkt. Dann schleifte er den Bewußtlosen am Koppel zur Scheibe und überließ die Soldaten mit ihren blockierten Gewehren Ceman, der ja einmal »Boxweltmeister« in New York geworden war.

Per Handapparat verständigte er Uman vom Tod des Beraters und Ceman von dessen Kommen, während Zetman Kurs auf das Wahrheitsgerät in der »Lavia« nahm.

Schon die ersten Antworten auf seine Fragen bestätigten seinen Verdacht, daß Mbasago die Order gegeben hatte, den Berater zu ermorden. Dem Mörder Mnina war versprochen worden, seine Haftstrafe für einen Totschlag aufzuheben. Diese drei, der Befehlsgeber, der Übermittler, der sich nicht gescheut hatte, zwei weitere erschießen zu lassen, und der Mörder mußten aus der menschlichen Gesellschaft entfernt werden.

Nach seiner Rückkehr mit Nguebo in Bata traf auch Uman mit einem Arzt und zwei Mondurlaubern ein, die ihre Weltreise wegen des erwarteten Raumschiffes abgebrochen hatten. Die Potenz von Vauman und Teman als Kundschafter war in dieser Situation gefragt. Uman stellte zusammen mit dem Arzt fest, daß Haliba durch drei Schüsse in den Hinterkopf getötet wurde, davon zwei mit aufgesetzter Waffe, also schon im Liegen. Die Soldaten gingen den vielen Gelbaugen, die nun in der Kaserne waren, scheu aus dem Wege. Ein Chargierter erkundigte sich bei Ceman, ob sie weiter Dienst machen könnten.

»Solange wir hier sind, sollen Ihre Leute in den Unterkünften bleiben«, war die Antwort. Er hatte inzwischen den Mörder und Nguebo eingesperrt und Teman gebeten, sie zu bewachen.

Vauman ging durch die Unterkünfte und blockierte die Waffen in den Gewehrständern.

»Nun müssen wir den Präsidenten greifen«, beschloß Ixman, aber als er mit Ceman in Malabo im Hauptquartier nach ihm fragte, erfuhr er, daß dieser mit seiner Leibwache schon vor Stunden mit seinem Schnellboot zum Festland aufgebrochen war. Auf die Frage, wo er dort üblicherweise anlege, hörte er, daß das Boot meist ein Stück den Rio Muni herauf fahre bis zum Stamm der Fang, aus dem er stamme.

»Eine schöne Überraschung«, knurrte Ixman, »dort kann er sich leicht unsichtbar machen – und sein Stamm schützt ihn.«

Auf dem Rückflug machten sie die südlich Bata gelegene Flußmündung aus und folgten dem Rio ein Stück aufwärts, bis sie an einer kleinen Anlegebrücke ein relativ großes, schlankes Boot ausmachen konnten. Nahe dem Ufer gab es eine Ansammlung von größeren, festen Hütten. Weiter landwärts schien das Gelände in dichten Wald überzugehen.

Zetman flog niedrig und langsam in Richtung Süden darüber hinweg, aber das dichte Blätterdach verdeckte alle Spuren. Als sie in der Kaserne eintrafen, war die Sonne bereits untergegangen.

Weil Vauman nun die Kaserne kannte, holte er den Chargierten, wohl ein Leutnant, weil Ixman ihn über das Gebiet des Fang-Stammes befragen wollte. Er erfuhr, daß es früher Kämpfe mit Bantu-Stämmen aus dem heutigen Gabun gegeben habe, die meist im Wald ausgetragen worden seien. Die Fang hätten zum Schutz ihrer Siedlungen daher südlich vom Rio Mini primitive Verteidigungsanlagen Richtung Süden errichtet, von denen seines Wissens noch einige erhalten seien.

»Da muß Bruder Haman mit dem Diskus helfen«, befand Ixman, erfuhr aber, daß dieser erst morgen vom Mond zurückerwartet werde.

»Nun gut«, war sein Kommentar, »vor der Wahl Hitatas in den USA sollte man sowieso kein offizielles Strafgericht abhalten – es gibt dort zuviel weiche Naturen, die anstelle des Verstandes ihre Gefühle sprechen lassen.«

Am Morgen darauf traf Dr. Usava ein, der seine Rundreise sofort unterbrochen hatte, als er vom UN-Team über den Mord unterrichtet worden war. Nach Kenntnis aller Umstände, war auch er der Ansicht, daß man das Terzett aus der Gesellschaft entfernen müsse.

»Es tut mir ja leid, Dr. Usava«, bedauerte Ixman, »daß dieser schlimme Fall zuerst in Ihrem Afrika passiert ist. Wenn wir strafen im Namen Tanas, tun wir es ja öffentlich als Warnung für alle, die ähnliches planen. Dadurch wird nun einer der kleinsten Staaten Afrikas sehr negativ bekannt. Wenn sich Kamerun und Gabun zur Union finden würden, könnten sie Guinea aufnehmen.«

»Das würde ein Negativimage verhindern, und man könnte Guinea als Staat vergessen. Aber gerade diese beiden großen Staaten sind gut fundiert und können auch solo existieren.«

»Sicher hätten sie keinen Grund zur Unionsbildung, aber Nordafrika ist Vorbild. Vielleicht ist der Zuschlag der Insel Bioko zu Kamerun und des Festlandes zu Gabun ein Anreiz – auch für die Guineer mit dem Mörderimage«, war Ixmans Überlegung.

»Eine harte Prüfung für meine diplomatischen Fähigkeiten«, lachte Dr. Usava, »aber zum Glück gibt es in beiden Staaten gute Tana-Berater, die ich für eine Westäquatorunion interessieren werde.«

Die umfassende Information über die Vorgänge in Guinea nahm Hitata in den USA mit Bedauern entgegen, fand aber ein öffentliches Strafgericht durchaus für notwendig und begrüßte es, daß dieses für Tage nach der Wahl geplant war.

Am nächsten Tag traf der Diskus ein, und es konnte mit Haman und Efman die Taktik abgesprochen werden. Es gehe darum, die Begleitung von Mbasago, mit der er in den Wald geflüchtet sei, mit möglichst geringem Personenschaden zu entwaffnen. Vermutlich hätten sie nachts ihre Waffen nicht in den Händen und würden ihre Munitionstaschen ablegen. Der vermutliche Aufenthaltsort sei eine bekannte, frühere Befestigung im Wald. Es würde sich also empfehlen, während der letzten Nachtstunde mit der Induktionswalze des Diskus das Gebiet zu durchkämmen. Man könnte dann von Süden her das Gebiet nach Mbasago und seinen Leuten bei Tageslicht absuchen. Dafür hatte der Leutnant eine kleine Truppe von kräftigen Soldaten zusammengestellt und mit intakten Gewehren aus der Waffenkammer ausgerüstet. Der Diskus sollte sie in das Einsatzgebiet fliegen.

Nachdem Haman die Truppe mit dem Leutnant abgesetzt hatte, traf er schon beim ersten Anflug den richtigen Sektor. Als es unter ihnen zu blitzen und zu knallen begann, rief Efman in Bantusprache über den Lautsprecher auf, sich sofort von den Waffen und Munitionstaschen zu trennen, da die Munition explodieren würde. Dann flog Haman das ganze Gebiet ab, wo es blitzte und knallte.

Anschließend flog er die kurze Strecke zum Einsatzort der Soldaten und ließ sie auffordern, ihm in Schützenlinie zu folgen, er würde ganz langsam fliegen. Gleichzeitig schaltete er starke Scheinwerfer ein, damit sie Flüchtende erkennen konnten.

Die Soldaten trafen dann im Schatten des Unterholzes auf vier unverletzte Männer, die ihren Chef trugen. Er hatte seine Pistole an der Hüfte getragen, als das Magazin detonierte und ihn unblutig durch Druck und Schlag verletzte. Sie gaben an, daß andere mehr oder weniger verletzt waren und in Richtung Siedlung am Fluß gelaufen seien.

Ixman stellte einen vollen Erfolg der Aktion fest, als er Mbasago in der Kaserne inhaftieren konnte.

Drei Tage später kam die Nachricht, daß 72 % der wahlberechtigten US-Amerikaner für Hitata ihre Stimme abgegeben hatten. Es war ein gutes Ergebnis, das die Medien ohne Kritik anerkannten. Die Amerikaner hatten nach ihrem Idol Carell wieder einen Mann ohne Fehl und Tadel – vor allem ohne unsicheres Vorleben an ihrer Spitze. Nur die Presse in den Islamstaaten schmähte das Ergebnis der Wahl.

Ixman bedauerte natürlich sehr, daß er durch die Guinea-Aktion gehindert war, ihm persönlich zu gratulieren. Er meinte zu Ceman, die Erde wache langsam auf und bekomme einen Blick für das Reale.

Mbasago hatte sich von dem Schlag durch die Explosion seines Pistolenmagazins erholt, so daß er der Verlesung des Wahrheitsprotokolls seines Hauptmanns Nguebo folgen konnte. Ihm wurde daraufhin klargemacht, daß er auch nach den Gesetzen seines Landes als Mordanstifter nur den Tod zu erwarten habe.

Auch Nguebo wurde das Protokoll seiner Vernehmung vorgelesen, da er sich ja nicht an seine Aussage erinnern konnte. Daß Mnina der Mordausführende gewesen war, stand nach seinem Geständnis fest.

Obgleich als irdische Zeugen Dr. Usava und der Leutnant dieser Prozedur beigewohnt hatten, war man sich auf Tana-Seite klar, daß man den Vorwurf erheben würde, keine ordentliche Gerichtsverhandlung durchgeführt zu haben.

Dr. Usava erkannte zwar die Schuld der drei Männer voll an, bat aber, im Zusammenhang mit dieser Aktion nicht genannt zu werden, was ihm zugesichert wurde.

»Wir haben nie einen Zweifel daran gelassen, daß wir keinem irdischen Gesetz unterstehen und es besteht wohl kein Zweifel daran, daß wir Mordtaten an unseren Leuten vergelten werden. Eine Strafe, die weitere potentielle Täter abschrecken soll, muß der Tat kurzfristig folgen. Das ist ein Grund, weshalb wir glasklare Fälle nicht nach irdischer Manier monatelang verhandeln wollen. Mir persönlich ist es ein sehr ungutes Gefühl, als Scharfrichter aufzutreten«, das sagte Ixman im kleinen Kreis von Tana-Angehörigen und Dr. Usava.

Noch am selben Tag wurde durch Anschlag an der Verwaltung von Bata für den nächsten Morgen die öffentliche Anklage, Verurteilung und Vollstreckung für die am Mord des Tana-Beraters Beteiligten verkündet.

Dr. Usava war abgeflogen und so saß abends nur der Tana-Kreis in der lauen Nacht zusammen. Das schwache Mondlicht spiegelte sich in den Gläsern mit klarem Sodawasser. Vom Meer her bewegte ein leichter Nachtwind die langen Blätter der hohen Palmen, in deren blanken Rücken auch das Licht des Erdbegleiters schimmerte.

Ixman saß etwas abseits und hielt die Augen geschlossen. Seine Gedanken kreisten um das Amt des Scharfrichters. Er hatte schon fast zwanzig entartete Menschen getötet, aber noch keine gefesselten. Er mußte an Arabien denken, wo das fallende Richtschwert den Schaulüstling umbrachte – was König Halef zum Thron verhalf und schließlich zur religiösen Reform des Islam-Mutterlandes führte. Als er dem Giftmordorganisator in Medina den Schädel spaltete, verhinderte er viele Tote in Europa. Die mißglückte Therapie im Geheimbund hatte auch keine sauberen Menschen getroffen. Der Badewannentod in Pakistan und das Köpfen in Bolivien waren Vergeltung für Mordversuche. In Riad war die Auflösung des Chefs der Attentäterbrigade auch Vergeltung für den Dozentenmord in Kairo; das Eliminieren der Giftmischer in Syrien war Vergeltung für 400 Airbusopfer. Tja, und wenn etwas gegen Hitata geschehen wäre, hätte er auch nicht gezögert, tätig zu werden. .Er atmete schwer auf und wandte sich dann der Unterhaltung der anderen zu.

Am folgenden Morgen hatte ein Trupp Soldaten die drei Stühle mit den Angeklagten dicht nebeneinander vor der Tür der Verwaltung in Bata aufgestellt und nahm zu beiden Seiten davon Aufstellung. Zögernd versammelten sich Zuschauer auf dem kleinen Platz davor. Bruder Uman hatte die Bild- und Tondokumentation in dezenter Form übernommen.

Dann erschien Ceman mit einer Mappe, stellte sich im Abstand vor die Angeklagten und verlas die Anklage. Er schilderte den Hergang der Tat mit zwei Nachschüssen in den Hinterkopf, dann die Belohnung – Freilassung aus der Haft für den Totschläger. Der Befehl zu dem Mord kam vom früheren Präsidenten selbst, weil der Berater für einen Anschluß an Kamerun eintrat. Mittelsmann war der Hauptmann, der sich nicht scheute, einen Feuerbefehl auf zwei Tana-Leute zu geben.

Dann wiederholte Ceman die Anklage gekürzt in den Dialekten Bubi und Fang für die inzwischen dichter gewordene Zuschauermenge.

»Das Verbrechen wurde an einem Tana-Berater von diesen drei Männern geplant, gefördert und durchgeführt. Nach Tana-Recht haben sie ihr Leben verwirkt, und die Tana-Vertretung auf der Erde verurteilt sie zum Tod durch Köpfen.«

Inzwischen war aus der Tür hinter den Delinquenten eine große Gestalt mit schwarzer Kappe, losem Umhang und dunkler Brille herausgetreten. Nach den letzten Worten von Ceman blitzte der Laserstab auf und die drei Häupter fielen in einer guten Sekunde. Darauf wandten sich die Tana-Leute ab und überließen den Soldaten unter ihrem Leutnant die Nacharbeit.

Aus der Volksmenge kam weder Zustimmung noch Ablehnung, man war sicher schockiert über die Schnelligkeit des Handelns.

Die Scheibe von Uman nahm den Leichnam des Beraters zu seiner Bestattung in einem tätigen Vulkan in Südamerika mit, und Zetman flog nach Washington, denn beide Brüder wollten Hitata herzlich und persönlich zu seinem großen Erfolg gratulieren.

Genau darauf hatte auch der Chefredakteur der »Times« gewartet, und Ixman kam um die Frage nicht herum, ob er in Guinea kurzen Prozeß gemacht habe.

»Sicher, Tana steht ja heute mit einigen tausend Angehörigen sieben Milliarden Menschen gegenüber, und unsere Berater in Afrika sind Einzelkämpfer ›im Busch‹ pauschal betrachtet, da muß Härte gezeigt werden, um Wiederholungen vorzubeugen.«

»Wie ich hörte, waren Sie als Scharfrichter tätig.«

»Wir Kundschafter sind die Speerspitze von Tana und müssen daher auch – nicht gern – Vollstreckungsbeamte sein. Den Haag genügt nur irdischen Ansprüchen zur Warnung der westlichen Zivilisation.«

***

Hitata empfing die beiden Brüder in einem kleinen Arbeitsraum, den ihm Präsident Carell schon in seinem Amt als Vertreter im Weißen Haus eingeräumt hatte und den er wegen seiner Lage besonders schätzte.

»Unsere Glückwünsche zu Eurer Wahl, Mister President«, begann Ixman.

Hitata hielt wie abwehrend beide Hände hoch: »Noch bin ich nicht vereidigt, Freunde, aber ich hoffe, auch das noch zu überstehen, nachdem ich alle Sicherheitsvorschriften befolgt habe.«

»Das war auch gut so, denn Gegner schlafen nicht. Die Pentagonleute haben wohl noch überwachten Hausarrest, bevor sie auf Kriegsschiffe im Pazifik versetzt werden. Ich habe übrigens Nachricht von unserem Raumschiff, das morgen auf dem Mond landen wird. In Tana scheint man unsere Gedanken lesen zu können, denn außer Bauteilen für die Mondbasis sind wieder tausend Akademiker verschiedener Richtungen an Bord und acht Männer mit Kundschaftereigenschaft, also vierte Dimension und anderes. Davon empfehle ich Euch einen als Hausgenossen.«

»Das ist sehr gut – natürlich muß er sich erst hier zurechtfinden.«

»Vorerst kann er ein Auge darauf haben, wenn Eure Mahlzeiten zusammengestellt werden. Es wäre auch gut, ständig ein Tana-Mitglied in der Küche zu haben. Im Vatikan tafelt der Papst auch mit dem Küchen- oder Polizeichef – die Küche ist Vertrauenssache, aber auch Ansatzpunkt für Feinde.«

»Ihr habt sicher Eure Erfahrungen und selbst den Vorteil, nur von Tabletten zu leben. Aber habt Ihr schon eine Übersicht, welche Fachrichtungen die Akademiker haben? Eventuell Betriebswirtschaft und Verwaltung oder auch Informatik?«

»Das kann ich nicht sagen, nebenbei erwähnt wurde nur, daß sich fünf mit irdischer Geld- und Steuerpolitik beschäftigt haben und fürchten, nicht gebraucht zu werden.«

»Weit gefehlt, zwei übernehme ich schon, und Matala von der EU wird sie auch benötigen. Ich habe mich etwas mit dem hiesigen Bankwesen und der Wirtschaft beschäftigt und habe den Eindruck, daß darin einiges schiefliegt – schon seit vielen Jahrzehnten. Das Volk bezahlt für Unkenntnis und Leichtsinn der Manager, die die Gegebenheiten ausnutzen.«

»Ein heißes Eisen in den Staaten. Für die Luft steht Euch ab sofort eine Scheibe mit Pilot zur Verfügung – wie Matala sie hat. Auf der Straße empfehle ich nur Panzerwagen. Der Bürger mag Euch lieben, aber ein einflußreicher Kreis nicht – und das kann tödlich sein. Der Geheimdienst hat vor 50 Jahren einen Reformer, den deutschen Bankkönig, in die Luft gesprengt. Man hat das nicht klären können oder wollen – wie den Kennedymord. Mit unseren Mitteln würden wir es zwar klären können, aber das Opfer können wir nicht wieder zum Leben erwecken.«

»Ich verstehe und schätze Euren Rat«, er sah zur Uhr, » gleich muß Goldenham, Chef der Weltbank, eintreffen – kennt Ihr ihn näher?«

»Gewiß, er hat eine Sonde von uns im Ohr, die sein Leben verlängert, aber auch Negativseiten seines Genoms abbaut. Ihr könnt ihm im allgemeinen vertrauen. Nun besten Erfolg bei allem.«

Beim Verlassen des Hauses begegnete ihnen auf der Treppe Goldenham. »Ah, die Herren waren auch auf Gratulationscour beim Präsidenten.«

»Dürfen Sie noch nicht sagen, er ist noch nicht vereidigt«, beschied ihn lächelnd Ixman und fand, daß sich der Weltbankpräsident verjüngt hatte.

»Gut, daß wir uns begegnen, ich wollte Sie schon anrufen. In zwei Wochen findet hier im neuen Intercontinental-Hotel das Treffen der US-Sektion einer vertraulichen Vereinigung statt, zu der ich Beziehungen habe. Man ist sehr interessiert an der Ohrsonde, die Sie uns seinerzeit ›vermittelt‹ haben.«

»Zu welcher Vereinigung gehört denn diese Sektion?«

»Die nannten sich früher die ›Bilderberger‹ nach einem Hotel, wo sie sich 1954 zum ersten Mal trafen.«

»Kenne ich, die Reichsten von den Reichen und einige Mächtige. Ich war Zuhörer bei zwei geheimen Konferenzen im vorigen Jahrhundert, es ging um Kriegsmöglichkeiten im Ost-West-Konflikt, aber wir waren damals noch inkognito und haben nur die Raketen blockiert. Bestellen Sie den Herren, daß ich gern komme, aber es müßten alle Mitglieder mindestens eingeladen werden. Wenn sie nicht kommen, so ist das ihr Verlust.«

Goldenham bedankte sich für die Zusage, und man trennte sich.

Nach der Landung des Raumschiffes sorgte Ixman dafür, daß die fünf Finanzkundigen als erste geweckt und zusammen mit den acht Kundschaftern zur Erde gebracht wurden. Bei dem Gespräch erfuhr er, daß sich zehn Damen unter den Akademikern befanden. Daraufhin setzte er sich noch mit Hitata in Verbindung mit der Frage, ob er eine First Lady benötige.

»Vielen Dank für die Nachfrage, aber ich möchte den Bürgern nicht zuviel zumuten. Natürlich kann es Situationen geben, in denen eine First Lady erforderlich ist. Carell hat dann seine Schwester, Eure Partnerin, gebeten, die Stelle einzunehmen, die ja dann auch alle Vorschriften des Protokolls beherrscht – und sehr beliebt ist.«

»Ihr könnt ja mit ihr sprechen, ob sie bei erforderlicher Gelegenheit auch bei Euch diese Position einnehmen würde.«

»Das ist ein großzügiger Vorschlag, von dem ich sicher Gebrauch machen werde. Ich wollte schon die Justizministerin bitten, aber sie hat eine große Familie, und ich ersetze sie jetzt im Kabinett durch einen harten Mann. Die anderen Minister aus den beiden Parteien werde ich wohl behalten, den Finanzminister durch einen Tana-Berater verstärken und vielleicht das Außenamt mit einer Dame besetzen, denn Mister Newmount hat wenig Lust weiterzumachen, da es zu wenig Probleme gibt.«

»Nun, das ist eine Ausrede, denn schon bald gibt es eine Konferenz mit den Regierungschefs von Ägypten, Israel und der NAU sowie dem neuen Palästinenserführer Shalani, um das Palästinagebiet zu befrieden. Natürlich berührt das nicht unmittelbar die USA, die stets um Israel bemüht waren, aber keine echte Befriedung Palästinas erreichten.«

»Vielleicht hat ihn das entmutigt – gönnen wir ihm den Rückzug in die Familie. Sein Verwandter auf unserem Stützpunkt ›Lavia‹ ist vermutlich noch agiler. Sein Buch habe ich mit Vergnügen gelesen. Aber nun wünsche ich Euch vollen Erfolg in Palästina.«

* * *

Die Palästinakonferenz wurde auf einen späteren Zeitpunkt verlegt, da auch König Feisal von Jordanien teilnehmen wollte, sich aber zur Zeit bei Sir Ada, dem Regenten von Brunei, aufhielt. Sicher wollte er mit seiner Teilnahme vermeiden, daß für Jordanien ungünstige Beschlüsse gefaßt würden, denn in der Vergangenheit hatte es schon mit dem Verlust des Westjordanlandes herbe Verluste gegeben.

Diese zeitliche Verlagerung begrüßte Ixman, denn nun konnte er sich mit der Einweisung des bereits auf der »Luvisio« eingetroffenen ersten Schubs Übersiedler befassen, bei dem sich die zusätzlichen Kundschafter und die Finanzspezialisten befanden. Zu seiner Überraschung traf er auch auf den Chefpiloten des Raumschiffes, der sich mit Silano bekannt machte.

»Ich bin sofort mit zur Erde gekommen«, erklärte er Ixman, »weil wir unterwegs einen Funkempfang hatten, den wir uns nicht erklären konnten. Beim Eintritt in das Sonnensystem, etwa in der Bahn des äußersten Planeten Transpluto, empfingen wir durch einen Zufall nämlich bei Richtungsänderung Vibrationen, die eine geringe Verstellung des auf unsere Frequenz eingestellten Gerätes verursachten, eine längere Funkmeldung unbekannter Art.«

»War es ein starker Empfang?«

»Nein, sehr schwach, wir haben es aufgenommen und verstärkt. Ich habe Euch die Diskette mitgebracht, bitte.«

Die beiden gingen zur Funkstation und ließen sich die Aufnahme vorspielen. Es war für das ungeübte Ohr nur ein unregelmäßiges Knattern.

»Eine maschinell abgesetzte Sendung«, befand der Funkoffizier.

»Sicher, genauso wie wir die Kommunikation mit Tana führen, nur mit unserem Code.«

»Und das ist ein fremder Code in einer fremden Sprache«, bemerkte Ixman. »Wieder ein Beweis, daß es noch mehr Leben im All gibt – außer unserem. Möglich, daß wir Besuch bekommen, mehr können wir aus dem Empfang nicht herauslesen. Aber es ist gut, Silano, daß Ihr uns vorwarnen konntet. Wir werden unsere Station auf dem Mond mit dieser Frequenz automatisch aufnehmen lassen.«

Darauf widmete sich Ixman den Finanzkundigen, unter denen sich eine Dame befand, Fra Kalina. Abgesehen von ihren Kenntnissen der westlichen Währungsabhängigkeiten und des Bankwesens war sie ein interessanter Typ, der bei den Yankees sicher gut ankam. Sie hatte ihren Bruder dabei, der die entsprechenden Kenntnisse vorweisen konnte, also Reiseziel Washington. Zwei andere hatten sich speziell mit der Schweiz als Hort für Finanzen und mit der europäischen Gemeinschaftswährung befaßt, so daß Matala sie sicher würde einsetzen können. Der letzte hatte die Wirkung von Betrug, Bestechung und Korruption auf das Wirtschaftsleben untersucht und würde in Afrika bei Dr. Usava reiche Betätigung finden.

Nun lud er die acht Kundschafter in einen geschlossenen Raum ein, weil Außenstehende nicht mithören sollten, was er ihnen empfahl.

»Brüder, Ihr seid unsere Truppe für besondere Aufträge. Im Zustand der vierten Dimension könnt Ihr nicht nur durch die Wand gehen. Wenn Ihr durch eine Metalltür, zum Beispiel einen Tresor ohne Gummidichtung, geht, ist diese kalt verschweißt. Wir haben damit alle kontinentalen Atomraketen der Staaten blockiert. Wenn jemand auf Euch schießt, geht das Geschoß wirkungslos hindurch. Sollte jemand nach Euch greifen, so wird seine Hand in eine Materiewolke aufgelöst, aber auch sein ganzer Körper, wenn Ihr durch ihn hindurchgeht. Tut das nur im Notfall, wenn kein anderer Weg bleibt.

Rosa Haare und gelbe Augen sind Merkmal für Tana-Leute. Laßt euch die Haare färben und beschafft Euch dunkle Haftschalen für euer Inkognito. Nun noch eine Frage: Wer kann Gedanken lesen?«

Unsicherheit in den Gesichtern. Zwei meinten: »Vielleicht.«

Ixman sah dem ersten in die Augen und fragte: »Woran denke ich jetzt?«

Der zögerte einen Moment, bevor er langsam sagte, indem er mit angewinkelten Armen die Fingerspitzen zusammenlegte: »So einen merkwürdigen Baum und lauter Lichter daran.«

»Gut, das ist auf der Erde ein Weihnachtsbaum.« Dann wandte er sich dem zweiten zu. Der grinste nach einem Blick in seine Augen fröhlich.

»Das ist ein Tier, das auf zwei Beinen sitzt, aber kein Hund, und auf dem Rücken einen Korb mit bunten Eiern hat.«

»Ihr seid wirklich gut – das ist ein Osterhase.« Erfreut ging er nun auf einen dritten zu mit der gleichen Frage. Der brauchte etwas länger, bevor er sich entschied: »Das kann die Erde sein, wie wir sie vom Mond aus gesehen haben.«

»Richtig«, bestätigte Ixman und wandte sich den anderen fünf zu – mit gleich gutem Ergebnis und urteilte: »Brüder, Ihr seid gut geklonte erste Klasse. Bacaba ist wirklich ein Meister seines Fachs!«

Dann erklärte er ihnen, daß auf der Erde durch politische und religiöse Gegensätze ständig mit terroristischen Anschlägen zu rechnen sei. Besonders gefährlich seien religiöse Fanatiker, die sich mit Sprenggürteln selbst mit in die Luft sprengten, weil sie überzeugt seien, daß sie durch ihr Opfer in ein Paradies mit schönen Frauen eingehen würden. Dies seien aber meist Moslems mit weiten Gewändern und dunklen Brillen, denen man nicht in die Augen schauen könnte; sie seien meist im Orient tätig.

»Wenn es um den Schutz einer Person geht, ist es aber schon viel wert, wenn erkannt wird, ob es in der Umgebung Leute mit Attentatsgedanken gibt, vor denen man die zu schützende Person warnen kann. Ich mußte einmal in einer Aufzugskabine mit einem Schlag einen Mann ausschalten, weil seine Augen schon ins Jenseits blickten – unter seinem Mantel hatte er einen Sprenggürtel. Dieser Mensch war von Kind auf zur Ausführung von Befehlen gezüchtet worden, quasi wie ein Zombie. Solche Fälle können Euch auch begegnen. Ob wir im Zustand der vierten Dimension eine Explosion dieser Art oder einen Brandanschlag überstehen, wissen wir noch nicht. Ein Versuch könnte tödlich sein, also vermeidet solche Situationen. Es wurden auch einmal Stichflammenpistolen als Waffe gegen uns erzeugt – nach meiner Rechnung könnte sich noch eine in Menschenhand befinden. Das alles nur zur Warnung und Sicherheit.«

Darauf beorderte er den »Weihnachtsbaum« und den »Osterhasen« ins Weiße Haus, die »Erdkugel« zum UN-Team. Auch Matala und Dr. Usava erhielten Kundschafterschutz. Bevor er die restlichen drei zur Reserve erklären konnte, läutete das Wandtelefon. Es war Kapitän Perschin.

»Mister Silano ist soeben abgeflogen. Durch die Funkspruchangelegenheit vergaß er, Ihnen mitzuteilen, daß in etwa acht bis zehn Wochen ein weiteres Schiff mit Material und Akademikern eintreffen würde. Mister Lacona hatte schon beim Abflug vom Mond Funkorder mit Baumaßen für die Umgestaltung der Mondbasis gegeben.«

Nach Dank für die Nachricht wandte er sich wieder seinen Informanten zu und schilderte ihnen einige Situationen aus den letzten Jahren.

* * *

Es war überraschend für Ixman, daß ihm Goldenham das internationale Treffen der Bilderberger schon für die nächste Woche ankündigte. Zu dieser Zeit außerhalb der Saison war es leicht, im Bereich von Miami eine große Reihe guter Appartements kurzfristig zu belegen. Goldenham hatte von 54 Teilnehmern gesprochen, und so setzte er sich sofort mit Bruder Uman in Verbindung, ob er ausreichend Ohrsonden zur Verfügung habe und sich für den vorgesehenen Termin freimachen könne, falls medizinische Fragen zu klären seien.

»Aber sicher, Bruder. Auf der ›Luvisio‹ habe ich jede Lagermöglichkeit, selbst zu Mondbedingungen. Ich werde einige Sonden mehr mitnehmen, denn es könnte ja Ehemänner unter den Teilnehmern geben, die zusammen mit ihrer Ehefrau alt werden und nicht mit achtzig Jahren ein Covergirl freien wollen.«

Zu seinem Bedauern war nun Ixman derjenige, der die Palästinakonferenz aufschieben lassen mußte, denn für über fünfzig Leute mit Hotelreservierungen ließ sich ein Treffen schlecht verlegen.

Zum Termin landete die Scheibe direkt auf dem spärlich belegten Hotelparkplatz des neuen »Intercontinental«. Als die beiden ausstiegen, stand schon ein livrierter Portier bereit, um sie zur Rezeption zu begleiten. Da sie jeder kannte, erregten sie sofort die Aufmerksamkeit der wenigen Besucher in der Lobby, und der Chefportier ließ es sich nicht nehmen, sie zum Versammlungsraum im ersten Stock zu geleiten.

Die gepolsterte Tür öffnete sich, und ein Duft edler Zigarrenmarken kam ihnen entgegen. Der Portier zauberte scheinbar aus dem Nichts einen weiteren Sessel für Uman auf das schwach erhöhte Podium, das auf der einen Seite den großen, mit niedrigen Tischen und Polstermöbeln ausgestatteten Raum begrenzte und von einer Gesellschaft dunkel gekleideter Herren – und einer Dame – besetzt war, aus deren Mitte sich ein Herr mittleren Alters erhob. Trotz seiner grauen Haare machte er mit seinen lebhaften blauen Augen einen fast jugendlichen Eindruck, als er mit schnellen Schritten auf den Tana-Besuch zuging.

»Herzlich willkommen in unserer Mitte. Ich bin der Vertreter der Familie Rockefeller und freue mich, daß Sie unserer Einladung folgen konnten und sogar internationale Beteiligung anregten, Mister Ixman.«

Dieser stellte seinen Bruder Uman als Doktor für irdische Medizin und wissenschaftlichen Mitarbeiter der Mayo-Klinik vor. Dann nahmen die drei Männer am Tisch auf dem Podium Platz.

»Unser Kreis von einflußreichen Mitgliedern außerhalb der Politik besteht nun seit über achtzig Jahren und hat sich durch den nicht aufzuhaltenden Prozeß des Alterns ständig verändert«, begann Rockefeller.

Ixman war erstaunt, wie gezielt er auf das Thema zusteuerte, als er fortfuhr: »Wir pflegen enge Beziehungen zu Präsident Goldenham und haben in den letzten Jahren nicht nur körperlich, sondern auch geistig eine Wandlung an ihm bemerkt, die wir als positiv einschätzen. Er hat unserer US-Sektion schließlich verraten, daß er eine Tana-Sonde im Ohr trägt, die sein Leben zum Guten verändert hat und es wahrscheinlich daher auch verlängert.«

»Es ist so, wie wir es damals als Geschenk von Tana angekündigt hatten. Er war von uns zu einer Versammlung von Nachkommen eines obskuren Geheimbundes eingeladen worden, denen wir quasi Trost für den Verlust ihrer Angehörigen durch eine von mir falsch dosierte Elektrotherapie diese Sonde mit einem Trick implantiert hatten. Präsident Goldenham sagte damals zu mir, wenn er nicht länger lebt, würde er mich verklagen.«

Leichte Heiterkeit unter den Teilnehmern.

»Das Gerät ist feinste Nanotechnik und bezieht seine Funktionsenergie von den Schallwellen, die Ihr Ohr treffen. Vor einer operativen Entfernung des im Ohr integrierten Gerätes, aus welchem Grunde auch immer, warnen wir. Admiral Bischoff hat es nicht überstanden. Mein Bruder Dr. Uman wird Ihnen die Geräte ausgeben und dann einen kleinen Vortrag über Lebensverlängerung halten.«

Inzwischen hatte Uman begonnen, die kleinen Etuis mit den Sonden auszuteilen, wobei ihm die Teilnehmer behilflich waren. Anschließend erklärte er ihnen, daß die rosafarbene Kuppe soweit in das Ohr zu stecken sei, bis ein leiser Piepton ertöne. Wer auf einem Ohr schlechter höre, könne dieses mit der Sonde beschicken. Er führte weiter aus, daß eine Heilung von bereits vorhandenen organischen Schäden kaum erwartet werden könne, aber eine Linderung von Schmerzen wohl möglich wäre. Die reine Lebensverlängerung eines heute gesunden Menschen werde mindestens ein Fünftel betragen.

»Ständiger Ärger und Streß wirken natürlich negativ, aber dagegen arbeitet der Einfluß der Sonde auf das Genom. Und eine Havanna pro Woche kann vielleicht nicht schädlich sein«, fügte er hinzu und erntete damit Heiterkeit.

Dann kam aus dem Zuhörerkreis die Frage, was das Vergnügen koste.

»Ein Geschenk von Tana, damit Sie recht lange zum Wohl der Erde tätig sein können«, erwiderte verschmitzt lächelnd Uman, »wenn Sie zufrieden sind, gibt es die Möglichkeit einer Spende für das Jugendhilfswerk der UN.«

»Das Geld versickert in Afrika«, meinte ein Zuhörer.

»Nicht mehr, mittlerweile gehen die Gelder an die korruptionsfesten Tana-Berater bei den Regierungen.«

Einige hatten die Sonde schon im Ohr versenkt und waren Beispiel für die anderen. Auch Rockefeller war einer der schnellen Benutzer und meinte lächelnd: »Nun müssen die Erben etwas länger warten und wir können länger den Kurs steuern –, auf eine neue Weltordnung hin, kann ich wohl nicht mehr sagen, denn da haben andere Hand angelegt.« Auf den fragenden Blick von Ixman sagte er nur: »Tana.«

»Wir haben nie von Weltordnung gesprochen und nehmen auch das Wort ›Globalisierung‹ nicht gern in den Mund.«

»Das ist wohl wahr, aber schauen Sie sich die Erde an. In weit über hundert Eliteuniversitäten lehren Tana-Dozenten, in fast jeder Regierung sitzen Tana-Berater, und wer als Normal-Tanaer übersiedelte, hat inzwischen leitende Stellungen. Und warum? Sie sind bescheiden, ehrlich, wahr und intelligent. Und es kommen laufend mehr – man kann von einer Intelligenzinvasion sprechen.«

»Wir haben seit Tausenden von Jahren ein formiertes Genom, das jeden Streit intern ausschließt, und wir haben in eigenem Interesse das Ziel, die Erde lebenswert zu erhalten. Dazu ist die Menschheit nicht fähig, weil nur ein geringer Teil die notwendige Intelligenz, aber dafür viele negative Gene besitzt, die auf Widerspruch, Rechthaben, Neid und Streit ausgerichtet sind. Deshalb haben wir zuerst den Krieg ächten lassen.«

»Das hat vielen unserer Mitglieder Sorgen bereitet, weil sie Rüstungsfirmen besitzen. Ihre Forderung auf Minderung der Bevölkerung konnten wir voll unterstützen, haben uns aber immer zurückgehalten, weil wir selbst das Chaos nicht mehr erleben würden und die Ethik der Religionen dagegen opponiert.«

»Das ist ein Mangel an Intelligenz, der bis in die höchsten Kreise reicht, weil er von den Religionen erzwungen wird. Nichts gegen Glauben, der Mensch besitzt die genetische Anlage zum Glaubensbedürfnis, aber der Einfluß der Religionen ist einfach negativ. Wir brauchen nur die Muslime zu nennen, die noch heute mittelalterlichen Vorstellungen huldigen und versuchen, sie anderen aufzuzwingen.«

Die Versammlung hatte den Disput ihres Sprechers mit Ixman aufmerksam verfolgt, teils mit Zustimmung, teils zweifelnd. Ihr eigener Lebensplan war auch bei längerem Leben gesichert. Aber was würden ihre Kinder wohl sagen, wenn man Glaube und Religion getrennt betrachtet? Keiner von Ihnen mochte gegen diese intelligente Logik Einspruch erheben.

Das erstaunte Ixman, der schon damit rechnete, die Tana-Allmachttheorie wieder darlegen zu müssen. Aber ein Teilnehmer meldete sich doch zu Wort.

»Unser Mister Rockefeller hat vorhin unsere Weltordnungspläne auf Tana verlagert. Wie sieht Ihr Fahrplan nun aus?«

»Wir haben nie von neuer Weltordnung gesprochen. Wir wollen nicht die Erde beherrschen, dann hätten wir zu anderen Mitteln gegriffen. Wir wollen mit den Menschen leben und die gemeinsame Zukunft ruhig und sicher gestalten mit dem Einsatz des Verstandes auf allen Ebenen.« Deutliche Zustimmung aller Teilnehmer.

»Gegen Verstand und Logik wird es beim gegebenen Genom des Menschen immer Gegner geben, genauso wie niedere Politik immer arm gegen reich ausspielen wird, ohne nach Gründen für den Gegensatz zu fragen. Die Demokratie ist die geeignete Bühne für diese Auseinandersetzungen, deren Parteien aus Konkurrenzneid jede kreative Idee zu zerreden suchen. Es sind Konstruktionen, bei denen die Gesetzgeber die Korruption verurteilen, aber ihre Parteien mit Spenden und sich selbst straffrei stellen, so daß sie die geeignete Regierungsform für das Kapital sind. Aus solcher Basis heraus hat im vorigen Jahrhundert ein Charismatiker eine Diktatur und aus einem Land mit sieben Millionen Arbeitslosen in sechs Jahren ein Reich geschaffen mit 90 % Zustimmung der Bevölkerung. Nur der Neid der Nachbarn, sein eigener Rassenhaß und Größenwahn haben es zerstört.«

»Damit wird aber Europa vor dem Kommunismus bewahrt«, fügte ein Zuhörer an.

»Sehr wahrscheinlich. Nun haben drei Tana-Angehörige entsprechende Spitzenpositionen in der UN, in Europa und den USA. Krieg durch Neid der Nachbarn brauchen sie nicht zu fürchten, und vor persönlichen Schwächen bewahrt sie ihr Genom. So hoffen wir, daß sie als Beispiel für andere Staaten Erfolg bei ihrer Arbeit haben und Vorbild werden für eine ausgeglichene Welt in Politik, Wirtschaft und Wissenschaft.«

»Auch auf Kennedy ruhte eine solche Hoffnung«, warnte ein Teilnehmer.

»Danke für die Warnung. Wir haben andere Mittel der Klärung und lassen uns nicht bremsen. Der Pentagonkreis liegt schon offen. Wir hätten auch die Morde am Schweden Palme und am Deutschen Herrhausen geklärt. Wenn dann die Justiz versagt, erinnere ich an Den Haag. Der Mensch muß Grenzen haben und sie kennen.«

»Vielleicht war dieses Thema notwendig, damit uns der Tag in Erinnerung bleibt. Wir danken Ihnen für alles«, schloß Rockefeller und reichte den beiden die Hand. Da kam die Lady auf Uman zu und flüsterte: »Kann ich wohl für meinen Mann auch eine Sonde erhalten?«

Im Weggehen meinte Uman nachdenklich: »Nur die Lady hat auch an ihren Partner gedacht, alle anderen nur an ihr eigenes längeres Leben, mit dem die Erben nun rechnen müßten, und dabei nicht bedacht, daß sie auch bessere Menschen mit gerechtem, sozialen Gefühl werden, was sicher das Erbe schmälert. Goldenham ist auch großzügig geworden – wenn auch nicht mit eigenen Werten.«

* * *

Nun war der Termin für die kleine, aber hochkarätige Palästinakonferenz allseitig akzeptiert worden, und man traf sich in einem Strandhotel bei Yad Mordekhay südlich Askalon, das erst zu Saisonbeginn eröffnet werden sollte. Es war eine Empfehlung von Israels Premier Golden, der durch Einsatz von Soldaten das Gebäude ohne Beschränkung für zivile Gäste absichern konnte.

Zetmans Scheibe hatte Mustafa aus Tripolis abgeholt und war nach Absetzen von ihm und Ixman mit Ceman nach Amman weitergeflogen, um König Feisal zum Konferenzort zu fliegen, was für den König ein seltenes Vergnügen bedeutete.

Inzwischen hatten sich Mustafa und Ixman im Konferenzraum in einer gepolsterten, großen Sitzecke niedergelassen. In der Mitte des Raumes unter einem Kronleuchter war ein nicht zu großer, runder Tisch aufgestellt worden mit Konferenzutensilien und sieben Polsterstühlen. Für Sekretäre oder Dolmetscher standen ebenfalls Sitzmöbel bereit.

»Das Ergebnis der Tagung ist völlig offen«, überlegte Ixman, »aber da sie unter Verzicht auf Medien stattfindet, fühlt sich keine Seite am Festhalten von vorher geäußerten Stellungnahmen gebunden. Wenn ich Sie bei der Einladung richtig verstanden habe, wäre die nordafrikanische Union bereit, aus diesem übervölkerten Palästina Übersiedler zu übernehmen.«

Mustafa bestätigte es: »Bis zu hunderttausend, wenn die Frauen geneigt sind, die empfängnisverhütenden Mittel zu nehmen.«

»Es ist die Frage, ob Scheich Shalani zustimmt. Kennen Sie ihn näher?«

»Nicht näher – ich habe einmal mit ihm gesprochen. Ein typischer Araber ohne besondere Charakteristik, es sei denn, man wertet seinen als Widerstandskämpfer eingebüßten rechten Daumen als Merkmal.«

Da trat Premier Golden ein und bemerkte bei den Shakehands, daß die Konferenz wohl schon im Gange sei.

»So ist es«, erwiderte Ixman, »ich habe schon die erste großzügige Zusage. Wenn Sie jetzt bei der Gründung eines palästinensischen Staates einer unkontrollierten Hochstraße zwischen dem Ramallahgebiet und dem Gazastreifen zustimmen, sind wir noch ein Stück weiter.«

»Das wäre keine unmögliche Idee, aber da gibt es immer noch den verbissenen Kampf um Jerusalem.«

»Jerusalem ist eigentlich die Stadt für alle Christen und Muslime. Man sollte sie internationalisieren, einschließlich eines Flughafens.«

»Das schmeckt mindestens der Hälfte unserer Parteien wenig, den Arabern schon gar nicht.«

Ixman zuckte mit den Schultern und fragte, ob man trotzdem Arabisch als Konferenzsprache wählen könne. Golden sagte zu, denn da ein Teil seiner Bevölkerung Araber seien, müsse er auch deren Sprache beherrschen, denn diese weigern sich, jiddisch zu sprechen.

Die Tür öffnete sich, und ein Soldat geleitete König Feisal, einen Sekretär und Ceman in den Raum. Der König erklärte schon bei der Begrüßung, daß sein Teilnahmewunsch mit der Furcht vor Lösungen auf Kosten Jordaniens zu verstehen sei, aber auch eine Stimme mehr für eine araberfreundliche Lösung bedeuten würde.

Noch während man ihm zögernd zustimmte, trat mit militärischer Begleitung der ägyptische Präsident Kaburuk mit einem Sekretär ein. Auf die erste scherzhafte Frage, ob er komme, um für die Palästinenser zu stimmen, lachte er:»Natürlich, sie sind Muslime, aber wir sind auch bereit, ein kleines Opfer in Richtung Sinai zu bringen.«

Fast vollzählig, beschloß man, am Konferenztisch Platz zu nehmen und auf Scheich Shalani zu warten. Es war keine Tischordnung vereinbart worden und so nahm Ceman gegenüber Ixman seinen Platz ein, neben dem König Feisal und Mustafa saßen. Auf einige Worte in Tana hielt Ceman den Sitz rechts von ihm für den Palästinenser frei. Ein Soldat stellte Thermosbehälter mit Wasser auf den Tisch und richtete die Sitzmöbel für die Sekretäre her.

Nachdem er auf die Uhr geschaut hatte, stellte Ixman fest, daß man ein Viertel über die Zeit sei.

Da wurde Premier Golden von einem Soldaten an das Telefon im Flur gerufen, und zugleich trat ein anderer mit dem Scheich in arabischer Kleidung ein. Er trug eine schwere lederne Aktentasche in der Rechten und entschuldigte sich vielmals mit freundlichem Lächeln, das nur von seiner dunklen Brille beeinträchtigt wurde. Da am Tisch in diesem Moment zwei Plätze frei waren, stand Ceman auf und bot ihm den Platz an seiner rechten Seite an. Zum Erstaunen aller legte er seine Aktentasche vor seinem Platz auf den Tisch.

Da hatte Ixman bemerkt, daß ihm nicht der rechte Daumen fehlte, und sagte einige leise Worte in Tana zu Ceman, der daraufhin seinen angewinkelten rechten Arm auf den Tisch legte.

Da kam der Premier vom Telefonat zurück, begrüßte Shalani und entschuldigte sich bei der Runde für die Unterbrechung.

Kaum hatte er sich am Platz eingerichtet, da streckte der Scheich seine Hand nach dem Schloß der Aktentasche aus.

Wie ein Blitz schoß Cemans Arm vor, und die Kante seiner Hand traf den Hals des Arabers, den nur sein Vollbart vor dem Tod bewahrte. Von der Wucht des Schlages flog sein Körper zurück, und der Stuhl kippte um.

Die Runde war wie erstarrt, nur Ixman war bei dem erwarteten Schlag schon aufgesprungen und kniete jetzt neben dem Araber. Als er sah, daß dieser zu sich kam, herrschte er ihn an: »Wo ist Shalani?«

Da merkten die anderen, was hier gespielt worden war und betrachteten mit scheuen Blicken die Aktentasche auf dem Tisch.

Der Araber murmelte mit aufgerissenen Augen etwas wie Khan Yunis.

»Du lügst – wo ist Shalani?« Seine Tigeraugen bohrten sich in die dunklen des vor im Liegenden. »Er ist in Gaza, in der Moschee!« Stöhnend schloß er die Augen. Blut trat ihm aus den Mundwinkeln.

Inzwischen waren Soldaten in den Raum gekommen, die Ceman vor einem Griff nach der Tasche auf dem Tisch warnte. Langsam machte sich die Empörung über die Hinterlist Luft. Alle maßgeblichen Männer, die seinen Palästinensern helfen konnten, wollte er auf einen Schlag morden – was mochte in so einem entarteten Gehirn vorgehen? Wollte er König im Paradies werden? Zur Rechten Allahs sitzen?

»Für solche Niedertracht hat selbst die Scharia keine Sühne«, murmelte Mustafa und schlug Ixman vor, sofort nach Gaza zu fahren. König Feisal und Präsident Kaburuk wollten nicht zurückstehen.

»Als Jude werde ich mich an dem Gericht nicht beteiligen«, entschied Golden, und die Muslime pflichteten ihm voll bei.

»Ihr Telefonat hat Schlimmes verhütet, denn sonst hätte er den Anschlag sofort gestartet, da war ich noch nicht gewarnt«, bekannte Ceman.

Mit sicherem Griff nahm Ixman die Ledertasche und ging allen voraus ins Freie. Hinter einer Mauer untersuchte er das gefährliche Stück und erkannte auf der Rückseite eine große Klappe mit Klettverschlüssen, die er vorsichtig löste, und wie erwartet war der Inhalt eine Stahlkassette, die auch das Gewicht von sicher fünf Kilo erklärte. Er winkte den Leutnant der Patrouille heran und erklärte ihm den Sprengsatz mit der vermutlichen Auslösung am Verschluß der Tasche. »Ich übergebe Ihnen die Bombe, lassen Sie von Ihren Feuerwerkern das Ding sprengen, denn die Verbindung von Zünder und Auslösung am Taschenschloß ist unklar – oder werfen sie das Ding ins Mittelmeer.«

Inzwischen hatte Ceman geklärt, daß Zetman auf die kurze Strecke in niedriger Höhe alle fünf Männer mitnehmen würde.

Als sie einstiegen, sagte Ixman sehr ernst: »Eine schlimme Arbeit, aber die muß getan werden, um die Menschen von dieser Entartung zu befreien.«

Zetman landete direkt vor der Moschee. Die kleine Gruppe formierte sich, voran Mustafa im Gewand eines hohen Geistlichen. Die beiden Tana-Männer trugen einen schwarzen Umhang über ihrem Dreß. Sie betraten so die Moschee, ohne daß die drei Moslems die Schuhe ablegten. Sie wollten so beweglich bleiben – und alles andere als beten.

Es war Gebetsstunde und sicher an 400 Männer lagen auf den Knien. Der Imam las Verse, brach aber sofort ab, als er die Gruppe bemerkte – und er kannte den Voranschreitenden.

Mustafa ging auf ihn zu, begrüßte ihn als Kollegen und fragte nach Scheich Shalani, der sich hier befinden solle. Der Imam überlegte, was wohl der Grund sein könnte, ihn hier aufzusuchen, aber er scheute sich, Mustafa danach zu fragen. So wies er nur auf einen der Knienden und sagte: »Er betet schon zwei Stunden um das Gelingen eines Planes.«

Ceman hatte sich auf einem Säulensockel einen erhöhten Standplatz gesucht, wo er die Gesamtheit der Betenden übersehen konnte und für sein Minidokumentationsgerät in Bild und Ton freies Feld hatte.

Mustafa stellte sich vor den Knienden und sagte deutlich: »Scheich Shalani, beende dein Gebet und erhebe dich!« Keine Reaktion. Er wiederholte die Aufforderung – ohne Erfolg. Da griff Ixman ihn im Genick, stellte ihn auf die Beine und hielt ihn aber am Gewand fest.

Die Gläubigen um diese Szene herum waren aufmerksam geworden und richteten sich auf.

Mustafa sah ihm ins Gesicht und sagte laut: »Shalani, hochgestellte Moslembrüder haben dich eingeladen zur Beratung, wie dem Volk der Palästinenser geholfen werden kann. Du hast einen Doppelgänger mit einer Bombe gesandt und hier zu Allah gebetet, daß die Helfer deines Volkes vernichtet würden. Das ist eine gemeine Niedertracht, für die selbst die Scharia keine Sühne kennt. Man sollte dich mindestens steinigen – aber wir werden dich schneller zur Hölle schicken!«

In Ixman freier Hand blitzte der Laserstab auf – und da fiel auch schon der Kopf auf den Gebetsteppich des Nachbarn.

Da heulte der Imam auf: »Ihr Mörder entweiht die Stätte Allahs! Gläubige – ergreift diese Bande, zerreißt sie!«

Viele hatten die Worte Mustafas gehört und zögerten, dem Folge zu leisten. Aber ringsum standen die Gläubigen auf, um den ungewöhnlichen Vorgang zu sehen.

Ixman warf seinen schwarzen Umhang ab und wies seine Begleiter in den Hintergrund. Der Imam hetzte weiter, einige machten Anstalten zum Angriff – da hatte er plötzlich eine Pistole mit einer Stichflamme in der Hand und ging auf Ixman los.

Ixman schoß der Gedanke an die letzte Feuerpistole durch den Kopf – oder waren es neue? Dann sprang er hoch und landete mit den Füßen auf den Schultern des Imam. Der stürzte, und die feuernde Pistole flog unter die Gläubigen, setzte den Schreienden die Gewänder in Brand.

Mit einem Griff an Kopf und Bart des Imam riß er ihn hoch, dann wirbelte er ihn zweimal im Kreis herum und schleuderte den wohl Leblosen als Flattermann in hohem Bogen unter die

Versammelten, deren durchdringendes Geheul die hohe Halle füllte.

Und nun griffen die ersten an! Ixman versetzte sich in den Zustand der 4. Dimension und hob beide Arme empor zum Zeichen, daß er untätig sei. Zwei griffen von vorn und hinten nach seinem Hals – und ins Leere. Da schrien sie laut auf, denn ihnen fehlten die Hände, und Blut schoß aus den Armstümpfen. Sie wollten zurückweichen, aber andere drängten vor. Sie wurden gegen Ixmans wesenlosen Körper gedrückt. Ein letztes Gurgeln, dann lösten sich Körperteile auf, die Reste fielen mit blutigem Tuch vermischt zu Boden.

Die von hinten Nachdrängenden sahen nicht, was beim Kontakt mit dem Ziel ihres Vernichtungswillens geschah. Schmerzensschreie gingen im Wutgeheul unter.

Ixman ging langsam vorwärts. Sein silbergrauer Dreß mit der Nanostruktur war unbefleckt von Blut, obgleich immer neue Körper gegen sein tödliches Nichts gedrückt wurden und als organische Wolke in der hohen Halle schwebten, während die Reste von Leibern, Armen, Beinen und Köpfen mit aufgerissenen Augen, vermischt mit den Kleidungsfetzen, durchtränkt vom Blut, den Boden der Gasse, durch die Ixman schritt, bedeckten.

Nachdem fast hundert den Vernichtungswillen mit dem Tod bezahlt hatten, verrauschte die Ekstase des Wütens und wurde von einer Panik vor dem Gemetzel abgelöst. Ceman schwebte frei darüber und dokumentierte das Grauen und die Verzweiflung der Überlebenden, die nach Resten ihrer Angehörigen suchten. Es war jetzt ruhig in der Halle, nur das Stöhnen von Verletzten und das Schluchzen über den Verlust von Freunden traf das Ohr. Die drei Begleiter wagten sich aus ihren Nischen und waren erschüttert über das, was sie sahen.

Nach Besteigen eines Podestes wandte sich Ixman dem Raum zu mit Blick auf die Gasse der Vernichtung, die er hinterlassen hatte.

»Gläubige des Islam«, sein Arabisch war laut, aber wohltönend, »so straft nur Allah diejenigen, die seine Gesandten von den Sternen vernichten wollten. Er hat diesen den Weg zu seiner Erde gewiesen, um sie aus den Fesseln der Vergangenheit zu lösen. Allah hat die Zeit nicht angehalten, aber ihr Muslime habt das Grauen vor seinen Füßen. Heute hat Allah andere Propheten, um die Menschen an ihre Pflicht zur Erhaltung seiner Erde zu erinnern.

Wir fordern alle Imame des Islam auf, diese neue Zeit anzuerkennen. Wer mit scharfen Worten dagegen spricht, kann so enden wie diese Eiferer hier vor mir.

Nun verlaßt diese Moschee auf schnellstem Wege, denn Allah will an diesem Ort des Angriffs auf seine von den Sternen geholten Vertrauten nicht mehr verehrt werden.«

Während die Gläubigen zuhörten, war Ceman, dessen Schweben über ihren Köpfen viele mit offenem Mund verfolgt hatten, auf die Suche nach der Feuerpistole gegangen und hatte sie, halb unter einem Gebetsteppich verborgen, entdeckt und sichergestellt, um ihre Herkunft zu klären.

Die fünf Besucher hatten sich in der Vorhalle zusammengefunden und wurden von den Gläubigen, welche die Halle verließen, mit verstohlenen Blicken bedacht. Sicher kannten viele Mustafa, aber wenige König Feisal und Präsident Kaburuk. Als scheinbar die letzten herauskamen und ihre Fußbekleidungen anlegten, aber viele Sandalen stehen blieben, vergewisserte sich Ceman, daß sich niemand mehr in dem Kuppelbau aufhielt. Langsam gingen die fünf zur Scheibe, die jetzt hinter der Moschee parkte.

»In Ihrer Ansprache haben Sie dieses traurige Geschehen zum Anlaß genommen, den konservativen Islam zu reformieren«, bemerkte Mustafa nachdenklich, »ob es Ihnen allerdings gelingt, Mohammed zu entthronen, ist die Frage.«

»Ich habe in dieser Situation unsere Allmachtvorstellung mit Allah identifiziert und Tana dabei fast in die Nähe von Propheten Allahs gerückt. Das ist sicher überheblich gewesen, aber wie soll man bei diesen einfachen Naturen Weichen in eine reale, zukunftsträchtige Richtung stellen? Sie haben es mit Erfolg durch den ›kleinen Koran‹ versucht. Aber viele Länder bleiben dem Alten verhaftet«, erwiderte Ixman und dachte dabei auch an Jordanien.

Bevor Zetman die Scheibe zum Hotel steuerte, ließ er den Laserstrahl über der Moscheekuppel kreisen, bis sie sich auf die menschlichen Reste senkte und den Aufgelösten den Weg in den Himmel freigab.

Im Hotel fand man sich in der Sitzecke zu einem Tee ein, für den Premier Golden gesorgt hatte. Er nahm mit Erschütterung den Verlauf der Aktion zur Kenntnis und meinte, daß die Palästinenser durch den jahrzehntelangen Kampf in ihrer Psyche unberechenbar seien.

»Was wollte Shalani mit dem Auslöschen unseres Kreises erreichen? Er wußte es vermutlich selbst nicht. Die Idee hatte ihm der Haß diktiert. Solange der Verstand keine Chance zum Wirken hat, werden wir hier Kampf statt Frieden haben. Leider haben auch bei uns die orthodoxen Gläubigen einen starken Einfluß auf die Politik.«

»Wir werden sehen, ob dieser Schock eine positive Wirkung hat«, war Mustafas Meinung, »wenn Geistliche in den anderen Moscheen nun hetzen, ist Tana gefordert.«

»So ist es«, bestätigte Ixman »aber wir müssen es als ›Allahs Gesandte‹ nun durchstehen.«

König Feisal hatte dem religiösen Disput still zugehört, aber nun nahm er Stellung: »Der Islam war von Beginn an, als Mohammed zum Schwert griff, eine aggressive Religion. Im Mittelalter noch verständlich, weil auch die Christen bei eroberten Völkern mit Naturreligionen missionierten, um ihren Glauben zu verbreiten. Und warum? Nur um ihrem Gott zu gefallen und Einfluß zu nehmen auf die, welche an ihn glauben. Heute, wo Gott bei der Intelligenz nur ein Begriff für Allmacht ist, wirkt dieses Bestreben antiquiert und trägt nur zur Spaltung von Völkern und Mißtrauen zwischen Staaten bei. Leider erkennen das die religiösen Führer nicht, und wo sie Einfluß auf die

Politik haben – wie bei uns –, führt es selten zu Gewinn, oft zu Verlust – wie die Westbank.«

»König Halef von Arabien hat sich auch von der Vormundschaft befreit.«

»Bei uns stand keine Kaaba, die zerstört werden konnte«, lächelte Feisal.

»Sie haben mit Ihrer Darstellung vollkommen recht, Majestät«, gab Mustafa zu, »wenn heute der Islam glaubt, Europa erobern zu müssen, so kann das nur Kampf der Religionen bedeuten, denn der Vatikan läßt sich nicht verdrängen mit all seinen Institutionen. Nach Tanas Auftreten ist er zwar reformgeneigter, aber seine Pfründe räumt er nicht.«

Als Tana erwähnt wurde, nahm Ixman das Wort: »Wir sind davon ausgegangen, daß wir uns nicht mit den Glaubenssystemen der Menschen zu beschäftigen brauchen. Das war eine irrige Annahme, denn wir zerstörten allein durch unser Erscheinen das Glaubensbild von Religionen, ihr Postulat auf einen geschlossenen, einmaligen Erdkreis. Unser Einfluß bei der UN hat auch zu den Jugendaktivitäten des Freidenkers Dr. Usava geführt. Auch unsere Grundforderung nach Minderung der Geburten berührte religiöse Grundsätze, die aus dem ältesten jüdischen Glauben, der Thora, übernommen worden waren, also aus Zeiten, als die Erde noch leer war. Wir können es nicht begreifen, weshalb sich die Religionen weigern, ihr mittelalterliches Denken zu reformieren, denn jeder Mensch mit Verstand muß doch sehen, daß ihr orthodoxer Weg ins Chaos führt, zum Ende der Menschheit, wie sie es mit dem ›Jüngsten Tag‹ postulieren.«

Nun fühlte sich auch Präsident Kaburuk zur Stellungnahme herausgefordert: »Es ist alles richtig, was gesagt wurde. Nun haben wir selbst mehrere Religionsgruppen im Land, und alle fordern ihr Recht. Wir schaffen es nur mit einer Art Diktatur, Ruhe und Ordnung im Land zu bewahren. Das Staatsschiff schwimmt im zähen Lehm. Wenn es dann gelingt, mit aller Kraft das Ruder zu Reformen einzuschlagen, begegnen uns Haß und Wut derer, die sich benachteiligt fühlen.«

»Ich habe daher auch nie mit dem Gedanken einer Union mit Ägypten gespielt«, sagte Mustafa abschließend zu dem Thema.

Mit einem Blick hatte sich König Feisal mit Zetman verständigt und erhob sich zur Verabschiedung. Bei Ixman fragte er noch, ob er dafür sorgen könne, daß er einen Berater erhielte. Er wolle ihn am Königshof belassen, um zu testen, wie die alten Geistlichen reagierten. Er könne sich nicht in sie hineindenken, da er noch zu jung sei.

»Ich werde Ihnen einen Psychologen aussuchen, der schon über hundert Jahre alt ist, aber dazu empfehle ich Ihnen einen jungen Kundschafter für die erste Zeit, der die gleichen Fähigkeiten hat wie ich – und lassen Sie Ihre Küche von einem Vertrauten überwachen, oder laden Sie den Küchenchef zum Vorkosten ein. Gift ist von alters her ein Mittel, um Herrscher zu beerdigen.«

Feisal nickte verständnisvoll und bedankte sich sehr.

»Die Konferenz hat zwar nicht stattgefunden, aber die Zusammenkunft war nicht ganz ergebnislos«, bemerkte anschließend Mustafa, auf den Beraterwunsch Feisals bezogen.

Die Aufregung und die Trauer in Gaza über das Geschehen waren einmalig, aber die Überlebenden und die Verwundeten riefen nicht nach Rache, sondern rieten zu Ruhe und Nachdenken, schließlich hatten sie Wunder erlebt, die sie nicht für möglich gehalten hätten. Und was hatte der große Graue gesagt? So könnte nur Allah strafen.

Wie ein Fegefeuer war die Nachricht davon durch die Islamstaaten gerast und noch bevor TTS die Dokumentation bringen konnte, brachte der Katar-Sender Al Dschasira das Interview eines Überlebenden. Es war ein Mann mittleren Alters mit ruhigen, ehrlichen Augen.

»Mein Gebet wurde gestört durch einige Leute, die mit dem Imam sprachen. Dann hieß es in meiner unmittelbaren Nähe ›Shalani‹, steh auf. Ich blickte hoch und erkannte Mustafa von Libyen und den Ixman von Tana, der den Shalani auf die Beine stellte und festhielt.« Er wiederholte die Anklage Mustafas aus dem Gedächtnis.«Dann hatte der Ixman einen leuchtenden Stab in der Hand, und eine Sekunde später fiel Shalanis Kopf auf meinen Gebetsteppich – ohne einen Tropfen Blut. Nun forderte der Imam alle auf, die Besucher zu zerreißen. Er hielt eine Pistole mit langem Feuerstrahl in der Hand und ging auf den Ixman los. Dieser sprang mit seinem hellen Dreß in die Luft auf die Schulter des Imam, der stürzte. Die Feuerstrahlpistole fiel zwischen die Betenden. Der Ixman hatte den Imam beim Kopf und Bart ergriffen, schleuderte ihn zweimal herum und warf ihn unter die Gläubigen. Jetzt war ein ungeheures Schreien in der Moschee. Die ersten stürzten sich auf Ixman, der beide Arme in die Luft hielt. Zwei wollten ihn wohl würgen, hatten aber keine Hände mehr. Aus den Armstümpfen schoß Blut. Die Nachdrängenden drückten sie gegen Ixman. Ihr Körper war plötzlich weg, die Arme fielen zu Boden. Ich stand auf und lief beiseite, weil alles auf den Ixman zudrängte, der immer noch die Arme hochhielt und langsam vorwärts ging. Die von hinten Drängenden sahen nur die Arme, aber nicht, was beim Ixman geschah. Nach gut fünf Minuten hatte die Raserei ein Ende und man konnte das Gemetzel sehen, das blutige Gewirr von Leibesteilen und Kleidern. Aber der Ixman war ganz sauber und ohne Blut. Ein zweiter Tana-Mann, den ich zuerst nicht gesehen hatte, schwebte über uns frei in der Luft. Dann hielt der Ixman eine Rede und sagte, so straft nur Allah. Was er weiter sagte, kann ich nicht mehr wiederholen, aber es war auch von Mohammed die Rede.« Der Moslem wischte sich in Erinnerung an das Schreckliche mit einem Tuch Tränen aus den Augen.

Der Moderator meinte, daß in 24 Stunden sicher die Bilddokumentation von TTS eintreffen werde, damit jeder ein echtes Bild von dem Geschehen, das Ceman aufnahm, erhielte.

Der Film, den TTS über alle TV der Erde verteilte, zeigte das Grauen pur, wie sich die Körper am Tana-Mann regelrecht auflösten, die Reste zu Boden fielen. Man sah, daß sich einige im letzten Moment wehrten, die Arme abwehrend ausstreckten – die Arme verschwanden, dann Teile des vorwärtsgestoßenen

Körpers, dessen blutüberströmte Reste herabfielen. Man sah auch, daß der Tana-Mann vor diesem Grauen die Augen geschlossen hielt, und hörte seine anschließenden Worte, so strafe nur Allah, die damit volles Gewicht erhielten.

Kein Imam war so mutig, nach diesen Bildern eine Hetzrede zu halten, weil er wohl fürchtete, von seinen Gläubigen gelyncht zu werden, wenn er diese Warnung Allahs mißachtete.

Aber auch in der nichtislamischen Welt gaben diese Bilder zu denken. So schrieb die FAZ: Tana ist nach einem in letzter Sekunde verhinderten Anschlag von perfider Gemeinheit aufs Ganze gegangen. Er hat den mittelalterlichen Islam Vorderasiens in seiner blinden Wut auf Ungläubige wie die Männer aus Tana auflaufen lassen, Männer, von denen man wohl sagen kann, daß sie eine gute Macht zur Erde gewiesen hat, um diese vor der Gewalt Verblendeter zu bewahren.

Selbst den Ayatollahs im Iran hatte die Warnung Ixmans die Sprache des Hasses verschlagen, da sie wußten, daß Tana sie im tiefsten Bunker würde richten können.

* * *

Die Entscheidung der Türkei war lange unsicher gewesen. Als sich nun der Kurdenstaat konstituierte und einen Tag darauf der Vertrag mit der Übernahme des Kurdengebietes in Ankara unterzeichnet wurde, betrachteten es die Medien als Sensation. Tiliakil in Mossul hatte schon wegen möglicher Einsprüche aus Bagdad bis zusetzt geschwiegen. Die Sunniten waren verärgert, weil sie nun der schiitischen Mehrheit allein gegenüberstehen würden. Bei denen spielte man mit dem Gedanken einer Union mit dem Iran, war aber nicht einig zu einer Aktion gegen die kurdische Entscheidung, weil nun über die Türkei auch Europa Interessen zu verteidigen hätte.

Überraschend war für den EU-Präsidenten Matala auch der nicht angekündigte Besuch des türkischen Generalstabschefs

Bremer in Brüssel. Der in elegantem Zivil erschienene Besucher erklärte nach der Begrüßung, sein Nato-Englisch wäre nicht gut, er spreche lieber deutsch.

»Ihr Name klingt auch so deutsch. Aber sprechen wir doch türkisch, dann bleibt das Gespräch – zur Zeit noch – unter uns«, meinte Matala, »und ich schlage vor, wir nennen uns beim Namen und verzichten auf die Dienststellungen.« Bremer akzeptierte das gern und verriet, daß sein Großvater Deutscher gewesen sei.

Dem Besucher erklärte er dann: »Die militärische Seite war bis zu Ihrem Besuch in Ankara strikt gegen eine Bindung an Europa, weil man nicht dem Diktat einer zusammengewürfelten Kommission unter schwacher Leitung ausgesetzt sein wollte, die vom bunten Parlament abhängig war. Hierzu die Zumutung, auf einen Landesteil zu verzichten, um europäischer zu erscheinen, was wohl auch richtig ist, denn die Schwierigkeiten mit den mehr zu Asien tendierenden Kurden sind allgemein bekannt.« Er machte eine bedeutsame Pause.

»Dann kam Ihr Besuch in Ankara mit Ihrer fast militärischen Begleitung, deren Fähigkeiten uns bekannt waren und die sie erst jetzt in Gaza unter Beweis gestellt hat. Allein Ihr Auftreten und die Gewißheit, daß Sie noch Jahrzehnte Europas Präsident sein können, hat uns von der EU überzeugt.«

Matala sagte nur schlicht: »Danke für das Vertrauen.«

»Nun ist Ministerpräsident Domoran zwar laizistisch eingestellt, aber nicht sein ganzes Kabinett. Die Europasüchtigen träumten von der Islamisierung des Kontinents, die Sie natürlich ablehnen. Also stimmte man auch nicht der von Ihnen vertretenen Gebietsabgabe zu. Um das zu verhindern, schlug nun der islamistisch eingestellte Innenminister vor, im Parlament die mit den Kurden sympathisierenden Parteien von der Abstimmung über das Kurdengebiet auszuschließen. Wegen dieser absurden Idee legte der nationale Kreis Domoran nahe, den Innenminister durch einen General zu ersetzen, was er dann auch tat. Darauf legten die Bildungsministerin und der Verkehrsminister ihre Posten nieder. Und dieser Vorgang ist der Grund für meinen Besuch bei Ihnen, Herr Matala. Denn durch die militärische Besetzung des Innenministeriums wird in Europa wieder die Vermutung laut, daß sich die Türkei von der Demokratie entferne und nicht in die Union passe.«

»Ihre Vermutung ist nicht falsch, denn unter den Tausenden von Parlamentariern gibt es immer Querköpfe, die das Gras wachsen hören. Nun entscheiden nicht diese über Ihre Mitgliedschaft, sondern das Volk – und das hört auf Warnungen kaum. Demokratie ist nicht immer Ordnung und Gerechtigkeit, oft Gelegenheit zur Korruption – und Militär ist nicht immer Diktatur, aber oft letzte Rettung vor Chaos. Die Türkei hat nach ihrem Entschluß, den Kurdenstaat mitzugründen, mein Wort, daß ich alles für ihre Mitgliedschaft in der EU tun werde. In zwei Tagen haben wir Ratssitzung, da werde ich den General als Innenminister verteidigen. Und vielen Dank für Ihre Information, Herr Bremer.«

Am zweiten Tag der Ratssitzung stand das Referat von Präsident Matala auf der Tagesordnung. Wie üblich stand er im schwarzen Anzug neben dem Rednerpult.

Zuerst bedankte er sich, daß man am Vortag seinem Vorschlag, bei qualitativer Abstimmung die jeweilige Bevölkerungszahl als Stimmanteil festzulegen und bei einer Zwei-Drittel-Mehrheit kein Veto zuzulassen, gefolgt sei. Damit wäre die unschöne Kungelei von Nizza behoben.

»Daß die Türkei-Aufnahme immer wieder an kleinen Häkchen scheiterte, ist bekannt. Da sie nun mit einem großzügigen Opfergang endgültig bewiesen hat, daß sie zu Europa gehören will und intern antilaizistische Kräfte entfernt hat, kann wohl niemand behaupten, daß sie allein wegen Hilfsgeldern die Mitgliedschaft anstrebt. Selbst der Kemal-Atatürk-treue Militärkreis hat sich nach unserem Besuch in Ankara für Europa entschieden und stellt jetzt einen organisationserfahrenen Innenminister, der die jetzt veränderten Strukturen im Land beherrschen kann.«

»Wird sich denn die Türkei mit unserem von Ihnen initiierten härteren Kurs gegen den Islam abfinden?« fragte der deutsche Kanzler.

»Die Regierung hat keine islamistische Tendenz, und im Parlament ist wohl die nationale Welle im Kommen, wie ich aus einem Gespräch mit einem General entnehmen konnte.«

»Dann sind die Menschenrechte wieder in Gefahr«, warf die finnische Ministerpräsidentin ein.

»Nur Menschenrechte bedeuten schließlich Chaos, da die Menschen keine genetische Sperre gegen Übertreibung besitzen. Ein wenig Menschenpflicht zur Ordnung muß sein, Mylady.«

Nicht wenige stimmten Matala zu.

»Nun habe ich in der vorigen Ratssitzung von einer Wahlreform des Europaparlaments gesprochen«, fuhr er fort, »die erforderlich wurde, weil diese Institution durch neue Mitglieder eine Größe erreichte, die ernsthaft die Arbeit behindert. Parlamentsausschüsse unter Präsident Hookmer und Mr. Delore haben sich bei vorgegebenem Ziel um eine Lösung bemüht, die dem Wähler vertraut ist und den Wahlämtern der Staaten wenig Arbeit zumutet.

Sie kennen meine Einstellung zu den etwa 200 Parteien in Ihren so genannten Demokratien als Spaltpilz für den Volkskörper, aber da sich das System trotz begrenzter Bewährung eingebürgert hat, bildet es die Basis der Reform, die Ihnen nun Mr. Delore im einzelnen vorstellen wird.«

Der EU-Parlamentarier trat mit einem Konzept zum Rednerpult und begann nach kurzem Räuspern: »Ladies and Gentlemen, ich möchte vorab eingestehen, daß die Mehrzahl der Reformideen von Präsident Matala stammt, der uns auch über Hindernisse und Schwierigkeiten mit unserer internationalen Besetzung hinweggeholfen hat, oft in persönlichen Verhandlungen.« Anerkennender Beifall.

»Es wurde davon ausgegangen, daß ein Abgeordneter pro Million Bürger zur Kontrolle der EU-Institutionen bei der heutigen Gliederung und dem effektiven Arbeitssystem ausreichend ist, also insgesamt etwa 500 Abgeordnete. Da die zahlreichen Parteien in den Staaten zu ihrem Recht kommen wollen, wurde eine politische Einteilung in sechs Fraktionen getroffen, nämlich Links, Sozial-Links, Sozial-Liberal, Konservativ-Liberal, Konservativ-Rechts und Rechts. In diesen sechs Kategorien muß nun jede Partei ihre Heimat suchen und sie öffentlich ihren Wählern darlegen. Es werden also weiter die üblichen Parteien gewählt, und die Landeswahlämter verteilen die Stimmen auf die sechs Kategorien. Diese Zahlen werden nach Straßburg gemeldet mit dem Stimmenanteil der Parteien.

Nun zur Verteilung der Abgeordneten. Wenn eine einzelne Partei schon Millionen Stimmen hat, kann sie je Million einen Abgeordneten in ihren politischen Sektor entsenden. Parteien mit weniger als einer Million Stimmen senden einen Delegierten mit Parteistimmenzahl in eine Versammlung aller Länder in ihrer Kategorie. Deren Gesamtstimmenzahl – je Million ein Abgeordneter – entscheidet, wieviel Abgeordnete intern gewählt und ins Parlament gesandt werden können. Stimmenzahlen ab 600 000 werden nach oben gerundet. Nach diesem System könnte es sein, daß ein Land gar keinen Vertreter im Parlament hat; es kann dann einen Abgeordneten aus ihrer stärksten Partei namhaft machen. Große Parteien, die über ihren vollen Millionenanteil Stimmen besitzen, senden einen Delegierten zu der entsprechenden Kategorieversammlung aller Länder mit den überschüssigen Stimmen.

Die Darstellung, die ich Ihnen gegeben habe, ist in Ihrer Konferenzmappe dokumentiert für die morgige Beschlußfassung. Ich bitte dabei zu berücksichtigen, daß dieses Parlament keine Gesetze verabschiedet oder der Kommission Vorschriften macht. Es hat Kontrollfunktion, und eine geringe Beteiligung eines Staates ist nicht mit einem Nachteil verbunden. Ich danke Ihnen.«

Daß keine Fragen gestellt wurden, bewies das klare Bemühen um Gerechtigkeit. Erst als Matala wieder das Wort nahm, kam die Frage, wie bei den Kategorieversammlungen der Länder letztlich die Abgeordneten bestimmt werden.

»Wie ich die Parlamentarier kenne, setzt sich sofort einer mit lauter Stimme und langem Atem in Positur und macht den Moderator. Vielleicht läßt sich auch Mr. Delore dafür gewinnen. Wer dann am schärfsten gegen die Kommission redet, hat die größten Chancen, zu einem der Abgeordneten gewählt zu werden. So einfach sehe ich das.

Tja, dann haben wir nach wie vor das Problem ›Verfassung‹. Die Idee war gut, aber das große Werk wurde von dem französischen und holländischen Volk nicht anerkannt, und auch der deutsche Präsident hat die Genehmigung nicht unterschrieben. Deutschland versuchte eine Umwidmung zum Grundgesetz wie in eigener Sache, aber damals wurde ein rechtloses Volk damit beglückt. Heute kann man nicht mehr ein solches Gesetzeswerk an über zwei Dutzend Staaten als Verfassung verkaufen.

Ich habe einmal überlegt, was sie mindestens enthalten müßte: Die Würde als Mensch sollte unangetastet bleiben, wenn er die Menschenwürde seiner Mitmenschen achtet. Eine Würde des Menschen muß allerdings erworben werden und steht dem Täter bei Vergewaltigung, Mord, Schändung, wie es das deutsche Grundgesetz vorsieht, nicht zu – sondern nur eine Behandlung als Mensch.« Lebhafter Beifall.

»Der Schutz des Opfers einer Straftat hat absoluten Vorrang gegenüber den Rechten des Täters.

Der Glaube ist frei ohne Nachteile im Leben. Religionsorganisationen und Vereine bedürfen staatlicher Genehmigung.« Geteilte Zustimmung.

»Frauen und Männer haben gleiche Rechte. Keine rassische Benachteiligung im täglichen Leben. Private und öffentliche Arbeitgeber sind frei in der Entscheidung.« Auch Zustimmung.

»Strikte Meinungsfreiheit unter Ausschluß von Beleidigungen und Unterstellungen sowie bewußter Verbreitung von Lügen.

Europäer sind nur Kinder von Eltern, die beide Staatsangehörige eines Staates der EU sind.
Der Staat garantiert ein soziales Minimum, das vor Hunger und Kälte bewahrt, für alle Staatsbürger.
Klagen auf Armenrecht ohne Rechtsanwalt vor niedriger Gerichtsbarkeit mit offiziellem Beistand.
Nach zehn Jahren Aufenthalt in der EU und Beherrschung einer europäischen Sprache kann in diesem Land die Staatsbürgerschaft beantragt werden, Heirat setzt diese Bestimmung nicht außer Kraft.« Allgemeine Zustimmung.
»Schulpflicht besteht für jeden Einwohner zwischen 6 und 15 Jahren.
Medien sind zur Wahrheit verpflichtet, unsichere Aussagen müssen als solche erkennbar sein.« Volle Zustimmung.
»Die friedliche Versammlung von Staatsbürgern im Freien und in geschlossenen Räumen ist erlaubt.
Freier Reiseverkehr mit Aus- und Einreise ist genehmigt. Bei Einreise Fremder muß Paßkopie hinterlegt werden ggf. vor Antritt des Fluges.«
Voller Beifall mit Zuruf: Sehr nötig.
»Die Außengrenzen der EU auch zur See sind überwacht, Verletzung wird bestraft.
Bei Zustimmung von zwei Dritteln der Bevölkerung können zwei Staaten fusionieren.
Entscheidungen, die in das Leben jedes einzelnen Bürgers einwirken, müssen durch Volksabstimmung bestätigt werden.
Jeder Bürger kann seinem Landeskommissar in Brüssel Ideen und Vorschläge zuleiten, die beantwortet werden. Bei Durchführung Anerkennung diverser Art.« Begeisterter Applaus.
»Jeder Einwohner ist ab dem zehnten Lebensjahr straffähig, jeder Staatsbürger ab dem 18. Lebensjahr wahlberechtigt und wehr- oder arbeitsdienstfähig. Jugendstrafrecht bis zum 18. Lebensjahr.
Das wäre aus meiner Sicht das Wichtigste für den Bürger. Sicher werden die Spezialisten aus Ihren Erfahrungen heraus

noch einiges umformulieren und hinzusetzen, aber es war eine Vorausschau. Die anderen Punkte der ursprünglichen Verfassung können dann als Verträge in das EU-Recht eingehen.

Es ist meine Absicht, Ihre Parlamente zu besuchen mit großem Medienaufwand, denn ich will die Abstimmung über den umstrittenen Türkei-Beitritt vorbereiten. Die Türken haben unsere Furcht mit der 20-Jahres-Zuwanderungssperre verstanden. Auf der anderen Seite braucht Europa einen starken, zuverlässigen Staat auf der Landbrücke zu Asien und Afrika. Es vergeht noch Zeit, bis dort die Minderung der Geburten fühlbar greifen wird. Das war mein Beitrag zu Ihrer Tagung, ich danke Ihnen.«

Ehrlicher Applaus begleitete ihn, während ihn der heute vorsitzende Ministerpräsident von Slowenien, Mr. Ankas, hinausbegleitete.

* * *

Bei seinen Flügen durch Afrika hatte Dr. Usava als Präsident des Kongresses »Freies Afrika« fast alle Staaten des Kontinents besucht und mit den Regierenden, stets im Beisein der Tana-Berater, Gespräche geführt, bei denen er den Eindruck gewann, daß die Frage der Geburtenminderung nicht sehr ernst genommen wurde. Die Empfehlung, nach der zweiten Geburt das empfängnisverhütende Mittel zu nehmen, wurde fast nur in den Kliniken der Hauptstädte angeboten und meist von berufstätigen Frauen, deren Bildung über Lesen und Schreiben hinausging, in Anspruch genommen. In Staatsdiensten konnten sie im Alter mit einer Pension rechnen, als Angestellte von Firmen werden ihnen in der Regel Lebensversicherungen angeboten.

Im Lande aber galt allgemein die Auffassung, daß von mehreren Kindern mindestens eins oder zwei im Alter für die Eltern sorgen würden. Also je mehr Kinder, um so sicherer würde das Prinzip greifen. Das war die Sicht aus der Situation der Frauen.

Bei den Männern stand das sexuelle Verlangen im Vordergrund und nicht die Vorsorge fürs Alter, eher die Mithilfe der Kinder bei der Landarbeit. Die Überlegung, daß der Acker mit seiner Ernte nur eine begrenzte Zahl von Menschen ernähren könnte, war selten, zumal ja durch Krankheit und Abwanderung Schmälerung eintrat. Jahre des Hungers hätte es schon immer gegeben, denn das wäre abhängig vom Wetter.

Zu dieser Frage führte man bei Regierungsgesprächen oft die Ausfälle durch Aids an, die aber immer von den Geburtenzahlen, bei denen oft nur Schätzungen zugrunde lägen, übertroffen wurden.

In den mittelafrikanischen Staaten, wo die physiologische Kurzwellenbeeinflussung wirksam war, stritt man eine Minderung der Geburten meist ab, aber die Tana-Berater ließen auf Tana, das Dr. Usava ja beherrschte, wissen, daß schon Minderungen eingetreten seien. Offiziell wurde allgemein eine schlechte Stimmung bei den Männern angeführt, die bei den nächsten Wahlen nichts Gutes erwarten lasse. Es gäbe schon Parteien, die gegen die Funkbeeinflussung votierten, obgleich durch die Verbundplanung für die Sahelzone eine Wetterverbesserung festzustellen sei. Das könne mit Verdunstung von Kongowasser an der Versickerungsstelle zusammenhängen.

Trotz dieser wenig erfreulichen Aussicht hatte Dr. Usava mit dem Ministerpräsidenten von Namibia, seinem Heimatland, beschlossen, mit UN-Unterstützung in dem Nordost-Korridor zum Sambesi einen Kurzwellensender für Südafrika errichten zu lassen. Es war mit Kilawi, Präsident von Südafrika, abgestimmt worden, denn dieser sah sich bei reichlichen Geburtenraten und hoher Arbeitslosigkeit vor wachsenden Schwierigkeiten für sein Land. Außerdem hoffte er, damit die steigende Zahl von Vergewaltigungen in den Griff zu bekommen. Nachdem viele Europäer das Land verlassen hatten, da sie rassisch benachteiligt wurden, war der gesamte Polizeiapparat in schwarzer Hand und wenig effektiv bei Taten, die für arbeitslose Männer hier als durchaus verständlich galten.

Um über einen einflußreichen Fachmann zu verfügen, hatte sich Dr. Usava vom UN-Team Mr. Nelato, den Spezialisten für die Haarp-Technik, empfehlen lassen. Dieser hatte schnell Kontakt zu den europäischen Wartungsingenieuren der Sambesi-Kraftwerke, die ohnehin an einem Projekt beteiligt waren, Windhuk mit Strom zu versorgen. So konnte er den Sender direkt an der Straße von Swakopmund nach Maramba planen. Den Transport von Senderteilen aus Alaska übernahm ein Diskus. Die Anlage war fast fertig, als sich Dr. Usava entschloß, mit Indien und China in Erfahrungsaustausch zu treten.

Darauf lud der chinesische Innenminister Li Hang alle beteiligten Herren nach Taipeh auf Taiwan ein, das wieder zur VR China zurückgekehrt war. Dr. Sahil aus Indien und Ixman, der in Begleitung des Gehirnmediziners Benahi kam, fanden sich gern im Gartenhaus der Provinzregierung ein. Man saß unter Palmen auf der Terrasse, und weißlivrierte Kellner sorgten für das Wohl der Gäste.

Als Initiator des Zusammentreffens schilderte Dr. Usava zuerst seine Erkenntnisse in Mittelafrika, wo leider mangels Administration keine verläßlichen Zahlen zu erhalten wären, aber ein Bombenangriff auf den Sender und vertrauliche Mitteilungen der Berater zweifellos auf eine Wirkung schließen ließen. Das hätte ihn veranlaßt, auch für Südafrika eine Station einrichten zu lassen, wofür sich ein Standort in seinem Heimatland angeboten hätte, der auf der Mittelachse des Erdteils liegt.

Li Hang meinte dazu, mit beiden Händen sein Bedauern unterstreichend: »Wir haben nur Provinzen, keine selbständigen Staaten, die ein Projekt zu Fall bringen können. Natürlich hat es zuerst Proteste gegeben, aber man hat sich daran gewöhnt, sexuell sparsamer zu leben. Der wesentliche Trost war wohl, daß die Regierung auch davon betroffen ist.

Aber da wir zuerst in die ›Funktherapie‹ eingestiegen sind, konnten unsere Mediziner schon die Feststellung treffen, daß ganz offenbar die Pubertät einige Jahre später eintritt und die Fruchtbarkeitsphase der Frauen auch früher endet. Dieser

Effekt könnte sich bei längerem Einwirken der Kurzwellen eventuell noch verstärken und wäre dann ein ganz wesentlicher Faktor bei der Geburtenminderung.«

Alle blickten auf Benahi, der zugab: »Pubertät und Ende der Fruchtbarkeit werden vom Gehirn gesteuert, das durch die Kurzwellen beeinflußt wird. Für mich ist diese Erkenntnis, die Ihre Mediziner gewonnen haben, auch neu, denn in Tana lief die Versuchsserie nur kurze Zeit. Der geschilderte Erfolg wäre aber dieser Therapie zu wünschen.«

»Wir haben mit dem Verfahren erst spät begonnen, so daß für Menschen noch keine Erkenntnisse vorliegen. Aber im Zoo, wo ja alle Daten zur Vermehrung festliegen, auch mit kürzesten Perioden wie bei den kleinen Säugetieren, hat man Veränderungen in der beschriebenen Art festgestellt, wie mir ein Zoologe gesprächsweise berichtete. Man sei dabei zu klären, ob es eine bleibende Veränderung ist oder nur während der Welleneinwirkung. Es wurde ein Kontingent von Mäusen unter der Obhut eines Tierarztes nach Thailand verlagert, um rückläufige Veränderungen zu beobachten. Wenn diese nicht eintreten, wäre das schon ein Schritt zur Lösung des Problems der Übervölkerung der Erde.«

»Ein interessanter Tierversuch«, meinte Benahi dazu, »der durchaus Rückschlüsse auf die Wirkung bei Menschen zuläßt. Da Sie ja sicher Ihren Tierarzt erreichen können, vermitteln Sie ihm doch folgenden Vorschlag: Wenn die Wirkung anhält, sollten sich die Mäuse paaren und dann das Verhalten der jungen Mäuse beobachtet werden, ob die Paarungsreife entsprechende Verzögerungen zeigt. Eine Wellen- oder Strahlenbeeinflussung kann durchaus zu genetischen und damit vererbbaren Veränderungen führen. Das war sehr wahrscheinlich ein Faktor für die Evolution, und diese Mäuseaktion wäre der Beweis dafür.«

»Keine schönen Aussichten für unsere Pandabärenaufzucht. Die müßten wir in ein Land verlegen, wo auch Bambus wächst, denn diese Burschen sind schon von Natur paarungsfaul«, bemerkte dazu Li Hang.

Dem Gespräch hatte Ixman interessiert zugehört und betrachtete nun das Problem global: »Wenn sich die Wirkung tatsächlich als bleibende Veränderung herausstellt, müßten an vielen Stellen der Erde Sender aufgestellt werden. Dagegen werden viele Staaten Einspruch erheben, obgleich es eine gute Lösung für die Erde wäre. Man könnte große Kriegsschiffe umrüsten, wie die Flugzeugträger am Golfstrom, die von internationalen Gewässern aus die Küsten bestrahlen, sehr wirksam bei Brasilien, Mexiko oder Indonesien.«

»... und besonders im östlichen Mittelmeer«, ergänzte Dr. Usava in Erinnerung an die geplatzte Konferenz.

Dr. Sahil war Skeptiker: »Es müßten tatsächlich Kriegsschiffe sein. Das sage ich nach unseren Erfahrungen mit Bangladesh und Pakistan, die einen Teil von unserem Segen abbekommen und eigentlich dafür dankbar sein sollten. Wenn wirklich genetische Veränderungen eintreten, wäre das eine ideale Lösung für Geburtenminderung, aber sie müßte von der UN kompromißlos vertreten werden.«

»Noch rutscht Tilasi im UN-Sattel etwas hin und her, aber wenn er erst sicher geworden ist, kann man das von ihm erwarten«, versicherte Dr. Usava. »Noch eine Frage: Haben Sie in dem Wüstengebiet die geplante Klimaveränderung erreicht?«

»Im ganzen Gebiet von Westrajasthan, in dem die Wüste Thar liegt, hat es eine Zunahme der Niederschläge im letzten Jahr gegeben. Es waren im absoluten Trockengebiet 100 Millimeter und damit eine Zunahme von 50 %, was auf Kosten anderer Landschaften ging.«

»In unseren Wüstengebieten wurde das leider nicht beobachtet«, bedauerte Li Hang.

»Bei Ihnen ist das auch nicht so dringend nötig, denn China ist bei etwa gleichem Bevölkerungsstand fast dreimal so groß wie Indien.«

Beim Abschied wurde laufende Information über die Haarp-Wirkung vereinbart. Während sich die Herren zu ihren Fluggeräten begaben, ließ Dr. Usava die Tana-Teilnehmer wissen, daß er bei Inbetriebnahme seines Südsenders einen Luftangriff aus dem Zaire-Gebiet erwarte.

»Gewiß liegen dazwischen nur 600 Kilometer Sambia bis zum Bauplatz, aber vorgreifend können wir nicht handeln. Haben Sie denn schon in Kinshasa vorgefühlt? Vielleicht steht man dem Projekt gar nicht feindlich gegenüber.«

»Diese Militärclique tut alles, um einen Streik im Industriegebiet zu verhindern, und im Bergbau sind ausschließlich Männer tätig, die sich nicht auf sexuelle Sparflamme werden einstellen lassen. Ich habe gehofft, daß zum Zeitpunkt der Inbetriebnahme Tana ein entscheidendes Wort mitsprechen würde.«

»Danke für das Vertrauen. Natürlich stehen wir positiv zu Ihrer Initiative, aber eine Beschlußfassung auf einem Kongreß wäre richtig gewesen anstelle der Überraschung. Ich würde sagen, Sie lassen den Sender fertigstellen, machen auch vier Wochen Probebetrieb, nachdem sie für die betroffenen Länder eine Tagung angesetzt haben. Sie können ja vielleicht für eine Klimaverbesserung in Namibia votieren. Die Wüstengebiete sind ja bekannt. Auf der Tagung spreche ich dann gern.«

»Vielen Dank für die Zusage. Ich allein würde natürlich wegen meiner Heimat Namibia ins Zwielicht kommen. Ich werde auch die UN zu gewinnen suchen.«

Durch das Gespräch hatte sich der Einstieg in die Scheiben verzögert, aber dann erlebten die neugierigen Passanten den fast geräuschlosen Aufstieg der ungewohnten Fluggeräte.

***

Kurz nach der Abstimmung über den Türkei-Beitritt zur EU bat Präsident Matala alle Berater und Dozenten zu einer Tagung nach Brüssel. Die Einladung war über die interne Kommunikation erfolgt, so daß sich die in Brüssel überall herumflanierenden Journalisten und die Taxifahrer über die zahlreichen gelbäugigen Besucher wunderten, die plötzlich die EU-Zentrale besuchten. Matala hatte für die etwa 200 Akademiker auch nur die Bestuhlung entsprechend einrichten lassen, in dem sie sich nun pünktlich eingefunden hatten. Konferenzsprache war natürlich Tana, damit von der Bedienung niemand nach außen berichten konnte.

»Meine Kollegen in Europa, ich danke Euch für Euren Besuch«, begann Matala frei stehend vor ihnen, »den ich vorgeschlagen habe, um unsere Arbeit zu koordinieren. Wir stehen einer geschlossenen Gesellschaft von Politikern gegenüber, von denen nur wenige genetisch gesehen geeignet sind, die Interessen von Millionen Menschen uneigennützig zu vertreten. Korruption durch fremde Interessen beeinflußt ihre Arbeit auf vielfältige Weise. Wenige, die das belastet, sind nicht in der Lage, ihre Delegierten in den Parlamenten von dieser Schwäche des demokratischen Systems zu überzeugen, sich selbst und auch ihre Parteien durch Gesetz integer zu machen gegen irgendwie belohnte Einwirkungen auf ihre Arbeit und Entscheidungen – wie zum Beispiel bei Beamten. Was ist denn der Unterschied zwischen beiden? Sie sind berufen, ihrem Volk zu dienen – einmal als legislative, einmal als exekutive Kraft. Beide werden von den Steuern der Bürger bezahlt. Gibt es einen Unterschied bei der Intelligenz? In den Spitzenpositionen mitnichten, Doktoren auf beiden Seiten. Allein das Privileg, über eine Partei gewählt worden zu sein, berechtigt sie zu der Annahme, jeden Vorteil, auch geldwerten, in Anspruch nehmen zu können.

Diese unschöne Situation will ich in Europa auf längere Sicht ändern, und ich bitte Sie, darauf hinzuarbeiten, denn das entspricht unserer persönlichen Fairneß.«

»Das ist eine gute Empfehlung, Matala«, pflichtete Sotoni aus Berlin bei, »wenn möglich, haben wir schon auf den Einfluß der Korruption, die wir in Afrika offen bekämpfen, hingewiesen, aber die deutschen Kollegen fürchten Nachteile in der beruflichen Stellung.«

»Es liegt auch viel daran, daß die Mehrzahl der Menschen

weder politisch gebildet noch interessiert ist. Der Horizont geht nicht weit über das vom TV gebotene, politisch nicht neutral Dargestellte hinaus, und da haben große Interessengruppen wie Parteien, Kapital oder Religion mitgearbeitet. Im Vorfeld der Wahlen, dem einzigen Demokratiepunkt in dem System, werden unter hohen Kosten große Mengen von höchst banalem Werbematerial unter die Leute gebracht in der Hoffnung, daß es für die betreffende Partei zu einem guten Ergebnis führt, ihren Managern Machtposten sichert. Um diese Macht – meist gegen die Hälfte der Bevölkerung – geht es, mit dem Staat machen zu können, was der Partei mit ihren Ideologen und Führern vorschwebt. Da sie selten die absolute Mehrheit haben, müssen sie koalieren, aber einig sind sich alle Politiker, daß es ihnen gutgehen muß, selbst wenn sie nur auf der Hinterbank geschlafen oder nur Millionen Wörter Richtung Gegner verschwendet haben.« Matala machte eine fast verzweifelte Handbewegung.

»Obgleich im Prinzip das alles zutrifft, wird trotzdem in den Medien selten öffentlich Kritik laut in dieser Richtung. Es werden kluge Bücher geschrieben, die das alles anführen. Wer sie liest, weiß ohnehin, was er wählt – oder nicht wählen wird, aber die entscheidende Masse der unentschlossenen Wähler ist dem Werbetrommelfeuer ausgesetzt. Er wählt schließlich die Partei, die am meisten Papier, leere Schlagworte und Versprechungen bieten konnte.«

»Wir werden dieses System nicht kurzfristig ändern können«, überlegte Sakali aus Paris, »aber es hat nach dem letzten großen Krieg die von den Siegern geförderte Frankfurter Schule gegeben, die mit ein paar Emigranten das ganze deutsche Hochschulleben verseucht hatte, bis zum Ansatz einer Revolution. Ich habe diesen Ausdruck anstelle von Verbreitung gewählt, weil es eine rücksichtslose Ich-Philosophie zur Zerstörung aller Ordnung gewesen war. Wir müßten in dieser Art arbeiten, natürlich mit Zielen wie Sauberkeit in der Politik. Wenn junge Menschen politisch noch nicht verbogen sind, können wir sie dafür gewinnen. Wir würden natürlich Gegenwind bei den

Politikern haben, aber an die Universität kommen sie so schnell nicht heran –, und ich denke, wir sind immun – wie die Parlamentarier.«

Der Dozent aus Mailand meinte dazu: »Vergreifen wird sich wohl keiner an uns. Den Italienern reicht es schon, daß ihr Papst zwei Tana-Bewacher hat. Die Mafia könnte ein Attentat verüben, aber Gaza hat sie sicher gewarnt. Ich mache aber den Vorschlag, daß die EU pro Land einen TV-Sender haben sollte. Sie können ja das Programm von TTS übernehmen, soweit es die Erde betrifft, und dazu Europanachrichten und kurze Vorträge über Politik, Kultur und Wissenschaft senden, das mischt das Publikum.«

»Ein guter Vorschlag, aber wir werden Privatsender kaufen müssen, weil alle Wellenbereiche vergeben sind. Bei gleicher Sprache geht es auch grenzüberschreitend, Schweiz darf mithören. Wir haben in Brüssel ohnehin zuviel Personal, das läßt sich dazu einsetzen. Ich hoffe auch, daß Ihr dann Zeit für Vorträge findet – und wenn es ein Bericht über ein aktuelles Buch ist oder über unsere Landschaft in Tana – das interessiert immer.

Zur Abstimmung über den Türkei-Beitritt wäre noch einiges zu sagen. Das Ergebnis mit nur 54 % war ausreichend, denn ich habe trotz der Kurdenlösung von einem Risiko gesprochen, und das knappe Resultat hat es unterstrichen. Bei meiner Werbetour dafür habe ich bewußt nicht von der Möglichkeit gesprochen, daß sich die Türkei im Falle der Ablehnung stärker Asien und damit dem Islam zuwenden könnte, um die Menschen nicht durch Furchtgefühle zu beeinflussen. Diese 54 % können die Türkei auch nicht zu überhöhten Unterstützungsforderungen veranlassen. Ich möchte sagen, als positives Ergebnis liegt es günstig, und die militärische Seite sieht festen Boden unter sich. Das ist ein Vorteil für Europa, denn dem islamischen Druck fehlt nun die massive Unterstützung aus dem Heimatland.«

»Ohne Eure persönliche Werbung, der weitsichtige Überlegungen vorausgingen, wäre die Zustimmung allgemein so schwach wie in der Bundesrepublik gewesen. Welchen Vorteil bringen Türken schon in europäischen Städten? Der Multikultiwahn ist verflogen – und die sozialen Lasten sind gestiegen. Viel zu kurzsichtig war der Bürger, denn Einwanderungspolitik verlangt sorgfältige Auswahl und nicht Nachschleusen von Großfamilien, wie es eine einfältige Justiz aufgrund schwammiger Gesetze genehmigt hat und eine gelähmte Politik zusah – bis es Rechtsfreiräume gab, in die sich Polizei nur mit Hundertschaften hineinwagt. Es gibt unter den Politikern keinen Typ, der in so einer Lage fähig ist, das Ruder herumzureißen – und Ixman ist leider in keiner Partei.« Das war die Meinung von Falano aus Heidelberg.

Matala lachte voll heraus: »Der ist ein Naturtalent und unberührbar. Ich bin hier auch von der Seite eingestiegen, weil sie sich nicht auf einen Politiker einigen konnten. Versucht es einmal, Euch in einer Partei durchzusetzen, natürlich in der größten im Land. Wenn Euch diese von der Ideologie her nicht liegen sollte, dann wendet Euch zur Opposition. Am besten, Ihr beginnt mit einer öffentlichen Kritik in der Presse, und was Ihr sagt, druckt diese mit Sicherheit. Noch wirksamer ist ein Liveinterview im TV, aber vereinbart vorher, daß nur Fragen gestellt werden, sonst kann es zum Moderatorinterview werden.

Da wir hier nun mit viel Reiseaufwand zusammengekommen sind, wäre es vielleicht vorteilhaft, von Situationen oder Dingen zu hören, die von den Medien kaum berichtet werden.«

»Für mich in Spanien ist der Stierkampf ein Punkt, über den ich nicht hinwegkomme«, ergriff ein spanischer Dozent das Wort und schilderte dann den Verlauf eines Kampfes. Er schloß dann: »Nicht das Töten des eigens dazu gezüchteten Stieres bewegte mich so – es geschieht so schnell wie im Schlachthof –, sondern das vorherige Reizen und Quälen nach Fahrplan, um das Tier in Wut zu bringen, und das Jubeln der Menschenmasse, die daran Freude hat. Der Stier ist für sie ein Kämpfer, der zu bezwingen ist. Des Tieres tapferen Todeskampf und das Auftreten des tötenden Toreros bejubelt die Zuschauermasse – ein

Vergnügen, daß des Mittelalters würdig wäre, aber nicht einer heutigen Kulturnation.«

»Im Mittelalter war es noch schlimmer, da wurden sogenannte Hexen bei lebendigem Leibe verbrannt – und das war für alle ein Volksfest. In Spanien gibt es ja in jeder größeren Stadt Kampfarenen, und der Stierkampf gehört angeblich zum spanischen Leben. Wenn die EU ihn verbietet, würde Spanien austreten. Da hilft nur langsame genetische Einwirkung. Übrigens soll es zum Beginn der Woche immer gute Steaks geben«, sagte Matala noch.

Auch aus Frankreich gab es etwas zu berichten. Dozent Falano erinnerte daran, daß vor einiger Zeit Ixman den Agenten Alibata gefangen und verhört hatte.

»Die Terrorszene plante, den Tunnel zwischen dem Festland und England mittels eines dazwischen mit Sprengstoff gefüllten Containers zu sprengen. Erst einmal wurden alle Lieferungen um 24 Stunden verzögert, falls ein Zeitzünder im Spiel war. Natürlich konnte es auch ein luftdruckabhängiger Zünder sein, der auf der untersten Tunnelstufe zündete. Man konnte auch nicht Hunderte von Containern öffnen – die vielleicht auch mit einer Sprengfalle gesichert waren. Der ganze Wirbel ließ sich nicht geheimhalten. Die Fährschiffe machten ein gutes Geschäft, weil niemand durch den Tunnel fahren wollte. Nach Versuchen erkannte man, daß ein Hammerschlag auf eine gefüllte Doppelwand einen anderen Klang hatte als beim Normalcontainer. Nun wurden die Kästen abgeklopft. Und man wurde fündig. Einige Container waren mit eingewickelten Möbeln vollgestopft, die an den Wänden anlagen und so den Hammerschlag anders klingen ließen. Bei Zweifelsfällen verglich man Netto- und Taragewichte. Bei diesen Prüfungen stieß man auf eine Lieferung von geschnittenem Holz, deren Gewichte stimmten, die aber an eine Futtermittelfirma adressiert war, und der Kasten hatte auf der einen Seite einen besonderen Klang. Er wurde geöffnet; man erkannte, daß die Ladung verrutscht war und dabei die Seitenwand eingebeult hatte – ohne Spuren nach

außen! Der doppelwandige Container war gefunden, und die Ausräumung wurde verfügt. Es fiel auf, daß der Kern der Ladung aus dem sehr leichten Balsaholz bestand. Um die Doppelwände gewichtsmäßig zu kompensieren?
Nicht nur – als unterste Lage wurden 2000 Kilo Hasch gefunden.
Die Terroristen hatten wohl ihren Plan nach Alibatas Fang zugunsten eines anderen Gewerbes aufgegeben – der Reiseverkehr lief wieder.«
»Ja, Container reizen zum Verbergen. Der Vorteil beim Verladen wird durch Überprüfungen geschmälert. Da müssen sich später unsere Techniker etwas einfallen lassen, denn mit den Kästen wurden schon ganze Gruppen von Wirtschaftsflüchtlingen eingeschleust.
Nochmals zu unserem Grundthema Korruption: In drei Wochen ist wieder Ratssitzung, da will ich die Herrschaften in die Zange nehmen.«

* * *

Zwei Wochen vor der Tagung des Europarates hatte jede Regierung den Entwurf der Kommission zur Ausschaltung der politischen Korruption erhalten. Wie erwartet löste er Turbulenzen aus, besonders zwischen den Oppositionsparteien und der Regierung. Sie fühlten sich von der Entscheidung über den Entwurf ausgeschlossen. Die Unzulässigkeit von Parteispenden traf zwar alle, aber die kleineren Parteien mit geringen Mitgliedseinnahmen besonders hart. Die Empfehlung, den Ausfall durch höhere Beiträge auszugleichen, die für ärmere Mitglieder ermäßigt werden könnten, wurde von den Parteien als problematisch angesehen, da die Spender oftmals keine Parteimitglieder waren.
Daß die Parlamentarier und Parteifunktionäre entsprechend dem Beamtenstand zu betrachten seien, also außerhalb ihres

Berufes keine Beratertätigkeit annehmen oder den An- und Verkauf von Immobilien betreiben sollten, fand mehr Zustimmung. Auch die Aufsichtsratposten wären auf eine Firma zu begrenzen. Es war klar, daß hier ein Dunkelfeld verbleiben würde. Die empfohlenen Bußen für Verstöße waren hart und betrugen für Geber und Nehmer das Zehnfache des Betrages, um den es sich handelte.

Am Tage der Ratssitzung war der Vorsaal, in dem an niedrigen Tischen

Getränke serviert wurden, gut besetzt, und es ging recht lebhaft zu. Erste Marken wurden abgesteckt: »Das ist ein Eingriff in die staatliche Zuständigkeit; das sahen die EU-Verträge nicht vor.«

»Wirklich nicht? Wer kennt denn alle Falten und Ecken der Verträge? Nicht einmal die Unterzeichner haben sie in allen Konsequenzen übersehen. Und mit der ursprünglichen Verfassung ist es nicht besser.«

»Ich glaube nicht, daß der Entwurf ohne wesentliche Änderungen durch eine Abstimmung kommt.«

»Was wollen Sie denn ändern? Das ist alles glasklar wie immer – und wer rechnet denn mit einer Abstimmung im Rat?«

»Vielleicht soll es nur ein Schreckschuß zur Warnung sein.«

»Ha, Matala schießt immer scharf.«

»Es wurde schon der Vorwurf laut, warum wir ihn gewählt hätten, aber das waren meist unsere Vorgänger.«

»Da hatten die mal das richtige Händchen für einen Supersaubermann.«

Es gab auch weniger freundliche Kommentare zur Überbrückung der zur Information über die allgemeine Gefühlslage reichlich gewählten Wartezeit.

Dann war es wieder soweit. Präsident Matala stand frisch, frank, frei vor ihnen – und lächelte.

Ein paar Worte zur Begrüßung, dann nahm er schon den Faden auf, indem er auf die Verantwortung Europas für die dritte Welt hinwies.

»Diese Welt nimmt gern unser Geld, aber sie braucht Vorbilder für eine sinnvolle Verwendung, damit es nicht in den Hosentaschen von ehemaligen Unteroffizieren verschwindet. Unsere Tana-Berater geben sich alle Mühe, das zu verhindern, aber was nutzt das, wenn es in den Geberländern vorgemacht wird. Alle diese Dritte-Welt-Länder haben Studenten in Europa – das sind nicht die dümmsten –, und die beobachten scharf. Wenn sie dann einen guten Posten in ihrem Heimatland bekommen, erliegen auch sie der Korruption, denn Moralwissenschaft haben sie nicht studiert.

Die Neigung zur Selbstbereicherung um jeden Preis ist genetisch bedingt und verschieden ausgebildet, zum Teil abhängig von der Volksethik.

Bei einem Völkerkonglomerat wie in Europa prägt sich das aus. Durch unseren Entwurf werden sich die Politiker der einzelnen Staaten mehr oder weniger getroffen fühlen, aber wohl alle werden das Ausschalten von Kapital auf die Politik für richtig und normal halten.

Leider reicht, bedingt durch das uniformierte Genom des Menschen, eine Empfehlung nicht aus, es muß ein erkennbarer Nachteil bei Zuwiderhandeln damit verbunden sein, der den erhofften Vorteil in Frage stellt.«

»Die Mehrzahl von uns ist der Meinung, daß dieser Entwurf ein nicht zulässiger Eingriff in das staatliche Gefüge ist«, wurde von französischer Seite eingeworfen.

»Sie wollen ja damit sicher nicht sagen, daß Korruption zum staatlichen Gefüge zu rechnen sei. Die Frage der Zulässigkeit ist eine Frage für Rechtsprofessoren. Ich denke, der Politik geht es hier um Gemeinsamkeit ohne vertragliche Hintertürchen, Mr. Picard, die Ihr Kollege Mr. Delors seinerzeit sicher eingebaut hat. Nun ist Frankreich ein revolutionäres Land, wo das Volk schnell auf die Straße geht, wenn es um seine Rechte und Belange geht. Im vorliegenden Fall würde es wohl zugunsten des Entwurfs demonstrieren.

Sicher hätte fast jeder von Ihnen Schwierigkeiten mit seiner

Partei und der sogenannten Volksvertretung zu befürchten, weil diese Institutionen sich Land mit Volk zu eigen gemacht haben und ihnen durch den Entwurf ein Teil ihrer aufgrund der Legislative angemaßten Rechte genommen werden, die in fast allen Staaten nie vom Volk ausdrücklich bestätigt wurden.

Natürlich habe ich nie damit gerechnet, daß Ihr Kreis hier sich kompetent genug fühlt darüber abzustimmen. Ich möchte auch nicht, daß bei Ihnen im Lande von politischer Seite Rücktrittsforderungen gestellt werden, denn auf die Moralfestigkeit Ihrer zu Ansehen und Mächtigkeit gekommenen Parteifunktionäre ist möglicherweise kein Verlaß, schließlich will jeder einmal Ihre Position einnehmen«, fügte Matala lächelnd an.

Seine Kunstpause war bei seinen Zuhörern mit »beredtem Schweigen« ausgefüllt.

»Sie haben meine Überlegungen zur Kenntnis genommen, und so bleibt uns wohl nur die Volksbefragung. Wer mit dem Inhalt des Entwurfs einverstanden ist, gibt den Wahlschein Nummer 5 ab. Den Text des Entwurfs mit einer kurzen Erläuterung werden wir über TV und Hörfunk an zwei Tagen mehrmals täglich bekanntmachen lassen. Zusätzlich wird die Presse informiert.«

»Unsere Funkanstalten sind staatlich und werden die Bekanntmachung ablehnen. Es ist für ein stolzes Volk unerträglich, wenn es Vorschriften mit Bußen anerkennen soll.« Das war Polens Regierungschef Przwiskky, hochrot im Gesicht.

»Wenn Ihr Volk zu stolz ist, nach den Regeln einer Gemeinschaft zu leben, warum hat es sich dann eifrig bemüht, Mitglied in der EU zu werden? Nur wegen der Hilfsgelder?«

»Wir haben darauf gerechnet, daß wir Vetorecht haben.«

»Hätten Sie ja, denn dem Entwurf stimmen sicher nicht zwei Drittel der Anwesenden zu – nur das Volk fragt nicht nach Ihrem Vetorecht.«

»Seitdem Sie in der EU sind, kann man sich auf nichts mehr verlassen.« Es gab einzelne Lacher, und seine Stimme überschlug sich fast.

»Sie können sich auf eine gerade, saubere Linie mit Ziel auf eine ehrliche Gemeinschaft verlassen. Zu der Werbekampagne sende ich Ihnen Botschafter Ixman. Er wird Sie beruhigen.«

»Das ist ja der Mörder von Gaza!« Laute »Pfui«-Rufe von allen Seiten quittierten diesen Ausrutscher, so daß sich Przwiskky genötigt sah, den Saal zu verlassen.

Matala zuckte nur mit den Schultern: »Politik ist auf der Erde etwas Schlimmes, es kehrt das Innere des Menschen nach außen. Wir sind aus Tana mit dem Prinzip, ehrlich, wahr und tolerant zu sein, und mit dem Programm, für die Menschen und uns die Erde lebenswert zu erhalten, zur Erde gekommen. Danach lebt und handelt jeder Tanaer, ob hoch oder niedrig, groß oder klein.«

»Mein Gott, das ist ja wie bei den Nazis«, kam eine Stimme aus der Mitte.

Matala lachte: »Aber wir haben keinen Hitler, der Kriege führte und Juden umbringen ließ.«

»Das ist aber zu einseitig betrachtet«, meinte ein Chef aus den baltischen Staaten.

»Einwand akzeptiert, an Schlechtes erinnert man sich länger als an Gutes. Das stark gegliederte Volk der Deutschen wurde unter einer Idee geeint, so daß es in schweren Zeiten Ungeheures ertrug. Eine emotionale Einigung unter der europäischen Idee wäre auch für uns ein erwünschtes Ziel. Natürlich ist das viel problematischer wegen der Sprache und auch der Grund, weshalb ich für alle ab dem erstem Schuljahr ein vereinfachtes Latein vorschlage, weil es mit der Aussprache keine Probleme gibt. Es war schon einmal eine Kunstsprache propagiert worden, Esperanto, aber Latein ist eine gewachsene Sprache und hat viele europäische Sprachen beeinflußt.

Nun sind wir von unserem Disput abgekommen, aber als Philologe ist es für mich Herzenssache. Wir haben also beschlossen, in jedem Land einen TV-Sender zu übernehmen, in dem der eigene Kommissar und die EU-Verwaltung zu Worte kommen mit Berichten aus anderen EU-Ländern.

Unser Mr. Ixman wird das auch in Polen erreichen, er kennt sich da aus.« Allseits verhaltenes Lachen.

»Eines wollte ich noch zu der Abstimmung in etwa vier Wochen sagen: Wenn Sie ernste Schwierigkeiten mit Ihren politischen Partnern haben, so können Sie als Alternative das Verlassen der Union nennen, aber wir würden dann Ihre Bevölkerung über den Zusammenhang aufklären. Ich danke Ihnen für heute.« Eine kleine Verbeugung, und er verließ den Saal.

Langsam kamen Gespräche in Gang. Ziemlich deutlich sagte die finnische Ministerpräsidentin: »Ich hätte den Entwurf sofort unterschreiben können.«

»Ich auch«, meinte Kardinal Cianus, Vertreter des Vatikans, und hatte die Lacher auf seiner Seite.

»Sie leben auch in einer Diktatur, Eminenz, da ist alles möglich!«

Obgleich fast jeder Ärger auf sich zukommen sah, verließen die Ratsmitglieder mit gelöstem Gesicht den Saal.

Die vier Wochen vergingen schnell. Die Presse machte den größten Aufruhr, so daß sich kein Politiker traute, etwas gegen die EU zu sagen, gegen Matala schon gar nicht. Als Ixman in Polen eintraf, entschuldigte man sich für die Entgleisung des Premiers und ließ ihn im TV sprechen.

Nach Auszählung aller Wahlscheine Nummer 5 konnte man auf ein grandioses Ergebnis von 86 % blicken – es war die ersehnte Revanche gegen die Politiker gewesen, und die Presse nannte es in aller Offenheit auch so.

* * *

Über einen Agenten von TTS kam die Nachricht, daß in Isfahan ein Ayatollah Ahmet Haßreden gegen die Sunniten-Verbrecher von Gaza und besonders Tana halte. Da Ixman in Polen mit dem einwandfreien Ablauf der Volksabstimmung befaßt war, blieb es Ceman zur Aufgabe, in Persien einzuschreiten, wie es in Gaza angekündigt worden war.

Ceman hatte mit dem Agenten Verbindung aufgenommen und erfahren, daß am kommenden Samstag eine Versammlung auf dem Platz vor der großen Moschee geplant war.

Peman, ein Mann von der Mondbasis, hatte noch Urlaub bis zum Eintreffen des Raumschiffes mit Bauteilen für die Basis und war gern bereit, mit einer Scheibe die Tour zu fliegen.

Unterwegs erfuhr Ceman, daß der Ayatollah einen vier Meter hohen Podest errichten ließ mit einem prächtigen Baldachin darüber. »Sehr schön, da kann er unser Kommen nicht bemerken.«

Sie nahmen den Weg längs des Persischen Golfs und in der Höhe von Bushere konnte man immer noch den Flugzeugträger auf der Kaimauer sehen, aber das Flugzeug war entfernt worden. Über Land stiegen sie auf 8000 Meter, denn hier mußten sie mit patrouillierenden Jagdflugzeugen rechnen.

»Das Land liegt selbst schon hoch und hat ringsum Gebirge«, wunderte sich Peman, »und sehr wenig Vegetation.«

»Flüsse gibt es nur am Rande, die Niederschläge versickern auf dem Hochland. Im Osten sind helle Flächen erkennbar. Es sind die Wüste Lut und nördlich die Salzwüste Desht-i-Kevir, die wegen ihrer Aufwölbungen schlecht passierbar ist.«

»Warst du schon mal hier in dieser Gegend, Bruder?«

»Wir haben das Gebiet schon überflogen. Im Norden siehst du das Kaspische Meer schimmern, ein riesiges Binnengewässer, das auszutrocknen droht. Das Gebirge davor ist der Elbrus mit dem höchsten Berg des Landes, dem Demawend, mit gut 5600 Metern. In dem Meer gibt es Störe, die den Kaviar liefern – eine große Delikatesse bei den Menschen. Leider stirbt das Tier bei der Entnahme der Fischeier, aber danach fragen die Feinschmecker nicht.«

»Da kommt ein schnelles Flugzeug, Bruder, ich habe auf Abwehr geschaltet.«

Der Jäger hielt sich einige Sekunden auf gleichem Kurs, setzte aber keinen Funkspruch ab, vielleicht fürchtete er sein schlechtes Englisch.

»Da, jetzt schwenkt er ein, um eine Rakete abzufeuern – viel zu nahe, der fliegt in sein eigenes detonierendes Geschoß hinein!«

So war es auch, nicht weit von ihnen schmierte die Maschine ab, und der Pilot hing am Fallschirm. Wie er den Fall seinem Chef wohl erklären würde?

»Die haben uns im Radar gehabt, sonst fliegen sie zur Patrouille nie so hoch. Hoffentlich landet der arme Kerl nicht in einer wüsten Gegend. Siehst du die Stadt voraus? Sie könnte nach dem Straßenverlauf schon Isfahan sein. Steuere sie zentral an, dann können wir sie uns mit dem Teleskop ansehen. Seit dem Mittelalter soll es eine schöne Stadt sein.«

Es war ein klarer Tag, und so brachte das Teleskop die Struktur der Stadt konturenscharf auf den Bildschirm. Die größte von mehreren Moscheen lag etwas außerhalb des Zentrums. Nach Vergrößerung des Schirmbildes konnte man zum Vorplatz hin an einer offensichtlich hohen Mauer oder Gebäudewand etwas Viereckiges, Buntes erkennen.

»Ich werde den Agenten anrufen und unsere Ankunft melden. Sicher weiß er Näheres. Hallo, Mr. Zebuk persönlich? Hier Tana, wir stehen hoch über der Stadt und haben den Baldachin erkannt.«

»Sehr gut – noch vier Stunden; ich werde ganz vorn sein und das Mikro vom Handgerät auf stark stellen – Sie können dann die Rede mithören.«

»Auch sehr gut – ich danke Ihnen. Wir werden ohne Geräusch niedrig über die Dächer anfliegen.«

Aus seinem Sortiment suchte sich Ceman die Farsi-Sprache heraus, die als Staatssprache gilt, obgleich es in dem großen Land viele Abarten gibt.

»Haben die Perser auch eine so lange Geschichte wie das Volk in Ägypten?« fragte Peman, der dort gerade Urlaubstage verbracht hatte.

»Nicht ganz, nur 3000 Jahre vor der Zeitenwende, aber sie war viel bewegter. Großreich und Eroberung wechselten sich ab. Fast alle sind Muslime, Schiiten, die sich mit den Sunniten um eine Erbfolge von ihrem Mohammed streiten. Aber nur 2 % sind Araber. Ihre letzte Kaiserdynastie, die westlich eingestellt war, haben vor etlichen Jahrzehnten die schiitischen Ayatollahs verjagt – und damit große Teile der Intelligenz.«

Da sie noch Zeit hatten, gingen sie mit dem Teleskop durch die Stadt spazieren, wobei sie historische und antike Bauten entdeckten.

Dabei bemerkten sie Gruppen von Männern, die alle das gleiche Ziel haben mußten. Als sie wieder die große Moschee auf dem Monitor hatten, war deren Ziel klar, denn der Vorplatz war schon voll von Gläubigen.

Da meldete sich auch schon Zebuk und teilte mit, daß die Veranstaltung in zehn Minuten beginne, aber zuerst würden immer Koranverse verlesen und andere heilige Handlungen abgezogen. Er habe einen sehr günstigen Standort an einer Säule nahe dem Podest und melde sich wieder, wenn der Ayatollah spricht.

Am Stadtrand ließ Peman die Scheibe langsam absinken, nachdem er den Kurs zur Moschee festgelegt hatte. Bei Erreichen einer Höhe von 50 Metern konnte er auch die vier Türme der Moschee klar ausmachen.

Kurz darauf meldete sich Zebuk, und die Stimme eines Geistlichen war ziemlich klar zu hören. Peman ließ die Scheibe geräuschlos über die Dächer gleiten und verhielt vor der Moschee. Ceman machte sich fertig zum Ausstieg. Vom Ayatollah war nicht jedes Wort zu verstehen, da er einen leichten Dialekt sprach, aber Ceman konnte gut den Sinn erfassen. Noch sprach er vom Verrat der Araber mit dem Sperren der Kaaba und dem treulosen Verhalten der Kurden im Irak. Aber dann nahm er sich Israel vor. Die Juden müßten in die Sahara gejagt werden.

»Wir Muslime hätten das schon vor Jahren geschafft, aber die verteufelte Amerikabrut mit ihren Atomraketen steht hinter ihnen und nun auch die Ungläubigen aus den Sternen, die ein ungünstiger Wind hierher getrieben hat.«

»Bruder, jetzt mußt du zum Baldachin, drei Meter darüber.«

Die Menschen auf dem Platz sahen die Scheibe über die Moscheekuppel gleiten und dicht über dem Baldachin verhalten. Dann glitt plötzlich eine Gestalt heraus, die im Sonnenlicht wie Silber schimmerte. Die Menschen waren fasziniert, als der Silberne durch den Baldachin schwebte und hinter dem Ayatollah stand, der sich gerade über die Tana-Mörder erregte, welche die palästinensischen Brüder zerstückelt hätten.

Seine Begleiter hinter ihm waren zurückgewichen mit Lauten des Erstaunens, als Ceman zwischen ihnen stand. Da hielt der Redner mit seinem gewaltigen Pathos inne, wandte sich irritiert um – vor Schreck trat er einen Schritt zurück an den Rand des Podestes, der nur eine niedrige Begrenzung hatte.

»Ahmeni«, Ceman sprach laut und langsam, »Ihr wißt, daß wir in Gaza vor weiteren Hetzreden in den Moscheen gewarnt haben. Ihr mißbraucht Euer Amt und wiegelt Eure Gläubigen auf. Dafür wird Euch Allah strafen.«

Dabei trat er einen Schritt vor und stand direkt vor dem Ayatollah, der aufkreischte und zu seinen Begleitern rief: »Greift ihn, würgt ihn!« Zugleich griff er selbst nach Ceman – und schrie auf, denn ihm fehlten die Hände und Blut schoß aus den Armstümpfen. Er prallte zurück, die Begleiter konnten ihn nicht halten, er stürzte rückwärts vom Podest. Dafür griffen sie Ceman an, der unbeweglich stand – und verloren ihre Arme. Blutbesudelt rannten sie die Treppe hinunter. Die Menge der Gläubigen war wie erstarrt von dem Geschehen – und der Silberschimmernde stand einsam und unbeweglich auf dem Podest.

Dann begann er zu sprechen: »Menschen von Isfahan, Ihr habt gesehen, wie Allah straft, wenn seine Gesandten aus den Sternen angegriffen werden.

Mohammed hat von Allah geträumt und es seinen Mitmenschen erzählt. Dann packte ihn der Wahn, daß alle Menschen seine Träume glauben müßten, und er griff zum Schwert. Allah als Fürst des Friedens versagte ihm jeden Traum. Da er nicht schreiben konnte, haben zwanzig Jahre nach seinem Tod andere seine Träume aufgeschrieben – was sie noch wußten. Das ist Euer Koran, nach dem Ihr lebt und von Euren Geistlichen beherrscht werdet.

Ihr liegt beim Beten vor Eurem Imam auf dem Boden – nicht vor Allah, der mag kein Gewürm auf der Erde, sondern stolze Menschen, die beim Gebet in den Himmel schauen, in die Unendlichkeit seiner Allmacht, und das einmal am Morgen, damit er Euch mit seiner gütigen Hilfe den Tag über begleitet.

Allah hat seit Mohammed die Zeit nicht angehalten, aber Eure Ayatollahs wollen, daß Ihr lebt wie zu Mohammeds Zeiten, weil ihnen der Geist fehlt, in die Zukunft zu denken. Allah hat seinen Ungläubigen in Europa, Amerika große Zukunftsgeschenke gemacht, aber Ihr bleibt weit zurück.

Euer Wichtigstes ist die Lust, mit den Frauen Kinder zu zeugen, aber die Vielzahl bringt die Erde an den Abgrund. Laßt Eure Frauen denken, lesen und schreiben – sie sind genauso klug wie Ihr Männer, aber das fürchtet Ihr ja und macht ihnen Kinder zum Säugen und Windelwaschen. Denkt einmal über Euer Leben nach, und laßt Euch nicht alles vom Imam vorbeten. Seid Männer der heutigen Zeit und nicht Reste des Mittelalters.

Schaut einmal nach Nordafrika, dort gibt es unter dem Propheten Mustafa einen neuen Islam, so wie ihn sich Allah wünscht.«

Die silbergraue Gestalt hob zum Abschied beide Arme hoch und unter tiefem Schweigen sah die Menge, wie er durch den Baldachin hindurch in dem Fluggerät verschwand, das sofort in Höhen aufstieg, in die das Auge nicht folgen konnte.

»Ich bin so schnell aufgestiegen«, erläuterte Peman, »damit sie was zum Wundern haben.« Anschließend hielt er normale Flughöhe.

»Die wundern sich erst einmal, wo die Arme und Hände geblieben sind, aber Strafe mußte sein.«

In Cemans Handgerät meldete sich Zebuk: »Grandiose Rede von Ihnen, viele waren begeistert. Habe alles gut aufgenommen, geht heute noch an TTS – danke für das Auftreten.«

»Warum bedankt er sich denn?«

»Das sind doch Reporter, denen jeder Bericht bezahlt wird – außer einer Pauschale.«

»Ich lerne noch täglich Neues«, gab Peman zu, »aber auf dem Warngerät bemerke ich jetzt mehrere Flugzeuge aus Richtung Süden – in unserer Höhe.«

Nun sah auch Ceman auf den Monitor. »Das ist ja ein ganzes Geschwader, dreimal drei Maschinen – die wollen uns einkreisen und von mehreren Seiten zugleich beschießen. Wahrscheinlich hat der Jäger von heute vormittag berichtet, und von Isfahan hat man uns auch gemeldet. Geh erst einmal 2 000 Meter höher – mal sehen, wie hoch sie folgen können.«

Der Empfangsucher, den Ceman bedient hatte, brachte kurz darauf den Sprechfunk des Geschwaders, aber sie verwendeten viele Kürzel, die Ceman nicht deuten konnte. Nach kurzer Zeit waren sie auf der gleichen Höhe und teilten sich in drei »Angriffsspitzen«. Nun legte Peman wieder an Höhe zu. Der Geschwaderkommandeur schien zu fluchen, denn es kam ziemlich Lautes aus dem Gerät.

Nach einem weiteren Höhensprung gaben sie es wohl auf und sammelten sich zum Geschwaderflug Richtung Süden.

»Wir werden ihnen kurz vor der Landung einen Denkzettel verpassen«, meinte Ceman, vor Vergnügen grinsend.

Das Geschwader zog sich zur Landung auseinander. Die Scheibe näherte sich von hinten und schnitt dem letzten mit dem Laser ein Stück Flügel ab. Der Pilot hing am Fallschirm, während die Maschine seitlich wegtrudelte. Nun kam der vorletzte dran – und so fort, weil alle auf die Landung konzentriert waren, ohne darauf zu achten, was hinten geschah. Als letzten traf es wohl den Geschwaderchef, aus dessen Flugzeug sich zwei Fallschirme entfalteten.

»Ganz schöner Schaden«, schätzte Peman.

»Bleib ruhig, Bruder, der Iran zahlt viele Millionen an Terrororganisationen – und der Geschwaderchef kann sich mit einer Träne im Knopfloch pensionieren lassen.«

* * *

Nach der Iran-Aktion hatte Peman die »Lavia« angeflogen und Ceman abgesetzt, um dann zur Mondbasis zu fliegen, da sich das Raumschiff schon auf der Erdbahn befand.

In der Messe der »Lavia« saß Ixman mit Petrow in der Polsterecke, als Ceman eintrat.

»Hallo, Bruder, hast den Männern von Isfahan ganz schön eingeheizt. Die Frauen würden dich zum Bürgermeister wählen.«

»Ich glaube auch, die ließen ihn nicht unbeschädigt«, grinste Petrow schalkhaft.

»Immerhin meinte der TTS-Agent, einige wären begeistert gewesen.«

»Das ist ein höflicher Mann und dir zu Dank verpflichtet wegen der Provision. Aber du hast den Schiiten schon etwas zum Nachdenken gegeben. Die anschließende Geschwaderbeerdigung war erste Klasse.«

»Das wißt ihr schon?«

»TTS ist überall und schnell. Übrigens haben wir übermorgen schon wieder einen Termin im Strandhotel von Tampico am Golf von Mexiko. Präsident Manio meinte, in Mexiko-City könne er nicht unsere Sicherheit garantieren. Er hatte wohl Angst, daß unsere Scheibe auf dem Trödelmarkt landet – samt Zeman. Spaß beiseite – er ist noch nicht lange im Amt und fürchtet sicher die Abhörwanzen in öffentlichen Gebäuden.«

»Das war richtig vermutet. Er war in Tampico Bürgermeister gewesen. Das Hotel gehörte seiner Frau und war daher ›sauber‹.

Das Thema bei dem Treffen in Tampico war brisant, denn Präsident Manio plante eine Haarp-Sendeanlage wie in China. Zur Begründung führte er aus:

»Bei einer Bevölkerungszunahme von jährlich über 3 %, das sind mehr als zwei Millionen Menschen, müssen wir etwas Entscheidendes unternehmen. Über zwei Drittel der Menschen leben in den Städten, ein großer Teil in Slums am Rande. Die Verdienstmöglichkeiten sind sehr begrenzt. Die illegale Auswanderung in die USA ist nur eine unsichere Entlastung, weil sich die USA immer stärker dagegen zur Wehr setzen. Unser Angebot, mit Ihren Pharmazeutika die Empfängnisfähigkeit nach dem zweiten Kind gegen eine Prämie zu stoppen, wird zwar in Anspruch genommen, aber bei den Wohnverhältnissen und auf dem Lande ist kaum eine Kontrolle möglich, da die Geburten vielfach außerhalb der Kliniken stattfinden und die Prämie mehrfach beantragt wird. Außerdem wird von dem katholischen Priester in seltener Eintracht trotz aller Stoppzeichen aus Rom nach wie vor dagegen gepredigt. Da die christliche konservative Opposition auf ihrer Seite steht, können wir von der Partido Revolucionario-Institucional nicht dagegen einschreiten.«

»Mal abgesehen vom Hauptproblem, sollten Sie den Vatikan ansprechen. Unser Bruder Weman und Tana-Berater Mr. Bolata sind ständig dort und haben für Ihre Sorgen sofort Gehör. So könnten sie diese Opposition ansprechen, damit Sie den Rücken freihaben gegen die Priester.«

»Das wäre eine Idee, aber da gibt es noch den nationalen Spleen, durch Bevölkerungsdruck die USA zu veranlassen, Texas und Kalifornien zurückzugeben, die 1848 nach einem Krieg verlorengingen.«

»Die beiden Staaten sprechen ja schon in manchen Gebieten spanisch durch Zuwanderung. Ich weiß nicht, ob die Zugewanderten wieder mexikanische Verhältnisse wünschen«, überlegte Ixman, und Manio nickte bekümmert.

»Wir müssen unsere Lage selbst in den Griff bekommen. Aber wenn wir reformieren oder etwas Neues bringen wollen, gehen die Wogen hoch, und das Volk ist auf der Straße – und Sie kennen ja das Temperament der Mexikaner.«

»Ja, wie wollen Sie ihnen dann die Haarp-Wirkung schmackhaft machen?«

»Sie dürfen das gar nicht mitbekommen. Wir haben ein größeres Militärgelände in einem Hochtal in der Nähe von Cuernavaca, also ziemlich zentral gelegen. Dort wollten die Franzosen vor Zeiten eine Überwachung für die ESA-Versuche einrichten und haben ein Starkstromkabel verlegen lassen. Ich bin mit dem Gouverneur dieser Provinz persönlich befreundet, und da hat er mir die Idee offeriert.«

»Dort wollen Sie nun klammheimlich den Sender hinstellen lassen und brauchen ein paar verschwiegene Beziehungen.«

»Genauso ist es – und kosten darf es offiziell auch nichts, sonst wird es über die Rechnung bekannt, und leider ist der Finanzminister nicht gerade mein Freund.«

»Ich habe zufällig erfahren, daß General Electric in den USA einen transportablen Sender entwickelt hat – noch auf Anregung des sehr weitsichtigen Präsidenten Carell. Man könnte also die Versuchserprobung bei Ihnen durchführen. Führt denn eine Straße in das Tal?«

»Leider noch nicht, die Franzosen haben das Kabel mit Geländemaschinen verlegt.«

»Das war sehr gut und hält Neugierige fern. Dann wird alles mit Luftschiffen transportiert. Die Kosten übernimmt vielleicht die EU für diesen Schritt zu Erhaltung der Erde, ich werde mit Mr. Matala darüber sprechen. Für die Stromkosten müßten Sie gegenüber Ihrem Finanzlöwen eine schöne Geschichte erfinden.«

»Das übernimmt die Provinz – zur Erhaltung der Erde«, lächelte Manio.

Da meldete sich Ixmans Handapparat. Er entschuldigte sich bei seinem Gesprächspartner und ging einige Schritte beiseite. Es war Professor Neuberg, der den Wunsch des brasilianischen Staatspräsidenten nach einem Gespräch in vertraulichem Rahmen übermittelte. »Gut, morgen Abend in Glorias Festung«, war die Entscheidung.

Zurück am Tisch, wandte sich Ceman an ihn: »Wir werden

Präsident Hitata ansprechen müssen, da wir keinen Manager von General Electric kennen und Mr. Nelato in Namibia ist.«

»Du hast recht, Bruder, das werden wir noch heute tun, damit diese nicht inzwischen andere Entscheidungen treffen. Übrigens werden wir unseren Mr. Nelato für Ihren Bau empfehlen, denn er hat in China und Indien die Sender aufgebaut und in Betrieb genommen.«

»Unwahrscheinlich, wie schnell und sicher Sie entscheiden und handeln. Bei uns im Staat haben wir immer das Parteiengewürge.«

»Sie haben noch eine Präsidialrepublik. In Europa gibt es sogenannte Demokratien, da treten sich noch viel mehr Politiker ins Gesäß, bis es zu einer vorläufigen Entscheidung kommt.«

»Aber Sie haben doch den Kaiser von Europa!«

Ixman mußte laut lachen und Ceman erklärte: »In der oberen Etage ist schon alles in Ordnung, aber unten prügeln sie sich weiter.«

Nun lachte auch Manio und lud die beiden zu einem Glas Quellwasser vom Popocatepetl ein sowie anschließend zu einem Rundgang durch das alte Tampico. Auf dem Markt bewunderten sie die indianischen Holzschnitzereien, und Ixman erstand zwei Holzbilder für Gloria und Esther, weil Zeman bei der Scheibe bleiben wollte.

Im Gespräch erfuhren sie von Manio, daß noch 85 % der Mexikaner Indianer und Mestizen seien, der Rest meist spanischer Herkunft, jedoch trotz hoher Aufwendungen hätte ein Fünftel keine Schulbildung. Das Land wäre reich an Bodenschätzen, aber nur 2 % der Männer seien im Bergbau tätig. Es gäbe auch alle Sparten der Industrie, obwohl die Handelsbilanz negativ sei und durch Tourismus zu den antiken Stätten sowie Überweisungen von Auswanderern an ihre Familien ausgeglichen werden müsse. Bei einem Abstecher zum Strand beobachteten sie an einer abgelegenen Stelle, wie ein Mann vom kleinen Boot aus ein großes Netz auswarf.

»Wir haben zwar eine moderne Hochseefischerei, aber dieses

Fischen mit dem Wurfnetz ist ein uralter Brauch – und nicht besonders ergiebig«, erklärte Manio.

Beim Abschied gab Ixman ihm noch einen Rat: »Wenn Sie Hilfe oder Rat benötigen, wenden Sie sich an Tana-Leute, auch an Ihre Dozenten, sie sind zuverlässig, verschwiegen und haben viele Verbindungen. Mit den USA sprechen wir – Sie hören dann von uns.«

Präsident Hitata war auch sofort bereit, alles für den Handelspartner Mexiko zu tun: »Das Unternehmen liegt ganz in unserem Sinn. Ich werde Manio privat schreiben, Anrufe sind nicht geheim. Den Transport der Geräte übernimmt die Luftflotte mit Luftschiffen während der Nacht. Bezahlt wird es aus dem CIA-Etat, denn die haben ja kaum noch Aufgaben. Ihr seid schneller, geheimer und effektiver. Man könnte den Verein einschlafen lassen.«

Während Ixman Tampico anrief und Manio verständigte, daß seine Frau vom US-Präsidenten einen Brief bekommen wird, meinte Zetman, Hitata habe seine Institutionen schon fest an der Kandare.

Da drei Weltraumnaturen an Bord waren, schaffte die Scheibe die 7 000 Kilometer bis Brasilia in 20 Kilometer Höhe in drei Stunden und landete bei letztem Tageslicht an Glorias Festung. Endlich hatten die Frauen ihre Männer und die Kinder ihre Väter wieder einige Stunden bei sich zu Hause. Es wurde ein gemütlicher Abend, zu dem auch noch die kleine Familie von Professor Beckert und Fra Hanika mit ihrem kleinen Töchterchen kamen.

Tanax fühlte sich mit seinen zehn Jahren fast erwachsen, nachdem er die Aufnahmeprüfung für die Universität bestanden hatte. Taniza stellte ihm immer wieder Fragen, die er nicht beantworten konnte, worüber sie sich diebisch freute. Gloria und Esther hatten keine Sorgen mit ihren Kindern – offenbar war das formierte Genom der Väter vererbt worden. So sah es auch Professor Beckert nach den Erfahrungen mit seiner Tochter Tanina.

»Ich war als Kind ein richtiger Rüpel«, bekannte er, »und habe schon das Schlimmste befürchtet, aber der Erbeinfluß von Hanika war zum Glück dominant.«

»Ich habe für die Frauen wegen unserer Weltraumkonstitution auch erst das Schlimmste befürchtet, aber Bruder Ceman war Vormann mit seiner chinesischen Hostess«, gab Ixman unter Lächeln von Gloria zu.

»Tja, ich denke gern daran zurück. Shima war ein wirklich liebes Mädchen«, erinnerte sich Ceman versonnen.

»Hatte denn eure Hostess keine Bedenken?« wollte Hanika wissen. »Weder Bedenken noch Hemmungen – die hatte ich.«

»Und der Kontakt mit der Chinesin hatte keine Folgen?« fragte Beckert als Mediziner.

»Ich weiß es nicht. In China gibt es ja die ›Pille danach‹. Ich konnte ihr auch nicht schreiben, denn sie hatte keine feste Adresse, hörte aber von einem Bekannten, daß meine Begleitung sie aufgewertet hätte, und sie wäre die Freundin eines hohen Beamten geworden. Auch das ist China.«

»Kein Wunder, daß von China immer die Einhaltung der Menschenrechte gefordert wird«, war Glorias Kommentar.

»Unter der Oberfläche sieht es woanders nicht besser aus«, sagte Esther und meinte damit nicht nur die Islamstaaten.

Der Abend klang in bester Laune aus, und am folgenden Vormittag planschten alle in Glorias neuem Schwimmbad, wobei die Kinder ihre Schwimmkünste unter Beweis stellten.

Am späten Nachmittag traf Präsident Lachmann mit dem Hubschrauber ein, den er selbst flog. Sein Urgroßvater hatte den Matetee in Deutschland eingeführt. Gloria hatte eine ruhige Ecke im Atrium für die drei Männer eingerichtet, denn Zetman wollte die Zeit nutzen, um sich mit den Kindern zu beschäftigen. Lachmann galt als hart im Nehmen und war nach seinem Dienst als Armeegeneral in die Politik eingestiegen. Die eisgraue Bürste und der kleine Schnurrbart im schmalen Gesicht ließen auf einige Energie schließen.

»Ich habe Sie um ein Gespräch gebeten«, begann er, »weil bei uns in einigen Gebieten unmögliche Verhältnisse herrschen. Am Rand unserer großen Küstenstädte hat sich das ganze unbeschäftigte – im Grunde genommen überflüssige – Volk angesiedelt und vermehrt sich stetig. Diebstahl, Raub und Totschlag sind die Folge. In Brasilia ist man als Bürger noch sicher, in São Paulo und Rio nicht mehr. Sofort läßt sich da wenig ändern, aber deshalb muß man nicht die Hände zum Nichtstun falten.

Ihre Stop-Pille nach dem zweiten Kind wirkt zwar, aber mit der Prämie wird jeder denkbare Betrug gemacht. Da in diesen Gebieten fast alle Geburten außerhalb einer Klinik ablaufen, ist keine Kontrolle möglich, und bei der Prämienuntersuchung verhöhnen diese frechen Weiber die Ärzte. Zum Teil wird die Pille auch hinterher ausgespuckt.«

»Ähnlich wie in Mexiko«, nickte Ixman, »wir haben in China gute Erfahrungen mit Radiowellenbeeinflussung gemacht.«

»Ja, ich weiß, aber dann wirkt das auch auf die Indianer – und die sterben fast schon aus. Da bei uns die Gebiete sehr begrenzt sind, sollte man es mit dem Mittel versuchen, dessen Wirkung bei Verkehr übertragen wird.«

»Davon werden Sie Ihre Regierung nicht überzeugen können, da betrachten einige sicher die Anwendung als Körperverletzung – und die katholischen Priester gehen auf die Barrikaden. In Indien hat es das Innenministerium bei einem fast wilden Volksstamm einmal angewendet.«

»Das würde bei uns ähnlich zu betrachten sein. Ich plane eine verdeckte Anwendung – und unsere Normalbevölkerung hat ja keine Beziehungen zu den Slumbewohnern.«

»Junge Frauen werden sich zur Prostitution anbieten, und da wird auch mancher bessere Bürger schwach – und dann haben Sie es schon in Ihrer Gesellschaft.«

»Es gibt dann doch auch ein Antimittel, wenn ich richtig informiert bin?«

»Ja, natürlich, aber bei der heutigen Korruption wird es zum Schwarzmarktartikel, deshalb geben wir es nicht aus der Hand.«

»Darüber könnte man sich dann einigen. Die Wirkung zeigt sich auch erst nach einem Jahr. Für diese Aktion übernehme ich die alleinige Verantwortung.«

»Das kann Sie Ihre Position kosten.«

»Was ist das schon, wenn ich damit meinem Land einen notwendigen Dienst erweisen kann – es wird ja niemand ermordet. Ich lasse mich auch verurteilen, Hauptsache, das Problem wird gelöst.«

»Unsere Achtung für Ihre Haltung. Wir werden unseren Bruder Uman bitten, mit Ihnen in Verbindung zu treten. Er ist Herr über die Pharmazeutik. Lassen Sie sich über die möglichen Anwendungsarten beraten.«

»Ich danke Ihnen für Ihr Verständnis, Ihre Warnungen und Ihre Empfehlung.«

Nachdem er sich sehr liebenswürdig von der Hausherrin verabschiedet hatte, bestieg er seinen Hubschrauber. Ceman gratulierte Gloria zu diesem Präsidenten.

***

Das Vorzimmer von Präsident Matala kündigte ein Gespräch der Redaktion »Die Welt« aus Berlin an.

»Hallo, Herr Dr. Herbarth, Sie wollen mich sicher an das Treffen in Zürich vor fünf Jahren erinnern?«

»So ist es – bei uns ist inzwischen viel Wasser die Spree abwärtsgeflossen, und Sie, Herr Präsident, haben Europa verändert, quasi eine riesige Schweiz geschaffen.«

Matala lachte: »Man braucht Beispiele, um sie verbessern zu können. Aber haben Sie und Herr Naumann Zeit? Kommen Sie mal schnell herüber für ein Interview – steigen Sie in einer halben Stunde auf Ihr Dach, unser Scheibenpilot holt Sie ab!«

Eine gute Stunde später schüttelten sie sich die Hände in Matalas lichtdurchflutetem Büro. In den schweren Kristallgläsern schimmerte im Sonnenlicht wieder ein Rotwein, diesmal eine Spätburgunder Auslese vom Altenaarer Eck, den die Kenner zu schätzen wußten.

Die beiden Berliner genossen den Blick über das Land von Horizont zu Horizont und meinten, hier bekomme man das Gefühl für Europa.

»Leider sehen einige nur ihre Staatsgrenzen«, schränkte Matala die Euphorie ein.

»Es ist ja wieder ein Schiff mit Bauteilen, aber auch Übersiedlern auf der Mondbasis eingetroffen. Werden diese denn nach wie vor akzeptiert?« fragte Naumann etwas zweifelnd.

Matala machte eine umschreibende Handbewegung: »Unser UN-Team kann die Nachfragen gar nicht alle berücksichtigen. Man wartet dringend auf das erste neue Schiff mit 20 000 Übersiedlern. Ich habe auch schon für Europa 5 000 vorsehen lassen. Lacona wird ja in knapp einem Jahr eintreffen, wenn alles gut läuft.«

»Es sollen ja fremde Funksignale empfangen worden sein«, warf Dr. Herbarth ein.

»Ja, die Mondbasis überwacht nun den durch Zufall ermittelten Wellenbereich. Was man von Fall zu Fall auffing, soll aus Richtung des Arctur gekommen sein – aber außerhalb des Sonnensystems. Natürlich muß man immer mit anderem Leben in der Galaxis rechnen.«

»Solche Vorstellungen regen schon unsere TV-Manager zum Krieg im All an mit martialischen Helden«, wußte Naumann, leicht lächelnd.

»Der Krieg im All ächtet sich von allein durch die ständigen Gefahren. Mit Lichtgeschwindigkeit kann auch kein Wesen reagieren, kaum ein Computersystem. Auch unser zu Urzeiten gestrandeter genialer Besuch soll nur an einer Materiewolke gescheitert sein, also ohne Krieg«, meinte Matala, »auch das Europaschiff hat ohne Krieg Widerstände – innere, weil das Ausgliedern alter Strukturen zu schwer fällt. Man glaubt, nur als Partei handeln zu können und will nicht wahrhaben, daß Parteien spalten – bis zu offenem Kampf. Dabei kann niemand sagen, wie das dem Volk, der Demokratie nutzen soll. Nur die Naturen fühlen sich in ihrem Element, die meinen, daß allein ihr Denkmuster das richtige wäre, das sie demagogisch vertreten müßten. Wir haben für das Europaparlament ja die Zahl der Parteien auf sechs Richtungen reduziert, um überhaupt arbeiten zu können.«

»Hat denn der Europarat, in dem ja auch verschiedene Parteien vertreten sind, dem zugestimmt?«

»Alle Lösungen, denen ein Rat in den letzten 50 Jahren zugestimmt hat, waren mangelhaft. Im Parlament sitzen einige kompetente Männer, mit denen wir uns abgestimmt haben. Wenn der Rat nicht zugestimmt hätte«, Matala machte eine belanglose Handbewegung, »dann hätten wir das Volk gefragt. Wenn das notwendig wird, reise ich zu den Länderparlamenten und halte eine TV-Rede.«

»Und das fürchten die führenden Politiker«, bemerkte lächelnd Dr. Herbarth, »weil sie selbst kaum Charisma haben. Wie kommen Sie denn mit Ihrer bunten Schar von Kommissaren zurecht?«

»Ursprünglich hatten die großen Staaten zwei Kommissare. Das wurde ja dann zu viel und zu teuer. Nun stellt jedes Land einen, den ich wählen kann. Einige alte Parteisoldaten, die eben nur das waren und zur Versorgung nach Brüssel abgestellt worden sind, wurden gegen ausgesuchte Fachleute getauscht. Nun läuft es.«

»Sie sprechen mit ihnen in ihrer Heimatsprache – sagt man?«

»Ja – wir haben uns allgemein geeinigt, daß jeder die Sprache wählt, die seine Gesprächspartner verstehen, alles Schriftliche nur englisch.«

»Sie hatten doch letztens das Korruptionsproblem in der Politik aufgegriffen mit darauf folgender Volksbefragung.«

»Nun, was ein Beamter nicht darf, muß seinen politischen Vorgesetzten einschließlich Parlamentarier auch untersagt sein. Das muß auch für die Spendenpraxis der Parteien gelten, die das Geld größtenteils zur Meinungsbeeinflussung einschließlich leerer Versprechungen verwenden.«

»Da konnten die Räte als Parteiführer schlecht zustimmen.«

»Das war auch nicht erwartet worden, aber in einem Länderblock wie der EU, die nach Einheit strebt, muß es in der Strafjustiz gleiche Verhältnisse geben, also auch bei der Straftat ›Bestechung‹ – ohne Ausnahme für Organisationen. Um das zu begreifen, ist kein Verfassungsgericht oder eine ähnliche Instanz erforderlich.«

»Stichwort ›Verfassung‹, Sie planen eine Neuauflage?«

»Ja, das ist notwendig. Die ursprüngliche Form war ein Staatsvertrag – notwendig, aber keine Verfassung. Diese muß dem Bürger verständlich sein, denn er muß ihr zustimmen. Die Franzosen und Holländer haben zum Glück protestiert. Die Deutschen werden vom Grundgesetz, ihrer sogenannten Verfassung, geknebelt, bei dem ein Politfuchs mitgewirkt und das eine schwache Justiz volksfremd ausgelegt hat. Schon Artikel 1 ist schief formuliert und sichert jedem Verbrecher unantastbare, erworbene Würde zu, gemeint ist eine Würde als Mensch.«

»Nicht jeder Politiker beherrscht die Feinheiten des Deutschen wie Sie als Galaktiker. Manche studieren Politologie und verlieren sich in philosophischen Kriterien.«

»Ha, Politologie – und dieses Studium ist in Deutschland kostenlos und erzeugt nur Demagogen für das Parlament! Wir werden es noch schaffen, daß in Europa nur die naturwissenschaftlichen Studien und Medizin kostenfrei sind. Juristen und Politologen bringen die Erde nicht weiter.«

»Aber die Verträge zwischen Kurden und Türken haben wohl doch einige Rechtsanwälte erfordert«, warf Dr. Herbarth schmunzelnd ein, »sonst wäre Ihr Kunststück nicht vollendet worden. Mit welcher Aufgabe werden Sie Ihren türkischen Kommissar beschäftigen?«

»Die Türkei ist ja ein starker Partner gegenüber Asien und Afrika. So habe ich mir den Generalstabschef als Kommissar für äußere Sicherheit gewünscht und die Zusage erhalten. Damit wird auch der wiederauflebende laizistische Trend in der Türkei gestärkt.«

»Eine wirklich weitsichtige Personalplanung. Können Sie Ihr Ziel einer Personalreduzierung auch in Brüssel verwirklichen?«

»Man hat in den letzten vier Jahren keinen natürlichen Abgang mehr ersetzt, und wir werden es weiter so halten.«

»Haben sich Ihre Kollegen an den Universitäten schon in die Lehrprogramme eingearbeitet?« wollte Naumann wissen, denn sie hatten ja zuerst freie Vorlesungen gehalten.

»Mit Erfolg, sie haben auch schon Prüfungen abgehalten und nehmen Klausuren ab. An zwei nordischen Universitäten sind sie schon zu Rektoren gewählt worden. Nebenbei haben sie aber immer noch ihre beliebten, freien und von den Hörern durch Fragen gesteuerten Vorlesungen mit Wahlthemen, die besonders in religiös stark orientierten Ländern viel besucht werden. Die europäischen Demokratien sind zwar alle laizistisch, aber die Politiker sind zum Teil streng religiös, und das wirkt auf ihre Regierungsarbeit ein. Ein spanischer Kommissar hat sich sogar abberufen lassen, weil es in Brüssel keine religiöse Resonanz gab. Man hatte mir dann einen Atheisten empfohlen, den man wohl in Madrid loswerden wollte«, erwiderte schmunzelnd Matala.

»Wird denn vom Vatikan noch auf die Politik Einfluß ausgeübt?«

»Nein, nur passiv über die Politiker, die sich gebunden fühlen und daher auch auf zuständige Bischöfe hören. Aber es handelt sich um minimale Entscheidungen ohne echte politische Wirkung.«

»Wie wird sich die Zusammenarbeit mit den USA unter Präsident Hitata entwickeln?«

»Jeder wird sein Programm abwickeln. An Berührungspunkten werden wir uns verständigen und gütlich einigen – vielleicht per Telefon, ohne große diplomatische Aktionen.«

»Und wie steht es mit dem Nahen Osten?«

»Da bin ich mir mit Hitata einig. Beide Parteien müssen sich ändern und dem Rachegedanken abschwören. Das ist für Israel auch eine religiöse Frage, denn in ihren heiligen Büchern steht: ›Auge um Auge, Zahn um Zahn‹. Das müssen sie mit ihren Orthodoxen klarmachen, denn wir können uns heute nicht mit Urzeitregeln befassen und sie akzeptieren. Dasselbe gilt für den Islam mit seinen mittelalterlichen Lebensregeln. Auch der Vatikan bewegt sich, und Mustafa beweist, daß es auch im Islam anders geht. Jeder einzelne, gleich in welcher Stellung, der nicht Frieden hält, ist in unseren Augen entartet und wird nicht mehr benötigt.«

»Ein Todesurteil?«

»Die Gesellschaft würde heute zweifellos ›ja‹ sagen, aber eine Entfernung aus ihr wäre ausreichend. Kältetiefschlaf käme in Frage; vielleicht sind in 50 Jahren Verbrecher zur Beschäftigung der Justiz gefragt«, meinte Matala sarkastisch, »aber ein Verbannungsort mit Selbstverwaltung, wie ich ihn für Europa plane, ist ausreichend.«

»Das wird sicher Nachahmer finden«, mutmaßte Dr. Herbarth.

»Ich hoffe das auch, denn die Kriminalität nimmt zu, weil orientalische Volksteile, die von der Scharia in Schach gehalten wurden, plötzlich in den Genuß rechtsstaatlicher Justiz gekommen sind und sie mißbrauchen.«

»Unser Berlin ist besonders betroffen, nur zwei von drei Berlinern sind gebürtige Deutsche. Eine Schuld von unsicheren politischen und damit auch schlechten wirtschaftlichen Verhältnissen.«

»Ihren drei Herren von der großen Koalition habe ich hier schon zu gemeinsamer harter Haltung und Korrektur des weichen Grundgesetzes geraten, denn ich will im Kern Europas keine islamische Hochburg haben.«

»Sie haben wirklich genug auf dem Programm, Herr Präsident, da ist es besonders dankenswert, daß Sie diese zwei Stunden für uns bereit hatten. Es war für uns eine einmalige Spritztour mit doppelter Schallgeschwindigkeit, die uns immer im Gedächtnis bleiben wird. Unseren Bericht übermitteln wir Ihnen zur Korrektur. Wir danken Ihnen sehr herzlich.«

»Aller Ursprung lag in Zürich – und dafür danke ich Ihnen beiden.«

Der letzte Schluck Spätburgunder wurde auf das Werden Europas geleert, dann begaben sich die beiden zur Scheibe ›Via Berlin‹.

* * *

Bei Präsident Hookmer hatten sich die Generalsekretäre zweier Grünen-Parteien, Frau Lehmann und Mr. Lemon, beschwert, daß in der neuen Parlamentseinteilung keine Fraktion für die Ökologen vorgesehen worden sei, obgleich die Klimafrage immer dringender werde. Man habe mit dem Hinweis geantwortet, daß dies Parlament rein politisch sei zur Überwachung der Brüsseler Kommission. Dort gebe es aber keinen Kommissar für Ökologie. Die Frage der beiden, wann die UN wieder eine Ökologietagung veranstaltet, versprach er zu klären.

Beim Gespräch mit dem Tana-Team erfuhr er, daß bei den neuen Übersiedlern auch der Chefmeteorologe mitgekommen sei. Mit mehreren Telefonaten gelang es ihm schließlich, einen Termin für einen Straßburg-Besuch auszuhandeln, zu dem er die beiden Grünen einlud.

Für den Meteorologen Balasi war es seine erste Weltreise, denn er befand sich noch auf der »Luvisio«, als ihn Ixman mit der Scheibe abholte, denn das Team hatte auf einer erfahrenen Begleitung des »Erdneulings« bestanden. Zetman hatte die Zusage bekommen, die Scheibe auf dem Hubschrauberdeck im Parlamentsbereich abzusetzen, und konnte sich daher auch auf einen Besuch Straßburgs freuen. Und Hookmer machte gern den Fremdenführer. Die Grünen werteten die Einladung als Auszeichnung für ihr ökologisches Bemühen.

Nach der Begrüßung im Parlament einigte man sich auf englische Verständigung. Für Balasi war es die erste irdische Stadt, die er betrat, und der Gang durch das alte Straßburg mit seinen historischen Gassen und Winkeln, seinen kleinen Kanälen und schattigen Plätzen war ein fast unwahrscheinliches Erlebnis, zumal Hookmer zu vielen Orten noch Geschichten beisteuern konnte.

Im Dom meinte Balasi verwundert, ob so riesige Bauten notwendig seien, um einen Gott, an den man glaubt, zu verehren. Es war für ihn eine völlig fremde Welt. Hookmer hatte in einem Gasthaus der Altstadt ein Zimmer reservieren lassen, in dem sie beim Licht von Wandkerzen von Genüssen der Elsässer Küche verwöhnt wurden. Dazu funkelte ein Roter aus der Gegend von Trois Epis in den Gläsern. Den beiden Grünen tat es ehrlich leid, daß die beiden Raumfahrer sich nur mit einem Glas Mineralwasser begnügen mußten und nur einmal am Wein nippten.

Nach dem Essen eröffnete Hookmer das Fachgespräch: »Unsere grünen Freunde machen sich Sorgen wegen des Klimawandels, der schon merklich ist und die Gletscher auf der Erde, besonders auf den Polkappen, abschmelzen läßt. Sie suchen die Gründe dafür im Verhalten der Menschen mit ihren Industrien und Kraftwerken. Wie stehen Sie zu dem Problem, Mr. Balasi?«

»Über die irdischen Klimaverhältnisse habe ich mich, soweit möglich, schon in Tana informiert. Man kann zu unserem Planeten keine Parallelen ziehen. Bei uns zerfällt die äußere Hülle des Strahlsterns, die vor der ungeheuren Glut der inneren Kernreaktionen schützt. Es ist ein Endlauf.

Bei der Sonne und natürlich auch anderen Sternen gibt es periodische Unregelmäßigkeiten in der Dichte des Hüllmantels, deren Ursache nur vermutet werden kann, wie zum Beispiel Protuberanzen, die oft weit ins All reichen, aber auch verdeckt sein könnten zwischen Kern und Hülle, die etwa eine Temperatur von 6 000 Grad hat, während diese im Kern bei 15 Millionen Grad liegen kann. Die Sonne ist also der Täter beim Klimawandel, den es schon zu allen Erdzeiten – bis hin zu Eiszeiten – gegeben hat.«

»Aber unsere Industrien und Kraftwerke stoßen so viele Gase aus, die sich in der oberen Atmosphäre sammeln und so zur

Erwärmung beitragen. Es gab mal eine Klimakonferenz, und gerade die größten CO_2-Erzeuger haben sich geweigert, der Vereinbarung beizutreten, um den Ausstoß zu reduzieren.«

»Zu Eurem Verständnis, Balasi«, flocht Ixman ein, »diese Staaten haben behauptet, der Beschluß wäre ohne wissenschaftliche Begründung erfolgt.«

»Das geschah sicher mit Rücksicht auf die Kosten für die eigene Industrie, aber mit Recht, denn CO_2-Kohlensäure ist schwerer als Luft und steigt nicht in die obere Atmosphäre. Es ist der Stoff, den das Chlorophyll für die Photosynthese benötigt, um mit Sonnenlicht CO_2 in Atemluft und Kohlenstoff zum Aufbau der Pflanzenwelt zu trennen.

In die Atmosphäre steigt das leichte Methan, das die gefährlichen Fluoride mitreißt und wovon jedes Rind im Jahr 100 Kilogramm erzeugt – also auf Milch und Steaks verzichten«, lachte Balasi und fügte hinzu, »ohne die Schutzgashülle im niedrigen Luftbereich einschließlich CO_2 hätte sich auf der Erde kein Leben entwickeln können, sie würde nachts auskühlen, am Tage überhitzen – ähnlich dem Mond.

Gewiß behindert ein hoher CO_2-Gehalt in den unteren Luftschichten die Abstrahlung von Sonnenwärme, und wenn es politisch vorteilhaft ist, kann das auch mit dem Schlagwort ›Klimawandel‹ bezeichnet werden, obgleich die Sonne nur normale Strahlung liefert.«

»Na ja, die Sonne selbst paßt nicht ins Parteiprogramm«, meinte Ixman belustigt, »um das einfältige Volk – auch in den Parteien – gegen Energieverbrauch und Autofahren zu polarisieren, scheut man sich nicht vor einem Umweg. Sie werden es wohl noch lernen müssen, junge Freunde, daß Ihre Politik auch mit Pseudowahrheiten arbeitet.«

»Jetzt bin ich davon überzeugt, Mr. Ixman, ich werde aus der Partei austreten und weiterstudieren«, war der Entschluß von Mr. Lemon.

»Lieber junger Freund, Sie schießen zu schnell«, fiel ihm Hookmer ins Wort, »Sie haben in Ihrer Partei schon ein beachtliches Amt erreicht. Wenn Sie nun erkannt haben, daß Ihre Partei mit falschen Argumenten wirbt, so sollten Sie Ihren Einfluß benutzen, um die Partei auf die Wahrheit zu verpflichten!«

Das wollte Frau Lehmann nicht einsehen: »Es kann doch nicht sein, daß die Autoabgase in den Städten den Menschen nicht schaden. Aber die Ozonlöcher über den Polen werden auch immer wieder größer.«

»In Ihren Städten ist die Konzentration vermutlich sehr hoch, und Autoabgase enthalten ja auch Kohlenoxyd, das etwa genauso schwer ist wie die Luft und vom Blut anstelle von Sauerstoff aufgenommen wird, also schädlich ist. Hinzu kommen auch noch feinste Rußpartikel der Dieselmotoren, die nicht alle von den Filtern aufgenommen werden, weil diese nicht ständig in allen Ländern überprüft werden. Für die Stadtkerne würde man sicher viel verbessern, wenn man den internationalen Schwerlastverkehr daraus verbannt. Das wäre ein dankbares Parteiziel.

Für die Ozonlöcher machen irdische Wissenschaftler Halogene verantwortlich, die an Methan gebunden in die Stratosphäre gelangen. Diese wechselnden ozonfreien Bereiche hat es wahrscheinlich schon früher ohne Industrie gegeben, nur hatte man keine Möglichkeit, sie zu ermitteln. In einigen Ländern wurden die Halon-Autofeuerlöscher mit Jod und Bromverbindungen verboten. Nicht falsch, aber global kaum wirksam. Man wird mit den wechselnden Ozonlöchern leben müssen«, schloß Balasi.

»Wir haben auch das Problem mit den Kraftwerken und der erneuerbaren Energien.« Frau Lehmann nutzte die Gelegenheit, ein neutrales Urteil zu bekommen.

»Von Ihrem Ölsaatenanbau und den Windrädern habe ich gelesen«, bestätigte Balasi, »aber ein Industrieland wie Deutschland kann ich mir ohne Kraftwerke nicht vorstellen. Es war ja führend in der AKW-Technik.

Erst als in Rußland durch Nachlässigkeit ein Atombombenbrüter hochging, hat man die Menschen in einigen Ländern total verunsichert – von der Politik her, um ökologische Parteiziele zu erreichen. Menschen, die eine Gefahr nicht sehen, nur ahnen, sind leicht manipulierbar. Der richtige Ausweg wäre Wasserkraft gewesen, aber die gibt es in der Ebene nicht. Ölsaaten erfordern Chemiedünger, die das kostbare Grundwasser verderben. Windräder erfordern zur Herstellung mehr Energie, als sie je erzeugen können.«

»Und was empfehlen Sie nun?« wollte die Grünen-Politikerin wissen.

»Sichere Atomkraftwerke, wie sie Deutschland hatte und wie sie es auf Tana auch gibt. Sie wären mit dem Sicherheitswahn nur dann einigermaßen gut bedient, wenn es in ganz Europa keine AKWs gäbe, aber die stehen überall an den Grenzen Deutschlands.«

»Aber da gibt es doch die Frage der Entsorgung.«

»Mit Demonstrationen und Transportblockaden, von fanatischer Minderintelligenz inszeniert, wird nur die Bevölkerung gefährdet«, war Ixmans drastische, aber ehrliche Antwort.

»Ihr habt nicht unrecht«, gab Balasi zu, »man hat damit schon einmal eine Aufbereitungsanlage mit kurzen Transportwegen verhindert. Heute redet man sich die Köpfe heiß über die Sicherheit der Abfallbewahrung in mehreren hundert Jahren und spricht bei Lagerung in vielen hundert Metern Tiefe von Verseuchung des Grundwassers an der Oberfläche.«

»Das ganze Gebiet atomarer Energieerzeugung ist in einigen Ländern ein Politikum geworden und entzieht sich damit logischem Denken«, folgerte Ixman.

Aus Frau Lehmanns Gesichtszügen war zu lesen, daß sie die Antwort persönlich nahm. Ixman bemerkte das sehr wohl und setzte nach: »Wie in Rußland haben wir in den USA einen Reaktor ›durchgehen‹ lassen und die weißglühende Kugel in die Erde versenkt, um eine Caldera zu entlasten. Sie können Ihre Parteifreunde fragen, ob sie da demonstriert oder den Kopf in den Sand gesteckt hätten aus Furcht vor Strahlung.«

Hookmer versuchte auszugleichen: »Nehmen Sie Mr. Ixman

die harte Haltung nicht übel, aber er ist wohl enttäuscht, daß Deutschland in zwei Kriegen heldenhaft gekämpft hat und heute aus einem Breitopf besteht, in dem sechzehn Köche herumrühren und nur Bedenkenträger erzeugen.«

»Da ist Wahres dran«, versicherte Ixman und schaute Frau Lehmann versöhnlich an, »ich kann nicht verstehen, daß Gruppen von Menschen Mut und Verstand ungenutzt lassen.«

Die Tafel wurde aufgehoben, und ein Kleinbus brachte die Gesellschaft zum Parlament, wo sich die drei »Weltreisenden« mit herzlichem Dank für die interessanten Stunden verabschiedeten.

Seinen beiden jungen Politikern riet Hookmer: »Geben Sie nicht jeder politischen Parole nach, prüfen Sie, ob sie sich mit dem Verstand fundieren läßt. Das bringt Ihnen den Ruf der Sachlichkeit ein. Drücken Sie kurz und klar aus, was Sie sagen wollen, das bringt Ihnen in dem heutigen Geschwafel und der Polemik Sympathien ein.«

* * *

Für die heutige turnusmäßige Sitzung des Europarates war der endgültige Text der EU-Verfassung angekündigt worden, und jeder Staat hatte die Vorlage rechtzeitig erhalten. Darin war vorausgeschickt worden, daß nach Genehmigung per Volksentscheid die Staaten ihre Verfassung entsprechend ergänzen oder durch Gesetze bestätigen müssen, anderseits auch Passagen ihrer Verfassung und nationalen Gesetze aufzuheben sind, da kein Widerspruch zwischen Verfassung und Gesetz tragbar ist. Nachdem die Begrüßungszeremonie unter Mitwirken des englischen Ratspräsidenten, Sir Maugham, abgewickelt war, begann Matala.

»In der letzten Ratssitzung hatte ich Ihnen einen Überblick vermittelt hinsichtlich der geplanten Verfassung. Inzwischen habe ich Ihre einzelnen Verfassungstexte zur Kenntnis genommen, von zehn Seiten für Lettland und hundert für Österreich. Darunter sind prächtige juristische Formulierungen, aus denen ein nicht vorgebildeter Bürger kaum den Gehalt herauslesen kann. Dafür zeugen sehr eingehende Anweisungen für verschiedenste Regierungsaufgaben von einem gesunden Mißtrauen gegenüber dem politischen Gegner, der wenig Einfluß auf den Text hatte, aber vielleicht in der nächsten Wahlperiode die Regierung stellt. Eine gewisse Gleichbehandlung vieler Rechte ist sicher auf die demokratische Grundordnung aller Mitgliedsstaaten sowie die entsprechenden Bedingungen für spätere Mitglieder zurückzuführen. Auch die sieben Monarchien fügen sich dieser Ordnung ein, da die Monarchen nur Aufgaben als Staatsoberhäupter haben.

Nach Kenntnis der Vorlage konnten Sie feststellen, daß die angekündigten Punkte enthalten sind, aber noch ergänzt wurden. Sie entsprechen mit kürzeren Formulierungen im Gehalt Ihren Texten. Da die EU keine Regierung ist, fällt die Darstellung aller innerstaatlichen Abhängigkeiten fort.

Auch die verschiedenen sozialen Zusicherungen für die Bürger in Ihren Verfassungen konnten wir daher auf eine wesentliche Situation beschränken.

Dagegen schien uns für eine Demokratie die Festlegung wichtig, daß eine Wahl nur ab 50prozentige Beteiligung der Wahlberechtigten Gültigkeit hat.

Für die Kinder wurden das Erziehungsrecht und die entsprechende Pflicht der Eltern fixiert, in die der Staat nur bei Schaden für die Kinder eingreifen darf und muß, abgesehen von der Schulpflicht.

In das Eigentumsrecht darf mit Enteignungen nur in höchst dringlichen Fällen und dann gegen Entschädigung eingegriffen werden – also nicht für Freizeitanlagen, Parks usw.

Die Weitergabe persönlicher Daten ohne Zustimmung ist verboten, Ausnahmen sind Strafverfolgung, Meldewesen, Patientenverlegung. Freies Erwerbs- und Berufsrecht im Rahmen der Gesetzmäßigkeiten.

Ab dem 18. Lebensjahr Abschluß einer persönlichen, staatlich geförderten Haftpflichtversicherung, um Schädiger und Geschädigte vor finanziellem Desaster zu bewahren.«
Zwischenbeifall.

»Da der Handel immer mehr Waren aus Billigländern mit unsicherer Qualität zum Schaden der Verbraucher einführt, soll er zwei Jahre, bei verdecktem Schaden fünf Jahre ersatzpflichtig sein.
Die Erfahrung hat gezeigt, daß die übliche Baugarantie von zwei Jahren nicht ausreicht, vor allem bei europaweiten Aufträgen. Hier sind zehn Jahre Haftpflicht erforderlich.«

»Da könnte der Unternehmer schon nicht mehr existieren«, gab der ungarische Premier zu bedenken.

»In der Betonwirtschaft ist bei Armierungsfehlern immer ein verdeckter Schaden möglich. Es muß üblich werden, daß bei Auftragsvergabe eine zehnjährige Haftpflichtversicherung für den Auftrag nachgewiesen wird.«

»Das erhöht aber den Angebotspreis wesentlich, vor allem aus Billiglohnländern«, wurde argumentiert.

»Die Firmen werden sich einen Sicherheitsstatus erarbeiten, nach dem sich dann die Prämie richtet. Dieser Status ist dann ein Qualitätsmerkmal für den Auftraggeber, der von der Pflicht, das billigste Angebot zu wählen, befreit ist. Unsere Vorgaben werden dahingehend geändert werden.« Beifall nur aus Richtung der Hochlohnländer.

»Sie sagten zuvor, der Handel müßte zwei Jahre Garantie geben. Das kann er nur bei Preiserhöhung, auch eines minderwertigen Produkts.«

»Er darf Minderwertiges gar nicht einkaufen. Die Hersteller haben heute keine Revision mehr, denn die kostet etwa 10 % der Herstellung. Also muß der Käufer eine Eingangsrevision haben. Er kann den Hersteller informieren, daß er die ›statistische Qualitätskontrolle‹ anwenden und die Lieferung zurücksenden wird, wenn zum Beispiel sich unter 3×100 Stück je zwei minderwertige befinden.«

»Das ist ja unmöglich, wenn die Lieferung aus China stammt«, hieß es.

»Chinesen sind intelligent und lernfähig. Er kann ja das System gleich in China anwenden und bei Ausfall gar nicht erst liefern lassen. Er wird das Zeug schon bei seiner Milliarde Landsleute verkaufen können. Wenn die ihn dafür verprügeln, wird das seine Produktion verbessern.« Allseits Heiterkeit.

»Nun ja, in China sind die Menschenrechte nicht so ausgeprägt wie in unseren Verfassungen – dafür fehlt anderes, nämlich die Menschenpflicht des einzelnen gegenüber der Gemeinschaft, was klar auf Unternehmen übertragbar ist. Wir nennen hier die Pflicht zur Reinhaltung von Luft und Wasser, auch Grundwasser, Natur- und Tierschutz sowie die Beschränkung von Lärm. Hier sind nicht nur Maschinenbauer gefordert, sondern auch Eltern für extremen Lärm ihrer Kinder sowie das gesundheitsschädliche Disco-Getöse.

Zurückhaltung bei der Vermehrung muß in Europa wohl nicht als Pflicht zur Erhaltung der Lebensqualität der Erde genannt werden, obgleich es global gesehen dazu ein wesentlicher Faktor ist.«

»Man spricht da von Kurzwellenbeeinflussung sexueller Triebe«, wurde eingeworfen.

»Eine gezielte Beeinflussung der Psyche konnte tatsächlich erreicht werden mit meßbarem Erfolg. Es ist für Völker geeignet, in deren breiter Masse kein Verantwortungsgefühl aktiviert werden kann. Das betrifft natürlich alle in dem Gebiet – und nur wenige können sich einen Sexurlaub im Ausland leisten.«

»Hier in Europa würde auch die Kirche sofort protestieren.« Das war die Meinung des spanischen Premiers.

»Auch der Vatikan konnte überzeugt werden, daß die Erhaltung der Lebensqualität der Erde wichtiger ist als die Einhaltung uralter Bibelzitate. Man hat laut Kant empfohlen, den eigenen Verstand zu gebrauchen, der auch in religiösen Köpfen vorhanden ist.«

»Es hieß doch, daß Tana Pharmazeutika anbieten will.«

»Diese sind im Einsatz, aber es handelt sich hier um Bereiche, wo die Regierungen verwaltungsmäßig zu schwach sind zur Überwachung. Denken Sie auch an Afrika mit 50 Staaten verschiedenster Organisation einschließlich Urwald und Wüste. Zum Ende noch die Rechtslage: Für Klärung von Reichweite und Auslegung ist der britische Kommissar zuständig, darüber hinaus urteilt allein der EU-Gerichtshof in Luxemburg.«

Präsident Matala schloß seinen Vortrag mit der Hoffnung, daß der drei Seiten umfassende Text in einfacher Sprache von allen Bürgern zur Kenntnis genommen werden kann und von den Medien zusätzlich interpretiert wird, so daß der Volksentscheid darüber in vier Wochen ablaufen kann. Nach positivem Abschluß habe er die Bitte, die erforderlichen administrativen Korrekturen innerhalb eines halben Jahres durchzuführen.

Mit einem Dank für das Zuhören verabschiedete er sich unter starkem Beifall der Staatschefs.

Einige Tage darauf erhielten die Medien den Text. Selten waren sich Presse und TV so einig in der Beurteilung einer politischen Vorlage wie dieses Mal: Eine volksnahe Verfassung, die keinen Wunsch des Volkes offenläßt, die nicht den Bürger formiert, sondern die Politik; und deren Schöpfer die Intelligenz hat, sie durchzusetzen, weil er mit der Gesamtheit der Bürger spricht. Das war der Tenor, der aus allen Leitartikeln sprach.

Der »Deutsche Kurier«, eine junge Zeitung mit einem israelischen Chefredakteur, die von einem unbekannten Idealisten aus dem konservativen Lager gesponsert wird, schrieb: Nach kanonischem Recht muß als Dogma geglaubt werden, was nicht zu beweisen ist. Nach dem deutschen Grundgesetz prahlen die Berufsdemokraten mit Artikel 5 (der Meinungsfreiheit), aber sie haben diese stillschweigend fürs Volk begrenzt. Wer die dogmatische Zahl der im Krieg ermordeten Juden anzweifelt, gilt als Volksverhetzer und wird – wie schon viele Gutgläubige – hart bestraft, weil die Justiz dem Strafgesetzbuch § 130/a höhere Kompetenz zumißt als dem Grundgesetz Artikel 5. Erst ein frischer Wind aus der Galaxis klärte die Kompetenzen.

Wir begrüßen auch die Pflicht der Medien zur Wahrheit, schrieb »Die Welt«, eine Pflicht, die für uns schon lange oberstes Gebot ist. Die falsche Sensation reißt zwar an, aber die Wahrheit enttäuscht um so tiefer.

Die »Times« schrieb: Wir haben zwar die alte ›Magna Charta‹ und ein Königshaus, aber bisher keine Verfassung – nun plötzlich eine wirklich für jeden Bürger verständliche, die sich sicher bewähren wird. Wem etwas nicht paßt, kann sich bei unserem eigenen Kommissar beschweren.

Diesem volksnahen Text kann jeder Franzose zustimmen. Warum nicht gleich in dieser Form? Da muß erst dieser galaktische Zauberer kommen und uns zeigen, wie man aus einer bürokratischen Diktatur eine echte Demokratie macht, schrieb »Paris soir«.

»Dagbladet« lobte besonders die Möglichkeit, Vorschläge zu machen, die beantwortet und auch prämiert werden. Im Volk seien mehr kreative Köpfe vorhanden als in der Politik, die ständig bezahlte Berater benötigt, um zu erfahren, wie es morgen weitergeht.

Fast alle Zeitungsverlage brachten Extrablätter mit dem Text heraus und verteilten sie kostenlos. Die Fernsehanstalten riefen die Bürger zu Talkrunden auf, um mit ihnen über die neue Verfassung zu diskutieren. Hierbei kam die nationale Politik verdammt schlecht weg, denn die Bürger benutzten diese Möglichkeit zur Livekritik, um ihren aufgestauten Groll abzulassen. Und viele sagten auch, der Untergang von Tana wäre unser Glück.

Es wurde auch besonders begrüßt, daß die nationalen Gesetze und Verfassungen, welche die wenigsten kannten, angepaßt werden müßten.

Die Volksabstimmung über die Verfassung endete dann auch mit einem grandiosen Erfolg von 91 % abgegebenen Karten. Matala lächelte nur still und meinte, das wären mehr Stimmen als für alle Parteien zusammen. Man könne also auch Demokratie praktizieren ohne Parteien, man müsse nur wissen, was der Bürger will – und nicht die Regierenden.

Es dauerte nun nicht lange, da erhielt der britische Kommissar den ersten Antrag auf Klärung. Der deutsche Tierschutzbund fragte an, ob das Schächten von Tieren beim Schlachten weiterhin für Juden und Moslems in Europa erlaubt sei. Sir Braham spürte sofort die Brisanz der Entscheidung und leitete die Anfrage nach Luxemburg weiter.

Die Richter setzten sich mit Matala in Verbindung, da sie trotz aller Unabhängigkeit nicht gegen ihn entscheiden wollten. Er forderte sie auf, frei zu urteilen, er würde jedem Urteilsspruch entsprechen. Er meinte nur, Europa wäre nicht Asien und man müßte dort leben, wo man sich wohlfühlt – einschließlich Religion.

So lautete der Richterspruch: Die Verfassung sieht den Tierschutz vor. Strenggenommen entspricht dem schon nicht der Verzehr von Tierfleisch, ist aber Brauch des Menschen von Beginn an. Wenn Tiere zum Schlachten getötet werden, muß es schnell und schmerzfrei geschehen, das entspricht der Mentalität des Europäers. Dazu ist eine schlagartige Betäubung erforderlich. Die Qualität des Fleisches leidet hierdurch nicht. Das Verfahren wird daher für alle Säugetiere ausnahmslos vorgeschrieben. Zuwiderhandlungen sind mit mindestens einem Jahr Gefängnis zu bestrafen.

Wer aus religiösen Gründen meint, kein so geschlachtetes Fleisch essen zu können, muß sich Konserven aus der Heimat schicken lassen oder auf Geflügel ausweichen, aber auch vegetarisches Essen oder die Heimreise sind eine Alternative.

Die Tierfreunde waren voll zufrieden, denn die Erlaubnis zum Schächten stammte noch aus der Besatzungszeit nach dem Krieg, und das Verfassungsgericht hatte sich für die Moslems darauf bezogen.

***

Ingenieur Tubucal teilte im Auftrage von Sir Ada Bolkiah aus Bourem in Mali Ixman mit, daß in zwei Wochen eine kleine Feier zum ersten »Ölabstich aus Saharasand« mit einer Pilotanlage erfolgen soll.

Prof. Neuberg traf Ixman in der Messe der »Lavia« an und rief schon, bevor er ihn begrüßte: »Kommen Sie mit? Sind Sie reisefertig?« Dann teilte er ihm die erfreuliche Nachricht mit, einschließlich seiner Absicht, sofort nach Bourem zu fliegen, um die Anlage außerhalb des Feiertrubels zu besichtigen.

Die Scheibe startete schon am nächsten Morgen. Zetman hatte auch Traven gebeten mitzukommen, da er sein Fluggerät in Afrika keine Minute ohne Aufsicht lassen wollte. Auch Dr. Usava in Kapstadt hatte die Vorankündigung erhalten und war sofort gestartet. Er und Prof. Neuberg hatten sich lange nicht gesehen und umarmten sich zur Begrüßung. Sie waren vor fast fünfzehn Jahren Zeugen des ersten Auftretens von Tana in der UN gewesen.

»Ich hätte damals nie an solche Umschichtungen auf der Erde geglaubt«, bekannte Dr. Usava.

»Nun, es fing auch scheinbar harmlos an, aber als der mächtigste Mann der Erde Ixman plötzlich in seinem Weißen Haus inmitten seiner Vertrauten begrüßen mußte, wurde ihm klar, wer mächtiger war – und reagierte richtig«, erinnerte sich der Professor, »und dafür wollte ihn sein eigener Geheimdienst ermorden – und dann wußte dieser auch, was Tana-Macht ist.«

Während die alten Herren noch in Erinnerungen kramten, bewunderte Ixman, was alles seit seinem letzten Besuch entstanden war. Tubucal hatte die Baracken aus Luftbeton errichten lassen wegen der ausgeglichenen Temperaturen im Inneren und weil sie mit angelernten Kräften aus großen Elementen zu erstellen waren.

»Fürchten Sie da nicht die Regenzeit?« wollte Ixman wissen.

»Die Oberfläche wurde mit Spezialfarbe versiegelt. Außerdem ist die Regenzeit hier im Norden von Mali nur kurz und mäßig, die Landwirtschaft bis zur Dorngestrüpp-Savanne muß mit Niger-Wasser bewässert werden. Obgleich unser Arbeitsfeld erst nördlich dieser Savanne, die zum Weiden benutzt wird, beginnt, sind wir aus verkehrstechnischen Gründen in der Nähe von Bourem geblieben. Die Straße nach Gao ist ausgebaut und läuft weiter bis zur Hauptstadt Bamako. Die ist mit dem senegalesischen Hafen Dakar durch eine Bahnlinie verbunden.«

»Dakar hat auch einen belastungsfähigen Flughafen. Wenn Sie nun Ihr Arbeitsfeld nach Norden in Richtung Tanazrouft und Erg Chech ausdehnen, weil Sie ja nicht nur Fläche für die Sonnenkollektoren, sondern auch Sand benötigen, so kommen Sie auf algerisches Gebiet.«

»Das müßten die leitenden Herren dann rechtzeitig offiziell klären, denn Öl wollen sie ja alle haben«, lächelte Tubucal.

»Ich sehe auch, daß Sie zwei russische Räummaschinen in Bereitschaft haben.«

»Am meisten Arbeit macht uns da der Nordostpassat Harmattan, weil er direkt aus der weiten Sahara kommt. Er verschüttet zwar nicht unsere Solarelemente, überzieht aber unsere Arbeitswege mit pulverigem Sand. Die Russen meinen, das wäre schlimmer als Schnee, wahrscheinlich für ihre Geräte.«

Dann wies Ixman fragend auf einen Kohlevorrat.

»Wir heizen den Sand zwar mit der Sonnenenergie auf zum Reduzieren von Sauerstoff, aber die Reduktion selbst erfolgt bei der Pilotanlage noch durch Kohle. Es ist aber dem Chemiechef nach jahrelangen Versuchen mit den verrücktesten Katalysatoren gelungen, den Stickstoff aus der Luft zum Reduzieren zu zwingen. Kohle ist ja auch endlich, und wenn etwas für alle Zukunft gelten soll, wie Treibstoff aus Sand, dann sollte man sich nicht auf Kohle festlegen, denn die beinhaltet ein Transportproblem.«

»Bei Stickstoff erhält man mit Wasser so etwas wie Salpetersäure.«

»Die ist allgemein sehr gefragt, wahrscheinlich machen die Chemiker daraus Düngemittel, die auch in Afrika gebraucht werden – Kohlendioxyd dagegen weniger.«

Ixman nickte zustimmend, und dann wandten sie sich der Pilotanlage zu. Ein Elektroofen mit Zuleitung starker Kabel und automatischer Zuführung für den Sand war auszumachen. Daneben drei Autoklaven mit diversen Rohrzuführungen, Manometern und Thermometern. Dazwischen offenbar eine Beschickungsvorrichtung für die Autoklaven.

»Ich kann Ihnen den Ablauf auch nicht erklären«, bedauerte der Ingenieur, »der Chef hat einen Unfall gehabt und so sollte sein Mitarbeiter Dr. Popow kommen. Schon seit zwei Tagen sollte er hier sein, ließ aber wissen, daß er erst morgen kommt. Wir wollten ja einige kleine Fäßchen Saharaöl bereitstellen für Versuchszwecke der Interessenten.«

»Wen haben Sie denn dazu eingeladen?«

»Die Präsidenten Goldenham und Parceli sowie Sir Ada Bolkiah als Kapitalgeber, den Verwandten vom Erfinder, der leider verhindert ist, Dr. Usava, der schon heute kam, die Präsidenten Henry Kilawi von Südafrika, Mustafa von der NAU, Matala von der EU, Hitata von den USA, die Regierung von Mali, Senegal und Mauretanien, dann die Vertreter von Rolls Royce für Turbinen, Daimler, General Motors für Automotoren und Mazda, weil diese Japaner die längste Erfahrung mit den Wankel-Kreiskolbenmotoren haben, die allein für Saharaöl geeignet sind. Dann natürlich Kellmann, aber der UN-Generalsekretär hat abgesagt.«

»Das gibt ja ein schönes Gedränge um die Anlage herum. Wenn die explodiert, fallen wesentliche Männer der Erde aus.«

»Wieso sollte die explodieren?« war die naive Frage.

»Es könnten ja auch islamische Besucher als Selbstmordattentäter sein.«

»Was hätten denn diese davon?«

»Hübsche Mädchen in Allahs Paradies, für die Vernichtung von Ungläubigen.«

Tubucal gestand betroffen ein, daß er an so etwas überhaupt nicht gedacht habe, aber nun schlecht ausladen könne.

»Schon gut, wir sind ja auch anwesend. Wie ist die Anlage

herangeschafft worden, sie wiegt ja sicher mehr als 20 Tonnen.«

»Die Russen haben die beiden algerischen Luftschiffe gemietet und diese sind mehrmals geflogen. Algerien wußte eben, was für die Wüste erforderlich war.«

»Übrigens brauchten wir jetzt laufend Isolierstücke aus Plastik für Elektroanschlüsse. Sie sagten seinerzeit, sie hätten eine Firma im Ural, wo Klawitsch beschäftigt war.«

»Bei Madame Darrieux, bestellen Sie erst einmal 10 000 Stück, damit man Werkzeuge fertigen kann, aber sagen Sie ihr, daß laufend Bedarf besteht – daraufhin werden die Werkzeuge konstruiert und damit der Preis festgelegt. Benachrichtigen Sie Klawitsch, er soll sich für morgen früh bereithalten.«

Abends traf Dr. Popow noch mit zwei schweren Koffern ein, die er mit Werkzeugen erklärte. Langes Nackenhaar und ein kurzer Vollbart waren markant, eine getönte Brille unterstrich das. Ixman begrüßte ihn kurz mit einem flüchtigen Händedruck und überlegte, ob er dessen Gesichtszüge schon einmal gesehen hatte.

Noch am Abend rief Ixman die Präsidenten Matala und Hitata an, um sie zum Verzicht auf die Teilnahme aus Sicherheitsgründen zu bewegen. Es war ihm eine Genugtuung, als er hörte, daß sie zwar die Einladung erhalten, aber noch nicht zugesagt hätten. Da die Einladung offiziell von Sir Ada Bolkiah kam, sollten sie für ihre Absage ruhig die Sicherheitswarnung von seiner Seite angeben und einen späteren Besuch in Aussicht stellen. Er würde es an dem Festtag in persönlichem Gespräch für Sir Ada verständlich machen.

Am nächsten Morgen bekam Ixman Besuch von Igor Klawitsch, bevor er mit zu Madame Darrieux als Fachmann fliegen sollte.

»Ich bin vorhin dem Dr. Popow begegnet«, berichtete er, »und er hat sich schnell abgewendet. Dabei habe ich an seinem linken Ohr die lange Scharte gesehen, die der Nomski hatte. Ich möchte wetten, daß er es ist, wenn er auch damals keinen Vollbart hatte.«

Für diese Nachricht bedankte sich Ixman sehr, denn sie bestätigte seinen Verdacht, ihn schon einmal gesehen zu haben, nämlich auf Korsika, als er beim Treffen der »Geheimen« als Begleiter von Schamoun in der Wand stand. War auch die Chemie von dieser Bande unterwandert?

Tubucal wollte schon Sand und Kohle in die Pilotanlage einfüllen lassen, um seine Probierfäßchen mit Öl füllen zu können, aber Dr. Popow wollte zunächst den Zusammenbau überprüfen. Dazu nahm er sich sehr viel Zeit. Ein Tisch war herausgestellt worden, auf dem er einige Zeichnungsblätter ausbreitete. Seine Koffer verblieben in seinem Separatzimmer.

Nach einigen Stunden glaubte er, einen Fehler in der Leitungsführung gefunden zu haben.

Bevor aber Tubucal die »falsche« Leitung kappen ließ, mischte sich Ixman ein: »Die Anlage haben die russischen Hersteller selbst montiert und als betriebsbereit übergeben. Wir haben in acht Tagen die Einweihung mit großem Besuch und wollten da schon einige Fäßchen Öl vorweisen können. Wenn wir die Leitung jetzt kappen, haben Sie hoffentlich die richtige Röhre in Ihren Koffern.«

Der Doktor zog den Kopf ein, daß sich seine Nackenhaare stauchten: »Natürlich, ... äh, natürlich nicht. Man müßte das Rohr anfertigen lassen.«

»Sie sind hier aber nicht im Industrie-Rußland, wo es so etwas rechts um die Ecke gibt, sondern im schönen Afrika, wo Affen auf den Bäumen herumturnen.«

»Ich habe auch nicht gewußt, daß Sie schon vorab Öl erzeugen wollen.« »Das war mit dem Erfinder abgesprochen. Seit wann sind Sie bei ihm?«

»Noch nicht lange .... etwa zwei Monate«, stotterte Dr. Popow.

»Kennen Sie den Bankier Hassan Schamoun aus Beirut?« Der Doktor schüttelte den Kopf.

»Aber ihr Kollege Sursow hat ihm doch die Adresse von Madame Darrieux verraten – die kennen Sie doch?«

Dem Doktor fiel der Unterkiefer herab, und der ganze Vollbart vibrierte.

»Vor Ihnen steht Ihr Erzfeind aus Tana, den Sie mit Ihren Plastikpistölchen ermorden wollten, Mr. Nomski.«

»Wo haben Sie den Doktor Popow gelassen – lebt er noch?«

Nomski nickte nur.

»Und wo ist er?«

Aus klappernden Zähnen kam: »Ich ... weiß nicht.«

Zetman und Professor Neuberg hatten den Disput im Hintergrund verfolgt und kamen nun heran. Vorausahnend hatte Ixman Dr. Usavas Scheibe für den Flug zum Ural ausgeliehen.

Nun griffen die drei Männer Nomski bei beiden Armen sowie am Hosenboden, und ab ging es zur Scheibe Richtung »Lavia«.

Mit dem Wahrheitsgerät erfuhren sie dann nicht nur, daß Dr. Popow in einer großen Datscha unweit Balakleja, an einer prägnanten Schleife des Donez gegenüber einem Dorf mit Kirche, festgehalten wird, sondern auch, daß die bleigefütterten Koffer außer Sprengstoff noch Packungen mit Plutoniumpulver enthielten, das alle Versammelten vergiftet hätte. Die Koffer sollten im Elektroofen zur Explosion gebracht werden. Nomski wollte sich dafür opfern.

Hinter allem stand die Liga »Freie Welt«, in der Helena Pantova, eine Sekretärin im Institut, wo der Erfinder arbeitet, Mitglied ist. In der Datscha versammeln sich alle Mitglieder einmal im Jahr am Samstag vor Ostern – in der Ukraine, ohne russischen Geheimdienst.

Als Nomski wieder denken konnte, sprach ihn Ixman an: »Sie haben ein Genom mit Neigung zum Mord. Ich selbst bin dreimal Ihrer Pistole entkommen. Mit Ihrem Atomzünder haben die Iraner einen Anschlag auf die Festveranstaltung zur Einsetzung des Präsidenten in Brüssel machen wollen. Sie haben jetzt hier alle Ihre Verbindungen offengelegt – wir werden gegen Ihre Liga vorgehen. Sie sehen sicher ein, daß Sie die Verabschiedung vom Leben verdient hätten. Sie sind auf einem Schiff in rechtsfreiem Gebiet. Sie werden hier als Mensch behandelt, aber nie mehr freikommen. Sie planten, in Mali zu sterben. Wir werden Sie hier nicht daran hindern, Hand an sich zu legen. Ihr Gedächtnis ist fast gelöscht, so werden Sie nicht verstehen, weshalb Sie hierbleiben müssen.«

Nomski hob dazu nur schweigend die Schultern.

Für die Inhaftierung gab Ixman die nötigen Anweisungen an Kapitän Petrow mit dem Bemerken, daß er später Uman auf der »Luvisio« unterstellt werde.

Da man nicht wußte, wie die Situation am Donez ausgehen würde, stieg Ceman als vierter hinzu. Für die Stadt Balakleja erhielten sie vom UN-Team die Anflugdaten.

Stunden später schwebten sie über dem Donez und folgten dem Lauf von Charkow nach Süden, wenig unterhalb Balakleja machte der Fluß eine weite Schleife nach Osten. Am Scheitelpunkt erschienen auf dem Ostufer mehrere Häuser und Hütten, in deren Mitte ein Zwiebelturm sichtbar wurde.

Die Scheibe ging tiefer, und so entdeckte Ixman auf dem flachen Westufer, halb verdeckt von einem Wäldchen, ihr Ziel.

Es war eine quadratische Anordnung von Gebäuden, die einen Innenhof umschlossen. Zwei weitere, kleine Häuser standen in nächster Nähe, eines wohl als Toilettentrakt dicht am Fluß, das andere am Gehölz. Das alles war großzügig eingezäunt, damit zwei große Hunde wußten, wo ihr Wachbereich endet.

Die Scheibe setzte zwischen Haupttrakt und dem Haus am Gehölz auf und wurde mit lautem Gebell begrüßt. Ixman griff zum immer bereiten Hundekuchen und machte sich mit Ceman fertig zum Ausstieg mit der Warnung für Neuberg, im Fluggerät zu bleiben wegen der Hunde.

Als Ixman auf dem Boden stand, stürzten sie knurrend heran, schnupperten aber nur und suchten gierig nach den weitverstreuten Hundekuchen, die beiden hatten eben keine menschliche Witterung.

Ein vierschrötiger Mann, blauäugig mit grauem Vollbart, war

inzwischen aus dem Gebäudekomplex getreten und erwartete die beiden am Haus.

»Hallo, Alter, wir sind vom Geheimdienst. Die Liga ›Freie Welt‹ ist wegen Menschenraubes belangt worden«, begann Ixman, »der Liga-Mann Nomski sitzt schon im Gefängnis. Bei Ihnen hier soll ein Dr. Popow festgehalten werden, den wir als Zeugen brauchen.«

»Ob das ein Dr. Popow ist, weiß ich nicht. Sie haben ihn da drüben im Haus eingeschlossen«, er zeigte auf das Haus am Gehölz.

»Dann geben Sie uns den Schlüssel.«

»Ich bin hier nur am Tage Wachmann, abends kommt ein Kollege, der auch die Hunde zurückhalten kann. Ich wundere mich, daß Sie nicht angegriffen wurden.«

»Die Hunde riechen eben, daß wir vom Geheimdienst sind«, sagte Ixman lächelnd, »in diesem Fall müssen wir wohl unseren Schlüssel nehmen.«

Der Aufseher blieb am Gebäude stehen, während sie sich dem kleinen Haus zuwandten. Die beiden Hunde, unbestimmbar in der Rasse, aber groß wie Kälber, hatten den Hundekuchen bewältigt und kamen neugierig auf die beiden zu, die sich in die vierte Dimension versetzt hatten. Der eine Hund richtete sich auf und wollte die Pfoten auf Ixmans Schultern legen, fand keinen Widerstand und fiel durch, wobei er bis auf das Hinterteil aufgelöst wurde. Der andere Hund schnupperte an dem noch zuckenden Schwanzteil, bellte und machte einige Sprünge zur Seite.

Die Haustür hatte ein einfaches Schloß, das Ixman mit dem Laserstab herausschnitt. Während Ceman in der Tür stehenblieb, machte sich Ixman an die Inspektion der Räume und fand Dr. Popow in einer Art Küche, zusammengesunken auf einem Stuhl, vor.

Der Gefangene schreckte hoch, als Ixman ihn ansprach.

»Wer sind Sie? Woher kommen Sie?« war seine Frage.

»Aus Afrika, wo Sie eigentlich sein sollten.«

Ein schwaches Lächeln zog über das schmale, von schwarzen Stoppeln gezierte Gesicht des Doktors, aus dem die hellgrauen Augen müde blickten.

»Man hat mich auf dem Weg zum Flugplatz überfallen und mit einem Hubschrauber hierhergebracht. Wenn Sie mich befreien wollen, brauchen Sie einen Schlüssel für das Kettenschloß.«

Der Laserstab blitzte auf und die Kette fiel zu Boden, mit der er am Herd gefesselt war. Ixman fragte, ob er stehen und gehen könnte. Als er das mit Nicken bestätigte, half ihm Ixman hoch und geleitete ihn zur Tür. Als Ceman beiseite trat, näherte sich der zweite Hund knurrend auf drei Meter. Auf dem Weg der beiden zur Scheibe sprang er plötzlich vor und faßte mit dem fletschenden Gebiß den Arm des Doktors, der aufschrie. Da trennte der Laserstrahl schon den beißenden Kopf vom Rumpf.

In der Scheibe verband Zetman dann den blutenden Arm, der aber keinen Knochenschaden hatte, mit Bordmitteln und gab ihm eine Schlaftablette mit schmerzstillender Wirkung.

»Wenn Sie wach werden, sind Sie in Mali«, tröstete er ihn.

Nachdem die Scheibe abgehoben hatte, wagte sich der Aufseher auf das Gelände und betrachtete kopfschüttelnd die Restteile der Hunde und das einfach herausgeschnittene Schloß.

»Nein, was so ein Geheimdienst alles kann«, murmelte er vor sich hin und strich bedächtig seinen Bart, »der Nachtdienst wird große Augen machen.«

Unterwegs überlegten Prof. Neuberg und die beiden Tana-Männer, wie man sich mit dieser Liga »Freie Welt« auseinandersetzen könnte.

»Sie sind ausgesprochen tanafeindlich eingestellt und kalkulieren Mord in ihre Aktionen ein«, stellte Neuberg fest.

»Sie beziehen auch völlig Neutrale darin ein, wenn man an die Regierungen von Mali, Senegal und Mauretanien denkt.«

»Vielleicht wußten sie nicht, daß diese daran teilnehmen«, überlegte Ceman, »aber wahrscheinlich war die Einladung der Präsidenten irgendwie bekannt geworden, denn Tubucal hat sicher mit dem Erfinder telefoniert, als er von dessen Unfall hörte.«

»Aber die Absicht, alle Gäste mit Plutonium zu vergiften, kommt der Absicht eines Massenmordes gleich – egal, wer davon betroffen wird. Wenn wir das zugrunde legen, sollte die ganze Liga entsprechend bedacht werden, selbst wenn einige nicht mit der Aktion einverstanden gewesen waren. Sie gehören aber bewußt einem Verein an, der solche Taten im Programm hat. So war auch die Sekretärin Beteiligte, und die Liga hätte gejubelt, wenn der Anschlag gelungen wäre mit dem Täter Nomski als Helden und Märtyrer.«

»Jeder Richter würde seine Tat verurteilen und die Liga bekäme Bewährungsfrist – bis zum nächsten Anschlag«, folgerte Neuberg.

»Für die Toten fühlt der Richter sich nicht verantwortlich, genauso wie ein Psychiater, der einen Sexualmörder für geheilt hielt, der dann weitermordete. Beide handeln gemäß ihrer Kompetenz gesetzlich. Die Menschen haben ihre Gesetze gemacht, ohne zu wissen, daß sich ein entartetes Genom nicht heilen läßt und immer eine Gefahr bleibt für die Mitmenschen«, so logisch urteilte Ixman.

»Ich bin auch dafür, diese entartete Liga zu eliminieren. Obgleich die Kirche selbst Ketzer jahrhundertelang verbrannt hatte, predigt sie heute, daß der Mensch Gott nicht das Recht nehmen darf, selbst zu strafen. Wenn er es aber nicht tut, stellt er sich selbst in Frage. Die Politiker rechnen den Verzicht auf die Todesstrafe zur Ethik, haben sich aber bis zu unserem Stopp nicht gescheut, ihre integeren Soldaten aufeinanderzuhetzen – die waren dann tote Helden«, sagte Ceman mit einer gewissen Bitterkeit.

»Also ehe es durch diese verklemmten Gehirne weitere integere Tote gibt, breche ich auch den Stab über diese Liga«, bemerkte Neuberg abschließend zu dieser Diskussion.

Die Landung in Mali stand unmittelbar bevor, und Ceman bemühte sich, Dr. Popow aufzuwecken.

Der Doktor stand dann noch etwas wackelig auf Malis Boden, so daß man ihm noch einige Stunden Erholung gönnte. Nach einem guten Essen und starkem Kaffee war er voll aktionsfähig, und so floß nach kurzer Zeit auch das erste Öl in die kleinen Fässer.

Die nächsten Tage waren mit Festvorbereitungen ausgefüllt. Auf Wunsch von Dr. Usava kamen die wenigen Regierungsmitglieder der drei Staaten einen Tag früher, weil er versuchen wollte, sie zur Bildung einer Union zu bewegen. Eine Union von Mali und Senegal war schon früher einmal auseinandergebrochen, weil das Militär in Mali regierte.

Tubucal war bemüht, es den Gästen bequem und interessant zu machen. Der Vortragsplatz war mit Palmen in Kübeln umstellt worden. Im Hintergrund gab es eine Bar, in der ein Mixer aus einem Hotel in Dakar seines Amtes waltete und gern beansprucht wurde, da ihm ein großer Kühlschrank zur Seite stand, der köstliche Flüssigkeiten enthielt, die schon den Tag zuvor die Regierungsmitglieder in gute Laune versetzten.

So konnte Dr. Usava sein Problem in freundlicher Atmosphäre darbieten.

»Eine Union berührt ja nicht den inneren Betrieb des Staates, hat aber außenpolitisch sicher Vorteile, da man bei den internationalen Verbänden mit mehr Gewicht sprechen kann. Mali und Mauretanien haben ja gemeinsame Interessen in der Sahara und brauchen einen belastungsfähigen Hafen, den Senegal mit Dakar hat. Die Ölproduktion wird die drei Staaten mit guten Straßen verbinden, die auch für den Handel mit einheimischen Produkten förderlich sind.«

Dr. Usava führte auch noch die völkischen Ähnlichkeiten und Gemeinsamkeiten in den Staatssprachen an.

Einwände, daß es verschiedene Religionen gäbe, ließ er nicht gelten, da er keine fanatischen Auswüchse kenne und doch heute jeder bestimme, was er glaube. Er habe das auch in seiner UN-Zeit im Jugendbrief ausgedrückt. Man möge auch auf die nordafrikanische Union schauen, die mit ihrem entschärften Islam sehr gut lebe. Es wäre nötig, sich auf einen gemeinsamen Präsidenten zu einigen, der die Union nach außen vertritt.

Henry Kilawi, Präsident der südafrikanischen Union, der auch schon eingetroffen war, und Ixman saßen an der Bar und hörten zu. Die Regierungen waren nun im Palaver um den gemeinsamen Präsidenten verstrickt, das zum Teil in den Umgangssprachen geführt wurde, die Dr. Usava nicht beherrschte. Nach einer guten halben Stunde glitt Ixman vom Barhocker und stellte sich neben Dr. Usava. Merkwürdigerweise verstummte nun das Sprachengewirr.

»Meine Herren von den Regierungen«, das war Ixman, »Sie fürchten sicher, daß ein Präsident das Land, in dem er geboren und aufgewachsen war und Politiker wurde, bevorzugen wird – zum Nachteil der anderen beiden Länder. Nun, er hätte ja erst einmal nur die Aufgabe, die Union nach außen zu vertreten. Amerika und Europa haben aus diesem Grunde einen Tana-Dozenten gewählt, der im Sternenhimmel aufgewachsen und daher ganz neutral ist und auch mit dem Generalsekretär der UN auf gleicher Basis reden kann – ein großer Vorteil in vielen Fällen. Sie können ja vereinbaren, daß alle vier Jahre zum Beispiel ein anderes Ihrer Länder den Präsidenten stellt, denn Sie haben ja alle Tana-Berater oder Dozenten, von denen einer so gut ist wie der andere. Sie stellen keine hohen Ansprüche, ja, sie werden sofort zurücktreten, wenn Sie meinen, daß sie es nicht gut machen. Ich würde sagen, Sie beraten nun über meinen Vorschlag.«

Auf Zuruf untereinander hin erhoben sich die drei Regierungschefs und kamen auf den lächelnden Ixman zu.

»Ich habe da auf der Universität in Dakar einen ausgezeichneten Dozenten«, sagte der Regierungschef vom Senegal, »über den ich mich zwar schon geärgert habe, weil er zu ehrlich ist. Meine Kollegen aus Mali und Mauretanien kennen ihn und haben bedauert, daß er nicht bei ihnen lehrt. Den Mr. Katona würden wir als Präsidenten einsetzen – ohne Wahl.«

»Das alles ist Ihre Sache, aber ich freue mich, daß ich Ihnen einen guten Weg weisen konnte. Auch mit Amerika und Europa wird es gute Verhandlungen geben.« Dr. Usava drückte fest die Hand von Ixman zum Dank für die entscheidende Schützenhilfe.

Hier in Bourem, noch nicht 2 000 Kilometer nördlich des Äquators, bricht die Nacht schnell an und löscht manche Aktivitäten. Als Ixman noch einen Rundgang unter dem klaren Sternenhimmel machte, bemerkte er Henry Kilawi, der noch immer auf dem Barhocker saß, bei einer Flasche Mineralwasser, die ihm der Barkeeper als letzte Tat serviert hatte.

»Präsident, Sie genießen die Ruhe, um in der weiten Ebene Ihrer Gedanken zu wandern – ich will nicht stören.«

»Sie stören nie, Mr. Ixman, ich dachte an die Zukunft von Afrika, um die Sie auch bemüht sind.«

»Ich wollte Sie heute nachmittag schon fragen, hat die Kurzwellenbestrahlung auch für Ihre Union eine merkliche Wirkung?«

»Ja, der Polizeibericht hat sofort eine wesentliche Minderung der Sexualdelikte ausgewiesen. Allein das ist schon ein großer Erfolg und macht das Land für die Frauen sicherer. Die Kongo-Generäle, alte Herren wie ich, deren Protest Usava fürchtete, haben sich bei ihm bedankt, weil die Frauen in den Industriebetrieben ungestörter arbeiten könnten.«

»Das freut mich, wenn seine Mühe um Afrika Früchte bringt. Es ist sicher schwer, bei diesen vielen Volksstämmen, deren Sprache er gar nicht beherrschen kann, die richtigen Worte zu finden.«

»Sein Vater war König in Namibia, meiner war Stammesfürst, wir konnten beide in Europa studieren und haben hohe Stellungen, aber wir sind trotzdem nicht zufrieden. Die schwarze Seele Afrikas ist wundergläubig und wir sind Gleiche unter Gleichen, jeder zaubernde Medizinmann hat auf den einzelnen mehr Einfluß als wir Politiker. Sie haben das heute nachmittag selbst erlebt bei Leuten der Oberklasse: Ein Riesenpalaver, und

Usava war nebensächlich. Sie haben sich dazugestellt, und es gab Ruhe. Warum?

Jeder hat Sie im TV erlebt, wie Sie bei Berührung Menschen auflösen, unverwundbar durch Schüsse sind und eine Wand für Sie kein Hindernis ist. Das ist mehr als alle Zauberer Afrikas können. Das ist für jede schwarze Seele ein Wunder. Ich glaube, Sie könnten Afrika zu einem Staat machen. Man würde auch Jesus und Mohammed aufgeben, weil Sie greifbare Wirklichkeit sind.«

»Ihre ›Laudatio‹ ist verständlich, nur haben meine Klonbrüder die gleichen Fähigkeiten, nur ich muß als erster vorn stehen. Wir sind das Ergebnis gewagter biologisch-technischer Manipulation und setzen die Fähigkeiten ein, um das Leben des Tana-Volkes zu sichern, nicht um zu herrschen in Politik oder Religion.«

»Sie haben in Guinea auch selbst drei Afrikaner gerichtet. Usava hat es bedauert, aber es war gerecht, denn Sie mußten den Anfängen wehren.«

»Das war in Tana-Augen keine Strafe, sondern die kompromißlose Korrektur eines Fehlers der Natur im Genom der Täter.«

»Ich wünschte, man könnte in Afrika so konsequent und logisch denken. Besuchen Sie uns einmal privat.«

»Ich bin eigentlich immer im Dienst«, lächelte Ixman und half dem Präsidenten vom Barhocker.

Am Vormittag landete Haman mit seinem Diskus nahe dem Vortragsplatz und brachte die illustren Gäste aus dem Flughafenhotel in Dakar. Tubucal konnte seinen Chef, Sir Ada Bolkiah aus dem fernen Brunei auf der Insel Borneo, begrüßen, und Ixman kümmerte sich um die Präsidenten Goldenham und Parcelli. Dr. Popow begrüßte den Verwandten des Erfinders, der in Prof. Neubergs Labor bei der Katalysatorermittlung für die Reduzierung von Siliziumdioxid mitgearbeitet hatte. Prof. Neuberg freute sich auch, wieder etwas aus seinem Labor zu hören. Die Chefingenieure der Firmen hatten sich um Haman versammelt und wollten alles über den Diskus wissen, denn der Flug damit war für sie ein echtes Erlebnis. Eingangs hielt dann Tubucal zur Begrüßung eine kleine Ansprache, in der er die hier herrschenden Verhältnisse näher schilderte und die drei Regierungen vorstellte, die am Vortag beschlossen hätten, eine Union mit einem Tana-Präsidenten zu bilden. Als erster zollte Goldenham diesem Entschluß Beifall, in den alle Gäste einfielen. Strahlende Gesichter bei den Bedachten.

Weiter berichtete er von den Solarfeldern und der langwierigen Ergänzung des Saharagrundwassers aus dem Kongo. Mit Genugtuung vernahmen dann die Repräsentanten der Firmen, daß sie schon ein kleines Faß Saharaöl für Versuchszwecke erhalten würden.

Dr. Popow überbrachte die Grüße des verunglückten Erfinders und schilderte, welche Schwierigkeiten er in Deutschland gehabt hätte, seine Erfindung voranzubringen. Vor allem Hochschulprofessoren hätten sie ihm streitig gemacht trotz seiner Patente, die sie versuchten zu verwässern. Er wäre dann nach Osteuropa gegangen, weil hier geeignete Anlagen für Großversuche brachgelegen hätten. Da er auf lange Sicht in der Reduktion des Sandes mit Kohle ein Problem sah, habe er nach einem Katalysator gesucht, den Sand mit dem Stickstoff der Luft zu reduzieren – schließlich mit Erfolg. Für die Motorenfirmen habe er einen ersten Entwurf für eine Flugzeugturbine und für den Landverkehr eine Variation des Wankelmotors, wie ihn Mazda baut, anzubieten. Er empfehle eine enge Zusammenarbeit und vor allem aber den Austausch von Erfahrungen, um Fehlentwicklungen auszuschließen. Langer Beifall folgte seinen Worten.

Bei der Vorführung an der Pilotanlage standen alle dicht bei dem Ofen und den Autoklaven. Ixman schüttelte für sich den Kopf: Nicht auszudenken, wenn nun der Ofen explodiert und das Plutoniumpulver alle eingenebelt hätte.

Im Laufe des Nachmittags wurden unter den Gästen viele Informationen ausgetauscht, Kontakte hergestellt und Absprachen getroffen. Besonders begehrt war die Unterhaltung mit Mr. Tanaka von Mazda wegen der Erfahrungen mit dem Wankel-Motorprinzip.

Auch die Bar war ständig umlagert, denn es gab dort auch bunte Happen für den kleinen Hunger und als Grundlage für die gehaltvollen Flüssigkeiten. Dabei waren aber alle maßvoll, weil die Regierungen Moslems waren und die Tana-Leute nur Wasser tranken.

Alle Mitwisser hatte Ixman vergattert, nichts von dem geplanten Anschlag verlauten zu lassen. Auch die beiden TTS-Berichterstatter wurden nicht informiert, denn wenn die Liga am Donez hochging, war noch immer Zeit, über die Gründe zu berichten, denn jede Meldung würde eine Warnung für die Liga sein.

* * *

Nachdem die Busse abgefahren und der Diskus gestartet war, kehrte Ruhe im Camp ein. Nur Sir Ada saß mit Dr. Usava und Präsident Kilawi in der Bar, um afrikanische Probleme zu erörtern.

So konnte Ixman mit den beiden Nomski-Koffern unbemerkt zur Scheibe gehen, wo er auf seinen Bruder traf, der ohnehin in der Scheibe schlief.

»Willst du mich in die Luft sprengen?« empfing der ihn.

»Ich will Fragen aus dem Weg gehen, um nicht lügen zu müssen. Du hast ja unsere Diskussion auf dem Flug vom Donez gehört. Bei Esman habe ich in der Mondwerkstatt einen Zünder auf Funksignal bestellt sowie ein empfindliches Mikrophon mit 100 Meter Kabel. Morgen will ich in der Wüste die Koffer öffnen und den Inhalt umschichten.«

»Bist du denn lebensmüde?«

»Noch nicht – ich habe den Nomski ja auseinandergenommen. Diese Kofferschlüssel hier hatte er bei sich. Die Zünder an den Koffern reagieren auf Wärme – 100 ° Celsius. Die Kofferdeckel haben keine Sprengfalle beim Öffnen. Ich möchte nur von diesem Plutoniumpulver nichts im Camp haben, falls ein Beutel undicht ist.«

Am frühen Morgen flogen sie einige Kilometer nordwärts bis zu einer Sanddüne im Erg Chech.

»Hoffentlich kommen hier keine neugierigen Tuaregs«, meinte Zetman beim Ausladen der Koffer. Ixman ließ sich noch Schneidzange, einen Schraubendreher und eine Blechschere reichen, dann entfernte er sich 50 Meter von der Scheibe – damit Zetman gegebenenfalls von dem Trauerfall berichten könnte.

Er mußte erst die richtigen Schlüssel ermitteln, weil alle vier Schlösser einen eigenen Schlüssel hatten, doch dann ließen sich die Deckel leicht öffnen. Sie waren, wie auch der ganze Koffer, mit Bleiblech ausgelegt, denn Plutonium gehört mit der Ordnungszahl 94 schon zu den strahlenden Aktinoiden und ist in der Natur nur in Spuren als Zerfallsprodukt nachweisbar. Industriell entsteht es im Reaktor beim Zerfall von Uran 235. Seine kritische Masse liegt in massivem Metall bei 20 Kilogramm. Aber in Pulverform wahrscheinlich wesentlich höher – wenn es überhaupt mit Kettenreaktion reagieren würde. Es war Ixman nicht klar, zu welchem industriellen Zweck die Pulverform benötigt wurde. Im Westen wurde über jedes Gramm Buch geführt – aber in Rußland? Vielleicht war der Chef eines Werkes selbst Ligamitglied und hat dieses Pulver für Anschläge herstellen lassen?

Als erste Handlung kappte Ixman mit der Zange die Leitungen vom Zündsensor zu den Ladungen. Dann nahm er die Plutoniumpakete, verschweißte Plastikbeutel, die in Pappschachteln mit der Aufschrift PU 244 (Halbwertzeit) $8{,}3 \times 10$ hoch 7 (Jahre) steckten.

Anschließend entnahm er zwei der vier Sprengstoffpakete und füllte den Raum mit Pulverpäckchen aus dem zweiten Koffer, der dafür den Sprengstoff erhielt. Darauf wurde der erste Koffer komplettiert mit einem Freiraum für den Funkzünder, für dessen Empfang ein Fenster aus dem Bleiblech fast herausgeschnitten wurde, um es per Hand entfernen zu können. Mit den beiden verschlossenen Koffern, die er gekennzeichnet hatte, machte er sich wieder auf den Weg zur Scheibe.

»Bruder, fliege eine Runde über dem Ozean, dann können wir den Koffer voller Sprengstoff abwerfen, das Salzwasser macht ihn unschädlich.«

Im Camp brachte er den präparierten Koffer wieder in Nomskis Gemach, weil er fürchtete, daß eine auf schlechte Abdichtung basierende Reststrahlung auf die Instrumente in der Scheibe einwirken könne. In der Woche darauf brachte ein Diskusflieger schon den Zünder mit Anschluß für die beiden Zündleitungen. Das Mikrophon wurde an das Aufnahmegerät angepaßt. Von Bruder Uman hatte er sich Hundekuchen mit starkem Schlafmittel präparieren lassen, und Uman rückte auch ein Narkosespray für Menschen heraus. Nun konnte die Osterwoche kommen, die diesmal früh im März lag. Sechs Plutonium-Warnschilder hatte Tubucal auch anfertigen lassen.

Am Mittwoch vor Ostern machte sich das Team schon auf den Weg, falls erste Ligaleute schon Karfreitag eintreffen würden. Ceman hatte sich von Tubucal eine kleine Spitzhacke und einen Spaten ausgeliehen.

In 3 000 Meter Höhe über der Datscha konnten sie nur einen Wagen auf dem Parkplatz ausmachen – wahrscheinlich der vom Wächter. Am späten Nachmittag war wohl Wachwechsel – auch bei den Wagen. Eine Stunde vor Mitternacht landete die Scheibe.

Die beiden Hunde bellten kurz, stürzten sich aber dann sofort auf die Happen Schlafkost, die ihnen Ixman zuwarf. Es dauerte keine fünf Minuten, da lagen sie schon schwer atmend ruhig am Boden. Bruder Uman verstand sein Fach.

Da die Hunde nun ruhig waren, kamen vom Gebäude her leichte Schnarchgeräusche. Beim Näherkommen entdeckten sie den Wächter, der in einer Hausnische im schwachen Schein einer Stallaterne an einem Tisch saß, mit dem Kopf auf der Platte. Darauf standen ein Glas und eine halbleere Flasche.

»Der hat genug Wodka«, meinte Ixman, »aber ich werde ihm zur Sicherheit noch eine Ölung geben«, wobei er ihn noch etwas besprühte.

Ein Durchgang zum Innenhof war offen, und sie bemerkten, daß schon Bänke ringsum aufgestellt worden waren. Beim schwachen Schein eines Viertelmondes konnten sie sehen, daß das Mittelquadrat mit Brettern ausgelegt war, die nach Anheben mit dem Spaten zeigten, daß sie auf Querbohlen gelagert waren.

»Erstklassig, da brauchen wir nicht zu graben«, stellte Ceman erfreut fest.

Eine Stelle schien für ein Rednerpult vorgesehen zu sein. Ixman winkte seinen Bruder heran: »Hebe mal die Bodenbretter vor diesem Platz hier hoch. Das ist der richtige Platz für den Koffer.«

Die Querbohlen waren höher als der Koffer, so daß die Bodenbretter wieder gut einzupassen waren. Nun entdeckten sie an einer Seite der Gebäude einen dunklen Packen, der sich bei Untersuchung als feiner Stoff, plattiert mit Kunstharz, erwies, der an vielen Stellen mit Ösen und Leinen bestückt war. Daneben lag ein etwa acht Meter langer Mast.

»Ha, jetzt weiß ich auch, wofür das Loch in einem Brett in der Mitte des unteren Quadrates ist«, erinnerte sich Ceman, »das wird ein Riesenzeltdach.«

»Richtig, aber da haben zwanzig Mann schwer zu schaffen.«

An dem schlafenden Wächter und den leise röchelnden Hunden vorbei gelangten sie zur Scheibe, wo Zetman die »Attentäter« empfing: »Hoffentlich schnarchen die Hunde nicht bis Karfreitag, dann ahnt die Liga Böses.«

Aber am Donnertag konnten sie mit dem Fernrohr die großen Viecher schon wieder herumrennen sehen. Karfreitag begann schon früh die Anreise von etwa zwei Dutzend Wagen, deren Insassen sich dann mit dem Zelt beschäftigten, das am späten Nachmittag aufgespannt war. Mehrere Männer turnten auf den Gebäudedächern herum, wo sich scheinbar Befestigungspunkte befanden. Bis zum Abend wurde im Zelt bei Licht noch offensichtlich gearbeitet.

Während des Samstags trafen weitere Wagen ein, und am späten Nachmittag brachte ein kleinerer Bus weitere Besucher.

»Das sind ja an die 70 Leute, eine schöne Massenhinrichtung«, meinte Zetman sarkastisch.

»Bei uns wären es auch 50 Personen gewesen, aber gute«, erinnerte Ceman.

»Wie sagte Präsident Kilawi zu mir – man muß den Anfängen wehren; es geht um Tana«, sagte Ixman dazu ruhig. »Scheinbar machen sie eine Abendveranstaltung, was uns entgegenkommt.«

Nach Einbruch der Dunkelheit senkte Zetman die Scheibe ab und ließ ihren Boden schwarz erscheinen, so daß sie sich gegen den Nachthimmel, der sich zum Abend bezogen hatte, nicht abhob. Das Zelt erschien jetzt von innen hell erleuchtet, denn die Zeltplane war nur dünn. Ixman spulte das Mikrophonkabel ab, und Zetman senkte die Scheibe so weit, daß das Mikro das Zeltdach berührte

Alle drei hatten Kopfhörer angelegt und lauschten, wobei Ixman versuchte, die Übertragung zu optimieren.

Ein Redner, wahrscheinlich der »Schatzmeister«, legte eine Reihe von Zahlen vor und versuchte, seine Ausgaben zu rechtfertigen. Es gab Einwände von Ligisten, die er zu entkräften suchte. Es war ein ziemlich langweiliges Palaver. Besonderen Widerstand fand er bei der Verkündung, daß der Mitgliedsbeitrag erhöht werden müsse, um die Reisekosten der weltweiten Agenten zu decken, dabei erwähnte er einen U-Boot-Einsatz, der noch liefe.

»Habt ihr das gehört, Brüder?« fragte Ixman, und die beiden nickten.

Trotz der Proteste verkündete er die neuen Mitgliedertarife, die sich nach den Einkommen richteten. Die Liga war also keine demokratische Organisation, denn es gab keine Abstimmung. Dann war fast eine halbe Stunde lang nur das Gebrabbel der Mitglieder zu hören.

Plötzlich Beifall, dann Ruhe – wohl für einen neuen Redner.

Aber es war nur die Ankündigung für den Vorsitzenden, der mit weiterem Beifall bedacht wurde. Dieser begann mit einer Totenehrung für zwei Verstorbene und der Aufnahme neuer Mitglieder.

Aber dann legte er los: »Wir wollen eine Welt frei von diesen Tana-Diktatoren, die schon Europa und Amerika erobert haben!« Dann schilderte er die Schwierigkeiten, die den Aktivitäten entgegenstünden. Ein Agent hätte Pech gehabt und wäre erkannt worden, sonst hätte er vom Erfolg berichten können, sechs tanahörige Präsidenten, drei schwarze Regierungen und hohe Tana-Leute erledigt zu haben. Nur mäßiger Applaus für die Aktivität mit Mißerfolg.

Es wäre ein besonderer Anschlag geworden mit Plutoniumpulver, das eine größere Anzahl von Menschen vergiften könne und vom Chef einer Atomfirma stamme, der mitten unter uns sitzt. Großer Beifall.

Es liefe aber noch eine ganz andere Aktion. Man hätte von den Iran-Herrschern, die schon mit einer Atombombe die Weltversammlung zur Einsetzung des Tana-Kerls in Brüssel treffen wollten, ein U-Boot mit Besatzung gemietet, das unter Leitung unseres Agenten auf dem Wege zum südlichen Eismeer wäre, um den Tana-Stützpunkt zu versenken, von dem immer die Übersiedler verteilt würden, die mögen auf dem Mond verkommen.« Tosender Beifall belohnte diese Voraussagen.

»Mal sehen, was noch kommt«, überlegte Ixman, »ich werde auch gleich Haman auf die Fährte setzen, denn die Iraner haben keine atomar betriebenen Boote, um diese Strecke getaucht zu bewältigen.«

Neues gab es dann nicht mehr, nur die Absicht, die Präsidenten von Europa und Amerika mit Plutonium über Selbstmordattentäter zu vergiften, wofür auch Moslems geworben würden. Sie sollten ein ganzes Gebäude verseuchen mit Langzeitwirkung, da der strahlende Staub kaum zu entfernen wäre.

»Nun, Brüder, ich glaube, es reicht schon«, damit gab Ixman die Notiz mit der Sprengdepesche an Zetman, der den Wert einstellte und dann den Hebel auf »ON« schob. Ixman hatte inzwischen das Mikrophon eingeholt. Dann drang ein gedämpftes Grollen in die Scheibe, die Lichter waren verlöscht. Zetman wechselte den Standort, von dem man nun erkennen konnte, daß das Zeltdach eingefallen war.

»Fliege jetzt den Zaun ab, aber ganz dicht darüber, damit ich die Schilder an den Zaun hängen kann, bevor Hilfstruppen kommen«, forderte Ixman. Er hielt aber dann Ceman an den Beinen aus der Klappe, da die Arme doch zu kurz waren.

Zetman ließ die Scheibe auf 1 000 Meter steigen, um die Datscha noch zu beobachten. Erst nach einer Stunde kam ein Lastwagen mit Helfern, die aber ratlos vor den Schildern standen. Einer von ihnen nahm sich ein Auto und fuhr zurück. Ein Mensch, wahrscheinlich der Wächter, der die Hilfe geholt hatte, kam aus dem Gebäude auf die Helfer zu und sprach sicher mit ihnen.

»Das haben sie nun von ihrem eigenen Pulver«, bemerkte Ceman, während Ixman schon mit Haman Verbindung hatte.

»Bruder, du mußt ab dem Persischen Golf nach Süden fliegen, ziemlich hoch, damit ihr Übersicht habt. Das Boot wird im freien Meer aufgetaucht fahren wegen der höheren Geschwindigkeit. Versuche, das Boot zur Umkehr zu bewegen.«

Als er dann sah, daß einige Helfer trotz der Schilder wahrscheinlich mit dem Wächter in das Gebäude gingen, meinte er: »Brüder, wir haben hier unsere Aufgabe getan, laßt uns zurückfliegen.«

Auf der »Lavia« eingetroffen, setzte sich Ixman sofort mit Kellmann in Verbindung und schilderte ihm den ganzen Fall.

»Wird einen Riesenwirbel geben, weil sie nicht wissen, wer am Werk war. Wir werden die ukrainischen und russischen Blätter genau übersetzen, um zu hören, was sie herausbekommen. Es waren wohl meist Russen, die für ihre Liga eine Lizenz in der Ukraine hatten. Der Plutoniumlieferant ist ja auch unter den Betroffenen. Schicken Sie uns mal die Tonbänder, wir machen etwas daraus.«

»Ich denke auch später an eine TV-Diskussion mit einem Ethiker, denn ich habe die ganze Aktion praktisch allein zu verantworten.«

»Na, da konnte man gar nicht anders handeln, zumal kein Jurist den Nomski mehr vernehmen kann. Sie dürfen sich nicht nach Verstand oder

Gefühl richten, sondern nur nach dem Buchstaben des Gesetzes.«

Inzwischen lief schon das Drama im Indischen Ozean an. Haman hatte zuerst Kapitän Perschin empfohlen, die »Luvisio« in den atlantischen Sektor Richtung Weddelmeer und Südorkneyinsel zu verlagern, da ein U-Boot-Angriff möglich sei.

Da ihnen der Beginn der U-Bootfahrt nicht bekannt war, flogen sie von Aden zum Horn von Afrika in größerer Höhe und dann tiefer in engen Schleifen, um ein breiteres Gebiet abzudecken in Richtung Madagaskar. In Höhe der Insel Réunion östlich von Madagaskar kam das Boot in Sicht. Aus einigem Abstand und genügender Höhe funkte es Haman an. Er benutzte entgegen dem üblichen Handling Farsi, die persische Staatssprache, und nannte einen französischen Namen mit der Ergänzung Luftkontrolle und der Frage nach der Nationalität des Bootes.

»Zur Zeit ohne private Auftragsfahrt«, war die Antwort des Funkers. Das war nicht korrekt – aber seine Antwort auf Farsi sagte ihnen genug. Haman ging davon aus, daß der Ausguck auf dem Bootsturm mehr nach vorn schaute als nach achtern. So ließ er den Diskus 20 Kilometer hinter dem Boot fast auf die Meeresoberfläche absinken. Bei der Annäherung wurde Nebel ausgestoßen, der mit dem in der Mittagssonne flimmernden Wasser die Konturen des Diskus verschwimmen ließ. Mit seinem Periskop, das den Nebel durchschnitt, konnte er sehen, daß der Ausguck erst nach Betrachten des Gerätes mit dem Fernglas Alarm schlug und in der Luke verschwand, als der Diskus schon auf zwei Kilometer heran war. Nebel abstellen und beschleunigen war eine Handlung. Effman lag schon in Bereitschaft.

Das Boot war durch den Alarm zum Tauchen schon im Absinken, da hatte Effman für den Laserstrahl die richtige Entfernung und brannte – in bewährter Weise – ein Loch bei Mittelhöhe in den Turm. Sekunden darauf schlugen die aufrauschenden Wellen über dem Turm zusammen.

Haman zog den Diskus hoch und wartete – keine Minute darauf tauchte der Turm wieder auf, so daß das Boot wieder normale Funkverbindung hatte.

Er meldete sich nun auf der üblichen Welle: »Hier spricht Tana – rufen Sie den Kapitän in Ihr Funkstudio!« Es dauerte eine Weile, bis der Gewünschte, vielleicht mit nassen Hosen, am Gerät war.

»Kapitän Suliman – was wollen Sie?« Er sprach ein leidliches Englisch.

»Ihr Boot ist nicht mehr tauchfähig. Sie können Ihren Auftrag nicht mehr ausführen, treten Sie die Heimfahrt an. Das Loch ist im Turm.«

»Dann werden wir es flicken.«

»Dann stoppen Sie Ihre Fahrt, funken Sie SOS. Wenn Hilfsschiffe in der Nähe sind, lassen Sie Ihre Besatzung in die Schlauchboote gehen, und wir bringen Ihr Boot zum Sinken.«

»Ha, wie wollen Sie das machen? Wer sind Sie überhaupt?«

»Sie haben von einem Agenten einen Mordauftrag übernommen, vielleicht mit persönlicher Begeisterung – auch Ihrer Besatzung? Jetzt fordert Sie Tana zunächst einmal auf, das Boot zu stoppen.« Eine ganze Weile war Funkstille.

Dann meldete sich der Kapitän wieder: »Der Agent hat das Boot gemietet und will nicht stoppen.«

»Handeln Sie als Kapitän und nehmen Sie ihn gefangen.«

»Er hat eine Pistole und bedroht uns.«

»Dann lassen Sie ihn auf den Turm steigen, damit er sieht, mit wem er es zu tun hat.«

»Das wollte er schon, um zu sehen, wo das Wasser einströmt, denn wir stehen alle darin.« Haman meinte, der Agent solle das nur tun.

Da der Diskus die Geschwindigkeit des Bootes hielt mit etwas Vorlage, konnte sich Effman aus der Luke absinken lassen und trotz des Gegenwindes genau in der Turmwanne landen, wo er sich auf der Rückseite des Turmdeckels an die Wand der Wanne drückte.

Tatsächlich wurde der Schließmechanismus betätigt, und der schwere Deckel hob sich. Für Effman war es die Frage, wer als erster herauskommen würde.

Zuerst erschien ein Kopf mit Zivilmütze, dann griff eine linke Hand an den Rand der Luke, und die rechte stützte sich ab, wobei sie eine Pistole hielt. Klarer Fall.

Effman griff über den Deckel in den Blousonkragen des Agenten, der laut schrie und mit den Armen fuchtelte. Ein Schlag ließ die Pistole über Bord gehen. Der Köper des Agenten hatte keinen Halt mehr und hing frei im Blouson an Effmans Arm. Der schwebte nun in die Höhe, und Haman steuerte den Diskus so, daß die beiden Körper in der Luke landeten.

Als der Agent Boden unter den Füßen spürte, begann er zu protestieren.

Eine saftige Maulschelle von Effman ließ ihn auf dem Hosenboden landen. Seine Hände wurden an die Beine geschlossen, und so blieb er liegen.

»Hallo. Kapitän, wir haben Ihren Mietboß übernommen.«

»Allah sei Dank, das konnte nur Tana gelingen. Wir fahren heim.«

Nach den Ostertagen war die Presse voll aktiv: Die Moskauer »Prawda« sprach von einem hinterlistigen Mord an den 72 Mitgliedern einer

Liga, die Ostern feiern wollten. Die »Iswestija« nannte vor allem das Mordmittel ausgesprochen heimtückisch, da es auch in Spuren einen Körper vergifte. Die Zeitungen in Kiew und Charkow betonten besonders die russischen Interna, die bekannt wurden. So fanden die Polizeikräfte in Schutzanzügen Kofferreste und Verpackungspapier mit russischem Text. Auch das Plutoniumpulver könne nur aus russischer Produktion stammen. Es sei auch verdächtig, daß nur Russen die Opfer gewesen seien.

Dann lud Tana je einen hohen Richter aus Den Haag, dem EU-Gerichtshof Luxemburg, aus Moskau und Washington ein zur Vernehmung eines Agenten der Liga unter der Wahrheitshaube. Sie wurden alle zur »Lavia«, einem rechtsfreien Raum, geflogen.

Vor diesem Gremium wurde der Agent gefragt, ob er freiwillig aussagen wolle. Er spuckte den Herren vor die Füße.

So kam er unter die Haube. Die Juristen waren begeistert von der Sicherheit der Aussage. Ixman machte ihnen aber verständlich, daß diese Aussage nicht vor der nächsten Instanz wiederholbar und vor allem nicht widerrufbar ist. Er stellte ihnen anheim zu entscheiden, ob ihr Rechtssystem einem klaren Verstand entspräche oder der Tendenz, die Wahrheit zu verwässern.

»Sie werden nun verstehen, weshalb wir mit unseren Stützpunkten Ihr Rechtsgebiet meiden und den Irrtümern der Natur keine Pflege einräumen.«

Nach Bekanntgabe der Aussagen durch TTS gab es nur noch kleine Meldungen in Rußland, aber Balken in der Westpresse. »Nach mißglücktem Anschlag auf hohe Regierungskreise mit Plutoniumpulver vernichtet Tana die Mordliga mit ihren eigenen Mitteln und verhinderte einen U-Boot-Anschlag auf den Tana-Stützpunkt.« Und dann folgte hohes Lob für die »Ordnungsmacht« Tana. Zur geplanten Ethikdiskussion im TTS sagte Kellmann vorab, man hätte Mr. Ixman davon abgeraten, seine Zeit durch eine fruchtlose Diskussion mit verklemmten Gehirnen zu schmälern, seine Darstellung müsse für Menschen mit Verstand reichen.

»Ich habe die Ausschaltung dieser Mordliga mit ihrem eigenen Mittel, aber auch die Bewahrung von 50 hohen Persönlichkeiten vor einem Anschlag allein zu verantworten. Ein ethisches Problem für mich? Mitnichten, denn Ethik ist heute nicht mehr völkische Philosophie, sondern reine Politik, um klare Geister abzulehnen. Die Justiz des Westens ist heute mit Ethikern, auch gefühlvollen Frauen, durchsetzt, die das Entartete als gottgewollt pflegen, aber das Gute nicht vor dem Schlechten bewahren. Dabei sollte Opferschutz vor Täterschutz gehen, und so nehmen wir uns das Recht, auch entgegen ihrer Gesetze die Menschen vor Entartungen der Natur durch Entfernen zu bewahren.«

***

Im schattigen Vorgarten einer kleinen Gastwirtschaft am Ausgang der Hafenstraße von Doha in Katar saß ein vollbärtiger Mann vor einem irdenen Becher. Sein breitkrempiger Panama sollte seine Augen, die über den Golf schweiften, vor den Lichtreflexen schützen, die ihren Weg durch das im sanften Wind bewegte Blätterdach fanden. Er war der einzige Gast in der Bodega.

Als nun ein langer, schlanker Typ vorbeischlenderte und mit hellen Augen den Garten musterte, nahm er plötzlich seinen Hut ab und winkte. Der Schlanke verhielt, lachte und kam auf ihn zu.

»Das ist ja ein seltenes Treffen. Ich habe Sie überall auf dem Wasser vermutet, aber nicht hier im Garten«, damit nahm er ihm gegenüber Platz.

»Zuerst – darf ich Sie zu einem kühlen Guinness einladen?« Er winkte dem Wirt. »Die Yacht habe ich verpachtet, an ein indisches Pärchen, die damit Touren auf den Golf hinaus veranstalten für ungläubige Besucher. Sie sind selbst keine Muslime, huldigen eher dem Tana-Glauben.«

»Nun, Tana hat keinen Glauben, sie vermuten nur, wie alles zusammenhängt – ohne Dogma, damit sie jederzeit für neue Erkenntnisse offen sind. Sie wissen, daß sie nicht alles wissen können.«

»Aber darf ich wissen, weshalb wir uns nach Jahren unvermittelt hier treffen?«

Der Schlanke prostete seinem Partner zu, nahm einen langen

Schluck, dann lächelte er: »Vielleicht, um zu entdecken, wo es ein gutes Guinness gibt? Nun, ich koordiniere die Nachrichtensendungen von TTS und dem Katar-Sender, für den ich lange Zeit in Europa war. Dort bewegt sich einiges. Der Matala hat es fertiggebracht, nicht nur die fast dreißig Regierungen hinter sich zu bringen, sondern alle Europäer. Er hat die echte Schweizer Demokratie auf Europa projiziert. Ein politisches Meisterstück! Seinen Ideen können die Regierungen nur noch zustimmen – sonst fragt er das Volk, fast 500 Millionen! Letztens flippte der polnische Ministerpräsident aus – da hat er Super-Ixman nach Warschau gesandt, die Manager haben sich für ihren Premier entschuldigt.«

»Dieser Tana-Mann hat ja jetzt die Verantwortung für den Tod einer ganzen russischen Liga übernommen und behauptet, dadurch 50 hohe Persönlichkeiten gerettet zu haben.«

»Nun, da haben Sie nur seine Ansprache im TTS gehört und nicht den ganzen Gang der Dinge verfolgt, der allerdings in der ersten Phase nicht offengelegt wurde, um die Betroffenen nicht zu verunsichern.«

»In einem Leitartikel stand, daß zu diesem Beginn der ›Öl-aus-sanderzeugung‹ in der Sahara auch die Präsidenten von der USA und der EU eingeladen waren, aber absagten.«

»Im Prinzip soll sie Ixman gewarnt haben, an solchen Großveranstaltungen teilzunehmen, weil es noch Haßgegner von Tana gibt, wie diese Liga, die sich auch aus Geheimgesellschaften rekrutiert haben soll. Wenn sie diese Tana-Präsidenten hätte vergiften können, wäre es für sie ein strahlender Erfolg gewesen.«

»Woher wußte denn die Liga von der Einladung, von der ganzen Feierlichkeit?«

»Der deutsche Erfinder des Verfahrens, der in Rußland lebt, sollte natürlich teilnehmen, verunglückte aber, so daß ein Mitarbeiter fuhr, den die Liga abfing und durch den Attentäter ersetzte. Das war alles möglich, weil eine Sekretärin beim Erfinder Ligamitglied gewesen war.«

»Und wie hatte man den Austauschmann rechtzeitig erkannt?«

»Ein früherer Mitarbeiter von ihm war Ingenieur bei dem Saharaprojekt geworden – und Ixman nahm ihn dann in die Mangel, wobei noch der Angriff per U-Boot auf den Tana-Südstützpunkt offenbar geworden ist.«

»Ah, wo jetzt der gefangene Agent international verhört wurde.«

»Genau, denn Tana spielt mit offenen Karten. Die Kundschafter haben dann die Liga hochgehen lassen mit deren eigenen Mitteln, um weiteren Mord zu unterbinden.«

»Wäre der Fall nicht etwas für Den Haag gewesen?«

»Ha, ha, die hätten sich jahrelang alle Verzierungen abgebrochen, ohne zu Stuhle zu kommen. Tana macht zum Schutz der Menschen mit Mordgier kurzen, aber sehr gerechten Prozeß.«

»Der Ixman soll ja auch in Gaza reihenweise Palästinenser umgelegt haben.«

»Der hat keinen Finger gerührt, das war die Strafe Allahs, weil sie so töricht waren, sich vom Imam aufhetzen zu lassen. Mustafa, der König von Jordanien und der Chef von Ägypten waren Zeugen.«

»Das sind ja alles Muslime.«

»Und die wollte Scheich Shalani vom Doppelgänger ermorden lassen.«

»Es wäre fast so schlimm wie in der Kaaba gewesen, lauter hohe Muslime.«

»Das hat Arabien vom Pilgerstrom befreit, und man lebt heute dort nach dem kleinen Koran von Mustafa.«

»Katar ist ja ziemlich frei im Denken«, sagte der Bärtige und fügte langsam hinzu, »ich habe auch den kleinen Koran. Mustafa hat nur Gutes ausgewählt, was man täglich gebrauchen kann in der Welt von heute. Vor einer Woche ist meine Tochter vom Studium in London zurückgekommen und hat ihn gleich gelesen. Nun will sie einen Mann, der auch danach lebt.«

»Sie müssen ihr einen Moderator beim Sender aussuchen, die

leben schon alle reformiert. Sie können zufrieden sein, daß sie nicht die Tana-Rede von Isfahan gehört hat, dann würde sie höhere Ansprüche stellen.«

»Ich habe sie gehört und gesehen, wie sich der Ayatollah das Genick gebrochen hatte. Nun ja, die Frauen, Mohammed hat sich schließlich auch von der Tätigkeit seiner Frau ernährt.«

»Das hat Ihnen aber kein Imam erzählt«, sagte der Schlanke sofort.

»Nein, nein, das habe ich im Vorwort eines Korans in englischer Sprache gelesen, und es wird wohl stimmen.«

»Tana nimmt jetzt den Islam auseinander. Sie sagen, Mohammed sei Mittelalter – Allah hätte die Zeit nicht angehalten, aber inzwischen den Ungläubigen Geschenke gemacht. Er habe neue Propheten, die seine Kaaba-Strafe für den Heiligen Krieg vorausgesagt haben. Auch kann Tana wohl mit Recht behaupten, daß sie Allah zur Erde gewiesen hat, damit sie mit ihren Wundern seinen Willen vollstrecken.«

Der Bärtige schwieg betroffen gegenüber diesen Argumenten, die sein Verstand voll akzeptieren mußte. »Aber hat Tana nicht die Kaaba zerstört?«

»Sie wissen doch, es geschieht nichts ohne Allahs Willen – und die Geistlichen konnte nur Allah zur Kaaba weisen, eine Viertelstunde vorher.«

Er nickte nur still und wunderte sich selbst über tiefe Risse in seinem Glauben. Dann sahen beide hinaus auf den sonnenflimmernden Golf, während der Wirt für eine frische Lage Guinness sorgte.

* * *

Das Tana-Großschiff eilte schon seit langem mit kleinem Antrieb zum Steuern mit fast Lichtgeschwindigkeit auf das Sonnensystem zu. Zum gegebenen Zeitpunkt setzten Seitenantriebe ein, bis das Heck mit den Reaktoren zur Fahrtrichtung stand.

Dann setzten diese voll ein, und die Phase der negativen Beschleunigung – also das Abbremsen – begann. Da nun die Funkwellen schneller waren als das Schiff, hatte es Sinn, mit der Mondbasis Funkkontakt aufzunehmen.

So erhielt man auch Kunde von fremden Funkzeichen und konnte auf der genannten Wellenlänge auch hin und wieder das geschilderte Geknatter hören, ohne es deuten zu können.

Nach Eintritt in die Planetenbahnen und damit dem Zwang zu lenken, wurde das Schiff wieder mit dem Bug in Fahrtrichtung gedreht und ein kleiner Bremsreaktor am Bug in Betrieb genommen. Nun konnte das Schiff schließlich mit der Geschwindigkeit 0 landen.

Zur Begrüßung war Ixman gekommen und beobachtete, wie ein Diskus auf dem neuen »Förderturm« neben dem Landeplatz festmachte. Auf der Turmseite öffnete sich in seiner Höhe ein Tor im Schiff, und die ersten Raumfahrer stiegen aus – voran Lacona. Die Begrüßung war herzlich, denn sie hatten sich ja fast zwölf Jahre nicht gesehen.

»Ich habe Manato vom Oberen Rat an Bord«, ließ er Ixman wissen, »wir werden ihn mit dem ersten Schub aufwecken. Im Tiefschlaf lassen sich wohl hundert Leute im Diskus unterbringen.«

»Richtig – und vier Transporter können wir einsetzen, von denen jeder für die Tour nach Texas und zurück, einschließlich den Ladezeiten, gut vier Tage benötigt. Wir werden also bei durchgehendem Betrieb mehr als 180 Tage für die Bewältigung des Transportes der 20 000 Schläfer benötigen.«

»Das war auch meine Rechnung«, bestätigte Lacona.

Inzwischen war ein Transportband zwischen Schiff und Turm eingerichtet worden, das seine Last in einen Turmelevator entlud, der sie dann am Diskus in fleißige Hände gab, welche die Tiefschläfer im Diskus unterbrachten.

»Kommt doch gleich mit zur Erde«, forderte Lacona den Botschafter auf, »ich will mal sehen, wie es in Texas läuft.«

»Sicher erstklassig, denn Hitata hat alles getan, seit er Präsident der Vereinigten Staaten ist.«

»Hat er es geschafft? Er war ja damals sehr aktiv um die vierte Amtszeit von Carell bemüht.«

»Während der Zeit wurde er parteiloser Vizepräsident, und man mußte schon die Verfassung ändern – wegen des Notfalls. Seine Wahl fand ohne Kampf statt, weil er beide Parteien überzeugte, für ihn zu stimmen.«

»Das hätte man ja kaum für möglich gehalten.«

»Die Amerikaner haben nach Europa geblickt und gesehen, was ein Tana-Präsident so schafft. Die europäischen Demokratien hatten sich ja auf französische Veranlassung eine Diktaturbehörde geschaffen, die sie mit qualitativen Mehrheiten und Vetorechten im Europarat beherrschen wollten. Als sie sich aus Konkurrenzneid für den neutralen Matala zum Präsidenten entschieden, war dieser im Zweifel, ob alle Europäer das akzeptieren, und der britische Premier schlug eine Volksabstimmung vor. Da erfand Matala ein geniales System dafür, das auch weitere Abstimmungen erlaubte. Matala beherrscht nun alle Europasprachen – ohne unsere Festplatten! – und hielt in jedem Land eine TV-Rede zu dieser Abstimmung. Der Erfolg war enorm, denn er hatte mehr Stimmen als alle Parteien zusammen, weil auch Nichtwähler für ihn stimmten. So ist er ein echter Volkspräsident, und er hat Ideen für Europa! Wenn er sie den Regierungschefs im Rat vorlegt und einige nicht mitziehen wollen, so sagt er: Fragen wir das Volk! Und da wurde immer haushoch zugestimmt.«

»Er beherrscht also die Demokraten durch ihr eigenes System mit Hilfe des Volkes – genial«, fand Lacona, »und das bei 500 Millionen Menschen!«

In Texas stand der gleiche Förderturm wie an der Mondbasis mit der umgekehrten Funktion. Das Transportband lief in das Riesenschiff zu weiteren Verteilerbändern. Mehrere Teststationen waren eingerichtet worden, in denen medizinisches Personal bereitstand. Die Wiedererweckung der Kälteschläfer dauerte im Allgemeinen rund hundert Stunden, denen sich noch ein Fitneßtraining anschloß. In einer großzügig ausgebauten Barackenstadt wurden die Übersiedler eingekleidet, mit Notwendigem ausgestattet und zur Einteilung auf die verschiedenen Länder registriert.

Manch einer blieb zwei Wochen in Texas, bis ein Lufttransport zusammengestellt war, was durch Angehörige des Tana-UN-Teams abgewickelt wurde. Ein Flugplatz für Überseemaschinen schloß sich dem Gelände an.

Die beiden Besucher wollten sich schon nach einer Unterkunft umsehen, bis der Tana-Rat fit wäre, da rief Zetman an und forderte zu einem Kurzurlaub in Brasilia auf, zu der auch Lacona die Einladung gern annahm.

Auf dem Fluge dorthin fragte Zetman nach dem Funkempfang auf der Fremdwelle im äußeren Bereich des Sonnensystems.

»Wir haben einige Male Empfang gehabt, aber schwach.«

»Und visuell war auch nichts zu bemerken?«

»Die Beobachtungsmöglichkeiten sind durch die Teleskope begrenzt, und nur bei geringeren Geschwindigkeiten im Sonnensystem können wir die wenigen Bullaugen freimachen. Es ist ja kein Forschungsschiff, sondern allein für den Transport konstruiert. Im Sonnensystem selbst konnten wir kein Fremdschiff ausmachen.«

»Die Fremden funken vielleicht schon lange, und Unbedarfte auf der Erde haben es wohl für atmosphärische Störungen gehalten, denn es klingt so ähnlich.«

»Wenn sie im Sonnensystem aktiv werden, kann die NASA sie auch mit den Sonden visuell wahrnehmen.«

»Die betrachten sich leider als Konkurrenz von uns und würden eine Feststellung zuerst verschweigen«, vermutete Zetman.

»Du hast wohl recht, Bruder, daß sie seit der Kaaba-Sache zugeknöpft sind. Aber ich werde Hitata informieren. Ein Besuch Fremder ist schließlich Sache der ganzen Erde.«

Die Tage bei der Familie ließen die Weltraumprobleme in den Hintergrund treten und waren auch für Lacona ein seltenes

Erlebnis, denn er konnte mit den Kindern durch den Wald laufen, den es auf Tana schon ewig nicht mehr gab, sowie in fließendem klarem Wasser schwimmen. Tanax war schon auf der Universität in Brasilia und hatte die ersten Semesterferien. Taniza hatte gerade eine große Arbeit über die biologische Entwicklung der Pflanzenwelt abgeschlossen. Man sprach wegen Gloria und Esther englisch, und die beiden Frauen machten den drei Männern das Leben so gemütlich, daß ihnen die Ferientage noch lange in Erinnerung bleiben würden.

Doch dann war Manato fit, und sie flogen mit ihm zur UN, um Tilasi aufzusuchen. Bei ihm lag schon eine Einladung ins Weiße Haus vor, so daß die Reise gleich weiterging. Nach der Begrüßung und den Glückwünschen für Hitatas hohes Amt nahmen die Herren im Kaminzimmer Platz, und es wurde natürlich Tana gesprochen.

Für Manato war alles neu, und er hatte spezielle Fragen, die schon beim Studium der Tana-Zeit auf der Erde entstanden waren. So wollte er wissen, wie nach Ächtung des Krieges die Rüstungsarbeiter entschädigt wurden.

»Die Regierungen der Staaten machten ein Problem daraus, aber wir sahen keines«, erklärte Ixman. »Jedes Land hatte einen großen Wehretat. Sicher würde man nichts bestellen, was man nicht mehr gebrauchen kann. Wenn Firmen keine Bestellungen auf Rüstung erhalten, müssen sie sich um andere Aufträge bemühen oder Leute entlassen. Wenn das eintritt, muß der Staat vom nicht in Anspruch genommenen Rüstungsetat Arbeitslosengelder zahlen in Höhe des Lohnes. Dabei kommt der Staat immer noch viel besser weg, denn die Firmenkosten fallen weg.«

»Haben denn die Staaten diese Argumente anerkannt?«

»Mußten sie ja, denn sie waren logisch. Nur die Firmen waren böse, denn sie hatten Kosten und wenig Verdienst. Wir aber hatten keine Aktien an der Börse. So hat es nur die gut Betuchten getroffen. Viele Staaten trauten zuerst unserer Friedensgarantie nicht und bestellten trotzdem. Nun liegt der Schrott herum.«

»Wenn ein einzelner auf dem Rednerpult Frieden verspricht, würde ich es wohl auch nicht glauben.«

»Da haben wir schon etwas mehr getan als nur geredet. Am Krieg haben einzelne schuld – denen haben wir das Fehlen von Zukunft versprochen.«

Manato lachte: »Bei euren Fähigkeiten ist das ein Todesversprechen.«

»Genau so wurde es auch verstanden. Einen traf es dann, scheinbar als ein Unglücksfall. Bei seinem Nachfolger half Allah mit.«

»Aber das war ja nicht ihr spezieller Job«, schaltete sich Hitata ein, »diese vier Kundschafter haben vor meiner Zeit eine erdweite Aktion veranlaßt, um Amerika und die Erde vor dem Ausbruch einer riesigen Caldera zu bewahren. Alle Industrienationen hatten sich beteiligt, um einen vier Kilometer tiefen Entlastungsschlot zu erstellen. Und wie? Nach einer Tana-Idee mit einer weißglühenden Reaktorkugel, bei deren Montage unsere Männer in den schon arbeitenden Reaktor einstiegen zum Verschweißen innerer Elemente. Dafür haben sie jetzt in den USA höchstes Ansehen.«

»Das muß ja ein ziemlich mächtiger Schlot gewesen sein.«

»Die 10-Meter-Kugel hat ihn durch den Granit runter und rauf erschmolzen – bis ein künstlicher Vulkan entstanden war.«

»Lacona hatte darüber berichtet, aber es war für uns schwer vorstellbar.«

»Ixman hatte zu der Zeit auch die dritte Amtszeit für einen weisen Präsidenten eingeleitet. Ihr seht also, daß unsere Männer nicht nur Entartete zum Schutz der Gesellschaft beseitigen, sondern auch ihre Intelligenz eingesetzt haben.«

Anschließend wurde noch über andere Aktivitäten berichtet, wobei Tilasi erwähnte, daß Botschafter Ixman – mit besonderer Betonung des Titels – einen Massengiftmord im Flugzeug aufgeklärt habe. Als der Mörder vom Weltgericht in Den Haag zu einer Haftstrafe verurteilt werden sollte, hätte ein Bruder von

Ixman den Mörder vor den Augen des Gerichts und höchster Juristen aufgelöst, wofür er Lob in der gesamten öffentlichen Meinung erntete.

»Daß dies möglich ist, hatten wir vermutet«, bemerkte Manato dazu, »aber wir konnten es ja nicht an unseren Leuten erproben und größere Tiere gibt es schon seit ewigen Zeiten auf Tana nicht mehr.« Er sah seine Kollegen nachdenklich an und fuhr dann fort: »Nach allem, was ich gehört habe, muß ich sagen, Ihr habt viel für die Erde getan – und alles für Tana. Und nun möchte ich auch etwas tun – was schlagt Ihr vor?«

Darauf antwortete Tilasi nach kurzem Räuspern: »Wir haben hier auf der Erde ein Volk mit einer jahrtausendealten Kultur, früher ein Kaiserreich, im letzten Jahrhundert unter kommunistische Herrschaft geraten.«

»Ihr sprecht zweifellos von China«, meinte Manato.

»Ihr kennt die Erde genausogut wie ich«, gab Tilasi zu, »ja, China. Die heutige Regierung war nach Darstellung unseres Botschafters sofort bereit, mit dem US-Präsidenten und uns zu kooperieren und hat entscheidend dazu beigetragen, die UN zu reformieren. Es war auch das einzige Land, in dem auf Geburtenbeschränkung geachtet wurde – schon vor unserer Forderung, und es war Vorreiter bei der Einführung der Kurzwellenbeeinflussung. Für das und anderes wirft man der Regierung Nichtachtung der Menschenrechte vor. Natürlich hat sie auch bis vor kurzem eine hohe Zahl von Todesstrafen durchgeführt – zum Teil für nicht todeswürdige Vergehen.

Die Regierung hat mich nun um einen Berater, wenn möglich mit Regierungserfahrung in Tana, gebeten.«

»Aber sicher könnt Ihr mich dort empfehlen – auch wenn wir in diesem Sinne auch keine Regierung sind. Bei mehr als einer Milliarde Menschen muß man auch die Steuerung fest in der Hand halten. Man hat dort ja viele Provinzmachthaber, und denen sollte man auf die Finger schauen.«

»Ich sehe schon, mein Angebot ist gut angekommen. Ich kann euch eine Scheibe mit Piloten und einen Begleiter mit Kundschaftereigenschaften zuordnen – falls mal jemand aufzulösen ist«, meinte Tilasi mit ernster Miene, um dann zu lächeln.

»In Indien gibt es noch mehr Menschen; tun die nichts dagegen?«

»Die Regierung möchte gern, aber das ist eine Demokratie. Sie arbeiten schon lange mit unseren Pharmazeutika, aber ihre Verwaltung ist unsicher und kann es nicht überwachen. Sie haben schon in einem begrenzten Gebiet ohne Genehmigung mit dem übertragbaren Mittel gearbeitet. Das Haarp-System hat man mit der Absicht einer Klimaverbesserung eingeführt, und unser Botschafter hat dazu im Parlament eine harte Rede gehalten, die alle begeistert hat.«

»Hier ist wirklich in den vergangenen Jahren einiges geschehen.«

»Nur Afrika ist bevölkerungsmäßig ein schlimmes Gebiet. Auch nachdem sich einige zusammengeschlossen haben, gibt es noch mehr als 40 Staaten. Mein UN-Vorgänger ist Präsident der Organisation ›Einiges Afrika‹. Trotz seiner Unermüdlichkeit sind die Erfolge sehr begrenzt.«

Darauf brachte Ixman die Ansicht von Präsident Kilawi über die wundergläubige schwarze Seele Afrikas zu Gehör.

»Dann macht Ihr doch den Allmächtigen von Afrika!« forderte Manato.

»Ein Hellhäutiger eignet sich nicht so als Medizinmann«, wehrte Ixman ab, »außerdem müssen wir mit dem gefährlichen Islam klarkommen, der auch in Afrika vertreten ist. Eine Einigung um Israel herum ist auch noch offen nach dem Geschehen von Gaza.« Manato fragte nach Näherem, und man informierte ihn.

»Ein wildes Leben auf der Erde«, mußte er zugeben und schloß die Frage an: »Aber in Europa läuft alles glatt?«

»Die Europäer sind ja keine Hitzköpfe und haben das Genie bekommen, das sie brauchten. Als Matala letzthin die Türkei in die EU holte, hat er gleichzeitig den Kurdenstaat aus der Taufe gehoben – und damit für Ruhe in der Türkei gesorgt.«

»Daß er die Zustimmung der Generäle erhalten hat, war auch für mich ein Wunder«, gestand Hitata.

»Er hat ihnen die Aufgabe gestellt, die Grenze zu Asien und Afrika zu bewachen, der Generalstabschef ist Kommissar für äußere Sicherheit geworden. Nebenbei hat Matala noch die Wahl des Europaparlaments reformiert und eine neue Verfassung proklamiert«, zählte Tilasi auf.

»Dann werden auch die Schweiz und Norwegen beitreten wollen«.

»Denen hat er abgeraten, es würde für sie nur teuer werden und keine Vorteile bringen!«

»Noble Haltung – aber darüber hat er wohl nicht abstimmen lassen.«

»Natürlich nicht«, lachte Tilasi, »davor bewahrt ihn sein Intellekt. Diese Ehrlichkeit zahlt sich aber bei den Vereinbarungen mit diesen beiden Staaten auf vielerlei Weise aus.«

»Wir könnten ein Problem im Sonnensystem bekommen, wo Eure NASA uns helfen könnte, Hitata«, wechselte Ixman das Thema, »wir haben funktechnisch etwas Fremdes ausgemacht, aber visuell keine Erkenntnisse. Die NASA hat Sonden am Saturn und Uranus. Ein fremdes Raumschiff würde sicher deren Monde aufsuchen. Die Sonden würden es dann erfassen. Nur unsere Verbindung zur NASA ist nicht mehr die beste seit der Kaaba-Sache.«

»Da wird Lionel Stanton helfen können. Er ist vor einiger Zeit NASA-Leiter geworden«, griff Hitata den Vorschlag auf, »es wird aber wohl ein Zufall bleiben, wenn auf dem Bildmaterial so etwas wie ein Raumschiff auszumachen ist.«

»Ein Raumschiff ist ein zwar kleines, aber auffälliges Objekt«, meinte Lacona, »wenn es nicht schwarz gefärbt ist, um unentdeckt zu bleiben.«

»Schon möglich, wenn es keine guten Absichten hat«, meinte Ixman, »aber vorerst müssen wir uns noch mit Irdischem beschäftigen. Mit Gaza wurde die Palästinafrage nicht gelöst. Die USA haben Israel stets den Rücken gestärkt, und das hat manche Situation verschärft. Wir haben damals dazu beigetragen, daß sich Israel nicht mehr auf seine atomaren Waffen verlassen kann, weil wir fürchteten, daß sie bei dem vorderasiatischen Rachedenken zum atomaren Einsatz kommen könnten und hofften damit auf tolerantes Denken. Aber das orthodoxe Judentum mit seinen alttestamentarischen Vorstellungen und Prinzipien hat in Israel immer noch zu großen Einfluß auf die Politik. Können wir denn damit rechnen, daß die USA nicht in einem ungeeigneten Augenblick wieder volle Unterstützung zusagt? Viele US-Außenminister haben sich in Palästina die Zungen blutig geredet.«

»Man muß den Umstand berücksichtigen«, erwiderte Hitata vorsichtig, »daß es bei uns sehr viele und sehr einflußreiche Angehörige dieses Volkes gibt, die auch bereit sind, für ihre Heimat Opfer zu bringen.«

»Sehr edel, aber damit kann niemand Palästina befrieden. Die Juden haben ihren Staat, auch mit Gewalt, von den Briten ertrotzt, und die Palästinenser, die genausolange dort leben, vegetieren in Enklaven. Sie müssen auch einen Staat erhalten – aber dann Israel anerkennen. Wer dagegen arbeitet, will Krieg – und hat keine Zukunft mehr.«

»Ein klares, verständliches Wort«, sagte Tilasi sofort, »aber ein Staat in mehreren Teilen?«

»Wir haben mit Israels Premier Golden den Plan besprochen, den Gazastreifen und das Gebiet um Ramallah mit einer abgeschotteten Landbrücke zu verbinden.«

»Ein guter Plan«, war Hitatas sofortige Antwort, »den würden wir auch finanziell voll unterstützen – und Ihr übernehmt die Terrororganisationen.«

Das ging an Ixman.

»O.k., es gilt«, war dessen Antwort.

***

Da Manato den Wunsch geäußert hatte, den ersten Stützpunkt kennenzulernen, nahm ihn Ixman auf dem Weg nach Palästina mit einem kleinen Umweg zu einer Zwischenlandung auf der »Lavia« mit. Dort machte er den Rat mit Petrow bekannt und bat diesen, Manato das Schiff in allen Einzelheiten zu zeigen.

»Aber vermeiden Sie jedes ›Seemannsgarn‹ bei der Schilderung von Situationen«, ermahnte er ihn, »Mr. Manato gehört zur Tana-Regierung.«

Petrow lächelte breit: »Keine Angst, ich habe mich schon von Ihrer Wahrheit infizieren lassen.«

Dann lud er Manato zu einem Gläschen Wodka ein, der diesen zum Husten brachte, und begann einen ausführlichen Rundgang durch den Stützpunkt. Dabei erklärte er die Technik aus seiner Sicht.

»Genau wie die Pflanzen lebt unser Stützpunkt von der Sonne, quasi nach gleichem Prinzip, der Photosynthese. Pflanzen trennen mit dem grünen Farbstoff, dem Chlorophyll, unter Lichteinwirkung das Kohlendioxyd, das ja als Treibhausgas bei der Klimaveränderung bekannt ist, in Sauerstoff und Kohlenstoff, der dann in Verbindung mit Wasser zum Aufbau der Pflanze dient. Entsprechend brauchen wir Antriebsgas für unsere Turbinen.«

»Die befinden sich ja im Mittelteil Ihres ›Trimarans‹, wie wir gesehen haben.«

»Wasserstoff und Sauerstoff, die Gase, die in den Turbinen verbrannt werden, erzeugen wir aus Wassernebel, der in daumenstarke, viereckige Rohre von 30 Metern Länge, die aneinandergekittet unser riesiges Deck bilden, eingeblasen wird. Darin verläuft mittig ein Filter mit einem Katalysator, der unter Sonnenlicht die Wassermoleküle trennt. Da die beiden Gase sich stark im Gewicht unterscheiden, können sie separat in dem Back- beziehungsweise Steuerbordrumpf aufbewahrt werden, bis sie in den Turbinen wieder zu Wasser verbrannt werden.

»Was ist denn das für ein toller Katalysator?«

»Den müßten Sie eigentlich kennen, Mr. Manato, denn dieses

selenhaltige Mineral gibt es nur auf Tana und ist im Labor nicht zu erzeugen.«
»Dann müssen wir es noch ausbeuten, bevor dort Schluß ist.«
»Ich glaube, Mr. Ixman hat das schon eingeleitet.«
»Sie sind doch einmal von einem U-Boot angegriffen worden und der Torpedo ist unter dem Kiel durchgegangen.«
»Weil wir den Kiel über die Wasseroberfläche angehoben hatten. Für eine halbe Minute war ich Luftschiffkapitän. Der schuldige Admiral und sein Bruder waren schon seebestattet, als zwei U-Boot-Commander sie abholen wollten und dann staunten, daß wir von den Supertorpedos nicht zerstört worden waren. Der eine hat es nicht fassen können, der andere meinte, es sei eben Tana-Technik.«
»Und was geschah mit dem ›feindlichen‹ U-Boot?«
»Der Diskus von Mr. Haman hat mit dem Laser ein Loch in den Turm gebohrt, und Mr. Ixman hat es dann allein erobert.«

Manato schüttelte nur den Kopf über diese wilde Erde – aber man müßte sich langsam daran gewöhnen...

Als sie beim Abendessen in der Messe saßen, ging die Tür auf, und Uman kam mit Prof. Neuberg herein. Nach dem gegenseitigen Bekanntmachen wurden sie zum Mittafeln eingeladen. Manato freute sich, den Chefmediziner sprechen zu können, und erfuhr, daß der Gesundheitszustand der Tana-Übersiedler überraschend gut war, trotz Differenz der Atemluftzusammensetzung. Uman wünschte sich aber mehr Ärzte mit Fluggeräten und Piloten, da in Zukunft mit Geburten gerechnet werden müsse, deren Überwachung notwendig sei.

Dann schnitt Prof. Neuberg ein Thema an, das ihn schon beim Schreiben seines Buches bewegt hatte, aber im Kreis harter Männer wenig aktuell war: die gesellschaftliche Stellung der Frau in Tana. Vom Rat Manato erhoffte er sich eine konkrete Darstellung.

»Selbstverständlich sind unsere Frauen nicht nur rechtlich voll gleichgestellt, sondern auch als Mütter des Nachwuchses hoch angesehen und geschätzt, zumal unsere Kinder zwar schon früh Intelligenz entwickeln, aber noch lange einen gewissen seelischen Halt benötigen, so daß man sie erst mit 25 Jahren als voll erwachsen bezeichnen kann«, meinte Manato zum Thema.

»Nun wird man auf Tana ja auch bis zu 200 Jahre alt bei guter Konstitution«, warf Uman ein.

»Sind die Frauen denn in der Mehrzahl berufstätig?«

»Praktisch alle, weil man auf Tana das Genom Faulheit nicht kennt. Da wir Partnerschaft, aber keine feste Ehe kennen, gestehen wir der Mutter nach einer Geburt drei bis vier Jahre Erziehungsurlaub zu. Der Erhalt unseres Volksbestandes verlangt 2,05 Geburten je Frau, wurde aber in den letzten 600 Jahren stark reduziert.«

»Uns fiel auf, daß Ihre Übersiedlerinnen nur als Dozentinnen wirken.«

»Das Regieren ist auf der Erde zu 95 % Männersache, besonders in den farbigen Ländern mit Religionen, welche die Frau in die zweite Reihe stellen. In unseren Räten auf Tana sind Frauen zumindest zu 40 % vertreten, zur Zeit auch mehr, denn sie müssen die Männer ersetzen, die auf der Erde tätig sind. Der Einsatz als Beraterin auf der Erde käme mit Aussicht auf Erfolg wohl nur in den weißen Ländern in Frage. Hinzu kommt in der farbigen Welt der erhöhte Sexualtrieb der Männer, so daß sich unsere Frauen noch gegen Übergriffe wehren müßten.«

»Das letzte ist ein wesentliches Argument und in vielen Ländern der Erde nicht zu unterschätzen«, bestätigte Prof. Neuberg, »und ich danke Ihnen, Mr. Manato, für die ausführliche Darstellung.«

»Man sollte es ruhig zugeben«, meinte Petrow drastisch, »die Erde ist ein bunter Hexenkessel, in den sich eine edle Monokultur verirrt hat.«

Er stand auf und kam mit einer Flasche Krimsekt zurück, die er zu Ehren des hohen Tana-Gastes »knallen« ließ – und selbst der »Tana-Medizinmann« genehmigte sich ein halbes Gläschen … sicher hatte er eine Antipille.

***

Die Ereignisse bei Gaza und in Mali hatten Ixman überzeugt, daß Zusammenkünfte von Spitzenleuten immer die Aktivitäten von Imagegierigen herausfordern und für die Versammelten zur Gefahr werden. Er hatte sich also für die Lösung der brisanten Palästinafrage eine Selektivtechnik vorgestellt und hoffte, damit nicht schneller, aber sicherer zum Zuge zu kommen.

So suchte er zuerst Mustafa wegen der Übernahme von Palästinenseremigranten auf. Sie legten die Zahl der Erwachsenen mit rund 100.000 fest. Die Frauen und Mädchen ab zehn Jahre müßten bereit sein, die Verhütungspille zu nehmen. Wenn eine Frau die NAU wieder für dauernd verlassen wolle, eventuell um zu heiraten, würde sie die Antipille erhalten. Kinder könnten mit emigrieren. In einem förmlichen Vertrag verpflichtete sich Mustafa zu diesen Bedingungen. Er wurde sofort in Gegenwart des Präsidenten ratifiziert.

Damit suchte Ixman Premier Golden in Tel Aviv auf, der weniger Kompetenz hatte und zwei Minister hinzuzog. Hier mußte die Grenzziehung festgelegt werden, die für den Gazastreifen klar war, aber im Ramallahgebiet einigen Handels bedurfte, wobei Ixman ein guter Streiter für die palästinensische Seite war.

Die Landbrücke zum Gazastreifen sollte sich dem Gelände anpassen und eine freie Durchfahrtshöhe von sechs Metern für die Verkehrswege erhalten. Als Grenze zwischen israelischem und palästinensischem Gebiet sollte eine nicht über zweieinhalb Meter hohe Mauer oder ein entsprechender Drahtzaun festgelegt werden. An den Verkehrswegen seien Tore mit Wachhäusern vorzusehen. Ein Transfer für die israelische Seite durch das Ramallahgebiet sei nicht möglich. Die Landbrücke sollte vierspurig sein und mit Nebenfahrbahn, Sichtblenden und einer Hilfestation versehen werden. Die USA sollten sich zumindest mit 50 % an den Kosten beteiligen. Grundbedingung für jede Vereinbarung sei die Anerkennung Israels in seinen jetzigen Grenzen, das sich im Gegenzug verpflichte, keine Zuwanderer mehr aufzunehmen.

Golden brauchte fünf Tage für die Ratifizierung dieses Vorvertrages in
seinem Parlament.
Mit diesen beiden Verträgen ging Ixman auf die vier Männer in Ramallah zu, die sich nach dem Ende von Scheich Shalani zum Regieren zusammengefunden hatten. Die vier, darunter ein Imam, hatten einen gewissen Einfluß, aber nicht das gesamte Volk hinter sich.
Sie fanden das Gebotene logisch und durchaus zu akzeptieren, aber waren sich unsicher, ob die Mehrheit des Volkes zustimmen würde.
Ihr Sprecher sagte dazu offen: »Mehr können wir nicht erreichen, aber es gibt bei uns Organisationen, die davon träumen, Israel von der Landkarte zu tilgen. Wenn wir nun zustimmen, würden sie mit Terror antworten. Im Grunde trauen wir uns nicht einmal, das Angebot zu verkünden.«
Daraufhin forderte Ixman eine Volksversammlung auf einem freien Platz bei Ramallah, wo er eben das tun würde. Allerdings dürften die Polizisten keine Munition in den Waffen oder den Taschen haben, denn die könnte explodieren – man denke an den Kongostaat.
Einige Tage später hatte der Bürgermeister von Ramallah alles eingeleitet und eine kleine Rednertribüne mit einem Zaun ringsum errichten lassen, aber er sagte telefonisch zu Ixman, daß er für dessen Sicherheit nicht garantieren könne.
Zum Versammlungstag hatten die Antiorganisationen, nur 40 Meter von der ersten entfernt, eine zweite Rednertribüne mit einem riesigen Lautsprecher errichtet. Es war kurz vor Beginn, als mit leisem Brummen der riesige Diskus nur in Haushöhe über die Köpfe der Versammelten hinwegzog. Hier und da knallte es, und Geschrei wurde laut. Dann gab es zwei kräftige Explosionen unmittelbar neben der Treppe zur Tribüne, wo eben noch zwei Araber in weiten Gewändern gestanden hatten.
Eine Ambulanz fuhr heran, aber außer den beiden Zerplatzten gab es keine Verletzten. Natürlich verzögerte sich der Beginn,

denn einige hatten Waffen bei sich, deren Munition detonierte und ihre Träger verwundete.

Eine gewisse Erregung legte sich langsam, und alles schaute auf das große Fluggerät, das still über der Tribüne stand. Aus einer Bodenluke erschienen zwei Beine, dann ein Körper, der sacht auf die Tribüne zuschwebte. Nun war Ixman präsent. Seine Stimme wurde vom Lautsprecher des Diskus übertragen und kam aus einer Höhe von etwa zwanzig Metern.

»Volk von Palästina! Die Gründung eures Staates halte ich hier in meinen Händen.« Er schwenkte zwei Blatt Papier, die er in den Händen hielt, aber schon die letzten drei Worte gingen in der Klamaukmusik unter, die aus dem benachbarten Riesenlautsprecher kam.

Effman war vorbereitet und schickte einen Laserblitz hinüber, der das Gerät in einer Sekunde verdampfen ließ.

»Es sind bindende Verträge mit der nordafrikanischen Union und Israel. Eure Regierungsvertretung hat sie gutgeheißen, sich aber wegen der Terrororganisationen«, er zeigte auf die Nebentribüne, »gefürchtet, sie euch zu verkünden. So will ich sie euch verlesen.« Er sprach langsam und sehr deutlich, damit jeder sie verstehen konnte. Als die Anerkennung Israels genannt wurde, kam lautes Protestgeheul aus Richtung der anderen Tribüne.

»Es ist eine Vereinbarung mit Nehmen und Geben, von Toleranz und Verständigung. Die Palästinenser, Frauen und Männer, müssen in der Mehrzahl zustimmen, damit es einen international anerkannten Staat Palästina geben und Frieden herrschen wird in einem Gebiet, das schon seit mehr als 2.000 Jahren von Juden und Arabern bewohnt wird. Wenn ihr zugestimmt habt und euer Staat proklamiert wurde, wird Tana jeden Störversuch, gleichgültig von welcher Seite, mit allen uns zur Verfügung stehenden Mitteln beantworten. Behindert eure Regierenden nicht bei der Vorbereitung einer Abstimmung – ohne eure Zustimmung geht es nicht. Laßt euch nicht aufhetzen – Israel zu zerstören ist ein sinnloser Traum, den nicht einmal

Mohammed hatte. Hinter Israel stehen alle real denkenden Staaten. Ich wünsche euch klares Denken und eine sichere Entscheidung für eine Lösung, die friedlich nicht besser zu gestalten war.«

Zum Abschiedsgruß hob Ixman beide Hände, da begann auf der Nebentribüne ein Kerl aus Leibeskräften zu brüllen: »Tana will euch betrügen, das sind die Hunde der Amerikaner. Laßt Euch nicht um unser Ziel bringen, die Juden ins Meer zu jagen.«

Während er weiter brüllte, duckte sich Ixman zum Sprung – und dann sahen Tausende, wie er durch die Luft flog, auf dem Nebenpodest landete, den erschreckten, dann wild zappelnden Redner beim Gewand packte und nach oben schwebte, wo schon der Diskus wartete, um die beiden aufzunehmen.

Ein Blick nach unten zeigte Ixman, daß sich Dutzende von Fanatikern zusammengerottet hatten und Verwünschungen ausstießen. Direkt unter dem Diskus standen vier Figuren und schwenkten drohend ihre Messer. Dann sahen alle, wie die silbergraue Gestalt aus der Luke fiel und inmitten der wilden vier zu Boden kam.

Wie von allen erwartet, stürzten sich die vier auf ihn – verloren Hände und Arme – da streckte Ixman seine Arme aus und drehte sich einmal.

Vier Leiber ohne Köpfe zuckten am Boden. Ein lautes Geheul ringsum, aber niemand kam ihm zu nahe. Als er auf die ekstatisch Brüllenden zuging, wichen sie entsetzt zurück – Gaza im Gedächtnis, den Beweis vor sich.

Also stieg er auf die Nebentribüne und wartete, bis Ruhe einkehrte. Seine Stimme, diskusverstärkt, hallte dann über das weite Feld: »Terroristen von Palästina! Wir sagen euch den gnadenlosen Kampf an. Ich habe euren Anführer gefangengenommen, ich werde sein Gehirn im Wahrheitstest auswringen nach Euren Namen und Adressen. Ihr habt jahrelang keine Gnade mit Unschuldigen gekannt. Wir kennen jetzt keine Gnade mehr mit euch Schuldigen. Allah hat uns den Weg zur Erde gewiesen, damit wir sein Friedensgebot durchsetzen, und wir werden seine Weisung bis zum letzten erfüllen – und seid euch bewußt, für uns gilt kein Gesetz der Erde.«

Die Arme in die Hüften gestemmt, schwebte er zum Diskus und verschwand in der Luke. Getarnte TTS-Leute hatten das alles dokumentiert, und am nächsten Tage war es eine Sensation für die Weltpresse.

»Tana macht ernst mit dem Terror und richtet selbst.« Das war der Grundtenor in der gesamten Presse. Einige fragten, ob Tana auch bei israelischen Militärübergriffen einschreiten würde, da sie oft Terror gleichkämen, und andere forderten endlich Wahrheitsgeräte in allen Staaten – auch ohne ethische Hürden.

Die Vernehmung des Mohammed Dhilan ergab dann über 50 Namen und Adressen und an welchem geheimen Ort die kompletten Listen lagerten. Es war auch ein Bruder eines der Regierenden darunter. Nachdem er erfahren hatte, daß er auf Tanas schwarzer Liste stand, tötete er sich selbst. Einige Adressen lagen auf israelischem Gebiet. Als beim ersten Mitglied der Geheimdienst vorsprach, sprengte er sich in die Luft, wobei zwei Beamte schwer verletzt wurden.

Darauf wurden alle Verhaftungsaktionen mit Tana abgesprochen, damit vorher das Hausgebiet mit der Induktionswelle des Diskus von Sprengmitteln saniert werden konnte. Es gab daraufhin in einer Reihe von Häusern Explosionen, zum Teil, weil die betroffenen Terroristen Sprenggürtel angelegt hatten.

Nachdem diese Aktion ziemlich abgeschlossen war, konnte die Vorbereitung zur Volksabstimmung eingeleitet werden.

»Ich hätte nie gedacht«, sagte der mitregierende Saul Anam, »daß wir bis zu diesem Punkt kommen würden.«

Die Zahl der Wahlberechtigten lag klar, daher sollten nur Stimmen abgegeben werden, welche die Staatsgründung unter den gegebenen Bedingungen befürworteten. Stimmberechtigt waren Frauen und Männer ab 18 Jahre.

Israels Premier Golden lobte zwar die Initiative Ixmans gegen die Terroristen, hatte aber Zweifel, daß damit die jahrzehntelange verhaltene Wut gegen Israel auszurotten wäre.

»Von heute auf morgen wohl nicht, Vertrauen wächst nur langsam und muß von beiden Seiten fundiert und gepflegt werden. Wer die andere Seite als minderwertig ansieht, liegt schon falsch, denn er wird sie das an vielen Kleinigkeiten spüren lassen und dadurch wieder Vorbehalte aufbauen als Beginn wiederauflebender Konfrontation. Sie müssen Ihre Bevölkerung und das Militär zu entsprechender Haltung veranlassen, Mr. Golden.«

Bei der Abstimmung wurden dann 65 % der Stimmzettel abgegeben, also eine schwache Zwei-Drittel-Mehrheit. Die Abstimmung selbst verlief ohne Störungen, aber der Diskus flog zur Warnung auch den ganzen Tag über den Gebieten.

Zu einem TTS-Mann sagte ein Palästinenser: »Mit Terror haben wir nichts erreicht, die Organisationen waren nur Selbstzweck einiger Wilder. Diplomatisch konnten wir auch nichts erreichen, weil zu viele Seiten ihre Bedingungen verteidigten. Es ist ein großer Vorteil für uns, daß eine neutrale, echte Macht sich des Problems angenommen und für alle Seiten Schranken gesetzt hat.«

* * *

Nachdem Manato einige Besuche bei Matala in Europa und Dr. Usava in Kapstadt gemacht und inzwischen Chinesisch gelernt hatte, wobei ihm ein Begleiter aus dem UN-Team behilflich gewesen war, bat er Tilasi, ihn in Peking zu avisieren einschließlich Scheibe und Begleitung.

Man nannte ihm als Ansprechpartner Innenminister Li Hang, weil dieser am besten Englisch sprach. Als er aber Manatos Chinesisch hörte, meldete er sich gleich mit seinem Besucher beim Ministerpräsidenten Wumahung an.

Nach der üblichen Begrüßungszeremonie und den höflichen

Fragen nach dem persönlichen Befinden kam man doch schnell zu den Sorgen, die China international hatte.

»Man wirft uns regelmäßig einen Mangel an Menschenrechten vor, es ist sozusagen ein Muß für alle Besucher aus der sogenannten freien Welt. Ein Land wie die Schweiz kann da vielleicht großzügig sein, aber wir sind so groß an Bevölkerung, daß wir schon seit Jahrzehnten die Zahl der Kinder begrenzen mußten – als ein Beispiel zum Menschenrecht. Wir sind auch so groß, daß eine Regierung zu wenig ist. Wir haben also Provinzregierungen, denen wir beträchtliche Rechte zuordnen mußten, damit sie effektiv arbeiten konnten. Deren Entscheidungen alle zu überwachen, fehlt uns geeignetes Personal. So mag dort schon, besonders in Rechtsfragen, gegen das Menschenrecht verstoßen werden. Wir haben uns vor einigen Jahren die Zustimmung zur Durchführung der Todesstrafe vorbehalten, aber es sind jährlich Tausende von Fällen, in die ich genaue Einsicht haben müßte für eine gerechte Entscheidung«, führte Wumahung als Einleitung aus.

»Halten sich denn die Provinzregierungen bei ihren Urteilen an die Gesetze?«

»Wir denken schon, obgleich die Richter ziemlich unabhängig sind.«

»Könnte man die Art der Straftaten mit Todesstrafe verringern?«

»Das wären die politischen Straftaten, aber da müßten die Parteikader zustimmen – und die fürchten Opposition. Diese Straftaten rechnet man im Westen auch zu den Menschenrechten, aber bei uns würden sie die Funktion des Staates in Frage stellen. Man müßte für Gegner Arbeitslager einrichten – wie in Rußland.«

Manatos Frage schien naiv: »Gibt es denn soviel Oppositionelle?«

»Ha, mindestens jeder zweite meint, es besser zu können als die Regierung, und wer gut sprechen kann, überzeugt weitere von seiner Meinung.«

»Können da nicht die Mitglieder Ihrer Staatspartei Überzeugungsarbeit leisten?« Manato konnte sich nur schwer in die Verhältnisse hineindenken.

»Sie tun es ja, aber man gibt ihnen schnell recht oder weicht ihnen durch Schweigen aus, weil gefürchtet wird, als Regierungsgegner verhaftet zu werden.«

»Sie gestehen da einen Fehler im System selbst ein. Es muß eine offene Diskussion möglich sein ohne Furcht vor Verhaftung, denn schließlich kann es auch auf Regierungsseite eine Schwäche geben, die von seiten der Partei nicht erkannt oder loyalerweise nicht benannt wurde. Wenn man auf einer Anhöhe steht, kann man nicht sehen, was im Tal passiert.«

Zustimmend nickten Li Hang und der Präsident, der meinte: »Es ist wahr, daß der Kontakt zum Volk selbst verlorengeht, wenn es nur noch als Masse gesehen wird. Wir werden überlegen, wie weit diese trennende Mauer abgesenkt werden kann, ohne die Autorität der Regierung zu gefährden. Wir müssen dabei auch die Belange der Provinzregierungen berücksichtigen, die nicht ganz so hoch angesiedelt sind. Ihre Handlungsfähigkeit darf durch eine neue Toleranz nicht geschmälert werden.«

»Vielleicht kann durch eine gewisse Absenkung der Straffähigkeit von Meinungsäußerungen die staatliche Forderung auf Verurteilung dieser Vergehen gemildert werden, vorzugsweise für jene, die nicht auf Schwächen im Genom hindeuten, wie zum Beispiel eine andere Meinung. Das würde vor allem einen Vorwurf der Ungerechtigkeit entkräften.«

Die beiden Chinesen lächelten nachsichtig, und Li Hang sprach ihre Gedanken aus: »Ihre Ansicht ist durchaus richtig, aber Sie kennen noch nicht die verschiedenen Charaktere unserer diversen Volksgruppen. Was im Süden mit Verständnis als Schritt zur Normalität geschätzt wird, kann im Norden und Westen als Schwäche der Regierung ausgelegt werden und zu Widerstand aller Art führen.«

»Könnten die Provinzregierungen nicht ermächtigt werden, Ihre vorgegebene Richtung im Bereich ihrer Kompetenzen auszulegen? So würde die neue Linie mit ihren Auswirkungen nicht direkt Ihnen zugeordnet und eventuell als Schwäche ausgelegt werden.«

»Das wäre wohl ein Weg. Nun, Mr. Manato, wir können nicht erwarten, daß Sie sicher fundierte Vorschläge machen in einem Bereich, der Ihnen völlig fremd ist, aber wir waren erstaunt, wie variabel Sie unseren Einwänden begegneten. Wir empfehlen Ihnen, Gespräche mit allen Provinzregierungen zu führen, ohne auf unser heutiges Gespräch Bezug zu nehmen. Lassen Sie sich ausführlich über die Gerichtspraktiken informieren, denn gerade in diesem Bereich kann einiges für die Menschenrechte getan werden. Vielleicht liegt der Schlüssel auch bei den Finanzen, denn eine Beerdigung ist billiger als langjähriges Gefängnis.«

Diese Worte ließen Manato schon ahnen, welchen Mentalitäten er auf seiner Rundreise begegnen würde. Man hatte ihm Lin Fu, einen hohen Beamten in der Regierung, als Begleitung beigegeben, der natürlich auch nicht alle Ecken in China kannte, der aber einen Ausweis hatte, der ihm alle Türen öffnete. Er half auch bei der Suche nach guten Hotelunterkünften, sofern die Provinzregierungen keine Gästehäuser führten.

Gleich zu Beginn gab Lin Fu folgenden Rat: »Es sind 29 Provinzen mit ihren Präfekturen, Kreisen und Bezirken. Dazu gibt es vier ›autonome‹ Gebiete, in denen die Belange von Minderheiten berücksichtigt werden. Hinzu kommen elf Großstädte mit mehr als 2 Millionen Einwohnern. Ich schlage vor, in der jetzigen kalten Jahreszeit zuerst den Süden aufzusuchen mit der Provinz Guang-dong und der Hauptstadt Kanton sowie Fu-jian mit der Stadt Fu-zhou. Ihnen gegenüber liegt Taiwan, das jetzt wieder zu China gehört. Daran anschließend empfiehlt sich Jang-xi.«

Die Voranmeldung übernahm jeweils Lin Fu, so daß sie als Staatsgäste gebührend empfangen wurden. Der Pilot der Scheibe verblieb zur Sicherheit in seinem Fluggerät, aber der Tana-Begleiter Geman war überall zugegen, und es wurde anerkannt, daß auch er – aufgrund seiner Festplatte – ein gutes Chinesisch sprach. Der »Provinzfürst« Chiang Lou lud sie zu Besichtigungsfahrten in die industriellen Randgebiete der Stadt ein, wo Manato auf die qualmenden Schornsteine hinwies, welche die Atemluft belasteten.

»Wir sind uns bewußt, daß dieser Ausstoß weder für die Gesundheit der Menschen noch für die Atmosphäre vorteilhaft ist. Aber China hat sehr viele Menschen, die leben wollen. Wenn wir teure Filteranlagen betreiben, so werden unsere Produkte teurer für den Export und damit weniger gefragt, was zur Arbeitslosigkeit oder zu geringeren Löhnen führen kann.«

Manato nahm diese Darstellung schweigend zur Kenntnis. Ihm fehlte noch die globale Übersicht, um mit Vergleichen antworten zu können. In den Industrieländern mit sauberer Luft gab es sicher auch Arbeitslose, aber weil die Handelsagenturen billige Waren aus China einführten, deren Qualität wohl auch Wünsche offenließ. Natürlich waren die Schwierigkeiten mit der hohen Bevölkerungszahl zu berücksichtigen, aber nach seinen Informationen strebte China nach industrieller Expansion. Ob diese so dringend ist? Das Gen, das den Ehrgeiz steuert, kannte hier offenbar keine Grenzen.

Als er mit Lin Fu darüber sprach, forderte dieser Verständnis für China: »Wir haben als Reich der Mitte – Ching Kuo – eine 4500 Jahre alte Geschichte mit mehr als zehn Herrscherdynastien, deren sich jeder Chinese bewußt ist, und China war als einziges Land der Erde nie besetzt.

Aber im neunzehnten Jahrhundert gab es eine Reihe von Rückschlägen, beginnend mit dem Opiumkrieg 1840 über den Krieg mit Japan und Verlust von Taiwan bis zum Boxeraufstand 1899 gegen Fremdeinfluß. China mußte Verträge über Niederlassungen abschließen wie Hongkong, Macao, Tsingtau.«

»Wieso konnte China dazu gezwungen werden?«

»China hatte keine Flotte, aber Japan und die Europäer. Im 20. Jahrhundert gab es 1912 die Revolution mit Abdankung des Kaisers der Man-Dynastie und von 1919 bis 1937 Bürgerkrieg, den Japan zum Besetzen der Mandschurei nutzte.«

»Konnte Japan einfach die Provinz besetzen?« war die erstaunte Frage des »Außerirdischen«, dem so eine Handlung unbegreiflich war.

»Japan ist auf seinen Inseln auch übervölkert und hatte die Macht dazu. Landnahme ist auf der Erde oft Grund für Kriege gewesen. Auf den Zweiten Weltkrieg folgend, kam nach erneutem Bürgerkrieg die Herrschaft von Mao Tsetung, der den Führer der nationalen Partei, Tschiang Kaichek, auf die Insel Taiwan vertrieb. 1966 bis 1969 entfesselte seine Frau ideologisch begründet mit den Roten Garden die sogenannte Kulturrevolution, welche die Stellung

von Stadt und Land, von Industrie und Landwirtschaft, von körperlicher und geistiger Arbeit ausgleichen sollte, aber viel zerstörte. Dafür wurde nach Maos Tod seine Frau mit der Viererbande verurteilt.«

» Eine bewegte Zeit, die China nicht voranbrachte.«

»Nur politisch durch Aufnahme in die UN 1971 unter Ausschluß Taiwans und Zubilligung eines ständigen Sitzes im Sicherheitsrat mit Vetorecht, aber es gab keinen wirtschaftlichen Fortschritt – den holt man seither mit nationalem Enthusiasmus nach.«

Nach diesem Überblick fiel es Manato schwer, weiter die qualmenden Schlote zu verurteilen, aber er hoffte, daß nach weiterer Konsolidierung der Wirtschaft auch dafür Mittel zur Verfügung stehen würden, die von Regierungsseite eingesetzt werden müßten.

Am letzten Besuchstag fragt Manato dann noch Chiang Lou nach der Anzahl der Todesurteile in seinem Bereich. Das schien ihm wenig angenehm zu sein.

»Es ist Sache des Gerichts und die Vollsteckung muß von Peking bestätigt werden. In der Regel werden Mörder dazu verurteilt, und es waren weniger als zehn Fälle, nachdem für politische Vergehen nur Haft verhängt wird.«

»Das hier ist unsere erste Provinz, die wir aufgesucht haben, deshalb meine Frage: Urteilen die Gerichte in allen Provinzen nach gleichen Richtlinien?«

»Zentrale Richtlinien gibt es, aber Richter haben auch Ermessensspielraum. Natürlich bleibt Mord, auch aus Eifersucht, immer Mord mit Todesstrafe.«
»Gibt es eine Revisionsmöglichkeit?«
»Selten, denn diese Strafe wird nur in klaren Fällen verhängt. Als Revision kann man vielleicht die heutige Zustimmung durch Peking betrachten.«
»Und wie steht es mit den politischen Vergehen?«
Chiang Lou kniff seine schmalen schwarzen Augen noch weiter zusammen: »Ein weites Feld – von einem blöden Witz bis zur Planung einer Demonstration mit Widerstand gegen die Staatsgewalt, was seit vielen Jahren nicht vorgekommen ist. Dann könnte ein Gericht wohl auch heute die Todesstrafe aussprechen, und Peking würde sie genehmigen.«
»Verzeihen Sie meine Fragen, aber ich muß mir ein Bild von China machen, um beraten zu können – und ich danke Ihnen für Ihre Offenheit.«
Nach der Verabschiedung aus Kanton meinte Lin Fu anerkennend: »Solche Auskünfte hätte der Provinzchef keinem anderen gegeben, aber Ihre Sonnenaugen schauen dem Gesprächspartner ins Herz.«
Die nächste Provinz war Fu-jian. Sie hatte die gleiche Küstenlandschaft, lag aber direkt gegenüber Taiwan. Sie wurden in der Hauptstadt Fu-zhou empfangen und man reichte schon nach dem ersten Informationsgespräch edle Fischgerichte, denen sich Geman und der Pilot enthalten mußten, aber für Manato ein ganz neuer Genußwaren, da es in Tanas Gewässern nur noch ungenießbare Fische gab.
Man war in dieser Provinz sehr zufrieden, daß die ständige Kriegsdrohung gegen Taiwan aufgehoben und die Frage friedlich gelöst worden war, wobei Tilasi von Tana guten Anteil hatte.
Hier war die Zahl der Todesstrafen noch geringer und die sofortige Hinrichtung nach dem O.k. aus Peking wurde als human betrachtet gegenüber einem oft jahrelangen Aufenthalts

in der Toderzelle, wie es in den USA fast üblich wäre. Man lobte sogar das menschliche Verständnis der Richter allgemein, besonders für junge Leute, die wohl noch zu bessern sind. In der Haft mußte jeder arbeiten, um seinen Aufenthalt zu bezahlen.

Das fand Manato sehr logisch und auch erzieherisch.

Der geplante Besuch in der Provinz Jiang-xi mußte verlegt werden. Nach längerem Fragen hatte Lin Fu erfahren, daß der Regierungschef in Nan Chang im Krankenhaus liegt. Er schlug daher vor, die zentraler gelegene Provinz An-hui aufzusuchen, die schon teils zum Gebiet von Manschukuo gehört, das vor gut hundert Jahren von Japan besetzt worden war und in bezug auf Infrastruktur Vorteile hatte, die aber durch die »Kulturrevolution« geschädigt worden waren. Lins Besuchsankündigung wurde in He-fei begrüßt, unterbrach sie doch den üblichen Ablauf der Tage.

Chef Li Chang hatte für sein Gebiet gute Produktionszahlen aufzuweisen und konnte schon einmal einen Staatsbesuch reichlich bewirten, wozu er dann auch seine Regierungsmitarbeiter einlud.

Zu den rauchenden Schornsteinen sagte er stolz: »Wir verbrennen hier unsere eigene Kohle, aber nur aus staatlichen Bergwerken und Gruben. Der Ruß, der überall nieder rieselt, verschmutzt natürlich viel, aber daran wird sich vorläufig wohl nichts ändern.«

»Haben Sie hier auch private Bergwerke?« wollte Manato wissen.

»Kohle gibt es in China an vielen Stellen in großen und kleinen Vorkommen, auch mit sehr primitiven Fördermethoden. Nach Unfällen sind viele Gruben geschlossen worden, aber auf privater Basis fanden sich immer wieder Bergleute und Helfer, die illegal für zivilen Bedarf fördern.«

»Läßt sich diese Entnahme nicht durch Überwachung verhindern?«

»In bezug auf die Kohle, die ja dem Volk gehört und im Lande bleibt für die kalte Jahreszeit, wäre die Förderung über den industriellen Bedarf hinaus zu begrüßen, aber die Gefahr eines Unglücks in solchem Betrieb ohne Sicherheitsmaßnahmen ist groß.«

»Also wäre eine Beaufsichtigung schon sinnvoll.«

»In der Theorie vielleicht, in der Praxis bekommt der Beamte, der weiß, daß niemand bestohlen wird, einen Sack Kohle ins Haus geliefert – und schaut weg.«

Nach kurzer Überlegung erwiderte Manato: »Von der Staatsräson her wäre das alles nicht zu dulden, aber nach Ihrer Darstellung ist es vom Eigentum her gesehen so, als entnehme man aus der Wüste Sand. Wie aber sieht es aus, wenn ein Unglück geschieht?«

»Mit dem in ein Unglück Verwickelten wird allgemein milde verfahren. Es gibt aber auch Fälle, wo ein Geschäftsmann alles gemanagt und Löhne gezahlt hat ohne persönliches Gesundheitsrisiko. Für diesen und seine Lohnarbeiter verhängen die Richter harte Strafen.

Für die Überwachungsbeamten gibt es Disziplinarstrafen mit dienstlichen Nachteilen, bei echter Bestechung auch Strafen.«

Und dann stellte Manato noch die Frage nach den Todesurteilen.

»Im letzten Jahr waren es mehr als 43, weil schon eine ganze Räuberbande dieser Zahl gehängt wurde. Peking gab uns in diesem Fall schon vorab ›freie Hand‹, so daß die Bande schon zwei Stunden nach der Verurteilung hing, um Krawall mit den Wärtern zu vermeiden. Zur Sicherheit hatten wir noch Militär angefordert.«

»Waren denn das so schlimme Burschen?«

»Eine ganze Ringerschule hatte sich zusammengefunden und drangsalierte die Bevölkerung. Auf ihr Konto gingen mehr als 20 Morde und ungezählte Vergewaltigungen. In solchem Fall wird die Bande verurteilt, ohne die Schuld des einzelnen zu klären. In Europa hieß es früher: Mitgegangen, mitgefangen, mitgehangen.«

»Gegen solche Entartung würde Tana nicht anders urteilen!« entschied Manato.

Einen weiteren Besuch schlug Lin Fu in der westlicher gelegenen Provinz He-nan vor, die im letzten Jahr wegen hoher Geburtenziffern auffiel. So war diese Regierung auch nicht besonders erfreut, als Lin Fu den Staatsbesuch ankündigte. Natürlich ließ man sich nichts anmerken und war höflich wie überall, man verzichtete aber auf Fahrten im Lande und beschränkte sich auf Gespräche in Konferenzzimmern.

Regierungschef Man Ting schnitt sogar von sich aus das leidige Thema an, von dem er wußte, daß es Tana sehr nahe lag, um dem Gespräch die richtige Richtung zu geben.

»Wir Chinesen sind allgemein sehr kinderlieb. Das können Sie schon auf der Straße erkennen, wo oft arme, schlechtgekleidete Eltern ein puppig herausgeputztes Kind – oder auch mehrere – an der Hand führen. Es ist ihr Stolz und läßt sie harte Arbeit und schlechte Verhältnisse ertragen. Wenn Kinder dann älter werden, mögen sie nicht mehr die verhätschelten Lieblinge der Eltern sein – und so sorgen diese für neue Freude, solange die Frau zeugungsfähig ist.«

Manato hatte nachdenklich zugehört. Kindersegen war hier also nicht Folge von sexuellem Drang, sondern Herzenssache.

»Die Bestrahlung mit Funkwellen zur sexuellen Dämpfung wäre dann also wirkungslos, aber man hat von Erfolgen berichtet.«

»Genau wie Ethik kann auch Kinderliebe in Volksteilen variieren«, so Ting.

»Das mag zutreffen, denn es waren statistische Werte für ganz China, wo sich Kinderliebe und Sexbedarf das Feld teilen. Man nimmt bei mehr als zwei Kindern auch Einschränkungen staatlicher Hilfen und steuerliche Nachteile in Kauf – was sich nicht jede Familie leisten kann. Vielleicht ist in die Erfolgsstatistik auch schon die Erkenntnis eingegangen, daß unter dem Einfluß der Funkwellen die Pubertät später eintritt und die Empfängnisfähigkeit der Frau kürzer ist.«

»Das sind Umstände, mit denen man leben kann«, meinte Man Ting, »und die sicher eine Wirkung zeigen, ohne weh zu tun.«

Nach dieser Übereinstimmung wurde es ein freundlicher Abschied vom Chef. Nach vier weiteren Besuchen in nordwestlich gelegenen Provinzen, die sachlich außer einigen Verschiedenheiten nichts Neues boten, schlug Lin Fu vor, einmal eine unabhängige Großstadt wie Shanghai mit 13 Millionen Einwohnern aufzusuchen. Er selbst sei zweimal kurz dort gewesen, und sie hätte einen guten Eindruck auf ihn gemacht. Mindestens früher wäre diese Stadt im Delta des Jangtsekiang die Luxuseinkaufsmeile von China gewesen, aber auch ein Sündenbabel. Das wäre verständlich, weil Flüchtlinge und Seeleute aus aller Welt hier Zuflucht gesucht hätten. In solchem Milieu gäbe es immer dunkle Existenzen, die ihre krummen Geschäfte machen. Die Lage der Stadt im ausgedehnten Flußdelta lasse jede Überwachung schwierig werden.

Die anderen stimmten daraufhin zu, und so belegte er im Peace-Hotel, das er schon kannte, eine Flucht von vier Zimmern mit einem Parkplatz für die Scheibe auf dem Dach eines Seitenflügels.

Schon am ersten Abend beschlossen sie, in einem guten Restaurant, das Lin Fu kannte, essen zu gehen. Die Pekingente war erstklassig und ebenso der chinesische Rotwein. Nur Geman hatte seine Tablette zu einem Glas Mineralwasser geschluckt. In guter Stimmung entschieden sie sich, noch ein Etablissement aufzusuchen, wo noch etwas an chinesischer Akrobatik geboten wurde, die ja weltberühmt ist.

Vor dem Lokal standen einige Taxis, auch ein größeres, in dem vier Männer reichlich Platz fanden.

Sie ließen sich vom Fahrer beraten, der ihnen auch eröffnete, daß er einen Umweg machen müsse, weil in der Stadt Straßen gesperrt seien und eine Brücke repariert werde. Das Taxi hatte eine Glaszwischenwand, so daß man sich ungestört unterhalten konnte.

An der nächsten Ecke winkte ein Passant, der Wagen hielt kurz, und der Mann stieg vorn zu.

»Wahrscheinlich der Fahrer, der ihn ablösen sollte – aber auch ein Stück mitfahren ist heute noch üblich«, versuchte Lin Fu den Vorgang zu erklären.

Die Fahrt ging offenbar in die Umgebung der Stadt, denn man sah immer öfter Bäume und Büsche, immer weniger Häuser. Es war schon ziemlich dunkel, und der Wagen hatte getönte Scheiben.

»Irren Sie sich auch nicht in der Richtung?« fragte Manato durch das Sprechloch in der Scheibe. »Wir wollten zu einem Etablissement und nicht zum Picknick im Walde.«

»Nein, nein, ich fahre schon richtig – die Brücke ist doch in Reparatur.«

Nach weiteren fünf Minuten zügiger Fahrt meinte Lin Fu: »Ich möchte wissen, welche Order der Beifahrer immer wieder gibt.«

Geman nahm beide Fäuste – und schon sprang die Scheibe aus dem Rahmen und lag auf den Hinterköpfen der beiden vorn Sitzenden.

»Oje, was machen Sie denn – wir sind doch gleich am Ziel«, jammerte der Fahrer.

»Wir wollen hören, was Sie sich da erzählen.«

»Nur über Wetter für morgen und Preise für Benzin«, war die Antwort. Da bog der Wagen in eine Einfahrt zu dem großen Vorplatz eines Hauses ein. Im Licht der hellen Scheinwerferkegel waren drei Männer mit Waffen zu erkennen, die sich anschickten, auf den haltenden Wagen zuzukommen.

Geman rüttelte an der Tür – verriegelt. Da stieg er durch die geschlossene Tür aus – im gleichen Moment wie der Beifahrer mit einer Pistole in der Hand. Er war erschrocken, als Geman neben ihm stand, hob die Waffe und schoß – aber nur einmal, dann spaltete die flache Hand des Tana-Mannes ihn vom Scheitel bis zum Nabel.

Die drei anderen verhielten vor Schreck. Da sprang Geman in hohem Bogen mit ausgebreiteten Armen auf sie zu.

Die Maschinenpistolen belferten los und suchten ihr fliegendes Ziel zu treffen.

Dann streiften die ausgebreiteten Arme genau die Köpfe der beiden vorderen Schützen – deren Körper fielen kopflos und zuckend zu Boden.

Den dritten erwischte Geman mit dem Bein in der Mitte des Körpers – die dann fehlte.

Ungerührt von dem Leichenschauplatz ging Geman zum Wagen und herrschte den wie Birkenlaub im Frühlingswind zitternden Fahrer an: »Entriegele hinten die Türen, Bursche, und fahre uns jetzt zum Peace-Hotel auf dem schnellsten Wege – ich sitze neben dir, also mache keine Scherze – wir sind Staatsgäste.

Nach einer halben Stunde hielt das Taxi vor dem Hotel.

Geman zog den Zündschlüssel ab, stieg aus, blockierte mit einer Armbewegung den Motor für immer, öffnete die Fahrertür, zog den Chauffeur am Kragen vom Sitz und verpaßte ihm dann einen Kinnhaken, daß dem das Blut aus dem Mund tropfte. Anschließend warf er ihn wie ein Bündel in den Fahrgastfond.

Drei Passanten beschimpften Geman, daß man einen Menschen nicht so behandele. Geman ging auf die drei mit scharfem Blick zu und fragte, ob sie auch wie solche Verbrecher bedient werden wollen. Sie zogen die Köpfe ein und schlichen weg, wobei einer leise sagte: »Das ist ein Tana-Mann – dann hat das seinen Grund.«

Der Hotelportier, der Zeuge der Szene war, hatte die Polizei gerufen. Lin Fu zeigte seinen Ausweis, und man entschuldigte sich für die Geschehnisse, bat aber um einen Bericht über das Vorgefallene.

Kurz nach dem Frühstück ließ sich Polizeichef Doulosa melden. Schon nach der Begrüßung fragte er, wer der Supermann sei, der da zugeschlagen hat.

Geman lächelte fast verlegen: »Gegen vier Schußwaffen muß man schon hart durchgreifen, wenn es um das Leben der Kollegen geht.«

»Wir haben noch nachts die Meldung von einem Fischer erhalten, der die Schüsse hörte und dann die Leichen fand. Unsere Leute sahen sofort, daß dort Tana gewirkt haben mußte und wir müssen uns dafür bedanken, denn es waren immer wieder Besucher nackt im Fluß gefunden worden, von denen man nicht wußte, was sie erlebt hatten. Jetzt ist es klar, auch Sie wären ohne ihren Beschützer ausgeraubt, bewußtlos geschlagen und in den Fluß geworfen worden. Das Taxi war der Anreißer.«

»Haben Sie denn den Taxichauffeur dingfest gemacht? Er schien mit der Bande vertraut zu sein«, fragte Lin Fu.

»Aber sicher wird ihm der Prozeß gemacht – wenn er wieder sprechen kann. Tana hat einen harten Schlag. In New York soll einmal ein Tana- Mann einen Weltmeister mit einem Körperschlag in den K.O. – Himmel geschickt haben.«

Geman lachte: »Das war mein blonder Bruder Ceman. Er wurde herausgefordert – und hat sich beim Publikum für den Niederschlag ihres Lieblings entschuldigt. Ich staune, daß Sie das registriert haben.«

»Wir sind doch alle Kung-Fu-Kämpfer und treiben auch Boxsport.«

»Im allgemeinen ist das für uns nicht Sport, sondern Arbeit und Aufgabe.«

»Das muß ich akzeptieren. Nach dem wenig schönen Erlebnis schlage ich Ihnen einen Besichtigungstag für Shanghai vor. Mein Vertreter, Hauptmann Ziang, wird Ihnen Shanghai nahebringen – von einer freundlicheren Seite.«

So stiegen die vier zu Hauptmann Ziang in eine flotte Stadtlimousine. Er war ein guter Stadtführer, dem man Routine anmerkte, und sein Fahrer ein Meister im Verkehr, der nur selten sein Horn betätigte.

Zuerst fuhren sie zum Grand-Hyatt-Hotel in den 87. Stock mit großartiger Sicht über die ganze Stadt, die in der Morgensonne lag. Die nächsten Ziele waren der Huangpu-Park und das Shanghai-Museum mit klassischer Chinakunst, dem sie einen kurzen Besuch abstatteten. Ziang wußte zu allem kleine Anekdoten, die von einer Routine bei der Stadtführung zeugten.

Im Oriental-Art-Center für Aufführungen von Weltklasse bewunderten sie die erstklassige Akustik und die beeindruckende Architektur.

Beim ultramodernen Restaurant People 6 lud Ziang seine Besucher zu einem Imbiß ein. So gestärkt gingen sie ein Stück auf der schönen Promenade am Huangpu, dem Nebenfluß des Jangtsekiang, entlang, bis sie Ziang zum Garten Yu Yuan chauffieren ließ, wo sie über die Zickzack-Brücke zum berühmten Teehaus, dem Seemittenpavillon Huxin Ting, kamen, um mit traditionellen Riten Tee zu genießen, von dem sich auch Geman nicht ausschloß.

Es folgte ein Museumsbesuch für klassische chinesische Kunst und dann zur Erholung die Einkehr bei O'Mailley's Biergarten zu einem Guinness. Nach einem ausgiebigen Bummel über die Einkaufsmeile und dem Besuch des Jadebuddhatempels, einer der wenigen in der Stadt, wurde es Zeit, sich zum Grand-Theater zu begeben, wo sie eine Ballettaufführung sahen. Nachdem sie Hauptmann Ziang wieder zu ihrem Hotel gebracht hatte, verabschiedeten sie sich mit herzlichem Dank für den erlebnisreichen Tag in Shanghai.

Am nächsten Morgen schlug Lin Fu vor, den Jangtsekiang aufwärts zu fliegen bis zum großen Stausee in den drei Schluchten. Der Vorschlag wurde akzeptiert. Die Scheibe folgte dem Fluß aufwärts, und man erkannte an der Vielzahl der Schiffe seine Wichtigkeit für den Verkehr. Dann kam die über 110 Meter hohe Staumauer in Sicht, die das Jangtsewasser über drei Schluchten aufstaut, in den Kraftwerken Strom erzeugte und das Wasser des Flusses für den Unterlauf über die Jahreszeiten reguliert. Die beiden oberen Schluchten wurden wegen der dort geringeren Stauhöhe im Landschaftscharakter wenig verändert, wenn auch die Stromschnellen fehlten. Im Staugebiet zwischen den Schluchten behauptet sich eine Halbinsel mit dem Tempelberg Ming Shan.

»Ein kühner Entschluß, ein so gewaltiges Bauwerk zu errichten«, befand Manato, »hoffentlich leidet es nicht unter Erdbeben.«

»Das Gebiet ist nicht ausgesprochen erdbebengefährdet, aber von vielen Fachleuten aus allen Ländern wurden Gutachten eingeholt, um alle Aspekte zu berücksichtigen. Die Wände der Schluchten stehen ja schon seit Urzeiten, als sich der Fluß von Tibet aus seinen Weg gebahnt hat. Von den drei ist die Xiling-Schlucht am stärksten belastet mit dem Staudamm und der maximalen Stauhöhe von 110 Metern. Aber die Gründungen gehen weit in den Fels hinein«, beruhigte Lin Fu, um dann einen Abstecher zum südlichen Bergland vorzuschlagen mit der Aussicht, in den Bambuswäldern vielleicht einen der berühmten Pandabären zu entdecken.

»Die Scheibe fliegt fast lautlos, so daß die scheuen Tiere nicht erschreckt werden, auch wenn wir niedrig fliegen.«

So war es auch, denn ohne lange zu suchen, entdeckten sie einen der schwarzweißen Gesellen beim Fällen einiger Bambusstangen, um an das obere, zarte Grün heranzukommen.

»Abgesehen von der Großen Mauer, die Sie 60 Kilometer nordwestlich Pekings besuchen können, bliebe nur noch die Terrakottaarmee des ›Ersten Kaisers‹ in Xian als Fremdenattraktion zu empfehlen. Es sind überlebensgroße Figuren verschiedener Ränge, auch Pferde, die symbolisch das Mausoleum des Kaisers gegen die Gebiete schützen sollten, deren Könige er besiegt hatte«, meinte abschließend Lin Fu nach dieser Darstellung. »Und wenn wir nun noch die drei Provinzen Guang-dong, Hu-nan und Gui-Zhou besuchen, haben Sie ein gutes Stück von China erlebt und können dem Präsidenten fundierte Ratschläge geben.«

»Ob diese dann ausführbar sind, ist eine andere Frage«, schränkte Manato ein, »denn grundlegende Vorschläge müssen ja von 3 000 Delegierten verschiedenster Mentalität befürwortet werden.«

»Weniger tragisch, wie Sie annehmen, denn wenn der Vorsitzende sie befürwortet, gibt es kaum ein Hindernis – nur wenn hart Sachliches dagegen steht«, war Lins Meinung dazu.

So war es auch, als Manato später in Peking vorschlug, den Provinzherrschern einen hochkarätigen Berater mit Vetorecht für Provinzentscheidungen beizugeben, um die Effektivität der Beschlüsse zu erhöhen und jede Einseitigkeit zu vermeiden.

»Das ist einsehbar, wird aber Widerstand geben«, entgegnete Wumahung, »ideal wäre es, wenn wir dafür Tana-Berater stellen könnten«.

»Es sind wohl schon ausreichend von unseren Leuten auf der Erde, aber nicht jeder eignet sich als Berater in dieser Position.«

»Wenn uns Männer zugeordnet werden, sollten wir versuchen, sie auf diese Aufgabe vorzubereiten.«

»Sie haben im Lande an vielen kleinen Standorten Industriebetriebe, die durch eigene Kohle mit Energie versorgt werden und ihre Abgase ohne Filter in die Luft lassen. Wenn es regnet, ist das Wasser mit Schwefel und anderen Stoffen vergiftet. Das bringt Schaden für die Volksgesundheit. Eine Abgasreinigung wäre vorteilhaft.«

»Das ist sehr aufwendig und verteuert die Erzeugnisse – besonders für den Export.«

»Aber kranke Menschen verursachen Arbeitsausfall und damit auch Kosten. Ich habe mir sagen lassen, die chinesischen Produkte wären im Ausland so billig, daß sie selbst bei einer Anhebung um 5 % noch sehr preiswert wären. Mit diesem Aufwand würde das eigene Land sauberer werden, und chinesische Produkte wären nicht mehr als Schleuderware zu betrachten, die aus einem vergifteten Land kommt.«

»Mister Manato, Sie haben geschickte Argumente – Sie werden diese auf dem nächsten Volkskongreß vortragen können. Im Vergleich zu den anderen großen Industrienationen liegen wir beim Ausstoß des Treibhausgases Methan nicht an der Spitze, aber das CO_2 mit dem Chemikalienanteil verdirbt unsere Atemluft – und da sollten wir tatsächlich tätig werden. Bei der

Veränderung des Großklimas der Erde sind wir nur Mittäter – neben der Sonne. Schauen Sie sich weiter im Lande um – Ihr Rat ist gefragt.«

* * *

In der Messe der »Lavia« gab es hohen Besuch, denn Dr. Usava war mit Dr. Sahil aus Delhi eingetroffen. Man unterhielt sich über die Auswirkungen der Haarp-Sender auf die Geburtenentwicklung.

»Durch die Vielzahl der Staaten werden wir nie sichere Zahlen nennen können«, führte Dr. Usava aus, »aber der bewiesene Rückgang der Vergewaltigungsdelikte in der südafrikanischen Union und die bestätigte Wirkung auf die Psyche der Männer läßt schon seine effektive Einwirkung auf die Geburtenrate vermuten.«

»Aber zur Zeit ist wohl der Bevölkerungsschwund durch Aids sicherer zu übersehen, weil in den Krankenanstalten die Ärzte Zahlen nennen«, vermutete Prof. Neuberg.

»Nun ja, die meisten Infektionen gibt es natürlich in den Orten und Städten – wie viele unbehandelt im Busch sterben, bleibt offen. Die Medizinmänner führen nicht Buch.«

»Man hört, daß über die Anwendung von Präservativen oft gelacht wird, weil die Bildung zum Begreifen der Schutzwirkung nicht ausreicht.«

»Ich wage nicht daran zu denken, welchen Einfluß die Medizinmänner auf diese Ablehnung haben, die den Männern entgegenkommt«, vermutete Dr. Usava mißtrauisch.

»Im klassischen Land der Liebe haben wir zwar keinen Einfluß von typischen Medizinmännern«, fügte Dr. Sahil an, »aber der Einfluß der Mönche mit ihren Tempeldienerinnen der Liebe trägt auch nicht zur Einschränkung der HIV-Infektion bei.«

»Läßt sich bei Ihnen denn wie in China eine Geburtenminderung durch die Haarp-Bestrahlung belegen?«, wollte Neuberg wissen.

»In einer Demokratie bleibt mit Rücksicht auf die Wahlen viel Unpopuläres unter der Decke. Wir hatten ja die Haarp-Angelegenheit vor allem mit einer Klimaverbesserung in einem zentralen Gebiet begründet, die auch begrenzt eingetreten ist. So hat man die Diskussion um eine Minderung der Geburten vermeiden können, aber unsere Bemühungen um eine Begrenzung nach dem zweiten Kind konnten wir durch Ausbau der Administration intensivieren.«

»Daran fehlt es in Afrika durch die Vielzahl der kleinen Staaten.«

Der Handapparat von Ixman meldete sich. Es war Hitatas NASA-Mitteilung, daß die Sonde Cassini II im Bereich des Saturnmondes Dione einen raumschiffähnlichen Körper registriert hatte.

»Da Lacona schon vor drei Wochen gelandet ist, käme nur ein Fremdschiff in Frage«, folgerte Neuberg, »von dem wohl die unverständlichen Funksignale stammen, die empfangen wurden.«

»Genauso wird es sein«, bestätigte Ixman, »die letzten Signale waren deutlicher.«

»Wie sehen Sie denn einen solchen Besuch?« wollte Dr. Sahil wissen.

»Es kommt auf die Interessen der Fremden an – es kann eine reine Forschungsreise sein, wie wir sie auch früher unternommen haben.«

»Oder auch nicht«, sagte Dr. Usava skeptisch, »vielleicht hat sie der Funkverkehr zwischen Erde und Tana aufmerksam gemacht.«

»Gut möglich. Sie könnten heute schon im Bereich der Saturnbahn sein, die NASA hat die Großsternwarten schon aktiviert.«

»Werden die Medien über die Nachricht herfallen?«

»Was die NASA weiß, wird bekannt gegeben, denn sie lebt von der Aktualität – und warum geheimhalten?«

Das Gespräch lief noch hin und her und führte auch zu einiger Emotion, weil man schließlich auch annehmen mußte, daß einem Besuch auch feindliche Absichten zugrunde liegen könnten und alle Atomraketen blockiert worden waren. Petrow, der zuletzt zugehört hatte, meinte bierruhig, er habe noch nie erlebt, daß Tana einer Situation nicht gewachsen gewesen wäre.

An dieser Diskussion der theoretischen Möglichkeiten hatte sich Ixman kaum beteiligt, aber es beruhigte ihn, daß Lacona auf der Erde war, denn er hatte die größte Raumerfahrung für einen Konfliktfall. Er rief noch die Mondbasis und das UN-Team an und informierte sie über die NASA-Meldung.

Am folgenden Morgen berichteten schon die Medien von der Sichtung eines fremden Raumschiffes beim Saturnmond Dione mit allen bekannten Daten von dem Mond, um überhaupt etwas schreiben zu können.

Kellmann war natürlich auch informiert, aber auch verpflichtet worden, nicht mehr als die bloße Meldung zu bringen.

Er wisse auch nicht mehr, begründete Ixman die Order.

Die Sternwarten hatten auch keine leichte Aufgabe, denn sie mußten damit rechnen, daß sich ihnen nur die kleine Frontseite des Raumschiffes zur Ansicht bot – wenn es überhaupt eines bei Dione gewesen war.

Statt seines Bruders Uman meldete sich auf Ixmans Anruf Kapitän Perschin mit der Nachricht, daß Uman mit Lacona auf dem Weg zur »Lavia« seien. Keine Stunde später betraten beide die Messe.

»Wir wollen mal wissen, Bruder, was an der Raumschiffnachricht wahr ist. Eine Sternwarte in Südafrika will das Raumschiff auf dem Mars entdeckt haben.«

»Die haben einen Medizinmann am Fernrohr gehabt. Saturn und Mars stehen sich zurzeit diametral gegenüber«, knurrte Ixman unwillig.

»Das ist die gegebene Zeit, um Gerüchte zu kochen«, lachte Lacona und zeigte mit dem Finger zum Kopf.

»Ich wollte dich fragen, Bruder«, wandte sich Ixman ablenkend an Uman, »wie hast du dich mit Präsident Lachman von Brasilien in bezug auf das übertragbare Pharmazeutikum geeinigt, das er punktuell einsetzen wollte?«

»Zuerst eine Laudatio: Das ist ein seltener Mensch, mit dem man sofort echten Kontakt hat. Also, er will das Mittel während der kommenden Karnevalszeit in einem Cocagetränk in den Slumgebieten dreier Hafenstädte kostenlos verteilen lassen und im übrigen Stadtgebiet vor Aids warnen sowie zum Gebrauch von Präservativen raten.«

»Ich habe ihm gesagt, daß es ein gewagtes Unternehmen ist und er seine Position aufs Spiel setzt – vielleicht auch mehr bei diesen heißblütigen Menschen. Aber er sieht keine andere Möglichkeit, Brasilien vor dem Elend zu retten. Er kämpft noch jetzt als Soldat mit vollem Einsatz für sein Land.«

»Und daher finde ich ihn einmalig«, bestätigte Uman. »Präsident Manio in Mexiko, den ich bei der Gelegenheit besuchte, macht es sich mit der transportablen Haarp-Anlage von General Electric einfacher. Wenn es Proteste gibt, läßt er sie von der Firma verlagern – sie wirkt ja ohnehin überall. Er berichtete mir, daß sexuelle Übergriffe überraschend stark nachgelassen hätten – als Soforterfolg.«

»Wir wollen zufrieden sein, daß überall etwas zur Geburtenminderung geschieht. Einen schnellen Erfolg kann man bei der Mentalität und niedrigen Bildungsstufe großer Teile der Menschheit sicher nicht erwarten – und wir planen ja auf lange Zeit.«

Lacona hatte dem Gespräch zugehört und fand die Toleranz, mit der man das Problem behandelte, in jeder Phase vorbildlich, selbst wenn religiöse Großorganisationen die gläubigen Menschen zum Widerstand drängten.

Da sich Prof. Neuberg mit einer gesundheitlichen Frage an Uman wandte, winkte Ixman den Raumfahrtchef beiseite und sprach ihn auf Tana an.

»Es ist durchaus möglich, daß sich im Sonnensystem ein fremdes Raumschiff aufhält. Die von der Mondbasis empfangenen

Funksignale sind kräftiger geworden. Ich vermute, daß mich die Medien bald ansprechen werden. Was könnte wohl nach Ihrer Meinung ein fremdes Raumschiff für die Erde bedeuten?«

»Es kommt auf die Absicht der Fremden an und auf ihre Mentalität. Natürlich könnte es ein interessanter Besuch sein, wenn nur Forschungsinteressen zugrunde liegen. Vielleicht haben sie auch schon einmal die Erde besucht – wie wir auch – und wollen sich ein Bild von der Weiterentwicklung machen.«

»Dahinter können sich Absichten verbergen – wie bei uns.«

»Gewiß, aber ein einzelnes Raumschiff wäre wohl noch keine Gefahr für die Erde – aber entscheidend ist die zur Verfügung stehende Technik.«

»So sehe ich das auch, denn schließlich haben wir ein kostenloses Bombenarsenal zwischen Jupiter und Mars.«

Lacona griff sich überlegend ans Kinn: »Mit einer geeigneten Andockvorrichtung wäre es wohl einem Normalschiff von uns möglich, einen Asteroiden aus der Bahn zu bringen, aber der trifft noch längst nicht die Erde.«

»Also gegenüber den Medien – auch TTS – werde ich nur von kosmischer Forschung sprechen, sonst machen sie die ganze Erde verrückt.«

Die seriösen Zeitungen beschränkten sich auf kurze Meldungen aufgrund der NASA-Mitteilung, aber die Boulevard-Blätter der Großstädte machten daraus Schlagzeilen – Geschäft ist Geschäft. »Tana bekommt Konkurrenz«, hieß es allgemein, und es wurde auch die Frage gestellt, ob diese Fremden wohl mehr können als Tana.

Die Sternwarten der Erde blieben seriös – bis auf die berüchtigte Marsmeldung aus Südafrika. Aber soweit bekannt wurde, träumten die Imams von einer Hilfe Allahs gegen Tana aus dem All. Eine offene Hetze gegen Tana erlaubten sich die Imams nicht mehr nach der offenen Kriegserklärung an den Terrorismus. Im Iran, in Afghanistan, Pakistan und im Sudan waren während der Hetzreden Tana-Kundschafter durch die Moscheedecke auf die Imams niedergesunken, mit sehr nachteiligen Folgen für diese vor den entsetzten Augen ihrer Gläubigen – und sie waren wieder durch die Decke verschwunden. Nur möglich durch ein solarbetriebenes Abhörgerät mit Nadelmikrophon auf dem Moscheedach – Entwicklung der Mondbasis. Tana in aktiver Abwehr.

Keine halbe Stunde später rief Matala an und wollte wissen, ob über die NASA-Meldung hinaus weitere Nachrichten über ein fremdes Raumschiff vorliegen.

»Nein, aber wir müssen nach den Funksignalen zu urteilen mit seiner Anwesenheit im Sonnensystem rechnen. Wenn ihr an neuester Nachricht interessiert seid, ruft bitte Tilasi an, denn es könnte sein, daß ich von einem Augenblick zum nächsten unterwegs sein muß.«

»Ich danke für den Rat, denn es zählen nur Fakten, keine Theorien.«

Der nächste Anruf kam von der »New York Times«. »Ich weiß auch nicht mehr als Ihre Redaktion«, war die kurze Antwort.

»Aber es wurden doch schon seit längerer Zeit Funksprüche empfangen.«

»Es waren keine Sprüche, sondern Signale aus dem Zerhacker, aber eine Sprache hätte man auch nicht deuten können.«

»Es hätte doch eine Vorstellung von den Wesen gegeben.«

»Und Ihr Zeichner hätte grüne Männchen mit drei Augen daraus gemacht.«

»Nun, Mr. Ixman, ich danke für Ihre ergiebige Auskunft.«

»Den hast du geschafft, Bruder«, meinte Uman, der in der Nähe stand.

Dr. Usava hatte das »Interview« auch mitbekommen und lächelte vergnügt.

»Unser Sternwartenspezialist in Kapstadt hätte dem New Yorker eine spannende Story vom Mars erzählt, wo er das Schiff in einer Geländefalte entdeckt habe.«

»Solche Spinner im Verein mit hungrigen Reportern erzeugen dann Zeitungsenten.«

Der nächste Anruf kam von der »Times«. Ixman übergab den

Apparat schnell an Uman. »Hier Uman. Sie wollen Mr. Ixman sprechen? Der ist gerade zum PP. Nein – wir wissen auch nicht mehr als Sie. Einen interessanten Artikel? Fragen Sie doch mal in Hollywood an, denen fällt immer eine Story ein – hat aufgelegt«, lachte Uman zu den Umstehenden.

* * *

Ein Funkoffizier kam in die Messe, sah sich suchend um, ging auf Ixman zu und bat ihn in die Funkkabine: »Die Mondbasis will Sie sprechen.«

Auf dem Weg zur Funkstation meinte Ixman, daß man das Gespräch auch auf seinen Handapparat hätte durchstellen können.

»Man wollte Sie vertraulich sprechen, ein Unglücksfall.«

Esman war am Apparat: »Hallo, Bruder, wir haben schlechte Nachricht. Bei Sonnenaufgang empfingen wir plötzlich ein ganz starkes, fremdes Signal, das aus nächster Nähe kommen mußte. Ich startete mit Erman eine Scheibe, und wir flogen drei Bahnen in mittlerer Höhe auf der Erdseite, die im Sonnenlicht lag.« Seine Stimme vibrierte leicht vor Erregung. »Da sahen wir etwas Längliches, Fremdes in einer Bodensenke. Wir stiegen ab und konnten eine gut zwanzig Meter lange Raumkapsel, vielleicht auch Begleitschiff, ausmachen.«

»Hatte das Ding einen Antrieb?« fragte Ixman dazwischen.

»Offensichtlich, aber alles schien mit einer Plane abgedeckt zu sein. Auf der Oberseite war eine Spiegelantenne und so etwas wie ein Periskop zu erkennen. Wir landeten leicht abseits und gingen zu Fuß auf das Objekt zu. Es war wohl knapp drei Meter hoch, ein Zugang war nicht auszumachen. Die Oberfläche schimmerte wie ein ganz feines Metallnetz. Wir beratschlagten, was wir zur Klärung tun könnten.«

»Wart Ihr in der vierten Dimension?«

»Sicher, denn wir wußten ja nicht, wie man auf uns reagieren würde. Und da berührte Bruder Erman, um die Beschaffenheit der Außenhaut zu klären, diese mit der Hand – es gab einen hellen Blitz, und Erman war nicht mehr vorhanden. Keine Wolke – nichts.«

»Das ist eine Erfahrung, die wir mit dem Zustand in der vierten Dimension noch nicht hatten – aber teuer erworben«, meinte Ixman betroffen. »Die Haut stand unter Spannung. Hast du dich sofort zurückgezogen?«

»Ja, sofort, denn ich konnte für Erman nichts mehr tun. Wenn ich Antenne und Periskop gekappt hätte, wären sie gewarnt worden – ich wollte erst dich sprechen.«

»Gut, lasse sie unbehelligt – wir setzen uns sofort in Marsch.«

Zuvor verständigte Ixman noch Tilasi und überspielte ihm das in Tana gehaltene Gespräch mit der Weisung, andere Personen nur im Bedarfsfall zu unterrichten, um die Medien der Erde nicht zu irren Kombinationen zu veranlassen. Vor dem Abflug mit Zetman unterrichtete er noch Lacona von dem Vorfall, der vorerst Schweigen versprach.

Auf dem fast zweitägigen Flug zum Mond überlegten Ixman und sein Bruder Zetman, welche Aufgabe wohl das Objekt auf dem Mond haben könnte, wobei sie als sicher annahmen, daß es zu dem Raumschiff gehört, denn ein so kleines Schiff könnte nie galaktische Reisen unternehmen. Es mußte demnach eine Beobachteraufgabe haben – aber welche?

Vom Mond aus waren zwar – besonders bei Dunkelheit – große Städte auf der Erde zu erkennen, aber das konnte bestenfalls einen Raketenbeobachter alter Prägung interessieren. Aber die Wirkung eines Asteroideneinschlages war da schon besser zu beurteilen.

Sie landeten neben Laconas Raumschiff, und Esman war dann auch gleich zur Stelle. »Ich habe das Objekt inzwischen gefilmt – es liegt immer noch am gleichen Ort, und es ist keine Bewegung irgendwelcher Art zu erkennen. Zweimal hat es Funksignale abgegeben.«

»Die Außenhaut ist elektrisch aufgeladen. Hast du einen dünnen Metallstab, mit dem wir die Haut erden können?«

»Sicher, aus Kupfer – habe ich schon bereitgestellt. Dazu einen Spannungsmesser bis 50 000 Volt mit stark isolierten Anschlüssen.«

»Der trockene Mondboden wird keine gute Erdung zur Messung sein.«

Esman stieg zu ihnen in die Scheibe, und Zetman flog nach seinen Angaben. Die Strecke war nicht allzu lang, aber das Licht fiel schon schräg ein, als sie am Ort waren. Zetman landete direkt neben dem Objekt für den Fall, daß der Laser in Aktion treten müßte.

Beim Rundgang um das doch an die dreißig Meter messende Schiff vermutete Ixman einen kombinierten Raketenantrieb, der eine Anfangsbeschleunigung verleiht und kombiniert damit einen Photonentriantrieb, der diese langsam steigert.

Anschließend an diese äußerliche Inaugenscheinnahme steckte Esman seinen Kupferstab ein Stück in den Boden und ließ das freie Ende gegen die Außenhaut schnellen.

Es gab keinen Blitz, aber der Stab glühte schnell auf und schmolz in sich zusammen.

»Es hat also nicht nur Spannung, sondern auch reichlich Stromstärke zur

Verfügung«, stellte Zetman fest, »Du wirst also doch durchtauchen müssen, Bruder.«

»Nicht gern, aber der Boden scheint hier locker zu sein.« Ixman holte sich eine Kopf- und Gesichtsmaske aus der Scheibe und setzte sie auf. Er sah zum Fürchten aus, aber seine beiden Brüder mußten trotzdem lächeln. Wenn einer da drinnen ist, der stirbt vor Angst, wenn du auftauchst, war ihre Meinung.

Seine Augen schauten die Brüder durch die glasklare Plastik, welche die Nase flachdrückte, unwillig an, was ihre Heiterkeit nicht dämpfen konnte. Nachdem er seinen Standort in dem losen Boden markiert hatte, tauchte er zur Probe ein. Nach etwa einer Minute erschien sein Kopf wieder in einer Entfernung von etwa drei Metern, wozu er befriedigt nickte. Sich zu Zetman wendend, lüftete er die Maske etwas, um mitzuteilen, daß er nur den Laserstab, nicht aber den Handapparat mitnehmen könne, man solle sich auf Gedankenübertragung einstellen.

Nun suchte sich Ixman einen Startpunkt etwa anderthalb Meter hinter dem Periskop und im Meterabstand vom Objekt, das knapp vier Meter in der Breite messen mochte. Mit dem Gesicht zu ihm versank er im Boden.

Die beiden Brüder begaben sich zur Sicherheit in die Scheibe.

Beim Wiederauftauchen durch den Boden eines größeren Raumes sah Ixman Metallwände und zur Linken ein Gerät, das der Fuß des Periskops sein mußte. Davor saß ein Mann und schaute in ein Okular. Als er schon fast voll im Raum stand, wurde er bemerkt – der Mann sprang auf und wich entsetzt zurück bis zur Wand, die Hände Halt suchend dagegen gestemmt.

Er mochte schon älter sein, hatte große dunkelblaue Augen in einem Gesicht, das von einem Flaum silberner Härchen bedeckt war, und kurzes graues Haar. Ein fast violetter Mund, halb geöffnet vor Schreck.

Ixman zog die Maske vom Kopf und breitete die Arme aus: »Ta Talamo!«

Der einen Kopf kleinere Fremde antwortete mit gutturaler Stimme: »Heia Kalitata.« Mit einer Handbewegung bot er Ixman vor einem großen Bildschirm Platz an, aber der schaute sich erst im Raum um, dessen eine Wand, wahrscheinlich die Frontseite, mit diversen Displays und Schaltelementen ausgestattet war, davor ein Sessel mit hoher Lehne. Die gegenüberliegende Wand hatte drei Öffnungen, wohl Schlaf- und Toilettenraum.

Der Bildschirm, vor dem Ixman dann saß, war doppelseitig, denn der Fremde setzte sich ihm gegenüber zur anderen Seite, auf der sich eine Schalttastatur befand.

Nun erschien auf Ixmans Display eine Ansicht der Erde, und der Fremde fragte mit Handzeichen, ob er von dort komme. Der überlegte eine Sekunde lang – und antwortete dann mit »Nein« und Kopfschütteln.

Jetzt erschien ein Sternenhimmel auf dem Schirm und ein

Gebiet darin wurde immer größer und nahm schließlich die ganze Fläche ein. Die Sterne waren mit fremden Bezeichnungen versehen, aber aus ihren Positionen zueinander konnte Ixman erkennen, daß es sich um die sogenannte »lokale Flocke« im Heimatarm der Milchstraße handeln mußte mit den Sternen Arktur, Wega, Artai, Sirius, aber auch Sonne und Formalhaut mit dem Strahlstern von Tana.

Ein Punkt zwischen Arktur und Artai blinkte plötzlich, wobei der Fremde auf sich wies. Demnach ein lichtschwacher Stern, sein Heimatplanet.

Ixman zeigte auf seinem Bildschirm auf den Stern, den er für den Formalhaut hielt und zeigte auf sich. Der Fremde schien befriedigt zu lächeln, sofern man das hinter seinem Flaumhaar vermuten konnte.

Dann zeigte er eine Darstellung, die ohne Zweifel das Sonnensystem war. Darauf vergrößerte sich der vierte Planet, also der Mars mit seinen beiden Monden. Am größeren, dem Phobos, wurde ein Raumschiff abgebildet, und der Fremde wies auf sich – er gehörte also zur Mannschaft. Aber warum befand sich das auf dem verkrüppelten Phobos und nicht auf dem Mars?

Das Bild verkleinerte sich wieder und zeigte nun auch die Erde mit ihrem Mond. Mit Lichtzeichen zeigte der Fremde jetzt auf das Raumschiff, ließ es zur Erde fliegen und diese mehrmals umkreisen. Das konnte nicht jetzt geschehen sein – man hätte es bemerkt.

Der Fremde machte eine Armbewegung, die Vergangenheit andeuten sollte und bezeichnete den Weg des Mars um die Sonne. Dann hob er seine zehn Finger hoch und streckte sie zehnmal. Also war die Umkreisung der Erde vor hundert Umläufen des Mars geschehen. Ein Umlauf dauert ein Jahr und 321 Tage – also vor 180 Jahren. Was haben sie da festgestellt?

Als nächstes Bild wurde das Sonnensystem von der Erde bis zum Jupiter dargestellt. Deutliche Pünktchen bezeichneten den Planetoidengürtel. Von einem dieser Pünktchen wanderte seine Stiftspitze nun in kühnen Bogen zur Erde – und mit beiden Händen deutete er einen Einschlag an und zeigte dann scheinbar lächelnd auf sein Periskop.

Also ein Gegner, besser ein Feind. Er war nur so offen, weil ich als Heimat den Formalhaut angegeben habe, dachte Ixman, entschloß sich aber zu weiterer Kommunikation. Man müßte einiges von der Sprache kennen, dachte er ganz intensiv und schaute dabei seinem Gegenüber tief in die dunkelblauen Augen.

Und er reagierte! »Hatata«, rief er und griff nach einer Diskette, die er einlegte. Jetzt dachte Ixman an Bruder Zetman mit der Nachricht, daß er noch Stunden mit dem Lernen einer Sprache beschäftigt sein werde.

Das Programm der Diskette lief an. Es war gut aufgebaut und begann mit »Ich« und »Wir«, mit einer und mehreren Figuren, die auf sich zeigten. Dann folgten Tätigkeiten, die darstellbar waren ohne Konjugation. »Denken« wurde durch Zeigen auf einen Kopf und Wellen, die sich daraus ausbreiteten, dargestellt. Schwierig wurde es bei Fragewörtern – eine Hand taucht in Wasser, ein Gesicht lacht plötzlich, eine Figur springt in die Luft – »Warum«? Dingwörter machten keine Schwierigkeiten, wenn sie darstellbar waren. So wurde »Entfernung« durch laufende Striche von einem Punkt zu verschiedenen Gegenständen gezeigt. Ein Maß wurde angegeben als Größe eines Fremden und entsprach damit etwa anderthalb Meter. Es wurde auch die Erde abgebildet mit Strichen, die sich auf den halben Durchmesser bezogen und damit einem Längenmaß von 6 000 Kilometern entsprach. Schwierig war es mit einer Gewichtseinheit. Man zeigte einen Eiswürfel mit einer Kantenlänge, die der Spanne von Daumen und Zeigefinger entsprach. Da die Fremden kleiner waren, mochte das etwa 11 Zentimetern, der Würfel also etwa einem Kilogramm entsprechen. Bei den Ziffern hatten sie auch das Dezimalsystem, so daß zehn, hundert und tausend im Gebrauch klar waren.

Nach fast vier Stunden Training, wobei der Fremde noch bei Erklärungen tätig wurde, konnte Ixman schon fragen, weshalb sie auf einem Marsmond gelandet waren und nicht auf dem

Planet. Er hörte, daß die Größe, also die Masse, den Start schwierig macht.

Und warum Flug zum Sonnensystem? Der Heimatplanet, der Fremde nannte ihn Arlisa, war voll Leute, also Chaos. Man suchte Planeten, also die Erde, für eine kleine Gruppe zum Leben. Da auch die Erde viele Lebewesen habe, wolle man mit einem Asteroiden Platz machen.

Der war wirklich ehrlich, überlegte Ixman, sicher, weil der glaubte, daß er vom Formalhaut stamme und kein Interesse an der Erde habe. Er konnte ja nicht ahnen, daß Tana für eine große Restpopulation auf der Erde Raum suchte, aber ohne Massenmord wie die Arlisa.

Ixman kam zu dem Entschluß, ihm zu erklären, wie man mit Hilfe kurzwelliger Funkstrahlen die Fortpflanzung der Bevölkerung dämpfen könne. Es war langwierig, weil Vokabeln fehlten und durch Skizzen mit Koordinatensystemen zur Darstellung der Amplituden ersetzt werden mußten.

Zum Schluß klärte er ihn über seine Mission auf und daß sein Planet ähnliche Probleme habe und die Erde als Asyl erkoren habe. Er werde also dafür sorgen, daß die Erde nicht durch einen Asteroiden geschädigt werde.

Er fragte den Fremden, ob er seine Kapsel starten könne, wozu dieser nickte. »Dann startet, so schnell Ihr könnt – auch mit dem Raumschiff nach Arlisa. Wir sind Euch in der Technik überlegen. Benutzt Ihr den kleinen linken Finger?« Der Fremde schüttelte den Kopf. »Dann spreizt ihn ab.« Ixman machte es vor und kreuzte mit seinem Finger den des anderen – und der fiel ab.

»Damit Ihr die Raumschiffmannschaft von unserer Überlegenheit überzeugen könnt.«

Der Fremde schaute noch verdutzt auf seinen abgefallenen Finger, als Ixman schon mit Maske im Boden versank. Nach ausreichendem Waten weit durch den Boden, um nicht mit dem Elektroschutz in Berührung zu kommen, tauchte er wieder auf. Esman kam ihm freudig entgegen: »Ein Glück, Bruder, daß du wohl zurück bist, wir riefen schon Haman zu Hilfe, der gerade die Basis angeflogen hatte.«

»Seht mal zu, daß ihr Verbindung zu Manato in China bekommt, er möchte auf schnellstem Wege zu Tilasi in New York fliegen, und beordert auch Lacona dorthin.«

Da Ixman der Meinung war, daß dieses Objekt allein zur Beobachtung der Zerstörung der Erde gebaut worden war, kappte er mit dem Laserstrahl das Periskop. Beim gemeinsamen Flug zurück zur Basis berichtete er auch der Diskusbesatzung von seinem Gespräch mit dem Fremden. Haman wußte schon zu berichten, daß die allgemeine Überwachung des Asteroidengürtels bereits registriert habe, daß ein gewisser Asteroid überraschend seine Bahn verlassen habe. Die Marsbahn sei mit einem Winkel von fast 45° gekreuzt worden, was die beobachtenden Astronomen als ungewöhnlich bezeichneten.

»Das fremde Raumschiff wird ihn angedockt und zu dieser Richtung veranlaßt haben«, urteilte Haman, »nach den Aussagen des Fremden ist gar keine andere Deutung des Kurses möglich.«

An der Basis stieg Esman aus, und die Scheibe ging sofort auf Kurs Erde. Unterwegs sprachen die Brüder noch über Einzelheiten des Besuchs in der Raumkapsel. Die Nennung des Formalhaut als Heimatgebiet sei für die Offenheit des Arlisaners entscheidend gewesen. Die Aufklärung über die wirkliche Situation habe ihn sicherlich betroffen. Was er wohl seiner Mannschaft berichten würde?

Bei Tilasi trafen sie als letzte ein. Lacona hatte schon etwas von einem Objekt auf dem Mond verlauten lassen, von dem er durch Kontakt mit Haman erfahren hatte. Ixmans Bericht über die Einzelheiten brachte nun Klarheit.

»Die Fremden aus Arlisa haben also einen Massenmord geplant, um über den Rest der Menschen mit einer Elitegruppe ihrer Leute zu herrschen. Wenn Sie vor rund 200 Jahren schon einmal die Erde inspiziert hatten, fühlten sie sich sicher hoch überlegen, denn es gab noch nicht einmal Flugzeuge und keine

Atomwaffen. Selbst wenn wir nicht hier wären, könnten sich die Menschen gegen eine kleine Invasion erfolgreich wehren«, sah es Manato.

»Sie würden dann weitere Asteroiden zur Erde lenken, bis diese Perle im All aus sehr eigensüchtigen Gründen zerstört, mindestens für lange Zeiten unbewohnbar wäre«, folgerte Lacona daraufhin.

»Ich wollte sie mit einer Warnung vor unserer überlegenen Technik davon abhalten«, warf Ixman betroffen ein, »und habe zu Haarp-Strahlung zur Dämpfung der Vermehrung geraten.«

»Ihr habt nach Tana-Art gedacht und gehandelt – ihm nur den kleinen Finger genommen, aber bei Wesen, die entartet denken, wirkt das nicht, wenn die Mannschaft zurückkommt und ihre Erfahrungen preisgibt.«

Manatos Ansicht war sicher begründet – aber sie enthielt auch die Forderung, daß die Raumschiffmannschaft nicht zurückkehren durfte.

»Wie stellt Ihr Euch die Zukunft der Arlisaner vor?« fragte Ixmen daher.

»Ihr Genom, das sie sicher auch besitzen, ist nicht formiert – wie auch das der Menschen. Sie erhalten Order von Entarteten – ohne vielleicht selbst entartet zu sein. Wenn wir sie eliminieren, könnte es für alle oder mindestens einige ungerecht sein«.

»Ungerecht wie der Asteroideneinschlag mit seiner Wirkung auf der Erde«, meinte Tilasi dazu.

»Die Verantwortlichen auf dem Planeten müßten die Nachricht erhalten, daß die Erde von technisch Überlegenen bereits besucht ist und bewohnt wird, die auch jeden Asteroiden abwehren können«, riet Lacona, ohne eine Durchführung vorzuschlagen.

So fragte Ixman sofort: »Wie wollt Ihr die Funkverbindung herstellen, und auf welche Weise wollt Ihr Euch verständlich machen? Deren Funkverbindung lief bisher nur über Zerhackertechnik.«

»Ihr habt doch etwas von ihrer Sprache gelernt.«

»Das schon, aber wenn ich sie zur Übermittlung überreden könnte – weiß ich, ob sie den Sinn erfaßt haben und richtig übermitteln? Man müßte sie samt Raumschiff auf der Erde festsetzen – das würden sie schon richtig übermitteln – und von unserer Überlegenheit überzeugen.«

»Ixman geht aufs Ganze«, sagte Manato anerkennend, »und es wäre die perfekte Lösung – nur wie durchzuführen?«

»Ich fliege mit Haman und Effman in Begleitung von Ceman zum Marsmond Phobos, wo sich das Raumschiff aufhalten wird, bis ihre Mondgondel eintrifft. Das Weitere überlaßt mir. Nun aber noch die nächste Frage an Euch, Lacona – habt Ihr genug Potenz, um den Asteroiden abzulenken?«

»Nach letzten Positionsmeldungen befindet er sich im geraden Flug, also offenbar nicht mehr gesteuert, im Raum zwischen Marsbahn und Erde. Er würde die Erdbahn tangential berühren etwa zum Durchlauf der Erde – zweifellos gut berechnet für einen Crash.«

»Habt Ihr genug Maschinen, um den Brocken umzulenken?«

»Vier Diskusmaschinen, weniger zum Umlenken als zum Beschleunigen.«

»Damit sind wir bereit zur Verteidigung der Erde. Ceman und ich müssen nur noch auf die Rückkehr von Haman warten.«

»Er ist vor einer Stunde schon auf der ›Lavia‹ eingetroffen, ich will ihn nur noch kurz sprechen wegen des Andockens mit dem Diskus – er hat da die meiste Erfahrung.«

»Gut, Lacona, dann könnt Ihr gleich mit uns fliegen. Wir haben ja keine Zeit zu verlieren. Der Mond-Arlisaner hat bestimmt berichtet, danach hält sie nichts mehr im Sonnensystem, wenn ihr Beobachter bei ihnen eingetroffen ist. Ich hoffe nur, daß seine Gondel nicht so schnell ist, daß sie vor uns am Mars eintrifft.«

Man brach zum Dachparkplatz der Scheiben auf. Unterwegs rief Ixman noch Gloria an, um ihr mitzuteilen, daß er die nächste Zeit auf einer Marsmission sei, Zetman werde ihr näher berichten und bleibe in Brasilia.

Während sich Lacona bei Haman über die technischen Möglichkeiten eines Diskus unterrichten ließ, informierte er Ceman über die bevorstehende Reise zum Mars und die damit verbundene Aufgabe.

»Ist ja ein richtiger Krieg im All«, schmunzelte der und überprüfte mit Effman die »Waffenkammer« des Diskus, der schon kurz darauf von Bord der »Lavia« Richtung Mars startete.

»Der Mars steht jetzt günstig zur Erde«, überlegte Haman und berechnete die Reisezeit, »während des Fluges wird die Position noch günstiger. Bei unserer eigenen Maximalgeschwindigkeit von 40 000 Kilometern je Stunde können wir noch einen Teil der Erdbahngeschwindigkeit nutzen, aber mit 40 Tagen müssen wir rechnen.«

»Da können wir ausgiebig schlafen«, war Cemans Feststellung.

»Daran, daß Ihr mich auf dem Pilotensessel auch mal ablösen könntet, denkt Ihr wohl nicht?«

»Wenn du die richtige Richtung hast, kannst du die Steuerung für einige Tage festbinden.«

»Aus Furcht vor Bindfadenkapitänen wurde eine Automatik eingebaut.«

»Wir steuern den Mond Phobos an – altgriechisch ›Furcht‹, so hieß nach der Sage ein Sohn des Kriegsgottes Ares. Phobos soll ein vom Mars eingefangener Asteroid mit unregelmäßiger Form sein, der den Planeten in gut sieben Stunden umkreist. Er mißt nur 27x22 Kilometer, besitzt aber einen großen Krater.«

»Wenn er so schnell ist, hat er sicher nur eine geringe Höhe.«

* * *

Zu der Zeit hatte Lacona auf der »Luvisio« andere Probleme. Er mußte einen Aktionsplan gegen den anfliegenden Asteroiden seinen vier Diskusmannschaften darlegen, damit sie gemeinsam handeln konnten. Er hatte für seine acht Zuhörer in einem

Raum eine Tafel aufstellen lassen, auf der er mit Kreide seine Ausführungen bildlich unterstützen konnte, wenn es sich auch um dreidimensionale Probleme handelte. Die Darstellung der dritten Dimension versuchte er mit seinen Händen vorstellbar zu machen. Als Leiter der Raumfahrtschule auf Tana war das etwas Alltägliches.

»Die Fremden haben den Brocken – er soll nach Schätzung der Beobachter fast drei Kilometer lang und einen Kilometer breit und bis zu einem Kilometer stark sein – aus seiner Bahn um den Jupiter geschleust und über die Marsbahn in Richtung Erde gelenkt. Ob man ihn mechanisch durch Erdbohrer oder Krallen mit dem Raumschiff verbunden oder aber durch Schwerkraftnutzung, wie bei uns üblich, gefesselt hat, bleibt offen.

Der Brocken befindet sich jetzt zwischen Mars und Erdbahn mit etwa halber Geschwindigkeit der Erde, die sie auf ihrer Bahn um die Sonne erreicht. Der Brocken ist jetzt nicht mehr ein gesteuerter Selbstläufer und wird die Erdbahn in sehr spitzem Winkel, fast tangierend, kreuzen. Den jetzt noch voreilenden Brocken wird die Erde bei seiner unmittelbaren Nähe zur Erdbahn einholen. Er wird in ihren Schwerkraftbereich geraten und auf sie stürzen.«

Verurteilende, aber auch anerkennende Worte für diese Präzisionsplanung wurden in seinem Zuhörerkreis laut.

»So würde es ablaufen, wenn es uns nicht gäbe«, meinte Lacona beruhigend lächelnd, »nun können unsere vier Diskusmaschinen ihn sicher nicht so weit von seiner Bahn ablenken, daß er nicht in das Schwerefeld der Erde gerät, aber die Erde hat ja noch einen Mond, der seit seiner Existenz schon einiges an Bombardements überstanden hat. Er umkreist die Erde auf einer leicht elliptischen Bahn in 29 Tagen. Sie kreuzt einmal voreilend und einmal nacheilend die Erdbahn. An diesen Punkten sieht man ihn auf der Erde als Halbmond. Der vorauseilende Kreuzungspunkt des abnehmenden Mondes ist uns wichtig, denn er erreicht zuerst den geplanten Crashpunkt.«

Die Tafel hatte sich schon mit etlichen Kreisen und gebogenen

Linien gefüllt, und die rudernden Arme von Lacona ergänzten das Ganze.

»Unsere Aufgabe ist es nun, den Brocken zu beschleunigen oder zu verzögern, damit er zum gleichen Zeitpunkt wie der Mond den Bahnkreuzungspunkt erreicht. Dann ist er im Schwerebereich des Mondes und beglückt diesen.«

»Es kann ja unter Umständen einen Monat dauern, bis der Mond diesen Punkt erreicht«, warf man ein.

»So könnte es aussehen, aber die Erde ist noch 13 Tage vom Crashpunkt entfernt und der Mond halb zunehmend, also noch gut 14,5 Tage, bis er seinen Kreuzungspunkt erreicht.

Wir werden das ›Geschoß‹ mit Hilfe der Geschwindigkeit der Erde und unserer eigenen etwa drei Tage vor dem Crashpunkt erreichen und andocken können. Vermutlich werden wir es beschleunigen müssen, denn der Mond ist ja nun abnehmend und vorauseilend um fast 380 000 Kilometer. Wenn er uns die Sicht auf die Erde verdeckt, ist das der richtige Zeitpunkt zum Abbremsen und Loslassen, denn dann wirkt sein Schwerefeld und zieht den Brocken an.

Aber da wir zu diesem Zeitpunkt wenig Geschwindigkeit haben, müssen wir sofort auf die Erde zusteuern und uns einfangen lassen – sonst sind wir Engel im All.«

»Aber wie finden wir den Brocken im All?«

»Wir fliegen in Reihenformation und erhalten von den Astronomiezentren der Erde Richtdaten, die sich auf die Sonne beziehen, denn wir werden ständig beobachtet.«

Mit einem Tuch wischte Lacona die Kreidelinien von der Tafel und machte eine entsprechende Handbewegung: »Also, Männer, es geht los – vergeßt nicht eure Energiepillen!«

In einer Kette stiegen sie in den Himmel. Die Wünsche von Milliarden Menschen, die inzwischen über die Situation unterrichtet worden waren, begleiteten sie. Die seriösen Medien waren bemüht, ihre Meldungen nicht als Sensation aufzumachen, sondern rieten zum Vertrauen in die Tana-Technik.

In vielen religiösen Sekten wurde vom Jüngsten Tag gefaselt, und mancher Selbstmord ging auf deren Rechnung.

Die christlichen Kirchen hielten Gottesdienste ab und beteten für die mutigen Männer, die für sie Atheisten waren und die die Katastrophe abwenden wollten.

In islamischen Ländern war man versucht, von einer Strafe Allahs für die Ungläubigen zu sprechen, aber das Volk sah es teilweise in den besser gebildeten Schichten schon anders. So wurde in Syrien ein Imam von den empörten Gläubigen krankenhausreif geschlagen – ein bisher einmaliger Vorfall –, weil er versucht hatte, für alles Tana verantwortlich zu machen. Natürlich ging dieses Ereignis als Sensation durch die Weltpresse, wobei betont wurde, daß Tana in keiner Weise präsent war.

In Indien und buddhistischen Ländern beteten die Priester in den Tempeln um Abwendung von Zerstörung und Hungersnot, aber nur wenige politische Verlautbarungen wurden veröffentlicht, zumal die Auswirkungen eines Asteroideneinschlages nur einer Minderzahl bewußt waren.

In Afrika war das Asteroidenthema nur in den Städten aktuell, aber die sachlichen Nachrichten von TTS dazu verhinderten Furcht und Ekstase, die sich nur in kleinen religiösen Kreisen entwickeln konnten. Die erdweiten Auswirkungen eines solchen Anschlages auf die Erde war der Mehrzahl der Menschen im Erdteil nicht voll bewußt.

Ähnlich war die Reaktion in Südamerika, wo natürlich in den Kirchen überall Bittgottesdienste abgehalten wurden, um Schaden für die Erde zu verhüten und um Erfolg für die Tana-Aktion zu bitten.

Altpräsident Carell war bei seiner Schwester in Brasilia und erfuhr erst hier von Zetman, daß ein Diskus zum Mars unterwegs war, um die Rückkehr des fremden Schiffes zu verhindern, denn über diese Unternehmung war keine Nachricht veröffentlicht worden, weil sie mißlingen könnte durch zu spätes Eintreffen am Mars. Es mußte auch mit der Vernichtung der Besatzung gerechnet werden, was der Ethikmißachtung gewisser Kreise entspräche, die Tanas freies Denken verurteilten. Glorias Stimmung war bei dieser Situation nicht die beste, denn die Tana-Brüder waren den verschiedensten Gefahren mit diesem kleinen »Raumschiff« ausgesetzt, auch ohne Kontroverse mit den Fremden, die sich sicher wehren würden.

Tanax war da weniger besorgt. »Vater schafft das schon«, meinte er zuversichtlich, »Hauptsache, die Technik versagt nicht.«

Die beiden Frauen und ihre Kinder waren froh, daß neben Zetman auch Carell beschloß, bis zur Rückkehr des Diskus vom Mars in Brasilia zu bleiben.

Völlig unabhängig von der Tana-Besprechung in New York, von der die Medien nichts erfahren hatten, stellte die Londoner »Daily Mail« die Frage, wie es nun weitergeht.

»Es war eine Vernichtungsaktion gegen die Erde von einer fremden Zivilisation geplant, deren Grund nicht klar ist, eventuell ähnlich wie die Tanaer ihn hatten, als sie zur Erde kamen – aber ohne Asteroidenvorbereitung. Die mentale Einstellung der Fremden könnte durchaus unserer eigenen entsprechen, denn auch uns liegt es, bei Bedarf Unschuldigen den Schädel einzuschlagen. Wie wären sonst unsere zahlreichen Kriege zu erklären? Ohne jeden Zweifel wäre im letzten Jahrzehnt von Politikern ein Krieg inszeniert worden – und sei es, um die Rüstungsindustrie zu beschäftigen oder die Wahl zu einer zusätzlichen Amtszeit zu begründen. Wir denken da an den herrlichen Roosevelt ... oder Herrn Churchill, der aus persönlichem Deutschenhaß durch Krieg ein Weltreich zu Grabe tragen mußte.

Zum Bedauern dieser Zerstörungsmentalen kam Tana auf die Erde und legte ihnen Fesseln an. Wer fesselt aber nun diese Bombenlenker aus der Galaxis? Tana versucht den Schaden von der Erde abzuwenden – aber im Asteroidengürtel gibt es Hunderte solcher Bomben. Man sollte diese Entarteten vernichten –

trotz aller Argumente gegen die Todesstrafe und trotz aller Bedenken, dem Herrgott ein Recht zu nehmen.«

Dieser Artikel fand große Zustimmung und wurde von großen Zeitungen übernommen. Anhand vieler Leserbriefe wurde auch die Meinung der religiösen Leser offenbar. Besonders die Bezugnahme auf die bisherigen Kriege, also auch im letzten Jahrhundert, ließ ihnen bewußt werden, mit welcher Ehrwütigkeit und Leichtsinn auch demokratische Politiker Millionen Söhne ihrer Länder zum Tode verurteilt hatten und auf den Schlachtfeldern hinrichten ließen – Menschen ohne Furcht und Tadel. Die heutige hitzige Erregung über den Artikel sei künstlich, lasse die Ethik lächerlich erscheinen wie von geistig Minderbemittelten.

Bemerkenswert war auch, daß im Vatikan zwar für das Gelingen der Asteroidenabwehr gebetet, aber keine Stellungnahme zu weiteren Aktionen verlautbart wurde. Auch aus den USA und Europa wurden von ihren Tana-Präsidenten und den Administrationen keine weiteren Überlegungen für Folgeunternehmungen bekannt.

Inzwischen war die Diskus-Reihe schon weit im Raum vorangekommen. Lacona hatte sich von Astronomen des Zentrums einen detaillierten Plan für den Weg zum Treffpunkt mit dem Brocken ausarbeiten lassen. Er verfolgte mit seinem »Geschwader« konstant einen Fixstern im Sternbild des Schützen. So sollte er nach 76 Stunden den von der Sonne erleuchteten Steinbrocken, der im spitzen Winkel zur Crew in gleicher Richtung flog, sichten und dann erreichen können.

»Ich sehe ihn«, meldete dann der Beobachter aus dem letzten Diskus«, er liegt rechts von uns, etwas tiefer.« Lacona ließ die Geschwindigkeit etwas verringern und konnte ihn dann auch sehen. Er flog, wie erwartet, mit einer Schmalseite voraus, wie ihn das Raumschiff wohl ausgerichtet hatte.

»Wenn wir andocken, Männer, nimmt mein Diskus das hintere Schmalende, das am Mond zuerst aufschlagen soll. Um den

Zeitpunkt zu bestimmen, muß ich freie Sicht auf den Mond haben, selbst wenn der Brocken etwas kanten sollte.«

Alle meldeten, daß sie verstanden hatten, fragten aber zurück, auf welcher Seite sie andocken sollten.

»Zwei im Bereich der vollen Breite auf der Abseite zur Sonne, der vierte am Ende, falls wir den Klotz noch etwas ausrichten müssen.«

Ihr »Landeplatz« kam ihnen dann so nah mit seiner enormen Größe, daß sie landen und mit Schwerkraft andocken konnten. Sie hatten nun wohl drei Tage Zeit bis zum Crash. Von fern sah Lacona wegen seiner Aussichtsposition schon die Erde, von der sie gestartet waren, sie war etwa rechts noch als blauer Stern auszumachen – noch ...

»Ich werde also das ›Los‹-Kommando geben, wenn der Mond die Erde mindestens teilweise verdeckt und mein Brockenende dem Mond nahe ist.«

Er peilte durch die Meßoptik minutenlang zur Erde und sah dann in die Aufzeichnungen und Daten, die er auf Veranlassung Präsident Hitatas von Wissenschaftlern der NASA erhalten hatte.

»Die Erde holt uns ein, bevor der Mond sie verdeckt. Der Crash war geplant, bevor der Mond das Ziel verdeckt. Wir müssen also beschleunigen, um dem Mond eine Chance zu geben. Und steuert etwas höher, wir liegen nach meinen Messungen mit unserer Operationsebene knapp unterhalb vom Mond.« Bei sich dachte er, daß die Attentäter offenbar keine Massewerte vom Mond und unsichere Umlaufdaten besaßen, sonst hätten sie nicht so knapp kalkuliert, denn auch beim geplanten Crashdatum hätte der Brocken so nah den Mond passiert, daß dieser ihn hätte einfangen können – unter Umständen zum Nachteil der Tana-Basis.

Nach einem Tag ständiger Beobachtung hatte der Erdplanet kräftig zugenommen und zeigte die Größe eines Geldstückes. Zweifellos war die Vollmondposition reichlich überschritten worden. Projiziert schien der Mond sich der Erde bis auf seinen anderthalbfachen Durchmesser genähert zu haben. Die Aktionsebene des Asteroiden lag nach den Steuerbemühungen jetzt an der oberen Grenze des unteren Drittels.

Lacona kam nicht zur Ruhe, alle halbe Stunde prüfte er Abstand und Lage an der Meßoptik. Die NASA-Angaben waren ihm eine wertvolle Hilfe. Am dritten Tag verlief die hell beschienene Mondfläche mitten durch von Kratern zerrissenem Boden in die Dunkelheit schwarzen Schattens, wo die Entfernung kaum noch zu schätzen war, wie ein riesiger Theatervorhang vor ihre Aussicht.

»Männer, gleich passiert es, denkt daran. Nach dem Loslassen nach links um den Mond herum zur Basis. Dort könnt ihr gleich Einwanderer aufnehmen und nach Texas fliegen – das ist rationell.«

Er saß am Meßgerät, die Zielpunkte lagen fast auf der Scheide zwischen Sonnenlicht und Schatten, Entfernung 38 Kilometer.

»Achtung, Männer! Los!«

Die Diskusmaschinen hoben sofort an und schwenkten nach links. Die zweiten Piloten schauten sich verstohlen wie Attentäter um – da tauchte der Brocken auch schon in der hell beschienenen Halbkugel ein, ein gewaltiger Staubpilz schoß in den dunklen Himmel. Dann war das Geschehen für das Geschwader außer Sicht.

Als sie an der Mondbasis gelandet waren, kamen die Brüder der Stammbesatzung lachend auf sie zu: » Nun müssen wir euch auch noch zu dieser Schweinerei gratulieren. Wenn ihr Zeit habt, könnt Ihr euch mit dem Staubwedel zum Service melden, denn der meiste Schmutz kommt noch.«

»Der Mond hat ja keine Atmosphäre, also kann es so schlimm nicht werden«, entgegnete Lacona, »einen Diskus könnt ihr aber gleich mit Übersiedlern beladen, damit Texas nicht faul wird.«

»Die wollen sicher erst feiern.«

»Was wollen die denn feiern?«

»Die ganze Erde feiert euren Erfolg, die haben doch tagelang Euren Sprechfunk verfolgt.«

»Wir haben doch Tana gesprochen, was keiner versteht.«
»Aber die wichtigen Sender in allen Ländern haben inzwischen Tana-Mitarbeiter, die den Sinn übersetzen. Nun wollen euch nach Aufhebung dieser Existenzbedrohung alle feiern – ihr müßt das verstehen, denn wer reitet schon auf einem Asteroiden.«

Lacona machte eine abschwächende Handbewegung: »Wir haben es ja auch für uns getan – weil wir die Mittel haben. Feiern bringt den Menschen wenig, unserem Rat und Beispiel zielgerichteter Arbeit folgen, wesentlich mehr.«

Tatsächlich hatten ungezählte Millionen Menschen Tag und Nacht an den Nachrichtengeräten gehangen. Die Radiostationen brachten jeden Sprechfunkverkehr zwischen den Besatzungen und die Anordnungen Laconas als Sondermeldung. Es gab in diesen entscheidenden Tagen in vielen Kreisen nur dieses Thema, das bei Mißlingen der Abwehr für Millionen auch schließlich früher oder später – vielleicht auch gleich – das Ende hätte bedeuten können.

In den letzten Stunden, als man die sichere Stimme Laconas hörte, deren Übersetzung folgte, stieg die Hoffnung auf ein gutes Ende.

Schon bei seiner Vorankündigung des Los-Befehls stürzten Ungezählte mit Fotoapparaten aller Kaliber ins Freie, sofern der Mond in ihrer Richtung stand, und sahen eine helle Wolke hinter dem Halbmond aufsteigen, die ihn schließlich wie mit einem Rahmen umgab. Es war – hoffentlich – ein Jahrtausenderlebnis, wenn auch mit großem Zittern.

Ja, wenn man Tana nicht hätte, war die Meinung fast aller.

Am Ort des Geschehens war Betrieb. Lacona hatte die Beladung eines der vor kurzem gelandeten Maschinen entgegen allen Feierideen durchgesetzt.

Dann erhielt Tilasi in der UN seinen Anruf: »Ich rufe aus der Basis an. Wir haben den Brocken wie vorgesehen auf der Mondrückseite abgeliefert und liefern nun Übersiedler nach Texas.«

»Ich habe alles original verfolgt, aber seien Sie nicht so hastig, der New Yorker Bürgermeister hat angerufen. Seine Bürger wollen eine Konfettiparade wie schon seit Jahrzehnten nicht mehr.«

»Also bei mir nicht! Sie sollen ihre Straßen sauber lassen. Im übrigen müssen wir mit unseren Besatzungen das Raumschiff leeren. Die Männer kann er gern zur Freizeit einladen, aber da werden sich wohl noch andere melden. Bis dahin kann es auch noch ein weiteres Ereignis geben, das die Asteroidensache verblassen läßt – hat sich Ixman schon gemeldet?«

»Sie sind dicht vor dem Ziel und fürchten fast, zu spät zu kommen, obgleich es vom Erdstart aus mehr Impulse gab als vorgesehen – aber die fremde Mondgondel hat sicher auch davon profitiert.«

»Nun, ich bleibe erst einmal auf dem Mond, bis sich die Begeisterung gelegt hat.«

Nach kurzer Zeit rief Präsident Hitata in der Basis an und wollte wissen, ob Lacona unbedingt wieder nach Tana zurückmüßte. Als dieser nach Überlegung schließlich verneinte, erklärte Hitata mit Genugtuung: »Meine Regierung erwartet von mir, daß ich eure Leistung, welche die Zerstörung großer Teile der Zivilisation verhindert hat, nicht nur würdige, sondern auch sichtbar mache. Nun hat der NASA-Direktor vor einer Stunde um seine Entlassung aus persönlichen Gründen gebeten – verständlich. Nach kurzer Rücksprache mit dem oberen Gremium biete ich Ihnen nun dieses Amt als Anerkennung an – einverstanden?«

Der Bedachte überlegte zum zweiten Mal und sagte dann zu. »Aber ahnen die Mitarbeiter, was auf sie zukommt?«

»Die Leitenden sprachen von Ideen und frischem Wind, den sie begrüßen würden.«

»Das ist ja beruhigend«, meinte Lacona lächelnd, als er sich von Hitata dankend verabschiedete.

* * *

Die »Besatzung« von Glorias Festung bei Brasilia hatte ständigen Kontakt zu Prof. Neuberg auf der »Lavia« gehalten, weil dort immer die Nachrichten in Tana-Sprache, die der Professor nun auch beherrschte, eintrafen. Nach der Asteroidenaktion war nun das inoffizielle Marsunternehmen aktuell. In den nächsten Tagen mußten dort die Würfel fallen. Zetman wäre gern dabei gewesen, aber wenn etwas schieflief, war immer noch ein Vater für beide Kinder am Leben. Für ihre offizielle Vertretung war Carell der Garant, der jetzt auch seiner Schwester Gloria zur Seite stand.

Der Mars hatte noch das Format eines kleinen Geldstückes, aber der Diskus befand sich schon fast im Umlaufkreis des kleineren Mondes Deimos, der vom Mars aus wie ein großer Stern erschien, aber weniger hell.

Nach einigem Suchen in seiner gefächerten Tasche förderte Ixman zwei Röllchen ans Licht und entschuldigte sich bei Ceman, daß er sie ihm schon lange hätte geben sollen: »Es ist ein Einsatz für die fremde Sprache. Nachdem ich sie bei dem Mann im Mond gelernt hatte, habe ich sie aus dem Gedächtnis auf die Festplatte gebracht. Sie ist natürlich lückenhaft, aber besser als gar nichts, wenn man mit den Fremden in Berührung kommt – und das ist sicher kaum zu vermeiden.«

Sie setzten sich die Röllchen ein und probierten einige Worte, dann halbe Sätze. Haman und Effman fingen an zu lachen. Ixman meinte, Dumme lachen über Tana genauso.

»Ich habe das Gefühl, besser verstehen als sprechen zu können«, meinte Ceman, und sein Bruder bestätigte es.

Nach einer Friedenspause sagte Haman: »Wir haben die Marsbahn fast tangential angesteuert, denn der Mars hat es eilig mit etwa 90 000 Kilometern je Bahnstunde, und der Phobos ist auch sehr schnell, denn er umrundet seinen Planeten bei einer Umdrehung zweimal.«

»Da kommen wir ja in rasante Verhältnisse«, fand Ceman, der sich mit dem Sonnensystem nicht näher beschäftigt hatte.

»Bruder, lande doch kurz auf dem Mars, dann können wir uns

die Beine vertreten und die Mondbahn testen. Das erlaubt der All-Organismus!«

»Einverstanden, ich werde uns vom Schwerefeld des Planeten einfangen lassen. Wir können dann den Mond normal anfliegen.«

Und so geschah es. Der Diskus stand in einer leichten Senke auf harschem Sandboden. Die Männer stiegen aus und liefen eine halbe Stunde im Kreis unter dem Diskus. Es war massig hell, und Haman schaute nach dem Mond aus. Er entdeckte ihn dann seitab schnell als Bohne über den Himmel ziehen, nahm die Uhrzeit, darauf das Fernglas, in der Hoffnung, die Gesuchten zu entdecken.

»Was machen wir mit deinem Mondmann, wenn er noch nicht zurück ist«, wollte Haman wissen.

»Schicksal im All«, meinte Ixman betont gleichmütig, »vorausgesetzt, unser Plan ist durchführbar.«

»Waren unsere Pläne immer«, entgegnete Haman überzeugt, »es sei denn, hier ist überlegene Intelligenz am Werk – aber das hättest du ja auf dem Mond gemerkt, und die haben sicher nicht einen Dummen als Beobachter geschickt.«

Eine abwertende Handbewegung von Ixman, man nahm wieder Platz, und der Diskus stieg auf 9 000 Kilometer in Richtung der erspähten Mondbahn. Als er am Horizont aufstieg, paßte Haman die eigene Geschwindigkeit an, so daß er schließlich parallel flog.

Der Marsmond hatte die unregelmäßige Form einer riesigen Schweinsblase, 27 × 22 × 19 Kilometer hatte man gemessen. Auf seiner einen Seite trägt er einen kilometergroßen Krater, auf der anderen Seite eine Art Gebirgszug – und genau dort hatte sich das Raumschiff festgelegt!

Haman hatte es beim Umrunden des Mondkörpers entdeckt. Da er nun wußte, wo es sich befand, konnte er sich dem Objekt mit dem Diskus, ohne Furcht, bemerkt zu werden, nähern. Das Schiff war fast 200 Meter lang und hatte, wie die eigenen, zwischen Hauptteil und Triebwerk eine offene Stabkonstruktion – und, kaum glaubhaft, darin hing schon die Mondgondel!

»Der Knabe muß ein guter Raumfahrer sein, wenn er das alles allein erledigt«, meinte Haman anerkennend, »oder sie haben eine gute Robotersteuerung – wie wir.«

»Fliege mal nicht zu dicht heran«, warnte Ixman, »wenn die uns bemerken und auch einen Laserstrahl besitzen, haben wir schlechte Karten.«

»Hinter dieser Hügelkette hätten wir Deckung, aber wollt ihr den ganzen Weg laufen?«

»Du meinst hopsen, denn auf dieser Kartoffel gibt es kaum Schwerkraft.«

»Wie wäre es denn, wenn ich auf dem vorderen Teil des Raumschiffes lande und andocke? Ihr könnt dann gleich durch unsere Luke und deren Decke euren Besuch machen.«

»Idee ist akzeptiert«, entgegnete Ixman sofort, »wenn du es schaffst, ohne das Raumschiff zu erschüttern. Sie könnten dann mit einem Laserstrahlgerät auch nicht viel beginnen.«

Der Diskus wurde an die 500 Meter hochgezogen und über dem Schiff schwerkraftgedämpft geräuschlos abgesenkt. Vielleicht knisterte eine Naht oder mechanische Verbindung, aber wo sich Lebewesen bewegten, gab es immer einen merklichen Geräuschpegel. Aber dann saß der Diskus auf dem Schiff wie ein Pflaster auf der Nase.

Nun machten die beiden Brüder sich fertig zum Einstieg. Ceman nahm einen kleinen Handapparat in seinen Kombidreß, Ixman den Laserstab.

Haman und Effman drückten die Daumen, dann verschwanden die beiden durch die Luke in den fremden Rumpf.

Sie gerieten in Dunkelheit, aber am Dreß hatten sie Diodenlicht und konnten erkennen, daß sie sich in einem Vorratsraum befanden. Nach ihrer Orientierung wollte sich Ixman nach vorn zum Bug vorarbeiten, Ceman sollte den rückwärtigen Teil erkunden und anschließend seinem Bruder nachfolgen.

An einer Art Küche auf der einen und einem Arbeitsraum auf der anderen Seite vorbei, in denen jeweils zwei Männer beschäftigt waren, gelangte Ixman an einen Raum, aus dem Stimmen zu hören waren. Er betrat seitlich einen Raum mit Gerätschaften. Die Wand war nur dünn, und er konnte mit seiner Festplatte tatsächlich einzelne Teile des Gesprächs erfassen. Eine Stimme kam ihm sogar bekannt vor – vom Mond.

Nachdem er ziemlich sicher war, daß sich das Gespräch um die Asteroidenaktion handeln mußte, was auch nach Rückkehr des Mondbeobachters verständlich war, wagte er sich mit dem Gesicht durch die Wand, denn er hatte das Gefühl gehabt, daß niemand in seine Richtung sprach. Er kam in einem halbverdeckten Regal für Becher zur Durchsicht.

Es war ein etwa quadratischer Raum von fünf Metern Seitenlänge zu übersehen, in dem rechts und links zwei Tischflächen mit Bänken zu den Wänden angeordnet waren. Zum freien Mittelraum hin stand eine Art Schreibtisch vor zwei Sitzschalen mit Personen darin, deren kahle Köpfe Ixman von hinten sehen konnte. Auf den Seitenbänken saßen nur sechs Personen von der Art des Mondfremden.

Dieser war offenbar erst vor kurzem eingetroffen und wurde gerade verhört. Man sprach hastig, und obwohl Ixman schon fast den ganzen Kopf im Regal hatte, konnte er nur weniges gut verstehen.

Jetzt griff der eine zu einem gut fingerstarken Stock mit Schaltern, von denen zwei auf dem Schreibtisch lagen, und herrschte den Mondmann an: »Ganz falsch, die Erde unsere Sprache zu lehren!« Damit versetzte er ihm mit dem Stock einen Schlag über den Schreibtisch hinweg auf die Schulter. Der Kleine hatte offensichtlich nicht gewagt, zurückzuweichen.

Diese Stöcke, sicher Elektroschocker, waren hier Kommandomittel, und die beiden ziemlich massiven Kahlköpfe gehörten auf dem Planeten sicher beherrschenden Rassen an. Sie waren hier die maßgebenden Männer.

»Ihr habt gehört«, wandte sich der andere Kahlkopf an die auf den Bänken sitzenden Besatzungsmitglieder, »die Erde ist schon besetzt, und sie wollen den Asteroiden abfangen. Vor Rückkehr nach Arlisa wird noch ein großer Asteroid zur Erde gebracht.«

Er hatte laut und erregt gesprochen, und Ixman hatte das Wesentliche verstanden. Er wollte schon heraustreten, als es Bewegung gab.

Ein Arlisane, wahrscheinlich aus den Nebenräumen, stürzte in den Raum und rief, daß ein fremder Mann in den Nebenräumen sei. Unwillig erhob sich der eine Kahlkopf, größer als die anderen und bläulichrot im Gesicht, griff zu seinem Stock und verschwand im Gang. Es gab keine Unterhaltung im Raum, bis er zurückkam – schon nach einigen Minuten. Er war unwillig und machte eine wegwerfende Handbewegung.

Er wollte sich gerade wieder setzen, als der Mann erneut hereinstürzte: »Der Fremde ist wieder im Gang!«

Da er dem Kahlen dabei zu nahe kam, stieß dieser ihm den Stock vor die Brust, wohl mit Elektroschock, denn der flog zurück bis zur Wand und blieb dort liegen. Kommandosprache à la Arlisa.

Ixman spürte, daß Ceman durch den Gang kam und trat seitwärts aus dem Regal in seinem silbergrauen Dreß heraus.

Die kleinen Männer im Raum sahen es mit großen Augen, die beiden Kommandoleute fuhren erst, als er mit harter Stimme zu sprechen begann, herum.

»Heia Kalitata! Hier spricht Tana! Wir übernehmen das Kommando über das Raumschiff!« Und da kam schon die erwartete Reaktion.

Der Kahle, der eben den Elektroschock verabreicht hatte, brüllte mit bleckenden Zähnen lachend auf und wollte den Stock gegen Ixman richten, da fiel er schon zusammen mit der Faust zu Boden, eine gute Sekunde später der Körper ohne Kopf.

Sein Kumpan war aufgesprungen und wollte, da der Rumpf vor seinen Füßen lag, Ixman mit seinem Elektroschocker erreichen – da blitzte der Laserstab auf, und sein Kopf fiel auf den Tisch.

Der kleine Mondmann war entsetzt zurückgesprungen und seine Kollegen waren starr vor Schrecken – ein Mann tritt aus dem Regal und köpft beide Kommandanten innerhalb von Sekunden; einen mit der bloßen Hand.

Was sind das für Leute? Und jetzt steht noch ein zweiter im Raum, der dem ersten gleicht, nur blond ist!

Der Mondmann näherte sich Ixman und sagte ehrfurchtsvoll: »Ich hatte damals nicht geahnt, daß Ihr so mächtig seid. Was wird nun mit uns?«

»Männer«, wandte sich darauf Ixman an alle, »wir sprechen Eure Sprache nur wenig – Ihr wolltet die Erde zerstören, aber die Menschen leben. In Arlisa werdet Ihr für den Mißerfolg bestraft von dieser Rasse«, er zeigte auf die geköpften Körper, »wir nehmen Euch und Euer Schiff mit zur Erde.«

»Dort werden wir sicher auch bestraft«, der Mondmann machte mit dem Finger eine Bewegung zum Hals, »weil wir einen Anschlag auf die Erde gemacht haben.«

»Ich denke, daß Ihr einen Befehl von dieser Rasse dort hattet«, der Kleine nickte bestätigend, »wir aus Tana bei Formalhaut garantieren Euch das Leben, denn darüber bestimmen wir auf der Erde allein – Ihr habt uns soeben erlebt. Euer Schiff bleibt auf dem Mond, und Ihr werdet zuerst auf einem sehr großen Schiff auf dem Ozean leben, bis Ihr Sprachen gelernt habt, dann könnt Ihr selbst entscheiden, wo Ihr leben wollt. Wer kann von Euch dieses Raumschiff führen?« Es meldeten sich vier von ihnen, auch der Mondmann.

»Bruder, gehe doch einmal mit ihnen vor die Tür, damit sie unseren Diskus sehen, der angedockt mitfliegen wird, sie sollen Gerät mitnehmen, damit sie die beiden Toten bestatten können. Ich schaue inzwischen nach dem Navigationsraum.«

Als er die Geräte dort sah, war er der Meinung, daß man davon noch lernen könne und sah die Arlisaner schon in Großfirmen sitzen. Er empfahl Haman auch, einen Blick in den Raum zu werfen, und informierte ihn dann dabei über das abgelaufene Geschehen.

»Da warst du ja wieder voll beschäftigt mit dem Aussortieren von Gut und Böse«, meinte dieser sarkastisch und schlug ihm auf die Schulter.

Nach einer Stunde waren alle wieder im Raum versammelt, einschließlich der Nebenraumbesatzung zwölf Seelen. Ixman gab seinem Bruder noch eine Sprachkassette zum Einsetzen, damit er nicht stumm und arlisataub daneben stehen mußte. Ein bißchen spät, war Hamans Kommentar. Im Navigationsraum kam ihm das zugute, denn die Steuerleute sprachen betont langsam und deutlich. Sie hatten genaue Daten von Mars und Erdbahn und konnten auf einer Art Plottertisch mit projizierten Leuchtlinien den Flug simulieren. Wenn sie die Bahngeschwindigkeit des Mars weitgehend nutzen könnten und ihre eigene Geschwindigkeit für diese kurze Strecke trotz der Voreilung der Erde mit 120 Millionen Kilometern ansetzen, würden sie in etwa 32 Tagen die Erde erreichen.

»Wenn wir hier gut wegkommen«, meinte der erste Steuermann vorsichtig, »denn wir haben keine Starthilfen mehr.«

»Raketen?« fragte Haman, und der Steuermann nickte. »Aber dieser Mond ist schnell und hat nur geringe Masse.«

»Darauf rechnen wir – aber nun sitzt Ihre Maschine noch obendrauf.«

»Etwas Besseres kann Euch gar nicht passieren«, lachte Haman, »wir sind angedockt und ziehen Euch mit über tausend Tonnen – einer Million Kilogramm – hoch.«

Nun lachte auch der Steuermann und versprach gute Fahrt – und er bewunderte noch, daß Haman mit der »kleinen Fliege« bis zum Mars kam.

Nach acht Stunden stießen sie sich gemeinsam in einer günstigen Position vom Phobos ab und nahmen die Bahngeschwindigkeit des Mars mit auf die Reise. Die beiden Brüder im Raumschiff vertrieben sich die Zeit damit, der Besatzung Englisch beizubringen. Probleme gab es allein bei der Aussprache, die ihnen bei ihrem fast lateinischen Gusto gar nicht lag. Aber Ixman und Ceman waren geduldige Lehrer.

Als die Leute schon ziemlich gut Englisch verstehen konnten – mit dem Sprechen haperte es noch, waren sie auch im Bereich der Erde. Die Brüder hatten nur spärliche Funkmeldungen geschickt – nur, daß man sie am Leben wußte.

Nachdem das Raumschiff an der Mondbasis mit Hamans Einweisung gelandet war, das Tana-Schiff war leer schon wieder auf dem Rückflug, war nichts mehr zu verdecken. Ixman rief Tilasi an und erklärte seinen Plan für gelungen. Das eroberte Schiff bliebe auf dem Mond und die Besatzung von zwölf Mann nehme man auf die »Luvisio«.

Damit war Tilasi nicht zufrieden: »Alles gut gemacht und geordnet – nun alles zu den Akten. Nun sagt bloß, Ihr bleibt auf dem Mond und spielt mit Lacona Karten! Ihr seid alle Personen des öffentlichen Lebens, Euch kennen Milliarden Menschen auf der Erde durch die Medien, und so seid Ihr quasi verpflichtet, über Euer Handeln für die Gemeinschaft Auskunft zu geben, wenn Ihr für die Menschen etwas tut.«

»Es war doch ein Auftrag aus dem Tana-Kreis.«

»Keine Ausflüchte, wir sind nur insgesamt eine Million. Hier stand mehr auf dem Spiel! Es ist verständlich, daß Ihr nicht unzählige Reporterfragen zu dem wahrscheinlich heiklen Thema der Raumschiffübernahme beantworten wollt, aber es gibt doch TTS. Verabredet Euch mit Kellmann und Eurer gesamten Mannschaft, dann habt Ihr das erste überstanden.«

»Kommt denn nach dem ersten noch Weiteres?«

»Die überstandene Situation hat allen Menschen bewußt gemacht, wie verletzlich ihre Existenz ist und wie hilflos sie ohne Tana gewesen wären. Das haben auch die begriffen, die unser Handeln, unsere Genetik, unsere Haltung gegen die Religionen gern verteufeln.«

»Nun werden sie uns vorwerfen, daß wir ihnen den ›Jüngsten Tag‹ verdorben haben.«

»Ihr Genom hat eben diese Schwächen, aber nun zu dem, was noch kommen wird und von den Staaten schon nach Laconas Rückkehr angeregt, aber mit Rücksicht auf Euer Unternehmen

offen gelassen wurde: eine UN-Vollversammlung – mit soviel
Gästen, daß unsere Räume zu klein sind.«
Das ergebene Stöhnen von Ixman war deutlich zu hören. »Wir
melden uns bei Kellmann an. Laconas Mannschaft mit den
Eroberten sind schon auf der ›Luvisio‹ vorhanden.«

Kellmann und sein Stab von Mitarbeitern wurden mit einem
Diskus zur
»Luvisio« geflogen, wo er ein zweitägiges Interview mit
Berichten und Fragen gab. Sensation war, daß die Arlisaner
schon Englisch sprachen und viel von ihrem Planeten berichten
konnten. Bruder Uman berichtete darüber, daß sie durch gewagte Operationen und Plantationen, die nicht alle überstanden, auf
diesem von einer Herrenrasse autark regierten Planeten zwangsweise weltraumfähig gemacht wurden. Zum Sonnensystem
wären sie fünf Jahre unterwegs gewesen. Als sich Lacona mit
ihnen unterhielt, fand er sie hochintelligent, besonders mathematisch begabt.
 Bilder und Berichte dieser Tage gingen sofort in alle Länder
der Erde.
 Die Gazetten und Nachrichtendienste konnten so ihren
Lesern und Hörern mehr als genug Neues berichten, aber es
fehlte die bunte Vielfalt der Reporterbefragungen, wollte man
nicht auf Vermutungen ausweichen. Tana war nicht für viele
Worte und beteiligte sich auch nicht am Internet, weil es unübersehbar war. Man hatte seinen eigenen Informationsdienst. Auch
die Mitarbeiter von TTS waren über ihre Aufgaben hinaus verschwiegen wie Geheimdienste. So erfuhr man nicht, daß Zetman
nach Aufforderung seines Bruders in zwei Flügen die ganze
»Festungsbesatzung« aus Brasilia zur »Luvisio« geflogen hatte,
wo es nach bangen Wochen ein frohes Wiedersehen gab. Besonders Altpräsident Carell genoß die klare Luft des Südatlantiks nach der Zeit im »Urwald«.
 Von einem Kreuzfahrtschiff kam ein Hubschrauber. Man ließ
ihn zwar auf der reichlich vorhandenen Fläche landen, aber da

es sich um keinen Notfall, sondern um Neugier handelte, durfte niemand aussteigen. Tana war souverän – Erfahrene wußten das und respektierten es.

* * *

Zur gleichen Zeit überlegten Tilasi und Manato, wie ein wesentlicher Punkt der UN-Generalversammlung zu gestalten sei, zu der sich schon Könige und Staatsoberhäupter hatten vormerken lassen.

»Sie erwarten alle, daß eine Laudatio auf unsere Männer gehalten wird. Ich als Tana-Angehöriger kann das nicht tun, denn es hieße dann, sie übergießen sich selbst mit Zucker, was uns ja gar nicht liegt«, argumentierte Tilasi und verwies noch auf die Akteure selbst.

»Gibt es denn keine neutrale Autorität wie zum Beispiel den Pontifex im Vatikan?« vermutete Manato.

»Da protestieren der Islam und Indien. Ich wüßte einen Nichtpolitiker, einen Professor und Nobelpreisträger – das ist eine sehr gute Empfehlung auf der Erde, aber eben einer der Deutschen, die nach dem letzten Krieg wegen des Judenmordes in der ganzen Welt verteufelt worden sind.«

»Nicht nur von den Juden?«

»Natürlich in erster Linie. Die Deutschen haben zwar, soviel ich weiß, als Buße nicht nur die Rüstung Israels bezahlt. Aber der jüdische Einfluß ist in der Medienwelt stark und der Vergeltungszwang im Glauben verankert.«

»Und wie seid Ihr auf den Deutschen gekommen?«

»Er lebt jetzt auf der ›Lavia‹ und hat ein erdweit verlegtes Buch über Tana geschrieben – und Ixman auf das Podium der UN geholfen.«

»Ha, Prof. Neuberg – das ist ja unser Mentor! Gegen alle irdischen Widerstände, der und kein anderer muß die Laudatio halten!«

Die beiden fuhren zum Dach, wo der Pilot schon wartete. Fünf Stunden später begrüßten sie Prof. Neuberg auf der »Lavia«, die vor Afrika kreuzte. Manato und Neuberg waren sich sofort sympathisch, wie Tilasi lächelnd feststellte. So war der Erfolg ihrer Mission schon sicher, und man hatte nur noch Sachliches zu besprechen.

»Natürlich werde ich die Leistung der Männer gebührend würdigen, aber das ist nicht genug. Wenn das ganze Herrschervolk beisammen ist, müssen sie auch hören, daß Tana der Schlüssel zu ihrem Überleben war«, knurrte der Professor, »wenn ich schon die Gelegenheit habe, vor dieser herrlichen Weltöffentlichkeit zu sprechen, dann deutlich und klar.«

Die beiden lachten beschwichtigend, ahnten aber, daß seine Worte mehr als eine Laudatio sein würden.

Tilasi mußte den New Madison Square Garden mieten. Zur Unterhaltung als Rahmenveranstaltung spielte das Philharmonieorchester auf mit Gesangseinlagen von Opernsängern. Es waren der japanische Kaiser, 15 Monarchen und 96 Staatspräsidenten zu Gast, die mit Gattinnen, Bodyguards und Sekretären kamen. 194 Staaten hatten Regierungsabordnungen gesandt. Dazu hatte Tilasi eine Reihe von internationalen Wirtschaftsmagnaten und Vertreter der Religionen geladen, nur der Pontifex hatte auf Tana-Rat nicht zugesagt. Man fürchtete islamische Reaktionen, weshalb auch drei Scheiben über dem Dach schwebten und Sicherheitskräfte alarmiert waren.

Zum offiziellen Auftakt spielten die Philharmoniker einen Satz aus der »Götterdämmerung« von Wagner.

Anschließend eröffnete Tilasi die Vollversammlung der UN. Er begründete den ungewöhnlichen Rahmen auch mit dem Wunsch internationaler Gäste, an einer Würdigung der Leistung von Tana-Männern teilzunehmen, die bei der Abwehr eines galaktischen Anschlages Ungewöhnliches geleistet hatten, so daß der Anschlag des fünf Lichtjahre entfernten Planeten Arlisa vereitelt werden konnte. Man habe den Funker des am Mars übernommenen Raumschiffs veranlaßt, den Herrschern des Planeten mitzuteilen, daß die Erde auch von einer Zivilisation bewohnt wird, die ihnen technisch überlegen sei – und sie selbst auf der Erde festhielte. Er kündigte dann die Entschuldigung eines festgesetzten Mannes an.

Zwei Uniformierte begleiteten einen Arlisaner aufs Podium. »Myladies and Gentlemen! Bitte verzeihen Sie uns den Anschlag auf Ihren Planeten. Wir standen unter Befehl mit körperlicher Züchtigung und konnten nicht anders handeln, wir haben unseren Planeten vor weiteren Aktionen gewarnt. Aber wir sind glücklich, daß Sie uns gut aufgenommen haben. Wir danken Ihnen sehr dafür.«

Verständlicherweise gab es für diesen Beitrag der Attentäter keinen Beifall, aber auch keine Mißfallensäußerungen.

Anschließend erhoben sich die Mannschaften von Lacona in der ersten Reihe des Parketts, und der Generalsekretär stellte sie als die »Asteroidenreiter« vor, die den Crash auf den Mond verlagert hätten. Stürmischer und langer Applaus belohnte sie. Tilasi erwähnte dann noch die zahlreichen Einladungen zu Länderbesuchen.

Als er dann Ixmans Crew vorstellte, die das fremde Raumschiff auf dem Marsmond erobert hatte, gab es fast eine Explosion von Beifall, der kaum enden wollte.

Erst als der Generalsekretär mit Prof. Neuberg auf das Podium trat, ebbte die Begeisterung ab.

»Ich habe unseren Tana-Mentor, Nobelpreisträger Prof. Neuberg, der uns am besten kennt, gebeten, auf diese mutigen Mannschaften eine kleine Lobrede zu halten, aber er wollte mir nicht zusagen, es dabei zu belassen. Sehen Sie ihm bitte Weiterungen nach.«

Man zollte ihm vorab starken Applaus, denn auch ihn kannten fast alle als Buchautor.

»Majestäten, Eminenzen, Präsidenten von Staaten und Wirtschaft und Verbänden, Regierungschefs der Länder, Ladies and Gentlemen!

Noch nie hat eine Gruppe mutiger Männer soviel für einen Planeten getan wie diese Akteure von Tana. Sie haben schwerste Schädigungen von Zivilisation, Organisation des Lebens, der Wirtschaft und Kultur verhindert, was mit der Vernichtung unzähliger Menschenleben durch Hunger und Katastrophen verbunden gewesen wäre. Ihnen sei Dank abgestattet in einer Größenordnung, die gar nicht zu ermessen ist.

Es gibt auch auf der Erde mutige Männer. Aber hätten sie das leisten können?

Nein – denn ihnen hätten die technischen Mittel gefehlt, die sich Tana geschaffen hat. Somit gebührt auch der technischen Welt Tanas unser Dank. Die biologisch formierte seelische Ausgeglichenheit der Akteure war ebenfalls entscheidend für den Erfolg. Würde sie auf Tana nicht in Vollkommenheit existieren, wäre man wohl auch mit Asteroiden und nicht mit Kundschaftern auf die Erde gekommen. Die ethisch verkeilten irdischen Köpfe wissen gar nicht, wie einfältig sie unter religiösen Vorstellungen argumentieren.

Natürlich gibt es auch einen Weg, mit dem eigenen Willen die genetischen Schwächen des eigenen Genoms – ich nenne nur Neid, Gewalt, Lüge, falschen Ehrgeiz, Sexgier auf Kinder, Eigensucht, Geiz, Betrug, Hochmut, Sucht – auszuschalten. Dieser Wille ist aber nur wenigen Menschen eigen – vielen gelingt nicht einmal die Aufgabe des schädlichen Rauchens.

In dieser labilen Menschheit hat sich Tana das Ziel gesetzt, nicht nur in ihr zu leben, sondern sie zu bessern.«

Der Professor sprach langsam und sehr deutlich, da es hier keine Simultanübersetzung gab und sich Gäste mit dem Funkdolmetscher begnügen mußten.

»Ein solches Ziel wird immer Kreise zum Widerstand auffordern. Mehrere Selbstmordattentate, häufig erkannt, aber mit einem toten Dozenten und zwei U-Boot-Anschlägen aus islamischen Kreisen. Verhinderung zweier Atombombenangriffe aus gleicher Richtung auf Riad und Brüssel. Die Idee einer geistigen Befreiung der Jugend von Generalsekretär Dr. Usava, proklamiert von Tana, heizte den Islam auf bis zum Entschluß des Heiligen Krieges, dessen Initiatoren ihr Allah dann in der Kaaba begrub.

Erst vor kurzer Zeit schreitet Tana im Islambereich gegen die ständige Hetze in den Moscheen ein.

Aber trotz all dieser Angriffe ruhte Tana nicht beim Einsatz für die Erde. Es waren auch kleine ökologische Erfolge wie die Umstellung der japanischen Eßstäbchen von Edelholz auf Bambus zur Schonung der Regenwälder in Südostasien als auch die Blockade der Atomraketen zum Schutz der Umwelt.

Der erste große politische Erfolg war die Ächtung des Krieges und die Garantie derselben, bewiesen beim drohenden Krieg Pakistan – Indien. Bei den UN-Verhandlungen unter Federführung der USA bewirkte Tana mit die Aufhebung des Vetosystems durch Mächte des Sicherheitsrates.

Im Umfeld der Politik wurden Anschläge auf Präsidenten verhindert und geklärt, auch Geheimbünde mit utopischen Machtvorstellungen lösten sich unter Tana-Einfluß auf, der auch zum Ende einer Räuberarmee im Kongo führte. Ein Geheimagent, über den halben Erdball gejagt, gab in der Wahrheitsfindung ganze Terrorkreise preis, die national aufgelöst wurden.

In den USA gab es eine Haarp-Ultrakurzwellen-Station riesigen Ausmaßes zur Beeinflussung von Wetter und Psyche in einem feindlichen Staat. Die Betreiber waren von der Technik überfordert, Europa und Rußland protestierten. Tana blockierte es und teilte es mit Einverständnis der US-Regierung für Klimaveränderungen am Golfstrom und zur Triebverminderung in stark bevölkerten Gebieten auf, wo sich auch Klimaverbesserungen erreichen ließen. Als der Ausbruch der gewaltigen Caldera im Yellowstone Park in absehbarer Zeit zu befürchten war, half der Tana-Kundschaftertrupp unter erdweiter Beteiligung mit einer technischen Novität einen Entlastungsschlot für einen künstlichen Vulkan zu verschmelzen.«

Hier wurde der Vortrag durch starken Beifall unterbrochen.

»Die Zuwanderung von 2 000 Wissenschaftlern aus Tana erlaubte den Einsatz der Damen und Herren in Dozentenpositionen, um die junge Generation freies, alternatives aber kooperatives Denken zu lehren. Aber es erlaubte auch den Einsatz als integre Berater kleiner, bisher unter starker Korruption leidender Staaten und damit auch die Einführung eines zweifachen Weltmarktpreises für eine Reihe von Erzeugnissen, die in kleinen Gebieten produziert werden, über Weltpreisniveau. Der Einfluß der Berater führte auch zu Fusionen von Staaten auf wirtschaftlicher Basis.

Auch Taiwan wurde China wieder angegliedert.

Die Beaufsichtigung des Regenwaldes im Amazonasgebiet wurde durch die Bloßstellung eines korrupten Beamten intensiviert, Einschlag und Brandrodung minimiert.

Ein Projekt der ersten Stunde, die Produktion von Treibstoff auf Siliziumbasis – also Sand – lief in der Sahara an und bedeutet die Vermeidung von CO_2. Im Zuge dieses Projektes wird das abgesunkene Sahara-Tiefenwasser mit einer Zuleitung aus dem Kongo langsam aufgefüllt.

In Europa fand eine politische Umschichtung größten Ausmaßes statt. Eine von Demokratien alter Art gegründete autokratische Bürokratie erhielt durch einen Dozenten den Charakter einer echten Demokratie mit permanenter Mitarbeit des Volkes.«

Weniger die politische Prominenz, aber die übrigen Gäste zollten starken Beifall.

»Im Zuge des Eintritts der Türkei in die EU schuf der Präsident mit Rücksicht auf die Verhältnisse im Irak den Kurdenstaat unter türkischer Hilfe und Toleranz. Auch die Lösung des Palästinaproblems geht auf Tana-Initiative zurück und wird wohl sicher von Tana garantiert.

Tana stellt allen Interessenten pharmazeutische Mittel zur Geburtenbeschränkung zur Verfügung. Dieser Umstand und die Verbreitung des UN-Jugendbriefes waren Gegenstand umfangreicher Verhandlungen mit dem Vatikan, die nicht ohne Erfolg waren.

Es wurde allen Staaten personelle Hilfe in Reprogenetik zur biologischen Veredelung des Nachwuchses angeboten – und lief schon an. Auch in herrschenden finanzpolitischen Kreisen war eine biologische Beeinflussung der Psyche zur Überwindung von Schwächen des Genoms gefragt.

Das alles ist das Werk vom 2 000 Wissenschaftlern und Kundschaftern in weniger als 15 Jahren. Und nun steht Tana auch noch für die Sicherheit der Erde und bewahrt sie vor Anschlägen Entarteter aus der Galaxis!

Ich glaube nicht, daß die Erde heute noch ohne Tana vorstellbar ist – und Sie, hochverehrte Zuhörer, wohl auch nicht.«

Das war eine grandiose Laudatio auf Tana insgesamt gewesen.

Tilasi half ihm vom Podium und dankte ihm herzlich, während der Applaus
aufbrandete. Der Tenno und der König des britischen Empires hatten sich von ihren Sesseln in der Monarchenloge erhoben und gingen auf Professor Neuberg zu, um ihm die Hand zu schütteln. Das Beispiel bewegte schließlich die ganze Prominenz, während die Philharmoniker Sätze aus den »Meistersingern« darboten, deren Arien alle begeisterten.

So war dieser Tag nicht nur für die Tana-Aktivisten und den Professor ein Erlebnis, sondern auch für alle Gäste eine freundliche Erinnerung.

Inhaltsübersicht Band II

7 Ankündigung weiterer Akademiker
8 Arabischer König spricht mit Dozenten
14 Atomracheakt der Ayatollahs gegen Riad
27 Zwei Mondurlauber auf Weltreise
39 Dozentenwerbung für 4. Amtszeit des US-Präsidenten
42 Initiator der U-Boot-Attacke im Jemen entführt
50 Treffen ehemaliger Geheimbündler gibt Aufschluß
57 Gefährliche Fabrikation im Ural eingestellt
61 Tana-Präsident der EU! Wie kam es zu der Sensation?
83 Trendergebnis, Luftangriff auf Feier in Brüssel gestoppt
91 Selbstmordanschlag auf Ayatollahs aus Schamgefühl
94 Zwei Weltmarktpreise ersetzen Entwicklungshilfe
96 Entführte Berater in Bolivien vor Militärgericht
112 Tana-Genetiker machen globalen Vorschlag
121 Diskussion über Rechte und Pflichten, Gesetze
124 TV-Tagung zur Schonung der Jugend mit Nötigung
129 Tana-Ingenieur zuständig für Haarp-Anwendung

139	Chinas erprobte Sexualtriebdämpfung
150	Rohrbau Kongo-Sahara zur Tiefenbewässerung
153	Tana-Idee für Kurdenstaat
156	Kapstadt-Kongreß entscheidet für Triebdämpfungserprobung
165	Betrieb der Kongo-Leitung stört Vögel auf den Filterteichen
171	4. Amtszeit mit Tana-Vize bedingt Verfassungsänderung
179	Großraumschiff muß in Texas-Watt landen
186	Terrorbombenangriff auf Raumschiff scheitert
192	Wecken der Übersiedler aus Tiefschlaf
201	Aufspüren der Terrorzentrums, Ausräuchern mit Strom
209	Geistiges Rüstzeug für 18000 Übersiedler
213	Zwei Wissenschaftler – zwei Welten mit interessanten Themen
219	Info-Konferenz für prominenten Rückkehrer
235	Erste Rückkehr-Etappe – Flug zum Mond
239	Werbereise und Wahl zum Tana-UN-Generalsekretär
251	Offenes Gespräch in Ankara: Kurdenstaat und Europa
259	Kreativer Agent eines Terrornetzes gefangen
271	EU-Justizreform für gleiche Strafen in den Ländern
275	Luftangriff auf Kraftwerk am Kongo
280	EU-Präsident über Innenpolitik für Deutschland
286	Tana-Treffen auf Stützpunkt, Haarp in Afrika

291 US-Präsident spricht über parteilosen Nachfolger
312 Ermordung eines Beraters in Guinea
321 Glückwünsche für den Tana-US-Präsidenten
324 Eintreffendes Raumschiff empfing fremde Funksignale
328 Bilderberger wünschen langes Leben
333 Anschlag gegen Palästina-Konferenz
345 EU-Rat: Parlamentswahl-Reform, Verfassungsplan
352 Konferenz der Länder mit Haarp-Sender
357 Tagung der Europa-Dozenten in Brüssel
363 EU-Rat: Korruptionsfreie Politik
368 Moschee-Hetze im Iran mit Tana-Reaktion
375 Mexiko und Brasilien wünschen Geburtenbeschränkung
382 Interview »Die Welt«, fünf Jahre nach Zürich
388 Klimaprobleme aus verschiedener Sicht
393 EU-Verfassung mit Volksabstimmung
400 Terrorplan stört Treibstoff-Premiere in der Sahara
415 Ausschaltung einer Mordliga mit eigenem Mittel
426 Drittes Orient-Gespräch
429 Landung von Großraumschiff an Mondbasis
439 Ein Rat spricht über Frauen in Tana
442 Palästina-Lösung mit Landbrücke
447 Tana-Rat als China-Berater mit Info-Reise
464 Haarp-Probleme, NASA: Raumschiff am Saturn

470 Fremde Kapsel auf dem Mond, Kontaktaufnahme
480 Abwehrplanung für Asteroiden und Einleitung
490 Kapern des Fremdschiffes auf Marsmond
499 Laudatio für Tana auf UN-Vollversammlung

Namenauswahl

Tana, Planet mit entarteter »Sonne« beim Sternbild
»Südliche Fische«

Mondbasis (Höhle), Tana-Stützpunkt seit 3000 Jahren in
Erdnähe

Seestützpunkte »Lavia«, Kapitän Petrow,
»Luvisio« Kapitän Perschin

Scheibe und Diskus, leichtes und schweres Fluggerät
für erdnahen Raum

Kundschafter, Klonbrüder, genetisch manipuliert fürs All:

Ixman (Chef und Botschafter), lebte mit Brüdern Jahrzehnte auf der Erde, Vater von Tanax

Zetmann, Flugscheiben-Pilot, Vater von Taniza

Ceman und Weman, Begleiter, auch Schutz für gefährdete Menschen

Haman und Effman fliegen Diskus, speziell für Erdtiefen-Radar

Uman, medizinischer Biologe, hat in Zürich menschliche Medizin studiert

Peman, Emman, Essman, Urlauber von Mondbasis
Alle Klonbrüder haben Fischgen für Stromerzeugung zur 4. Dimension

Wissenschaftliche Übersiedler als Dozenten bzw. Regierungsberater:

Bacaba, Chefgenetiker mit 30 Gen-Biologen

Balasi, Chefmeteorologe

Lacona, Leiter der Raumfahrtschule, Asteroiden-Abwehr

Monato, Rat auf Tana, Berater der chinesischen Regierung

Tilasi, UN-Teamleiter, später UN-Generalsekretär

Hitata, Dozent Harvard-Universität, später Vize- und Präsident der USA

Matala, Dozent in Zürich, dann EU-Präsident, Erfinder der Echt-Demokratie

Bolata, Berater im Vatikan

Benahi, Gehirnmediziner

Sotoni, Falano, Dozenten an den Universitäten Berlin und Heidelberg

Kalabi, Berater bei Regentin von Indonesien

Silano, Raumfahrer, entdeckte zuerst fremdes Raumsignal

Fra Hanika, Dozentin in Brasilia, Partnerin von Prof. Beckert

*Politisch, wirtschaftlich, militärisch,
geistig führende Personen:*

Prof. Neuberg, deutscher Mentor von Ixman bei der UNO, lebt auf Stützpunkt »Lavia«

Traven, Amnesty International Mitarbeiter, wurde vor Hinrichtung gerettet, desgleichen **Michiko Takeutsi,** japanische Touristin, beide leben auf der »Lavia«

Dr. mult. Usava, UN-Generalsekretär, aus Namibia

König Halef von Arabien, schließt nach Kaaba-Debakel den Wallfahrtsort

König Feisal von Jordanien, erschien auf der geplatzten Palästina-Konferenz

Kellman, Chef vom TTS - Tanas Wahrheits-Service weltweit

Abu Tiliakh, Chemieprofessor Teheran, richtet Ajatollahs aus Scham

Sir Ada Bolkiah, Regent von Brunei, Förderer des Sahara-Projektes

Prof. Beckert, Klinik in Brasilia, Partner von Fra Hanika

Bilderberger, Interessengemeinschaft durch Reichtum Mächtiger

Carell, John, US-Präsident, Witwer, Vizepräsident **Dodge** Halbschwester **Gloria,** Sohn **Tanax von Ixman,** Freundin

Esther mit Tochter Taniza von **Zetman,** leben bei Brasilia in Glorias »Festung«

Chiang, Mathematikprofessor aus Insel Udone Shina, Geheimsprachen- Spezialist

Corten, US-Senator wie **Dale, Pitcher, Porten**

Delore, Vorsitzender von Ausschuß im EU-Parlament (Delors – früherer EU-Kommissionschef, wird erwähnt)

Domoran, Premier der Türkei

Evo-Junior, Ministerpräsident Boliviens

Golden, Premier Israels, Palästina-Konferenz

Goldenham, Präsident der Weltbank, Geheimbundverbindung

Henry Kilawi, Präsident Südafrikas

Dr. Herbarth und Naumann, Redakteure von »Die Welt«

Hookmer, Präsident des EU-Parlaments in Straßburg

Hunter, US-General, Bauleiter für Vulkanschlot im Yellowstone Park

Istaki, amtierender griechischer EU-Ratspräsident

Kaburuk, ägyptischer Präsident, Palästina-Konferenz

Klawitsch, Igor, Ingenieur, Plastik-Atomzünder im Ural (Helen Darrieux)

Lachmann, General und Präsident Brasiliens

Lancio, Kardinal und Prälat im Vatikan

Li Hang, chinesischer Innenminister

Mac Benthen, schottischer Steuermann, Flugzeugträger im Iran-Hafen

Manio, Präsident von Mexiko

Mustafa, Staatsführer und oberster Imam in Nordafrika Union, Schöpfer des »Kleinen Korans«

Nogiba, Präsident von Algerien

Parcelli, Präsident der World Oil Company

Restella, spanischer Premier

Ruffalo, italienischer EU-Kommissionschef

Dr. Sahil, indischer Innenminister

Smudham, finnischer General, Verzicht auf EU-Leitung, empfiehlt Matala

Soushine, David, Premier Israels

Spelmann, Commander US-Atom-U-Boot

Stanton, Lionel, NASA-Manager, Kaaba-Theorie

Tiliakil, charismatischer Kurdenführer, Türkeivertrag mit Kurdistan

Tubucal, Ingenieur aus Brunei, Leiter des Sahara-Projektes

Zimbala, Präsident von »Freies Afrika«

Zwielichtige Personen:

Al Bakkah, moslemischer Giftgasmörder, Tana verhindert mildes Urteil in Den Haag

Ayatollah Ahmeni, hetzt in Isfahan gegen Tana

Alibata, Deckname für Agenten, der globales Terrornetz beliefert

Bischoff, US-Admiral, Herr der Zombies, Geheimtätigkeit gegen Tana

Lavenda, brasilianischer Distriktkommissar, korrupt bis zum Mord

Nomski und Sursow, Geheimzelle, Plastikzünder für Atombombe im Ural

Schamoun, Ahmed und Hassan, Banker in Beirut, Initiator U-Boot-Affäre

Shalni, Scheich, Anschlag mit Doppelgänger auf Palästina-Konferenz

Whitehold, US-Admiral, Moslem, wird zum Stützpunkt-Anschlag mit U-Boot verführt, bewegt Halbbruder Colbert, 1. Offizier, zur Unterstützung.

Von Herbert W. Boettcher ebenfalls lieferbar:

Tana – frischer Wind aus der Galaxis
Die aktive Vorhut der Galaktiker
Band I
2008. 600 Seiten.
Hardcover € 34,00. SFr 57,90
ISBN 978-3-89950-343-2

edition fischer
Orber Str. 30 • 60386 Frankfurt/Main